LES CAPRICES DE MISS MARY

DE LA MÊME AUTEURE

Le Temps de l'amour, L'Archipel, 2018 ; Archipoche, 2019.
Les Quatre Filles du révérend Latimer, L'Archipel, 2016 ; Archipoche, 2017.
La Passion du Dr Christian, Archipoche, 2015.
Un autre nom pour l'amour, Archipoche, 2015.
Tim, Archipoche, 2015.
Les Caprices de Miss Mary, L'Archipel, 2010 ; Archipoche, 2011.
La Maison de l'ange, L'Archipel, 2006 ; Archipoche, 2007.
Le Cheval de Troie, L'Archipel, 1999 ; Archipoche, 2018.
Les Dames de Missalonghi, L'Archipel, 1998.
Les oiseaux se cachent pour mourir, Belfond, 1977.

« L'espoir est une terre lointaine »

L'Île du maudit, L'Archipel, 2017 ; Archipoche, 2018.
La Revanche du maudit, L'Archipel, 2017 ; Archipoche, 2018.

« Les enquêtes de l'inspecteur Delmonico »

Péché de chair, L'Archipel, 2016 ; Archipoche, 2018.
Le Dernier Banquet, L'Archipel, 2014 ; Archipoche, 2016.
Fleurs sanglantes, L'Archipel, 2012 ; Archipoche, 2013.
Douze de trop, L'Archipel, 2011 ; Archipoche, 2012.
Corps manquants, L'Archipel, 2007 ; Archipoche, 2008.

« Les maîtres de Rome »

1. *Les Lauriers de Marius*, L'Archipel, 2002.
2. *La Revanche de Sylla*, L'Archipel, 2002.
3. *La Couronne d'herbe*, L'Archipel, 1996.
4. *Le Favori des dieux*, L'Archipel, 1996.
5. *La Colère de Spartacus*, L'Archipel, 1997.
6. *Jules César, la violence et la passion*, L'Archipel, 1998.
7. *Jules César, le glaive et la soie*, L'Archipel, 1999.
8. *La Conquête gauloise*, L'Archipel, 2000.
9. *César Imperator*, L'Archipel, 2001 ; Archipoche, 2006.
10. *César et Cléopâtre*, Presses de la Cité, 2004.
11. *Antoine et Cléopâtre* : le serpent d'Alexandrie, L'Archipel, 2009 ; Archipoche, 2010.
12. *Antoine et Cléopâtre* : le festin des fauves, L'Archipel, 2009 ; Archipoche, 2010.

COLLEEN McCULLOUGH

LES CAPRICES DE MISS MARY

traduit de l'anglais
par Céline Véron Voetelink

ARCHIPOCHE

Ce livre a été publié sous le titre
The Independance of Miss Mary
par Simon & Schuster, New York, 2008.

Notre catalogue est consultable à l'adresse suivante :
www.archipoche.com

Éditions Archipoche,
34, rue des Bourdonnais
75001 Paris.

ISBN 978-2-3528-7218-4

1

La lumière indolente du crépuscule jeta un éclat doré sur les esquisses squelettiques des arbres et des arbustes disséminés dans les jardins de Shelby Manor ; des volutes de fumée s'élevaient des braises, vestiges d'un feu destiné à brûler les dernières feuilles, tandis que quelque part un oiseau solitaire poussait le trille vespéral d'un automne tardif. Alors qu'elle contemplait le coucher du soleil depuis son fauteuil favori, derrière la fenêtre, Mary sentit son cœur s'accélérer devant cette splendeur éphémère et bleutée, bientôt un souvenir confiné dans les replis de son esprit. Combien de temps ? Ô, combien de temps ?

Dans le silence s'éleva le cliquetis du plateau de thé que Martha apportait ; elle le déposa avec soin sur la table basse qui jouxtait le fauteuil d'angle où sommeillait la maîtresse des lieux. Avec un soupir, Mary se détourna de la fenêtre et alla prendre sa place. Elle disposa une tasse délicate sur l'une des fines soucoupes, puis renouvela l'opération pour elle-même. Quelle chance était la leur d'avoir auprès d'elles le vieux Jenkins ! Il continuait de récolter ses concombres qu'il semait sous ses petites serres. Quelle bonne fortune également que maman appréciât tant les tranches de ce légume sur son pain beurré! En découvrant à son réveil ces gâteries sur les napperons colorés, elle ne se soucierait pas que son gâteau fût vieux de trois jours.

— Maman, le thé est servi, déclara Mary.

La forme emmitouflée dans un amas de châles et de couvertures sursauta ; le petit visage rond se plissa, prit un air contrarié. Les yeux bleu pâle s'ouvrirent, se posèrent sur les tranches de concombre et affichèrent une joie naissante, mais celle-ci laissa aussitôt la place à la récrimination quotidienne :

— Te soucies-tu si peu de mes pauvres nerfs, Mary, pour m'éveiller si brusquement?

— Certes non, maman, répondit Mary sommairement.

Elle versa le lait dans la tasse de sa mère, puis, s'emparant de la théière d'argent, y ajouta le liquide ambré. En cuisine, la petite servante avait cassé le sucre en morceaux adéquats ; Mary en prit un et l'ajouta au breuvage qu'elle se mit à remuer.

Tout cela l'occupa peut-être une minute. Tasse et soucoupe à la main, elle leva la tête vers sa mère. Elle reposa lentement son léger fardeau, sans quitter du regard le vieux visage. Il avait changé, adoptant les contours et la patine d'un masque en porcelaine de Venise, lisse, dénué d'expression. Les yeux demeuraient grands ouverts, mais fixés sur un point situé bien au-delà de la pièce.

— Oh, maman, murmura-t-elle, à court de mots. Ainsi, elle s'est emparée de vous sans prévenir.

Du bout des doigts, elle ferma les paupières sur des prunelles qui semblaient manifester plus de sagesse qu'elles n'en avaient montré lors de leur existence, puis embrassa le front ridé.

— Seigneur, Votre bonté est infinie, et je Vous suis reconnaissante de Votre clémence...

Comme elle se fût effrayée si elle avait deviné.

Le cordon d'appel se trouvait à portée de main. Mary le tira doucement.

— Martha, envoyez-moi Mrs Jenkins, je vous prie.

Armée d'un assortiment d'excuses – que diable cette vieille chouette pouvait-elle exiger de plus qu'un concombre en dehors de la saison? –, Mrs Jenkins entra, parée à combattre. Mais l'expression qu'elle découvrit sur le visage de Mary balaya aussitôt sa colère.

— Oui, mademoiselle?

— Ma mère s'est éteinte, Mrs Jenkins. Faites mander le docteur Callum, s'il vous plaît. Le vieux Jenkins peut prendre le cabriolet. Dites-lui de seller le rouan, d'empaqueter le nécessaire et de se montrer prêt à partir aussitôt que j'aurai écrit une note. Vous lui confierez cinq guinées d'or pour son voyage. Il lui faudra faire montre de la plus grande diligence; qu'il s'arrête dans de bonnes auberges et loue de bons chevaux, lorsque le rouan aura épuisé ses forces.

La voix de Mary avait gardé sa sobriété coutumière; nul tremblement ne l'agitait, nulle raucité ne trahissait ses sentiments. *Pendant près de dix-sept ans*, songea Mrs Jenkins, *cette pauvre femme a écouté les plaintes, les caprices, les gémissements et les malheurs de sa mère – quand elle ne subissait pas ses épanchements perçants de joie, de triomphe ou d'autosatisfaction –, trouvant chaque fois la parole qu'il fallait, parant les vapeurs soudaines, entraînant Mrs Bennet à une meilleure humeur avec la vivacité et l'impassibilité qu'eût montrées une gouvernante envers une enfant récalcitrante. Tout était terminé, à présent.*

— Pardonnez-moi, miss Mary, mais Jenkins trouvera-t-il Mr Darcy chez lui?

— Oui. À en croire Mrs Darcy, le Parlement ne siège pas en ce moment. Apportez-moi l'écharpe de soie rose de maman, j'aimerais couvrir son visage.

La femme de charge[1] exécuta une révérence puis sortit, en proie à l'appréhension. Qu'adviendrait-il d'eux, les domestiques?

Les traits de sa mère convenablement drapés, les chandelles allumées et le feu ranimé de façon à lutter contre la venue prochaine des gelées nocturnes, Mary prit place sur le fauteuil garni de coussins derrière la fenêtre et laissa son esprit vagabonder.

Elle n'éprouvait aucun chagrin; trop d'années, trop d'ennui. En lieu et place, une sorte de calme l'envahissait peu à peu, comme si elle avait pénétré dans une vaste pièce plongée dans des ténèbres cependant lumineuses, flottant dans un invisible océan, sans éprouver de crainte, sans se sentir diminuée.

J'ai attendu trente-huit ans que vienne mon tour, songea-t-elle, *mais personne ne m'accusera de m'être soustraite à mon devoir ni ne manquera de constater que j'ai abandonné à d'autres la pleine mesure du bonheur qui m'était réservé, reculant vers l'obscurité, sans protester de ce destin que l'on me réservait.*

Pourquoi cet instant ne me trouve-t-il pas mieux préparée? Quelle direction mes pensées ont-elles prise quand le temps pesait si lourdement sur moi? J'ai vécu aux ordres d'un vaisseau sans âme nommé maman; il est rare que ces coques vides formulent une observation, émettent un commentaire, nourrissent une idée. Aussi passai-je mon temps à attendre. Entourée d'une armée de Jenkins pour prendre soin d'elle, maman n'avait pas besoin *de moi; je garantissais seulement la bienséance. Comme je hais ce mot, ce code de conduite rigide comme l'acier, inventé pour intimider et asservir les femmes! Ma famille m'imaginait condamnée*

---

1. La domestique qui possédait les clés et représentait l'autorité du maître ou de la maîtresse auprès du personnel. *(N.d.T.)*

au célibat, avec cette horrible peau couverte de nervures et cette dent qui poussait de travers. Et bien entendu, Fitz désirait que maman fût chaperonnée par un membre de la famille, au cas où l'envie l'eût prise de se rendre à Pemberley ou à Bingley Hall. Si seulement papa ne s'était pas éteint deux années après les mariages de Lizzie et de Jane!

Allons, Mary, réfléchis! s'enjoignit-elle furieusement. *Fais preuve de logique! L'ennui seul se montra responsable. Lors de ces interminables semaines, mois, années, je n'eus d'autre choix que de m'échapper en pensées: je rêvais de poser le pied sur le* Forum Romanum, *de déguster des oranges dans un verger sicilien, de me remplir les yeux du Parthénon, de presser ma joue en Terre sainte contre un mur que Notre-Seigneur Jésus eût Lui-même touché ou bien qu'Il eût frôlé de Son ombre. J'aspirais à flâner, libre, sur des rivages lointains, à parcourir des villes baignées de lumière, à franchir des montagnes et à contempler des cieux que je n'approchais qu'à travers mes lectures. Cependant que la réalité de mon existence se partageait entre les livres, la musique et une mère qui n'avait pas besoin de moi.*

À présent que me voici libre, je n'éprouve toutefois plus la nécessité de réaliser ces rêves mais désire seulement me rendre utile, accomplir un dessein. Me l'autorisera-t-on? Non. Mes sœurs aînées et leurs puissants époux investiront Shelby Manor dans la semaine à venir et une nouvelle sentence condamnera tante Mary à la léthargie. On me sommera probablement de rejoindre la horde de nourrices, gouvernantes et tutrices qui œuvrent déjà au bien-être des enfants d'Elizabeth et de Jane. Car si Mrs Darcy et Mrs Bingley apprécient ces joies où les entraîne leur progéniture, elles laissent aux domestiques le soin d'en essuyer les misères. L'épouse d'un grand homme ne subit pas les événements; elle les fait advenir. Il y a dix-sept ans, leur récent mariage procurait trop de joie à Mrs Darcy et Bingley pour qu'elles se préoccupent du confort de maman.

Oh, qu'amères semblent ces paroles ! Je n'ai pas voulu, en précisant ma pensée, la teindre d'une telle aigreur. Ce sentiment n'avait jadis aucun lieu d'être. Je dois me montrer honnête envers mes sœurs. Lorsque papa mourut, Elizabeth et Jane venaient d'enfanter, Kitty s'était tout juste unie, et Lydia – ô, Lydia ! Alors que Longbourn revenait aux Collins, ma mauvaise peau et ma dent scellaient mon destin. Avec quelle aisance Fitz s'occupa-t-il de tout ! Shelby Manor fut acquis en même temps que le service des Jenkins tandis que tante Mary, novice en célibat, trouvait sa juste place aussi aisément qu'une queue d'aronde. Maman et moi nous retrouvions logeant à quatre lieues de Meryton, suffisamment éloignées de ces odieux Collins, mais assez proches encore pour que mère pût voir ses amies. Tante Philips, Lady Lucas et Mrs Long se montraient ravies. Tout comme moi. Une immense bibliothèque, un grand pianoforte et les Jenkins.

Pourquoi, dès lors, cette soudaine amertume à l'endroit de mes sœurs ? Ce sentiment se révèle aussi peu chrétien qu'immérité. Le Seigneur sait combien Lizzie eut à affronter son lot de soucis. Son union ne lui apporta guère de joie.

Prise d'un frisson, Mary quitta sa position, s'approcha de la cheminée, puis se lova dans le fauteuil le plus distant de celui occupé par sa compagne au silence et à l'immobilité suprêmes. Elle contempla la fine écharpe rose, s'attendant à la voir trembler d'un instant à l'autre sous l'effet d'un soupir. Rien ne survint. Le docteur Callum se présenterait bientôt ; on emporterait maman pour la déposer sur son lit de plume, la laver, la vêtir, puis la coucher dans l'air glacial en prévision de cette longue veillée qui séparait la mort de l'enterrement.

Dans un sursaut coupable, elle se souvint qu'elle avait oublié de quérir le révérend Courtney. Oh, flûte ! Si le vieux Jenkins tardait à revenir avec le médecin, elle enverrait Jenkins le Jeune.

Mais s'il est une tâche que je me refuse à accomplir, c'est celle de faire mander Mr Collins, se dit-elle. *Cela fait vingt ans que je ne m'y suis point résolue.*

*

— Elizabeth, appela Fitzwilliam Darcy sur le seuil de la chambre de sa femme, je crains de vous apporter une mauvaise nouvelle, ma chérie.

Elizabeth détourna la tête du miroir de sa coiffeuse. Ses sourcils s'arquèrent au-dessus de ses yeux lumineux qui, un instant, perdirent de leur éclat coutumier.

— Charlie ? s'enquit-elle en se levant.

— Non, notre fils se porte bien. J'ai reçu une missive de Mary, qui m'informe du décès de votre mère. Elle s'est éteinte dans son sommeil, paisiblement.

La chaise de bois devant la coiffeuse lui offrit un appui trop fragile. Elizabeth vacilla, lutta pour recouvrer son équilibre, y parvint.

— Maman ? Oh, maman !

Fitz, qui l'avait observée sans venir à son aide, traversa enfin la pièce au sol recouvert de tapis et posa une main sur l'épaule dénudée, ses longs doigts pressant légèrement sa peau.

— Cela vaut mieux, ma chérie.

— Oui, mais elle n'avait que soixante-deux ans ! J'avais imaginé qu'elle vivrait encore de longues années.

— Emmaillotée, comme une oie qu'il eût fallu nourrir ? Non, c'est une chance. Songez à Mary.

— Certes, ma pauvre sœur s'en trouvera soulagée. Qu'allons-nous faire, Fitz ?

— Nous partirons pour le Hertfordshire demain matin à la première heure. Jane et Charles nous retrouveront à l'Auberge de la Couronne et de la Jarretière à 9 heures, j'y veillerai. Autant voyager ensemble.

— Nos enfants? s'enquit-elle alors que le choc laissait place au chagrin.

Que représentent les anciens quand l'avenir vous emplit le cœur?

— Ils resteront ici, bien entendu. Je m'assurerai auprès de Charles que Jane n'emmène point les leurs. Quoique Shelby Manor puisse accueillir bon nombre de personnes, notre progéniture ne saurait s'en accommoder.

Reflété dans le miroir de sa femme, le visage de Darcy se durcit; puis il écarta ses pensées – quelles qu'elles fussent – et poursuivit avec son flegme habituel:

— Mary a déjà fait prévenir Kitty, mais elle suggère que j'annonce la nouvelle à Lydia. Votre sœur se transforme en femme tout à fait raisonnable!

— Je vous en prie, laissez-moi emmener Charlie! Vous cheminerez à cheval, mais à moi, qui voyagerai seule, le trajet semblera terriblement long. Nous le raccompagnerons à Oxford sur le chemin du retour.

La bouche de Darcy se tordit quelque peu sous l'effet de la réflexion, puis il lâcha avec sa royale et coutumière inclination de tête:

— Comme vous voudrez.

— Merci.

Elle hésita. Quoiqu'elle connût la réponse, elle posa néanmoins la question:

— Maintiendrons-nous le dîner que nous donnons ce soir?

— Sans aucun doute. Nos invités sont déjà en route. Vos vêtements de deuil – et l'annonce de celui-ci – attendront sans peine jusqu'à demain.

La main de Darcy quitta l'épaule de son épouse et il ajouta :

— Je descends. Roeford ne saurait tarder.

Sur une grimace à la mention de ce *tory*, le moins estimé de ses alliés, Darcy laissa son épouse terminer sa toilette.

Une larme s'échappa, promptement effacée par une touche de maquillage. Les yeux embués, Elizabeth lutta pour recouvrer le contrôle d'elle-même. Que de satisfactions procurait une carrière politique ! Sans cesse occupé par quelque important labeur, on ne bénéficiait jamais d'un moment de paix, d'amitié, de détente. Que Fitz ne pleurât pas la mort de Mrs Bennet ne la surprenait nullement ; elle déplorait en revanche qu'il la voulût animée d'une indifférence similaire. Il semblait désirer qu'elle éprouvât une même reconnaissance à l'idée que ce poids étrange – fait d'un mélange de honte, d'embarras et d'impuissance – avait enfin été ôté de leurs épaules. Mais cette vieille femme superficielle, sotte et grincheuse lui avait donné le jour, à elle, Elizabeth ; cela méritait, à défaut de regrets, qu'on lui accordât quelque amour et pleurât sa disparition.

— Envoyez à l'instant quérir Mr Skinner, ordonna Darcy à son maître d'hôtel tandis que le valet de pied débarrassait le premier invité de son manteau. Cher Mr Roeford, quel plaisir de vous voir ! Toujours le plus prompt à entrer en lice ! poursuivit-il à l'adresse du visiteur en avance qu'il mena sans un regard en arrière au salon Rubens.

Obéissant au bref quoique civil commandement, Parmenter, à peine son maître disparu, s'empressa de partir à la recherche du troisième valet de pied. Pourquoi Mr Darcy désirait-il la présence, à cette heure, de ce sinistre personnage ?

— Ne traîne pas en route, James, instruisit le majordome avant de revenir se poster dans le vestibule pour accueillir les invités suivants.

Six d'entre eux apparurent une demi-heure plus tard, le visage luisant d'excitation, maudissant bruyamment le froid et conjecturant un début d'année des plus glacials. Peu après, Mr Edward Skinner franchissait le seuil de la grande demeure. Il se dirigea aussitôt vers la bibliothèque – *sans bonjour ni merci ni rien!* songea le maître d'hôtel de Pemberley avec ressentiment. Oh, on le valorisait céans, certes, et il s'exprimait comme un gentleman, mais Parmenter, qui se remémorait le jeune homme que Ned Skinner avait jadis été, eût soutenu jusqu'à la mort qu'il n'appartenait pas à la gentry. Douze années séparaient son maître de cet individu, ce qui excluait toute possibilité qu'il s'agît d'un fils illégitime. Mais *quelque chose* les unissait cependant, un lien que pas même Mrs Darcy n'était parvenue à mesurer – ni à briser. Ces pensées occupant son esprit, Parmenter se rendit dans le salon Rubens et adressa un discret signe de tête à Mr Fitz.

— Une difficulté, Ned? commença Darcy en refermant la porte de la bibliothèque.

L'interpellé ne répondit pas. Il demeura debout devant le bureau, l'air dégagé, les mains le long du corps – en aucun cas la pose d'un subalterne. Très grand, dépassant de cinq bons pouces les six pieds que mesurait Darcy, il possédait de larges épaules, un cou de taureau, un torse massif comme un tonneau et un corps dépourvu d'une once de graisse. La rumeur affirmait qu'il avait été engendré par un Noir des Amériques tant il affichait une carnation et une chevelure sombres, de la même teinte que ses yeux étroits et vigilants.

— Assieds-toi, Ned, lever la tête me donne mal à la nuque.

— Vous recevez des invités, je ne m'attarderai pas. De quoi s'agit-il ?

— En quel endroit Mrs George Wickham se trouve-t-elle présentement ? s'enquit Darcy qui se laissa tomber sur une chaise.

Il plaça une feuille de papier devant lui et plongea dans l'encrier sa plume d'oie à la pointe d'acier.

Il avait déjà commencé à écrire lorsque Ned répondit :

— À l'Auberge de la Charrue et des Étoiles, à Macclesfield. Son nouvel ami vient de devenir son nouvel amant. Ils ont loué la plus belle suite, dotée d'un petit salon privé. Une première, pour elle, cet endroit.

— Boit-elle ?

— Une bouteille ou deux, pas davantage. L'amour occupe son esprit, pas le vin. Donnez-lui une semaine et cela changera.

— Pas question, déclara Darcy en levant brièvement les yeux, les lèvres tordues par un rictus. Prends mon carrick et attelles-y les chevaux bais, Ned. Dépose ce pli à Bingley Hall avant de te rendre à Macclesfield. Que Mrs Wickham se présente à 9 heures demain matin à l'Auberge de la Couronne et de la Jarretière, raisonnablement sobre. Prends ses affaires et emporte-les avec toi.

— Elle va faire un esclandre, Fitz.

— Oh, allons, Ned ! Qui, à Macclesfield, s'élèverait contre toi – ou contre moi, en l'occurrence ? Je me fiche qu'il te faille lui lier les mains et les pieds ; assure-toi seulement qu'elle apparaisse à l'heure à Lambton.

Il interrompit ses griffonnages pressés, posa sa plume, puis, sans prendre la peine de sceller la courte missive, la tendit à son interlocuteur avant de reprendre :

— Bingley ira à cheval. Mrs Wickham partagera la voiture de Mrs Bingley. Les charmes du Hertfordshire nous attendent, où nous partons ensevelir Mrs Bennet.

— Un voyage effroyablement long, en coche.

— Mais qu'imposent la saison, le temps humide et l'état des routes, décréta Darcy. Charles et moi userons sans doute six coursiers irlandais. Nous couvrirons vingt lieues par jour, peut-être davantage.

Ned prit congé, le billet dans la poche de son manteau.

Darcy se leva, le front plissé, et demeura un instant immobile, le regard absent, fixé sur les Hansard[1] reliés de cuir. Enfin, la vieille femme était morte ! *Quelle funeste erreur*, songea-t-il, *que de s'unir au-dessous de sa condition, combien puissant l'amour ou dévorant le besoin de le consommer* – et le plaisir qu'il en avait retiré n'avait pas valu tous ces efforts déployés. *Ma magnifique et royale Elizabeth est une vieille demoiselle aussi pincée que sa sœur Mary. Je possède un fils effroyablement efféminé et quatre filles lamentables. Un point pour vous, Mrs Bennet ! Que le diable vous emporte ainsi que votre glorieuse progéniture : le prix à payer fut trop élevé.*

Avec seulement deux lieues à parcourir, la berline tirée par les six chevaux des Darcy s'arrêta dans la cour de l'Auberge de la Couronne et de la Jarretière avant les Bingley, dont le manoir se situait à dix lieues. Les mains enfouies dans un manchon, Elizabeth s'installa dans le salon pour attendre l'arrivée de ses sœurs.

Son fils, plongé dans la lecture du *Déclin* de Gibbon, tira une chaise à lui de la main gauche et s'y laissa tomber sans quitter son livre des yeux. *Une lecture légère*, avait-il déclaré avec son doux sourire. La nature lui avait accordé le teint délicat de sa mère et une chevelure plus châtain que dorée ;

1. Appellation qui provient de Thomas Hansard, éditeur au début du XIXe siècle des comptes-rendus officiels des délibérations du Parlement du Royaume-Uni. *(N.d.T.)*

les longs cils baissés, en revanche, étaient noirs comme ceux de son père, de même que les gracieux sourcils.

Au moins, sa santé s'était-elle améliorée, à présent que Fitz avait accepté l'inévitable et enfin abandonné son impitoyable combat pour transformer Charlie en un fils qui lui donnât satisfaction. Oh, les frissons glacés qui avaient suivi ces frénétiques expéditions à cheval dans la tempête ! Les fièvres qui s'étaient emparées de lui à la suite de ces interminables parties de chasse ou de ces voyages à Londres ! Rien n'avait détourné Charlie de sa passion pour l'étude ni fait de lui un digne héritier des Darcy de Pemberley.

— Vous devez arrêter, Fitz, s'était-elle résolue à protester, déterminée à ce qu'il l'entendît malgré cette hauteur glaciale qu'il ne manquerait pas d'opposer à sa tirade. Je vous ai abandonné le soin de diriger l'éducation de Charlie sans jamais exprimer mon sentiment, mais je ne me tairai pas plus avant. Vous ne pouvez le donner en pâture à ces loups qui forment un régiment de cavalerie, malgré votre profond désir que quelques années dans l'armée polissent ce noble héritier – le polissent ? Seigneur ! Cette vie le tuerait ! Il nourrit pour seule ambition d'étudier les classiques à Oxford, je vous conjure de vous rendre à cette idée. Et ne m'opposez point votre propre haine de Cambridge qui vous poussa à endosser l'uniforme des hussards ! Votre père s'étant éteint, je n'apprendrai jamais ses sentiments devant votre conduite. Je ne connais que ce qui convient à Charlie.

Comme elle s'y était attendue, le visage de Fitz s'était fermé, empreint d'un froid dédain, mais le regard plongeant dans le sien contenait toutefois plus de lassitude que de colère.

— Je vous l'accorde, avait-il lâché d'un ton dur, notre fils se révèle un freluquet efféminé destiné à l'Académie ou à l'Église. Je préfère cependant un Darcy professeur plutôt qu'évêque, aussi ne nous querellerons-nous plus à ce sujet. Envoyez-le à Oxford, avec ma bénédiction.

La déception s'était révélée cruelle pour lui, elle le savait. Ce précieux mâle, leur premier-né, n'avait été suivi que de filles.

La malédiction des Bennet, avait-il un jour proféré. Georgie, Susie, Anne et Cathy, enfantées chacune à deux années d'intervalle, représentaient une source d'indifférence pour leur père qui ne leur avait jamais témoigné le moindre intérêt. Il s'était efforcé d'altérer le caractère de Charlie, mais ni la puissance ni l'autorité des Darcy de Pemberley n'y étaient parvenues. Après cela : plus rien.

Cathy, âgée de dix ans, demeurerait leur dernier enfant : Fitz, qui ne partageait plus l'existence de sa femme, avait cessé de fréquenter sa couche. Membre du Parlement – un *tory* dans un pays *tory* –, il avait accepté, peu après la naissance de Cathy, un ministère qui l'avait propulsé au premier rang[1]. Un stratagème qui l'avait libéré de son épouse, grâce à de longs séjours à Londres lui offrant d'excellentes raisons de s'éloigner d'elle. Elizabeth n'avait toutefois pas perdu de son utilité : Fitz la mandait ici ou là aussitôt que sa carrière politique requérait sa présence, combien déplaisante trouvât-elle la haute société londonienne.

Lydia arriva la première, trébuchant sur le seuil et adressant une grimace à cet homme étrange, Edward Skinner, qui lui donnait une bourrade. Le cœur d'Elizabeth se serra lorsqu'elle aperçut le visage de sa plus jeune sœur, chiffonné, bouffi, le teint brouillé. Son corps avait presque perdu toute forme : un sac de grains corseté avec

1. Allusion aux bancs situés aux premiers rangs du Parlement anglais, où siègent les ministres et les leaders des partis politiques. *(N.d.T.)*

un semblant de féminité. Le crêpe plissé au-dessus de la poitrine révélait que celle-ci, une fois les baleines ôtées, s'affaisserait comme un coussin trop peu rembourré. Le chapeau vulgaire foisonnait de plumes d'autruche, la robe de mousseline légère ne convenait ni au temps ni à un long périple, les fins souliers de satin étaient crottés – oh, Lydia ! La chevelure blonde, jadis magnifique, n'avait pas été lavée depuis des mois et pendait en boucles grasses, tandis que les grands yeux bleus qui rappelaient tant ceux de sa mère arboraient de larges traînées de ce produit destiné à noircir les sourcils. On aurait cru qu'elle avait été battue, mais George Wickham avait quitté l'Angleterre depuis quatre ans, aussi cela lui avait-il été épargné – à moins qu'un autre ne s'en fût chargé.

Charlie posa son livre ; devançant Elizabeth, il s'élança vers la nouvelle venue, lui prit les mains, puis la guida vers une chaise devant le feu.

— Là, tante Lydia, venez vous réchauffer, ordonna-t-il avec douceur. Maman vous a apporté des vêtements plus confortables.

— Noirs, j'imagine, observa Lydia qui lança un regard courroucé à l'endroit de sa sœur aînée. Seigneur, l'horrible couleur ! Mais nécessaire, si maman est morte. Je ne l'aurais jamais crue si fragile. Oh, comme je regrette qu'on ait envoyé George en Amérique ; j'ai tellement besoin de lui !

Apercevant l'aubergiste qui se tenait sur le seuil, son visage s'éclaira soudain :

— Trenton, une chope de bière, je te prie, commanda-t-elle – cet abominable personnage m'a contrainte à le suivre, l'estomac vide. De la bière, du pain, du beurre, du fromage : à l'instant !

Mais avant que l'homme ainsi interpellé ne pût réagir, Ned reparut dans la pièce avec un grand bol de café qu'il posa devant elle. Il était suivi d'une servante qui portait un plateau chargé de boissons chaudes et froides destinées à chacun.

— Pas de bière, décréta le sombre géant d'un ton bref, puis il inclina la tête devant Mrs Darcy et son fils avant de s'en aller faire son rapport à Fitz, dans la salle commune.

Amener Mrs Wickham avait été une véritable comédie. Il l'avait trouvée sirotant sa troisième bouteille. Quant au gamin naïf qu'elle avait déniché pour chauffer ses draps, un seul regard avait suffi à le faire décamper. Assisté du propriétaire terrifié de l'Auberge de la Charrue et des Étoiles ainsi que de sa sinistre épouse, Ned avait forcé Lydia à ingurgiter une grande quantité d'eau mêlée de moutarde ; peu à peu, le vin était remonté. Lorsqu'il avait été certain qu'il n'en restait plus trace dans son estomac, Ned avait interrompu ses impitoyables purges. La tenancière avait empaqueté les affaires de Mrs Wickham dans deux petites malles. « La pauvre ne possède rien qui la protégera convenablement du froid, hormis cette chétive étole », avait-elle remarqué. Les bagages attachés à l'endroit où le singe[1] se fût perché en temps normal, Ned avait jeté sa captive éperdue sur le siège, puis fouetté les chevaux du carrick de Mr Darcy dans la nuit glacée, sans un regard pour sa passagère.

Cher Charlie ! Il avait persuadé sa tante d'avaler un bol de porridge, une tranche de pain et un café revigorant. Une Lydia quelque peu rafraîchie au bras, Elizabeth se dirigea vers la chambre où Mrs Trenton avait sorti des culottes et des chemises propres, des jupons, ainsi qu'une robe de laine noire unie à laquelle on avait en hâte ajouté un volant de façon à l'allonger en suffisance, car Mrs Wickham dépassait sa sœur d'une demi-tête.

---

1. Nom parfois donné au groom qui prenait place à l'arrière des attelages à deux chevaux. *(N.d.T.)*

— Quel détestable personnage ! gémit Lydia tandis qu'Elizabeth et Mrs Trenton la dévêtaient pour la laver et la débarrasser de l'horrible odeur qui se dégageait d'elle, mélange de vin, de vomissures, de crasse et d'abandon. Il m'a gavée pour me faire raquer mes tripes comme si j'avais été l'une de ses putains !

— Maman est morte, Lydia, lui rappela Elizabeth, tendant du bout des doigts le corset crasseux à Mrs Trenton, à qui elle indiqua d'un signe de tête qu'elle continuerait seule. M'as-tu entendue ? Elle s'est éteinte paisiblement dans son lit.

— Eh bien, elle aurait pu choisir un meilleur moment !

Les yeux injectés de sang s'écarquillèrent, étrangement semblables à deux billes de verre dans ce visage récuré et blafard, puis elle poursuivit :

— Comme elle me favorisait au-delà de vous toutes ! Je parvenais toujours à l'amadouer.

— Ne pleures-tu pas sa disparition ?

— Oh, je le devrais, sans doute, mais près de vingt années se sont écoulées depuis que je l'aperçus pour la dernière fois – et je comptais alors à peine seize ans.

— Oui, l'oubli survient aisément, soupira Elizabeth, qui écarta délibérément la pensée qu'à la mort de leur père, Fitz avait tranché les liens qui unissaient les cinq sœurs, rendant impossible qu'elles se rencontrent sans son approbation.

La tâche n'avait rien eu de difficile : toutes dépendaient de lui, d'une manière ou d'une autre. Dans le cas de Lydia, la dépendance était financière.

— Tu as passé davantage d'années au côté de George Wickham qu'en compagnie de maman et de papa.

— Non, ce n'est pas vrai ! glapit Lydia qui lança un regard furieux en direction de l'habit dont il lui fallait se vêtir. Il me quitta pour combattre en Espagne, puis pour l'Amérique. Bien que femme de l'armée, jamais je n'en suivis le tambour.

Seigneur, dire que maman est morte! Cela dépasse l'imagination. Quelle horrible robe, Lizzie, vraiment. Des manches longues! Doit-on véritablement la boutonner jusqu'au col? En outre, sans baleines, ma poitrine me tombe sur la taille!

— Tu prendras froid, Lydia. Trois jours nous seront nécessaires pour atteindre Shelby Manor et, même si Fitz fait son possible pour chauffer la voiture, elle demeure ouverte à tous vents.

Elle donna un manchon à sa jeune sœur, s'assura que la coiffe noire sous le sévère bonnet lui couvrait les oreilles, puis la ramena au salon.

Jane et Charles, partis quatre heures plus tôt de Bingley Hall, étaient arrivés en leur absence. Tandis que Charlie accordait de nouveau toute son attention à Gibbon, Bingley et Darcy s'entretenaient d'un ton grave devant la cheminée. Derrière la table, Jane, effondrée, pressait un mouchoir contre ses yeux. *Comme cet éloignement est triste qui nous sépare même en cette heure douloureuse*, songea Elizabeth.

— Jane, ma chérie!

Elle serra sa sœur dans ses bras. Celle-ci répondit à son étreinte avec un égarement exalté, un redoublement de sanglots et des bredouillis incompréhensibles; plusieurs jours lui seraient nécessaires pour que ses émotions, enfin apaisées, lui permettent de s'exprimer en toute lucidité.

Comme doué d'un sixième sens, Charlie posa son livre et se dirigea en hâte vers Lydia qu'il guida vers une chaise en la complimentant à profusion sur cette couleur noire qui faisait ressortir sa beauté, sans lui laisser le temps de se servir une chope de la bière apportée pour sustenter les hommes. Fitz claqua des doigts et Trenton, d'un geste vif, fit disparaître la cruche.

— Père? s'enquit Charlie.

— Oui?

— Puis-je effectuer le trajet avec tante Lydia dans la voiture d'oncle Charles? Maman appréciera de voyager en compagnie de tante Jane.

— Oui, acquiesça Darcy d'un ton sec. Charles, poursuivit-il en se tournant vers Bingley, il nous faut partir.

— Ned Skinner chevauchera-t-il avec nous? demanda son compagnon.

— Non, une autre tâche l'attend. Nous serons à même de nous offrir quelques bons galops. Les femmes logeront aux Trois Plumes, à Derby, mais toi et moi atteindrons aisément mon pavillon de chasse. Nous les retrouverons demain soir à Leicester.

Bingley se tourna vers sa femme, le visage anxieux, mais il était trop accoutumé à se plier aux désirs de Fitz pour élever une quelconque objection à l'idée de laisser Jane entre les mains d'Elizabeth. Il reconnaissait de surcroît qu'une épouse frappée de douleur trouverait plus de réconfort auprès d'une sœur que d'un mari. En outre, le relais de Fitz dans le Leicestershire romprait efficacement la monotonie de ces quatre-vingts lieues qui les séparaient de Shelby Manor.

Seules ses sœurs ainsi que leurs époux logeraient à Shelby Manor, songea Mary; le reste de la famille devrait se répartir entre le Sanglier Bleu et les autres pensions de Hertford. Non qu'elle possédât la moindre autorité sur ce sujet; comme toujours, Fitz s'occuperait de tout, de la manière dont il avait maîtrisé le plus infime détail de la gestion quotidienne du manoir, comme le règlement des maigres épingles[1] versées à sa belle-sœur. Fitzwilliam Darcy, au cœur de tous les réseaux.

1. Don ou gratification que l'on accordait à une femme pour services rendus. *(N.d.T.)*

Il avait agencé un isolement confortable pour sa belle-mère, loin de ses filles à l'exception de Mary, l'agneau sacrificiel. Personne n'avait semblé disposé à s'attirer l'inimitié de Darcy, même ceux qui, à l'image de Kitty, avaient si peu affaire à lui. Pauvre maman, qui avait aspiré en vain à une visite de Lydia tandis que celles, éphémères, de Kitty avaient cessé depuis longtemps déjà. Seules Elizabeth et Jane avaient continué de venir la saluer ces dix dernières années, quoique la constitution fragile de Jane l'empêchât à plusieurs reprises d'entreprendre le long voyage. En tout état de cause, Elizabeth s'était infailliblement présentée en juin à Shelby Manor aux fins d'emmener sa mère à Bath, en villégiature – une visite principalement destinée à fournir à Mary un moment de détente. Oh, et quelle récréation cela avait représenté ! Lizzie emmenait toujours Charlie avec elle, qui demeurait en arrière et tenait compagnie à sa tante. Nul n'eût imaginé leurs diableries, leurs jeux, les lieux où ils se rendaient, les activités auxquelles ils se livraient. Absolument pas le genre d'occupations que l'on eût communément évoquées lorsqu'une tante célibataire escortait son neveu !

Kitty arriva de Londres le jour qui suivit la mort de Mrs Bennet, plutôt calme malgré ses yeux gonflés. La plus grande partie de son chagrin s'était déversée en route, chagrin tempéré et atténué grâce à la commisération dont avait fait preuve miss Almeria Finchley, son indispensable chaperon. Cette dernière, décida Mary, bénéficierait d'un lit d'appoint dans la chambre de sa jeune sœur.

— Kitty n'appréciera pas du tout, mais devra néanmoins s'en accommoder, déclara Mary à Mrs Jenkins.

Devant sa sœur, elle s'efforça à plus de tact :

— Je te trouve plus élégante que jamais, ma chérie, la complimenta-t-elle lors du thé.

Elle disait vrai, aussi Lady Menadew se rengorgea-t-elle :

— C'est une sorte de chic, en vérité, confia-t-elle. Ce cher Menadew s'éleva lui-même fort haut et s'émerveilla tout comme toi de mon apparence. Ne te méprends pas, Mary, ma chérie, j'ai apprécié à sa juste valeur de rester avec Lizzie à Pemberley pendant deux années, jusqu'à ce que Louisa Hurst m'en délivre. Dieu du ciel, comme sa fille était surannée ! s'exclama Kitty avec un gloussement. Et quelle douleur elle éprouva lorsque je contractai cet excellent mariage !

— Menadew n'en avait-il point dépassé l'âge ? s'enquit Mary, dont les dix-sept ans passés auprès de sa mère n'avaient pas émoussé l'abrupte franchise.

— Eh bien, en nombre d'années, peut-être, mais en aucun autre aspect. Je capturai son regard, m'apprit-il, parce que je ressemblais à « une pierre brute qui attendait de se transformer en un diamant de la plus belle eau ». Un homme délicieux, ce Menadew ! Un parfait époux.

— Je n'en doute pas.

— Bien que, poursuivit Kitty, il s'éteignît précisément au bon moment. Mon enthousiasme flanchait quelque peu et lui-même commençait à se lasser.

— L'amour ne faisait-il pas partie de l'équation ? s'enquit Mary qui ne s'était jamais trouvée seule en compagnie de sa sœur suffisamment longtemps pour satisfaire sa curiosité.

— Grands dieux, non ! Quoique l'état de mariage se révélât plaisant, Menadew demeurait mon maître. J'obéissais à tous ses ordres et à ses moindres caprices. Mon existence de veuve, en revanche, me procure un bonheur infini : plus de commandement ni de toquades, Almeria Finchley ne me harcèle point, j'ai mes entrées dans les meilleures maisons et je jouis d'une rente des plus confortables.

Elle tendit un bras pour exhiber les élégants entrelacs en perles de jais qui ornaient ses longues manches et poursuivit :

— Mrs Belléme s'arrangea pour me faire parvenir cette tenue avant mon départ de Curzon Street, à laquelle elle ajouta trois robes de deuil tout aussi gracieuses, fort chaudes, mais néanmoins en vogue.

Ses yeux bleus encore embués d'une ultime larme s'éclairèrent soudain :

— Seule Georgiana peut rivaliser avec moi ; Lizzie et Jane sont plutôt mal fagotées, tu sais.

— Je te l'accorde pour Jane, mais Lizzie ? On la désigne comme le plus bel ornement de Westminster.

Kitty renifla avec dédain.

— *Westminster!* Pas même des lords mais les Commons ! En quoi se grandit-on à régner sur un troupeau de maussades membres du Parlement, je te le demande ? Fitz aime à l'attifer de brocarts, de velours, de diamants et de rubis ; ils affichent une certaine magnificence, certes, mais ne respectent nullement la mode.

Kitty dévisagea pensivement sa sœur.

— À présent que l'exceptionnel apothicaire de Lizzie a lissé les nervures de ton visage et que son dentiste s'est occupé de ta dent, ta ressemblance avec Elizabeth s'est affirmée, Mary. Quelle pitié que ces améliorations soient survenues trop tard pour que tu puisses trouver ton propre lord Menadew !

— La perspective de demeurer célibataire ma vie entière ne m'accable nullement, répliqua Mary, imperturbable. En outre, un visage reste un visage. Je bénis le ciel de m'avoir libérée de mes infections, le reste ne signifie rien.

— Chérie, s'écria Kitty, choquée, tu dois te réjouir de l'embellissement de ton apparence, à présent que maman n'est plus. Peut-être ne souhaites-tu pas le mariage, mais celui-ci t'apporterait cependant plus d'agréments que la solution qui s'offre à toi, à moins que tu ne jubiles à l'idée de te plier aux désirs des uns et des autres, ce qui ne manquera pas de survenir si tu emménages à Pemberley ou à Bingley Hall. Quoique je ne doute pas que Fitz te fournisse une existence confortable, je crains qu'il n'étende pas ces commodités au luxe d'une dame de compagnie ou d'un cabriolet. Il se montre fort rigoureux.

— Je constate, remarqua Mary en coupant le gâteau, que tu juges de son caractère de la même manière que moi. Il distribue ses deniers en fonction de la nécessité, ne connaissant le mot « charité » que dans un lexique. La plus grande partie des sommes fabuleuses qu'il dépensa pour nous, les Bennet, servit à soulager son propre embarras, que celui-ci fût causé par George Wickham ou par maman. Maintenant que notre mère n'est plus, je pressens qu'il se montrera moins disposé à faire preuve de générosité à mon endroit, en particulier, conclut-elle alors que la pensée se formait pour la première fois dans son esprit indiscipliné, si mon visage cesse de me condamner au statut de tante célibataire.

— Sir Peter Cameron est en quête d'une épouse, révéla Kitty. Il te conviendrait, je gage – il n'exige pas une grosse dot, aime les livres et possède un caractère des plus bénins.

— Je te défends même d'en caresser l'idée ! Bien que, je l'avoue, la perspective de vivre à Pemberley ou à Bingley Hall ne m'enchante nullement. Lizzie pleure souvent, m'a appris Charlie – elle et Fitz ne se côtoient guère depuis que ce dernier a pris place sur les bancs du premier rang et, lorsqu'ils se trouvent ensemble, il lui témoigne une grande froideur.

— Ce cher Charlie ! s'exclama Kitty.

— Tu m'ôtes les mots de la bouche.

— Fitz ne l'apprécie guère ; il le trouve trop délicat, observa Kitty avec une rare perspicacité.

— Fitz le juge trop sévèrement, lâcha Mary d'un ton sec. Il n'existe pas de jeune homme plus aimable ou prévenant que Charlie.

— Je te l'accorde, chère sœur, mais les gentlemen agissent étrangement quand il est question de leurs fils. Ils déplorent à grands cris tout penchant pour le vin, les dés, les cartes ou les femmes de peu de vertu, mais, dans le secret de leur cœur, ils considèrent cela comme d'inévitables fredaines qui ne dureront pas. En outre, cette commère de Caroline Bingley ne cesse de dénigrer Charlie, qu'elle désigna très tôt comme le talon d'Achille de Fitz.

Il est temps de changer de sujet, songea Mary. Ajouter à la perte qu'elle venait de subir un chagrin bien plus intense – l'amour qu'elle vouait à Charlie – ne la mènerait à rien.

— Il se peut que les Collins se présentent demain.

— Oh, Seigneur ! gémit Kitty, puis elle gloussa. Te souviens-tu des soupirs que tu poussais après cet horrible personnage ? Quelle pitoyable créature tu faisais, alors, Mary ! Qu'advint-il qui te fit changer d'opinion ? Ou bien soupires-tu encore après Mr Collins ?

— Certes non ! Le temps et l'inaction m'en ont guérie. On ne saurait s'abandonner plus d'un certain temps à de vains désirs et, lorsque Charlie logea pour la première fois à Shelby Manor, je pris conscience de mes errements. En réalité, admit-elle, mon neveu me les désigna ; il me demanda simplement pourquoi je ne nourrissais pas de pensées qui me fussent propres, et s'en étonna. Il avait dix ans ! Il m'arracha la promesse que je cesserais de lire des « livres chrétiens » pour leur préférer des idées élevées – de celles qui « aiguillonneraient mon esprit », selon ses termes. Tu sais, il se montrait déjà plutôt impie. Lorsque Mr et Mrs Collins se présentèrent pour une visite, il se prit de compassion à leur endroit ! Mr Collins en raison de sa grossièreté et de sa sottise, Charlotte parce qu'elle cherchait à faire paraître son époux plus acceptable.

Le sourire de Lizzie éclaira le visage de Mary – chaleureux, tendre, amusé.

— Oui, Kitty, poursuivit-elle, tu peux adresser tes compliments à Charlie pour ce que tu vois aujourd'hui, jusqu'à ma peau lisse ou ma dent redressée. C'est lui qui demanda à sa mère ce qui pouvait se tenter.

— Alors, je regrette de ne pas mieux le connaître, affirma Kitty, qui ajouta avec un air malicieux : remarqua-t-il tes qualités de chanteuse ?

Un éclat de rire lui répondit :

— Absolument ! Mais mon neveu n'est point homme à laisser quiconque lésé. Lorsqu'il dénonça mon inaptitude à chanter, je poussai un cri strident ; il m'enjoignit alors d'abandonner le chant aux rossignols, puis passa la journée à me persuader que je jouais du pianoforte aussi bien que Herr Beethoven.

— Qui est-ce ?

— Un Allemand. Charlie l'a entendu à Vienne où Fitz essayait de brider les élans de Bonaparte. Je te jouerai l'un de ses morceaux les plus simples ; Charlie n'omet jamais de m'offrir la partition d'une création récente pour mon anniversaire.

— Charlie, Charlie, Charlie ! Tu l'aimes décidément beaucoup.

— À la folie, renchérit Mary. Il s'est montré si bon avec moi toutes ces années. Ses visites illuminent mon existence.

— Quand je t'entends t'exprimer de la sorte, je confesse ressentir une pointe de jalousie. Ma chère Mary, tu as vraiment changé !

— Pas en tout, ma sœur. Je continue d'exprimer franchement mes pensées, en particulier à l'endroit de Mr Collins. Lorsque je l'imaginais à la recherche d'une femme magnifique, siffla-t-elle, je l'excusai de courtiser Jane ou Lizzie, mais le fait qu'il s'intéressât à Charlotte Lucas m'ouvrit enfin les yeux. Cette femme se montre aussi peu appétissante qu'un vieux gâteau. Je découvris alors qu'il ne se montrait pas digne de mon affection.

— Je ne prétendrais point jouir de la profondeur de ton esprit, Mary, déclara Kitty d'une voix pensive, mais je me suis souvent interrogée sur la bonté de Dieu à l'endroit des moins exaltantes de Ses créatures. En tout état de cause, Mr Collins, cet homme d'Église parcimonieux, eût dû subsister avec difficulté, mais il prospère sans qu'aucun mérite lui revienne.

— Oh, il affronta son lot de difficultés lorsque Lizzie épousa Fitz, puis que s'éteignit papa et qu'il hérita de Longbourn. Il semble en outre que lady Catherine de Bourgh ne lui ait jamais pardonné quelque chose – mais je ne sais quoi.

— Je le sais, moi. Se fût-il trouvé du goût de Lizzie, cette dernière l'eût épousé au lieu d'enlever Fitz à Anne de Bourgh.

— Eh bien, Sa Seigneurie a disparu depuis longtemps, et sa fille avec elle, soupira Mary.

— Ce qui prouve plus avant combien mystérieuses se révèlent les voies du Seigneur!

— De quoi diable parles-tu?

— De cette grippe qui emporta les deux de Bourgh aussitôt après l'union du colonel Fitzwilliam et d'Anne! Ou devrais-je dire: du « général » Fitzwilliam? Il entra en héritage de Rosings et de cette immense fortune juste à temps pour devenir un veuf respectable et avant que quiconque ne se prenne de passion pour cette chère Georgiana.

— Hum, grogna Mary avec amusement. Georgiana ne nourrissait nullement l'intention d'accepter quiconque hormis le colonel – ou le général, si tu préfères. Cependant, je n'approuve point l'union entre cousins germains. Leur fille aînée affichait de tels stigmates qu'il leur fallut l'enfermer.

— Lady Catherine, lady Anne, lady Maria : des sœurs d'infortune.

— Elles épousèrent des hommes fort riches.

— Comme il se devait, étant filles de duc, protesta Kitty. Leur père se montrait fier comme un paon – la moindre odeur de commerce eût anéanti ce vieux gentleman. Il s'agissait du père du général – et il s'est avéré qu'il avait fait fortune grâce au coton et aux esclaves !

— Tu fais preuve d'un ridicule achevé, ma chère Kitty ! Ta vie se résume-t-elle à cancaner et à divaguer de la sorte ?

— Probablement.

Le feu menaçant de s'éteindre, Kitty tira sur le cordon qui appelait Jenkins. Puis elle s'enquit :

— Crois-tu réellement que les Collins parcourront cinq lieues pour venir présenter leurs condoléances ?

— Je le crains fort. Mr Collins renifle la tragédie ou le scandale à cent lieues, en franchir cinq ne le rebutera point. Lady Lucas les accompagnera et il nous faut nous attendre à la présence constante de tante Philips. Une attaque de son lumbago l'empêcha de nous rejoindre dès aujourd'hui, mais une bonne crise de larmes l'en guérira.

— Au fait, Mary, Almeria doit-elle dormir avec moi ? Elle tend à ronfler, et je sais en outre qu'il existe une jolie chambre dans le grenier. Je te rappelle que ma compagne est une lady, pas une simple chambrière.

— Je destine la chambre du grenier à Charlie.

— Oh ! Viendra-t-il ?

— Sans aucun doute.

Bien que la coutume défendît aux femmes d'assister aux funérailles, Fitzwilliam Darcy avait décrété que l'on ignorerait cette règle sociale à l'occasion des obsèques de Mrs Bennet. Elle n'avait engendré aucun fils et, sans ses cinq filles, l'audience eût été par trop réduite. La décision s'était par ailleurs étendue au reste de la famille ; les femmes suivraient la cérémonie, à l'église comme au cimetière, et ce malgré les objections de certains, comme le révérend Collins qui tordait en outre le nez parce qu'on n'avait point requis de lui qu'il officiât. Dès lors, les belles-sœurs de Jane – Mrs Louisa Hurst et miss Caroline Bingley – firent le trajet depuis Londres tandis que les proches amies de Mrs Bennet – sa sœur Mrs Philips, ainsi que les connaissances de cette dernière, lady lucas et Mrs Long – franchirent la courte distance qui séparait Meryton de Shelby Manor. *Voici enfin réunies les cinq filles Bennet*, songea Caroline Bingley lorsque le service s'acheva et avant que ne commençât la procession.

Jane, Elizabeth, Mary, Kitty et Lydia… Vingt années passées dans les limbes à cause d'elles et de leur beauté légendaire. Bien sûr, celle-ci s'était fanée, avait perdu de son éclat – de la même manière toutefois que son propre charme s'était atténué. Jane et Elizabeth empruntaient à présent le chemin semé d'embûches de la quarantaine, mais Caroline elle-même avait survécu à ses pièges et abordait à présent l'effrayante perspective de la cinquantaine. Comme Fitz. Ils avaient sensiblement le même âge.

Avec Jane, Dieu semblait avoir greffé la tête d'une jeune femme de vingt-deux ans sur un corps âgé du double. Son visage possédait des yeux calmes, couleur de miel, une peau satinée dénuée de rides, et un teint merveilleusement délicat qu'entourait une chevelure luxuriante aux reflets d'or. Las, ses douze grossesses avaient eu raison de son corps de sylphide, bien qu'elle n'eût point grossi à proprement parler : sa taille s'était simplement épaissie et sa poitrine alourdie. Elle affichait la blondeur caractéristique des Bennet ; toutes, au demeurant, bénéficiaient d'une même couleur plus ou moins marquée, laquelle n'étonnait point quand on songeait aux parents.

Elizabeth et Mary possédaient les plus magnifiques chevelures de la famille : épaisses, bouclées, d'un blond vénitien flamboyant que miss Bingley décrivait en son for intérieur comme roux. Leur peau rappelait l'ivoire tandis que leurs iris gris à l'expression sereine s'ombraient à tout instant de violet. Bien entendu, la beauté d'Elizabeth n'égalait pas celle de Jane – elle possédait une bouche trop grande aux lèvres trop pleines –, mais, pour des raisons qui échappaient encore à Caroline, les hommes la trouvaient néanmoins plus séduisante. Sa superbe silhouette était serrée dans du renard noir, tandis que Mary portait un lugubre vêtement de serge, un bonnet des plus choquants et une pelisse plus déplacée encore. Mais cette dernière subjuguait miss Bingley, qui ne l'avait pas vue depuis dix-sept ans : l'intervalle avait permis à Mary de se transformer en une beauté à l'égal d'Elizabeth. À tout le moins eût-ce été le cas si sa bouche naturellement généreuse n'avait gardé ce pincement sévère : cette moue, à elle seule, proclamait la vieille fille. Possédait-elle encore cette horrible dent de travers ?

Elle connaissait Kitty. Lady Menadew de la Chevelure de Blé et de l'Œil d'Azur, au veuvage splendide, élégant, à la mode. Aussi affable que frivole, elle semblait compter vingt-sept ans et non trente-sept. Ah, comme ce cher frère Charles les avait bernés ! Maudit soit Desmond Hurst ! Lorsque ses débauches eurent vidé ses poches, il s'était tourné vers Charles Bingley, son beau-frère, lequel avait accepté de payer les nombreuses ardoises à une condition : que Louisa offre à Kitty Bennet une saison à Londres[1]. Après tout, avait argumenté Charles, Louisa y élevait sa propre fille, pourquoi n'eût-elle pris soin d'une seconde

1. Au XIXe siècle, la haute société anglaise transférait sa maisonnée à Londres en hiver lorsque siégeait le Parlement, ce qui entraînait de considérables dépenses en sorties, bals, divertissements, etc. *(N.d.T.)*

jeune femme ? Pris à la gorge, Desmond Hurst avait accepté. Qui eût deviné que cette impudente filerait au bras de lord Menadew – certes guère un premier prix au Marché du mariage, mais assurément un excellent parti malgré son âge avancé – tandis que cette chère Posy (comme on nommait Letitia) échouait à dénicher un époux et amorçait un lent déclin – défaillances, vapeurs, perte d'appétit ?

Avec Lydia, les choses étaient différentes : à l'inverse de Jane, elle semblait avoir dépassé la quarantaine. Quel âge avait-elle ? Trente-quatre, trente-cinq ans ? Caroline imaginait sans peine les expédients qu'avait déployés sa famille pour empêcher que Mrs Wickham se noyât dans la dive bouteille. Les Bingley n'avaient-ils pas enduré une situation semblable avec Mr Hurst ? Ce dernier avait succombé à une attaque d'apoplexie huit ans plus tôt, permettant à Caroline de quitter la demeure de son frère pour s'établir dans la résidence des Hurst de Brook Street en compagnie de Louisa et de Posy, où elle s'était abandonnée sans retenue à son activité favorite : réduire Elizabeth Darcy et son fils en pièces.

Une boule se forma dans sa gorge lorsqu'elle aperçut Fitz et Charles qui émergeaient de l'église. Ils portaient le petit cercueil de leur belle-mère sur leurs épaules, aidés de l'insignifiant Mr Collins et de Henry Lucas, ce qui occasionnait à la bière en bois de rose une inclinaison intéressante, mais non précaire. *Oh, Fitz, Fitz ! Que vous prit-il de vous éprendre d'elle et de l'épouser ? Je vous eusse donné de* vrais *fils, à l'inverse de cet exemplaire grotesque ! Le monde le croit un adepte de l'amour socratique. Pourquoi ? Parce qu'aux yeux de chacun, sa beauté à couper le souffle l'y prédispose, mais aussi parce que les liens qui m'attachent à cette famille apportent une éminente crédibilité à cette rumeur que je me suis appliquée à propager. Dénoncer chez le fils une défaillance si étrangère à la complexion du père représente une manière de punir ce dernier de ne point m'avoir épousée. Vous eussiez dû percer mon stratagème à jour: invariablement, les rumeurs commencent à la suite d'une parole que je prononce. Mais non, vous me croyez,* moi, *non votre fils.*

Les narines de son nez oblong se dilatèrent; en venant enterrer la vieille écervelée, elle avait senti une vague odeur de trouble. Depuis un moment déjà, le couple Darcy connaissait des hauts et des bas, mais la morosité du ménage prenait une tournure des plus visibles. La distance hautaine de Fitz avait reparu sur son visage; cette expression en avait totalement disparu au cours des premières années de son union, mais l'instinct de Caroline avait cependant soufflé à cette dernière que Fitz ne jouissait pas du bonheur qu'il avait affiché devant l'autel. Peut-être nourrissait-il quelque espoir ou bien aspirait-il encore à une conquête – de quoi? elle n'eût su dire –, mais en tout état de cause, la passion de Fitz pour son épouse ne l'avait pas rendu heureux.

La procession atteignit le cimetière; le cortège louvoya entre les pierres tombales datant des croisades. Miss Bingley et Mrs Hurst marchaient en compagnie de Georgiana et du général Hugh Fitzwilliam, quelque part au milieu de la congrégation. Adieu, Mrs Bennet, stupide femme!

Caroline laissa errer son regard sur l'assemblée jusqu'à ce qu'elle croise celui de Mary. Elle demeura interloquée. Ses yeux gris-violet étaient fixés sur son visage, comme s'ils devinaient ses pensées. Qu'était-il arrivé à ces prunelles pour qu'elles affichent cette intelligence, cette profondeur, cette vivacité? Mary s'appuyait contre Charlie, qui lui tenait la main: étrange couple. Quelque chose dans leur attitude révélait une distance devant cette parodie sentimentale, comme si leurs corps avaient été présents tandis que leurs esprits évoluaient en d'autres lieux.

Ne sois pas ridicule, Caroline! se morigéna-t-elle, puis elle s'approcha furtivement d'un monument funéraire pour s'y adosser ; ce nabot de révérend Collins s'apprêtait à ajouter quelques mots à un service déjà trop long. Lorsqu'elle eut discrètement trouvé la position qui soulageait son corps, Mary et Charlie avaient repris leur apparence naturelle. *Une idée en vérité grotesque, Caroline ! Heureusement que nous avons, Louisa et moi, commandé la voiture aussitôt après les funérailles ; un échange de civilités avec les cinq sœurs Bennet à Shelby Manor ne représente guère une attrayante perspective. Fouette, cocher ! et nous arriverons peut-être à Londres à la nuit tombée. Si l'on m'invite toutefois cet été à Pemberley, je m'y rendrai. Avec Louisa, bien entendu.*

2

Tous les visiteurs hormis les habitants de Pemberley avaient quitté Shelby Manor, anxieux de rentrer à temps pour passer les fêtes de Noël auprès des enfants et des proches. Jane, en particulier, ne souffrait pas de s'éloigner plus d'une nuit de Bingley Hall, excepté lorsqu'elle se rendait à Pemberley.

— Elle prend de nouveau du poids, soupira Elizabeth à l'adresse de Mary.

— Je sais que je ne suis pas censée connaître ces choses, Lizzie, mais ne pourrait-on pas demander à Charles de le sceller avec un bouchon?

Le visage d'Elizabeth prit une teinte cramoisie; elle leva ses mains à ses joues en feu et bredouilla:

— Mary! Comment... comment peux-tu être informée de ces... ces détails et te montrer aussi indélicate?

— Je les ai appris en lisant les livres de la bibliothèque; en outre, je suis lasse de montrer une quelconque délicatesse à l'égard de sujets qui concernent toutes les femmes! rétorqua Mary. N'entends-tu pas que ces grossesses successives anéantissent cette pauvre Jane? Une jument recevrait un meilleur traitement! Douze enfants dont quatre mort-nés ou décédés à quelques mois! Et le tribut se révélerait plus lourd encore si Charles ne se voyait obligé de s'embarquer régulièrement pour l'Amérique! Je crains qu'elle ne finisse par souffrir d'un prolapsus de sa matrice; ses fausses couches ou délivrances d'enfants mort-nés sont survenues après les naissances de ceux qui survécurent. Elle est usée, épuisée!

— Ma chère Mary, cesse de parler aussi crûment, je t'en conjure! Quelle indécence!

— Balivernes! Nous sommes seules; en outre, tu es ma sœur chérie. Que devient le monde s'il ne nous est pas loisible de nous entretenir en toute franchise? Nul ne s'intéresse à la santé ni au bien-être des femmes. Si Charles ne trouve pas le moyen de satisfaire ses désirs sans engrosser Jane, il lui faudrait peut-être prendre une maîtresse. Les femmes de petite vertu ne semblent pas enfler... Hum, je devrais en trouver une et lui demander comment elle procède pour éviter les enfants, ajouta Mary d'un ton pensif, le visage éclairé par un intérêt soudain.

Elizabeth, aussi mortifiée que perplexe, fixa d'un œil rond cette apparition qui se différenciait autant de sa jeune sœur qu'une pauvresse sortie d'un misérable hameau. Mary avait-elle hérité d'une sorte de grossièreté propre aux ancêtres de leur mère? « Le sceller avec un bouchon »! Des profondeurs de sa mémoire, toutefois, et venu d'une époque depuis longtemps révolue, son sens de l'humour vint au secours d'Elizabeth; elle éclata de rire et continua un long moment, les larmes lui coulant sur les joues.

— Oh Mary, je ne te reconnais plus! déclara-t-elle lorsqu'elle eut repris son souffle. Je t'en prie, rassure-moi: tu ne profères point de tels propos en d'autre compagnie, n'est-ce pas?

— Je m'en garde bien, rétorqua Mary avec un sourire impénitent. Je les pense, voilà tout. Mais, Lizzie, avoue-le: n'es-tu point du même avis?

— Assurément. J'aime Jane de toute mon âme et je déplore profondément de voir sa santé dépérir par manque de « bouchon ».

Ses lèvres tremblèrent, mais elle reprit :

— Charles Bingley, quoique le plus charmant des hommes, demeure, à l'image de ses congénères, un parfait égoïste. Par ailleurs, ce n'est pas comme s'il essayait d'engendrer un fils – ils en comptent déjà sept.

— Étrange, n'est-ce pas? Tu enfantes des filles et Jane des garçons.

Que diable est-il advenu de Mary? Où se trouve la jeune fille fâcheuse, étroite, à l'esprit fermé qui vivait jadis à Longbourn? Peut-on changer de si complète manière, ou bien ce téméraire désir de s'affranchir du carcan qui enserre les femmes couvait-il de longue date? Quelle muse, jadis, la poussa à chanter alors qu'elle ne savait ni moduler une note, ni user de son souffle, ni régler le volume de sa voix? Pourquoi aspirait-elle à l'affection de Mr Collins, le personnage le plus indigne de l'amour d'une femme qui eût jamais existé? Bien qu'elle ne possédât pas de réponses à ces questions, Elizabeth entendait en revanche mieux l'attachement qu'éprouvait Charlie pour sa tante Mary.

La honte l'envahit soudain ; elle aussi avait condamné Mary, sans plus d'égards que Fitz n'en avait affiché. Elle avait exigé que sa sœur prît soin de leur mère – une tâche qui, si l'on considérait l'âge de leur génitrice, aurait fort bien pu s'étirer pendant dix-sept années supplémentaires ! Seigneur, elle eût été délivrée à cinquante-cinq ans ! Dieu merci, la fin avait sonné plus tôt ; Mary pouvait encore espérer se façonner sa propre existence !

Peut-être, songea Elizabeth, *la société erre-t-elle quand elle exige l'isolement des jeunes femmes. Notre famille reconnut toujours à Mary une certaine intelligence, même papa qui cependant raillait les recueils de sermons ou de maximes moralisatrices qu'elle lisait en ses jeunes années. Avait-elle toutefois eu d'autre choix de lecture? Papa l'eût-il autorisée à explorer librement sa bibliothèque? Non, probablement pas. Et Mary, dépourvue d'un autre moyen d'attirer notre attention, avait égrené ses pédanteries sur l'existence. Il se peut même que le chant eût également représenté une manière d'exister à nos yeux.*

J'ai toujours considéré mes jeunes années à Longbourn comme les plus heureuses de mon existence; nous étions si proches, si heureux, si protégés. *Ce sentiment de sécurité nous poussa à pardonner à maman ses errements et à papa son sarcasme. Mais les sœurs Bennet obéissaient à un strict classement: Jane et moi, les plus belles, dotées d'un avenir prometteur; Kitty et Lydia, les espiègles sans cervelle. Quant à Mary – l'enfant du milieu –, elle n'appartenait à aucune catégorie. Je la retrouve encore à travers sa nouvelle forme: impitoyable critique des fragilités humaines, méprisant les biens matériels. Mais, Seigneur, comme elle a changé!*

— Quels souvenirs te reste-t-il de nos années à Longbourn? s'enquit Elizabeth, à la recherche de réponses.

— Je me rappelle principalement ce sentiment de m'être sentie en marge.

— En marge? Oh, c'est atroce! Étais-tu heureuse?

— Je le pense – je ne m'en plaignais pas. Je crois que j'étais absorbée par une sorte de qualité que je ne distinguais ni en toi, ni en Jane, ni en Kitty, ni en Lydia. Non, non, ne t'alarme pas! Je ne condamne aucune d'entre vous, mais moi-même, en l'occurrence. Je vous imaginais, toi et Jane, obsédées par le désir de contracter de bons mariages. Quant à Kitty et Lydia, je les trouvais trop indisciplinées, trop sauvages. De ce fait, je me modelai une conduite basée sur mes lectures – comme j'ai dû sembler effroyablement prosaïque… et ennuyeuse, car Dieu sait combien mes livres l'étaient!

— En effet, tu l'étais, mais il me fallut attendre aujourd'hui pour en comprendre la raison : aucune d'entre nous ne te laissa la possibilité de te comporter d'une autre façon.

— Les défauts de mon apparence physique ne m'aidaient guère, je l'avoue. Je les considérais comme la punition d'un crime que j'ignorais.

— Pas de crime, Mary ; juste d'infortunées imperfections.

— Je te dois de m'en avoir libérée. Qui eût pensé qu'une simple cuillerée de sulfure tous les deux jours effacerait les nervures de mon visage tandis que l'extraction d'une dent permettrait aux autres de pousser à leur place ?

Elle se leva de la table du petit déjeuner avec un sourire et déclara :

— Où diable se trouvent ces messieurs ? J'eusse cru ton époux désireux de commencer de bonne heure.

— La faute en revient à Charlie – il a accompagné Jem Jenkins dans une chasse aux rats. Fitz est parti à sa recherche.

Une foule de questions se pressa dans la tête de Mary. Toutes exigeaient des réponses. *Allons, qui ne demande rien n'obtient rien !* songea-t-elle.

— Quelle sorte d'homme est Fitz ?

Elizabeth cilla devant l'abrupte franchise.

— Même après dix-neuf années de mariage, ma sœur, je confesse mon ignorance. Mon époux possède une haute opinion des Darcy et de ce qu'ils représentent, sentiment sans doute inévitable lorsque l'on s'honore d'ancêtres qui remontent à la Conquête[1]. Je me suis toutefois toujours demandé pourquoi aucun titre n'avait anobli cette longue lignée.

---

1. Allusion à la conquête de l'Angleterre en 1066 par Guillaume le Conquérant, qui marqua le rattachement de l'île Britannique au duché de Normandie. *(N.d.T.)*

— La fierté, j'imagine, déclara sobrement Mary, qui ajouta : tu n'es pas heureuse.

— L'état d'épouse ressemble à un long voyage vers l'inconnu. J'ai cru que l'amour de Fitz à mon endroit nous garantirait une existence idyllique à Pemberley, entourés de nos enfants. J'échouai toutefois à percevoir son zèle, son impatience, ses ambitions... ses secrets. Certains traits de son caractère m'échappent, mais, ajouta-t-elle avec un frisson, je ne suis pas certaine de vouloir les percer à jour.

— Quoique tes espoirs brisés me chagrinent, Lizzie, je me réjouis que nous ayons trouvé cette occasion de nous entretenir. Un élément particulier lié à Fitz te préoccupe-t-il ?

— Ned Skinner, répondit simplement Elizabeth. Leur amitié me surprend considérablement.

Mary fronça les sourcils.

— Qui est-ce ?

— Si tu nous avais rendu visite à Pemberley, tu le connaîtrais. Il officie auprès de Fitz comme assistant, contremaître, factotum. Il ne remplit point la fonction d'intendant – Matthew Spottiswoode occupe ce poste. Ned voyage souvent pour le compte de Fitz, mais pour des raisons qui m'échappent. Il possède un magnifique cottage sur le domaine et dispose de domestiques ainsi que d'écuries en propre.

— Tu prononças le terme d'« amitié ».

— Ils sont très proches. Là réside le mystère car le rang de Ned, inférieur à celui de Fitz, devrait rendre toute relation amicale impossible. Et cependant, leurs liens ne laissent aucun doute.

— Est-il gentilhomme ?

— Non, quoiqu'il en affecte les apparences.

— Pourquoi ne t'entendis-je jamais prononcer son nom ?

— L'occasion ne s'en présenta pas, je pense. Jamais nous ne nous entretînmes avec cette franchise, par le passé.

— C'est vrai. En outre, maman ou Charlie se trouvait toujours avec nous. Quand Fitz noua-t-il des relations avec ce Skinner?

— Oh, avant de m'épouser. Je me souviens de lui au début de mon union, un tout jeune homme qui suivait Fitz avec un regard d'adoration. Il est sensiblement plus jeune que…

Elizabeth s'interrompit brusquement car le maître de Pemberley entrait dans la pièce, apportant avec lui un nuage d'air glacé. *Un fort bel homme encore, même à cinquante ans*, songea Mary, *nanti de surcroît de tout ce qu'une jeune femme pourrait rechercher chez un époux, depuis la situation financière jusqu'à la prestance.* Une réflexion de Jane lui revint cependant à la mémoire; avec un soupir, sa sœur avait déploré que Lizzie n'aimât pas Darcy avec la passion qu'elle-même vouait à son cher Charles. Une remarque en tout point digne de Jane: ni accusatrice ni désapprobatrice. La simple suggestion que Lizzie, posant les yeux sur les splendeurs de Pemberley, avait aussitôt cultivé une meilleure opinion au sujet de Mr Darcy et accepté ses assiduités – repoussées avant cela jusqu'à la fugue scandaleuse de Lydia.

— Mary, un mot avant notre départ, commença Fitz qui se tourna ensuite vers sa femme: êtes-vous prête, ma chère?

— Oui. Avez-vous retrouvé Charlie?

— Naturellement. Chargé d'une dizaine de rats.

Elizabeth éclata de rire:

— J'espère qu'il se lavera les mains. Je ne veux pas de puces dans le coche.

— Il s'y emploie en cet instant. Après vous, ma chère, invita-t-il sa belle-sœur en s'écartant d'un pas avec une froide courtoisie, avant de la suivre dans la bibliothèque qui comptait des milliers de volumes. Asseyez-vous, offrit-il tandis que lui-même prenait place derrière le bureau avec la tranquille autorité de celui qui l'a payé de ses deniers – à l'égal de chacun des objets de Shelby Manor.

Les jambes soudain faibles, Mary se laissa tomber sur la chaise devant lui, mais lui fit face en relevant le menton. Allons, son corps seul faiblissait, pas sa détermination !

Un moment, Fitz la dévisagea sans prononcer une parole, son regard trahissant un vague étonnement.

— Votre ressemblance avec Elizabeth s'est affirmée, remarqua-t-il enfin. Bien sûr, votre mauvaise peau l'empêchait, jadis. Il est heureux que vous n'en possédiez plus aucune trace.

Ces aimables considérations sur son physique achevées, il évoqua une autre de ses déficiences :

— Je me souviens de votre voix ; jamais il ne me fut donné d'en entendre qui se fêlât de si horrible manière. Mes cheveux se dressent encore sur ma nuque à cette évocation.

— Vous eussiez dû m'informer plus tôt de cette terrible imperfection, mon frère.

— Ce rôle ne me revenait pas, expliqua-t-il, puis il ajouta, joignant ses mains devant lui en signe d'indifférence : ainsi, Mary, votre devoir a pris fin.

Ses yeux sombres et froids plongèrent dans ceux de son interlocutrice et reflétèrent une légère perplexité lorsqu'elle lui rendit son œillade avec la même intensité.

— Lorsque s'éteignit votre père, poursuivit-il, Charles Bingley et moi-même décidâmes qu'il vous fallait recevoir une récompense adéquate pour la disposition que vous affichiez à prendre soin de votre mère. Votre géniteur, dans l'incapacité de vous laisser quoi que ce fût, légua son capital non substitué[1] à Lydia qui en avait davantage besoin. Il

1. Allusion au domaine de Mr Bennet qui, ne pouvant être légué à ses filles, avait été substitué à un cousin mâle, Mr Collins. *(N.d.T.)*

devina que vous nous obligeriez, Charles et moi, en vous établissant à une certaine distance afin de prendre soin de votre mère.

— À une distance qui vous protégeât de sa sottise, voulez-vous dire, précisa Mary.

Il sembla surpris, puis acquiesça avec un haussement d'épaules.

— C'est cela. Pour vous remercier de votre dévouement, nous vous accordâmes cinq cents livres par an – ce qui monte le total à huit mille cinq cents livres.

— Il est en effet indéniable qu'une dame de compagnie n'obtiendrait point d'aussi généreux émoluments, remarqua Mary d'une voix calme.

— Quoi qu'il en soit, il devient à présent nécessaire de vendre Shelby Manor de la même manière qu'il fut acquis – c'est-à-dire dans son entier, avec les livres de la bibliothèque et le service de la famille Jenkins. Un acheteur s'est présenté, séduit avant tout par la qualité des domestiques. Je dois dès lors me résoudre à vous déraciner, ma sœur, ce dont j'éprouve le plus grand regret.

— Regret de pure forme, lui renvoya-t-elle avec un grognement.

Il émit un petit rire.

— Les années n'enlaidirent ni votre visage ni votre silhouette, mais enrobèrent votre langue de plus d'acide que de sirop.

— Blâmez-en une religion aussi gangrenée qu'épuisée ainsi que les nombreuses tentations offertes par une existence trop oisive. Après que j'eus mis en place des règles pour maman – ce qui ne me prit guère de temps –, les heures me pesèrent lourdement. Si vous me permettez cette métaphore, la porte grinçante de mon esprit se vit lubrifiée par le contenu de cette excellente bibliothèque, sans mentionner la compagnie de votre fils.

— Je me réjouis qu'il se révélât bon à quelque chose.

— Ne nous querellons pas au sujet de Charlie – même si, pardonnez-moi de vous le dire, chaque jour que vous passez à nier ses qualités me prouve plus avant votre aveuglement. Il s'agit de moi : à quel sort me destinez-vous à présent que ma tâche s'est achevée ?

Des couleurs avaient envahi les joues de Darcy à mesure que s'élevaient ces paroles virulentes. Il parvint toutefois à répondre avec civilité :

— Vous nous rejoindrez à Pemberley ou vous installerez à Bingley Hall auprès de Jane – le choix vous appartient et dépendra, j'imagine, de la préférence que vous nourrissez pour les filles ou les garçons.

— Dans l'un ou l'autre domaine, je mènerais une existence stérile.

Lèvres pincées, il demanda avec méfiance :

— Quel autre choix s'offre à vous ?

— Huit mille livres m'offriraient une certaine indépendance.

— Expliquez-vous.

— Je préférerais vivre seule.

— Impensable pour une femme de votre rang, ma chère Mary !

— Pourquoi pas ? À trente-huit ans, j'ai déjà prononcé mes dernières prières, mon frère. M'imposer la compagnie d'une Almeria Finchley ? Pouah !

— Vous ne paraissez pas votre âge et le savez fort bien ; nul doute que les nombreux miroirs de Shelby Manor ne vous l'aient prouvé. Souhaitez-vous partager l'existence de lady Menadew ?

— Kitty ? Je la tuerais avant un mois – si elle-même ne m'étrangle pas avant !

— Georgiana et le général accueillent Mrs Jenkinson depuis la mort d'Anne de Bourgh. Elle vous tiendrait avec joie compagnie dans, disons, un spacieux cottage, peut-être ?

— Mrs Jenkinson renifle et soupire bruyamment. Ce *tic douloureux*[1] l'accable particulièrement en hiver, lorsqu'il est impossible de sortir.

— Quelque femme plus conforme, alors ! Vous ne pouvez vivre seule.

— Aucune femme : ni conforme ni informe.

— Que voulez-vous ? lâcha-t-il, exaspéré.

— Je désire me rendre utile, accomplir une tâche qui m'élève. Je veux pouvoir, un jour, contempler mon œuvre avec fierté, avec le sentiment d'avoir mené une mission à bien.

— Croyez-moi, Mary, vous vous montrâtes déjà utile et le serez encore – à Pemberley comme à Bingley Hall.

— Non, s'obstina-t-elle.

— Faites preuve de bon sens, nom d'un chien !

— Le bon sens me faisait défaut en mes jeunes années ; nul ne se soucia de me l'inculquer, de m'offrir quelque exemple à suivre – ni mes parents ni mes sœurs. Même Elizabeth, la plus intelligente, en était dépourvue. Charmante et vive, elle jouissait d'une grande sensibilité, mais celle-ci n'égala jamais le bon sens, expliqua Mary, emportée par son élan. J'en accumulai tellement au cours de ces dix-sept dernières années, mon frère, que nul, à présent, ne me forcera ni ne m'intimidera. Le bon sens me permit de comprendre la nécessité de remplir son existence d'un dessein. J'admets n'avoir pas encore défini celui-ci, avoua-t-elle, mais je sais sans l'ombre d'un doute qu'il ne se résumera *pas* à vivre avec Lizzie ou Jane. Cela me transformerait en nuisance, en épine plantée dans leur flanc.

1. Tous les mots en italique suivis d'un astérisque sont en français dans le texte. *(N.d.T.)*

Il abandonna la discussion.

— Vous avez un mois, jeta-t-il en se levant. La promesse de vente signée, il faudra décider de votre avenir. Bannissez ce souhait de vivre seule ! Je n'y consentirai jamais.

— De quel droit vous permettez-vous de me dicter ma conduite ? gronda-t-elle, les joues empourprées, les prunelles assombries.

— Du droit qu'exerce un beau-frère, votre aîné, un homme de surcroît doté de sens commun. Ma position de ministre de ce royaume et le nom de Darcy de Pemberley dont je m'honore m'interdisent de tolérer un parent frappé d'excentricité ou d'une quelconque folie.

— Que m'achèteront huit mille cinq cents livres ?

— Un logis que je me chargerai de vous trouver si je suis assuré que vous y respecterez les convenances, situé à la campagne plutôt qu'à la ville – dans le comté du Derbyshire ou du Cheshire.

— Ah ! Où vous aurez tout le loisir d'entourer d'une étroite surveillance votre excentrique belle-sœur ! Je refuse. Cette somme m'appartient-elle ou bien fait-elle partie d'un fonds ouvert en mon nom ? J'exige une réponse – je l'obtiendrai d'une manière ou d'une autre !

— Cet argent vous appartient, placé à quatre pour cent, ce qui vous rapportera une rente d'environ trois cent cinquante livres par an, répondit Fitz, pris de court par cette furie.

Seigneur ! Comme elle ressemblait à Elizabeth ! Cela signifiait-il que son épouse cachait elle aussi une virago en son sein ?

— Où se trouve-t-il ?

— Chez Patchett, Shaw, Carlton et Wilde, à Hertford.

Le regard qu'elle lui lança lui donna une fois de plus à réfléchir ; il s'arrêta devant la porte alors qu'il s'apprêtait à la franchir et ajouta d'un ton qui n'admettait pas de réplique :

— Il me revient de conduire vos affaires, ma sœur, aussi m'en laisserez-vous le soin. Vous êtes fille de gentleman, apparentée par mariage à ma propre famille. Me défier me mécontenterait au plus haut point. J'entends que vous me transmettiez une réponse satisfaisante dès la nouvelle année.

En apparence domptée, Mary le suivit dans le vestibule, puis dans la cour où Lizzie et Charlie attendaient en compagnie de Hoskins, la chambrière d'Elizabeth qui entourait sa maîtresse de soins farouchement possessifs.

Mary prit le visage de Charlie entre ses mains et lui adressa un tendre sourire. *Une beauté presque épicène, mais dénuée de toute féminité*, songea-t-elle, *comme s'en apercevrait son égoïste de père, usât-il seulement d'un dixième de son cerveau. Ne méprisez pas Charlie, Fitz ! Il possède davantage de ces qualités qui font un homme que vous n'en compterez jamais.*

Elle étreignit Lizzie, puis le groupe se scinda pour le voyage : Darcy fièrement monté sur un étalon pommelé, Lizzie, Charlie et Hoskins confortablement installés dans la berline avec des chaufferettes aux pieds, d'épaisses fourrures autour du corps, des livres et des rafraîchissements. Mary leva la main et les salua jusqu'à ce que le lourd véhicule tiré sans effort par les six puissants chevaux eût disparu de sa vue – et de sa vie, à tout le moins en cet instant.

Mrs Jenkins pleurait.

— Essuyez ces larmes, par pitié ! s'écria Mary, exaspérée. Shelby Manor ira à sir Kenneth Appleby, aussi bon maître que lady Appleby se révélera une plaisante maîtresse. Veuillez descendre mes propres malles du grenier et empaqueter mes affaires, je vous prie. Je ne veux pas un pli, pas le moindre grain de poussière, rien d'ébréché ni de souillé. Demandez à Jenkins le Jeune d'atteler la chaise. Je sors.

— Vous rendez-vous à Meryton, miss Mary?

— Grands dieux, non! s'exclama cette dernière avec – bonté divine: *un rire*! Je pars pour Hertford et rentrerai à la maison à l'heure du thé. À la maison! répéta-t-elle en riant de plus belle. Alors que je n'en ai plus. Quelle émancipation!

*

Désœuvré, Mr Robert Wilde quitta sa chaise et se plaça derrière la fenêtre, d'où il observa l'agitation assourdie qui régnait dans la rue. Nul ne requérait qu'il établît un testament, personne n'avait besoin de l'avis d'un avoué sur quelque contentieux, et le zèle qu'il déployait en toute chose l'avait depuis longtemps poussé à ranger et à classer la pile de dossiers. Le marché n'avait pas lieu, aujourd'hui, aussi apercevait-il davantage de piétons que de chariots ou de charrettes à bras – bien qu'il découvrît Tom Naseby dans sa carriole et les demoiselles Ramsey perchées sur leurs poneys.

Là, il est revenu! Qui diable est cet individu? se demanda Mr Wilde. Hertford restait la minuscule capitale d'un chétif comté; tout ce que la bourgade comptait de bonne société avait remarqué cet homme énigmatique, puissant comme un taureau. Il apparaissait parfois monté sur un magnifique pur-sang dont la noblesse contrastait avec la fruste apparence de son cavalier. En d'autres moments – comme en cet instant – il demeurait appuyé contre un mur, ses énormes bras croisés sur son torse. *Une tournure de vilain*, décida Mr Wilde. Son clerc l'avait informé que l'homme séjournait au Sanglier Bleu, ne parlait à personne, possédait de l'or en suffisance pour s'offrir les meilleurs repas et ne montrait aucune inclination à fréquenter les quelques catins de Hertford. Il n'était point laid à proprement parler ni vieux. Qui était-il ?

Une chaise surgit au sommet de la colline, tirée par deux jolis chevaux gris, Jenkins le Jeune assis à la place du postillon : l'équipage de Shelby Manor. Miss Mary Bennet se rendait en ville pour effectuer quelque emplette. Lorsque le véhicule s'immobilisa devant la porte de son cabinet, Mr Wilde s'étonna ; quoiqu'il conduisît les affaires de Shelby Manor, dont il avait en outre et à maintes reprises aperçu la ravissante maîtresse, il n'avait jamais été présenté à cette dernière. Mr Darcy, en chemin vers Pemberley, lui avait rendu visite, mais avait omis de mentionner celle de miss Bennet. Pas de doute, cependant, c'était bien elle ! Elle émergea, vêtue de noir de la tête aux pieds, sa sublime chevelure ramassée sous une coiffe et un horrible bonnet. Le charmant visage afficha sa coutumière expression composée alors qu'elle gravissait les quelques marches qui menaient à la porte, où elle actionna le heurtoir.

— Miss Bennet, monsieur, informa le clerc qui s'effaça pour la laisser entrer.

Mr Wilde s'était déjà avancé à une distance appropriée, de façon que sa main tendue pût s'emparer du bout de ses doigts et les serrer comme le lui autorisait la bienséance.

— Mes condoléances pour la perte de votre mère, mademoiselle, l'accueillit-il. J'assistai aux funérailles, bien entendu, mais ne vous présentai point mes devoirs en personne.

— Je vous remercie, Mr Wilde.

Elle prit place avec raideur dans un fauteuil et remarqua :

— Vous semblez bien jeune pour un associé.

— Je doute qu'un Mr Patchett existât jamais, répliqua l'avoué avec un sourire. Mr Shaw et Mr Carlton se sont éteints et mon père me légua son cabinet il y a cinq ans.

Je vous assure, mademoiselle, avoir fait mes preuves et me trouver en parfaite familiarité avec les devoirs d'un homme de loi.

Cette déclaration pour le moins dénuée de professionnalisme n'altéra pas les traits de la visiteuse ; à l'évidence, elle demeurait imperméable au charme, une qualité dont Mr Wilde avait apprécié la valeur en de nombreuses occasions. Il émit un toussotement d'excuse.

— Vous êtes le dépositaire d'une somme d'argent placée en mon nom, n'est-il pas vrai ?

— Heu, en effet. Veuillez m'excuser, miss Bennet, tandis que je recherche votre dossier.

Il passa la main sur l'étagère où étaient rangés des dossiers portant la lettre « B ». Il s'empara d'une épaisse chemise et reprit place derrière son bureau. Défaisant le ruban rouge, il l'étudia brièvement.

— Huit mille cinq cents livres placées au denier quatre.

Miss Bennet replaça sa main gantée dans son manchon et afficha un air soulagé.

— À combien s'élèvent les intérêts ? s'enquit-elle.

Il leva les sourcils ; d'ordinaire, les dames n'affichaient aucune connaissance des questions financières. Reprenant l'étude du portefeuille ouvert devant lui, il répondit cependant :

— Au dernier trimestre : mille et cinq livres, dix-neuf shillings et quatre pence.

— Un total de neuf mille cinq cents livres, calcula-t-elle.

— C'est exact, à quelques livres près.

— De quels délais devrais-je m'accommoder pour tout retirer ?

— Je me permets de vous déconseiller d'agir de la sorte, mademoiselle.

— Nul ne requiert vos conseils, monsieur. Combien de temps ?

— Plusieurs semaines. Vous disposeriez de la somme au milieu du mois de janvier.

— Parfait. Je vous prie de vous mettre à l'œuvre, Mr Wilde. Lorsque mon argent sera libéré, déposez-le à la banque de Hertford et faites en sorte que je puisse y avoir accès en n'importe quelle caisse de dépôt que je visite en Angleterre.

Elle marqua une courte pause, puis répéta :

— Oui, seulement en Angleterre, à laquelle j'inclus le pays de Galles. L'Écosse, me semble-t-il, dispose de ses propres lois ; quant à l'Irlande, elle regorge de papistes. Par ailleurs, il fut porté à ma connaissance que Shelby Manor avait trouvé un acquéreur et qu'il me fallait libérer les lieux. J'aimerais les rendre vacants avant Noël plutôt qu'après. Je vous serais reconnaissante de me trouver une petite maison à Hertford que vous louerez pour six mois seulement : je compte partir en voyage en mai.

Bouche bée, il se racla la gorge, prêt à lui opposer la voix de la raison, mais l'expression décidée qu'il lut sur le visage de sa visiteuse le retint.

— Des domestiques ? demanda-t-il succinctement.

— Un couple marié, une femme de chambre, une cuisinière, une servante. Je ne nourris pas l'intention de recevoir et n'ai guère de besoins.

— Votre dame de compagnie ? s'enquit-il en prenant des notes.

— Je n'en compterai aucune.

— Mais… Mr Darcy ! s'exclama-t-il, horrifié.

— Il ne revient point à Mr Darcy d'arbitrer mon destin, déclara miss Bennet, menton relevé, lèvres serrées. Après avoir été une créature maussade des années durant, Mr Wilde, je ne désire point m'en voir imposer une.

— Mais vous ne pouvez voyager sans compagnie ! protesta-t-il.

— Je m'offrirai les services d'une chambrière dans toutes les hôtelleries que je fréquenterai, voilà tout.

— Votre attitude provoquera bon nombre de rumeurs, objecta-t-il, éperdu.

— Je méprise autant les rumeurs que l'oisiveté, deux fléaux auxquels mon sort m'exposa trop longtemps. Partageant sans nul doute l'opinion de Mr Darcy sur les personnes du sexe, vous me croyez faible et sans défense, monsieur. Vous faites erreur. S'il plut à Dieu de me libérer afin que j'accomplisse Sa volonté, le Seigneur m'assistera face aux attentions des fâcheux et aux goujateries des hommes.

Écrasé par cette volonté de fer, incapable par ailleurs de trouver un argument qui déviât miss Bennet du chemin qu'elle s'était tracé, Mr Wilde abandonna la discussion, mais résolut cependant d'en référer aussitôt par écrit à Mr Darcy.

— Tout sera fait selon vos désirs, prononça-t-il d'une voix soigneusement dépourvue d'inflexion.

Elle se leva.

— Parfait! Mandez-moi un messager à Shelby Manor quand vous m'aurez loué une maison. Jenkins se chargera de mes maigres possessions. Cela fournira quelque besogne au pauvre homme, qui est désœuvré depuis la disparition de ma mère.

Elle sortit.

Mr Wilde s'approcha de la fenêtre pour l'observer qui montait dans sa voiture; son charmant profil, aux lignes pures comme une statue grecque, se découpa derrière le panneau de verre. Seigneur, quelle femme! Elle pétrifierait Satan lui-même. *Comment, dès lors*, s'étonna Mr Wilde, *en suis-je venu à m'éprendre d'elle? Parce que mes sentiments à son endroit sont nés, puis se sont développés au fil des ans, alors que je l'apercevais de loin, tandis que cette rencontre m'apprend à quel point elle se montre unique. Les ladies convenables m'ennuient; de surcroît, j'ai toujours apprécié les femmes mûres. Je suis sous le charme ! Si elle se marie, elle mènera la danse, c'est certain !*

Mr Wilde ne s'étonnait plus de l'air désapprobateur qu'il avait lu sur le visage de Mr Darcy lorsque ce dernier avait abordé le sujet de miss Mary Bennet et de sa petite fortune – pas assez étoffée pour constituer une dot idoine ni suffisante pour permettre à une femme de bon ton de vivre en toute indépendance. L'homme de loi avait sans peine deviné l'intention de Mr Darcy que Mary Bennet s'en allât vivre à Pemberley, mais cette dernière, à l'évidence, nourrissait une tout autre ambition. À quoi destinait-elle son argent, refusant de le placer pour qu'il génère des intérêts ? Si elle omettait de l'investir, il fondrait comme neige au soleil. Non, la meilleure solution qui s'offrait à miss Bennet était celle du mariage, perspective à laquelle Mr Wilde désirait vivement s'associer – quelle que fût la danse où la future épouse le mènerait ! Cette femme dotée d'une opinion propre et qui ne craignait pas de l'exprimer ne possédait pas sa pareille.

La chaise s'ébranla. Un instant plus tard, l'inconnu appuyé contre le mur enfourcha son pur-sang et partit à sa suite. Il n'évoquait pas un garde ni une escorte ; il restait cependant indéniable qu'il suivait la voiture, mais sans que l'occupante – Mr Wilde l'aurait juré – le soupçonnât un seul instant.

Il lui fallait écrire cette lettre à Mr Darcy. Avec un soupir, l'avoué prit place derrière son bureau. Son visage s'éclaira toutefois avant même qu'il n'eût plongé sa plume dans son encrier : elle passerait l'hiver en ville... Voyons, comment contourner le fait qu'elle vécût sans chaperon ? Cela interdisait toute visite masculine. Mr Wilde n'étant point dépourvu de ressources, il passa mentalement en revue les visages de connaissance qu'il partageait avec miss Bennet. Oui, nul doute qu'elle ne reçût bon nombre d'invitations, conclut-il de son examen. Il mettrait à profit ces dîners et ces réceptions pour courtiser l'étrange élue de son cœur.

Un charmant jeune homme, ce Mr Robert Wilde, mais plutôt conventionnel, décréta Mary en son for intérieur tandis que filait la voiture ; *un subalterne à la solde de Fitz, sans aucun doute, mais qui ne fait pas preuve de servilité.* Son estomac émit un gargouillis ; elle avait faim et se réjouissait d'avaler un thé et des gâteaux en lieu et place d'un déjeuner. Avec quelle aisance elle avait mené cet entretien ! Un brin d'autorité seulement s'était révélé nécessaire. Par chance, elle avait côtoyé un maître en la matière : Fitzwilliam Darcy. Il suffisait de s'exprimer sur un ton qui n'admettait pas de réplique et même les Mr Wilde de ce monde s'inclinaient.

L'idée devait exister depuis longtemps dans un repli de son esprit, mais Mary n'en avait pleinement pris conscience que ce matin, dans la bibliothèque. « Que voulez-vous ? », s'était enquis Fitz, aiguillonné, et la réponse s'était imposée alors même qu'elle parlait de dessein, d'utilité. Si les cent yeux d'Argus pouvaient scruter tous les recoins putrides de l'Angleterre, ceux de son humble disciple, Mary Bennet, s'ajouteraient pour décrire plus avant ces perfidies qu'il dénonçait si brièvement. *J'écrirai un livre. Non point quelque roman insignifiant qui traite de jeunes filles enfermées dans de hauts donjons, mais une œuvre qui exposera les infamies dont fourmille l'Angleterre : la pauvreté, le travail des enfants, les salaires des miséreux…*

Le paysage défilait sans qu'elle en distinguât les contours, trop absorbée par ses réflexions. *On nous confine à la broderie, à l'apprentissage du pianoforte ou de la harpe, à l'aquarelle, à la lecture de livres respectables (comme ces romans insignifiants), et à une fréquentation assidue de l'église. Si les circonstances ne nous accordent pas ce confort, il nous faut frotter, cuisiner, porter du charbon ou du bois pour le feu et espérer des miettes abandonnées par le maître pour accroître notre pauvre pitance. Dieu, dans Sa grande bonté, me dispensa d'endurer ce dur labeur, mais Il n'a que faire de mes broderies ou de mes peintures insipides. Après tout, les femmes sont également Ses créatures, même quand rien ne les destine à engendrer des enfants. Si le mariage ne participe point de notre lot, alors il nous faut connaître un autre sort d'une égale importance.*

Les hommes dirigent le monde ; eux seuls jouissent d'une véritable indépendance. Le plus misérable d'entre eux ne soupçonnera jamais combien ingrate se révèle la vie d'une femme. Eh bien, après trente-huit années passées sur cette Terre, j'en ai terminé d'accommoder les hommes ! Les cheveux de Fitzwilliam Darcy se dresseront infiniment plus à la lecture de mon livre qu'après m'avoir entendue chanter. Je prouverai à cet odieux spécimen mâle que je considère sa charité comme un anathème.

Un grand feu chauffait la pièce lorsqu'elle pénétra dans le salon. Mrs Jenkins survint quelques minutes plus tard chargée d'un plateau.

— Splendide ! s'exclama Mary qui prit place dans le fauteuil de sa mère sans y penser. Des muffins, du cake aux fruits, de la tarte aux pommes : rien ne me satisferait davantage. Ne me préparez pas de dîner, je vous prie ; je me contenterai d'un thé conséquent.

— Mais votre repas cuit déjà, mademoiselle.

— Eh bien, que le personnel le mange. Le *Westminster Chronicle* est-il arrivé ?

— Oui, mademoiselle.

— Ah, Mrs Jenkins, veuillez par ailleurs noter ceci : j'aurai quitté Shelby Manor une semaine avant Noël. Cela vous laissera amplement le temps de mettre la maison en ordre avant l'arrivée des Appleby.

Réduite au silence par la surprise, la femme de charge quitta la pièce.

Six muffins, deux parts de tarte aux pommes et deux tranches de cake plus tard, Mary avala sa quatrième tasse de thé et s'empara du *Westminster Chronicle*. Ignorant les pages habituellement dévolues aux femmes qui contenaient les rumeurs de la cour et les avis de décès, elle l'ouvrit directement au courrier des lecteurs, l'une des plus célèbres rubriques de ce journal à caractère politique. Ah, une autre lettre d'Argus ! Mary la lut avidement et découvrit qu'il s'attaquait cette fois aux déportations des Irlandais vers la Nouvelle-Galles du Sud.

« Ils ne possèdent rien à manger, aussi en sont-ils réduits à voler leur nourriture, vitupérait Argus. Capturés, ils se voient condamnés à sept ans d'exil par un magistrat anglais qui les sait trop désargentés pour jamais rentrer. Leur dénuement les pousse mêmement à voler de quoi se vêtir, ce qui leur attire une peine identique. La déportation vers les colonies, procédé inhumain et cruel, entraîne ces pauvres gens à vivre une existence loin des pâturages verdoyants d'Hibernia. Je vous le requiers, pairs de la Chambre des lords, honorables membres de la Chambre des communes : faites cesser les absurdes persécutions et les déportations des Irlandais ! Non que cet odieux déracinement se limite à ce seul peuple, par ailleurs : nos propres geôles se vident, on envoie nos indigents au loin. Hogarth[1] ne reconnaîtrait *Gin Lane*[2] tant elle s'est dégarnie ! Je vous

1. William Hogarth, peintre et graveur anglais du XVIIIe siècle, célèbre pour ses œuvres satiriques, sa critique des mœurs, son intérêt pour les réformes sociales. *(N.d.T.)*

2. Estampe notoire qui dépeignait les horreurs qu'entraînait l'abus de l'alcool de gin. *(N.d.T.)*

le répète, grands de ce royaume, abandonnez cette solution pitoyable à la misère de ce pays, aussi finale que la mort, et tout aussi détestable. Nulle créature – ni homme, ni femme, ni enfant – n'est si perverse qu'elle mérite un éternel bannissement. Sept ans? Autant dire soixante-dix! Jamais ils ne reviendront. »

Les yeux brillants, Mary reposa le journal. La condamnation d'Argus de la déportation vers les colonies la captivait moins que ses diatribes attaquant les centres d'accueil pour indigents, les foyers pour travailleurs, les orphelinats, les usines et les mines, mais la plume passionnée du contestataire – quel que fût le sujet – la subjuguait. De surcroît, les nantis ne pouvaient ignorer ses constats plus avant. Argus avait rejoint les rangs des autres croisés sociaux; on le lisait et l'on commentait ses articles d'un bout à l'autre du pays. En partie grâce à lui, une nouvelle conscience morale prenait naissance en Angleterre.

Pourquoi n'apporterais-je pas, moi aussi, une pierre à cet édifice? se demanda Mary. *Argus m'a ouvert les yeux: il m'a convertie dès sa première lettre. Enfin libérée de mon devoir, me voici libre de lutter contre ces ulcères pernicieux qui corrompent mon pays. J'ai entendu mes neveux et nièces s'adresser à des mendiants comme ils n'eussent pas parlé à un chien. Seul Charlie partage ma pensée, mais il n'entre point dans sa nature de partir en croisade.*

Oui, je parcourrai l'Angleterre et rencontrerai ses indigents, puis j'écrirai mon livre. Les éditeurs rémunèrent les femmes qui narrent des histoires romanesques, mais non les auteurs de travaux sérieux, comme nous l'apprit Mrs Rowtree lors de sa lecture publique à la bibliothèque de Hertford. Mrs Rowtree écrit des mièvreries et tient en piètre estime toute prose empreinte de gravité. Celle-ci, nous informa-t-elle, devait être financée par leur auteur, ajoutant que le processus de publication coûtait environ neuf mille livres. Soit! J'utiliserai la somme dont je dispose afin de publier mon livre. Peu m'importe, une fois mon argent épuisé, de me présenter devant Fitz afin de réclamer cet asile dont il me fit l'aumône! Le jeu en aura valu la chandelle! Je crains cependant qu'il ne cherche à m'empêcher de dépenser mon argent, aussi ne respirerai-je que lorsque mon trésor aura quitté son fonds de placement pour être déposé dans une banque à mon *nom.*

« Cher Charlie, écrivit-elle le matin suivant, j'ai l'intention d'écrire un livre ! Je connais la pauvreté de ma prose, mais je me souviens des quelques compliments que tu m'adressas sur mon habileté à manier les mots. Sans me flatter d'égaler un Dr Johnson ou un Gibbon, je constate que mes nombreuses lectures m'ont permis d'exprimer mes pensées avec une certaine aisance. Je souffrais seulement de ne savoir quelles idées coucher sur le papier. Foin de cette ignorance, à présent ! Le thème qui m'occupe couvrirait de lauriers la plus humble des plumes.

J'écrirai un livre. Non, mon cher neveu, il ne s'agira pas d'un roman insipide semblable à ceux de Mrs Burney ou de Mrs Radcliffe ! Mon travail, des plus sérieux, portera sur les miséreux de ce pays. Cela, je pense, en constituera le titre : *Les Indigents de l'Angleterre.* Comme ton aide se révéla précieuse lorsque tu déclaras un jour qu'avant de porter ses fruits, tout projet devait passer par d'intenses recherches ! Certes, tu te référais alors au *Prolegomena ad Homerum*[1], mais ta réflexion m'inspira la décision de partir inspecter les orphelinats, les usines, les maisons d'accueil, les mines – ces

1. Œuvre publiée en 1795 du philologue et helléniste allemand Friedrich August Wolf, qui émit pour la première fois l'hypothèse que l'*Iliade* et l'*Odyssée* étaient en réalité une compilation de poèmes composés à plusieurs époques par divers auteurs. *(N.d.T.)*

mille et un endroits, enfin, où nos compatriotes vivent dans la misère. Une misère qu'ils récoltent pour avoir mal choisi leurs parents. Te souviens-tu d'avoir prononcé ces exactes paroles au sujet des poulbots de Meryton? Quel bel aphorisme, si vrai! La chance s'offrît-elle à nous, n'élirions-nous pas un duc ou un roi comme père, plutôt qu'un porte-balle ou un mineur?

J'aimerais, au cours de mes recherches, mettre en lumière les activités criminelles de l'un de nos grands! Je ne reculerais pas et publierais le chapitre qui lui serait dédié, sans hésiter à mentionner son auguste nom.

Lorsque j'aurai rassemblé les faits, pris des notes, tiré mes conclusions, j'écrirai mon livre. Mon voyage d'investigation débutera au mois de mai, non à Londres, mais dans le Nord où, selon Argus, l'exploitation de la misère humaine se révèle la plus crapuleuse. Les yeux me brûlent du désir de voir. Je vécus une existence protégée, passant devant des masures aux murs de boue sans les remarquer car, tu le sais, ce que découvre et dont s'accommode un enfant perd le pouvoir de choquer à l'âge adulte.

Lorsque cette missive t'aura trouvé à Oxford, j'aurai emménagé dans une maison à Hertford; je te prie de croire que je ne regretterai pas Shelby Manor! Les premiers flocons de neige tombent à l'heure où je t'écris ces mots. Ils recouvrent le monde d'une blancheur paisible. J'aimerais une humanité imprégnée de ce même calme, de cette même beauté. La neige me rappelle toujours le caractère éphémère de ces rêves éveillés.

As-tu l'intention de passer Noël à Pemberley ou bien à Oxford, entouré de tes nombreux volumes? Comment se porte le charmant Mr Griffiths, ton tuteur – lequel, selon ta mère, tu considères davantage comme un ami? Je n'ignore pas le plaisir que te procure ton séjour à l'université, mais je te prie d'avoir une pensée pour ta mère:

elle aimerait infiniment que tu passes la fin de l'année à Pemberley.

Écris-moi dès que possible et souviens-toi de prendre cette potion tonique que je t'ai donnée : une cuillerée à café chaque matin. De surcroît, mon cher Charlie, je suis lasse de m'entendre nommer tante Mary. À présent que tu as dix-huit ans, il semble déplacé que tu accordes tant de déférence à mon état de vieille fille en m'appelant ta tante. Je suis ton amie.

Ton affectionnée, Mary. »

Elle s'étira, levant la plume au-dessus de sa tête. Oh, voilà qui délassait ! Elle plia ensuite la page couverte de son écriture serrée, puis fit couler une goutte de cire verte en prenant soin de ne pas la noircir avec la fumée de la bougie. Quelle jolie couleur ! Elle y imprima le sceau des Bennet ; sa lettre était prête. Charlie apprendrait le premier ses intentions. Mieux que cela, s'éleva une petite voix dans l'esprit de Mary, Charlie resterait le seul à les connaître.

Elle sonna Mrs Jenkins, qui se présenta aussitôt. Lui présentant son pli, Mary ordonna :

— Mandez à Jenkins de porter ceci à la poste de Hertford.

— Aujourd'hui, miss Mary ? Il doit réparer la porcherie.

— Il la consolidera demain. Nous ferons peut-être face à d'importantes chutes de neige, je préfère que ma lettre parte au plus vite.

*

Jenkins ne confia toutefois pas la missive de sa maîtresse au service de la poste. Grommelant à la perspective de cette interminable commission, il décida d'engranger des forces contre le froid à l'Auberge du Chat Fidèle.

Pénétrant dans la salle commune, il s'aperçut qu'il n'était pas le seul client ; confortablement installé dans la niche qui s'ouvrait à côté de l'âtre, se trouvait un quidam immense aux pieds grands comme des volets tendus aux flammes.

— Bonjour, salua Jenkins, pris de curiosité.

— Le bonjour à vous, répliqua l'inconnu qui replia les jambes. Quel vent, hein? Il souffle du nord – ça sent la neige, je dirais.

— Ne m'en parlez pas! grimaça Jenkins. Une bien mauvaise journée pour devoir cheminer jusqu'à Hertford.

Le tenancier survint sur ces entrefaites et prépara une petite chope de rhum mêlé d'eau chaude pour le nouveau venu. Ne l'avait-il pas affirmé au géant étranger? Si Jenkins devait effectuer une commission, il s'arrêterait ici d'abord. Alors que Jenkins acceptait son remontant, le patron adressa un clin d'œil à l'inconnu et devina qu'il recevrait une couronne pour paiement de sa pinte de bière. Étrange gaillard! Il s'exprimait comme un gentleman.

— Vous permettez que je profite de la chaleur du feu? s'enquit Jenkins en prenant place sur le banc.

— Je vous en prie. Je me dirige moi-même vers Hertford, énonça l'inconnu en vidant sa chope. Puis-je vous assister d'une quelconque mesure et peut-être vous éviter ce voyage?

— Je m'y rends à la seule fin de confier une lettre à la poste. Ces vieilles filles et leurs lubies! renifla-t-il avec dédain. Dire que je devais réparer la porcherie – bien au chaud, près du feu de la cuisine.

— Eh bien, mais réparez-la donc, l'ami, offrit l'étranger. Transmettre votre missive ne me dérange pas le moins du monde.

Le pli et six pence changèrent de main, puis Jenkins s'installa avec un soupir d'aise pour déguster sa boisson chaude, tandis que Ned Skinner emportait son trophée jusqu'à la prochaine auberge, où il loua un salon privé.

Une fois seul, il sortit la lettre de sa poche et en contempla le sceau. Par le Christ, du vert! Qu'avait donc en tête miss Bennet pour utiliser cette couleur? Il rompit la cire avec soin et déplia le parchemin. La page était remplie d'une écriture si petite, si serrée, qu'il lui fallut la porter sous la fenêtre pour la déchiffrer. Il émit un soupir exaspéré, sans se douter qu'il n'était pas le premier homme chez qui l'auteur de l'épître faisait naître semblable sentiment. Une fois sa lecture terminée, il prit place derrière le bureau et entreprit de copier la missive sur le papier mis à sa disposition. Il eut bientôt couvert trois pages de son écriture cursive; Ned Skinner avait reçu une éducation sérieuse. Il gratta ensuite le restant de cire verte et fronça les sourcils devant le bâton de cire rouge de l'aubergiste. Tant pis, il n'avait pas le choix. Il apposa son propre cachet d'un geste délibérément brusque et haché, de façon à rendre méconnaissable l'identité de l'expéditeur. *Cela suffira*, décida-t-il, *le jeune Charlie ne brille guère par son sens de l'observation, hormis lorsqu'il examine le fantôme d'Homère*.

Ned effectua une courte étape à Hertford, le temps de poster la lettre de Mary, puis il sauta de nouveau en selle en direction de Pemberley. Enfin, il quittait le Sud, ce monde étriqué! Dans le Derbyshire, au moins, on respirait. La neige tombait avec plus de densité et menaçait d'empirer, mais Jupiter possédait une force peu en accord avec son apparence racée, il avancerait dans un pied de neige avec Ned sur son dos.

Peu distrait par la monotonie qu'offrait le paysage, le cavalier laissa vagabonder ses pensées. Une femme intéressante, cette miss Mary Bennet. Elle et Elizabeth se ressemblaient comme deux gouttes d'eau, mais la cadette n'avait rien d'une sotte, il fallait le reconnaître. Plutôt une femme troublée, en proie à la confusion, mais comment en eût-il été autrement ? Naïve, voilà le mot qui la caractérisait ! Elle évoquait une enfant lâchée dans une pièce de verre. Si on ne la retenait pas, Dieu sait ce qu'elle ferait voler en éclats. Eût-elle choisi Londres pour cadre de sa croisade, nul ne s'en fût préoccupé, mais le Nord la rapprochait trop de Fitz, ce qui représentait un danger. La naïveté, liée à l'intelligence, se transformait parfois en finesse. Mary Bennet en ferait-elle preuve ? *Je ne gagerais pas du contraire*, songea Ned. Certaines des affirmations qu'elle confiait à son joli neveu contrariaient le géant plus qu'elles ne l'inquiétaient. Il lui faudrait la garder à l'œil, sans qu'elle s'en aperçût – heureusement, il n'aurait pas à s'y atteler avant le mois de mai.

La gêne que représentait Mary Bennet n'occupa toutefois pas ses pensées très longtemps. Il remonta son écharpe de façon à protéger le bas de son visage des intempéries, puis se laissa aller à cette rêverie qui transformait immanquablement le plus interminable voyage en un court intermède. Dans son esprit s'imposa l'image d'un petit garçon en pleurs, à la démarche chancelante. Des bras puissants le soulevaient, puis le serraient dans une étreinte à l'odeur de savon qui, comme par magie, balayait le chagrin.

La neige isolait Oxford ; il eût été impossible pour Charlie de se rendre à Pemberley pour Noël, quand bien même il l'eût désiré – ce qui n'était au demeurant pas le cas. Quoiqu'il aimât tendrement sa mère, la maturité qu'il avait acquise plus tôt que ne le prévoyait la nature lui rendait son père de moins en moins tolérable. Il comprenait la cuisante déception qu'il représentait aux yeux de son géniteur, mais ne savait comment y remédier. À Oxford, il demeurait en sécurité. *Comment succéderai-je jamais à père ?* songeait-il en contemplant les flocons qui s'amoncelaient devant les murs. *Je ne suis pas un ministre de la Couronne, ni un ardent politicien, ni un propriétaire terrien avisé, ni une quelconque force avec laquelle il faille compter. Je ne désire rien tant que mener une existence scolastique, devenir un spécialiste des poètes épiques grecs ou des anciens auteurs dramatiques latins, qui demeurent obscurs. Maman l'entend. Père ne s'y résoudra jamais.*

Ces mornes constatations, aussi familières qu'insolubles, furent soudain balayées lorsque Owen Griffiths poussa la porte de l'étude. Charlie se détourna aussitôt de la fenêtre, les yeux brillants.

— Seigneur, quel ennui! s'exclama-t-il. Je n'avance pas, empêché par le plus obscur Virgile qu'il me fût donné d'étudier! Dis-moi que tu viens me confier une tâche plus plaisante, Owen!

— Non pas, mon jeune monsieur. Il te faudra déchiffrer l'obscur Virgile! rétorqua le Gallois. Je puis cependant te distraire grâce à une lettre dont la neige retarda l'arrivée d'un mois entier.

— La peste soit de ce géant! s'écria Charlie dans un rire tandis qu'il luttait pour attraper le parchemin que Griffiths gardait hors de sa portée. Donne-la-moi à l'instant!

Owen Griffiths était grand, en effet, et particulièrement charpenté pour un homme qui avait épousé l'Académie. « Le résultat d'une enfance passée à creuser la terre et à débiter du bois pour aider un père fermier », expliquait-il chaque fois qu'on s'en étonnait. Une longue chevelure noire et des yeux de même couleur ainsi que des traits réguliers lui conféraient l'appellation de bel homme. Une sorte de taciturnité galloise donnait à son visage une sévérité qui le faisait paraître plus âgé que ses vingt-cinq ans, quoiqu'il ne possédât aucune raison de se morfondre depuis l'arrivée de Charlie à Oxford. Mrs Darcy avait accompagné son fils, déterminée à lui trouver un tuteur qui partageât avec lui une maison convenable et le guidât dans ses études. Tous frais payés, bien entendu, avec en sus un traitement généreux qui permettrait à l'heureux élu d'envoyer quelque argent chez lui si ses parents s'en trouvaient dans le besoin. Quel miracle qu'elle l'eût préféré aux nombreux autres candidats! Le souvenir de l'émotion qu'il avait ressentie lui coupait encore le souffle. De surcroît, sa nouvelle position n'avait nullement nui à sa carrière académique: l'influence des Darcy s'étendait aux plus hauts échelons d'Oxford!

— Curieux, déclara Charlie en rompant le sceau, quoiqu'il s'agisse bien de l'écriture de tante Mary, elle n'a pas scellé sa lettre de cire verte. Les nombreux visiteurs de Shelby Manor en ont peut-être épuisé le bâton, avança-t-il avec un haussement d'épaules après un instant de réflexion.

Il se pencha sur le parchemin et s'absorba dans les nouvelles que lui communiquait sa tante. Le désespoir horrifié qui envahit ses traits éveilla l'appréhension d'Owen.

— Seigneur! s'exclama Charlie.

— De quoi s'agit-il?

— D'un accès de... colère, d'étrangeté féminine – je ne sais de quels mots le décrire, Owen. Mary – il me faudra à l'avenir la nommer ainsi – semble avoir pris le mors aux dents. Tiens, lis.

— Hum, émit Owen pour seul commentaire à la suite de sa lecture.

— Elle ne sait ce qui l'attend! Elle en mourra!

— Je doute qu'un sort si funeste la guette, Charlie. Je comprends néanmoins ce qui t'inquiète: à l'évidence, ta tante a vécu à l'abri du monde.

— Comment en eût-il été autrement?

— Possède-t-elle l'argent nécessaire pour accomplir son dessein?

Charlie hésita et son visage se creusa alors qu'il tentait de se souvenir d'un élément sans aucun lien avec le grec ou le latin.

— Je ne le sais pas avec certitude, Owen. Nous avons pourvu à ses besoins, selon maman – qui, j'imagine, considéra l'émolument ridicule en regard du sacrifice auquel Mary consentait. Tu l'as lu, elle vit à présent à Hertford – sans doute parce que Shelby Manor a été vendu. Quelle pitié ! Père pourrait acquérir une dizaine de ces manoirs pour l'y loger !

Pris d'angoisse, il se tordit les mains et s'exclama :

— Seigneur, je ne sais rien de sa situation ! Et pourquoi ? Parce que je ne m'en suis point enquis auprès de mon père ! Je ne suis qu'un couard, un freluquet, comme il me décrit si bien... Par le Christ, pourquoi ne parviens-je pas à l'affronter ?

— Allons, Charlie, cesse de t'accabler. Tu ne l'affrontes pas parce que cela ne résoudrait rien et pourrait même empirer la situation. Je te suggère d'adresser une lettre à ta mère aussitôt que la poste cheminera de nouveau. Demande-lui les détails de la situation dans laquelle se trouve ta tante. Cette dernière ne se mettra pas en route avant le mois de mai, tu disposes de quelque temps.

Rasséréné, Charlie hocha la tête.

— Tu parles avec raison. Pauvre Mary ! Où diable puise-t-elle ces idées loufoques ? Écrire un livre !

— À en juger par sa lettre, elle les doit à Argus, répondit Owen. Je nourris moi-même une profonde admiration pour cet homme, mais il n'est en rien l'ami des *tories* ou de ton père. Je lui cacherais tout ceci, à ta place. Jamais je n'aurais imaginé les femmes lisant le *Westminster Chronicle*, encore moins ta tante – que tu nommes Mary sans guère d'effort ! acheva-t-il avec une lueur espiègle dans le regard.

— C'est que je songeai toujours à elle comme à « Mary », vois-tu. Tu ne saurais imaginer avec quelle impatience j'attendais mes vacances à Shelby Manor en sa compagnie ! Maman emmenait grand-mère à Bath une fois par an tandis que Mary et moi demeurions en arrière. Oh, à quels jeux ne jouâmes-nous pas ! Nous sortions nous promener ou tendre des pièges et nous entretenions de tous les sujets imaginables tandis qu'elle s'enthousiasmait pour la moindre activité, qu'il s'agît de grimper aux arbres ou de viser les pigeons au lance-pierre. Entre mon père qui me chantait pouilles et mes précepteurs qui me houspillaient, mes semaines passées avec Mary demeurent les plus beaux moments de mon enfance. Elle aime particulièrement la géographie, mais possède de solides connaissances en histoire. Je me souviens également de ma stupéfaction qu'elle connût les noms vulgaires et latins des mousses, des bruyères, des arbres et des fleurs. J'ajoute – et je te prie de ne point ébruiter cette confession, Owen – qu'elle n'hésitait jamais à ramasser ses jupes pour barboter dans quelque ruisseau quand l'envie nous prenait de chercher des têtards ! conclut-il avec un grand sourire.

— Un aspect de sa personnalité que toi seul eus le privilège d'observer.

— En effet, à peine d'autres se joignaient-ils à nous qu'elle se transformait en tante, en vieille fille prude et guindée. Mais, pour les avoir aperçues dans de nombreux cours d'eau, je puis témoigner du galbe de ses jambes !

— Elle m'intrigue, avoua Owen qui néanmoins jugea opportun de reprendre son rôle de tuteur. Quoi qu'il en soit, Charlie, le mauvais temps s'installe pour les jours à venir et l'obscur Virgile exige ta studieuse attention. Plus d'odes de ton cher Horace avant que tu n'en aies pénétré les mystères. Virgile d'abord, une missive à ta mère ensuite.

3

À la surprise de Mary, l'hiver se déroula plaisamment. Bien qu'il lui fût impossible d'inviter des gentlemen, elle reçut à plusieurs reprises la visite de Mrs Markham, de miss Delphinia Botolph, de Mrs McLeod et de lady Appleby. En leur for intérieur, les visiteuses déploraient l'atmosphère moisie et sombre qui régnait dans la demeure de miss Bennet. Par ailleurs, elles spéculaient sans relâche sur l'étrange situation de leur hôtesse qui vivait sans dame de compagnie. Leurs questions à ce propos s'étaient heurtées à un mur : telle une évidence, miss Bennet avait répondu n'éprouver aucun besoin d'un chaperon, avant de changer de sujet. Si on lui envoyait une voiture ou si elle en louait une, toutefois, il lui était possible d'assister à des dîners ou à des réceptions. La bonne société de Hertford comptait un certain nombre de gentlemen sans attache, et Mr Robert Wilde avait laissé entendre de la façon la plus directe qu'il apprécierait de s'asseoir à côté de miss Bennet ou de la divertir en toute occasion.

Bon nombre de sourcils s'étaient levés, accompagnés çà et là de discrets clins d'œil ; chacun s'étonnait qu'une femme presque quadragénaire eût séduit un célibataire aussi prisé que Mr Wilde, qui ne s'inquiétait en aucune façon d'être son cadet d'au moins six ou sept ans.

— Il ne se montre point sot dans son choix, déclara miss Botolph, dont les soixante ans excluaient toute jalousie. On affirme qu'elle jouit d'une rente confortable. De surcroît, sa conquête élèverait la position dans laquelle il se trouve : elle est la belle-sœur de Mr Darcy de Pemberley.

— Elle se vêt hélas sans la moindre élégance, observa lady Appleby, une fervente lectrice de magazines de mode féminine.

— Et elle émet des remarques fort singulières, ajouta Mrs Markham. Il me semble bien qu'on l'aperçut conversant avec un bohémien !

L'intéressée avait pris place sur un sofa à côté de Mr Wilde. Elle portait une robe noire à la trame si élimée qu'elle en paraissait verte tandis que sa somptueuse chevelure était relevée en un strict chignon qui ne laissait pas échapper la moindre bouclette.

— Qu'apprîtes-vous de ce gitan ? s'enquérait Mr Wilde.

— Oh, des choses tout à fait fascinantes ! Ils se considèrent comme les descendants des pharaons d'Égypte, condamnés à errer jusqu'à ce que se présente à eux un prophète ou une forme de paradis. En réalité, cet homme essaya surtout de me délester de six pence, mais en vain. Ses yeux trahissaient un appétit pour l'or et non un manque de nourriture. Je suis convaincue que sa tribu, à tout le moins, n'est point frappée de pauvreté ni de malheur. Il m'avoua qu'ils aimaient leur existence, puis m'informa de leur habitude de quitter l'endroit où ils avaient monté leur campement aussitôt que trop de déchets souillaient celui-ci. Une leçon que les miséreux anglais devraient apprendre.

— Ils apprécient leur vie, à l'inverse de vous qui n'aimez point la vôtre.

— Cela changera en mai, affirma Mary en dégustant un macaron. Ce biscuit est un véritable délice. Je demanderai à Mrs McLeod la recette de sa cuisinière.

— Ça ! Vous me soulagez ! s'écria Mr Wilde, oublieux de la bienséance.

— Dans quelle mesure ?

— Votre remarque implique que vos voyages prendront fin un jour et que vous recourrez alors au service de votre propre cuisinière.

— J'en utilise déjà les services.

— Mais vous ne recevez pas. Hors la réception, point de macarons !

— Suis-je morigénée ?

— Oh, miss Bennet, jamais je ne me permettrais de vous faire le moindre reproche ! s'exclama-t-il, les yeux brillants d'une ardeur fervente.

Oubliant soudain qu'il se trouvait dans le petit salon de Mrs McLeod en compagnie de dix autres personnes, il poursuivit :

— Au contraire, je n'aspire qu'à passer ma vie à vos côtés. Épousez-moi !

Horrifiée, elle recula aussitôt à l'autre extrémité du sofa, dans un mouvement si convulsif qu'il attira l'attention des personnes présentes.

— Je vous interdis de me faire cette demande !

— Je l'ai déjà faite, lui repartit-il. Votre réponse ?

— Non, mille fois non !

— Soit, entretenons-nous d'autre chose, alors, déclara-t-il sans paraître se formaliser de son refus.

S'emparant de l'assiette qu'elle tenait encore dans la main, il lui adressa un sourire enjôleur :

— Mon offre demeure, vous savez.

— Ne vous perdez pas en vains espoirs, Mr Wilde. Je possède un caractère obstiné.

Seigneur, comme cette situation se révélait vexante ! Comment diable n'avait-elle point décelé les signes annonciateurs de cette déclaration importune ? De quelle manière l'avait-elle encouragé ?

— Assisterez-vous au mariage de miss Appleby ? s'enquit l'amoureux éconduit.

Ils en resteraient là, comprit l'assistance – pour l'instant, tout au moins. Nul doute qu'elle accepterait son offre tôt ou tard.

— Si elle fait cependant preuve de trop de coquetterie, remarqua miss Botolph, il se pourrait fort bien que le poisson cessât de mordre à l'hameçon.

— Veux-tu connaître ma pensée, Delphinia ? intervint Mrs Markham. Elle se soucie de s'unir comme d'une guigne.

— Ah, j'en déduis qu'elle jouit d'une existence qui lui convient, répondit miss Botolph. Ainsi en alla-t-il pour moi après la disparition de ma propre mère. Il existe des destins plus pénibles qu'une vie de célibat avec des revenus confortables. Après tout, renifla-t-elle avec dédain, un époux peut se montrer davantage un souci qu'une bénédiction.

Une remarque que les femmes mariées préférèrent ignorer.

*

Argus posa sa plume et relut sa prose d'un œil critique. Son sujet plutôt futile intéresserait les Anglais, en particulier ces grands sentimentaux qui peuplaient les villes. Le plus émouvant témoignage d'un petit ramoneur n'eût pas éveillé une quelconque compassion, mais que l'on substituât un animal à l'homme et leur réaction s'anticipait aisément ! Sa lettre qui paraîtrait dans le *Westminster Chronicle* leur arracherait un flot de larmes ! Il y décrivait les poneys des mines – pas moins ! – qu'une effroyable existence sous terre avait rendus aveugles, leurs maigres flancs ravagés par les coups de fouet…

Rédiger ces diatribes amusait Argus. Il ne correspondait en rien à l'image que ses lecteurs se faisaient de lui : affamé, vivant dans une mansarde, dévoré par un feu d'idéaux révolutionnaires. Les demoiselles Mary Bennet de ce monde rêvaient d'une âme noble partie en croisade contre la misère alors qu'en réalité, le zèle épistolaire d'Argus procédait d'un vif désir d'incommoder certains de ces messieurs de la Chambre des lords ou des communes. Ses écrits soulevaient des questions dont il fallait débattre au Parlement, entraînaient d'interminables discours, obligeaient lord Ceci ou Mr Cela à esquiver quelques œufs pourris lorsqu'ils traversaient la périlleuse distance qui séparait Westminster de leurs carrosses. Il partageait l'opinion à laquelle souscrivaient les plus conservateurs des parlementaires : rien ne changerait les conditions dans lesquelles vivaient les pauvres. Non, ses motivations se trouvaient ailleurs et Argus avait finalement trouvé dans quel recoin de son âme : il était un fauteur de troubles.

Il referma la porte de sa bibliothèque, puis se rendit dans le spacieux vestibule de sa maison de Grosvenor Square, où il tendit la main pour s'emparer de ses gants, de son chapeau et de sa canne, tandis que son maître d'hôtel posait une cape bordée de fourrure sur ses larges épaules.

— Dites à Stubbs de ne pas m'attendre, ordonna-t-il.

Il sortit dans la nuit glacée du mois de mars, fort de sa propre identité – Argus n'existait que dans son bureau. Il atteignit avant peu sa destination, située à l'autre extrémité de la place.

— Mon cher Angus, le salua Fitzwilliam Darcy en lui serrant chaleureusement la main. Entrez donc, j'ai reçu un nouveau scotch et il faut un Écossais pour goûter un whisky des Highlands.

— *Och*, avec joie, Fitz, mais vous connaissez ces malts bien mieux que moi.

Débarrassé de son manteau, de sa canne, de ses gants et de son chapeau, Mr Angus Sinclair, secrètement nommé Argus, suivit son hôte à travers sa vaste antichambre en lui demandant :

— Ainsi, vous tentez votre chance une fois de plus ?

— Parviendrai-je à mes fins ? demanda Darcy.

— Non. Là se trouve la commodité d'être écossais. Votre influence ne m'est nécessaire ni à la cour ni auprès de la bourgeoisie, sans parler du Parlement. Mon petit journal ne représente qu'un passe-temps – mes *bawbees*[1] me viennent du charbon et du fer de Glasgow, vous le savez. Je tire un immense plaisir de ma position d'épine dans le flanc du parti *tory*, tout puissant lion anglais qu'il soit. Vous devriez vous rendre au nord de la frontière, Fitz.

— Je tolère sans peine votre journal hebdomadaire, Angus ; seul Argus m'importune, expliqua Darcy tandis qu'il ouvrait la porte du petit salon tendu d'or et d'écarlate.

Nul doute qu'il n'eût poursuivi dans cette veine sans sa ravissante épouse qui survint sur ces entrefaites, un sourire lumineux aux lèvres destiné à leur invité qu'elle appréciait grandement.

— Angus ! l'accueillit-elle avec une joie sincère.

— Chaque fois que je vous rencontre, Elizabeth, votre beauté me subjugue davantage, la salua-t-il en lui baisant la main.

— Fitz vous assomme-t-il de remarques lancées contre Argus ?

— À l'évidence, répondit-il, tressaillant en son for intérieur qu'elle usât de ce verbe « assommer », trop dénué de tact.

---

1. Ancienne pièce écossaise de peu de valeur. *(N.d.T.)*

— Qui est-il vraiment?

— En chair et en os, je n'en ai pas la moindre idée. Ses lettres me parviennent par la poste. Son origine mythologique, toutefois, décrit un monstre gigantesque doté d'une centaine d'yeux. Nul doute que notre homme n'ait adopté ce nom de plume pour cette raison: les yeux d'Argus voient tout.

— Vous devez savoir de qui il s'agit, déclara Fitz.

— Je vous assure que non.

— Laissez donc Angus en paix, Fitz, le taquina Elizabeth.

— Vous assommerais-je? s'enquit Darcy d'une voix où perçait une infime aigreur.

— Oui, mon amour.

— Je m'en souviendrai. Goûtez donc ce scotch, Angus, dit Fitz avec un sourire pincé en tendant un verre à son invité.

Allons, du courage, s'enjoignit Angus alors qu'il avalait une gorgée de ce breuvage qu'il détestait. *Elizabeth s'apprête une fois de plus à brocarder son époux avec affection tandis que celui-ci, qui abhorre cette forme d'esprit, lui portera en retour de plus rudes coups qu'un forgeron frappant son enclume. Quand comprendra-t-elle qu'il lui faut faire preuve de plus de finesse? En particulier quand l'objet de ses railleries se révèle infiniment plus susceptible qu'il ne le prétend.*

— N'avouez pas que vous l'aimez, Angus! ordonna Elizabeth dans un rire.

— Cependant, il me plaît, mentit vaillamment l'interpellé. Il est d'un goût fort suave.

Sa réponse adoucit Fitz, mais ne le fit pas monter dans l'estime de son hôtesse, qui avait espéré son soutien.

Le dîner intime n'était prévu que pour trois personnes. Ils prirent place à la modeste table de la petite salle à manger pour déguster un repas de cinq plats auxquels nul ne fit honneur.

— Je publie les épîtres d'Argus, prononça Angus alors que l'on ôtait les rôtis de la table pour les remplacer par le dessert, parce que tout ce gâchis me lasse.

D'un geste qui englobait les mets présents devant eux, il poursuivit :

— Il est bien entendu *de rigueur* de me servir ce dîner gargantuesque bien que je n'en aie nul besoin et le picorai du bout des lèvres. Vous-mêmes n'en prélevâtes qu'une part infime. Nous nous serions satisfaits d'une miche de pain, de beurre frais, de confiture, d'un peu de fromage et d'une pomme d'hiver. Votre domestique et leurs proches enflent grâce à vos restes – à l'égal, j'imagine, des corbeaux peuplant les jardins.

Quoique connaissant l'aversion que nourrissait son mari pour tout bruit excessif, Elizabeth éclata d'un rire sonore.

— Savez-vous, Angus, que vous vous entendriez à merveille avec ma sœur Mary ?

— De qui est-elle l'épouse ?

— D'aucun homme. Mary ne s'est jamais mariée.

— Une vieille fille amoureuse d'Argus, cracha Fitz.

Surprise, Elizabeth le dévisagea.

— D'où vous vient cette certitude ? s'enquit-elle. Jamais je ne l'entendis prononcer un mot à ce sujet.

Elle avait posé la question d'un ton volontairement léger, presque malicieux, mais Fitz refusa de croiser son regard, son visage se fermant dans une expression impassible.

— Mary m'en fit part, bien entendu.

— Vit-elle à Londres ? demanda Angus dont les yeux bleus et sagaces avaient pris note de la soudaine tension entre ses hôtes.

— Non, à Hertford, lui répondit Elizabeth, qui se leva. Je vous abandonne à vos portos et à vos cigares[1]. Je vous supplie cependant de ne point vous attarder en leur compagnie ; le café sera servi dans le salon de dessin.

— Vous avez de la chance de posséder une si magnifique épouse, Fitz, déclara Angus quelques instants plus tard en acceptant un verre de porto.

Darcy sourit.

— En effet. Cependant, bon nombre de femmes possèdent des charmes tout aussi captivants. Pourquoi ne vous mariez-vous pas ? À quarante ans, vous incarnez le meilleur parti de la ville.

— Je crains de devoir vous contredire sur le sujet des femmes. Elizabeth me semble unique, prononça Angus en tirant une bouffée de son cigare. Si sa sœur provient d'un moule similaire, il se peut que j'affûte mes armes de ce côté-là. Toutefois, je doute que sa beauté égale celle de votre épouse ; pourquoi, sinon, fût-elle restée célibataire ?

— Elle passa ces dernières années à veiller sur leur mère, expliqua Fitz qui poursuivit avec une grimace : Mary Bennet manque totalement d'esprit. Lorsque je fis sa connaissance, elle citait sans relâche quelque noble précepte chrétien concocté par autrui. Depuis quelques années, cependant, elle voue un culte à un autre dieu : Argus.

Il posa ses coudes sur la table et joignit les mains, une habitude qu'il avait prise lorsqu'il voulait paraître décontracté et insouciant à ses interlocuteurs.

— Ce qui nous ramène à nos premiers moutons, Angus : je trouve fâcheux que vous publiiez les lamentables diatribes de cet individu.

---

1. Lorsque la haute société recevait, les femmes se retiraient à la fin du repas tandis que les hommes demeuraient entre eux une heure environ pour fumer, boire et discuter sans retenue, avant de les rejoindre. *(N.d.T.)*

— Fussent-elles véritablement lamentables, Fitz, vous vous en soucieriez comme du quart. Ce n'est point Londres qui vous perturbe, n'est-ce pas? Cette ville demeure une marmite bouillante qui ne cessera jamais de s'échauffer. Non, vous craignez quelque révolution dans le Nord. Qu'est-ce qui motive votre intérêt?

— Je ne m'intéresse à rien qui ne mérite l'attention d'un Darcy!

Un rugissement de rire lui répondit.

— Seigneur, quel snob vous faites!

— Je préfère « gentleman ».

— Hum, une activité à part entière.

Angus s'appuya confortablement contre le dossier de sa chaise. Les centaines de bougies disposées sur le lustre donnèrent à sa chevelure striée de gris un éclat doré. Son sourire s'accentua et les fossettes de ses joues se creusèrent plus avant, lui donnant un air espiègle. Fitz piquait sa curiosité, ce soir. D'invisibles frémissements agitaient le parlementaire, le troublaient – la rare présence d'Elizabeth l'exaspérait-elle? Angus n'avait jamais rencontré Mrs Darcy ailleurs qu'à Pemberley, lors de ces réceptions que Fitz aimait donner. Malgré sa beauté, elle n'appréciait guère les lieux de plaisir où se retrouvait la société londonienne. Une cérémonie offerte par la cour avait exigé sa présence dans la capitale, et Angus remerciait la fortune que l'étrange intérêt que Fitz portait à Argus eût entraîné le politicien à organiser ce dîner intime.

— Brisons là ce débat, trancha-t-il en vidant son verre. Argus continuera de jouir d'une tribune où débattre tant que je demeurerai le propriétaire du *Westminster Chronicle* – et vous ne pourriez m'acheter, cela prendrait les ressources d'un Crésus.

— Quel agréable dîner, remarqua Elizabeth à l'adresse de son époux après le départ de leur invité.

Elle grimpa la première volée de marches qui menaient à un magnifique palier, Fitz à son côté l'aidant avec sa traîne.

— En effet, quoique frustrant. Je ne parviens pas à convaincre Angus que ce diable d'Argus ainsi que ses semblables causeront un jour notre perte. Depuis que les colons américains ont proféré leurs inepties démocratiques et que les Français ont décapité les meilleurs d'entre eux, les classes inférieures ne cessent de grogner – même ici, en Angleterre.

— Bonaparte nous qualifie de nation de boutiquiers.

— Bonaparte a échoué ; selon sir Rupert Lavenham, sa puissante armée se perdit dans les neiges de Russie. Des centaines de milliers de soldats français périrent de froid. Et il les abandonna à leur sort – entendez-vous cela, Elizabeth ? Cet arriviste prouve décidément qu'il ne possède aucun honneur.

— Vous dites vrai, renchérit-elle d'un ton absent avant d'ajouter : Fitz, quand Mary vous confia-t-elle cette affection qu'elle nourrissait pour Argus ?

— Lors de notre dernière entrevue, dans la bibliothèque, le matin de notre départ de Shelby Manor. Nous... hum, nous sommes querellés.

Ils avaient atteint la porte. Elizabeth s'arrêta, la main sur la poignée.

— Pourquoi ne m'informez-vous pas de ces circonstances ?

— Elles ne vous regardent pas.

— Si fait, dès lors qu'elles impliquent ma sœur ! Quelle sorte de querelle ? Se trouve-t-elle à l'origine de sa décision de loger à Hertford ? Lui fîtes-vous sentir qu'elle ne serait pas la bienvenue à Pemberley ?

Abhorrant toute critique, il réagit vivement :

— Elle refusa de venir à Pemberley ! Elle repoussa pareillement toute idée de s'entourer d'un chaperon, faisant preuve du pire manquement à la bienséance ! Qui plus est, à Hertford, sous les yeux de personnes qui l'ont connue sa vie entière ! Mais je me lave les mains de cette femme qui gaspille son bien et le destine à quelque insensée croisade inspirée par les élucubrations de cet Argus !

— Un bien maigre pécule, rétorqua Elizabeth, les yeux lançant un éclair. Attendu que Charles y contribua de moitié, Mary vous coûta infiniment moins que ces précieux chevaux attelés à votre carrick ! Deux cent cinquante mille livres par an, voilà les gages que vous versez à votre seul valet, sans parler de ceux que vous octroyez à votre maître écuyer ! Quoique vous ne barguigniez pas dès lors qu'il s'agit de satisfaire vos besoins, Fitz, vous changez d'attitude aussitôt qu'il est question de ma pauvre – au sens propre comme au figuré – sœur !

— Je ne suis point cousu d'or, siffla-t-il. Mary demeure votre famille, non la mienne.

— Si l'argent vous fait défaut, pourquoi le dépensez-vous en frivolités, à l'image de ces émeraudes ? Je n'aspire nullement à me parer de bijoux, mais Mary, en revanche, a besoin d'une plus grande sécurité que celle que vous lui offrez. Vendez donc ces gemmes et confiez l'or que vous en aurez tiré à ma sœur ! Après dix-sept années, elle dispose de la misérable somme de neuf mille cinq cents livres, pas un penny de plus. Si elle choisit de vivre seule, elle acquittera tout juste un loyer et ne devra espérer se déplacer. Et vous souhaitez qu'elle rétribue elle-même sa dame de compagnie ? Comme vous vous montrez mesquin !

Les paroles de sa femme et en particulier cet adjectif dont elle avait usé le plongèrent dans une rage froide. Avec un rictus, il grinça :

— Vous vous entretenez de choses dont vous ignorez tout, Elizabeth. Cette sotte a retiré son argent de son placement à rendement, voilà pourquoi elle ne jouira pas de revenus. L'eussé-je mieux dotée qu'elle eût simplement gaspillé une somme plus importante. Votre sœur, madame, a perdu la tête.

Après un hoquet de surprise, Elizabeth lutta pour recouvrer son calme ; si elle affichait le bouleversement que lui causait cette révélation, nul doute qu'il ne déprécierait son courroux.

— Oh, Fitz, pourquoi inclinez-vous si peu à la compassion ? reprit-elle. Il n'existe pas de créature plus inoffensive que Mary ! En quoi cela vous importe-t-il qu'elle... qu'elle emprunte une voie étrange ? Qu'elle refuse la présence d'un chaperon ? La détermination que vous avez montrée jadis à vous débarrasser de notre mère est seule à l'origine de ce que devint ma sœur. Comment eussiez-vous conjecturé sa réaction à la mort de maman ? Loin de la deviner, vous avez imaginé qu'elle resterait identique à cette fille qu'elle avait toujours été et vous lui avez volé cet avenir confortable que vous aviez mis en place pour notre mère. Et pourquoi prîtes-vous tant de soin à éloigner cette dernière ? Parce que, sans entrave, elle se fût montrée trop dangereuse, surgissant peut-être au beau milieu d'une réception politique où elle vous eût ridiculisé avec ses sottises et ses remarques irréfléchies. Vous rendez à présent la pauvre Mary responsable de la conduite de maman, c'est impardonnable !

— Je vois que je ne me suis point trompé en omettant de vous transmettre ces informations.

— À l'inverse, vous avez fait preuve d'une excessive inconvenance !

— Je vous souhaite une bonne nuit, la salua-t-il en s'inclinant.

Sa silhouette s'éloigna, aussi droite et élégante qu'elle l'était vingt ans plus tôt.

— Ne vous avisez pas de me transmettre l'une de vos pitoyables notes d'excuse ! lui cria-t-elle. Elle terminerait au feu sans même avoir été lue !

Tremblante, elle pénétra dans ses appartements, heureuse d'avoir enjoint à Hoskins de ne pas l'attendre. Comment osait-il, *comment*?

Ils ne se querellaient jamais car il se montrait trop hautain tandis qu'elle aspirait à la paix, quel qu'en fût le prix. Les amères paroles qu'ils avaient échangées ce soir, pour la première fois depuis des années, avaient rompu ce faux équilibre. *D'autres altercations nous rendraient peut-être plus heureux*, songea-t-elle, éperdue. Cependant, bien qu'en proie à une fureur noire, il ne se diminuerait jamais à ses propres yeux en s'abandonnant à une conduite qu'il jugerait indigne d'un gentleman. Il n'avait pas crié ni serré les poings, à l'inverse de son épouse. Il était resté impassible, ce qui l'avait presque brisée, elle. Leur union lui apportait-elle la satisfaction qu'il était en droit d'attendre ? De son côté, comment eût-elle imaginé le cauchemar que se révélerait leur mariage ?

Ses fiançailles lui revinrent à l'esprit. Oh, la façon dont il la couvait alors du regard ! Ses yeux noirs comme illuminés de l'intérieur, ses mains sans cesse en quête d'une excuse pour toucher les siennes, les doux baisers qu'il déposait sur ses lèvres... Elle avait éprouvé la conviction qu'elle comptait davantage à ses yeux que Pemberley, qu'ils vivraient toujours nimbés de cette brume de félicité.

Sa nuit de noces avait brisé cette assurance. Parce que Dieu leur ordonnait de procréer de cette manière, elle en avait enduré l'humiliation. Les mêmes sentiments avaient-ils agité Jane ? Elle ne le saurait jamais car elle refusait de s'en enquérir. Pas même avec la plus aimée des sœurs ne partageait-on l'intimité de ces instants écoulés dans la chambre à coucher.

Frémissante d'excitation après ces tendres baisers et ces étreintes affectueuses, elle avait découvert un acte brutal, empli de grognements et de sueur ; il avait déchiré sa robe de nuit pour pincer et mordre sa poitrine, puis, d'une main, l'avait maintenue tandis que l'autre sondait, fouillait, fourrageait au plus profond d'elle-même. L'acte s'était révélé dégradant, dénué d'amour – horrible !

Le jour suivant, il s'était excusé : l'interminable attente l'avait rendu incapable de résister à son impatience de la posséder, avait-il avoué. Quoique ses traits eussent trahi la honte, il ne regrettait pas sa brutalité, mais seulement de s'être un instant départi de sa dignité. Un homme éprouvait des besoins ; un jour, elle l'entendrait. En réalité, elle n'y parvint jamais. Leur première étreinte ressembla à celles qui lui succédèrent les neuf années suivantes, jusqu'à ce que la seule pensée qu'il vînt la visiter à la nuit tombée la rendît malade. Après la naissance de leur quatrième fille, il cessa cependant de fréquenter son lit. Le pauvre Charlie supporterait le poids de cette position à laquelle sa nature ne le prédisposait pas, tandis que les filles – si tendres, si douces – craignaient leur père autant que Ned Skinner.

Les émeraudes ne voulaient pas quitter son cou. Elizabeth tira violemment sur le bijou, indifférente à la mèche de cheveux qu'elle arracha d'un même geste. Satanées gemmes ! Plus précieuses que le bien-être d'une sœur. Là, elle les avait ôtées de sa nuque, s'en était libérée – comme elle eût souhaité semblable liberté pour elle-même ! Mary pressentait-elle qu'une existence sans époux représentait une forme d'indépendance ? Rien n'exaspérait Elizabeth comme la sujétion.

Peut-être, songea-t-elle en se hissant dans son immense lit, *mon amour pour Fitz était-il trop faible. Ou bien ne ressemblais-je pas assez à Lydia pour répondre à sa passion avec l'ardeur qu'elle eût montrée. Les femmes n'obéissent pas toutes aux mêmes règles : certaines, comme ma jeune sœur, accueillent avec plaisir les grognements, la sueur, la moiteur, tandis que d'autres, dont je fais partie, les abhorrent. N'existe-t-il donc pas une voie intermédiaire ? J'aspire à aimer, mais hélas, pas d'un amour qui agrée à Fitz. Lors de nos fiançailles, je l'ai cru, mais aussitôt que je lui appartins de par la loi, je devins une simple possession, l'ornement principal de Pemberley. Je me demande quelle femme il prit comme maîtresse ? Nul ne le sait à Londres, sinon lady Jersey ou Caroline Lamb m'eussent rapporté son identité. Elle appartient sans doute à une classe inférieure et se montre reconnaissante de ces miettes que mon époux lui abandonne. Oh Fitz, Fitz !*

Elle sanglota jusqu'à ce que le sommeil s'emparât enfin d'elle.

*

À son retour, Angus Sinclair passa encore une heure dans sa bibliothèque, sans toutefois se livrer à la prose incendiaire qu'il signait de son *nom de plume**. Angus – Argus : quelle différence apportait la substitution d'une simple lettre ! Il tira à lui une épaisse liasse de documents et se plongea une fois de plus dans leur étude. Il s'agissait de rapports que lui avaient adressés quelques-uns de ses agents sur les activités d'hommes qu'il avait baptisés les « nababs du Nord » – les derniers propriétaires d'usines, de fonderies, d'ateliers, de moulins et de mines dans le Yorkshire et le Lancashire.

Mr Charles Bingley, de Bingley Hall, dans le Cheshire, y occupait une place prééminente. Un compagnon de longue date de Fitzwilliam Darcy. Plus Angus cherchait à entendre les raisons de leur amitié, plus celle-ci l'intriguait.

Que possédaient en commun cet incommensurable snob et ce capitaine de commerce et d'industrie? Sur le papier, cette amitié n'avait point lieu d'être. Après enquête, il avait découvert qu'ils s'étaient rencontrés à Cambridge et ne s'étaient plus quittés depuis. Un engouement mutuel de jeunesse constitué, d'un côté, d'une toquade inconvenante et, de l'autre, d'une noble condescendance? Un infime penchant socratique? Non, certainement pas! Bingley et Darcy entretenaient une relation purement amicale. Ce qui les unissait se trouvait enfoui plus profondément... Le grand-père Bingley avait travaillé sur les docks de Liverpool et c'était le père qui avait bâti cet immense empire dont les hautes cheminées crachaient une épaisse fumée noire dans le ciel de Manchester. Tandis que, selon la rumeur, le grand-père de Darcy avait refusé avec mépris un duché qui ne lui permettait pas de prendre le titre de duc de Darcy, mais l'eût obligé à prendre le nom d'un comté insignifiant.

Quelque chose unit ces deux-là, et je suis certain que cela s'inscrit sous le titre de Commerce et d'Industrie.

— Oui, Angus, prononça Mr Sinclair à voix haute, une réponse logique s'impose : l'illustre Fitzwilliam Darcy constitue l'associé silencieux de Charles Bingley. Les cinquante mille acres de pics rocheux, de landes et de forêts qu'il possède dans le Derbyshire lui octroient sans doute dix mille livres par an, mais il en détient quelques autres dans le Warwickshire, le Staffordshire, le Cheshire et le Shropshire. Pourquoi, dès lors, la rumeur fait-elle état d'un revenu se bornant à dix mille livres? Les terres seules en génèrent assurément le double. Une autre activité, plus industrielle, plus fumeuse, produit-elle quelques milliers de livres supplémentaires? Seigneur! grogna-t-il, la fatigue t'empêche de réfléchir correctement!

La situation aiguillonnait son intérêt car, en bon Écossais, il échouait à entendre comment un homme pouvait trouver méprisable de mettre la main à la pâte. Le commerce et l'industrie avaient permis au petit-fils d'un docker de Liverpool de se transformer en gentleman. Quel mal y avait-il à ne compter aucun quartier de noblesse ? Comme cette attitude se révélait romaine ! L'Homme neuf contre la Noblesse séculaire : que jamais leurs chemins ne se croisent ! Hormis pour Bingley et Darcy. Eussent-ils toutefois suivi une voie commune si Bingley avait affiché le désir d'appartenir à certains des plus éminents cercles londoniens ? Cet homme du Nord ne l'avait jamais ambitionné, et il tenait une maison dans la capitale parce que son amitié avec Fitz le rendait nécessaire.

Ses paupières tombèrent malgré lui. Un moment plus tard, Angus se redressa dans un sursaut. Il s'était assoupi. Il émit un petit rire ; il avait rêvé d'une femme décharnée, au visage en lame de couteau et accoutrée comme une gouvernante qui défilait devant le Parlement en brandissant un écriteau sur lequel se lisait : REPENTEZ-VOUS, EXPLOITEURS DES MISÉREUX ! Oh, Argus adorerait cela ! De toute façon, aucune femme n'avait jamais arpenté le trottoir devant Westminster. *Qu'elles l'entreprennent*, songea-t-il avec malice, *et le monde s'effondrerait.*

Ressemblait-elle à la lugubre créature de son rêve ? se demanda-t-il en refermant l'épais dossier avant de le ranger. *Non, sans doute, puisqu'il s'agissait de la sœur d'Elizabeth. Cependant, les vieilles filles ne se distinguaient jamais par leur beauté. Mary... comment se procurer son nom de famille ? Un vague souvenir s'imposa : Fitz l'avait appelée Mary Bennett – un* t *ou deux ? Deux. Un seul semblait condamner le pauvre patronyme à avoir subi une amputation. Miss Mary Bennett, habitante de Hertford, à un jet de pierre de Londres. Quel âge avait-elle ?*

La vision d'Elizabeth le hantait depuis dix ans ; apprendre qu'elle comptait une sœur célibataire se révélait irrésistible. Oui, il lui fallait rencontrer cette Mary Bennett éprise d'Argus! Pauvre Elizabeth. Elle lui paraissait bien malheureuse – quelle épouse de Fitz ne l'eût été? Il s'agissait de l'un des hommes les plus froids qu'Angus ait jamais rencontrés. *Comment définir la froideur, appliquée à un être humain? Il est indéniable que Fitz ressent des émotions – plutôt puissantes, de surcroît. Celles-ci palpitent toutefois sous un extérieur glacé. Nul doute qu'Elizabeth ne se crût en mesure de faire fondre cette glace lorsqu'elle l'épousa. Fitz me rappelle ces volcans recouverts de neige qui, en leurs profondeurs, cachent un puits de lave incandescente. Dieu me garde d'assister à son éruption! Elle détruirait tout sur son passage.*

En chemin vers sa chambre à coucher, Angus informa le valet encore en service qu'il quitterait Londres le lendemain pour deux semaines; aurait-il la bonté d'en informer Stubbs?

Lorsqu'il recueillait des informations pour le compte d'Argus, Angus Sinclair commençait ses investigations dans les cabinets juridiques. Le fait qu'il eût décidé de découvrir quelle sorte de femme était la sœur célibataire d'Elizabeth ne changea pas son mode opératoire. Un Ned Skinner eût préféré les écuries ou les salles communes des tavernes, mais Angus savait que les avocats représentaient un véritable mât de mai auquel s'attachaient tous les rubans[1] composant un district. Bien entendu, cela ne se vérifiait que dans les petites villes, mais après tout, l'Angleterre consistait en un assemblage de bourgades et de villages. Les grandes cités

1. Dans toute l'Europe, on célébrait la venue du printemps, synonyme de résurrection. La célébration incluait une danse qui prenait place autour du mât de mai dont on tressait et détressait les rubans fixés à son sommet. *(N.d.T.)*

résultaient d'un phénomène moderne : l'industrie, menée à une échelle dont le grand-père Bingley n'eût jamais rêvé.

Descendu de sa chaise de poste dans la cour du Sanglier Bleu, Mr Sinclair laissa son bagage aux mains de son valet pour apprendre du tenancier que la meilleure société de Hertford se faisait représenter par le cabinet Patchett, Shaw, Carlton et Wilde, dirigé par Mr Robert Wilde.

Découvrant en celui-ci un homme plus jeune et moins conventionnel que celui auquel il s'était attendu, Angus Sinclair décida de faire preuve de franchise. De son côté, Mr Wilde avait reconnu ce gentleman notoirement riche, né au nord de la frontière et propriétaire du *Westminster Chronicle.*

— Je suis fort proche de Fitzwilliam Darcy, commença le nouvel arrivant d'un ton léger. J'ai appris que l'une de ses belles-sœurs résidait à Hertford. Une certaine Mary Bennett – avec un *t* ou deux ?

— Un seul, répondit obligeamment Mr Wilde, charmé par les manières de son visiteur, fort plaisantes pour un Écossais.

— Une amputation, comme je l'ai craint. Oh, ne prêtez pas attention à mes paroles, Mr Wilde, je me montre seulement fantasque ! Je ne me présente pas à vous en qualité d'émissaire de Mr Darcy. En réalité, en route pour la région de l'East Anglia et Hertford se trouvant sur ma route, j'ai imaginé rendre visite à miss Bennet aux fins de lui communiquer des nouvelles de la bonne santé de sa sœur, Mrs Darcy. Malheureusement, dans la précipitation de mon départ, j'omis de me munir de l'adresse de miss Bennet. Pouvez-vous me la communiquer ?

— Certainement, répliqua Mr Wilde en lançant à Mr Sinclair un regard quelque peu chargé d'envie : un bel homme que son visiteur avec cette chevelure poivre et sel qui encadrait un visage aux traits réguliers, et dont l'habit taillé à ses mesures indiquait une position sociale prééminente et d'importants revenus. Je me dois cependant de vous avertir qu'elle ne reçoit pas les gentlemen.

Les yeux bleus s'écarquillèrent et le visage délicat se pencha de côté :

— En vérité ? Serait-elle misanthrope, souffre-t-elle d'une indisposition ?

— Quoique son comportement trahisse en effet quelque misanthropie, la raison se trouve ailleurs : elle vit sans chaperon.

— Comme c'est étrange ! En particulier pour une personne si proche de Mr Darcy.

— Si vous jouissiez du privilège de la connaître, monsieur, vous comprendriez aisément. Miss Bennet fait état d'un esprit extrêmement indépendant. En réalité, ajouta-t-il avec un soupir, elle se montre éprise d'autonomie.

— La connaissez-vous intimement ?

L'attitude d'Angus, qui n'était pas sans évoquer celle d'un lutin espiègle, entraînait la plupart des gens qui le rencontraient à lui faire des confidences, même quand celles-ci ne le concernaient pas à proprement parler. Succombant à son tour, Mr Wilde répondit :

— Intimement ? Je doute qu'aucun homme ne puisse s'en vanter. J'eus cependant l'honneur de lui demander sa main il y a quelque temps.

— Dois-je vous offrir mes félicitations ? s'enquit Angus avec un frisson d'excitation.

Si miss Bennet avait suscité une demande en mariage de la part de ce jeune homme aussi prospère que bien mis de sa personne, elle ne pouvait possiblement afficher un visage en lame de couteau ni un corps décharné !

— Seigneur, non ! s'exclama Mr Wilde avec un rire forcé. Elle refusa car elle réserve son affection à un nom qui paraît dans votre journal, Mr Sinclair, un certain Argus.

— Vous ne semblez guère découragé.

— Le temps la guérira de cet homme, j'en suis assuré.

— Je connais fort bien Mrs Darcy, ainsi qu'une autre de ses sœurs, lady Menadew. Une fort belle créature, lança Angus d'un ton badin.

Mr Wilde mordit à l'hameçon et l'avala tout entier :

— Croyez-moi, miss Bennet les surpasse. Quoiqu'elle ressemble fort à Mrs Darcy, elle possède une taille plus élancée, une silhouette plus gracile. Elle jouit en outre de qualités plus délicates à décrire, ajouta-t-il avec un froncement de sourcils : c'est une femme qui s'exprime sans détour, en particulier sur les misérables conditions d'existence de certains de nos concitoyens.

Angus soupira et s'apprêta à prendre congé.

— Eh bien, monsieur, je vous remercie de vos informations et me désole de ne point disposer du temps nécessaire pour transmettre à miss Bennet les amitiés de Mrs Darcy. Norwich m'appelle, il me faut me hâter.

— Si vous logiez cette nuit à Hertford, vous la rencontreriez, déclara Mr Wilde, incapable de résister à la perspective d'exhiber sa dulcinée. Elle a l'intention d'assister à un concert ce soir. Lady Appleby l'y emmène. Faites-moi l'honneur de m'accompagner, je vous présenterai avec plaisir car je sais que miss Bennet voue une affection sincère à ses sœurs.

Il fut décidé qu'Angus se présenterait au domicile de Mr Wilde à 18 heures. Après un solide déjeuner au Sanglier Bleu, puis une promenade plutôt décevante dans les rues de Hertford, il sonna à l'heure dite et retrouva son guide qui le mena en grande pompe de l'autre côté de la rue.

Une demi-heure plus tard, il posait les yeux sur miss Bennet qui entrait au côté de lady Appleby alors que la soprano italienne s'apprêtait à attaquer plusieurs arias tirées d'opéras écrits par Herr Mozart. La sœur d'Elizabeth portait une robe des plus lugubres : une gouvernante se fût vêtue avec plus de recherche. Mais rien n'eût atténué la pureté de ses traits, la luxuriance de sa chevelure ou le charme de sa mince silhouette. Transporté, il découvrit qu'elle avait les yeux gris-violet.

Un souper fut servi après la représentation que l'assistance qualifia d'excellente bien qu'en son for intérieur Angus jugeât médiocres les talents musicaux de la Stupenda et du *signore* Pomposo. Enfin, Mr Wilde l'invita à le suivre de façon à l'introduire auprès de miss Bennet.

Lorsqu'elle entendit qu'Angus Sinclair publiait les lettres d'Argus, le visage de Mary s'illumina comme une journée d'été.

— Oh, monsieur ! s'écria-t-elle en avançant d'un pas, ce qui la plaça devant Mr Wilde et, dès lors, exclut celui-ci de la conversation. Je ne dispose pas de louanges suffisantes pour accueillir l'éditeur d'un tel homme ! Ses lettres m'exaltent positivement !

Un éclair traversa les extraordinaires prunelles : miss Bennet se trouvait sur le point de poser des questions qui ne convenaient guère à une lady célibataire lors d'une première rencontre.

— Quelle sorte de personnage est-il ? À quoi ressemble-t-il ? De quelle façon sa voix résonne-t-elle ? Est-il marié ?

— Comment l'imaginez-vous, miss Bennet ?

La question la troubla, en particulier parce qu'elle avait assisté à ce concert sans attendre davantage qu'un peu de musique pour passer agréablement le temps. Mais voilà qu'elle se trouvait en présence de l'homme qui publiait les lettres d'Argus ! Les pensées s'entrechoquant dans sa tête, Mary lutta pour recouvrer son calme. Le propriétaire du *Westminster Chronicle* ne ressemblait en rien à ce qu'elle se fût imaginé, eût-elle essayé de se le représenter. En quels termes décrirait-elle son dieu, Argus ?

— Je le crois aussi hardi que résolu, monsieur, répondit-elle.

— Beau ? demanda-t-il malicieusement.

Elle se raidit aussitôt.

— Je commence à croire, Mr Sinclair, que vous vous gaussez de moi ; mon célibat et mon âge avancé vous semblent très certainement une source de pitié, d'amusement.

— Non, non ! se récria-t-il, horrifié par cette pique. J'essayais seulement de prolonger notre conversation car dès l'instant que j'aurai répondu à votre question, miss Bennet, celle-ci prendra fin, j'en ai peur.

— Alors finissons-en, voulez-vous ? Répondez-moi !

— Je ne possède pas la moindre idée de l'apparence ni de l'identité d'Argus. Ses lettres me sont acheminées par la poste.

— Ne connaissez-vous point son lieu de résidence ?

— Non, ses missives ne montrent aucune marque, ne contiennent jamais une adresse.

— Je vois. Je vous remercie.

Puis elle l'ignora et reprit sa conversation avec Mr Wilde.

Un Angus des plus déconcertés retourna au Sanglier Bleu. Dans la suite de chambres qu'il y avait louée, il réfléchit à la meilleure façon de se trouver une fois de plus en présence de miss Bennet. Quelle exceptionnelle créature ! Où diable s'était-elle procuré ces horribles vêtements ? Elle souillait l'ivoire de son cou gracile avec cette serge grossière ; et comment pouvait-elle cacher cette sublime chevelure sous cette horrible coiffe noire ? Si Angus avait jamais rêvé d'une épouse qui lui convînt – pensée à laquelle il ne s'était jamais attardé –, il l'eût exigée belle et digne, bien entendu, mais faisant également preuve d'élégance en toute situation. Autrement dit, il eût fallu qu'elle possédât le don de causer, d'écouter, de sourire en marquant son intérêt, même accaparée par la conversation d'un personnage effroyablement ennuyeux. De telles épouses seyaient aux hommes importants. « Sa » Mary, en revanche – comment pouvait-il l'évoquer en ces termes possessifs après cette unique et désastreuse rencontre? –, présentait une véritable inaptitude en société. Elle ne manquait pas de beauté, certes, mais excluait toute autre qualité. Même miss Delphinia Botolph, âgée de soixante ans sinon du double, avait minaudé face au beau parti que représentait Angus Sinclair. Miss Bennet, elle, lui avait tourné le dos dès lors qu'il s'était avoué incapable de satisfaire sa curiosité à l'égard d'un personnage imaginaire : Argus.

Il lui fallait échafauder un plan. En premier lieu, comment la rencontrer – non pas une fois mais en de multiples occasions? Ensuite, comment exposer la prééminence de sa situation de façon à l'éblouir? Enfin, comment l'amener à s'éprendre de lui? L'amour, découvrait-il horrifié, ne se souciait nullement des insuffisances en société. Lorsqu'il l'aurait conquise, il lui faudrait présenter Mrs Angus Sinclair comme une excentrique. Les Anglais goûtent l'excentricité. Hélas, ce n'est pas le cas des Écossais. *Je suis condamné à vivre le restant de mes jours parmi les* Sassenachs[1].

Dix ans plus tôt, il avait effectué le trajet qui séparait son West Lothian natal de Londres. Le charbon et le fer de Glasgow appartenaient à sa famille depuis deux générations, mais, aux yeux de son père, un Écossais puritain, la richesse n'entraînait nullement la paresse. À peine diplômé de l'université d'Édimbourg, Angus avait été invité à se trouver une occupation. Il avait choisi le journalisme ; il aimait l'idée qu'on le payât pour se grimer, adorait écrire et se plongeait avec délices dans les affaires des autres. En une année, il était devenu le maître des insinuations et des allégations,

1. Nom sous lequel les Écossais désignent les Anglais. *(N.d.T.)*

s'immergeant dans sa profession à un tel point que peu de gens, jusqu'à ses plus proches amis, avaient réellement su qui il était. Son expérience s'était révélée un excellent exercice avant sa métamorphose en Argus car son travail l'avait conduit en tous lieux : une série de meurtres dans une usine, des fraudes se déroulant dans les cercles étroits du gouvernement et des municipalités, des vols, des émeutes. Il avait visité toutes les couches de la société, en particulier les pauvres, les chômeurs, les miséreux. Toutefois, quoiqu'il lui fût arrivé à maintes reprises de hanter les repaires des *Sassenachs* à la frontière écossaise, ses pérégrinations lui avaient rapidement enseigné que tout venait de Londres.

Lorsque son père s'était éteint, six ans plus tôt, Angus avait abandonné l'empire paternel à son frère Alastair, puis avait émigré, les poches pleines et certain que celles-ci le resteraient grâce audit empire. Il avait acquis une maison à Grosvenor Square et s'était aussitôt employé à cultiver l'amitié des puissants. Bien qu'il ne cachât à personne l'origine de sa fortune, celle-ci ne suscita aucun commentaire pour la raison qu'elle provenait d'un « pays étranger ». Il n'abandonna cependant pas le journalisme. Apprenant qu'aucun journal ne couvrait les activités du Parlement, il avait créé le *Westminster Chronicle*. Comme les membres du Parlement répugnaient à se réunir davantage que ne l'exigeait la nécessité, une parution hebdomadaire suffisait – quotidienne, le contenu fût devenu prolixe. Des espions à sa solde avaient investi chacun des ministères du gouvernement, de l'Intérieur jusqu'aux Affaires étrangères, tandis que l'Armée lui garantissait des nouvelles croustillantes à profusion. Bien entendu, il employait une demi-douzaine de journalistes, mais aucun de leurs écrits n'échappait à sa minutieuse attention. Ces occupations lui avaient cependant laissé bon nombre d'heures inoccupées ; celles-ci l'avaient mené, un an auparavant, à la création d'Argus.

Oh, il avait vécu son content de liaisons, mais aucune n'avait mis ses sens en émoi. Avec les filles des puissants, seul le badinage était autorisé ; sa rouerie naturelle, alliée à son habileté en société, lui avait permis d'échapper aux jeunes personnes de bon ton ayant succombé à son charme – et à sa fortune. Pour assouvir ses besoins les plus urgents, il avait entretenu des maîtresses, évitant avec soin les femmes mariées auxquelles il avait préféré les danseuses de l'Opéra. Ces relations ne l'avaient guère incité à nourrir un quelconque respect à l'endroit des personnes du sexe : selon son expérience, les femmes se montraient prédatrices, creuses, dénuées d'éducation et, après quelques mois, inévitablement ennuyeuses.

Seule Elizabeth Darcy était parvenue à le captiver, mais à distance. En premier lieu, nul n'existait à ses yeux au-delà de Fitz. Ensuite, elle possédait un tempérament chaleureux et maternel ; quelles que fussent les plaies qui accablaient un homme, elle les eût toujours soulagées d'un baiser, or Angus n'imaginait pas qu'une telle femme le charmât une vie entière.

Que celle qui correspondît aux aspirations de son cœur se révélât éprise d'un personnage fictif le blessait avec une cuisante ironie. S'il confessait sa véritable identité, elle l'accueillerait avec mépris. Non seulement il ne prêchait pas par l'exemple, mais de surcroît, il ne nourrissait aucune intention de le faire, même pour ce sentiment aussi nouveau que douloureux : l'amour. La fougueuse Mary prenait Argus au pied de la lettre ? Soit, elle n'en connaîtrait que la lettre !

Hormis cette difficulté, rien ne l'empêchait de franchir les obstacles au fur et à mesure que ceux-ci se présenteraient à lui. Avant toute chose, il lui fallait apprendre à connaître sa Mary, faire en sorte qu'elle l'appréciât et se fiât à lui. *Seigneur, quel hypocrite tu fais, Angus-Argus !*

Le matin suivant, elle recevrait un message de sa part lui demandant de faire quelques pas en sa compagnie. Cette offre ne la froisserait pas ; il était parfaitement convenable qu'un gentleman escorte une lady dans les rues de Hertford.

Mary arriva à la même conclusion lorsqu'elle déchiffra le billet. Depuis qu'elle avait arrêté sa décision d'entreprendre des investigations afin d'écrire son livre, l'hiver s'écoulait de façon interminable, malgré les efforts déployés par Mr Robert Wilde, lady Appleby, Mrs McLeod, miss Botolph et Mrs Markham. *Comment peut-on se contenter d'une existence aussi creuse?* se demandait-elle. Les concerts, les réceptions, les pique-niques, les visites aux boutiques, la lecture et le pianoforte n'existent que pour remplir ce vide infini que représente la vie d'une femme. Mr Wilde possédait son cabinet, les épouses leurs maris et leurs enfants ainsi que la multitude de petites crises domestiques, mais elle, à l'égal de miss Botolph, évoluait à l'intérieur de ce mot nouvellement mis à la mode par les physiciens : le *vacuum*. Quelques mois d'hiver lui avaient enseigné à quel point son propre bien-être dépendait de ce dessein qu'elle s'était fixé.

Intriguée, dès lors, par le message d'Angus, elle se rendit au rendez-vous, curieuse d'en découvrir davantage sur ce dernier. Après tout, il publiait Argus ! Il était bien de sa personne, jouissait d'une position éminemment respectable et ne méritait point qu'elle dédaignât sa compagnie pour cette promenade qu'elle avait de toute façon décidé d'entreprendre. Alors qu'ils échangeaient les salutations d'usage, elle se fit la réflexion qu'il possédait une chevelure semblable à la fourrure d'un chat, lisse et brillante, ainsi qu'une agréable tournure. De surcroît, elle constata avec plaisir qu'il la dépassait d'une bonne tête. Eût-elle cherché un défaut à Mr Wilde, elle aurait nommé leur taille identique.

Toutefois, cette soudaine satisfaction que Mr Sinclair fût plus grand qu'elle lui sembla une inclination typiquement féminine et elle se hâta de l'écarter.

— Quelle direction désirez-vous emprunter? s'enquit-il en lui tendant le bras pour qu'elle s'y appuie.

Elle refusa d'un geste dédaigneux.

— Je ne suis point décrépite, monsieur, déclara-t-elle en allongeant aussitôt le pas. Remontons ce chemin, il s'agit du plus court pour sortir de la ville.

— Aimez-vous la campagne? demanda-t-il en adoptant son rythme.

— Oui, beaucoup. La nature affiche une beauté intacte, loin de l'urbanisation dépourvue de goût de l'humanité.

— Hum, en effet.

Le plus court chemin ne comptait pas moins d'une demi-lieue; sous cette robe hideuse devaient se trouver deux jambes puissantes. À peine eurent-ils atteint l'endroit où s'étendaient les premiers champs qu'elle ralentit l'allure et contempla le paysage d'un œil ravi.

— J'imagine que Mr Wilde vous a fait part de mes projets? lança-t-elle en franchissant une petite barrière.

— Vos projets?

— J'ai l'intention d'enquêter sur les miséreux d'Angleterre. Je débuterai en mai. Comme il est étrange que Mr Wilde ne vous en ait pas informé!

— Il s'agit d'un projet des plus inhabituels. Parlez-m'en davantage.

Mary s'exécuta, fixant avec plaisir les yeux bleus et sages de son interlocuteur. Il écouta sans manifester le moindre signe de désapprobation. *À l'inverse*, songea-t-elle avec satisfaction, *il me prêta une oreille attentive et, lorsque j'eus terminé, il n'essaya pas de me dissuader.*

— Où pensez-vous commencer? s'enquit-il.

— À Manchester.

— Pourquoi pas à Birmingham ou à Liverpool?

— Birmingham ne se différencie guère de Manchester; quant à Liverpool, il s'agit d'un port et je ne crois pas raisonnable de côtoyer des marins.

— Je partage votre opinion sur les marins, répliqua-t-il gravement. En revanche, votre choix de Manchester m'étonne encore.

— Il me surprend également, avoua-t-elle avec franchise. Je pense qu'il m'a été inspiré par la curiosité que je nourris au sujet de mon beau-frère, Charles Bingley qui, affirme-t-on, possède des « intérêts » à Manchester ainsi que des plantations de canne à sucre à la Jamaïque. Ma sœur Jane, la plus douce des créatures, est fort attachée à son époux.

Elle s'interrompit, le front plissé, et n'ajouta rien.

Ils avaient atteint un verger de pommiers dont les branches foisonnaient de fleurs blanches. Succédant à un hiver rigoureux, la chaleur du printemps était arrivée tôt et la nature s'éveillait. Angus étala son mouchoir sur le muret de pierre qui s'étendait le long des arbres efflorescents, puis invita sa compagne à s'asseoir.

Surprise par sa propre docilité, Mary obéit. Au lieu de se joindre à elle, il demeura debout, à une certaine distance, et fouilla son visage du regard.

— Je sais ce que vous ne vous résolvez point à ajouter, mademoiselle. En proie au souci pour votre sœur, Jane, vous craignez que si son époux exploite des femmes et des enfants, elle ne souffre d'une désillusion qui détruira son amour.

— Oh! s'exclama-t-elle, stupéfaite. Vous faites preuve d'une rare perspicacité!

— Je lis moi aussi les lettres d'Argus, miss Bennet.

Il franchit soudain le muret, pénétra dans le verger, puis brisa une branche de l'arbre le plus proche.

— Ils sont déjà en fleurs, remarqua-t-il tandis qu'il lui présentait son trophée avec un sourire qui émut sa compagne d'une étrange manière.

— Merci, répondit-elle en l'acceptant. Vous privez cependant ce pauvre arbre de quelques-uns de ses fruits.

Un instant plus tard, elle se leva et se mit en route en déclarant :

— Il se fait tard, monsieur. Ma femme de chambre s'inquiétera de ne point me voir revenir à l'heure convenue.

Il se rangea à son côté sans objecter, puis la laissa cheminer en silence tandis qu'il réfléchissait furieusement. *Ne t'avise pas de la courtiser, Angus ! Elle semble accepter ton amitié, mais se ferme avec un claquement sec au moindre signe de badinage, tel un piège de braconnier. Soit, puisqu'elle ne désire qu'un ami, je serai celui-ci !*

Leur excursion fut la première d'une série suffisamment longue pour susciter l'espoir parmi les compagnes de Mary et une triste morosité dans le cœur de Mr Wilde. Quelle belle prise ! Le valet d'Angus se trouva à l'origine d'une rumeur qui courut parmi les domestiques avant, bientôt, de résonner dans les appartements des maîtres : Mr Sinclair, en route vers l'East Anglia, n'avait jamais eu l'intention de s'attarder une semaine à Hertford et cependant, il talonnait miss Bennet ! Lady Appleby organisa en hâte un dîner à Shelby Manor, auquel Mr Wilde ne fut pas convié, tandis que Mrs Markham s'arrangea pour que Mary démontrât sa maîtrise du pianoforte lors d'une soirée intime. Stupéfait, Angus découvrit que la jeune femme possédait un talent considérable et jouait avec autant de précision que d'émotion, quoiqu'elle n'inclinât pas assez à user de la pédale douce.

De son côté, Mary acceptait les flatteries de son soupirant. Non qu'il prononçât jamais une parole qu'elle eût qualifiée de romantique, ou laissât s'attarder sa main lorsqu'il touchait la sienne, ou encore la dévisageât de ce regard dont la couvait Mr Wilde. Son attitude évoquait plutôt celle du frère qu'elle n'avait jamais eu, une sorte de version plus âgée de Charlie. Fort de ces raisons, son sens inné de l'équité lui soufflait de ne pas lui opposer de froideur. Si toutefois elle avait eu connaissance des rumeurs qui couraient à leur propos, elle eût sans nul doute renvoyé Mr Sinclair hors de sa vue.

Dès lors, celui-ci garda sa langue. Après neuf jours passés en sa compagnie, il possédait une connaissance intime du projet qu'elle comptait mener à bien. Il comprit de surcroît pourquoi Fitz avait évoqué sa belle-sœur en des termes dédaigneux : elle incarnait précisément le type de femme qu'il méprisait, dépourvue du moindre sens de la bienséance et dotée d'un esprit obstiné qui refusait de se plier à une quelconque discipline. Oh, elle ne déplorait aucune défaillance morale, simplement elle ne considérait pas qu'une célibataire de son âge eût besoin de se plier à toute la gamme des convenances. On chaperonnait les jeunes filles parce qu'il était de coutume qu'elles se présentassent vierges dans leur lit d'épousée, tandis qu'une femme de trente-huit ans ne craignait plus guère d'être l'objet des attentions masculines licencieuses. En cela, bien entendu, elle se trompait. Dès lors que les hommes découvraient ses yeux, sa bouche pleine et son teint de pêche, ils cessaient aussitôt de prendre son âge ou ses effroyables vêtements en considération.

Les moyens dont elle disposait ne lui permettaient pas de mener la vie à laquelle elle eût pu prétendre ; la location de sa maison lui coûtait cinquante livres et les gages de ses domestiques une centaine d'autres, auxquels il fallait ajouter les frais de leur entretien. Angus suspectait la cuisinière ainsi que le couple déniché par Mr Wilde de la voler. Ses revenus ne l'autorisaient pas non plus à entretenir une simple monture ni un quelconque moyen de transport. Quant à une dame de compagnie, il comprenait sans peine pourquoi elle ne se résolvait pas à cette dépense : ces femelles se montraient immanquablement maussades, incultes et suffocantes pour une Mary Bennet dont la vitalité avait vaincu les décrets imposés par la société sur les habits dont elle devait se vêtir ou l'existence qu'elle devait mener. Il demeurait toutefois dans l'ignorance du genre de personne qu'avait été Mary jusqu'à cet instant, et du succès avec lequel elle avait étouffé ses aspirations – tout cela, au nom du devoir.

Il trouva totalement extravagant ce retrait qu'elle avait effectué de ses neuf mille cinq cent livres. Pourquoi? L'explication qu'elle avança à un Angus fureteur – elle en aurait besoin pour ses investigations journalistiques – lui sembla dépourvue de sens.

— Je suppose que vous voyagerez en chaise? lui demanda-t-il.

L'air scandalisé, elle répliqua :

— Certainement pas! Cela me coûterait trois à quatre guinées par jour, même pour une chaise nauséabonde à un seul cheval! Sans parler de la demi-couronne qu'il me faudrait accorder au postillon. Non, je voyagerai en diligence.

— En malle-poste, très certainement, avança-t-il, décontenancé par sa véhémence. Un départ pour Manchester s'effectue chaque jour depuis Londres qui vous mènerait à votre destination en deux jours.

— Secouée en tous sens une nuit entière, dans une voiture cahotant sur les chemins! Non, je prendrai la diligence de Hertford qui se rend à Grantham et m'arrêterai chaque nuit dans une hôtellerie.

— Il est vrai, acquiesça Angus avec un hochement de tête, qu'un relais de poste vous offrira une nuit confortable et un repas de qualité.

— Je ne possède nullement les moyens de faire étape à un relais de poste ! Je me contenterai d'un plus humble abri.

Sur le point de discuter davantage, il changea d'avis.

— Grantham se situe plutôt loin à l'est, n'est-ce pas ?

— En effet, mais comme il se dresse sur la grand-route du Nord, j'y trouverai certainement bon nombre de voitures publiques, expliqua-t-elle. Après Grantham, je me rendrai à Nottingham, puis à Derby et, de là, à Manchester.

Elle dispose de bien chétifs moyens, objecta Angus en son for intérieur. *Ses neuf mille cinq cents livres ne la mèneront certainement pas à un âge avancé, d'autant que Fitz ne lui octroiera pas un sou de plus – ce qu'elle sait mais, par fierté, se refuse à avouer. Il semble dès lors logique qu'elle ménage son pécule au plus juste. Mais alors, pourquoi diable retirer son argent de son placement ?*

En un éclair, la réponse s'imposa à lui : parce qu'en le déposant dans une banque, à son nom, elle en devient la seule maîtresse. Aux yeux d'une Mary Bennet, l'investissement à 4 % devait posséder un caractère évanescent ; son argent pouvait disparaître dans un nuage de fumée, victime d'un effondrement soudain du marché à l'égal de celui qui avait touché le pays lors de la chute des actions de la Compagnie des mers du Sud en 1720. Une plus sinistre pensée lui vint : elle redoutait que Fitz l'en privât si elle le laissait investi. Au cours des nombreuses promenades qu'ils avaient effectuées ensemble, elle avait mentionné son beau-frère à plus d'une reprise, mais sans guère de respect ni d'affection. À l'évidence, elle ne le craignait pas personnellement mais elle se défiait de sa puissance.

Angus, que Fitz n'effrayait pas le moins du monde, tremblait en revanche pour Mary. L'indifférence avec laquelle elle considérait son habillement l'empêchait de ressembler à ce qu'elle était : une femme de bonne famille. Les voyageurs qui partageraient la diligence avec elle la prendraient pour quelque gouvernante, sinon même pour une camériste. *Oh, Mary, Mary! Vous et votre maudit livre! Si seulement je n'avais jamais rêvé de cette chimère nommée Argus!*

Ce qui ne lui vint pas à l'esprit, car elle ne le mentionna jamais, était qu'elle destinait neuf mille livres à quelque éditeur pour qu'il acceptât de publier son livre. En un sens, il avait raison : elle avait retiré son argent d'un fonds d'investissement parce qu'elle craignait le pouvoir de Fitzwilliam Darcy.

Le dixième jour de son séjour à Hertford, il n'en pouvait plus. Il préférait s'inquiéter de son sort à Londres dans la solitude plutôt que de se repaître de sa vue tandis que les fleurs d'avril tombaient au sol. Il ne put cependant se résoudre à prendre congé, craignant de céder à l'impulsion de déclarer sa flamme à une femme qui ne la partageait pas. Se maudissant intérieurement de sa couardise, il commanda sa chaise aussitôt après sa première collation et quitta Hertford sans en avertir son amour ni le lui annoncer dans un billet quelconque.

La nouvelle de son départ vola de bouche en bouche. Transmise aussitôt par le tenancier du Sanglier Bleu au commis de Mr Wilde et au domestique de miss Botolph, elle parvint avec la même promptitude aux oreilles de leurs maîtres qui se présentèrent chez miss Bennet avant même que le vicaire de Saint-Mark ne sonnât l'angélus.

Mary accueillit l'information avec flegme bien que, dans le secret de son cœur, elle reconnût une tristesse en tout point semblable à celle qu'elle avait éprouvée lorsque s'étaient terminées les visites de Charlie. Elle s'appliqua à tempérer l'éclatante jubilation affichée par Mr Wilde et assura ses visiteurs qu'elle s'était attendue au départ de Mr Sinclair depuis quelque temps déjà. Les pesantes insinuations de miss Botolph quant à un amour déçu ne s'attirèrent aucun commentaire ; si les hautes sphères de Hertford avaient espéré quelque heureux faire-part, la pensée n'en avait jamais effleuré Mary. À ses yeux, Angus incarnait seulement un ami dont elle regretterait la présence.

— Peut-être reviendra-t-il, déclara Mrs McLeod alors que le mois d'avril touchait à sa fin.

— Qu'il se hâte alors, Sophia, rétorqua miss Botolph. Mary partira sous peu, quoique je l'eusse espérée moins secrète quant à ses projets. Seigneur, à quoi donc songe Mr Darcy, qui la laisse voyager en voiture publique ?

— La fierté, offrit Mrs Markham. Je gagerais ma réputation qu'il ne sait même pas qu'elle se rend à Pemberley, où elle fit pourtant envoyer ses affaires au-devant d'elle.

— Le départ de Mr Sinclair fut-il cause de quelque chagrin ? s'enquit lady Appleby qui, vivant à Shelby Manor, à une lieue de Hertford, apprenait toujours tout la dernière.

— Pas le moins du monde. En réalité, elle me semble heureuse, répondit Mrs McLeod.

— La voie est ouverte pour Mr Wilde, suggéra miss Botolph.

Mrs Markham soupira :

— Elle n'en voudra pas non plus.

4

— Je rentre à Pemberley, déclara Charlie le dixième jour du mois de mai. J'aimerais que tu m'y accompagnes, Owen.

Mr Griffiths leva les sourcils et considéra son protégé avec surprise.

— Pemberley ? Certes, rien ne te retient à Oxford puisque le trimestre s'achève, mais ton père s'y trouvera également, ce qui ne t'enchante jamais.

— C'est vrai, mais je ne puis demeurer ici, sang du Christ !

— Pourquoi cela ?

— Mary.

— Ah, je vois. Elle a commencé son odyssée.

— C'est certain.

— En quoi ta présence à Pemberley se révélerait-elle utile ?

— Cela me rapprochera de sa destination. En outre, père aura suivi ses moindres mouvements. Elle aura besoin d'un ami dans la place.

— Selon ta mère, en effet, les projets de ta tante ont mécontenté Mr Darcy, mais crois-tu qu'il se confiera à toi ?

— Non, répondit Charlie en rentrant les épaules, son visage exprimant davantage que des mots ne l'eussent fait. Mon retour anticipé n'étonnera personne puisque je n'ai pu me rendre à Pemberley pour Noël. Ma présence laissera mon père indifférent et réjouira ma mère. Si tu m'accompagnes, nous serons en mesure de rôder aux alentours de Manchester – à une journée de cheval de Pemberley. Nous affecterons de vouloir parcourir les landes et les tourbières ou bien de visiter Cumberland. Les raisons de nous absenter ne manqueront pas.

Owen percevait le souci qui rongeait son ami, mais comment celui-ci espérait-il dissimuler ses plans aux yeux de son père ? En l'unique occasion où il avait rencontré Mr Darcy, le Gallois avait été partagé entre une antipathie immédiate et la conviction que seul un esprit dérangé s'opposerait à un tel homme. Bien entendu, un père et son fils entretenaient des relations différentes, mais cependant, il ne pouvait se défaire de la certitude que Charlie eût mieux agi en restant à l'écart. Entraver Mr Darcy si celui-ci choisissait de châtier sa belle-sœur empirerait la situation ; une année passée à écouter Charlie – véritable moulin à paroles quand il n'était pas plongé dans un livre – en avait suffisamment appris à Owen sur le sujet. De surcroît, la lettre de miss Mary Bennet avait entraîné une correspondance soutenue entre Charlie et sa mère : Mr Darcy était outré ; il n'accompagnerait pas oncle Charles en Amérique ; il avait prononcé une violente diatribe devant la Chambre sur ces piliers de bonnes œuvres pétris de naïveté ; il avait souffert d'une migraine qui l'avait immobilisé une semaine durant ; il avait soudain préféré le whisky au sherry avant le dîner ; il avait répondu d'une gifle cruelle à une frasque de la pauvre petite Cathy. La liste semblait interminable.

Ces rapports venus de Pemberley et de Londres avaient exacerbé l'appréhension de Charlie au point de lui causer une migraine qui l'avait saisi précisément le matin qu'il devait présenter son examen *viva voce.* À l'évidence, il avait hérité du trouble qui affectait son père, à défaut de sa volonté d'acier.

— Je ne trouve pas ce projet très avisé, déclara sobrement Owen, peu désireux de voir Charlie s'enflammer de nouveau.

— Des plus hasardeux, je te l'accorde, renchérit son ami, mais cela ne le rend pas moins nécessaire. Je t'en prie, accompagne-moi, Owen !

La vision de la sauvage campagne galloise s'imposa à l'esprit du jeune tuteur. Toutefois, il ne pouvait ignorer plus avant la requête de son ami. Écartant résolument la pensée d'arpenter la belle région de Snowdonia pendant l'été, il hocha la tête :

— Très bien, à une condition : si la situation devient intolérable, je partirai. Je n'ai nulle envie de me retrouver piégé. Te servir de tuteur représente une bénédiction, Charlie, et je ne courrai pas le risque d'offenser l'un des membres de ta famille.

Le visage de Charlie s'éclaira.

— J'accepte ! Tu dois cependant me laisser régler toutes les dépenses qu'occasionneraient nos pérégrinations, d'accord ?

— Avec joie. À en croire mon père et ma mère, il importe d'épargner le moindre penny. Il faut une dot à Gwyneth.

— Vraiment ? Un bon parti s'est-il présenté ?

— Très bon.

— Il me semble idiot de doter une fille promise à un très bon parti, remarqua Charlie en secouant la tête.

— Je partage cet avis. Toutefois, c'est ainsi. Avec trois filles à marier, père doit paraître en mesure de les pourvoir d'un trousseau conséquent. Ma sœur Morfydd quittera l'an prochain les bancs de l'école.

*

Des années plus tôt, le bon sens d'Elizabeth l'eût retenue de se confier à son fils, sensible autant qu'émotif. Elle écarta cependant ses scrupules – il fallait qu'elle parle à quelqu'un ! Jane ne l'eût pas écoutée, accablée depuis que Charles était parti pour la Jamaïque où il demeurerait une année. À la tête d'importants domaines dans cette île idyllique, il dépendait trop du labeur des esclaves pour émanciper ces derniers après un certain nombre d'années de loyaux services, déclarait-il à présent. Lorsque Jane avait appris qu'il possédait plusieurs centaines d'esclaves, elle s'était montrée horrifiée et lui avait soutiré la promesse qu'il les libérerait aussitôt que possible – qu'ils labourent pour lui comme des hommes libres, son honneur le lui commandait. Forcé de répondre, Charles l'avait informée qu'une fois libres, ces hommes refuseraient de travailler pour lui. Expliquer pourquoi s'était toutefois révélé au-dessus de ses forces ; Jane ne soupçonnait pas les conditions qui régnaient dans les plantations de canne à sucre des Amériques, elle ne l'eût pas cru s'il les lui avait exposées. Le fouet, les fers ou le rationnement se trouvaient si éloignés de son entendement qu'elle se fût désespérée si elle avait su son cher Charles réduit à de tels expédients. *Ce que Jane ne connaît pas ne lui brisera pas le cœur* : tel était devenu le credo de Mr Bingley.

Unie à un homme plus franc, Elizabeth ne nourrissait pas ces illusions. Elle savait en outre que l'enlèvement des Noirs sur la côte ouest de l'Afrique devenait de plus en plus difficile, ce qui limitait l'approvisionnement d'esclaves et en augmentait le prix. Elle pensait que les planteurs devaient accepter l'inévitable et libérer leurs esclaves ; Fitz estimait cela impossible pour la raison que les hommes de couleur parvenaient à travailler en climat tropical, à l'inverse des Blancs. Elizabeth, qui avait perçu dans ce discours un relent de sophisme, s'était gardée d'en faire part à son irascible époux.

Malgré les efforts déployés pour les réprimer, la résistance et la rébellion grondaient parmi les esclaves des plantations, aussi Charles Bingley n'avait-il pu différer plus avant sa traversée de l'Atlantique. Fitz avait proposé de l'accompagner, ce qui de prime abord avait surpris sa femme avant qu'elle n'entendît les raisons cachées derrière cette volonté : son époux n'avait jamais voyagé à l'ouest de Greenwich. Ses missions diplomatiques l'avaient mené en Chine et en Inde – à l'Est –, or un futur Premier ministre se devait de connaître le monde dans son entier. En homme qui ne reculait pas devant ses responsabilités, il avait envisagé l'expédition de son beau-frère comme une parfaite occasion de s'instruire des affaires des Indes occidentales.

Qu'une créature aussi insignifiante que Mary possédât le pouvoir d'infléchir les décisions du puissant Fitzwilliam Darcy ne fût jamais venu à l'esprit d'Elizabeth. Aussi, lorsqu'il lui annonça que Charles se rendrait sans lui à la Jamaïque, afficha-t-elle sa stupéfaction.

— La faute en revient à votre sœur, Mary, jeta-t-il.

Elizabeth s'émerveillait que le projet de Mary eût si vite acquis cette notoriété. Tout avait commencé avec la lettre que Mrs Darcy avait reçue de Charlie, qui avait trempé sa plume dans un encrier d'inquiétude, laquelle avait rapidement gagné sa mère. Puis était venue une missive de Mr Robert Wilde, dont elle ne se rappelait pas même la présence à l'enterrement de sa mère – aucune des personnalités locales venues honorer la mémoire de la disparue ne lui avait été présentée. Il l'avait suppliée d'user de son influence afin de persuader miss Bennet de ne pas emprunter une simple diligence, laquelle mettrait en péril sa sécurité autant que sa vertu. Puis Angus lui avait fait parvenir un message qui exposait la même demande ! Les billets de lady Appleby et de miss Botolph s'étaient montrés moins précis. Les deux femmes semblaient davantage s'inquiéter de l'excentricité de Mary que de ses projets de voyage, attendu qu'elle avait refusé d'excellentes propositions de mariage. Comme aucune d'entre elles, bridées par un sentiment de délicatesse, ne prononça le moindre nom, Elizabeth se vit épargner la nouvelle qu'Angus Sinclair se trouvait en tête de leur liste.

Ajoutant à ses souffrances, Fitz avait lancé des invitations accompagnées de l'offre de demeurer aussi longtemps à Pemberley que le souhaiteraient leurs hôtes. Le séjour n'excéderait pas une semaine pour le duc et la duchesse de Derbyshire, l'évêque de Londres, le président de la Chambre des communes ainsi que sa femme et enfin Georgiana et le général Hugh Fitzwilliam. En revanche, miss Caroline Bingley, Mrs Louisa Hurst et sa fille Letitia-Posy resteraient certainement tout l'été. Quant à Mr Angus Sinclair, elle ignorait combien de temps il les honorerait de sa présence. Et voici que deux lignes de Charlie annonçaient sa venue – accompagné, pas moins, de Mr Griffiths ! Non que Pemberley, avec sa centaine de chambres, ne pût accueillir des hôtes en nombre dix fois supérieur. Elle s'inquiétait davantage de trouver des domestiques en suffisance pour prendre soin de leurs invités et de leurs gens, bien que Fitz n'élevât jamais d'objection quand il s'agissait d'engager une aide temporaire. En réalité, la châtelaine n'inclinait nullement à organiser les divertissements qu'imposait une maison remplie d'invités. Elle ne songeait qu'à Mary.

Fitz n'avait pas pour habitude de passer le printemps et les premières semaines de l'été à Pemberley ; à l'accoutumée, il y recevait en août, quand la chaleur devenait incommodante. Les autres années, il s'était réfugié sur le continent d'avril à juillet, l'occasion pour Elizabeth d'effectuer de longues marches en compagnie de Mary au cours desquelles elles avaient admiré les floraisons, de passer de délicieux moments en compagnie de ses filles ou de rendre de nombreuses visites à Jane. Cela semblait hors de question cette année ; il lui faudrait côtoyer cette experte en vitriol, Caroline Bingley, cette incarnation de la perfection, Georgiana Fitzwilliam, et cette assommante créature qu'était Madame la présidente de la Chambre. Elle n'aurait pas même le loisir de s'enquérir de l'existence que menait Charlie à Oxford – Seigneur, comme elle avait regretté son absence à Noël !

Son fils survint une journée avant ses hôtes et écarta d'un geste les excuses qu'elle lui présenta de cette demeure bientôt pleine et du peu de temps qu'elle pourrait lui consacrer.

— Owen n'a jamais visité cette partie de l'Angleterre, expliqua-t-il d'un air candide, aussi nous absenterons-nous de temps à autre durant plusieurs jours – les beautés du Derbyshire ne sauraient décevoir un Gallois accoutumé aux paysages de Snowdonia.

— J'ai installé Mr Griffiths dans une chambre jouxtant la tienne plutôt que dans l'aile est où logeront les autres invités, indiqua-t-elle avec un élan de tristesse – comme il avait changé depuis son départ, un an plus tôt !

— Splendide ! Le duc de Derbyshire viendra-t-il ?

— Bien entendu.

— Alors, je peux dire adieu à l'appartement des Tudors, le seul où j'eusse sinon permis à Owen de loger.

— Grand fou ! s'exclama Elizabeth avec un rire.

— Les repas se prendront-ils à l'heure londonienne ?

— Plus ou moins. Le dîner sera servi à 20 heures précises – tu sais combien ton père se montre épris de ponctualité –, ne t'avise pas d'être en retard !

Deux fossettes apparurent soudain sur les joues de Charlie tandis qu'un éclair espiègle illuminait son regard.

— Si nous manquons à être ponctuels, je soudoierai Parmenter pour qu'il nous confectionne deux plateaux et nous les apporte dans l'ancienne nursery.

Incapable de résister, elle le serra dans ses bras quand bien même il se considérait trop âgé pour ces démonstrations d'affection.

— Oh, Charlie ! Comme je suis heureuse de te voir ! Et vous aussi, Mr Griffiths, ajouta-t-elle en adressant un sourire au Gallois. Si mon fils était seul, je m'inquiéterais davantage. Votre présence répond d'un comportement irréprochable de sa part.

— Quelle femme perspicace vous faites, maman.

— Je suppose que mon fils s'est décidé à paraître à Pemberley pour se rapprocher de sa tante Mary, énonça Mr Darcy à l'adresse de Mr Skinner.

— Son tuteur l'accompagne, cela le retiendra d'agir de façon farfelue. Griffiths est un homme raisonnable.

— En effet. Où se trouve sa tante Mary ? s'enquit Fitz en tendant à Ned un verre de vin.

Ils se trouvaient dans la « grande » bibliothèque, tenue pour la plus somptueuse d'Angleterre. L'immense pièce dont l'extraordinaire voûte en éventail se perdait dans l'ombre était décorée de rouge sombre, d'acajou et d'or fin. Sur les murs, des étagères s'élevaient jusqu'au haut plafond, remplies de livres et interrompues à mi-chemin par une galerie. On y accédait par un escalier circulaire merveilleusement sculpté tandis que des échelles de bois coulissantes permettaient d'atteindre n'importe quel volume. Les deux larges fenêtres couronnées d'ogives ne parvenaient pas à éclairer la vaste pièce en suffisance. Les chandeliers, accrochés sous la galerie en certains endroits du plafond, rendaient impossible toute lecture au centre de la pièce, aussi avait-on assemblé des lutrins, des tables et des chaises dans les flaques de lumière qui s'étalaient au pied des piliers ornés de chapiteaux supportant la galerie. L'imposant bureau de Fitz se trouvait sous l'une des fenêtres gothiques, plusieurs chaises de cuir se dressaient sur le sol recouvert de tapis persans, et deux profonds fauteuils de cuir rouge trônaient de part et d'autre d'une cheminée de marbre ornée de deux bas-reliefs représentant des néréides.

Ils avaient pris place dans les fauteuils, Fitz raide comme un piquet car telle était sa nature, Ned avec une jambe passée par-dessus l'accoudoir. Ils semblaient parfaitement à l'aise, comme deux vieux amis qui se reposaient après une journée de chasse. Ils ne traquaient toutefois pas un animal, tandis que leur amitié ne ressemblait en rien au sentiment qui liait deux personnes d'un égal statut social.

— En cet instant, miss Bennet se trouve à Grantham, où elle attend le départ de la diligence pour Nottingham.

— Grantham? Pourquoi n'a-t-elle pas contourné la chaîne montagneuse des Pennines pour atteindre directement Derby si sa destination est Manchester?

— Cela l'eût obligée à transiter par Londres, ce qui n'eût pas manqué de mettre sa patience à rude épreuve. En traversant les Pennines, elle parviendra à Derby en passant par Nottingham.

— Trop impatiente! s'esclaffa Fitz. C'est du dernier plaisant!

Reprenant son sérieux, il lança à Ned un regard incertain.

— Parviendras-tu à suivre sa trace?

— Sans aucun problème. Mais avec l'arrivée de vos invités, j'ai pensé vous faire mon rapport tandis qu'elle se trouvait en sécurité à Grantham. Je reprendrai ma filature demain.

— Son voyage suscita-t-il des commentaires?

— Pas un seul. Il faut lui accorder cette qualité : c'est une personne tranquille qui ne bavarde pas et ne se donne pas en spectacle. Fût-elle d'apparence moins agréable, je serais tenté d'affirmer qu'elle n'a nul besoin de surveillance. Cependant, elle attire l'attention des hommes – cochers, postillons, palefreniers, garçons d'écurie, tenanciers, serveurs, portefaix. En revanche, ceux qui voyagent à l'intérieur de la voiture ne représentent aucun danger – des antiquités ou des maris tenus en laisse.

— Lui fit-on des avances ?

— Non. Selon moi, elle ne s'imagine pas être un objet de convoitise aux yeux des hommes.

— Non, sans doute. Hormis dans son excentricité, elle fait montre d'humilité.

— Je ne comprends pas ce qui vous cause de l'inquiétude, Fitz, remarqua Ned d'une voix soigneusement dépourvue d'intonation. En fin de compte, que pourrait-elle contre vous ? Personne ne prêterait l'oreille à ses doléances ni à ses tentatives de salir le nom des Darcy, nonobstant Argus et ses lettres. Vous êtes un grand homme. Elle n'est rien.

Fitz allongea ses jambes et croisa les chevilles, puis contempla le contenu écarlate de son verre avec un rictus amer.

— Ton existence trop confinée à Pemberley te garda de connaître la famille Bennet alors au grand complet, Ned. À cette époque, tu ne m'accompagnais pas lors de mes déplacements. Le tracas que me cause Mary Bennet n'a rien d'infondé, mais procède de la prudence. Je protège ma réputation. Quoique apparentés à tous les rois jamais assis sur le trône d'Angleterre, les Darcy échappèrent toujours à la flétrissure qui souilla des hommes plus stupides ayant arraché d'immenses honneurs ou d'importantes missions. Après une attente vieille de mille ans, il semble en mon pouvoir d'inscrire de façon irrécusable le nom des Darcy au firmament, grâce à mon élection à la tête du Parlement. Que me chaut un titre de duc, un maréchalat obtenu sur le champ de bataille ou une quelconque perspective d'union royale ! Cela ne représente rien ! Jamais ce pays n'est descendu plus bas que sous ces rois de la maison de Hanovre – ces pitoyables princes allemands aux noms plus longs que leur lignée ! –, mais le Parlement a gagné en importance à mesure que ses souverains ont perdu de la leur[1]. De nos jours, Ned, un Premier ministre occupe une place véritablement prééminente. Il y a cent ans, ce titre inconsistant passait de main en main à la Chambre des lords, comme une carafe de porto. Aujourd'hui, il tire un solide pouvoir de la Chambre des communes. Il est accordé par la grâce d'électeurs au lieu de se transmettre à une oligarchie de façon héréditaire. Premier ministre, je prendrai soin de l'Europe, détruite par Bonaparte. Sa campagne russe aura raison de lui, mais il laisse un continent en ruine. Je recollerai les morceaux et deviendrai le plus grand homme d'État de tous les temps. Rien ne se mettra en travers de mon chemin, rien.

Les sourcils froncés, Ned le regarda fixement. Malgré leur intimité vieille de nombreuses années, il découvrait un aspect de Fitz qu'il eût désiré connaître plus en détail.

— Que vient faire cette femme là-dedans ?

— Tout. L'expression le dit bien : on ne lave jamais un nom de sa boue. Eh bien, je te garantis que rien ne salira celui des Darcy de Pemberley ! La famille de ma femme

1. Lorsqu'en 1714 les princes allemands de la dynastie de Hanovre montent sur le trône, ils ignorent la langue anglaise et se désintéressent des affaires du royaume. Le cabinet acquiert alors une existence autonome sous l'autorité du Premier ministre (apparu à l'origine pour traduire aux autres ministres les ordres donnés en allemand par le roi). Peu à peu, les ministres forment un groupe à part qui se réunit dans le Cabinet du roi et qui devient responsable politiquement devant la Chambre des communes. *(N.d.T.)*

représenta une épine dans mon flanc dès le premier jour. La mère, d'abord, une véritable source d'embarras sur laquelle se sont jetées des garces, comme Caroline Bingley, qui colportaient des rumeurs aussi spirituelles que destructrices. Seigneur, combien j'ai grincé des dents! Aussitôt que le père nous fit la faveur de s'éteindre, je m'arrangeai pour éloigner la mère. Mais l'hydre comptait une autre tête: Lydia. Je résolus le problème qu'elle posait en la bannissant de toute société digne de ce nom et en la cantonnant à Newcastle. Lorsque l'armée envoya George Wickham hors du pays, tu te chargeas de l'éconduire quand elle s'approchait trop de Pemberley. Sans avoir totalement coupé cette tête-là, elle ne tient qu'à un fil et ne sait se lever toute seule. Mais, alors que mes plans se trouvent sur le point de porter leurs fruits, voici que l'hydre en lève une autre, bien pire que celles qui m'ont menacé jusqu'à présent: sœur Mary. Un pilier de bonnes œuvres, sacrebleu!

Fitz croisa les jambes et se pencha en avant, les traits animés d'une colère ancienne, saturnienne.

— Imagine, articula-t-il, que cette philanthrope dont le visage évoque un ange peint par Botticelli écrive son maudit livre, qu'il impute un vague crime à un Darcy de Pemberley. Comment réagirait le Parlement, la bonne société? La boue s'accroche toujours.

— Je n'entendais pas, déclara lentement Ned, à quel point votre décision était irrévocable.

— Je serai Premier ministre de ce pays, j'en fais le serment!

— Vraiment, Fitz, laissez-la rédiger son livre. Personne ne le lira.

— Qu'en sais-tu? On remarque toujours les belles femmes, Ned! Et si Angus Sinclair en entendait parler? C'est un homme d'influence, un politique aux nombreux amis.

Surtout, il se trouve à l'origine de ce brouhaha lorsqu'il rendit Argus célèbre.

— Vous exagérez, Fitz! En quoi son livre se rapporterait-il aux Darcy? Elle s'intéresse à la détresse des pauvres! Il s'agit d'une tempête dans un verre d'eau.

— Il est des tempêtes qui peuvent briser un verre, rétorqua Fitz en leur versant une seconde coupe de vin. L'expérience m'apprit que les Bennet représentaient une catastrophe perpétuellement sur le point de se déclencher. Loin de vouloir paraître un oiseau de mauvais augure, je ne puis empêcher un mouvement de recul aussitôt qu'un membre de cette famille relève la tête. Ils possèdent une funeste influence sur ma chance.

— S'il s'agissait d'hommes, s'occuper d'eux se révélerait aisé, avança Ned, le visage sombre. Leur silence s'obtient toujours d'une manière ou d'une autre. Les femmes rendent cela difficile.

— Je n'ai jamais évoqué la nécessité d'un meurtre.

— En effet et je m'en réjouis. Il suffirait cependant que vous m'en donniez l'ordre, Fitz.

Celui-ci se recula, le visage horrifié.

— Non, Ned, non! J'entends fort bien l'utilité de battre quelque obstiné crétin jusqu'à l'inconscience, mais jamais de lui prendre la vie! Cela, je l'interdis.

— Bien entendu. N'y pensez plus, répondit Ned qui ajouta avec un sourire: songez plutôt à devenir Premier ministre et à la fierté que vous m'occasionnerez.

Impatient de s'installer dans le somptueux palais, Angus arriva le premier. Il logeait dans une suite de pièces tendues du tartan des Sinclair, une vanité imaginée par Fitz lors de la première visite de son hôte, neuf années plus tôt, et une manière d'indiquer à ce dernier qu'il l'accueillerait toujours avec joie. Stubbs, son domestique, se sentit également satisfait du cabinet sans fenêtre qui lui était dévolu, derrière la garde-robe. Le serviteur abhorrait ces demeures où les quartiers des domestiques se situaient à des distances exténuantes de ceux des maîtres, après d'infinies volées de marches, et où l'on imposait aux valets de valeur de fréquenter des essaims de sous-fifres. Heureusement, à Pemberley, les domestiques et les chambrières de haut rang jouissaient de leur propre salle à manger.

Laissant un Stubbs inhabituellement folâtre défaire les bagages, Angus se rendit dans la grande bibliothèque. Comme toujours, sa splendeur lui coupa le souffle. Seigneur, comment réagirait un membre de la Société royale de Londres en pénétrant ici? Il eût juré qu'aucun n'en avait jamais eu le privilège car Fitz dédaignait les cercles dédiés à la quête du savoir et des sciences. Émerveillé, il erra entre les milliers de volumes, déchiffrant les titres au hasard. Comme il eût désiré se voir confier l'organisation de ces trésors! À l'évidence, aucun amoureux des livres n'avait placé Apulée aux côtés d'Apicius, ou Sophocle avec Euripide et Eschyle, sans parler d'assembler les voyages et les découvertes à quelque distance des traités de phrénologie ou de phlogistique.

Dans une alcôve, il aperçut des liasses de documents pauvrement liées qui exposaient l'histoire des Darcy et faisaient état de titres de propriétés, de métayages, de domaines, d'honneurs dispensés par des rois, de codicilles et enfin de nombreuses autobiographies de Darcy royalistes, yorkistes, catholiques, jacobites, normands, saxons ou danois.

— Ah! s'écria une voix.

Son propriétaire louvoya d'un pas vif entre les profonds fauteuils. Le jeune homme possédait la beauté d'Elizabeth, un visage auréolé de boucles châtain sur lequel se lisait un mélange de curiosité et de résolution : *Charlie,* déduisit Angus. *Le fils porteur de déceptions.*

— Avez-vous trouvé les cadavres cachés dans nos placards ?

— Je les déterrai il y a déjà des années. Ils ne sauraient toutefois me choquer en regard du chaos qui règne dans cet endroit où l'on devrait trier, cataloguer, collationner – sans parler de rassembler les titres familiaux dans une salle d'archives.

Un éclair de tristesse traversa les yeux de Charlie, puis il hocha la tête avec vigueur.

— Je ne cesse de le répéter à père qui m'accuse de me montrer vétilleux. Un grand homme que mon géniteur, mais guère l'ami des livres. Quand je serai plus âgé, j'essayerai de nouveau.

Angus indiqua les documents d'un geste et remarqua :

— Les Darcy, semble-t-il, adoptèrent le parti de la véritable lignée : York, non Lancastre.

— Oh, oui. Plus tard, ils considérèrent Owen ap Tudor comme un arriviste et son fils, Henry VII, comme un usurpateur. Et comme ils détestèrent l'électeur de Hanovre, le roi George !

— Je m'étonne que les Darcy n'aient pas embrassé le catholicisme.

— À leurs yeux, le trône signifia toujours plus que la religion.

— Je vous prie de m'excuser ! s'exclama Angus, se souvenant soudain de la bienséance. Je me nomme Angus Sinclair.

— Charlie Darcy, héritier de ce rude contingent. Je n'en aime que cette pièce, bien que je brûle de la démanteler aux fins de la remettre sur pied avec plus de logique. Père a installé sa bibliothèque dans un plus petit salon – avec ses Hansard et ses textes de lois.

— Informez-moi quand vous attaquerez son remaniement car je vous aiderai avec joie. Il lui manque avant tout un peu de soleil pour l'éclairer.

— Un problème insoluble, Mr Sinclair.

— Angus – au moins lorsque nous ne nous trouvons pas en noble compagnie.

— Soit. Comme c'est étrange ! Jamais je n'aurais imaginé que le propriétaire du *Westminster Chronicle* vous ressemblât.

— Quelle sorte d'homme vous étiez-vous représenté ? s'enquit Angus, les yeux brillant d'un éclat amusé.

— Oh, ventripotent, mal rasé, la cravate maculée de taches de soupe, le cheveu envahi de pellicules et, peut-être, le corps serré dans un corset.

— Non, non ! Vous ne pouvez infliger tout cela à un même individu. Les salissures trahissent une indifférence totale envers son apparence tandis que le corset témoigne d'une scandaleuse vanité.

— Quoi qu'il en soit, je doute de vous voir souffrir de pellicules ou de devoir user d'un corset. Comment parvenez-vous à garder votre silhouette dans une ville comme Londres ?

— Je pratique l'escrime plutôt que la boxe et marche au lieu d'aller à cheval.

Ils s'installèrent dans deux fauteuils et entreprirent d'asseoir les fondations d'une solide amitié.

Comme j'eusse aimé qu'Angus fût mon père ! soupira Charlie en son for intérieur. *Il possède un caractère absolument conforme à celui qu'un géniteur devrait afficher – compréhensif, généreux, résolu, plein d'humour, intelligent, et qui n'incline pas aux* schibboleths[1]. *Il m'eût accepté*

---

1. Terme hébreu passé dans la langue anglaise et devenu synonyme de mot de passe. Les *shibboleths* sont ces signes de reconnaissance qui prétendent tout dire d'une personne, la classent malgré elle et peut-être la condamnent. *(N.d.T.)*

tel que je suis sans me déprécier ni me trouver trop efféminé ou délicat en se basant sur mes traits. Je ne suis pas responsable *de mon visage!*

De son côté, Angus trouvait que l'héritier de Fitz ne correspondait en rien à l'avorton malingre et alangui auquel les rumeurs l'avaient amené à s'attendre. Quoiqu'il effectuât son neuvième séjour à Pemberley, il n'avait jamais rencontré Charlie ni les quatre filles de Darcy. Ce dernier gardait ses enfants enfermés dans leur salle d'étude. Il se prit de pitié à l'endroit du jeune homme. Certes, il ne possédait pas la constitution d'un taureau ni le moindre penchant pour le sport, mais il jouissait, en revanche, d'un esprit vif et d'un caractère admirable. En outre, il ne semblait pas le moins du monde efféminé. Nul doute que, s'il se décidait à obtenir quelque chose, il ne soulevât les montagnes pour y parvenir, sans toutefois faire preuve de cruauté ni piétiner les autres. *Fût-il mon propre fils*, songea Angus, *je m'en montrerais fier. Les gens n'aiment guère Fitz, mais ils apprécieront Charlie.*

Avant peu, le jeune homme avoua les raisons de sa présence dans la demeure familiale compassée.

— Je dois sauver ma tante.

— Voulez-vous parler de miss Bennet?

Charlie afficha sa surprise.

— Comment l'avez-vous deviné?

— J'ai eu l'occasion de la rencontrer.

— Vraiment?

— Oui, je séjournai quelques jours à Hertford, en avril.

— Vous savez donc qu'elle a pris le mors aux dents?

— Voilà qui est enrobé d'élégance, Charlie. Oui, elle se confia à moi.

— Par le diable, qui est ce maudit Argus?

— Je ne le sais. Ses lettres me parviennent par la poste.

À cet instant, Owen fit son apparition et ouvrit la bouche avec un émerveillement qu'il n'avait pas même ressenti dans la Bibliothèque bodléienne, la plus prestigieuse d'Oxford. Aussitôt que les deux hommes l'eurent persuadé d'abandonner ses explorations pour se joindre à eux, la conversation reprit son cours.

— Accompagnerez-vous le duc de Derbyshire ou l'évêque de Londres en leurs promenades? demanda Charlie à Angus.

— De façon occasionnelle, oui, mais pas chaque jour. Je me suis familiarisé avec cette région du Peak District et en apprécie fort les falaises ou les cercles de pierres, mais j'éprouve une faiblesse pour les grottes. Je leur porte un intérêt tout particulier.

— Vous appartenez dès lors à cette sorte d'individus qui préfèrent se retrouver transis d'humidité et visqueux plutôt que brûlés par le soleil et couverts de gravats. Je puis vous faire une autre proposition, cependant: joignez-vous à Owen et moi dans notre quête de Mary.

— Une bien meilleure idée, en effet! J'en suis!

Charlie se souvint soudain qu'Angus lui avait confessé préférer marcher plutôt que chevaucher.

— Je suppose que vous... hum, montez?

— Assurément, jusqu'aux pur-sang aristocratiques de votre père.

— Clause capitale! Owen et moi-même partirons au matin pour Buxton. Nous visiterons également Macclesfield car, outre le relais, on y trouve l'Auberge de la Charrue et des Étoiles qui propose un déjeuner renommé. Vous joindrez-vous à nous?

— Hélas, non, refusa Angus à regret. Je crains que ma présence ne soit indispensable pour accueillir Derbyshire et le président.

5

Hertford ne possédait pas de relais de poste ; les voitures publiques qui traversaient la bourgade s'arrêtaient au Sanglier Bleu – qui faisait dès lors office de relais – aux alentours de midi. Face aux deux possibilités qui s'offraient à elle, soit de se rendre à Londres puis d'emprunter un chemin plus direct, soit d'avancer vers le nord jusqu'à ce qu'elle trouvât un véhicule qui l'emmenât à l'ouest, Mary avait opté pour la seconde solution, ainsi qu'elle en avait informé Angus. Il lui semblait illogique de se diriger vers le sud pour accomplir un trajet vers la direction opposée.

J'ai pensé à tout, se répétait-elle avec satisfaction. Des transporteurs de Pickford achemineraient la plupart de ses affaires vers Pemberley pour les laisser aux bons soins d'Elizabeth, tandis qu'elle avait réduit celles qu'elle emporterait au minimum. Il lui faudrait peut-être marcher certaines distances avec ses bagages à la main, aussi les avait-elle choisis avec un soin particulier. À l'évidence, il lui avait fallu éliminer les malles ou les coffres, en bois comme en cuir. Elle s'était finalement décidée pour deux solides sacs de toile dont le fond était garni de fer de façon à protéger la toile de l'eau. Dans le plus large s'ouvrait un double-fond qui lui permettrait de ranger son linge sale. Elle portait en outre un réticule noir à cordons qui contenait vingt guinées d'or (chacune d'une valeur légèrement supérieure à une livre puisqu'elles se divisaient en vingt et un shillings au lieu de vingt), une fiole de vinaigre, les cinq lettres d'Argus qu'elle préférait, une petite bourse remplie de menues piécettes et un mouchoir.

Elle entassa dans ses besaces deux robes noires dépourvues de tout volant ou autres falbalas, des chemises de corps, des jupons unis, des robes de nuit, des caleçons, une coiffe noire, deux paires d'épais bas noirs, des jarretières, quelques mouchoirs, des serviettes dont elle userait lors de ses menstruations, une paire de gants noirs et un nécessaire à couture. Chacun de ces vêtements fit l'objet d'un pliage soigneux de façon à restreindre l'espace qu'il prenait. Après réflexion, elle ajouta une paire de chaussons, pour le cas où le sol des chambres où elle passerait la nuit se révélerait humide ou crasseux. En guise de lecture, elle emporta les œuvres de William Shakespeare et un exemplaire du livre de prières. Elle avait cousu une poche à chacune de ses trois robes où placer sa lettre de change, de façon à la garder sur elle en permanence.

L'usage voulait qu'une femme se couvrît d'une large capeline, mais Mary, considérant celle-ci comme malcommode, s'était confectionné un long manteau semblable à ceux que revêtaient les hommes, boutonné sur le devant et dont le col se relevait derrière la nuque. Elle portait un bonnet également de sa fabrication qu'aucun chapelier de Hertford n'eût osé exposer dans sa vitrine : suffisamment vaste pour couvrir sa coiffe et sa chevelure, il s'attachait sous le menton à l'aide de deux solides rubans. En voilà un qui ne s'envolerait jamais ! Quant à ses pieds, ils étaient glissés dans une paire de bottines à lacets, aussi dépourvues de talon que de style.

Alors qu'elle attendait au Sanglier Bleu l'arrivée de la diligence, elle s'aperçut du poids de son réticule – qui eût cru que dix-neuf guinées d'or pèseraient autant? Elle en avait retiré vingt de la banque, la veille, mais en avait utilisé une pour acquérir son billet de transport, lequel la mènerait tout d'abord à Biggleswade, puis à Huntingdon, à Stamford et, enfin, à Grantham où elle achèterait un autre titre de transport pour emprunter la grand-route du Nord.

L'énorme voiture survint au milieu du jour, ses quatre chevaux écumants, les places les plus économiques du toit tellement prises d'assaut que le cocher refusa de prendre d'autres passagers à l'extérieur. Alors que les garçons d'écurie changeaient l'attelage, Mary présenta son billet pour Biggleswade. L'homme l'accueillit avec un juron: elle ne figurait pas sur la liste des voyageurs.

— Vous descendrez à Stevenage, grogna le postillon avec colère lorsqu'elle insista. Il y a une course de chevaux à Doncaster.

En quoi cela concernait-il les voitures qui se rendaient à Grantham? Par ailleurs, quelle raison poussait les gentlemen à effectuer un si long voyage pour assister à des courses hippiques? Elle se résigna cependant: elle s'arrêterait à Stevenage. Un vague souvenir remonta de ses jeunes années, celui de ses sœurs aînées voyageant en malle-poste ou en chaise de poste – une chance dont elle-même n'avait jamais bénéficié. Jane et Elizabeth ne s'étaient pas non plus fait accompagner d'une chambrière; oncle Gardiner avait seulement envoyé un domestique pour veiller sur elles en quelques occasions. Comment, dès lors, eût-elle distingué l'incongruité de son propre périple solitaire? Ses sœurs avaient été jeunes et belles, tandis qu'elle n'était qu'une vieille fille célibataire.

Dans la cabine, elle découvrit que le cocher compressait quatre personnes sur chaque banquette. Les deux goujats qui la flanquaient lui lancèrent un regard glacial et refusèrent de s'écarter pour la mettre à l'aise, mais ils se méprirent sur Mary Bennet. En rien une pauvre femme paralysée par l'effroi ou la timidité, elle se poussa entre eux avec détermination. Prise dans un étau, elle se redressa et observa les quatre passagers qui lui faisaient face. Malheureusement, elle n'était pas assise dans le sens de la marche, ce qui lui occasionna une légère nausée. Après un moment, toutefois, elle trouva une rangée de clous sur lesquels focaliser son attention. Seigneur, comme il était déplaisant de se trouver joue contre joue avec sept inconnus ! En particulier quand aucun d'entre eux n'affichait une expression amène ou ne semblait porté sur la discussion. *Je mourrai avant d'atteindre Stevenage !* gémit-elle *in petto* avant de relever le menton et de se répéter : *Je peux tout faire, tout !*

Malgré les fenêtres ouvertes, pas moins d'une tempête eût dispersé la puanteur causée par la proximité de ces corps aux vêtements sales. Lorsqu'elle avait imaginé son voyage, elle s'était rêvée admirant avec avidité les beautés du paysage. Elle s'en fût montrée bien incapable, à présent, flanquée par deux gentlemen qui semblaient enfler de minute en minute, et la vue obstruée par les énormes caisses ou les volumineux paquets portés par les autres voyageurs. Une voix s'éleva pour demander que l'on refermât les vitres. De vigoureuses protestations s'élevèrent. Après une âpre discussion, la femme demanda un vote au terme duquel les fenêtres demeurèrent ouvertes.

Trois heures après avoir quitté le Sanglier Bleu, la voiture parvint à Stevenage. Un petit village, comparé à Hertford ! Les jambes tremblantes, la tête douloureuse, Mary descendit devant la meilleure hôtellerie. Après enquête, elle découvrit toutefois l'existence d'une taverne moins onéreuse à moins d'une demi-lieue de là. Un sac dans chaque main, elle se mit en route avant de réaliser qu'elle eût dû s'assurer de l'heure à laquelle la diligence en direction du Nord partait le lendemain. Comme le soleil demeurait encore haut dans le ciel, elle décida de rebrousser chemin sans attendre.

Quand, enfin, elle posa ses affaires sur le sol de sa petite chambre au Cochon qui Siffle, elle fut en mesure de satisfaire un besoin qui la mettait au supplice depuis plusieurs heures. Merci, mon Dieu! Sous le lit se trouvait un pot de chambre, inutile de se traîner au-dehors, vers les latrines. Toute femme connaissait la nécessité de réduire drastiquement sa consommation de boissons lorsqu'elle voyageait, mais même ainsi, la nature exigeait son dû.

Pas un début sous les meilleurs auspices, s'avoua-t-elle en picorant un ragoût plutôt gras dans un coin isolé de la salle commune. L'auberge ne jouissait pas de petits salons privés où l'on pouvait déguster un café ou se faire servir un repas, et seule une expression des plus sévères avait gardé les ivrognes de trop s'approcher d'elle. Elle avala ce qu'elle put, puis se réfugia dans sa chambre où elle découvrit bientôt, consternée, que le Cochon qui Siffle ne fermait les portes de sa salle commune qu'aux petites heures du matin. Le samedi était un bien mauvais jour pour commencer son voyage!

Le lendemain matin, à 7 heures, elle embarqua dans la voiture qui la mènerait jusqu'à Biggleswade; à partir de là, tous les sièges avaient été réservés depuis Londres par un groupe jouissant de quelque notoriété auprès de la compagnie de transport. Le cocher limita à trois le nombre de passagers sur les banquettes et effectua un arrêt d'une heure à midi pour permettre aux voyageurs d'avaler un café brûlant, d'utiliser les latrines et de se dégourdir les jambes. La femme assise dans le coin gauche de la cabine parla sans discontinuer, ce que Mary eût accepté avec plus d'enthousiasme n'eût-elle été la cible d'une avalanche de questions: qui était-elle? Où se rendait-elle? De qui portait-elle le deuil? Quelle ineptie que d'enquêter sur le sort des pauvres ! Lasse de cette marée inquisitrice, Mary simula une crise soudaine de spasmes et de gestes inconsidérés. Après cela, elle termina le voyage en paix. À Biggleswade, elle passa la nuit dans une hôtellerie de meilleure qualité, mais se leva à 5 heures pour attraper la diligence qui montait vers Huntingdon, qu'elle attendit toutefois une bonne heure.

Elle se trouvait à des lieues à l'est de sa destination, mais il lui fallait d'abord parvenir à Grantham et à une gare routière avant de tourner vers l'ouest. Les deux premiers jours, elle avait voyagé au centre de la banquette qui tournait le dos à la route. Le troisième jour, elle parvint à prendre place près de la fenêtre, dans le sens de la marche. Elle s'abandonna avec délices à l'observation de la campagne qu'ils traversaient, une succession de champs auxquels les plantations donnaient une magnifique couleur verte, de bosquets et de parties boisées qui offraient à la diligence une ombre bienfaisante en ce mois de mai aux températures anormalement élevées. Chaque fois qu'ils traversaient un village surgissaient des enfants qui leur lançaient des vivats et les saluaient de la main, à l'évidence jamais las de voir passer l'énorme véhicule tiré par ses chevaux pleins de vigueur. Les animaux n'en manquaient certes pas ! Le lourd coche qu'ils remorquaient contenait, outre ses passagers, du courrier qui incluait autant des lettres que des paquets, des bagages divers ainsi que de lourdes malles.

L'état des routes était déplorable, mais nul voyageur n'eût songé à s'en étonner. Le cocher essayait d'éviter les plus gros nids-de-poule, mais les cahots dus aux nombreuses ornières demeuraient inévitables. Par deux fois, ils dépassèrent des attelages renversés et faillirent eux-mêmes être l'objet d'un semblable accident lorsqu'un individu engoncé dans un épais manteau et conduisant à vive allure un carrick tiré par quatre chevaux bais effleura les moyeux de leurs roues, ce qui entraîna un flot de jurons de la part de leur postillon. Les chariots, fourgons et cabriolets représentaient une nuisance, mais leurs conducteurs, craignant de se voir transformés en petit bois, s'écartaient le plus souvent de la route pour les laisser passer.

En mesure de régler le prix d'un billet, les compagnons de route de Mary n'étaient pas frappés de pauvreté, quoique certains s'en approchassent. Parmi ceux-ci se trouvait une très jeune fille qui se rendait aux environs de Peterborough pour devenir la gouvernante de deux enfants. Observant le visage empreint de douceur, Mary réprima un frisson. Les enfants se révéleraient d'incorrigibles marmots, elle l'aurait juré. Pour engager les services d'une personne aussi inexpérimentée, les parents avaient déjà dû épuiser bon nombre de gouvernantes. La femme assise en face d'elle était une cuisinière qui avait accepté un nouveau poste. Elle semblait toutefois descendre les échelons au lieu de les grimper ; ses boniments décousus trahissaient un penchant immodéré pour la bouteille et la grossière malversation. *Incroyable !* s'étonna Mary tandis que les lieues défilaient. *Ce n'est que maintenant, en présence d'autres gens, que je comprends que mes serviteurs, à Hertford, me volaient en me taxant – avec raison – d'ignorance. Je n'ai peut-être pas encore rencontré de miséreux, mais nul doute que mon éducation a déjà commencé. Jamais auparavant n'avais-je posé les yeux sur des étrangers.*

Les pauvres cheminaient à pied. Un grand nombre d'entre eux avançaient sur la route de Huntingdon. Certains portaient un balluchon qui contenait un quignon de pain et un morceau de fromage tandis que d'autres tétaient une bouteille de gin ou de rhum, mais la plupart semblaient dépourvus de nourriture ou de boisson. Leurs orteils apparaissaient dans leurs souliers percés, leurs enfants allaient pieds nus, vêtus de haillons crasseux. Les femmes allaitaient leurs petits et les hommes se soulageaient à la vue de tous, tandis que les enfants s'accroupissaient pour vider leurs entrailles, exhibant un intérêt éphémère à l'endroit de ce qu'ils avaient produit. « La honte et la modestie représentent un luxe que seuls les nantis peuvent s'offrir », avait dit Argus. Mary le découvrait à son tour.

— De quoi vivent-ils? s'enquit-elle auprès d'un compagnon de route qui venait d'accorder une poignée de piécettes à quelques-uns de ces mendiants.

— De tout ce qui se présente, répondit l'homme, un peu surpris par l'intérêt qu'elle montrait. La saison est mauvaise pour le labeur de la terre – trop tard pour les semis, trop tôt pour les récoltes. Ceux qui se dirigent vers le sud se rendent à Londres, ceux qui marchent vers le nord désirent sans doute atteindre Sheffield ou Doncaster. Ils espèrent trouver un emploi dans un moulin ou une usine.

— S'ils trouvent à travailler, ils ne gagneront pas suffisamment pour s'assurer nourriture et hébergement, remarqua Mary.

— Ainsi va le monde, madame. J'ai donné mes sous à ceux-là, mais n'en possède pas assez pour tous les autres; quant à mes shillings, il me faut les garder pour moi et ma famille.

Non, il n'est pas obligatoire qu'il en aille ainsi, rétorqua Mary en silence. *Quelque part, j'en suis certaine, se trouvent des shillings en suffisance.*

Le voyage sembla interminable. Il avait débuté à 7 heures, à Biggleswade, et s'acheva précisément douze heures plus tard, à Huntingdon, alors que le cocher affichait un sourire jusqu'aux oreilles pour sa célérité. Prise de vertige en raison de sa lassitude, Mary découvrit que la plus proche taverne bon marché se situait à Great Stukely, à quelque distance de là. Tant pis. Elle logerait ce soir au relais de poste où s'était arrêtée sa diligence, d'autant qu'il lui fallait embarquer à 6 heures le jour suivant.

Un repas copieux constitué d'une belle tranche de rôti de bœuf accompagnée de pommes de terre, de haricots, de petits pois et de pain encore chaud tartiné de beurre lui rendit ses forces. En outre, elle dormit confortablement – quoique la nuit se révélât trop courte – dans un lit de plume aux draps bien aérés. Toutefois, ce prix d'une demi-couronne était *élevé*. Elle espérait que Stamford lui offrirait un hébergement plus économique.

Le coche n'atteignit Stamford qu'à 21 heures, ce soir-là, dans un crépuscule au doux parfum qui, en temps normal, eût enchanté ses sens. Mais le véhicule pour Grantham partait tôt – pourquoi diable partent-ils tous aux aurores? *J'ai grand besoin de dormir et ne saurais y parvenir dans une cabine nauséabonde!*

De Stamford à Grantham, elle prit place entre deux vieux gentlemen pétris d'égoïsme tandis que, sur l'autre banquette, lui faisaient face deux garçonnets que leur âge ne prédisposait nullement à supporter un long trajet. Ils conduisirent leur mère au bord de la folie et les autres voyageurs au bord du meurtre. Un coup de canne asséné par l'un des vieux passagers sauva néanmoins quatre adultes de la corde, bien que la mère le traitât de sombre brute.

Grantham possédait une gare routière qui flanquait un énorme relais de poste et se trouvait au centre d'un vaste réseau de sections routières dotées de transports réguliers. La ville bordait la grand-route du Nord qui menait à York et se terminait à Édimbourg. Avec dépit, Mary apprit cependant que les voies est-ouest importaient moins que celles nord-sud. Aucune diligence pour Nottingham n'était attendue avant vingt-quatre heures. Quelle alternative! Passerait-elle cette journée d'oisiveté dans l'une des décentes hôtelleries de la ville ou bien d'une manière plus frugale? Écartant les scrupules que son choix fit naître dans sa conscience, elle élut domicile dans l'élégante auberge qui jouxtait la gare routière, choisit une chambre éloignée du bruit de la cour, puis commanda un plateau de nourriture. Quoique appauvrie de deux couronnes, Mary profita de son sort sans éprouver de culpabilité. Surtout après un voyage en la compagnie de ces horribles enfants et de leur idiote de mère! De surcroît, qui eût cru qu'autant de vieillards dotés de bedaines si protubérantes voyageraient en simple diligence?

Une nuit sans rêves fit merveille pour améliorer son humeur et diminuer son mal de tête. Après avoir sonné pour obtenir de l'eau chaude ainsi qu'un plateau de pain, de beurre et de café, elle partit se promener afin de voir les attractions de Grantham, lesquelles se révélèrent aussi peu nombreuses que décevantes. Elle observa toutefois avec fascination le flux constant de la circulation, en particulier celui que constituaient les chaises de poste, les carricks, les phaétons, les calèches et les barouches des nantis. Tous les véhicules en route vers le nord ou le sud s'arrêtaient à Grantham, où l'on trouvait des chevaux de relais d'une qualité supérieure.

Après un solide déjeuner, elle se rendit sur les rives de la rivière Witham. Là, elle comprit enfin pourquoi elle se sentait un peu lasse.

Quel charmant tableau que celui formé par les saules, les peupliers, les ajoncs, les canards, les cygnes et leurs petits, les poissons qui, effleurant la surface de l'onde, ridaient délicatement celle-ci; et comme elle eût désiré une compagnie avec qui l'apprécier! Plus spécifiquement: la compagnie de Mr Angus Sinclair. Une aventure s'appréciait et prenait une ampleur nouvelle dès lors qu'elle se partageait, depuis les horreurs d'un trajet en diligence jusqu'au plaisir que procurait la vision d'un paysage bucolique. Avec Angus, elle eût écarté d'un rire les questions inquisitrices de cette femme, supporté sans broncher les deux abominables garçonnets et envisagé la dispute au sujet de l'ouverture ou de la fermeture de la fenêtre à sa juste valeur. Les épisodes se succédèrent dans son esprit et elle rêva de les raconter à un ami cher, mais hélas, elle demeurait seule.

Je regrette la présence d'Angus, admit en son for intérieur une Mary quelque peu différente après cinq jours passés dans des voitures publiques. *J'aime cet éclat enthousiaste ou amusé qui illumine ses beaux yeux bleus, sa façon de m'escorter lorsque nous nous promenons, sa gentillesse et ses commentaires incisifs. Il eut le soin de ne pas gâcher ces instants en me parlant d'amour – Seigneur, je ne l'aurais pas supporté ! M'en eût-il entretenue que j'eusse été contrainte de le renvoyer hors de ma vue. Je m'aperçois que je n'apprécie guère les hommes lorsqu'ils se cantonnent au rôle qu'ils doivent tenir auprès d'une femme ; ils se montrent dominateurs et opiniâtres comme Fitzwilliam Darcy ou pétris d'un vain romantisme comme Robert Wilde. Je ne considère pas Angus comme un homme, mais comme un ami et celui-ci me convient infiniment plus qu'une femme ne le ferait avec ses préoccupations futiles de mariage et d'habillement !*

Les canards s'étaient rassemblés, espérant du pain qu'elle n'avait pas emporté. Avec un soupir, Mary rebroussa chemin et passa le reste de l'après-midi dans sa chambre avec un ouvrage sur Henry VI, n'interrompant sa lecture que le temps d'avaler une tourte à la viande, suivie d'une part de tarte à la rhubarbe accompagnée d'une pleine louchée de crème. Parvenue au sixième jour de son voyage, elle perdait déjà du poids ! Comment était-ce possible, alors qu'elle était demeurée assise la plus grande partie du temps ? Une autre leçon pour cette élève qui sondait l'humanité : une occupation sédentaire pouvait se révéler plus ardue que la fabrication de mortier.

Au matin – en voiture ! – son voyage reprit. Cette fois, elle se dirigea vers l'ouest. La distance qu'il lui fallait parcourir jusqu'à Nottingham se révélerait bien moindre que celle qu'elle avait franchie depuis Stamford. Aussi se rendit-elle avec une énergie décuplée à la gare routière dès les petites heures, déterminée à s'approprier un siège derrière la fenêtre. Malheureusement, ces places universellement convoitées dépendaient du cocher, qui semblait être une brute rébarbative empestant le rhum. À peine Mary s'installa-t-elle derrière la vitre qu'il la somma d'abandonner sa place au bénéfice de cinq gaillards accoutumés à voyager et qui avaient payé trois pence pour s'assurer les meilleurs sièges. Seule femme à bord, elle se vit reléguée au centre de la banquette qui tournait le dos à la route, puis dut endurer les remarques des passagers qui lui faisaient face et les mains baladeuses de ses voisins immédiats. Lorsqu'ils comprirent qu'elle n'avait aucune intention de s'adresser à eux – et encore moins de badiner –, ils la jugèrent prétentieuse et s'appliquèrent à rendre son voyage plus effroyable que ce qu'elle avait vécu jusqu'alors. Quand la voiture s'arrêta pour changer de chevaux, elle commit l'erreur de se plaindre au cocher, qui lui signifia qu'elle pouvait, si elle le désirait, continuer à pied. Les passagers perchés sur le toit et sur le siège avant trouvèrent l'avis excellent : aucune aide à attendre de ce côté. À l'évidence, ils étaient pris d'ivresse, état qui s'appliquait également au conducteur. Furieuse, elle reprit sa place, tentée de frapper l'homme assis à sa droite qui tentait de lui caresser la jambe ; son instinct, toutefois, lui souffla de n'en rien faire, de peur de se voir soumise à pire traitement.

Le coche parvint enfin à Nottingham. Quatre des voyageurs la repoussèrent sans ménagement dans leur hâte à quitter le véhicule pour trouver un logement tandis que le cinquième s'inclinait devant elle avec dérision. Elle leva le menton et entreprit de descendre les marches de la voiture, mais s'étala de tout son long dans une flaque de boue mêlée de crottin. L'homme lui avait fait un croche-pied. Son réticule s'envola à quelques pas, dégorgeant son contenu. Son bonnet l'aveuglant à demi, elle observa avec horreur ses précieuses guinées dont l'éclat doré tranchait sur la saleté. *Seigneur, quel endroit crasseux*, susurra un recoin indiscipliné de son esprit : *personne ne récure donc cette cour ?*

— Permettez-moi de vous aider, s'éleva une voix.

Juste à temps. Son or avait attiré l'attention du cocher et de son assaillant.

La voix appartenait à un homme de stature imposante qui avait observé l'arrivée de la voiture. Il atteignit Mary avant que les autres n'eussent le temps de l'approcher et leur adressa un regard qui les fit reculer, puis il aida la jeune femme à se remettre debout. D'un geste vif, il rassembla les guinées, le réticule et les autres affaires qui s'en étaient échappées. Il rendit le petit sac à sa propriétaire avec un sourire qui éclaira un visage sinon menaçant.

— Là, maintenez-le ouvert.

Les mouchoirs, les sels, les lettres d'Argus, la bourse et les dix-neuf guinées réintégrèrent leur nid.

— Je vous remercie, monsieur, prononça Mary, hors d'haleine.

Mais il avait déjà disparu. Le conducteur avait lancé ses bagages dans un autre tas de crottin ; Mary s'en empara et quitta la cour du relais en jurant dans sa barbe que jamais elle ne remettrait les pieds à Nottingham.

La chambre qu'elle loua dans une auberge située au fond d'une petite allée possédait un miroir qui lui renvoya les effets qu'une journée désastreuse avait apportés à son apparence. Son manteau et sa robe trempés d'urine de cheval et de fumier dégageaient une effroyable odeur. À sa profonde horreur, sa lettre de crédit lui permettant de retirer son argent dans toutes les banques d'Angleterre était devenue illisible. Pourquoi son manteau ne l'avait-il pas protégée – ni sa robe, d'ailleurs ? Combien de litres ces énormes chevaux produisaient-ils ? Des dizaines, semblait-il : elle était trempée jusqu'aux os. Dans sa chute, elle s'était écorché les mains, qui la brûlaient un peu. Quant à ses sacs de toile, ils montraient d'horribles taches d'humidité, mais – Dieu merci ! – ils demeuraient secs.

Elle se laissa tomber sur le lit et enfouit son visage dans ses mains. De quel droit ces hommes la traitaient-ils de cette façon ? Qu'était devenue l'Angleterre, où une femme de bonne famille ne pouvait se déplacer sans se voir molestée ?

Une aiguière posée sur la petite table contenait de l'eau froide et son expérience dans les hôtelleries bon marché lui avait appris qu'elle n'obtiendrait pas davantage de précieux liquide. Elle ne porterait plus sa robe avant que celle-ci ne bénéficiât d'un nettoyage sérieux, aussi la posa-t-elle sur le dossier d'une chaise pour lui permettre de sécher. Elle étendit ensuite son manteau sur un second siège, plus profond, témoignage du fait que sa chambre était la meilleure que possédât l'auberge. Au matin, elle roulerait les deux vêtements ensemble, les envelopperait de papier si l'aubergiste acceptait de lui en fournir, et enfouirait le paquet dans le double-fond de son grand sac. Elle réserverait à son seul usage le précieux liquide que contenait l'aiguière, bien qu'un baquet entier d'eau bouillante se fût révélé nécessaire pour la débarrasser de cette effroyable odeur de crottin.

Deux voitures attendaient dans la cour lorsque Mary y pénétra le matin suivant, à 6 heures, après une nuit sans sommeil due à l'odeur d'ammoniac exhalée par son propre corps. Une douleur lancinante à la base de son crâne résonnait dans ses oreilles et embuait ses yeux. Nul ne lui prêta attention. *Quelque chose dans l'air de Nottingham doit être néfaste*, décida-t-elle, *pour rendre les gens aussi peu serviables et aussi désobligeants*. Découragée, elle agrippa un palefrenier par la manche pour l'obliger à s'arrêter.

— Quelle voiture se rend à Derby? s'enquit-elle.

Il l'indiqua du doigt, se libéra d'une secousse, puis s'éclipsa.

Avec un soupir, elle donna ses deux sacs au cocher.

— Quel est le tarif? demanda-t-elle.

— J'encaisserai au premier arrêt; je suis en retard.

Priant pour un voyage plus plaisant que la veille, elle grimpa dans la cabine et prit place près de la fenêtre, dans le sens de la marche. Elle appréciait d'être la seule passagère, mais cela ne saurait durer. Pourtant, si! Merci, Seigneur! Le vieux coche nauséabond tiré par quatre chevaux quitta la cour. *Peut-être*, songea-t-elle avec amusement, *que personne ne désire partager une cabine avec une passagère à la fragrance si marquée*. Cette réflexion montrait les changements qui s'opéraient déjà en elle; l'ancienne Mary Bennet n'avait guère connu d'occasions qui prêtaient à rire. À moins que la nouvelle Mary, en proie à l'infortune, préférât l'humour aux pleurs?

Le luxe inouï de cette cabine déserte lui rendit sa bonne humeur. Elle s'allongea sur la banquette et s'endormit.

Elle ne s'éveilla que lorsque le véhicule s'immobilisa. Elle s'assit et passa la tête par la fenêtre.

— Mansfield! hurla le cocher.

Mansfield? Les connaissances géographiques de Mary, pas assez étendues pour qu'elle localisât toutes les villes d'Angleterre, suffisaient néanmoins à lui indiquer que Mansfield ne se dressait pas sur la route qui reliait Nottingham à Derby. Elle sortit en hâte tandis que le cocher descendait de son siège.

— Monsieur, avez-vous dit : Mansfield ?

— En effet.

— Oh ! s'exclama-t-elle, les yeux assombris à l'égal du ciel qui se couvrait de nuages. Cette voiture ne se rend-elle pas à Derby ?

Il la dévisagea comme si elle était folle.

— Ma p'tite dame, c'te coche va à Sheffield. Derby, c'était l'autre !

— Mais le garçon d'écurie m'indiqua celle-ci !

— Ces gamins montrent le soleil, la lune, les étoiles et les chiens errants. Cette voiture va à Sheffield. Sinon, pourquoi s'arrêterait-on à Mansfield ?

— Mais je ne désire nullement me rendre à Sheffield !

— Feriez mieux de descendre, alors. Vous me devez six pence.

— Existe-t-il une voiture qui retourne à Nottingham ?

— Pas aujourd'hui, pour sûr. Mais si vous attendez dans la taverne, vous trouverez bien une âme pour vous emmener dans cette direction.

Il réfléchit un instant, puis ajouta avec un grognement :

— Sinon, allez à Chesterfield. Beaucoup de voitures prennent cette direction. De là, vous pourrez rejoindre Manchester. Mais ce ne sont pas des endroits pour vous.

— Vous vous trompez, Manchester se trouve être ma destination.

— À votre guise, alors, déclara-t-il avant de tendre une main calleuse : donnez-moi six pence, maintenant. Qu'on embarque dans le bon ou le mauvais coche, c'est le prix de Nottingham à Mansfield.

Elle dénoua les cordons de son réticule et eut un mouvement de recul. L'intérieur empestait ! Elle avait oublié de laver ses guinées !

Le véhicule s'éloigna, ses deux passagers allongés sur le toit poussant des ronflements sonores. À en juger par les nuages qui s'amoncelaient, ils ne tarderaient pas à être trempés. Mary pénétra dans la salle commune d'une petite hôtellerie à l'aspect respectable, résignée à accepter de monter dans le chariot de quelque fermier qui la ferait asseoir parmi ses cochons. Voilà qui ne manquerait pas d'ajouter à son fumet!

L'endroit exhalait une odeur de savon et montrait un sol encore humide. L'épouse du propriétaire, agenouillée, brosse à la main, se leva en hâte.

— Sors d'ici, poisseuse créature! cria-t-elle, les narines dilatées. Allons, va-t'en!

— Je partirai avec joie, madame, rétorqua Mary d'un ton glacial, lorsque vous m'aurez informée du nom de l'établissement où il me sera possible de trouver un moyen de transport pour me mener à Chesterfield.

Peu impressionnée, la femme la toisa avec mépris.

— Il n'existe qu'un endroit pour les gens comme toi! L'Auberge de l'Homme Vert. Tu exhales la même odeur.

— De quelle façon puis-je trouver cette auberge?

Alors même qu'elle posait la question, Mary sentit une poigne de fer se refermer sur son coude et la pousser sur la route.

— Lâchez-moi, mauvaise créature, chienne sans pitié! lança-t-elle en se dégageant d'une torsion. N'avez-vous donc aucune compassion? Je souffris d'une terrible mésaventure, mais au lieu de bonté, vous affichez la pire méchanceté qui soit. Mauvaise créature? Bel euphémisme! Vous êtes une véritable mégère!

— Bla bla bla, la bave du crapaud! rétorqua la harpie. Un quart de lieue, par là! indiqua-t-elle, puis elle referma la porte de la taverne avec un claquement sec et poussa le verrou.

— À l'évidence, *Eau de Cheval* n'agrée pas à tout le monde, railla Mary à voix haute, puis, un sac dans chaque main, elle s'engagea « par là ».

Deux cottages se dressaient de part et d'autre de la route, au-delà commençait la forêt. Sourcils froncés, elle leva la tête et chercha le soleil, mais aucun rayon ne perçait l'épaisse chape nuageuse. À moins que l'Auberge de l'Homme Vert ne se dressât à peu de distance, elle serait bientôt trempée. Elle accéléra le pas. Se dirigeait-elle véritablement vers l'ouest, ou bien cette route menait-elle à la noirceur impénétrable de la forêt de Sherwood? *Sottises, Mary! La forêt de Sherwood a disparu depuis longtemps dans l'imagination populaire, ses arbres aux fières cimes abattus pour fournir un espace à ces vastes domaines où logent les nouveaux riches, ou encore pour construire les navires de la flotte de Sa Majesté. Quelques traces seulement en subsistent, lesquelles se trouvent à l'est de Mansfield. Mes lectures me l'ont appris.*

Quel que fût son nom, la forêt s'étendait de chaque côté du chemin. Le sol couvert de feuilles mortes ou de fougères encadrait la route qui devenait aussi sombre qu'au crépuscule.

Un bruit de sabots s'éleva soudain derrière elle; Mary se retourna pour voir s'il provenait de quelque fermier et aperçut un cavalier solitaire monté sur un grand cheval bai à l'allure nerveuse. *Que faire? L'ignorer ou lui demander si je vais dans la bonne direction?* Alors qu'il s'approchait, le soulagement l'envahit: il s'agissait du gentleman qui l'avait aidée dans la cour de Nottingham et avait ramassé ses guinées.

— Oh, monsieur, comme je suis heureuse de vous rencontrer! s'écria-t-elle.

Il sauta à terre avec aisance, enroula ses rênes autour de son poignet gauche et se présenta devant elle.

— Je n'eusse osé l'espérer, répondit-il. La chance n'est guère votre amie, n'est-ce pas?

— Je vous demande pardon?

— Je n'aurais pu dérober vos guinées dans une cour bruissant d'activité, mais ici, cela revient à ôter son hochet à un enfant!

D'instinct, elle laissa tomber ses sacs et serra les mains autour de son réticule.

— Soyez assez bon pour oublier vos paroles, monsieur, et m'indiquer l'Auberge de l'Homme Vert, déclara-t-elle en levant le menton, le regard résolu et dénué de peur.

Certes, les battements de son cœur et sa respiration s'étaient accélérés, toutefois ces signes l'incitaient à lutter, non à fuir.

— Impossible, lâcha l'inconnu alors qu'un brusque souffle de vent faisait voler ses longs cheveux noirs. En outre, l'Homme Vert obéit à ma loi: vous n'en recevrez aucune aide, à l'exception d'un voyage vers un lupanar. Sans être jeune, madame, vous possédez une rare beauté. On peut se fier à la femme du vieux Beatty pour vous jeter dehors! Encore une méthodiste, on en compte malheureusement beaucoup dans ces contrées. Qui êtes-vous pour posséder autant d'argent? Quand je vous ai vue tomber dans cette flaque de boue, je vous ai prise pour une pauvre gouvernante condamnée par le sort à fuir les incessantes avances d'un maître. Puis j'ai compté vos guinées. À présent, je ne sais plus que penser, hormis que cet or ne peut davantage vous appartenir qu'à moi: vous l'avez volé.

— Non pas! Écartez-vous de mon chemin!

Il ne bougea pas. La tête légèrement penchée, il la toisa de haut en bas, les yeux mi-clos, les lèvres à peine retroussées sur un sourire carnassier.

— Voyons, m'emparerai-je seulement de vos guinées, ou bien dois-je également vous éliminer? Il ne vous manque qu'un bain et de meilleurs vêtements pour devenir une femme de bon ton. S'il en est ainsi, il vaut mieux que je vous tue. Sinon, si un jour on attrape le Capitaine Tonnerre, vous témoignerez contre lui, hein?

La prudence lui ordonnait de ne pas répondre, de ne pas trahir ses origines, mais sa fierté l'emporta :

— Est-ce là votre nom? En effet, Capitaine Tonnerre, je porterai témoignage contre vous dans un tribunal! Vous méritez les galères, sinon le gibet!

Sa réaction étonna le bandit; à l'accoutumée, les femmes hurlaient à en exploser tout tympan alentour, elles ne répondaient jamais. Celle-ci, maigre, crasseuse et seule, ne cédait en rien à la terreur.

— Donnez-moi l'argent.

Elle serra les poings autour de son réticule, les jointures soudain blanchies, et s'écria :

— Non! Cet argent *m'appartient*! J'en ai besoin!

Le cheval demeurait patient, placide. Lorsque le brigand, essayant de s'emparer d'elle, tira brusquement sur les rênes, l'animal sembla indifférent au bref combat qui s'engagea. Le plan élaboré par Mary d'effrayer la puissante monture et de l'entraîner à ruer s'évanouit. Sa vie jusqu'alors ne l'avait pas amenée à mesurer sa force physique, mais alors qu'elle luttait pour sauvegarder son argent, elle surprit une fois de plus son adversaire. Celui-ci ne parvint pas même à desserrer ses doigts pour lui faire lâcher prise. Avec agilité, elle se dégagea et se mit à courir en poussant des cris. En quelques instants, toutefois, il la rejoignit et agrippa ses épaules avec violence.

— Chienne! grogna-t-il en la retournant vers lui.

De sa main gauche, il comprima sa gorge tandis que de l'autre, il écrasa ses poignets. Les mains de Mary, bientôt engourdies, se détendirent et lâchèrent leur précieux trésor. D'un geste vif, il attrapa le réticule au vol.

Une fureur noire s'empara de Mary. Elle lui asséna un coup de pied dans le tibia, chercha à atteindre son entrecuisse du genou, puis lui enfonça les ongles dans le visage qu'elle griffa jusqu'au sang – comment cette brute osait-elle lui voler son argent?

Il n'avait pas lâché sa gorge. Un grondement résonna dans ses oreilles, le visage devant ses yeux exorbités devint plus sombre, perdit ses contours. Toute volonté de combattre l'abandonna; alors qu'un coup violent s'abattait sur son crâne, Mary s'écroula sans connaissance.

Avec un gémissement, l'estomac retourné, elle s'éveilla recroquevillée au pied d'un arbre immense. Une lumière diffuse pénétrait l'épais feuillage. En outre, il pleuvait. À en juger par l'état de ses vêtements, la pluie tombait depuis un moment.

Une heure lui fut nécessaire pour parvenir à s'asseoir, puis elle tâta ses blessures: une gorge extrêmement douloureuse, des poignets exhibant de vilaines contusions, un sourcil tuméfié au-dessus de son œil droit et un épouvantable mal de tête.

Lorsqu'elle se sentit en mesure de se lever, elle chercha ses sacs et son réticule; en vain. Le Capitaine Tonnerre les avait sans nul doute emportés pour les jeter dans quelque buisson. Bien qu'aucun vent ne soufflât, elle claquait des dents et avait la chair de poule. Elle avait froid, elle souffrait, mais partout où son regard se posait, elle ne distinguait que l'ombre de troncs, de branches, de feuilles. Cette forêt ne semblait guère récente, les arbres qui la peuplaient paraissaient vieux d'un millier d'années. S'agissait-il de Sherwood? En ce cas, elle se trouvait éloignée de plusieurs lieues de l'endroit où elle était tombée. La logique reprit ses droits: non, bien sûr, elle ne se trouvait pas dans la forêt de

Sherwood, mais dans l'un de ces bois, aussi vastes qu'anciens, qui se dressaient dans le royaume. Peut-être même n'était-il pas immense, mais comment le savoir? Encerclé par les arbres, on perdait toute notion d'espace.

Si elle voulait survivre, il lui fallait trouver un abri avant la nuit. Elle se mit en route et, après un moment, découvrit un hêtre dont un champignon avait creusé le tronc. Elle se glissa dans l'étroite cavité qui lui offrit une protection suffisante contre la pluie. Épuisée par l'effort, toutefois, elle perdit de nouveau connaissance.

Le coup porté à son front, plus violent qu'elle ne l'avait cru, provoquerait ces syncopes pendant plusieurs jours. Lorsqu'elle reprit connaissance, la nuit était tombée. Elle avait glissé jusqu'au sol, mais au moins, il ne pleuvait plus. Elle plongea de nouveau dans une sorte de coma agité, hanté par d'effroyables cauchemars, mais lorsqu'elle ouvrit les yeux, le jour s'était levé. Elle fit un rapide inventaire de son état: son corps entier, perclus de douleurs, tremblait de fièvre. *Seigneur, je suis prise d'un refroidissement, perdue sans espoir de retrouver mon chemin. Que faire, mon Dieu, que faire? Si seulement ma tête cessait de me faire souffrir!*

Bien entendu, telle avait toujours été l'intention du Capitaine Tonnerre, un malfaiteur local dont le quartier général se situait à l'Auberge de l'Homme Vert. Il l'avait abandonnée au plus profond de la forêt avec l'espoir qu'elle périrait de faim et d'épuisement, ce qui l'absoudrait, lui, de tout sentiment de culpabilité. *Eh bien, Capitaine, n'escomptez point que je cède sans combattre! Je retrouverai la route, d'une manière ou d'une autre.*

Sur le sol du trou qui l'avait abritée, elle découvrit de la mousse. Celle-ci ne poussait-elle pas sur la face nord des arbres? Si tel était le cas, alors l'autre côté indiquait le sud. Mais la forêt s'étendait à droite et à gauche de la route.

Choisir le nord ou le sud dépendait du côté qu'avait élu le bandit pour l'abandonner. Oh, le misérable! Un véritable disciple de Satan! Les yeux fermés, Mary essaya de pénétrer dans l'esprit d'un brigand. *Il a préféré la gauche*, décida-t-elle, *car c'est la main du diable.* Mais cette direction menait-elle à Mansfield ou à Chesterfield? À Mansfield, car l'auberge qu'il fréquentait s'était trouvée devant elle, non derrière, lorsqu'il l'avait accostée. Sa décision était prise: elle marcherait vers le sud en suivant le côté dépourvu de mousse.

Jusqu'où l'avait-il conduite? La densité des arbres empêchait le passage d'un cheval, aussi l'avait-il certainement portée. S'était-il montré courtois, la transportant comme une lady – dans ses bras? Non, sans doute. Le Capitaine Tonnerre l'eût plutôt jetée sur son épaule comme un sac de grain, ce qui signifiait qu'il eût pu marcher un quart de lieue avec son fardeau.

Elle se mit résolument en route; bientôt, cependant, la douleur dans son corps et sous son crâne empira. Elle leva les yeux, mais la voûte de branches entrelacées tourbillonna de façon menaçante tandis qu'elle éprouvait l'impression d'avancer à travers un énorme tas de laine. *Je ne mourrai pas!* s'enjoignit-elle pour couvrir les battements erratiques de son cœur. *Je ne mourrai pas, je ne mourrai pas!*

Dans la distance, elle aperçut une flaque de soleil qui perçait l'épaisseur des arbres. La route! Elle voulut courir, mais son corps la trahit et elle trébucha sur une racine, s'étalant de tout son long. Le monde vira au noir. *Ce n'est pas juste!* fut sa dernière pensée.

Lorsqu'elle s'éveilla, elle était jetée au travers du garrot d'un cheval comme un vulgaire sac de marchandises. Elle remua et murmura des paroles indistinctes, avant de comprendre qu'elle se trouvait à la merci d'un autre ravisseur et non d'un sauveur – celui-ci l'eût tenue entre ses bras au lieu de la jeter sur l'encolure de sa monture. « Jamais je n'aurais cru l'Angleterre aussi lardée de vilains », essaya-t-elle de dire, mais la personne qui se trouvait derrière elle lui souleva la tête et l'obligea à boire un liquide puissamment épicé. Elle s'étouffa, cracha, se débattit, mais bientôt le monde tourbillonna de nouveau et elle plongea une fois de plus dans un univers de ténèbres hantées par les cauchemars.

Oh, elle avait chaud ! C'était merveilleux ! Mary ouvrit les yeux, découvrit qu'elle était allongée dans un lit de plume, une brique chauffée sous les pieds. Son corps lui semblait léger et n'exhalait plus cette odeur de cheval ni d'excréments. Quelqu'un l'avait lavée avec soin, jusqu'à ses cheveux. La chemise de flanelle ne lui appartenait pas ni les chaussettes passées à ses pieds. Cependant, la douleur avait diminué et son mal de tête avait disparu. Les seules traces de son épreuve demeuraient les hématomes qui lui couvraient les poignets, la gorge et le sourcil. D'après ce qu'elle en distinguait, les contusions qui marquaient ses poignets arboraient à présent une teinte jaunâtre plutôt répugnante et non plus ce noir violacé dont elle se souvenait. Cela signifiait qu'une période de temps considérable s'était écoulée en ces lieux. Où se trouvait-elle ?

Elle s'assit au bord du lit et parcourut l'endroit du regard : autour d'elle se dressaient des murs de pierre, non pas construits par l'homme, mais naturels. Une faille dans l'un d'entre eux était masquée par un rideau et elle aperçut un trou sur lequel on avait posé une planche de bois – une sorte de lieux d'aisances. Elle découvrit deux tables ; l'une était couverte de nourriture, l'autre de livres. Une chaise était poussée devant chacune d'elles. La plus stupéfiante propriété de la pièce, toutefois, provenait de son éclairage. En lieu et place de chandelles – ces seules formes d'illumination qu'elle connaissait –, des lampes de verre offraient une lumière diffuse grâce à leur flamme protégée par un tube. Elle avait vu de ces petites cheminées auparavant, utilisées lorsqu'il fallait protéger une bougie du vent, mais jamais cette grosse flamme immobile qui s'élevait d'une plaque de métal, tandis que sous celle-ci s'ouvrait un réservoir rempli de liquide où flottait la large mèche. *Une seule de ces lampes*, constata-t-elle, intriguée, *procure autant de lumière que dix bougies.*

Abandonnant avec réticence son examen de ces merveilles – la pièce comptait quatre grandes lampes et une petite –, elle s'avisa qu'un tapis recouvrait le sol tandis que le rideau était taillé dans un épais velours vert.

La soif et la faim se firent soudain sentir. Une cruche de bière était posée sur la table, ainsi qu'un gobelet d'étain. Quoique Mary ne goûtât guère la bière en temps ordinaire, la boisson lui sembla un véritable nectar après les épreuves qu'elle avait vécues. Elle l'accompagna ensuite d'une miche de pain croustillante, de beurre, de confiture, de fromage et de quelques tranches d'un excellent jambon. Quel bien cela faisait !

L'estomac rassasié, elle s'occupa des exigences de son esprit : où se trouvait-elle ? Aucune hôtellerie ni maison ne posséderait des murs de pierre. Mary se dirigea vers le lourd rideau et le tira.

Des barreaux de fer !

Horrifiée, elle chercha à distinguer ce qui se trouvait au-delà, mais un écran lui bloquait la vue. Le seul bruit provenait d'un chuintement continu, lointain, ténu, perçant. Rien qui provînt d'un être humain ou d'un animal. Hormis ce bruit ininterrompu, un silence de mort régnait sur cet endroit.

Mary réalisa alors que sa prison se situait sous la terre. On l'avait enterrée vive.

6

Le duc et la duchesse de Derbyshire partaient le lendemain pour leur propre domaine. L'évêque de Londres les quittait également. Elizabeth élabora avec un soin particulier le dîner qui précéda leur départ. Elle disposait d'un chef français, qui ne venait pas de Paris mais de Provence et qui, dès lors, devait se montrer en mesure de produire des plats dont les palettes de saveurs titilleraient les palais de gens accoutumés aux meilleures tables. Alors que les montagnes avoisinantes demeuraient couvertes de neige, Ned Skinner s'était rendu sur la côte du pays de Galles aux fins d'en rapporter crevettes, crabes, homards et poissons variés, profitant du conditionnement qu'offraient la neige et la glace de Snowdonia. Les produits de la mer qui n'entraînaient pas de complications gastriques faisaient fureur. À Pemberley, le menu aurait pu s'intituler : « Poisson de digestion aisée ».

Elizabeth portait une robe de mousseline lilas, l'une des couleurs réservées au deuil qu'elle se devait d'observer jusqu'au mois de novembre. Le noir n'était plus nécessaire les six derniers mois, mais elle trouvait le blanc insipide et le gris déprimant. *Les hommes ne se soucient guère de ce problème*, songea-t-elle : *un brassard noir suffit*. Fitz la préférait parée de ses perles, les plus belles d'Angleterre, mais elle choisit un collier d'améthystes et un bracelet assorti.

En haut du grand escalier, elle rencontra Angus Sinclair et Caroline Bingley.

— Ma chère Elizabeth, vous représentez l'incarnation de vos propres jardins, s'exclama Angus en s'inclinant sur sa main.

— Lesquels se pourraient qualifier de vastes et d'insipides, remarqua miss Bingley, fière de ses paillettes d'ambre et de ses magnifiques saphirs jaunes.

Piquée, Elizabeth rétorqua :

— Décririez-vous honnêtement les jardins de Pemberley comme insipides, Caroline ?

— Assurément. De surcroît, je n'entends pas pourquoi les ancêtres de Fitz omirent de faire appel à Inigo Jones ou à Capability Brown pour les dessiner – ces paysagistes de talent étaient à la pointe de la mode !

— Alors, vous n'avez pas aperçu les jonquilles qui parsèment l'herbe verte sous les amandiers en fleur, ou bien flâné dans le vallon où les cirres des cerisiers du Japon rejoignent les perce-neiges, conclut Elizabeth d'un ton aigre.

— Non, je l'avoue. Les lits de soucis orange, de sauge rouge et de ces choses bleues blessèrent mes yeux en suffisance, déclara Caroline, peu disposée à concéder sa défaite.

Angus intervint avec un rire :

— Caroline, ma chère, vous vous montrez injuste ! Fitz tenta de se faire l'émule de Versailles où, il est vrai, on trouve parfois des tapis de fleurs aux couleurs disparates. Mais je partage l'avis d'Elizabeth : ce sont les clairières en fleurs de Pemberley qui constituent les lieux de prédilection d'Obéron et de Titania[1].

1. Allusion aux personnages qui, dans l'œuvre de Shakespeare *Songe d'une nuit d'été*, se querellent dans une forêt féerique. *(N.d.T.)*

Ils avaient atteint le pied de l'escalier monumental et pénétrèrent dans le salon Rubens somptueusement décoré d'écarlate, de crème et de dorures, meublé en outre d'un mobilier Louis XV.

— Cela, au moins, vous ne le critiquerez point, déclara Angus en englobant la pièce d'un geste ample. Tandis que les résidences d'autres gentlemen disparaissent sous les portraits de leurs ancêtres – la plupart de ceux-ci, de surcroît, pauvrement exécutés –, Pemberley contient de véritables œuvres d'art.

— Ces nus débordant de graisse me répugnent, répliqua miss Bingley avec dédain, avant de prendre congé pour rejoindre Louisa Hurst et Posy.

— Cette femme possède une humeur aussi acide qu'un citron de Lisbonne, souffla Angus à Elizabeth.

Les yeux gris-violet se posèrent sur lui avec gratitude :

— Les espoirs déçus, mon cher. Elle désirait tellement épouser Fitz !

— Qui ne le sait !

Le maître de Pemberley entra alors avec le duc et la duchesse ; bientôt prit place un agréable colloque. *Mon époux se montre particulièrement affable,* nota Elizabeth, *à l'égal du président, son ami de longue date. Ils se sont partagé l'empire et Fitz deviendra Premier ministre aussitôt que les têtes couronnées de l'Europe en termineront avec l'abdication de Bonaparte. Je le sais, aussi sûrement que l'été suivra le printemps. Angus l'a également deviné, mais ne s'en réjouit guère car il ne partage pas les idées prônées par les* tories. *Il voue davantage d'affection au parti whig, plus progressiste, plus libéral. Non que les différences se révèlent immenses ; les* tories *défendent les privilèges de la gentry propriétaire terrienne tandis que les whigs s'intéressent aux droits qu'apportent les affaires et l'industrie. Aucun ne semble particulièrement préoccupé par la pauvreté.*

Parmenter annonça le dîner, servi à une certaine distance de là, dans la petite salle à manger d'apparat décorée de brocarts beiges et or ainsi que de portraits de famille, ceux-ci, toutefois, non point pauvrement exécutés, mais de la main de maîtres tels que Van Dyck, Gainsborough, Reynolds et Holbein.

Charlie et Owen s'étaient présentés à une heure suffisamment convenable pour ne pas s'attirer les foudres de Fitz. Celui-ci, qui n'avait pas posé les yeux sur son fils depuis les funérailles de Mrs Bennet, s'aperçut que le jeune homme avait mûri, dans son apparence physique autant qu'en esprit. Certes, jamais il ne constituerait un héritier convenable, mais au moins, il ne ressemblait plus à un bon à rien.

Elizabeth plaça Charlie et Owen de part et d'autre de l'évêque de Londres – ils s'entretiendraient d'auteurs anciens, si tel était leur plaisir. Ce ne fut toutefois pas le cas. Avec un regard acéré à l'endroit de Caroline Bingley, sa principale diffamatrice, Charlie entreprit de divertir l'assistance en brossant un tableau de leurs pérégrinations, à Owen et à lui, dans le Peak District – un sujet indiscutablement convenable, narré avec une dose subtile et suffisante d'humour pour amuser une audience aussi disparate. Pas une fois il ne mentionna Mary ; toutefois, Elizabeth craignait fort qu'ils n'eussent pas retrouvé sa trace. Sa sœur, quoique souhaitant atteindre Manchester, ne s'en était pas encore approchée.

Alors que les domestiques débarrassaient le homard grillé accompagné d'un beurre clarifié, l'assemblée perçut l'éclat d'une altercation à l'extérieur. Des exclamations stridentes retentirent, auxquelles répondirent les cris de Parmenter et de valets que le maître d'hôtel avait rassemblés autour de lui.

Le double battant s'ouvrit soudain ; tous les regards convergèrent vers le seuil.

— Lydia ! s'exclama Elizabeth qui se leva d'un bond.

Sa sœur se présentait dans une apparence des plus choquantes. La pluie avait dû s'abattre sur elle car sa robe légère collait de façon éhontée à son corps décharné. Son bonnet – si tant est qu'elle en eût porté – avait disparu, ainsi que ses gants, et il semblait évident qu'elle avait ignoré les conventions quant au deuil qu'elle aurait dû afficher. Sa robe d'un rouge écarlate au décolleté profond la proclamait de petite vertu. Sa chevelure était ébouriffée tandis que son visage constituait un étrange mélange de mucosités et de traînées de cosmétiques. Elle tenait à la main une feuille de papier.

— Darcy, espèce de salaud ! hurla-t-elle. Ordure sans cœur ! Maroufle, maraud ! Pauvre con !

L'écho de ces insultes s'éteignit dans un silence si plein d'horreur consternée que les femmes oublièrent de se pâmer à la mention de cette partie de leur anatomie. Obéissant à la coutume, Elizabeth avait pris place à l'une des extrémités de la table, la plus proche de la porte, tandis que Fitz lui faisait face, quinze pieds plus loin. Il s'était raidi en apercevant Lydia, mais ne s'était pas levé ; lorsqu'elle articula l'indicible, ses traits prirent une expression de dégoût.

— Savez-vous ce que m'apprend ceci ? s'enquit Lydia en brandissant le document qu'elle tenait à la main. La mort de mon époux, tué au combat en Amérique ! Espèce de salopard ! C'est vous qui envoyâtes George au loin, Fitzwilliam Darcy, vous et nul autre ! Il vous embarrassait, comme moi et les autres parents de votre épouse dont vous rêvez de supprimer jusqu'à l'existence !

Elle pencha la tête en arrière et un ululement surnaturel s'échappa de sa gorge :

— Oh George, mon George ! Je l'aimais, Darcy, je l'adorais ! Nous demeurâmes unis pendant vingt ans, hors de vue, loin de tous. Dès l'instant que Bonaparte vous en fournit l'occasion, vous envoyâtes George combattre dans la péninsule Ibérique et me laissâtes subsister du maigre salaire d'un capitaine, me refusant votre aide. La propre sœur de votre femme!

Un autre de ces horribles sanglots s'éleva dans le silence :

— Oh, George, mon aimé! Mort en Amérique, votre corps enfoui dans une tombe que je ne verrai jamais! Darcy, espèce de putain de salopard!

Elizabeth retint Charlie qui se trouvait sur le point de se lever.

— Non, mon fils, laisse-la en finir ; elle en a déjà trop dit pour s'arrêter.

— Je ressentis un tel bonheur à son retour! Mais cela ne vous convenait point, n'est-ce pas, Darcy? Comme il avait échappé à la mort en Espagne, vous usâtes de votre influence pour l'envoyer en Amérique! Je le vis à peine une semaine entre ces deux effroyables expéditions! Eh bien, il s'est éteint, à présent, réjouissez-vous! Je vous préviens toutefois que votre allégresse ne durera pas, Darcy! Je sais des choses sur vous et je suis pour ma part bien vivante!

Sans crier gare, elle s'effondra. Elizabeth et Charlie s'élancèrent auprès d'elle, l'aidèrent à se remettre sur pied et l'accompagnèrent hors de la pièce.

— Dieu du ciel, quelle représentation! déclara Caroline Bingley. Où votre belle-sœur puise-t-elle ce vocabulaire, Fitz?

Ses paroles rappelèrent à la duchesse, à la présidente et à Posy l'effroyable terme qu'avait proféré la visiteuse ; toutes trois s'effondrèrent aussitôt au sol.

— J'imagine, répondit Fitz après qu'elles furent reconduites à leurs appartements, que le nombre de couverts diminuera drastiquement pour le reste de ce dîner mémorable.

— I-nou-bli-able, ronronna miss Bingley.

Angus ignora résolument la réflexion.

— Pour ma part, je me refuse à renoncer au turbot, s'écria-t-il avec un entrain délibéré.

Charlie revint sur ces entrefaites, le visage empreint d'inquiétude.

— Maman me prie de vous transmettre ses excuses, père. Elle assiste tante Lydia qui doit s'aliter.

— Merci, Charlie, répondit Darcy. Termineras-tu de dîner en notre compagnie?

— Oui, monsieur.

Le jeune homme reprit sa place, secrètement accablé pour son père. Rien n'excuserait la conduite de Lydia, mais, par le Christ, pourquoi avait-il fallu que cette vipère de Caroline Bingley assistât à cette scène? Tout Londres en ferait bientôt les gorges chaudes.

L'évêque de Londres, qui disséquait l'étymologie de certaines obscénités au bénéfice d'Owen, accueillit avec joie le retour de Charlie.

— Connaissez-vous l'œuvre de Catulle? s'enquit l'homme d'Église.

Le visage de Charlie s'éclaira :

— Bien sûr!

*

Ned Skinner, de retour après avoir rapporté de pleines caisses de poissons et de crustacés, offrit son rapport à Fitz dans la bibliothèque parlementaire de celui-ci aussitôt que les invités eurent regagné leurs appartements respectifs.

— Quelle mouche piqua Parmenter et ses sbires pour la laisser s'approcher de la salle à manger? demanda Ned.

— La peur. L'appréhension. La réticence à lever la main sur la sœur de leur maîtresse qu'ils aiment tendrement, avança Fitz avec une honnêteté scrupuleuse. En outre, comment eussent-ils deviné ce qu'échafaudait cette ivrogne? Elle réserva aux seules oreilles de mes invités les morceaux choisis de son verbiage.

— Disait-elle vrai? George Wickham est-il mort?

— La lettre l'affirme; elle porte la signature de son colonel.

— Quelle pitié qu'elle ne l'ait pas suivi en Amérique. Quelque plouc des colonies l'eût recueillie et elle eût engraissé à ses dépens, oubliant de rentrer. Je ne cesse de m'étonner qu'elle ne souffre pas de la syphilis.

— Et moi, qu'elle n'ait jamais engendré d'enfants, répliqua Fitz.

— Oui, elle se garde bien d'une enflure du ventre. Si cela la prenait toutefois, elle saurait comment s'en débarrasser. Jamais elle ne pourrait affirmer qui est le père.

Fitz afficha une grimace.

— C'est répugnant! Quant à se demander pourquoi elle n'a pas suivi George en Amérique, la réponse est simple: elle entretenait à l'époque une liaison avec son colonel et celui-ci voulait rompre à tout prix.

— Elle incarne la difficulté, où qu'elle se rende.

— C'est peu dire, Ned.

Fitz abattit son poing sur sa cuisse avec une colère pleine de frustration et poursuivit dans un grognement:

— Seigneur, quel auditoire pour cet esclandre! Alors que ce poste de Premier ministre se trouve enfin à ma portée! Derbyshire m'a promis le vote des lords tandis que les députés de la Chambre des communes inclinent dans ma direction depuis des années. L'écho de l'assassinat de Spencer Perceval continue de résonner grâce à ce marquis de Wellesley[1] qui dirige tout. Oh, maudite femme!

1. Le 11 mai 1812 était assassiné le Premier ministre, Spencer Perceval. Le prince régent plaça alors le ministère sous l'autorité d'un nouveau chef, Richard Wellesley, frère du duc de Wellington et ancien gouverneur général des possessions anglaises en Inde. *(N.d.T.)*

— Miss Bingley ne manquera pas de propager le conte de ce soir.

— Elle ne reculerait devant rien pour se venger d'Elizabeth – et de moi.

— Et Sinclair, ce grand ami des whigs? Le *Westminster Chronicle* mentionnera-t-il vos ennuis intimes dans ses pages?

— C'est un honnête homme ; je mise qu'il choisira de ne point étaler l'infortune qui m'échoit en privé.

— Que craignez-vous exactement, Fitz?

— D'autres scènes de ce genre, en particulier à Londres.

— Elle ne s'y risquerait pas!

— Je la crois capable de tout. L'alcool est parvenu à embrouiller le peu de cervelle dont elle disposa jamais, et je demeure dans son esprit le parfait vilain. Tant qu'elle se présentera avec cette apparence d'épave en loques, on dédaignera ses élucubrations. En revanche, qu'adviendra-t-il si elle se lave et s'habille convenablement? Elle demeure la sœur de mon épouse, cela lui ouvrirait quelques portes et une audience auprès d'ennemis puissants.

— Que leur dirait-elle, Fitz? Que vous avez conspiré pour envoyer son époux par-delà l'océan? Qui se soucie de cela?

Une main se posa sur la manche de Ned.

— Ah, Ned, que ferais-je sans toi? D'une seule parole pleine de bon sens, tu anéantis mes angoisses. Tu as raison. Ce n'est qu'une folle.

— Placez-la dans un gîte adéquat, rempli de bouteilles sur les étagères et d'hommes pour la culbuter et elle cessera de vous causer le moindre souci. Toutefois, ajouta Ned, je suggère que veille sur elle ce qu'à Sheffield on appelle un « protecteur », une personne dotée d'assez de force pour la contrôler et, par exemple, la convaincre de ne pas se rendre à Londres. Je pense qu'un endroit confortable, des vêtements, de l'alcool et des hommes suffiront au bonheur de Lydia.

— Mais où cela ? J'ai vendu Shelby Manor – lequel, par ailleurs, se trouvait trop près de la capitale.

— Je connais un endroit, près de Leek, où logeait jadis un malade ; cela devrait convenir. Pour le reste, nul doute que Spottiswoode ne trouve aisément un protecteur.

— Puis-je te confier cette affaire, dès lors ?

— Bien entendu, Fitz.

Le feu s'éteignait ; Darcy ajouta une nouvelle bûche et soupira :

— Il ne reste qu'à convaincre mon épouse d'accepter l'idée d'un proche départ de sa sœur. Combien de temps te sera-t-il nécessaire ?

— Il dépend de Spottiswoode de trouver le personnel. Je pourrais être prêt dans cinq jours.

— Tu me sauves véritablement, Ned, déclara Fitz en leur versant deux verres de porto. Lorsque tu t'es présenté, ce soir, je me trouvais sur le point de répéter les paroles que prononça Henry II au sujet de Thomas Becket : « Nul ne me débarrassera-t-il donc de ce prêtre indiscret ? » en substituant « garce » à « prêtre ».

— Il arrive aux choses de sembler pires que ce qu'elles sont.

— Qu'advient-il de l'autre sœur ?

Le visage de Ned se renfrogna :

— Une drôle d'histoire que celle-là. Les premiers temps, tout s'est déroulé sans encombre : elle quitta Hertford pour se rendre à Stevenage, puis à Biggleswade, Huntingdon, Stamford et Grantham. De là, il semble qu'elle ait décidé de se diriger vers Nottingham. J'y ai suivi sa trace, puis je l'ai perdue.

— *Perdue ?*

— Ne vous inquiétez pas, Fitz, une belle femme comme elle ne saurait aller loin sans qu'on la remarque. J'ai cru qu'elle prendrait la diligence pour Derby, mais celle-ci est partie sans elle. La seule voiture qui quitta Grantham rejoignait Sheffield *via* Mansfield. Il se peut qu'elle ait changé d'avis quant à sa destination – Sheffield au lieu de Manchester.

— Je ne le crois pas un seul instant. Sheffield, à la tête d'une production florissante de coutellerie d'acier et d'argenterie, se porte bien.

Les sourcils de Ned se levèrent de façon caractéristique :

— Alors, si j'appuie mon raisonnement sur ce que je connais d'elle, j'imagine qu'elle se trompa de coche. Quoi qu'il en soit, elle émergera à Derby ou à Chesterfield.

— Disposeras-tu du temps nécessaire pour la chercher ?

— Oui, soyez sans crainte. La maison destinée à Lydia se nomme Hemmings. Je demanderai à vos avoués de se mettre à l'ouvrage. En outre, Leek se trouve à peu de distance de Derby.

Un long moment fut nécessaire pour calmer Lydia et la persuader qu'elle avait avant tout besoin de sommeil. Elizabeth et Hoskins la dévêtirent de sa tenue inconvenante, puis l'allongèrent dans une baignoire d'étain près du feu où elles la nettoyèrent énergiquement depuis les cheveux jusqu'aux orteils. Les chambrières avaient bassiné le lit et Hoskins avait eu l'idée brillante, quoique guère du goût d'Elizabeth, de faire monter une bouteille de porto. Grâce à celle-ci, cependant, Lydia s'endormit sur un ultime sanglot versé sur son cher disparu.

Heureusement, Ned s'était déjà éclipsé lorsque Elizabeth pénétra dans la petite bibliothèque. Fitz, penché sur un ensemble de documents sur son bureau, leva la tête à son entrée.

— Elle dort, déclara Mrs Darcy.

— Après cette impardonnable invasion de notre intimité, cette harpie mérite le fouet en place publique.

— Je ne désire point de querelle, Fitz ; ne nous laissons pas aller à nous adresser de futiles reproches. Il semble que nous avons erré en sous-estimant l'affection que Lydia vouait à son horrible époux, dont le caractère méprisable s'imposa à nous, mais, à l'évidence, pas à sa femme. Elle l'aime profondément. Malgré vingt et une années de comportement erratique, de décisions irréfléchies, sa dévotion pour lui n'a pas faibli. Il lui donna goût à l'alcool, usa de son corps au point d'en faire profiter d'autres qui pouvaient lui apporter leur assistance et la battit comme plâtre de ses poings, mais la passion qu'elle lui voue n'a pas faibli.

— Sa loyauté ferait la fierté d'un chien, répliqua-t-il avec aigreur.

— Ne la dénigrez pas, Fitz ! Je trouve cela admirable.

— Vous aurais-je traitée d'une manière qui ne vous convint point, ma chère Elizabeth ? Si je vous avais transformée en ivrogne, louée à Mr Pitt et battue jusqu'à l'inconscience pour apaiser ma frustration, m'aimeriez-vous avec la passion que vous réservez à ma fortune ?

— Cessez, vous êtes ridicule ! Pourquoi dépréciez-vous toujours ma compassion et raillez-vous ma gentillesse ?

— Pour tromper l'ennui, se gaussa-t-il cyniquement. J'espère que vous ne nourrissez pas l'espoir de la garder céans ?

— Mais si !

— Sa présence m'ôterait toute possibilité d'user de cette demeure pour avancer ma carrière politique. Cette position d'épouse que je vous reconnais, madame, ne vous autorise pas à m'imposer de ces invités qui équivalent à un suicide social et politique. J'ai confié à Ned le soin de lui trouver une résidence semblable à Shelby Manor, à une distance suffisante pour qu'elle cesse de représenter un risque ou une menace, énonça-t-il d'un ton froid.

— Oh, Fitz, devez-vous toujours afficher ce détachement?

— Oui, il s'agit d'une qualité honorable chez un dirigeant.

— Promettez-moi seulement que si Charlie vous présente cette même requête, vous le recevrez avec davantage d'aménité, supplia-t-elle, les yeux brillants de larmes contenues. Il est dénué de mauvaises intentions.

— Je suggère dès lors que vous le détourniez de cette idée, ma chère, en particulier à présent que je commence à considérer les ragots colportés par Caroline Bingley sur ses… heu, penchants, comme le produit de l'imagination enfiévrée de cette femme.

— J'abhorre cette menteuse diabolique! grinça Elizabeth entre ses dents. Nul n'envisagea jamais que Charlie éprouvât ces « penchants », pas même vous, jusqu'à ce qu'elle entreprît de déverser son poison dans les oreilles qui se présentaient à sa portée – à commencer par les vôtres! Elle présente un ramassis de preuves fallacieuses que vous manquez à démonter. Elle diffama et vilipenda le caractère de notre fils pour compenser ses propres espoirs déçus! Oh, elle ne limite toutefois pas sa malice à notre famille. Quiconque l'offense se voit assuré de devenir la victime de son caractère vipérin!

Il afficha un air amusé.

— Vous faites paraître cette pauvre Caroline comme l'incarnation à la fois de Médée et de Méduse. Je la connais depuis longtemps et je vous assure que vous vous trompez. Il est dans sa nature d'énoncer ce qu'elle pense ou ce qu'elle a entendu, non de concocter des mensonges. Je l'invite aux réceptions que nous organisons car l'inverse froisserait son frère, notre bon ami Charles – homonyme de notre fils. Quoique je ne ressente nullement votre indignation à l'égard de Caroline, injustifiée selon moi, j'en suis cependant venu à croire que la tournure et les manières de Charlie désavouent sa véritable nature. Bien qu'il attire indéniablement certains personnages aux penchants manifestes, Ned m'affirme qu'il refuse leurs avances avec énergie.

— Ned vous l'affirme ? Bonté divine, Fitz, croyez-vous davantage les paroles de cet homme que les assurances de votre propre épouse ?

Elle soupira, lui souhaita brièvement une bonne nuit et se retira.

Dans ses appartements, elle retrouva Charlie flirtant ouvertement avec Hoskins qui l'adorait.

— Maman, commença-t-il en venant à elle tandis que la femme de charge s'éclipsait, vous êtes-vous entretenue avec père ?

— Oui, mais je te supplie de ne point m'imiter. Sa décision est prise : Lydia se rendra dans un lieu identique à Shelby Manor.

À sa profonde surprise, Charlie sembla satisfait.

— Il s'agit d'une sage résolution. On ne sèvre pas un ivrogne de sa bouteille, or tante Lydia est indubitablement une alcoolique. Si vous la gardiez en ces lieux, elle entraînerait votre ruine. Pauvre femme ! Comment George Wickham s'attira-t-il une telle passion ?

— Nous ne le saurons jamais, Charlie ; les seuls à comprendre ce qui caractérise une union sont ceux qui la vivent.

— Est-ce vrai pour père et vous ?

— Posée par un enfant, la question devient une impudence, Charlie.

— Je vous demande pardon.

— Owen et vous n'apprîtes rien sur Mary ?

— Rien, non. Nous avons chevauché jusqu'à Chesterfield aujourd'hui, mais en vain. Nul ne l'y aperçut ni à Derby. Nous nous rendrons à Sheffield demain.

— Les Derbyshire et l'évêque nous quittent demain, le reprit Elizabeth. Ta présence est nécessaire, il te faut les saluer. Quant au président et à sa femme, ils partiront le jour suivant ; tu ne pourras te mettre en route avant lundi.

*

— Lorsque Fitz prit Elizabeth pour épouse, les divertissements me semblaient assurés, déclara Caroline Bingley à Louisa Hurst, mais qui eût cru que ceux-ci gagneraient en piquant d'année en année ?

Elles flânaient devant l'immense façade, le regard attiré par le lac artificiel dont une brise légère ridait délicatement la surface, transformant la parfaite réflexion de Pemberley en un château de conte de fées soudain troublé par le tremblement qu'eussent imposé les pas de quelque géant. Elles n'accordaient toutefois pas toute leur attention à la vue ; un coin de leur esprit s'appliquait à admirer l'image qu'elles-mêmes présentaient à un éventuel regard admirateur lancé dans leur direction.

La délicate silhouette de Mrs Hurst était serrée dans une robe de fine batiste couleur menthe mêlée de fils émeraude et bordée d'un brun profond. Ces deux couleurs se retrouvaient dans son chapeau, à la pointe de la mode, tandis que le vert de ses gants s'opposait joliment au marron de ses bottines. Pour parachever sa tenue, elle avait orné son cou d'un collier de perles de malachite du plus bel effet. Miss Bingley, grande et élancée, avait préféré une tenue qui frappait davantage l'attention. Un organdi diaphane d'un rose pâle s'ouvrait sur une jupe à rayures noires et cerise ; son chapeau, rouge comme ses gants, s'attachait avec des rubans ébène, couleur de ses bottes. Elle avait passé à son cou un rang de perles rosées. Si Pemberley nécessitait que l'on incarnât sa gloire, nulle autre qu'elles-mêmes n'y parviendrait avec autant de talent, s'étaient-elles convaincues.

— Qui l'eût cru, en effet, renchérit Mrs Hurst, pensive.

Véritable table d'harmonie de sa jeune sœur, elle n'osait nourrir de pensées qui lui fussent propres. Il est vrai qu'une seule Caroline suffisait à leur famille !

— Merci Seigneur de m'avoir permis d'assister à cette scène, hier soir ! Dire que je refusai presque l'invitation de Fitz, cette année ! Et ces paroles ! Comment en communiquer l'effroyable obscénité sans employer les mêmes mots ? Existe-t-il quelque équivalent dans un langage plus raffiné ?

— Rien qui fût porté à ma connaissance. La femelle du chien ne saurait se comparer à... cela, n'est-ce pas ?

— Il me faudra me creuser la cervelle pour résoudre ce problème, car je fais vœu de ne point laisser les conventions me réduire au silence.

— Je suis certaine que tu trouveras la réponse.

— Je ne puis laisser penser que Lydia utilisa un langage moins infâme.

— Qui ce récit choquera-t-il le plus ? demanda Mrs Hurst pour faire avancer la discussion.

— Mrs Drummond-Burrell et la princesse Esterhazy. Je suis invitée à dîner à l'ambassade dès mon retour à Londres, la semaine prochaine.

— Dès lors, ma chère sœur, je doute qu'il te faille régaler quelque autre personne de cette histoire. Mrs Drummond-Burrell s'en chargera.

Une silhouette vigoureuse s'avançait dans leur direction ; les deux femmes s'arrêtèrent pour empêcher leur déplacement de rompre le charmant effet qu'elles produisaient.

— Cher Mr Sinclair ! s'exclama miss Bingley, regrettant que son statut de femme célibataire l'empêchât de lui tendre sa main à baiser, à l'inverse de Louisa – quel absurde *schibboleth* !

— Mrs Hurst, miss Bingley. Que vous voici pimpantes! Telles deux glaces de Gunter, notre célèbre glacier de Berkeley Square : une rose, une verte.

— Là, monsieur, vous êtes ridicule! s'écria miss Bingley en levant les sourcils. Je refuse de fondre.

— Et je crains de ne posséder ni le charme ni l'adresse pour vous y amener, miss Bingley.

Louisa s'interposa avec habileté :

— Publierez-vous le scandaleux incident d'hier soir dans votre journal, monsieur?

Un éclair traversa les yeux bleus – du mépris?

— Non, Mrs Hurst, je ne suis point un homme de cette espèce. Dès lors que mes amis souffrent d'ennuis et de tribulations intimes, mes lèvres demeurent closes – ainsi, je gage, que les vôtres.

— Bien entendu, assura Louisa.

— Bien entendu, répondit Caroline.

— Quelle pitié que nous ne puissions espérer un silence universel, regretta-t-il.

— Assurément, une grande pitié, renchérit Louisa. Les Derbyshire…

— Ou le président de la Chambre des communes, termina sa sœur.

Et vos deux langues de vipère, grinça Angus dans son for intérieur alors qu'il effleurait son chapeau et s'éloignait.

Il devait retrouver Fitz aux écuries mais en route, il fut harponné par un Charlie que l'obligation de passer la journée à Pemberley désespérait.

— Serez-vous disposé à nous accompagner lundi? Owen et moi partons pour Nottingham. Nous emporterons quelques vêtements dans nos sacs, si d'aventure notre retour s'effectuait à une heure tardive.

Angus promit, puis poursuivit sa route.

La disparition de Mary l'inquiétait davantage que ce qu'il laissait paraître. Elle incarnait un tel mélange d'innocence candide et de cynisme que, tel un canon détaché de ses amarres sur le pont d'une frégate, elle pouvait tirer dans toutes les directions et causer un indescriptible chaos. Selon le programme qu'elle s'était fixé, elle aurait dû se trouver à Derby : pourquoi n'y était-elle pas ? *Quel diabolique sentiment que l'amour !* songea Angus. *Alors que je dépéris, rongé par l'angoisse, elle se prélasse dans quelque douillette hôtellerie et prend des notes sur les fermiers et les malheurs qui découleront de l'enclosure*[1]. *Non, impossible ! Mary est méticuleuse, elle n'aurait pas dévié de son projet. Ô, mon aimée, où êtes-vous ?*

— Mr Sinclair ?

Il se retourna et, apercevant Edward Skinner, fronça les sourcils. Ce personnage étrange possédait l'entière confiance de Fitz – fait déjà connu d'Angus mais qui avait pris une ampleur nouvelle durant son séjour. Le devait-il à Lydia et à Mary ? Séduisant pour qui appréciait un corps massif et un teint bistre, ses yeux possédaient cette froideur détachée qui caractérisait Fitz, mais sa quarantaine d'années, estima Angus, excluait qu'il fût un enfant illégitime du maître de Pemberley.

— Oui, Mr Skinner ? le reçut-il avec politesse.

— Un message de Mr Darcy. Il ne pourra se joindre à vous, aujourd'hui.

— Oh, quel dommage !

Angus demeura immobile un instant puis eut un hochement de tête décidé.

---

1. Enclosure, qui signifie enceinte en anglais : réforme agraire ayant débuté au XVIe siècle en Angleterre qui transforma une agriculture traditionnelle dans le cadre d'un système de coopération et de communauté d'administration des terres en système de propriété privée (chaque champ étant séparé du champ voisin par une clôture). *(N.d.T.)*

— Tant pis. Je ressens le besoin d'un bon galop qui éliminera les toiles d'araignée ; j'irai seul, dès lors. Voulez-vous avoir l'amabilité d'instruire Mrs Darcy que je serai de retour pour le dîner ?

— Certainement.

Sans guère l'espoir d'obtenir un résultat quelconque, Angus se dirigea vers Chesterfield, qu'il n'atteignit jamais. Son cheval se mit à boiter et, après avoir trouvé un maréchal-ferrant, il revint sur ses pas, bredouille, le crâne vrillé par une migraine causée par le soleil couchant.

— Je vous sais préoccupée par l'état de santé de Mrs Wickham, mais je nourris davantage d'inquiétude au sujet de Mary, confia-t-il à Elizabeth avant le dîner. Jamais je ne connus de femme plus méticuleuse, plus soigneuse, plus éprise de minutie et du respect d'un programme, mais cependant, alors qu'elle m'avait informé de son trajet, elle a disparu.

— Vous vous tourmentez sans raison, Angus, répondit Elizabeth, en effet consumée par l'angoisse que lui procurait Lydia. Accordez à Mary deux ou trois jours, elle surgira de sa cachette sans s'être un instant aperçue avoir causé cet émoi. Tel est son caractère, voyez-vous. Elle accorda toujours une attention méticuleuse aux choses dénuées d'importance, réglant le déroulement des événements sans faire preuve de perspicacité, mais la vie ne cessa de la surprendre, malgré ses efforts pour la débarrasser de ses surprises.

— En réalité, vous la connaissez bien ! s'écria-t-il avec un sincère étonnement.

Elle rougit, agacée par sa réaction.

— Il s'agit de ma sœur, monsieur. Je la connais bien, en effet – mieux que vous, oserais-je affirmer.

Il leva les sourcils pour indiquer qu'il ne partageait pas ce dernier avis, mais l'annonce de Parmenter que le dîner était servi leur évita une querelle plus sérieuse.

Le lundi, Angus, Owen et Charlie s'élancèrent peu après 7 heures en direction de Nottingham, déterminés à savoir si Mary y avait été aperçue. Les voies empruntées par les diligences rendaient cette étape logique pour une personne qui voyageait vers Manchester depuis Hertford. Si Huckstep, le maître palefrenier, fut surpris lorsque leur choix se porta sur de puissantes montures au lieu des étalons paisibles que montait toujours Mr Charlie, il n'en laissa rien paraître. Encore embarrassé par l'épreuve échue à Mr Sinclair, il vérifia à plusieurs reprises que les chevaux de ce jour ne perdraient pas leurs fers.

Nottingham se trouvait à une vingtaine de lieues de Pemberley ; ils espéraient atteindre la bourgade en quatre à cinq heures s'ils chevauchaient à une allure modérée. « Toutefois, avait déjà annoncé Charlie, j'ai averti maman que nous ne serons peut-être pas de retour ce soir car, sur les traces incandescentes du célèbre shérif de Nottingham officiant à l'ère de Robin des Bois, nous mènerons l'enquête auprès des habitants. »

— Mais que diable enseigne-t-on à Oxford ? demanda Angus à Owen.

— Les mythes, légendes et autres contes de fées. Pourquoi, en allait-il autrement à Édimbourg ?

— Il y régnait un pragmatisme plus anesthésique. Trouve-t-on une bonne hôtellerie à Nottingham ?

— Le Chat Noir, répondit Charlie qui connaissait intimement la contrée s'étendant au nord de Birmingham.

Ils atteignirent leur destination à midi et déjeunèrent audit Chat Noir avant de se rendre à pied au relais de poste voisin.

Enfin, des nouvelles !

— Oui, messieurs, je me souviens de cette dame, leur apprit Mr Hooper, qui dirigeait le comptoir des diligences.

Elle est arrivée de Grantham jeudi dernier, après sans doute une mauvaise journée – cinq malotrus partageaient sa cabine, voyez-vous. J'étais occupé lorsque est arrivé le coche de Grantham, mais je dirige un établissement décent et cette voiture apportait son lot d'ennuis – les passagers du toit, ivres comme des cochons, faisaient un raffut du diable. Du reste, j'ai renvoyé Jim Pickett, le cocher, parce qu'il ne gardait pas les choses en ordre. Il jeta les bagages de la dame dans un tas de crottin. Il est difficile de trouver un cocher qui ne boive pas, et Jim est un vrai pochard. Enfin, il n'avalera plus de rhum à mon compte !

Les trois hommes écoutaient avec une horreur grandissante, mais lorsque Charlie chercha à interrompre le flot de paroles, Angus lui donna un discret coup de pied.

— À l'évidence, la dame ne voulait pas frayer avec ces canailles, poursuivit Mr Hooper dans un même souffle, aussi lui jouèrent-ils un tour pendable. Ils la firent trébucher alors qu'elle descendait du coche et elle s'étala tête la première, pauvre femme ! Elle en eut le souffle coupé, gâtant robe et manteau – la pisse de cheval, voyez-vous. Puis un homme l'aida à se relever et à s'épousseter, mais on ne nettoie pas la boue comme ça. Son réticule vola à quelques pas, mais l'homme y replaça les guinées qui s'en étaient échappées et le lui rendit. Moi seul l'aperçus qui quittait la cour – dans un triste état.

Le visage de Charlie affichait un poignant chagrin. Il déglutit, puis s'appuya sur le bras d'Owen.

— Les scélérats ! s'écria-t-il, presque en larmes. Je… Comment est-ce possible, par le Christ ? Cinq hommes qui tourmentent une femme sans défense dans une diligence ? Oh, quand mon père l'apprendra, les têtes vont rouler !

L'intense appréhension qui s'afficha sur les traits de Mr Hooper n'augura guère favorablement de la suite ; Angus donna un autre coup de pied à Charlie et s'enquit :

— La revîtes-vous après cela, monsieur?

— Oui, le lendemain, à 7 heures. J'étais occupé encore, comme toujours – Londres ne m'accorde aucune aide, mais s'attend à une rotation réglée comme une pendule. Autant pour eux.

Il fulmina un instant, puis revint à son récit :

— Deux diligences : l'une pour Derby, l'autre pour Sheffield. La dame monta dans la seconde. Elle semblait dans un sale état : pas de manteau, une nouvelle robe plutôt ordinaire et Len me confia qu'elle puait encore la pisse de cheval. Cependant, elle possédait de l'or dans ce réticule, monsieur ; elle s'en sortira, si vous voulez mon avis.

Un gémissement s'échappa de la gorge de Charlie.

— Sheffield ! Oh, Mary, pourquoi?

— Quelque chose a dû l'y attirer, supposa Owen qui s'essayait à l'optimisme. Peut-être entendit-elle parler d'une usine?

— Bien, demain, nous partirons pour Sheffield, soupira Angus, qui donna une guinée au directeur et ajouta à l'intention de celui-ci : merci, Mr Hooper, vous nous apportâtes une aide précieuse.

Les yeux agrandis, l'homme referma le poing sur la pièce d'or. Lorsqu'il retrouva l'usage de la parole, les trois gentlemen – sang du diable ! – s'éloignaient.

— Attendez, leur cria-t-il, la guinée opérant un tour de magie sur sa mémoire. Ne désirez-vous apprendre le reste, mes bons messieurs?

Ils s'arrêtèrent net.

— Le reste?

— Oui, que mon cocher me confia hier. La dame descendit à Mansfield. Elle avait cru embarquer dans le coche en partance pour Derby, pas dans celui de Sheffield. Mon homme encaissa la somme qui correspondait au voyage – six pence –, puis acheva son trajet sans elle. Alors qu'il s'éloignait, elle se dirigea vers l'Auberge du Frère Tuck à la recherche d'une voiture pour Chesterfield.

Plus riche d'une seconde guinée, Mr Hooper ne se souvint d'une autre information que longtemps après le départ de son auditoire. Enthousiasmé à la perspective d'ajouter une troisième pièce à celles qu'il avait reçues, il trottina jusqu'au Chat Noir. Hélas, les trois gentlemen s'étaient déjà élancés sur leurs montures.

— Oh, ce n'était pas si important, se consola-t-il.

Quand même, il trouvait étrange que par deux fois en trois jours on vînt poser des questions sur cette femme. Le samedi, il avait répondu à un gars costaud, un noiraud revêche qui avait bloqué le soleil. L'individu n'avait pas distribué de guinées, son idée de largesse s'était limitée à un shilling. Un shilling, au propre directeur du comptoir!

Tout cela entraîna Mr Hooper à se questionner sur un certain nombre de points: qui était cette femme, pourquoi détenait-elle de l'or dans son réticule, qui étaient ces gentlemen à sa recherche, pourquoi deux équipes différentes lui couraient-elles après et qui était le père du beau jeune homme?

Ils partirent aussitôt pour Mansfield, Charlie ayant décrété que leurs chevaux, reposés en suffisance, survivraient à six lieues supplémentaires. Aucun de ses compagnons ne disputa son autorité en la matière; fils de fermier, Owen ne connaissait rien aux pur-sang, à l'égal d'Angus.

À 18 heures, ce soir-là, ils descendirent dans la cour de l'Auberge du Frère Tuck, leur destination finale pour la journée.

Lorsqu'ils pénétrèrent dans la salle commune, ils trouvèrent le propriétaire qui les attendait.

— Vos trois meilleures chambres, l'ami ! ordonna Angus, le corps perclus de courbatures.

Une existence londonienne passée à se déplacer en coupé ne prédestinait pas à traverser la campagne au galop au côté de Charlie Darcy. Le cuir à vif, il s'assit néanmoins avec un soupir de soulagement.

— Il est trop tard pour une bière ; apportez-nous votre meilleur vin !

— Demandez-lui, demandez-lui, demandez-lui ! psalmodia Charlie à son oreille.

— Chaque chose en son temps. En premier lieu, il importe de nous humidifier le gosier.

— Seigneur, je suis épuisé ! déclara Owen.

— Marins d'eau douce, grogna Charlie.

Le cellier du Frère Tuck abritait un excellent clairet ; après en avoir consommé deux bouteilles, les trois voyageurs se rendirent dans leurs chambres respectives pour se rafraîchir tandis que dans la cuisine, Mrs Beatty, obéissant aux exhortations de son époux, s'activait à la préparation de ce qu'elle nommait « un coquet repas ».

Lorsqu'ils eurent rendu justice au repas en question, Angus aborda enfin la question de Mary.

— Nous sommes à la recherche d'une dame, commença-t-il à l'adresse du tenancier. Nous pensons qu'elle descendit de la diligence de Sheffield vendredi dernier, croyant avoir emprunté celle qui menait à Derby. Apprenant son erreur, elle aurait requis quelque moyen de se rendre à Chesterfield. L'avez-vous vue ?

— Non, monsieur.

— Je croyais que la diligence faisait étape ici ?

— En effet, mais j'étais absent, monsieur, je rendais visite à mon fils, à Clipstone. Je suis rentré bien après le passage de la voiture. Elle ne s'arrête pas, voyez-vous, elle dépose et prend ses passagers, voilà tout.

— Ne change-t-elle pas de chevaux ?

— Non, monsieur, elle le fait à Pleasley, à une lieue de là. Un autre de mes fils tient l'Auberge du Roi Jean, là-bas, et nous nous partageons la tâche : il change les chevaux des voitures allant vers le nord et, moi, de celles se dirigeant vers le sud.

— Votre fils de Clipstone tient-il également une hôtellerie ? demanda Owen, fasciné par ce népotisme.

— Oui, monsieur : le Joyeux Buveur.

Charlie afficha une expression désespérée.

— Si vous ne l'avez pas vue, tavernier, quelqu'un d'autre aurait-il pu la rencontrer ?

— Je pourrais demander à mon épouse, monsieur.

— Je vous en prie.

— Existe-t-il une Auberge de Robin des Bois dans votre famille ? s'enquit Owen tandis qu'une servante allait quérir Mrs Beatty.

— Comme il est étrange que vous le mentionniez, monsieur ! Le Robin des Bois appartient à mon fils Will et se trouve à Edwinstowe, tandis que mon autre fils dirige le Cœur de Lion – une taverne, toutefois, non une auberge –, à Ollerton.

Mrs Beatty surgit sur ces entrefaites, s'attendant à recevoir des compliments pour son dîner et en proie à un débat intérieur sur le sujet – les gentlemen avaient-ils préféré le gibier rôti ou le ragoût à la saveur délicatement rehaussée par la sauge et les rognons d'agneau ? Les visages trahissaient cependant un esprit occupé par autre chose que la nourriture. À dire le vrai, ils semblaient même rébarbatifs et Mrs Beatty se raidit, son instinct lui indiquant que des ennuis s'annonçaient.

— Matilda, une lady descendit-elle du coche de Sheffield, vendredi ?

— Oh, celle-là ! renifla l'interpelée avec dédain. L'appellation de créature lui correspondrait mieux, car elle n'était certes pas une lady.

Charlie lâcha un couinement ; le pied d'Angus venait de reprendre contact avec son tibia déjà contusionné.

— Qu'advint-il, madame ? demanda Angus, le cœur serré.

— Je l'ai renvoyée, voilà ce qu'il advint ! Elle empestait ! Cette femme souillait mes sols propres, aussi lui ai-je dit : « Je ne veux pas de toi céans ! » et l'ai-je poussée dehors.

— Vous ne savez pas où elle se rendit ensuite ? grinça Angus avec une colère rentrée aussi intense que celle qui agitait Charlie.

— Elle voulait aller à Chesterfield, mais avait d'abord besoin d'une chambre. Je l'ai envoyée à l'Homme Vert.

— Oh, Matilda ! s'écria Mr Beatty, horrifié. Il s'agissait d'une lady ! Nos invités sont à sa recherche.

— Ils la trouveront à l'Homme Vert, à moins qu'elle ne soit parvenue à Chesterfield, répliqua Mrs Beatty sans trahir le moindre remords. Elle ne ressemblait en rien à une lady, mais plutôt à une traînée, si vous voulez mon opinion – et bien trop jolie pour son propre bien !

— Charlie, tenez votre langue ! souffla Angus, qui poursuivit à l'endroit du tenancier : nous partirons au matin pour l'Homme Vert. Vous nous servirez une collation avant notre départ.

— Je ne vous le conseille pas, repartit Mr Beatty.

— Quoi donc ?

— De vous rendre à l'Homme Vert. C'est un repaire de coquins. Tous les voleurs des deux côtés des Pennines s'y rassemblent, dont le célèbre Capitaine Tonnerre.

Il se tourna vers son épouse et laissa éclater sa colère :

— Je profite de cette occasion pour te dire, Matilda, que tu n'es qu'une vile créature ! Envoyer une lady en direction de ce bouge ! Tu prononces le nom de Dieu à chaque instant de la journée et interdis à tes filles de danser, mais écoute-moi avec attention : Dieu te punira de ton manque de charité ! Maudits méthodistes ! Ils vous obligent à trouver un époux pour vos filles dans leur Église, mais jamais on ne vit jeunes gens former plus lugubre troupeau ! La coupe est pleine ! Mes filles épouseront des hommes qui apprécient gigue et vin !

La discrétion s'imposait. Angus bâilla à s'en décrocher la mâchoire et poussa Charlie et Owen en direction de leurs chambres avant que n'éclate sur eux l'orage domestique.

— Vous inquiéter ne résoudra rien, Charlie, lui conseilla-t-il avant de le quitter. Nous partirons tôt, demain, reposez-vous.

— Heureusement que j'ai apporté mes pistolets, lâcha le jeune homme, les yeux brillants. Si l'Homme Vert se révèle aussi mal famé que nous l'a décrit le tavernier, ils ne seront pas de trop.

— Cela ne manquerait pas de me rassurer si je vous savais capable de tirer.

— Je transperce une carte à vingt pas. Père me voit peut-être étendu au sol, sans connaissance, sur un ring de boxe, mais il ne méprise pas mes performances de tireur. À dire le vrai, il ordonna même à Menton de me confectionner mes propres armes.

Angus perdit son apparence impénétrable aussitôt que la porte de sa chambre se fut refermée sur lui. Il desserra les poings et s'aperçut que ses ongles avaient laissé une empreinte sanglante sur ses paumes. Oh, Mary, Mary ! Renvoyée comme une malpropre par cette bigote ! Souillée, crasseuse – quel qu'ait été l'endroit qui l'avait accueillie à Nottingham, personne ne lui avait offert la commodité d'un bain ni même d'eau chaude, les auberges de la bourgade sans doute remplies de mégères semblables à Mrs Beatty ! Il avait de bonnes raisons de croire que sa Mary ne se laisserait pas intimider par une cohorte de vilains, mais cela n'ôtait rien à son inquiétude.

Celle-ci s'accrut encore lorsque Mr Beatty frappa à sa porte quelques minutes plus tard.

— Oui, monsieur? l'accueillit un Angus passablement irrité et déjà en chemise de nuit.

— Je vous prie d'excuser ma venue, Mr Sinclair, mais vous ayant jugé le chef de votre expédition, je me permets de vous déranger à cette heure, ne souhaitant point attendre le matin – nous accueillons un groupe de visiteurs désireux de parcourir la forêt de Sherwood, voyez-vous, aussi le temps me manquera-t-il peut-être.

— De quoi s'agit-il?

— Ma femme m'apprit avoir aperçu le Capitaine Tonnerre qui rôdait vendredi dernier, à midi, au moment de la venue de la diligence. Pour lui rendre justice, elle était effrayée et avait hâte de fermer le loquet – quoique je ne comprenne nullement qu'elle n'ait pas fait appel aux palefreniers, réfléchit-il en se grattant la tête, ce qui dérangea sa perruque. Jetant un œil à l'extérieur après le départ du coche pour Pleasley, elle aperçut votre lady qui marchait dans la direction de l'Homme Vert. Le Capitaine Tonnerre la suivait mais à quelque distance. Il semble que malgré son pitoyable état, la dame était d'une grande beauté, ce qui amena mon épouse à un jugement erroné. Pour cette raison, elle n'alerta pas les palefreniers et referma la porte à clé.

— Je vois, répondit Angus d'une voix calme. Que pouvez-vous m'apprendre sur ce Capitaine Tonnerre?

— Rien de bon, j'en ai peur. Les gens le craignent, et avec raison. On affirme que c'est un meurtrier, bien que je n'aie jamais entendu qu'il ait exécuté les victimes de ses larcins. Il tira un jour sur un vieillard courageux, mais celui-ci survécut.

— Qui assassine-t-il, alors, Mr Beatty?

— Selon la rumeur: les femmes. L'Homme Vert est autant un lupanar qu'une hôtellerie, où le Capitaine

Tonnerre reçoit la part du lion des moissons de femmes légères. Si l'une d'elles s'avise de grogner, on dit qu'il l'abat.

— Merci.

Angus referma la porte.

Il ne dormit pas de la nuit.

Lorsqu'il pénétra dans la petite salle le lendemain afin de prendre sa première collation, il n'avait pas encore décidé ce qu'il dévoilerait à Charlie et à Owen du récit de Mr Beatty. Découvrant les visages fraîchement reposés des jeunes gens, il prit la décision de se taire. Si Charlie perdait la tête, leurs ennuis pouvaient se multiplier ; il tenait à s'assurer que les mains qui tiendraient ces pistolets ne faibliraient pas.

— Sans vouloir faire preuve d'un pessimisme qui ne serait pas de mise, déclara-t-il dans la cour de l'Auberge du Frère Tuck au milieu du raffut que causait l'arrivée des coches transportant les touristes venus admirer la célèbre forêt, avez-vous chargé vos pistolets, Charlie ? Où sont-ils, d'ailleurs ? Les atteindrez-vous sans encombre si le besoin s'en fait ressentir ?

Sourire aux lèvres, le jeune homme montra la fonte devant sa selle où se trouvait une arme élégante à la crosse d'argent.

— L'autre est de l'autre côté de ma selle ; ils sont chargés et presque prêts à tirer. L'amorce est en place dans le bassinet, il suffit de déclencher l'étincelle, d'armer le chien et d'appuyer sur la gâchette. Je puis vous assurer qu'ils ne feront pas long feu – Menton ne fabrique pas des armes de seconde catégorie.

— Bien, approuva Angus avec un sourire d'excuse. Vous réservez beaucoup de surprises, Charlie.

— Je n'ai pas peur de m'impliquer sans réserve.

— Quittons cet enfer.

Alors qu'Angus s'élançait au trot, Owen le freina dans son élan :

— Puisque l'Homme Vert ne se trouve qu'à un quart de lieue, ne ferions-nous pas mieux d'avancer au pas de façon à chercher des signes du passage de Mary?

Angus se rangea à son avis et ralentit l'allure. Les trois hommes s'éloignèrent les uns des autres de façon à occuper toute la largeur de la route. L'épaisseur des bois de part et d'autre de la voie les consternait ; impossible d'y pénétrer pour investiguer.

Environ quatre cents toises après le Frère Tuck, Owen lâcha une exclamation :

— Là ! Je distingue quelque chose !

Il sauta de sa selle et se précipita vers le fossé envahi de mauvaises herbes qu'il fouilla maladroitement pour en tirer un sac de toile. Angus l'ouvrit sans le moindre scrupule et aperçut une lingerie fort simple ainsi qu'un livre de prières. Le nom de Mary apparut, soigneusement écrit sur la page de garde. Les vêtements empestaient. Il se remémora Mr Hooper leur dévoilant que le cocher avait jeté ces sacs dans un tas d'excréments de cheval. Pauvre, pauvre Mary, armée pour combattre les injustices de ce monde sans songer un instant qu'elle-même pût s'en trouver la proie !

— Eh bien, cela répond à une question, déclara-t-il en rejetant le sac dans le fossé, gardant le livre dans sa sacoche. Il n'y a aucune raison d'emporter tout cela – nous lui achèterons des habits de bien meilleure qualité auprès du premier drapier venu.

— Seigneur, le vilain l'aura rattrapée ! gémit Charlie, les yeux remplis de larmes. J'aurai sa peau !

— Il te faudra la partager avec moi, grinça Owen.

Malgré leurs efforts, ils ne trouvèrent aucune trace de son autre sac. En revanche, ils découvrirent le réticule au milieu de la route alors que l'Auberge de l'Homme Vert se découpait au-delà d'un ultime tournant.

— Vide, énonça sobrement Angus après en avoir fouillé l'intérieur. Gardons-le toutefois, malgré son odeur, il servira de preuve. Oh, regardez! elle broda son nom sur la doublure. Noir sur noir – elle jouit d'une excellente vue.

Peut-être en raison de l'heure prématurée, heure à laquelle les coquins paressent habituellement au lit, l'Homme Vert incarnait l'image même de l'innocence. La grande bâtisse au toit de chaume et aux murs recouverts à mi-hauteur de colombages se dressait sur un modeste enclos de terre dépourvu d'arbres, et elle était flanquée d'un côté d'une sorte d'écurie et entourée çà et là d'une multitude de petits abris dont les contenus variaient depuis des bûches destinées au feu jusqu'à des tonneaux et des caisses. À l'évidence, l'auberge se tenait là depuis au moins deux siècles. Des poules et des canards picoraient le sol non loin de son entrée.

Personne n'apparut derrière les fenêtres alors qu'ils remontaient l'allée. Visiblement, l'Homme Vert ne se souciait guère d'accueillir ses clients avant le milieu du jour.

— J'entrerai seul, décréta Angus alors qu'il s'apprêtait à descendre de cheval.

— Non, Angus, objecta Charlie avec autorité. Je vous abandonne la préséance dans les pays civilisés, mais dans ma contrée, je sais de quelle manière les choses se déroulent.

Il releva la batterie du bassinet, vérifia que celui-ci était plein, coinça l'arme à l'horizontale dans sa ceinture et, avec soin, arma le chien.

— Angus, poursuivit-il, prenez l'autre et montez la garde. La batterie est relevée, mais le chien n'est pas armé.

Horrifié, Sinclair observa le jeune homme qui transportait avec insouciance une arme prête à tirer dans son pantalon, recouverte de surcroît par le pan de son lourd manteau. Un faux pas, une chute, et il se transformerait en *castrato* digne de Mozart. Les pistolets lui étaient sacrément familiers ! Angus, quant à lui, garda le sien bien droit sans même essayer d'armer le chien.

Pour entrer, Charlie dut baisser la tête. Surpris, il réalisa qu'il avait grandi de plusieurs pouces au cours de l'année.

— Ohé ! cria-t-il. Il y a quelqu'un ?

Au silence succéda bientôt le son familier des sabots de bois qui raclaient le sol.

Un homme d'apparence sinistre surgit, qui s'arrêta brusquement lorsqu'il découvrit les vêtements onéreux de son beau visiteur.

— Oui, mon joli ? On est perdu ?

Il sourit, dévoilant une rangée de dents gâtées par l'abus de rhum.

— Non, je ne suis pas perdu. Mes deux compagnons et moi-même sommes à la recherche d'une lady qui porte le nom de Mary Bennet. Nous avons toutes les raisons de croire qu'un individu qui se fait appeler Capitaine Tonnerre – un nom bien redoutable – s'attaqua à elle entre l'Auberge du Frère Tuck et cet établissement.

— Vous ne trouverez pas de lady ici.

— Et un Capitaine Tonnerre ?

— Jamais entendu parler.

— Ce n'est pas ce qu'on affirme dans la région. Allons, demandez-lui de se présenter devant moi, tavernier – si c'est bien là votre position.

— Je suis le propriétaire, en effet. Mais je vous répète ne point connaître de Capitaine Tonnerre. Qui le demande ?

Il avança doucement la main vers une hache, mais le pistolet de Charlie occupa soudain sa ligne de vision.

— Ne vous encombrez pas d'une telle antiquité, je vous prie. Je suis le fils unique de Mr Fitzwilliam Darcy de Pemberley; quant à la dame que je recherche, il s'agit de ma tante.

La seule mention de « Darcy de Pemberley » opéra comme un charme sur le tenancier. La main retomba lourdement à son côté, comme terrassée par une attaque, et l'homme se mit à gémir :

— Monseigneur, on vous abusa! Je dirige une honnête maison et ne reçois point de ces bandits de grands chemins! Jamais je ne posai les yeux sur votre tante, Mr Darcy, je vous en fais le serment!

— Je vous croirais davantage si vous m'avouiez connaître le Capitaine Tonnerre.

— Seulement de réputation, monsieur. Ses activités le rendent célèbre dans tout le comté. Il nous terrorise tous autant que nous sommes! Je vous jure cependant qu'il n'amena aucune lady en ces lieux – ni même aucune femme!

— Où puis-je le trouver?

— On dit qu'il vit dans une maison au milieu des bois, quelque part, mais je ne sais pas où, mon bon seigneur! Je le jure!

— Lorsque vous rencontrerez le Capitaine Tonnerre, transmettez-lui de la part de Darcy de Pemberley le message que son abominable carrière prendra bientôt fin. Mon père le traquera d'un bout à l'autre du pays. Il finira pendu, son corps accroché au gibet.

Charlie fit demi-tour et quitta la pièce, le pistolet encore à la main. En le voyant, Angus poussa un soupir de soulagement. Il fallait l'avouer, le gamin savait s'adresser aux vilains du Nottinghamshire! Quoique Fitz et Charlie partageassent une force de volonté similaire, le souci que le jeune homme se faisait pour sa tante octroyait à celui-ci une qualité supplémentaire, totalement étrangère au caractère de son père : le calme, la maîtrise de ses émotions. Comment Darcy pouvait-il se montrer aveugle au point de ne pas voir les trésors que recélait la personnalité de son fils ?

— Rien à en tirer, annonça Charlie, laconique, en remontant en selle. Je doute que Mary fût jamais amenée ici. Le coquin qui tient cette auberge connaît bien le Capitaine Tonnerre, si vous voulez mon opinion, mais pas le détail de ses affaires. Cela semble logique. Participât-il activement aux machinations de ce vilain, celui-ci devrait lui abandonner un quart au moins de son butin, or je crois ce Capitaine trop pingre.

— Alors, nous partons pour Chesterfield ?

— Oui. Je ne prendrai pas contact avec les autorités – je préfère laisser à mon père le soin d'avancer dans les couloirs de la bureaucratie policière de Nottingham à Leek en passant par Derby et Chesterfield. Si rien d'autre ne résulte de cette aventure, au moins la carrière du Capitaine Tonnerre prendra-t-elle bientôt fin.

— J'ai omis de vous avouer ceci, confessa Angus : Mrs Beatty remarqua la présence du bandit aux alentours de l'Auberge du Frère Tuck, lors du passage de la diligence. Peu après le départ de celle-ci, il se lança à la suite de Mary sur la route menant à l'Homme Vert. Nul doute qu'il n'ait appris d'une manière ou d'une autre qu'elle détenait des guinées d'or – ce que, du reste, personne n'ignorait au relais de Nottingham. Le Capitaine assista peut-être à la chute de Mary, à moins qu'un témoin à sa solde ne l'en informât.

— Mrs Beatty mérite de subir ce châtiment biblique qu'elle serine à longueur de temps ! fulmina Owen. Que son corps pourrisse dévoré par les vers !

— Je partage votre avis, acquiesça Angus d'un ton apaisant, mais notre colère ne nous aidera pas à retrouver Mary. J'exhorterai Fitz de lancer les policiers à l'assaut de l'Homme

Vert de façon à y arrêter tout ce qui y respire, mais pas plus que vous, Charlie, je ne crois en la présence de Mary en ces lieux. Le Capitaine n'aurait pas partagé son butin ni avoué à quiconque ce qu'il avait fait.

Owen, qui avait écouté avec une horreur grandissante, lâcha :

— Oh ! Est-elle morte ?

Sa question s'éleva dans le silence et y demeura suspendue un long moment, puis Angus soupira :

— Prions qu'il n'en soit rien, Owen. Je n'imagine pas Mary abandonnant sans une lutte acharnée, et je ne parle pas de combat physique : elle convaincrait le ruffian de son importance, de son influence, jusqu'à ce qu'il hésite à la tuer, reculant devant les conséquences.

Les larmes coulaient sur les joues de Charlie.

— De quelle façon fouillerons-nous les bois à sa recherche, Charlie ? demanda Angus pour donner au jeune homme un but sur lequel concentrer son esprit.

Une main se leva, essuya les pleurs.

— Retournons à Pemberley avant d'agir. Mon père saura comment faire.

Malgré une nuit à Sheffield, Ned Skinner possédait deux jours d'avance sur eux. Alors que Charlie, Angus et Owen avaient rongé leur frein et attendu que le duc de Derbyshire et le président fussent partis, il avait fait le trajet de Sheffield à Nottingham. Il avait adopté une autre technique que celle de ceux qui viendraient après lui ; Angus autant que Charlie s'adressaient instinctivement aux échelons supérieurs, ce que Ned avait vite dédaigné. Il avait certes interrogé Mr Hooper, mais brièvement, avant de localiser un palefrenier qui avait assisté à la scène en personne. Il se trouva qu'il s'agissait du même garçon d'écurie que Mary avait accosté pour se faire indiquer la diligence de Derby. Sans surprise, Ned apprit que le gamin l'avait délibérément envoyée dans la mauvaise voiture, par plaisanterie.

— Un jour, gronda Ned, je reviendrai te donner ce que tu mérites, espèce d'abruti sans cervelle. Cette femme méritait la plus immense compassion. Si je n'étais pas si pressé, tu recevrais ta correction à l'instant.

Déterminé à sauver sa peau, le gamin lui transmit une précieuse information, qu'il n'avait mentionnée à personne, pas même à Mr Hooper.

— Je connais l'homme qui la releva quand elle s'écroula dans la pisse de cheval, souffla-t-il.

Ned se pencha vers lui, plus menaçant que jamais.

— Qui? Parle!

— Un bandit de grands chemins. Le Capitaine Tonnerre, qu'il se fait appeler, mais son vrai nom est Martin Purling. Il possède une maison cachée dans la forêt.

— Indique-moi comment m'y rendre. Hâte-toi, pitoyable balourd apathique!!

Le pitoyable balourd en question balbutia une suite incohérente de paroles et Ned dut se les faire répéter à plusieurs reprises.

Bon, que faire de cette information? se demanda enfin Ned alors qu'il revenait vers le Chat Noir. *Pourquoi un voleur rendrait-il ses guinées à une femme sans défense? Simple: parce qu'il se trouve dans l'incapacité de les lui dérober sur le moment. Le jour suivant, elle a embarqué dans la mauvaise diligence, mais je parie qu'il l'a suivie. Le gamin a compté dix-neuf guinées – miss Mary Bennet, vous êtes folle! Le Capitaine Tonnerre vous assassinerait pour le quart!*

Le jour étant trop avancé pour poursuivre sa route, Ned attendit le lendemain pour s'élancer sur Jupiter, l'étalon noir auquel il était fort attaché.

Comme les informations dont il disposait lui permettaient de localiser le domicile de Mr Martin Purling, il ne s'approcha pas de Mansfield ni de l'Auberge du Frère Tuck quoiqu'il se dirigeât dans cette direction. Le chemin accidenté qu'il emprunta dans la forêt s'interrompit soudain, bloqué par un amas de branches. Mais Ned avait été prévenu. Il descendit de cheval et, de ses mains gantées, écarta les rameaux pleins d'épines qui poussaient de part et d'autre du sentier. Une fois l'obstacle franchi, il les remit en place. Inutile d'avertir quiconque de son passage.

Quatre heures après son départ du Chat Noir, il parvint devant la cachette du bandit. Et quelle cachette ! Le cottage douillet qui se dressait dans une petite clairière évoquait une illustration de conte pour enfants. Son toit de chaume, ses murs blanchis, son petit jardinet en pleine floraison étaient en totale contradiction avec la représentation que le populaire se faisait du repaire d'un brigand. Passant par hasard devant cette demeure, on l'eût admirée avant de poursuivre son chemin. Des écuries se dressaient à l'arrière, près desquelles s'ouvraient des latrines ainsi qu'une coquette remise pour le bois. Une corde à linge sur laquelle ondulaient des chemises, des draps, des caleçons et des culottes de molesquine indiquait la présence d'une épouse attentive – pourquoi avait-il supposé que Martin Purling vivait seul ? À l'évidence, ce n'était pas le cas. Une complication, certes, mais pas insurmontable.

Alors que Jupiter s'arrêtait devant la barrière, une femme sortit du cottage, une véritable beauté à la chevelure noire, à la peau laiteuse, aux yeux d'un bleu vif assombri par des cils et des sourcils couleur de jais. Ned ressentit un élan de regret devant ces longues jambes, cette taille mince, cette poitrine ferme. Oui, elle dégageait un rare éclat. Elle n'avait rien d'une catin. Comme Mary

Bennet, il s'agissait d'une femme vertueuse qui subissait sa beauté comme une malédiction.

— Vous vous êtes trompé de route, monsieur, lui lança-t-elle avec un accent londonien en s'approchant de lui, un œil appréciateur posé sur Jupiter.

— Pas si cette maison appartient à Martin Purling.

— Oh ! s'exclama-t-elle, surprise. Il est absent.

— Savez-vous quand il sera de retour ?

— L'heure du thé, qu'il a dit.

Ned descendit de sa selle, attacha les rênes à la barrière, desserra la sangle de Jupiter et suivit la jeune fille – plus une gamine qu'une femme, en vérité – jusqu'au cottage. Devant la porte, elle se retourna.

— Je ne peux pas vous laisser rentrer. Il n'aimerait pas ça.

— Je comprends.

D'un geste vif, il emprisonna ses deux poignets dans sa main gauche, lui plaqua la main droite sur la bouche et la força à entrer.

Il trouva du fil de cuisine pour l'attacher temporairement et un chiffon pour étouffer ses cris. Les jolis yeux se fixèrent sur lui, remplis de terreur, incrédules à l'idée que quiconque pût s'en prendre à la propriété du Capitaine Tonnerre. Ned la porta jusqu'à l'office, la déposa sur une chaise et en approcha une autre pour lui-même.

— Maintenant, écoute-moi, ordonna-t-il d'une voix calme. Je vais te retirer ton bâillon, mais ne t'avise pas de crier, sinon je te tue.

Il tira un couteau de sa poche, elle hocha la tête avec vigueur, et il lui ôta le chiffon de la bouche.

— Qui es-tu ?

— La femme de Martin.

— De par la loi ou la coutume ?

— Quoi ?

— Avez-vous bénéficié d'une cérémonie de mariage?

— Non, monsieur.

— Possèdes-tu de la famille dans cette région?

— Non, monsieur. Je viens de Tilbury.

— Comment es-tu arrivée ici?

— Martin m'a achetée. J'étais en partance pour les côtes de Barbarie.

— Une esclave, hein?

— Oui, monsieur.

— Depuis combien de temps vis-tu en ces lieux?

— Un an.

— Te rends-tu en ville, au village?

— Non, monsieur. Martin se déplace, il va à Sheffield.

— Personne ne connaît ton existence ici?

— Non, monsieur.

— Es-tu reconnaissante à Martin de t'avoir sauvée de l'esclavage?

— Oh, oui, monsieur!

Satisfait, il lui remit son bâillon, puis partit à la recherche d'un moyen moins cruel que le fil de cuisine pour lui lier les bras. Dehors, il trouva de la cordelette fine. Parfait. Pauvre âme. Sa beauté l'avait distinguée du lot dans un village côtier comme Tilbury. Nul doute que ses parents, noyés dans le gin, l'avaient vendue en échange d'une somme suffisante pour étancher leur soif pendant plusieurs mois. Cédée ensuite aux pirates barbaresques, elle eût achevé son voyage dans quelque harem ottoman où elle se fût lentement éteinte, en proie au mal du pays et à un type de soumission inconnu en Angleterre. Pauvre gamine. *J'abhorre l'idée d'agir de la sorte mais il le faut. Pour Fitz. Pas de témoins, même de si humble condition.*

Cette fois, il l'attacha avec une telle efficacité qu'elle ne pouvait bouger un orteil; il plaça une pomme de terre dans sa bouche derrière le bâillon et attendit avec elle le retour du hors-la-loi.

Martin Purling revint peu après 15 heures, sifflotant avec entrain. Il rentra son cheval à l'écurie et l'étrilla, puis remonta le chemin vers le cottage en criant :

— Nellie ! Nellie, ma belle ! À qui est cet étalon noir ? J'espère que son propriétaire acceptera de s'en séparer car il me plairait de le garder. Pour sûr qu'il parcourrait cinquante lieues, celui-là !

— L'étalon noir m'appartient.

Ned apparut dans l'entrebâillement de la porte, un pistolet pointé vers le cœur du Capitaine Tonnerre.

— Qui êtes-vous ? s'enquit Purling sans le moindre signe de peur.

— Némésis.

De la main gauche, Ned leva une bourse remplie de sable et l'abattit sur le cou du Capitaine. Ce dernier s'écroula, inconscient, et Ned lui attacha les mains et les pieds. Puis il le souleva comme un sac de plumes et le transporta dans l'office où il le déposa sur une chaise, à quelque distance de Nellie. Lorsqu'il s'éveilla, le bandit aperçut sa compagne et se débattit aussitôt, cherchant à se libérer.

— Qui êtes-vous ? répéta-t-il. Je vous prenais pour un compère, avec ce cheval, mais je me suis trompé, n'est-ce pas ?

— Oui.

— Votre conduite à l'endroit de Nellie est odieuse.

— Il y a deux jours, Mr Purling, vous vous comportâtes de bien pire manière envers une lady d'infiniment plus de qualité que votre catin.

Le déclic se fit ; le Capitaine Tonnerre hocha lentement la tête.

— Ainsi, mon instinct disait vrai : elle provient d'une importante famille.

— Je suis heureux de vous entendre employer le présent.

Toutefois, la peur s'immisçait dans le regard sombre de Purling, tandis qu'il se souvenait de la façon dont il s'était débarrassé d'elle.

— Bien sûr que je parle au présent ! Je n'assassine pas les femmes, monsieur !

— Ce n'est pas ce qu'on affirme à Nottingham.

— Racontars ! Je contrôle seul les routes et les chemins du Derbyshire, du Cheshire et du Nottinghamshire, depuis quinze années – un chiffre qui suffit à faire du Capitaine Tonnerre un personnage mythique. Eh bien, ces fables sont fausses ! Qui êtes-vous ?

— Je me nomme Edward Skinner, au service de Darcy de Pemberley. La dame à qui vous dérobâtes dix-neuf guinées est sa belle-sœur.

Purling, le visage soudain cramoisi, exhala un sifflement tandis que ses pieds martelaient le sol.

— Que diable fabriquait-elle alors dans la diligence ? Comment trier les torchons des serviettes quand les riches cessent de voyager en chaise ? Ça lui apprendra, à cette sotte !

— Vous êtes affligé d'un bien mauvais caractère, Capitaine. Je m'étonne que personne ne vous ait capturé en quinze ans. Cette tanière vous y aida sans doute. Qu'avez-vous fait de miss Bennet ?

— Laissée dans la forêt. Elle retrouvera la route.

— Nous sommes dimanche. Vous l'avez donc abandonnée vendredi après-midi. Personne ne l'a revue, Capitaine, sans doute parce qu'elle ne sortit pas des bois. Voilà précisément ce que vous espériez, je gage. Je parie que vous l'avez laissée au plus profond de la forêt, sans lui laisser une chance de s'orienter. L'avez-vous blessée lorsque vous lui dérobâtes son argent ?

Purling émit un ricanement amer.

— *Blessée?* Regardez ce qu'elle m'a fait!

Dans l'impossibilité de bouger un doigt, il tourna la tête pour exhiber sa joue lacérée et poursuivit d'un ton féroce :

— Cette femme est diabolique! Elle s'en est prise à moi comme un terrier attaquerait un rat! L'étrangler ne servit à rien! Il me fallut l'assommer!

— Où l'avez-vous abandonnée?

— À une lieue et demie d'ici, du côté nord de la route de Mansfield. Fouillez ma poche gauche, vous trouverez ses dix-neuf guinées. Prenez-les, elles ne m'apportèrent que le malheur.

— Gardez-les.

Ned avait chargé son pistolet. Il arma le chien, s'avança vers la fille, posa le canon contre sa tempe et appuya sur la détente. Il avait agi avec tant de rapidité que le Capitaine eut à peine le temps d'émettre un cri de douleur. Ned tira un autre pistolet de l'une des poches de son immense manteau, versa un peu de poudre dans le bassinet, arma le chien et tira dans la poitrine du Capitaine Tonnerre, également connu sous le nom de Martin Purling.

— Jamais de témoins, déclara-t-il aux murs de la pièce alors qu'il nettoyait ses armes et les chargeait de nouveau. Désolé, poursuivit-il à l'adresse de Nellie, mais il valait mieux cela qu'une pendaison. J'espère que vous partez pour un endroit meilleur. Quant à vous, Mr Purling, c'est l'enfer qui vous attend.

Ned s'élança sur Jupiter et quitta la clairière. Peu après, il remettait soigneusement les branches en place sur le chemin. Quiconque aurait affaire avec la maison de Mr Purling jetterait un œil et s'enfuirait en courant. Personne ne rapporterait leur mort.

*

Une heure plus tard, il retrouva Mary. Elle avait trébuché sur une racine et s'était écroulée à quelques pas de la route. Il n'aperçut que son visage livide et sa chevelure flamboyante ; le reste disparaissait dans l'ombre. Il la porta jusqu'à Jupiter, mais lorsqu'il approcha de l'animal, il la posa à terre et procéda à un examen minutieux. Ses blessures ne se révélaient pas mortelles, non, mais sérieuses. Une bosse impressionnante au-dessus de son sourcil l'inquiétait en particulier, surtout parce que la blessée ne reprenait pas connaissance. Que faire ? Il eût emmené toute autre femme chez le médecin, mais Fitz craignait les rumeurs. Il décida que le trajet jusqu'à Pemberley n'aggraverait pas son état et la plaça sur l'encolure de l'étalon.

C'était compter sans la tourte farcie d'une viande avariée qu'il avait ingurgitée lors de sa première collation au Chat Noir. Comme la plupart des grands et robustes gaillards, il pouvait travailler des heures durant, voire des jours d'affilée. Mais cela exigeait une bonne santé, or une sorte de haut-le-cœur s'empara de lui alors qu'il passait au nord de Chesterfield.

Jupiter n'aimait pas porter un poids sur le garrot, mais il l'accepta pour son maître. Peu après la nuit tombée, Mary reprit connaissance, mais de façon confuse ; s'imaginant être entre les mains du Capitaine Tonnerre, elle essaya de lutter. Sans autre solution, Ned la força à avaler quelques gorgées de cognac et la vit avec satisfaction replonger dans les ténèbres. Dès qu'elle cessa de remuer, Jupiter hennit doucement avant de reprendre son allure tranquille.

À peine une demi-heure plus tard, Ned devint incapable de contrôler ses entrailles. Il tira sur les rênes, immobilisa sa monture, puis souleva Mary qu'il déposa sur un carré d'herbe. Baissant ses culottes, il se rendit derrière un petit bosquet et endura plusieurs minutes de crampes et de coliques. Quelle plaie! Heureusement qu'il avait échappé aux vomissements! Il remit de l'ordre dans son apparence du mieux qu'il le put, puis demeura quelques instants immobile, à l'écoute d'autres velléités de ses intestins. Rien. Combien de temps s'était-il absenté? Un coup d'œil à sa montre à gousset le renseigna : pas plus de dix minutes. Comme les étoiles brillaient en pleine campagne! Malgré l'absence de lune, il eût pu lire les gros caractères d'un journal.

De retour sur la route, il distingua Jupiter qui profitait d'une sieste bienvenue sur ses quatre pattes. En revanche, Mary avait disparu. Consterné, il fixa des yeux le carré d'herbe où il l'avait déposée – non, non, NON! Où était-elle? S'était-elle éloignée pour se soulager, comme il l'avait fait? Son état l'eût empêchée d'aller loin.

Il ne la trouva nulle part. Après de longues minutes passées à fouiller les environs immédiats, il inspira profondément pour évacuer la panique qui menaçait de s'emparer de lui, puis il grimpa sur Jupiter de façon à jouir d'un point de vue plus élevé.

Deux heures plus tard, il appuyait sa tête contre l'encolure de son étalon, en proie à un réel désespoir. Mary Bennet avait bel et bien disparu. Il lui fallait à présent rapporter à Fitz qu'il l'avait sauvée pour la perdre une fois de plus, l'abandonnant à quelque péril inconnu. On l'avait enlevée alors qu'elle dormait au bord du chemin. Rien d'autre n'aurait pu se produire car, à en juger par son état, elle ne se serait pas enfuie sur ses deux jambes.

*

— La faute ne t'incombe pas, Ned, affirma Fitz lorsque Ned l'eut rejoint le lundi matin avant le petit déjeuner. Je suis seul à blâmer. Je t'ai confié Lydia et Mary. Quelle terrible injustice!

— Ce n'est pas vous qui l'avez perdue.

— Non, mais il était impossible de prévoir un mal de ventre. En outre, comment la croire en danger près d'un sentier désert, loin de Chesterfield? Tu possèdes un rare caractère, Ned : tu prévois et planifies longtemps à l'avance, mais si une occasion se présente, tu t'en saisis aussitôt. Accoutumé à te confier des affaires délicates, j'en suis venu à te surcharger. Un mal d'entrailles nous trahit l'un et l'autre. Je suis désolé.

— Ne le soyez pas. Comme vous l'avez dit: qui eût prévu une indisposition?

Il hésita, puis décida d'apprendre à Fitz quel destin avaient rencontré le bandit et sa compagne – une version édulcorée qui ne blesserait pas ses principes.

— Le Capitaine Tonnerre et sa catin sont morts. Une lutte s'engagea entre nous lorsque je trouvai leur repaire, lutte où je me révélai mieux préparé – et meilleur tireur. En réalité, poursuivit-il avec un sombre sourire, je crois que la peur qu'inspirait le vilain ces quinze dernières années provenait du seul élément de surprise et d'un pistolet chargé et armé. La pauvre fille prit ma première balle dans la tête alors qu'elle se jetait devant son homme pour le sauver. Je déchargeai mon deuxième pistolet sur le gaillard pendant que celui-ci chargeait maladroitement le sien. Je l'atteignis en plein cœur. Je doute que quiconque se rende jamais à cet endroit – ils en masquent l'accès avec d'épais branchages. Avec votre permission, j'aimerais ne pas ébruiter cette affaire. En particulier parce que je devrai m'occuper de Lydia, les jours qui viennent. Laissons ces deux-là pourrir en paix, voulez-vous?

La voix de Ned ne contenait rien de pressant. Fitz réfléchit un instant, considéra que Ned avait réglé la situation comme l'avaient exigé les circonstances. À l'évidence, il s'était agi d'une question de survie et, à sa connaissance,

Ned n'avait pas son pareil pour charger une arme en un tournemain – hormis Charlie. En réalité, leur capture l'eût obligé à les confier aux bons soins du bourreau, ce qui n'eût manqué de lui attirer une publicité inopportune. Mary se trouvait trop impliquée – une Mary qui avait de nouveau disparu et nécessitait que l'on reprît les recherches.

Fitz haussa les épaules.

— Très bien, Ned, laissons-les pourrir.

Il servit une tasse de café à son acolyte et poursuivit :

— Tu prendras du repos, aujourd'hui. Je veux aussi que tu soignes ton ventre. Charlie, Angus et Owen Griffiths sont partis ce matin à 7 heures à la recherche de Mary. Ils ne connaissent pas ton histoire, mais pourraient découvrir quelque chose d'intéressant. Selon moi, ils ne reviendront pas avant demain soir, ce qui te laisse le temps de te rétablir. Je sais, je pourrais les rappeler, mais je ne le préfère pas. Ils mèneront leur enquête selon un autre angle d'attaque, et n'oublions pas que nous ignorons qui te déroba Mary.

— Comme vous voulez.

Fitz se leva, fit le tour de la table et étreignit Ned avec chaleur.

— Tu fis un excellent travail, je t'en remercie du fond du cœur. Sans toi, Mary serait morte dans la forêt. On peut sans doute affirmer qu'elle vit encore. Je n'oublierai jamais ce que je te dois.

— Quand voulez-vous envoyer Mrs Wickham à Hemmings ?

— Jeudi, j'espère. Spottiswoode a reçu une missive de la propriétaire de la maison de placement dont il utilise les services, à York ; elle dispose d'une personne dont elle désire auparavant vérifier les qualifications. À présent, rentre chez toi et va dormir.

Ned appuya la joue contre la main de Fitz posée sur son épaule. Puis il se leva avec peine et quitta la pièce, le visage radieux malgré le sentiment d'échec qui l'habitait. Fitz l'avait serré dans ses bras, il l'aimait encore. Son amour pouvait-il être abattu ? Ces derniers événements avaient constitué une redoutable épreuve, mais il avait triomphé. *Oh, Fitz, que ne ferais-je pour vous ?*

Elizabeth avait dédié tout son temps à prendre soin de Lydia, dont la santé se révélait précaire et qui ne comprenait pas pourquoi elle devait quitter Pemberley, où l'aide ne manquait pas pour la nettoyer ou laver ses vêtements. Qui sait ce qui l'attendait en cet autre endroit ?

— Lydia, au plus profond de ton cœur, je suis certaine que tu comprends, formula Elizabeth qui partageait en secret les sentiments de sa sœur. Pemberley appartient à Fitz et incarne pour beaucoup le pinacle d'une élévation sociale. Une invitation en ces lieux représente un désir comblé. Ce domaine lui est nécessaire pour avancer sa carrière politique. Tu causas de lourds dégâts en faisant irruption dans la salle à manger, proférant des obscénités et accusant Fitz de meurtre. Ton auditoire était composé de certaines des personnalités les plus éminentes d'Angleterre – et de Caroline Bingley, qui réside encore entre ces murs. Elle mettra ton comportement à profit pour dénigrer et déprécier Fitz. Peux-tu le blâmer de vouloir se débarrasser de toi ?

— Sans effort, rétorqua Lydia, boudeuse.

Elle observa son reflet dans le miroir et s'exclama :

— Tu possèdes de bien horribles tenues, Lizzie ! Je veux de l'argent pour en acheter de nouvelles – plus à la mode. Et je refuse de porter du noir !

— Tu recevras argent et robes neuves, mais pas ici. Fitz a mis la main sur une charmante maison du nom de Hemmings, à la sortie de Leek. Tu y vivras dans le confort dont jouissait maman à Shelby Manor. Il te sera possible d'acquérir des habits à Stoke-on-Trent ou à Stafford – Fitz a ouvert des comptes pour toi chez les modistes de ces deux bourgades. Ta compagne, miss Mirabelle Maplethorpe, possède la liste de ces boutiques.

Lydia se releva aussitôt.

— Ma compagne ? De quoi veux-tu parler, Lizzie, je n'ai nul besoin d'un chaperon !

— Je crains que si, ma chérie.

Oh, maudite situation ! Fitz l'eût avec joie exposée à Lydia, mais cela aurait entraîné une effroyable dispute. Elizabeth l'avait supplié de la laisser annoncer la nouvelle à sa sœur, préférant arborer elle-même le masque de la méchante.

— Ta santé reste fragile, reprit-elle d'un ton apaisant, et rend nécessaire une présence auprès de toi, à tout le moins jusqu'à ce que ta constitution s'améliore. Nous avons engagé une femme respectable pour t'entourer de soins – une dame de compagnie qui fait également office d'infirmière. Je te l'ai dit, elle se nomme miss Mirabelle Maplethorpe et vient du Devonshire.

Débarrassé de ses couches de maquillage, le visage de Lydia était devenu curieusement lisse car la pâle blondeur de ses cheveux s'étendait jusqu'à ses cils et ses sourcils. Les bouffissures en avaient disparu ; elle n'avait avalé aucune boisson alcoolisée depuis le verre de porto donné par Hoskins, six jours plus tôt. En état de manque, elle était mûre pour quelque sournoiserie.

— Je veux deux bouteilles de clairet avec mon déjeuner, commanda-t-elle. Je t'avertis, Lizzie, que si je ne les obtiens pas, je ferai une scène en comparaison de laquelle celle de l'autre soir se révélera insignifiante. Fitz craint Caroline Bingley, m'apprends-tu ? Eh bien, pas autant qu'il me craindra, moi !

— Pas de vin, refusa Elizabeth d'un ton sans réplique. Une femme de bonne famille ne boit pas à l'excès, et tu es bien née.

— Celle-ci boit ! Comme un trou ! Et je ne suis pas la seule ! Pourquoi, selon toi, Louisa Hurst et Caroline Bingley gardent-elles un comportement aussi guindé et convenable ? Parce qu'elles boivent en secret !

— Tu ne les connais pas, Lydia.

— Je sais reconnaître une compagne d'infortune. Ton époux redoute-t-il véritablement Caroline ? Sa peur n'aura plus lieu d'être après que j'en aurai terminé avec elle !

— Lydia, reprends-toi !

— Alors, accorde-moi du clairet avec mon déjeuner ! Et si tu crois que j'accepte de me rendre à Leek pour y vivre avec quelque dragon, tu te trompes !

— Tu partiras demain, Lydia. Fitz l'a décidé.

— Qu'il insiste jusqu'à sa mort, je n'irai point !

Elizabeth se laissa tomber à genoux et essaya de s'emparer des mains qui gesticulaient, se serraient, se tordaient devant elle.

— Lydia, je t'en conjure ! Incline-toi et pars pour Hemmings de ton plein gré, sinon, tu y seras forcée. Cet homme effrayant, Ned Skinner, t'y escortera, et il n'accepte aucun écart. Te souviens-tu de quelle façon il te traita lors de la mort de maman ? Fais-le pour moi, Lydia, je t'en supplie ! Une fois parvenue à Hemmings, tu agiras comme bon te semblera, pourvu que tu fasses preuve de calme et de discrétion. Il apparaît que le vin ne te manquera pas, mais il ne te sera pas permis de recevoir des hommes.

— Quelle petite souris effarouchée tu fais, Lizzie ! Tous ces bijoux, cette demeure, des épingles en suffisance pour acheter le pavillon Royal, tout cela t'ôta-t-il tes forces ? Il n'est que Fitz claque des doigts et tu t'enfuis en couinant. Jadis, tu te rebellais. Plus maintenant. Il t'a achetée. Eh bien, je préfère épouser l'armée que de régner sur Pemberley! Oh, George! gémit-elle soudain, des larmes coulant sur son visage, je suis une veuve d'à peine trente-cinq ans, condamnée au crêpe noir et au voile sévère! Non, je refuse! Comment trouverai-je un autre époux, enfermée entre quatre murs, à la merci de Fitzwilliam Darcy? Si vous désirez vous débarrasser de moi, envoyez-moi à Bath!

— Pour que tu deviennes la risée de la ville? Certainement pas! refusa une fois de plus Elizabeth avec une fermeté mêlée de pitié.

« Il t'a achetée. » Était-ce ainsi que la considéraient ses amies de Longbourn: une femme dont les possessions matérielles avaient tourné la tête?

— Tu partiras à Leek où tu vivras avec miss Maplethorpe et où, si tu y inclines, tu t'enivreras jusqu'à l'inconscience! Résigne-toi, Lydia. L'autre parti, m'informa-t-on, consisterait à te jeter en Cornouailles sans autre possession que les vêtements que tu auras sur le dos.

Les paupières retombèrent sur les yeux pâles de Lydia, voilant ses pensées à sa sœur.

— Je veux l'entendre de Fitz, exigea-t-elle.

*

— Lydia insiste pour que vous lui présentiez vous-même le sort qui l'attend, déclara Elizabeth à son mari dans la petite bibliothèque.

— J'en déduis que celui-ci ne se trouve pas à son goût?

— « À son goût » est trop faible. Elle profère les menaces les plus furieuses et demande à vivre à Bath. Ne pourrait-on le lui accorder, Fitz? Nul doute qu'elle se rendrait ridicule; en peu de temps, on cesserait d'écouter ses élucubrations.

— Des élucubrations proférées par ma belle-sœur. Non, Elizabeth, elle se rendra à Hemmings.

— Je crains qu'elle ne s'y cantonne point.

— Que voulez-vous dire ?

— Elle cherchera à rencontrer des hommes. Cet aspect du caractère de Lydia reste mystérieux à mes yeux, mais la boisson ne représente qu'une partie de ses ennuis. Elle a… le sang chaud.

— Que voici de fort indélicates paroles venant de vous, chère épouse, railla-t-il, mais qui décrivent néanmoins votre sœur avec précision. Pour ma part, je l'appellerais une catin.

— Je ne crois pas que l'on puisse écarter cela avec légèreté.

— Ouvrez donc les yeux, Elizabeth ! Votre famille manqua de tout temps de bienséance. L'indéniable succès de Kitty constitue un miracle, celui-ci ne pouvait s'espérer de Lydia. Cette dernière se montra toujours obstinée, prête à tout pour satisfaire ses désirs. Je connaissais George Wickham, je vous assure que l'idée de cette fuite et de ce mariage ne vint pas de lui. Elle en était toquée et ne trouva que ce moyen pour se l'attacher : la fugue. George consentit à ce mariage uniquement parce que j'acceptai de payer ses dettes – ce que j'ai continué à faire depuis, en raison de l'identité de son épouse.

— Je comprends tout cela, Fitz, mais il s'agit d'histoire ancienne. Vous ne garderez pas Lydia à Hemmings.

— Miss Maplethorpe nous vient munie des meilleures recommandations, forte de nombreuses expériences auprès de personnes souffrant de déficiences mentales. C'est ainsi que je considère Lydia.

Un frisson glacé parcourut le corps d'Elizabeth.

— Je ne vous permettrai pas d'emprisonner ma sœur, monsieur.

— Cela ne se révélera pas nécessaire, madame. Miss Maplethorpe ne mettra aucun frein à son penchant pour la boisson. Cela semble l'attitude appropriée, l'ivresse lui ôtant toute velléité de partir en quête d'amants.

Les yeux d'obsidienne prirent un éclat glacé et Fitz poursuivit :

— Cela fait précisément un an qu'eut lieu l'assassinat du Premier ministre devant les murs de la Chambre des communes. Depuis, Wellesley protège farouchement son os. Je suis sur le point de prendre la succession officielle de Mr Perceval et je ne laisserai pas une traînée comme votre sœur m'empêcher d'accéder à mes fonctions !

Le feu disparut du regard et il conclut :

— Je suggère que vous retourniez auprès de Lydia et lui présentiez la situation avec plus de fermeté que vous n'en avez montré jusque-là.

— Oh, Fitz, quelle est cette passion qui vous pousse à devenir Premier ministre ? Ne pouvez-vous abandonner votre vie publique pour vous consacrer à votre famille, ou à moi ?

Il afficha un air stupéfait.

— Une famille et une épouse détiennent une formidable importance, mais jamais elles ne rempliront les aspirations d'un homme ambitieux. Je suis déterminé à mener mon pays au plus haut de la gloire, du pouvoir, du respect. La réputation des Britanniques subit des dégâts considérables lorsqu'il nous fallut entrer en guerre en Amérique contre les rebelles des treize colonies – qu'il semble de surcroît impossible de défaire. Nous battîmes cependant Bonaparte, ce qui l'emporte sur tout le reste. Quoique notre flotte contrôle les océans, il faut que notre armée se transforme en une entité d'une telle puissance que les Français tremblent à l'idée de l'affronter.

Sa poitrine se gonfla, lui donnant un air invincible, et il conclut :

— J'ai l'intention de rendre à la Grande-Bretagne ses quartiers de noblesse !

— Bravo, bravo ! applaudit Elizabeth avec dérision. Je suis heureuse de me savoir à la place qui me revient. Peu à peu, je me suis aperçue que vous demeuriez aussi pétri d'orgueil et de vanité que lors de votre première venue dans le Hertfordshire !

— Il est vrai qu'alors, je ne possédais nulle raison de m'enorgueillir, répliqua-t-il avec raideur, mais la situation a changé. Je savais que je me mariais au-dessous de ma condition – oh, les folies auxquelles pousse la jeunesse ! Si je devais le refaire, prononça-t-il distinctement, je ne vous épouserais pas. Je m'unirais à Anne de Bourg et hériterais de Rosings. Je ne reproche pas à Hugh Fitzwilliam d'en avoir pris possession, mais ce domaine me revenait de droit.

Livide, elle chancela, mais recouvra son équilibre sans son aide.

— Je vous remercie de cette franche explication, déclara-t-elle avec une froideur égale à celle de son époux. Désirez-vous que je disparaisse de Pemberley autant que de votre vie ? Une autre de vos propriétés, plus humble, me contenterait.

— Cessez ces sottises ! jappa-t-il. J'essaie seulement de modérer l'incessante nuisance que constitue votre famille. Lydia se rendra demain à Hemmings, de son plein gré. Cela ne se révélera guère difficile. Ned agitera une bouteille d'alcool sous son nez et, tel un âne, elle la suivra tête baissée.

— Je vois.

— Un autre souci se profile toutefois. Il a pour nom : Mary. Votre sœur a disparu.

— *Disparu ?*

Seigneur ! Combien de ces chocs allait-il lui asséner ?

— Oui. Quelque part entre ici et Chesterfield.

— Que comptez-vous faire ?

— Si vous aviez un instant interrompu vos soins à Lydia, Elizabeth, vous eussiez entendu les informations rapportées par notre fils. Oui, elle nous causa de bien grands soucis, mais Charlie et Angus – ainsi que Ned, de son côté – établirent sans l'ombre d'un doute qu'elle fut enlevée. Charlie vous narrera cela en détail.

— Il a grandi et fait preuve de maturité dans un grand nombre de domaines, Fitz, déclara-t-elle, l'esprit un instant distrait.

— Je ne suis pas aveugle ! Je me réjouis de ce qu'Oxford et le jeune Griffiths lui ont apporté.

— Je devine également l'influence d'Angus.

Fitz éclata de rire.

— Ils se trouvent liés par une affection commune, ma chère Elizabeth. Angus espère devenir votre beau-frère. Si son vœu se réalise, la dernière menace que représente votre famille s'éteindra et j'aurai le *Westminster Chronicle* à ma botte.

— Une union entre Mary et Angus me réjouirait grandement, mais si vous pensez un instant que cela pliera son journal à vos désirs politiques, vous méjugez gravement de cet homme – et de ma sœur.

Elizabeth quitta la bibliothèque, abandonnant son époux à ses rêves de grandeur. Chassez le naturel, il revient au galop ! *Oh, comme vous m'avez abusée, Fitz ! J'ai véritablement cru vous avoir guéri de votre orgueil, de votre vanité. Lorsque vous reprîtes votre attitude première, je blâmai mon inaptitude à vous donner ces fils auxquels vous aspiriez. Je comprends, à présent. Vous ne changeâtes pas, ces vingt années écoulées. Tandis que, si j'en crois Lydia, je suis devenue une petite souris, qui plus est* achetée.

7

Plusieurs jours s'étaient écoulés, mais combien ? Mary n'en avait aucune idée. La bosse au-dessus de son sourcil semblait entraîner une série de pertes de connaissance dont elle se relevait lentement, l'esprit désorienté. En outre, le manque de lumière du jour lui ôtait toute possibilité de mesurer avec quelle régularité elle s'éveillait pour manger, dormir ou user des commodités.

Le rideau tiré dévoilait un espace entre les barreaux de fer où l'on avait aménagé une étagère. Elle y avait trouvé du pain frais, de la bière, une cruche d'eau pour ses ablutions et un petit pot doté d'un bec verseur qui contenait un liquide huileux. Sa terreur de demeurer dans les ténèbres avait stimulé son esprit enfiévré, et elle avait rapidement compris qu'il s'agissait de combustible pour les lampes. Une fois cette déduction effectuée, elle avait appris comment l'utiliser : retirer la cheminée de verre, dévisser la plaque de métal qui retenait la mèche, verser l'huile pardessus celle qui restait dans le réservoir transparent. Les petites lampes brûlaient plus longtemps que les grandes et elle s'aperçut avec soulagement que, lorsqu'elle approchait la flamme affaiblie de la mèche d'une grande lampe, celle-ci s'allumait aisément.

Par deux fois, elle avait trouvé des vêtements sur l'étagère : des chemises, des chaussettes, une fois même une robe propre, mais jamais aucun habit d'extérieur. Elle n'avait pas froid, la pièce semblait garder une température égale, celle d'une fraîche journée de printemps.

Si seulement elle pouvait mesurer le temps qui s'écoulait ! Le bandit devait lui avoir dérobé sa montre à gousset ; celle-ci valait beaucoup d'argent et l'on en trouvait rarement. Elizabeth lui avait offert la sienne et elle y tenait beaucoup. Rien ne pénétrait sa prison, hormis ce sifflement aigu et ténu auquel elle avait cessé de prêter attention. Il évoquait une fenêtre laissée ouverte dans le vent, mais elle n'en apercevait aucune. Du reste, celle-ci eût laissé passer la lumière du jour, or elle n'en disposait pas.

En fouillant parmi les livres posés sur la seconde table, elle avait trouvé des plumes d'acier ainsi que des crayons, un encrier d'encre noire, un autre d'encre rouge et une boîte à sable, à côté de plusieurs centaines de feuilles de papier pressé dont les bords effilochés indiquaient un mélange de coton et de lin. Les titres des livres avaient suscité son intérêt, mais ne lui avaient apporté aucune information : Dr Johnson qui s'exprimait sur les poètes de son temps, Oliver Goldsmith, Sheridan, Trollope, Richardson, Marlowe, Spenser, Donne, Milton ; et des ouvrages de chimie, de mathématiques, d'astronomie et d'anatomie. Rien de populaire ni de religieux, rien qui soulageât son cerveau engourdi. À l'évidence, son temps serait mieux employé en s'abandonnant à un sommeil réparateur.

Enfin, elle s'éveilla sans vertige, ses hématomes presque invisibles et sa bosse disparue. Lorsqu'elle eut mangé, bu et utilisé ces étranges commodités, elle prit un crayon et inscrivit sept traits parallèles sur le mur situé au fond de sa cellule, à côté de ce qui ressemblait à des charnières d'acier. *Puisque personne n'a changé mes draps*, décida-t-elle, *il n'a pu s'écouler plus d'une semaine – la personne qui me retient captive semble attachée à la propreté.*

Quoique l'huile qui les alimentait possédât un arôme particulier, les lampes ne produisaient aucune fumée et ne rendaient pas l'air difficile à respirer. Elle ôta la petite cheminée de verre et parcourut la pièce pour déceler un éventuel souffle d'air qui eût fait vaciller la flamme, en vain, même lorsqu'elle la tint au-dessus du trou dans lequel elle se soulageait. Qu'y avait-il, là-dessous? Certainement pas une fosse, car aucune odeur ne s'en dégageait. Lorsqu'elle y avança sa flamme, celle-ci révéla un large tunnel vertical. Elle ne parvint pas à éclairer le fond, mais, en se penchant par-dessus la planche de bois, elle entendit un bruit qui rappelait l'eau en mouvement. Voilà pourquoi ses toilettes n'exhalaient aucune odeur! Ses déchets tombaient dans un torrent qui les emportait aussitôt.

Une rivière? Son cher Charlie avait mentionné ces grottes et ces cours d'eau souterrains du Peak District du Derbyshire. Seigneur! Elle ne se trouvait pas très loin de Pemberley. Mais pourquoi l'avait-on enlevée? Son instinct lui soufflait que sa vertu n'était pas menacée; on ne pouvait non plus en vouloir à son argent, puisque le Capitaine Tonnerre le lui avait dérobé. À moins qu'il ne s'agît d'une demande de rançon? Ridicule! Elle ne possédait rien qui indiquât autre chose que son nom – Bennet, pas Darcy – tandis que son apparence l'eût désignée à ses ravisseurs comme une simple gouvernante. Qui eût soupçonné ses liens avec les Darcy de Pemberley? Personne. La rançon ne pouvait motiver ses geôliers.

Ceux-ci, cependant, la destinaient à quelque usage, sinon on ne se fût point efforcé de la maintenir en vie. Mais s'il ne s'agissait ni d'abuser d'elle ni d'en tirer une rançon, alors quel dessein nourrissaient-ils?

*

Alors qu'elle replaçait la cheminée sur sa petite lampe, elle l'aperçut, confortablement installé sur une chaise de bois à dossier, de l'autre côté des barreaux. Depuis combien de temps l'observait-il ? Elle posa la lampe et l'examina avec attention.

Un vieil homme ! Petit – presque un gnome –, sec, flétri, les jambes croisées terminées par des sandales brunes, il portait une épaisse robe de bure de même couleur ceinturée par une cordelette blanche tandis que sur sa poitrine se détachait un crucifix. *Le brun de son vêtement eût-il été plus foncé, je l'eusse pris pour un franciscain*, songea-t-elle, les yeux fixés sur lui. Son crâne fripé ne montrait plus un seul cheveu, même autour des oreilles, tandis que les yeux qui l'observaient avec une attention similaire à la sienne étaient d'un bleu si pâle que les iris tranchaient à peine sur le blanc. Des yeux chassieux, mais qui déroutaient parce qu'ils semblaient toujours regarder de côté. Son nez ressemblait à un bec d'aigle tandis que ses lèvres fines et serrées rappelaient un martinet. *Il ne m'inspire guère confiance*, décida la prisonnière.

— Vous faites preuve d'intelligence, Mrs Mary, commença-t-il.

Je ne trahirai aucun signe de peur ou de confusion, décréta celle-ci en son for intérieur.

— Vous connaissez mon nom, monsieur, énonça-t-elle froidement.

— Celui-ci se trouvait cousu dans vos vêtements. Mary Bennet.

— Miss Mary Bennet.

— Sœur Mary, la corrigea-t-il.

Elle tira une chaise de dessous la table chargée de livres, la plaça exactement face à lui, puis s'y assit, jambes serrées l'une contre l'autre, pieds à plat, mains jointes sur ses genoux.

— Qu'est-ce qui vous pousse à me qualifier d'intelligente ?

— Vous avez pénétré la façon de remplir les lampes.

— Dos au mur, l'homme se révèle plein de ressources, monsieur.

— Vous avez peur du noir.

— Bien sûr, il s'agit d'une réaction normale.

— Je vous sauvai la vie.

— De quelle manière ?

— Je vous trouvai aux portes de la mort. Votre cerveau, sœur Mary, avait enflé au point de trop comprimer votre flux de vie, énonça pompeusement le religieux. Le géant ignorant qui vous emportait n'y entendait goutte ; aussitôt qu'il s'absenta, mes enfants et moi nous emparâmes de vous. Ayant inventé un traitement pour cette sorte de maladie, je manquais cruellement d'un patient sur qui l'essayer. Vous manquâtes périr, mais nous arrivâmes à temps. Alors que mes enfants vous baignaient et pourvoyaient à votre confort, je préparais ma potion. Vous apportez la réponse à de nombreuses prières.

— Appartenez-vous à un ordre ? s'enquit-elle, fascinée.

— Un romain, moi ? rugit-il, outragé. Certainement pas ! Je me nomme père Dominus, je suis le gardien des Enfants de Jésus.

— Je comprends, vous dirigez l'une de ces nombreuses sectes chrétiennes qui foisonnent dans le Nord et que vitupère l'Église d'Angleterre. Toutefois, jamais je n'ai entendu parler des Enfants de Jésus.

— Il en ira toujours ainsi, renchérit-il sombrement. Nous sommes des réfugiés.

— De quoi, mon père ?

— De la persécution. Mes enfants appartenaient à des hommes qui les exploitaient et leur infligeaient de terribles traitements.

— Oh, des propriétaires de moulins ou d'usines! acquiesça-t-elle. Eh bien, mon père, vous ne courez aucun danger avec moi. Comme vous, j'abhorre ces gens. Relâchez-moi et permettez-moi de travailler à vos côtés pour libérer tous les enfants. Combien en sauvâtes-vous?

— Cela ne vous regarde pas.

Ses yeux la quittèrent pour se poser sur les murs de sa prison, puis il continua:

— Je vous ai sauvé la vie; celle-ci m'appartient. Vous travaillerez pour moi.

— Travailler? À quel labeur?

Comme en réponse à sa question, il tendit vers elle des mains flétries aux articulations enflées.

— Je ne puis écrire.

— Cela ne m'éclaire guère.

— Vous occuperez le poste de scribe.

— Vous voulez que j'écrive à votre place? Que rédigerai-je?

— Mon livre, répondit-il avec un sourire.

— Je m'exécuterais avec joie, mon père, si j'obéissais à ma libre volonté et non à la force de l'emprisonnement, prononça-t-elle lentement, l'estomac soudain serré par l'angoisse. Ouvrez-moi la porte, nous parviendrons ensuite à un arrangement mutuel.

— Je ne crois pas, repartit père Dominus.

— Enfin, quelle folie est-ce là? s'écria-t-elle, incapable de se retenir. Vous me gardez captive pour faire office de copiste? Quel livre détiendrait une telle importance: une réitération de la Bible?

La patience s'afficha sur les traits du religieux, qui s'adressa à elle comme à une simple d'esprit.

— Je ne désespère pas de vous, sœur Mary, vous touchez la vérité du doigt. Il ne s'agit point d'une répétition, mais d'une nouvelle Bible où seront énumérées les doctrines des

Enfants de Jésus ! Je les détiens dans l'enclos de mon esprit ; hélas, mes mains ne peuvent les coucher par écrit. Vous vous en chargerez.

Il se leva d'un bond, émit un rire bref qui ressemblait à un cri, se baissa et disparut derrière l'écran.

— Il est heureux que je sois assise, murmura Mary en regardant ses mains qui tremblaient. Seigneur, c'est un fou !

Ses yeux s'embuèrent de larmes. Non, elle ne pleurerait pas ! Il était bien plus urgent de se remémorer cette étrange conversation afin de s'armer en prévision de la prochaine. Le nord de l'Angleterre représentait un terrain fertile où croissaient bon nombre d'étranges sectes religieuses ; à l'évidence, père Dominus et ses Enfants de Jésus sortaient de l'un de ces moules. Aucune de ses paroles n'avait révélé sa doctrine théologique, mais cela changerait s'il demeurait déterminé à dicter ses croyances. Le nom qu'il s'était donné et celui dont il avait affublé Mary rappelaient le catholicisme romain, mais il avait violemment écarté toute affiliation à cette Église. Avait-il été exposé, jeune garçon, au papisme ? Les « Enfants de Jésus » évoquaient plutôt les puritains. Certaines de ces sectes émanaient tellement du Christ que Dieu perdait de Sa substance ; cela semblait le cas, ici. Des enfants vivaient-ils véritablement à ses côtés ? Elle n'en avait vu ni entendu aucun. Par ailleurs, quelle sorte de médecine pratiquait-il ? Mentionner un cerveau enflé avec une telle autorité révélait un passé médical. En revanche, le discours sur les réfugiés manquait de logique ; jamais des propriétaires de manufactures n'eussent fait rechercher ces enfants que le religieux prétendait avoir enlevés. Argus avait affirmé que la source de la jeune main-d'œuvre était presque intarissable ; les parents à qui aucune paroisse n'accordait la charité vendaient leur progéniture avec soulagement.

— Bonjour, résonna la voix d'une petite fille.

Mary releva la tête et découvrit de l'autre côté des barreaux une silhouette menue vêtue d'une robe brune qui la fixait d'un regard intense.

— Bonjour, répondit Mary avec un sourire.

Celui-ci lui fut aussitôt rendu.

— Je vous apporte quelque chose, sœur Mary. Père Dominus a dit que cela vous ferait plaisir.

— J'en tirerais davantage à connaître ton nom.

— Sœur Thérèse. Je suis la plus âgée des filles.

— Quel âge as-tu?

— Treize ans.

— Et que m'apportes-tu qui me fera plaisir?

La petite ne paraissait pas son âge, mais elle ne semblait ni famélique ni apeurée. Lorsqu'elle grandirait, son nez et son menton deviendraient trop larges pour qu'on puisse parler de beauté, mais un certain charme se dégageait du joli brun qui caractérisait sa peau, ses yeux et ses cheveux. Deux petites mains serraient un trépied qu'elle déposa sur l'étagère. Suivirent une bouilloire d'où s'élevait une colonne de fumée, une jolie théière, une tasse et une soucoupe, ainsi qu'un petit pot à lait.

— Ôtez la cheminée de l'une de vos lampes et mettez celle-ci sous le trépied, l'eau se mettra à bouillir et vous pourrez faire du thé, expliqua sœur Thérèse qui produisit un pot rempli de feuilles. Père Dominus dit que cette boisson ne vous causera pas de mal, mais qu'il ne vous sera pas accordé de café.

— Thérèse, c'est merveilleux! s'écria Mary en suivant aussitôt les indications de la jeune fille. Remercie père Dominus pour moi, je te prie.

— Je reviendrai plus tard avec vos draps propres et reprendrai alors la bouilloire. Vous pouvez vider les feuilles dans votre puits d'aisances et garder la théière ainsi que le trépied, déclara celle-ci en se détournant pour partir.

— Attends ! appela Mary, mais la petite silhouette avait déjà disparu.

Soit, je lui parlerai lorsqu'elle reviendra, résolut-elle avant de se préparer cette providentielle tasse de thé.

S'agit-il de la carotte destinée à l'âne, se demanda-t-elle tandis qu'elle dégustait le liquide brûlant. *Hum, quel délice ! Ce thé est d'excellente qualité.*

Thérèse revint un moment plus tard. Mary, curieuse d'en apprendre davantage, affecta de nettoyer, puis de lustrer la bouilloire avant de la lui rendre.

— Combien d'enfants père Dominus compte-t-il? demanda-t-elle, astiquant ostensiblement l'extérieur du récipient.

Les grands yeux enfantins croisèrent les siens avec confiance.

— Il dit que nous sommes cinquante, sœur Mary. Trente garçons et vingt filles.

Une ombre traversa son visage – de la peur? du chagrin ? –, puis elle redressa les épaules et répéta résolument :

— Oui, cinquante.

— Te souviens-tu de ton mauvais maître ?

Thérèse fronça les sourcils.

— Non, mais père Dominus affirme que c'est normal. Frère Ignatius et moi sommes arrivés les premiers ; nous vivons ici depuis longtemps.

— Aimes-tu ta vie avec père Dominus ?

— Oh, oui, répondit-elle, mais comme un automate, sans que la question semblât soulever en elle la moindre émotion. Puis-je récupérer la bouilloire, s'il vous plaît ?

Mary la lui tendit. *Assez pour aujourd'hui*, songea-t-elle. *Les occasions de l'interroger ne manqueront sans doute pas.*

La petite, si elle était captive, jouissait de plus de privilèges qu'elle-même. Elle allait et venait en toute liberté et n'inclinait visiblement pas à s'enfuir. Sa présente existence semblait la seule dont elle se souvînt, ce qui étonnait Mary car les employeurs n'asservissaient pas de très jeunes enfants. Il leur arrivait de recruter des fillettes ou des garçonnets de huit ans, mais ils leur préféraient habituellement ceux qui, selon les dires d'Argus, comptaient neuf ou dix ans, l'âge idéal pour commencer une vie de labeur non rémunéré, survivant grâce aux quelques miettes de nourriture et à l'abri de fortune offerts en retour. En tout état de cause, Thérèse aurait dû se souvenir de sa vie avant d'avoir été sauvée. Que cachait cette ignorance?

Le besoin d'exercice la poussa à arpenter sa cellule – deux fois quatre pas séparaient chacun des murs. Après une marche de deux heures, selon ses estimations, elle fut prise de lassitude, se coucha et s'endormit aussitôt. Lorsqu'elle s'éveilla, elle avala un peu de pain frais – il sortait toujours du four – et s'assit avec John Donne afin de tromper l'ennui qui s'emparait d'elle.

Avant peu, toutefois, père Dominus fit son apparition.

— Êtes-vous disposée à vous mettre au travail? s'enquit-il en s'asseyant.

— En échange de réponses à quelques questions, oui.

— Posez-les-moi.

— Pouvez-vous me décrire plus en détail la situation qui était la mienne lorsque vous m'avez emmenée, mon père? Où me trouvais-je? En compagnie de qui?

— Je ne connais pas l'identité de votre ravisseur, répondit-il, mais sa formidable carrure indiquait une anomalie hormonale. Pris d'un mal d'entrailles, ajouta-t-il avec un ricanement, il vous abandonna sur le sol avant d'aller se soulager. Je collectais par hasard des herbes médicinales à peu de distance de là, aidé de frère Jérôme qui poussait notre charrette – j'avais l'intention de remplir mes jarres à une source qui jaillit à quelques pas et dont l'eau est excellente. Vous souffriez de convulsions, mais le premier idiot venu eût compris que vous ne déploriez pas une nature épileptique. Frère Jérôme vous déposa dans la charrette et nous nous éloignâmes aussitôt. Voilà !

— Êtes-vous docteur, mon père ?

— Non, apothicaire, et le meilleur du monde, énonça-t-il d'une voix flûtée. Quoique incapable de guérir l'épilepsie, je la tiens sous contrôle, ce qui me rend supérieur à tous les autres. Quelques-uns de mes enfants en souffraient, mais grâce à l'une de mes potions, leurs crises ont disparu. D'autres étaient rongés par les vers ou les parasites. Mais assez ! Il suffit de dire que je guéris presque tout ; quant aux maux que je ne puis soigner, je les maîtrise.

— De quoi souffrait Thérèse ?

— Sœur Thérèse ! Bébé, de gin en lieu et place de lait ; petite, de manque de nourriture. Cela affecte leur mémoire, expliqua-t-il sur un ton presque désinvolte. Commençons, voulez-vous ?

— Quoi, exactement ?

— Le récit de ma vie. L'histoire des Enfants de Jésus. Le fruit de mes recherches d'apothicaire.

— Nul doute que cela ne me fascine.

— Votre intérêt n'importe guère, ma sœur. Votre tâche consistera à coucher mes pensées avec ce crayon sur ce papier de piètre qualité, indiqua-t-il en posant une liasse sur l'étagère avec un bruit mat.

— La mine de mon crayon s'émoussera, objecta-t-elle.

— Et vous désirez un couteau pour la tailler, j'imagine. Nous procéderons ainsi, sœur Mary : chaque jour, je vous apporterai des crayons taillés en échange des autres.

— J'aimerais une étagère pour y ranger les livres, rétorqua-t-elle. Cette table n'est guère large et je désire la transporter devant les barreaux de façon à entendre votre dictée. Les ouvrages ne devraient pas traîner au sol en raison de l'humidité et de la moisissure.

— Comme vous voudrez, acquiesça-t-il d'un ton indifférent, les yeux fixés sur elle tandis qu'elle posait les livres au sol et déplaçait le meuble de bois plus près de lui.

— Votre nouvelle Bible s'apparente-t-elle également à une autobiographie, mon père ?

— Bien entendu. Tout comme l'Ancien Testament décrit les actions de Dieu parmi les hommes, puis le Nouveau Testament les actes de Jésus parmi les hommes, la Bible des Enfants de Jésus narrera l'histoire du plus jeune fils de Dieu – moi – parmi les hommes et les enfants des hommes, lui révéla père Dominus.

— Je vois.

Mary se laissa tomber sur sa chaise, puis empila plusieurs feuilles de papier devant elle avant de s'emparer d'un crayon.

— Ça, mais ! s'écria le religieux. Une feuille après l'autre, madame ! Le ravitaillement se révèle trop délicat pour que je permette à quiconque de s'adonner au gaspillage !

— Monsieur, le reprit-elle avec ironie, mon crayon percera une feuille unique, dotée d'une surface plutôt rugueuse. J'ai l'intention d'utiliser cette douzaine de pages pour renforcer celle sur laquelle j'écris. En homme de science, vous devriez l'entendre sans qu'il soit nécessaire de vous l'expliquer.

— Il s'agissait d'un autre test de votre intelligence, lâcha-t-il avec hauteur. À présent, écrivez : « Dieu est ténèbres, car Dieu existait avant la venue de la lumière – et Lucifer n'apporta-t-il pas celle-ci ? Lucifer vint d'abord, Satan survint ensuite. Chaque jour, le Soleil se bat contre Dieu pour vaincre les ténèbres ; chaque matin, il se lève pour accomplir son inutile voyage vers le néant. Il croit que les plateaux de la balance sont équilibrés, mais Dieu sait tout : longtemps après que la lumière a épuisé ses forces, l'obscurité recouvre tout, et l'obscurité est Dieu. Cette révélation s'imposa à moi lorsque, dans ma trente-cinquième année, je découvris par hasard la Grotte Primaire, l'Omphalos, la Nef, la Matrice Universelle, cet endroit que je nomme encore l'Antre de Dieu. Dans une obscurité si profonde que mes yeux se flétrirent, dans un silence si parfait que mes oreilles se desséchèrent, je pénétrai à l'intérieur même de Dieu, ne fis plus qu'un avec Lui. Il Se révéla alors à moi – la première de nombreuses révélations – et me dévoila Ses ténèbres, strate après strate. »

Père Dominus s'interrompit tandis que le crayon de Mary courait sur la page. La prisonnière, l'esprit aiguisé, gardait ses réflexions dans un coin de son esprit.

« Strate », écrivit-elle, puis elle s'arrêta, crayon en l'air, étudiant le visage ridé aux yeux pâles percés de pupilles minuscules. *Pourquoi sont-elles si petites?* se demanda-t-elle. *Se drogue-t-il? Ses élucubrations le suggèrent, quoique... se peut-il qu'il souffre d'une déficience de la vue? Peut-être que seule la piètre qualité de ses yeux l'empêche de coucher ses pensées par écrit, non celle de ses mains?*

Ne prononce aucune critique dépréciative, Mary! s'enjoignit-elle. *Rien de moqueur ni qui conteste sa doctrine.*

— Devenir le scribe d'un tel génie m'honore, mon père.

— Comprenez-vous? s'enquit-il avec ardeur, se penchant en avant.

— Je comprends.

— Alors, poursuivons.

Ce à quoi il s'appliqua dans les moindres détails ; alors que les feuillets s'empilaient à sa droite, les genoux de Mary se mirent à trembler et sa main à souffrir de crampes. Enfin, tandis qu'il reprenait son souffle, elle posa son crayon.

— Je ne puis écrire davantage aujourd'hui, mon père : ma main se contracte. Comme j'entends que vous désirez une transcription calligraphiée avec soin, je vous supplie d'arrêter.

Il sembla réintégrer son corps, comme s'il revenait d'un endroit lointain, cligna des yeux à plusieurs reprises, fut parcouru d'un tremblement, puis écarta ses lèvres étroites en un sourire dénué de joie.

— Oh, c'était merveilleux ! déclara-t-il enfin.

— Comment nommez-vous cette théologie ?

— La Genèse du Cosmos.

— Des racines grecques, non latines.

— Les Grecs pensaient. Ceux qui leur ont succédé les ont seulement imités.

— Je me réjouis d'écrire de nouveau sous votre dictée, mais vous n'avez nulle raison de m'enfermer, essaya-t-elle encore. L'exercice m'est nécessaire et arpenter ma cellule ne me suffit pas. N'oubliez pas l'étagère pour mes livres, je vous prie.

— Je vous autorise à faire du thé, considérez cela comme une faveur, rétorqua-t-il en se levant.

— Vous êtes un mauvais maître, père Dominus, à l'égal de ceux à qui vous enlevâtes vos enfants. Vous me nourrissez et m'abritez, mais vous me refusez ma liberté.

Ses paroles s'adressèrent à une chaise vide ; il avait disparu.

Elle s'assit sur son lit de façon à changer de posture et examina les incroyables balivernes proférées par son ravisseur. Aux yeux de Mary, une fervente disciple de l'Église d'Angleterre, le père Dominus s'exprimait comme un apostat, bien pire qu'un hérétique, car nul chrétien n'eût tenu semblable discours sur Dieu, omettant de mentionner Jésus qui n'existait pas même dans sa théologie. Cela signifiait qu'il se différenciait des sectes qui pullulaient dans le nord du pays. Quoique rien ne l'eût jamais empêchée d'exprimer ses opinions, elle avait soigneusement gardé ses pensées pour elle et s'était efforcée de ne pas l'offenser d'une seule parole déplacée parce qu'à la fin de leur session, elle en était venue à soupçonner avoir affaire à un dément. Il ne lui restait plus qu'à affirmer être Dieu ou Jésus et le jugement de la prisonnière deviendrait irrévocable. Aucune logique ne se glissait dans sa vision des choses ; seuls le guidaient son propre confort, sa commodité ou ses aspirations – ces dernières, au demeurant, encore mystérieuses. Il prétendait être le plus jeune fils de Dieu !

Elle lui donnait approximativement soixante-dix ans, mais peut-être le rajeunissait-elle. On prenait grand soin de lui – qui que fût ce « on » –, aussi se pouvait-il qu'il comptât quatre-vingts ans. Sa folie datait-elle de ses jeunes années ou s'était-elle emparée de lui à un âge avancé ? Il ne trahissait aucun signe de sénilité : sa mémoire demeurait excellente, sa puissance de raisonnement aiguë. Il reniait simplement l'éthique et la structure de la société anglaise. Vivait-il véritablement avec cinquante enfants – trente garçons et vingt filles ? Pourquoi le visage de Thérèse s'était-il altéré lorsqu'elle avait prononcé ces chiffres – père Dominus l'interrogerait-il avec brutalité pour qu'elle lui dévoilât les questions qu'avait posées Mary ? La captive avait le devoir de ne pas mettre l'enfant en danger, et cette expression sur les traits enfantins avait peut-être annoncé une sévère punition.

*

À partir de cet instant, Mary se garda d'entretenir Thérèse de choses périlleuses. Comme le père Dominus s'exprimait avec volubilité sur ses grottes, elle concentra ses questions sur cet aspect de sa captivité. Elle apprit que les cavernes reliées les unes aux autres par des tunnels s'étendaient sur des lieues et des lieues. Avec un émerveillement un peu apeuré, Thérèse expliqua que père Dominus connaissait chaque recoin, chaque fissure, chaque pouce des couloirs et des cavités. L'un des ensembles de grottes possédait le nom de Cavernes du nord, l'autre de Cavernes du sud. Mary et les Enfants de Jésus vivaient dans ces dernières, tandis que le travail se déroulait dans les premières, où se dressait également le Temple de Dieu. Il fallut quelque temps à Mary pour comprendre en quoi consistait ce « travail ». Elle y parvint en interrogeant Thérèse ainsi qu'un autre ami qu'elle se fit parmi les Enfants de Jésus : frère Ignatius. Celui-ci était apparu avec un poinçon, un tournevis, des vis, des équerres de fer et trois planches de bois.

Mary avait alors compris pourquoi l'un des murs de sa cellule était pourvu de charnières. Un autre jeune garçon encapuchonné avait aidé frère Ignatius à transporter son matériel, mais seulement après avoir demandé à Mary de se coller contre le mur. Il avait ensuite refermé ces ferrures sur ses chevilles de façon à former des fers. Lorsqu'il eut mesuré et marqué l'endroit où enfoncer les vis destinées à fixer les équerres, il s'était éclipsé, laissant Ignatius effectuer tout le travail. Ce dernier, plus petit que l'autre garçon qu'il nommait frère Jérôme, possédait toutefois un corps plus musculeux, fort proche de la puberté. Lorsque Mary lui demanda son âge, il répondit qu'il avait quatorze ans.

— Thérèse et moi sommes les plus âgés, confia-t-il alors qu'il vissait l'acier dans la roche tendre.

— Mais pourquoi frère Jérôme, qui mesura et marqua les endroits où enfoncer tes vis, ne t'aida-t-il pas davantage? s'enquit Mary.

— Je ne sais ni lire ni écrire, répondit Ignatius d'un ton joyeux. Jérôme est le seul d'entre nous à posséder ce savoir.

Elle réprima un hoquet de surprise.

— Aucun d'entre vous ne sait ni lire ni écrire?

— Sauf Jérôme. Père Dominus le ramena de Sheffield.

— Pourquoi le père ne vous l'apprit-il pas?

— Nous sommes trop occupés, j'imagine.

— À quoi?

— Ça dépend.

Ignatius posa une planche sur deux équerres, éprouva son équilibre et hocha la tête :

— Bien droite et solide. Il est exigeant, ce Jérôme.

— Cela dépend, dis-tu?

Ignatius plissa ses yeux bruns, cherchant à se souvenir de paroles prononcées quelques instants plus tôt.

— On pèse des poudres, on fait tremper des herbes, on filtre, on distille, on épaissit, on plonge dans un bain de couleur : bleu pour le foie, lavande pour les reins, jaune pour la vessie, vert boueux pour les calculs biliaires, rouge pour le cœur, rose pour les poumons, brun pour les entrailles.

Il reprit son souffle pour poursuivre son énumération, mais Mary l'arrêta en hâte.

— Des médicaments? demanda-t-elle.

— Quoi?

— Que veux-tu dire par « filtrer » ou « distiller »?

Il haussa ses larges épaules.

— J'sais pas, sauf que c'est ce qu'on fait et que ça s'appelle comme ça.

Le vieil homme s'est décrit comme un apothicaire, se rappela Mary, qui poursuivit à l'intention de son jeune compagnon :

— Vous fabriquez des potions et des élixirs pour le père Dominus, c'est cela?

— Oui, exactement.

Il se mit à ranger les livres sur la plus basse des étagères, puis disposa les plus gros sur celle du milieu.

— Là, sœur Mary! Vous pouvez en ranger le double.

— En effet. Merci, frère Ignatius.

Il hocha la tête, rassembla ses outils et s'apprêta à partir.

— Un instant ! Je suis encore attachée.

— Jérôme reviendra vous libérer ; c'est lui qui détient les clés.

Il disparut et elle resta seule pendant ce qui lui sembla une éternité. Jérôme et Thérèse finirent par revenir.

Celui-là, songea Mary en baissant les yeux vers la tonsure, *se montre très différent de frère Ignatius. Il possède des yeux presque aussi pâles que ceux de père Dominus, vifs, intelligents, et qui trahissent ce manque d'émotion que l'on décrit à l'accoutumée sous le nom de « froideur ». En outre, il aime infliger la douleur*, comprit-elle lorsqu'il s'arrangea pour lui écorcher les chevilles en détachant ses fers.

— Je ferais attention, à ta place, frère Jérôme, souffla la prisonnière. Ton maître a besoin de moi en bonne santé, non pas alitée et souffrant d'une plaie infectée.

— C'est votre faute, pas la mienne ! réfuta-t-il aussitôt, aiguillonné par la menace.

— Je suggère alors que ce genre d'incident – par ta faute ou la mienne – ne se reproduise pas.

— Je le déteste ! siffla Thérèse entre ses dents après le départ de Jérôme. Il est cruel.

— Mais père Dominus a fait de lui son favori, n'est-ce pas ?

— Oui, ils sont très liés, avoua-t-elle, refusant d'ajouter quoi que ce fût.

— Quel travail accomplissent les filles pour père Dominus ?

— Nous embouteillons les liquides, rangeons les pilules dans des boîtes, étiquetons celles-ci et nous assurons que les bouchons ferment hermétiquement les bouteilles, récita-t-elle.

— Et ce labeur occupe vingt personnes ?

— Oui, sœur Mary.

— Le monde doit s'arracher les remèdes de père Dominus.

— Oh, oui! En particulier l'élixir contre les humeurs bilieuses ainsi que l'onguent destiné aux chevaux, pour lesquels nous disposons d'un arrangement spécifique.

— Un arrangement spécifique?

— Oui, avec un apothicaire de Manchester qui possède un entrepôt. On les y envoie, puis ils sont distribués à travers toute l'Angleterre.

— Père Dominus leur donne-t-il un nom?

— Que voulez-vous dire?

— Ces potions affichent-elles une marque commune à tous les autres produits, quel que soit leur emploi?

Le visage de Thérèse s'éclaira.

— Oh, je comprends! Oui, tous portent le nom de Remède contre ceci ou cela des Enfants de Jésus.

— Je n'en ai jamais entendu parler.

— Eh bien, bon nombre de personnes doivent les connaître, sinon nous n'aurions pas autant à faire.

*

Lorsque le père Dominus reparut, Mary lui tendit quarante pages remplies d'une écriture soignée et délicate. Il s'en empara d'une main qui tremblait légèrement, puis approcha la liasse de son visage, sur lequel s'afficha un plaisir qui n'avait rien de feint.

— Mais, c'est merveilleux! s'écria-t-il en relevant la tête après avoir rangé le premier feuillet sous le dernier. Vous occupez la page entière, écrivez bien droit et avez rangé le texte derrière une marge étroite.

Ainsi, il distingue quelque chose, pensa-t-elle, *même s'il ne perçoit pas la signification des mots* – elle avait volontairement empilé les pages dans le désordre. *Il remarque une écriture droite et, apparemment, une ligne fine tracée par un crayon, mais seulement s'il approche la page à quelques pouces de son nez.*

— Un éditeur se montrerait satisfait, déclara-t-elle. Par quoi commençons-nous, aujourd'hui : par les ténèbres, la lumière ou bien la façon dont Dieu créa les cavernes ?

— Non, non, pas aujourd'hui ! Il me faut emporter cela et le lire attentivement. Je vous verrai demain, sœur Mary.

— Attendez ! Permettez-moi de sortir faire quelques pas, puisque rien ne m'occupera !

Peu de temps après, frère Ignatius apparut, les bras chargés de deux lanternes et d'un rouleau de corde fine. Affichant un sourire de conspirateur sur le point de sortir un lapin d'un chapeau, il émit un sifflement théâtral et exhiba les bottines de Mary qu'il avait tenues derrière son dos.

— De l'exercice ! lança Mary en bondissant de sa chaise.

— En quelque sorte. Le père Dominus m'autorise à vous mener à la rivière et il vous faudra vos bottes – le sol est très humide, en certains endroits. Je ne vous laisserai pas garder vos souliers – il veut les récupérer après que j'vous aurai enfermée de nouveau. Et ne cherchez pas à vous enfuir, ajouta-t-il en déverrouillant la porte, vous n'auriez nulle part où aller et, sans lanterne, vous vous perdriez dans les entrailles de Dieu. Nous devons chacun nous attacher à un bout de la corde et porter une lampe. Elles contiennent assez d'huile pour un voyage jusqu'à la rivière, pas davantage.

— Je n'essayerai pas de m'enfuir, je le promets, affirma une Mary transportée qui le laissa nouer la corde autour de sa taille tandis qu'elle laçait ses bottines.

Elle espérait découvrir ce que masquait l'écran. Au lieu de cela, ils franchirent l'entrée d'un tunnel qu'elle avait pris pour une ombre. Le sol illuminé par leurs deux lanternes se révéla d'abord sec et jonché de gravats. Après dix minutes environ de descente, toutefois, la première flaque d'eau apparut, puis le sol devint de plus en plus spongieux. Une demi-heure plus tard, ils parvinrent sur les rives d'un cours d'eau tumultueux qui occupait presque toute la largeur d'une grotte si vaste que la faible lueur de leurs deux lanternes additionnées peinait à en apprécier les dimensions. Juste ciel! Elle comprenait à présent ce que Charlie lui décrivait parfois! De longs doigts de pierre scintillants pointaient vers le sol, des formations semi-translucides ondulaient par endroits comme des draperies tandis que des aiguilles de cristal jaillissaient de bassins ou de sources invisibles dans l'ombre.

— Seigneur, quelle beauté! souffla-t-elle.

Je comprends ce qui poussa père Dominus à formuler son étrange concept sur Dieu. Se retrouver ici sans lumière entraînerait une âme saine à la folie. Du reste, la chétive flamme d'une lampe ne conjurerait nullement la terreur que ferait naître une telle immensité. Dieu fasse que je ne me perde jamais en ces lieux!

— Oui, c'est beau, renchérit frère Ignatius, mais il nous faut rentrer, à présent, sœur Mary.

Remonter se révéla plus ardu, mais Mary apprécia l'effort qui lui permettait d'entretenir ses propres forces.

— Depuis combien de temps vis-tu en compagnie de père Dominus? s'enquit-elle.

— J'sais pas. J'me souviens pas d'un autre endroit. Thérèse et moi sommes les plus âgés et habitons ici depuis le plus de temps.

— Thérèse me l'a appris. Elle m'expliqua également que le père ramena Jérôme de Sheffield. Viens-tu de là, toi aussi?

— Aucune idée. Jérôme est spécial, selon père Dominus. Il sait lire et écrire.

— Souffrais-tu d'un mauvais maître ?

— D'un mauvais quoi ?

— Un homme qui te fouettait pour te faire travailler.

— Père Dominus ne fouette pas, répondit-il, l'air perplexe.

— Que mangez-vous ici ?

— Du pain frais que nous cuisons, avec du beurre, du fromage, de la confiture. Du rôti de bœuf le dimanche. Du ragoût. De la soupe.

— Quelle sorte de soupe ?

— Ça dépend. Bonne, le plus souvent.

— Qui cuisine ?

— Thérèse. Camille l'aide, ainsi que les autres filles, chacune leur tour.

— Tu ne souffres pas de malnutrition ?

— Qu'est-ce que cela ?

— Le manque de nourriture.

— Non.

— Que buvez-vous ?

— De la petite bière, du chocolat chaud le dimanche.

— Mangez-vous des gâteaux ?

— Du flan, du pudding, de la tarte à la rhubarbe. De la crème.

— Possédez-vous des vaches ?

— Non, Jérôme rapporte la crème et le lait.

— Bénéficiez-vous d'un jour de culte ?

— Culte ?

— Quand vous rendez grâces à Dieu de Ses bontés.

— Non, nous remercions père Dominus.

Voilà qui était intéressant ! Ainsi, le religieux ne partageait pas son dieu avec les enfants. À l'évidence, ceux-ci appartenaient à Jésus. Mary se montrait curieuse d'apprendre, lors d'une prochaine promenade, ce que frère Ignatius savait du Christ.

Lorsque père Dominus se présenta le jour suivant, toutefois, Mary craignit qu'il ne lui interdît de quitter de nouveau sa cellule. Le fondateur de la Genèse du Cosmos se montrait extrêmement mécontent de sa secrétaire.

— Vous avez mélangé mes feuillets ! l'accusa-t-il sans s'asseoir.

— Oh, mon Dieu, vraiment ? pépia Mary. Je vous demande pardon, mon père. Sans montre ni aucun moyen de mesurer la fuite du temps, j'ai peur de déplorer une certaine confusion. J'étais occupée à feuilleter les pages afin de m'assurer qu'aucune ne comportait une seule erreur lorsque vous êtes arrivé, aussi les rassemblai-je en hâte, omettant de les remettre en ordre. Je vous en prie, pardonnez-moi !

Il sembla se détendre quelque peu, quoique son visage ne perdît pas de sa sévérité.

— Heureusement que vous avez numéroté les feuilles, répliqua-t-il sèchement. Quelle pitié que vous ne puissiez écrire en lettres d'imprimerie, comme dans un véritable livre.

— Les seuls qui y parvenaient, mon père, déclara-t-elle en bridant son agacement, étaient les moines du Moyen Âge. Je pourrais les apprendre, mais disposez-vous du temps nécessaire pour me laisser en maîtriser la pratique ?

— Non, non ! Aujourd'hui, nous travaillons. Écrivez : « La lumière est diabolique, créée par Lucifer à son image. Dieu n'a point d'yeux, mais Satan s'empara de deux étincelles qu'il posa sur son corps de façon à se repaître de sa propre beauté. Là se trouvent les dangers diaboliques de la lumière : sa beauté, sa capacité de séduire, de fasciner, de stupéfier, d'engourdir l'esprit et de le préparer pour laisser Lucifer s'en emparer. »

Il s'interrompit et contempla Mary.

— Vous possédez la chevelure de Lucifer, l'accusa-t-il. Je vous avertis, sœur Mary, que je décelai le diable en vous alors même que vous gisiez inconsciente. Dieu vous mit cependant sur mon chemin, en réponse à mes prières. Vous avez contribué à prouver l'efficacité de mon traitement de l'œdème et mettez à présent vos talents de scribe à mon service. Mais je connais vos origines, ne l'oubliez jamais !

Il reprit ses élucubrations sur Lucifer qui se résumaient à une haine farouche à l'endroit de la lumière. Cela convainquit sa prisonnière que l'intense expérience qu'il avait vécue dans la caverne, en sa trente-cinquième année, lorsqu'il avait presque perdu l'usage de la vue, s'était traduite par un rejet total de ce monde qu'il ne distinguait plus qu'à travers une brume épaisse. De nombreuses sociétés révéraient les grottes, certaines y distinguaient même l'habitat de leur dieu. En revanche, peu utilisaient ce concept pour rejeter la plus belle création de Dieu : la lumière. La philosophie de père Dominus, exempte de la moindre nuance, n'admettait que Dieu et Lucifer, dont il expliquait le nom par son étymologie latine : le Porteur de Lumière. L'impitoyable credo d'un fanatique ; chaque religion eût pu le prendre à son compte, mais cela n'eût convenu à père Dominus, épris de démesure et possédant par ailleurs un esprit original.

À quoi avait-il ressemblé à l'âge de trente-cinq ans, vigoureux, débordant d'idées – il n'était que de juger de ses lampes, de ses panacées, de ses élixirs, de son énergie et de son enthousiasme ! Jadis un homme extraordinaire, elle l'eût juré, il avait un jour basculé dans la folie et, à présent, vieux, presque aveugle, il s'appuyait sur l'adoration que lui vouait un petit groupe d'enfants pour insuffler la vie dans son cœur fatigué. Au demeurant, leur adulation elle-même restait d'une importance secondaire ; il ne se souciait nullement que ses disciples jouissent d'un esprit acéré et avait omis de leur enseigner la lecture, le calcul, l'écriture. Il leur avait seulement appris une comptine d'apothicaire sans leur en expliquer le sens, ce qui le plaçait bien au-dessus d'eux, et laissait son sbire, frère Jérôme, appliquer les plus déplaisants aspects de la discipline. Il écartait de ce fait tout sentiment de peur ou de haine à son endroit, sentiment qui se concentrait sur Jérôme.

Jérôme… Le personnage étrange de ce groupe, ramené de Sheffield à un âge certainement plus avancé que les autres enfants. Thérèse et Ignatius ne possédaient aucun souvenir de leur précédente existence – bonne ou mauvaise. Leurs jeunes compagnons non plus. Existait-il une potion qui éradiquait les souvenirs? Père Dominus les avait-il seulement enlevés à de mauvais maîtres?

En d'autres lieux, on nommait ceux qui vivaient dans les cavernes des troglodytes, mais il s'agissait de communautés entières formées d'individus de tout âge, depuis les nouveau-nés jusqu'aux anciens, non d'un groupe aussi artificiel que les Enfants de Jésus. Elle avait appris que la cuisine se trouvait à peu de distance de sa cellule, où Thérèse et ses aides cuisaient du pain, des ragoûts, des rôtis, des tartes, des soupes et des puddings. Aucun Enfant de Jésus n'était atteint de maladie; pourvu qu'ils accomplissent leur tâche au « laboratoire » (l'un des mots qu'il leur avait appris sans leur en donner la signification) ou à l'entrepôt, les enfants étaient libres de se rendre des Cavernes du nord à celles du sud, voire à l'extérieur s'ils le désiraient.

— Frère Jérôme a trop à faire pour s'apercevoir que nous allons où nous voulons, déclara Ignatius un peu plus tard.

— Alors, pourquoi personne ne vous a-t-il jamais vus? demanda Mary.

— C'est l'obscurité de Dieu, répondit-il simplement.

— Tu veux dire la nuit?

— Le noir, oui.

— N'aimes-tu pas le jour?

Frère Ignatius laissa échapper un tremblement.

— Non, le jour nous fait mal, sœur Mary! Il perce nos yeux comme un tison brûlant.

— Bien sûr. Je gage que mes yeux souffriraient de semblable douleur après tant de jours passés dans une demi-pénombre. Que fais-tu, lorsque tu sors dans l'obscurité de Dieu?

— Je m'amuse à courir ou à sauter à la corde.

— Ne croises-tu jamais quelqu'un?

— Il n'y a personne. Au-delà des Cavernes du nord s'étendent les landes, et nous ne sortons jamais par celles du sud.

Il prit un air de conspirateur, se pencha en avant et murmura :

— Père Dominus prétend que trop de curieux pullulent aux alentours – cela foisonne de cottages.

— Comment s'effectue votre ravitaillement, Ignatius? La nourriture? Le charbon pour le feu? Les substances destinées au laboratoire, les boîtes, les bouteilles?

— Je ne sais pas. Frère Jérôme s'en occupe. Il emmène nos ânes – qui vivent en troupeau dans l'une des grottes – et revient avec toutes sortes de choses que les garçons doivent décharger.

— Père Dominus reste-t-il avec vous pendant ce temps?

— Non, mais il nous quitte seulement quand Lucifer illumine le ciel. Il prend les commandes et collecte l'argent. Quand Lucifer sort, il part seul, mais s'il voyage dans le noir, alors frère Jérôme le conduit dans le chariot.

— Qu'est-ce que l'argent, Ignatius?

Il se gratta la tête.

— Je ne sais pas, sœur Mary.

8

Angus, Charlie et Owen revinrent à Pemberley le mardi à la nuit tombée, trop tard pour dîner. Ils acceptèrent l'offre de Parmenter de leur fournir un repas un peu plus tard et rejoignirent Fitz dans la petite bibliothèque.

Celui-ci les écouta, en proie à un certain tourment : que leur avouerait-il du récit de Ned ?

Il était d'humeur amère, ce qu'il devait en grande partie à Elizabeth. Il la savait une tendre créature, et pourtant… elle provoquait toujours le diable qui sommeillait en lui, le poussait à prononcer des paroles que jamais elle n'eût désiré entendre. En toute honnêteté, elle ne pouvait porter la responsabilité de ce délabrement que constituait sa famille. À dire le vrai, plus le temps s'écoulait, plus il s'étonnait que Mr et Mrs Bennet eussent engendré cinq filles aussi dissemblables. Deux véritables ladies, Jane et Elizabeth, une créature insignifiante, Mary, et deux catins éhontées en les personnes de Kitty et Lydia. Les deux aînées, un miracle en elles-mêmes, ne semblaient pas provenir du nid des Bennet. D'où tiraient-elles ce raffinement, ce sens de la bienséance ? Pas de leurs parents ni de leur tante, Mrs Philips, qui vivait à Meryton. Les Gardiner ne leur rendaient visite qu'une fois par an, aussi leur influence demeurait-elle réduite. On eût dit que des gitans avaient déposé Jane et Elizabeth à la place de deux gamines de basse extraction.

Le mariage, cependant, exigeait qu'on épousât la famille en son entier. Il s'était néanmoins imaginé qu'il éloignerait aisément son épouse des siens, mais elle avait résisté : elle désirait rester en contact avec eux !

Avec effort, il écarta sa femme de ses pensées pour écouter son fils, qu'Angus laissait s'exprimer en leur nom. Charlie parlait bien, son discours demeurait rationnel et dépourvu d'émotivité.

— Je ne pense pas que Mary ait jamais franchi la porte de l'Homme Vert, expliquait-il. En revanche, nous ne doutons pas qu'elle fît face au Capitaine Tonnerre. Regardez, poursuivit-il en exhibant le réticule, il est vide ; nous l'avons trouvé sur la route, de même que l'un de ses sacs. L'individu qui dirige l'Homme Vert prétend que le bandit possède une maison dans la forêt, mais nul ne sait à quel endroit précis – la tête du Capitaine Tonnerre est mise à prix et j'imagine qu'il ne peut écarter la possibilité que l'un de ses comparses le trahisse. En définitive, nous pensâmes qu'il valait mieux connaître vos conseils avant que de poursuivre.

— Très bien, Charlie, répondit Fitz, ravi par le calme qu'avait affiché son fils dans cette affaire.

Bien entendu, la présence d'Angus avait dû apporter une influence modératrice, mais seulement si Charlie accordait quelque valeur à l'opinion de celui-ci. À l'évidence, Angus et son fils avaient sympathisé et il n'échappait pas à Fitz que le propriétaire du *Westminster Chronicle* avait laissé le jeune homme pénétrer seul dans l'auberge à l'infâme réputation.

Il se leva et s'empara d'une carafe de chambertin.

— La rumeur affirme qu'il s'agit du vin favori de Bonaparte, énonça-t-il en distribuant des verres. Les Français aspirant de nouveau aux monnaies étrangères, nous recevons une fois de plus de bons vins ; je compte user de mon influence à la Chambre pour baisser les taxes d'importation sur le cognac.

Il prit place dans un fauteuil, croisa les jambes et poursuivit :

— Vous agîtes fort bien, tous les trois. Craignant que les traces se fussent refroidies lorsque vous seriez en mesure de partir, j'avais demandé à Ned Skinner de vous précéder. Il possède une habileté qui, dans une certaine mesure, dépasse la vôtre pour ce genre d'enquête, mais ses investigations ne le menèrent guère plus avant que vous – ce qui illustre vos prouesses.

Trop impatient d'apprendre ce que Ned avait découvert pour s'attarder sur le compliment, Charlie se pencha en avant et demanda :

— Trouva-t-il le Capitaine Tonnerre ?

— Oui. Vos déductions sont correctes : le bandit attaqua et vola Mary sans toutefois l'emmener à l'Homme Vert. Il l'abandonna dans la forêt, persuadé qu'elle tournerait en rond avant de trouver la mort. Ta tante, Charlie, se révéla cependant d'un caractère plus trempé que la plupart des ladies ; elle retrouva la route, où Ned l'aperçut.

— Oh, bravo ! s'écria le jeune homme, le visage transfiguré. Elle se trouve en sécurité, alors ? Comment se porte-t-elle ?

— Hélas, je ne suis pas en mesure de répondre à ces questions, répondit Fitz, le front plissé. Un douloureux flux de ventre travaillait Ned, provoqué selon lui par le repas qu'il avait avalé au Chat Noir.

Les autres étaient suspendus à ses lèvres, les yeux écarquillés.

— Mary était inconsciente. Elle avait reçu de nombreux coups, dont un à la tête. Le Capitaine Tonnerre avait avoué qu'elle s'était débattue comme une tigresse.

Un concert d'exclamations et de grognements accueillit cette information, mais Fitz poursuivit :

— Ned plaça Mary sur l'encolure de Jupiter et prit le chemin de Pemberley. Alors qu'il approchait du Peak District, il lui fallut répondre à un appel pressant de la nature – la mauvaise nourriture exigeait son tribut. Ne sachant combien de temps il serait occupé, il déposa Mary sur le bord du chemin avant de s'éloigner derrière un bosquet. À son retour, elle avait disparu.

— Disparu ? répéta Angus, le visage livide.

— Oui, cependant que sa montre indiquait à Ned qu'il s'était absenté dix minutes, pas davantage.

— Comment se fût-elle volatilisée en si peu de temps ? s'enquit Charlie.

— Comment, en effet ? Ned fouilla les alentours – et je vous assure qu'aucune indisposition ne l'empêcha de mener cette tâche à bien –, en vain. Il essaya également de percer l'horizon en montant sur Jupiter. Elle s'était évanouie dans les airs, comme ces magiciens qui font disparaître leur assistant.

— Le Capitaine Tonnerre ! grinça Charlie en frappant sa cuisse du poing.

— Non, car à cet instant, le corps du bandit refroidissait dans le silence. Ned avait trouvé son repaire et l'y avait abattu au cours d'une lutte.

— Comment découvrit-il sa cachette puisque personne n'en connaissait l'emplacement ?

— Un espion à la solde du coquin le renseigna ; il œuvrait dans la cour du relais de Nottingham où il flairait les victimes potentielles, puis obtenait ensuite sa part de butin.

— Aurait-elle pu revenir à elle et s'enfuir ? demanda Angus, poignardé par la douleur – *Oh, Mary ! Vous et votre folle croisade !*

— Ned affirme que non et je le crois. Ses hématomes ne l'en eussent pas empêchée, mais le coup qu'elle avait reçu à la tête l'avait plongée dans une inconscience prolongée. Même si elle s'était réveillée, la confusion et la faiblesse lui eussent rendu toute fuite impossible. Ned battit la campagne à une lieue à la ronde ; à l'évidence, elle ne partit pas à pied, mais fut emmenée en chariot.

— Mais pourquoi ? lâcha Angus, en proie au désespoir.

— Je ne sais pas.

— Et qui ? renchérit Owen.

— J'espérai tout d'abord que son ravisseur avait obéi à une impulsion chevaleresque, imaginant l'arracher à Ned qu'on eût pris pour quelque sinistre vilain. Je fis mener une enquête approfondie à Chesterfield, la ville la plus proche : avait-on confié une lady au shérif ou au maire ? Je fis également demander à chaque médecin si on avait amené une femme blessée. Tous répondirent par la négative. Force me fut d'avouer que l'enlèvement de Mary, loin d'obéir à un noble instinct, cachait un plus noir dessein. Si on la soupçonne d'entretenir des relations avec ma personne, ai-je alors pensé, il se peut qu'une demande de rançon me parvienne sous peu. Mais je n'en reçus aucune. Selon moi, nul ne perça à jour l'identité de Mary, abusée par son apparence crasseuse et les coups qu'elle avait reçus.

— Tout cela à cause d'un mauvais repas au Chat Noir ! grogna Charlie. La réputation de cet établissement n'est plus à faire, certes, mais cruelle est la déception : la retrouver pour la perdre aussitôt...

— Je partage ton avis.

— Que faire, à présent, père ?

— Nous rendons l'affaire publique, avec quelques réserves, bien entendu : nous signalons la disparition de miss Mary Bennet et indiquons le dernier endroit où elle fut aperçue ainsi que l'état possible de sa condition physique.

Nous ajoutons qu'elle est la sœur de Mrs Fitzwilliam Darcy et offrons une récompense de cent livres à quiconque nous mènera à elle. Je demanderai à Susie d'esquisser un portrait de Mary en se basant sur le visage d'Elizabeth et le joindrai à l'avis de recherche, que je compte placarder dans toutes les maisons de commune et insérer dans les journaux de la région.

— Quant à moi, je rédigerai un article décrivant les périls auxquels s'expose une femme de bonne famille lorsqu'elle voyage en diligence, renchérit Angus. On trouve des lecteurs du *Westminster Chronicle* à travers toute l'Angleterre.

— Je vous remercie, répondit Fitz en inclinant la tête, avant de se tourner vers son fils : si tu le désires, retourne sur les lieux de son enlèvement à la tête d'un groupe d'hommes de Pemberley, Charlie. Ned te fournira les indications nécessaires. Hélas, ce raccourci entre Chesterfield et Pemberley demeure aussi mal connu que peu fréquenté.

Il leva un doigt et ajouta sur un ton autoritaire :

— Inutile de préciser que nous ne prononçons pas une seule parole sur le destin qui échut au Capitaine Tonnerre.

— D'accord, père.

— Choisis des hommes qui connaissent bien les Peaks.

— Bien entendu.

— Allez vous restaurer, à présent. Que pensez-vous de mon chambertin ?

— Délicat et fruité, répondit Angus avec nonchalance. Bonaparte possède un palais développé, mais bien sûr, cela ne saurait surprendre chez un Français.

Fitz renifla avec dédain.

— Cet individu ne vient pas de France, c'est un paysan corse.

*

Le palefrenier du relais de Nottingham devait disparaître. Quel idiot de n'y avoir pas songé plus tôt! se maudit intérieurement Ned. *Pourquoi ne me suis-je pas enquis de l'identité du gamin? Parce que je ne réalisai pas, alors, l'importance qu'il détiendrait*, raisonna-t-il alors qu'il attachait Jupiter à la voiture qui emmènerait Lydia Wickham à Hemmings. À l'évidence, le garçon d'écurie officiait comme espion à la solde du bandit et recueillait une partie du butin récolté par son complice. Il arrivait que ceux qui empruntaient la diligence eussent les moyens de voyager en chaise, mais préféraient ce moyen de locomotion plus discret, sans se douter de l'existence de ces réseaux d'espions. Des cargaisons d'or destinées à des banques de province circulaient parfois de cette manière, et certains paquets pouvaient contenir des objets de valeur. Le sbire du Capitaine Tonnerre connaissait les mouvements de toutes les voitures qui transitaient par le relais de Nottingham, une ville importante dotée d'un grand nombre d'industries et dès lors opulente.

L'avis de recherche accompagné de l'offre de récompense paraîtrait sous peu et il fallait empêcher le palefrenier de s'en approcher, sous peine de le voir raconter tout ce qu'il savait, mettant Ned en danger. Qui, en effet, oublierait un individu de sa stature? La dernière chose dont Fitz avait besoin était que l'on jetât son factotum dans une cellule en le soupçonnant de quoi que ce fût – même si l'innocenter serait aisé.

Plongé dans ses sombres pensées, Ned se rongeait les sangs alors qu'il escortait Mrs Wickham jusqu'à sa nouvelle demeure.

Attirée dans la voiture par une bouteille de cognac, Lydia s'appliqua à la vider à un rythme qui la mena au bord de l'inconscience lorsqu'ils traversèrent Leek. Le manoir de Hemmings se dressait à un peu moins de trois lieues de là. Les écuries contenaient un barouche et deux chevaux rouans ainsi qu'un poney destiné à un chariot. L'endroit rappelait en tout point Shelby Manor, hormis pour les barreaux de fer qui scellaient les fenêtres du rez-de-chaussée. *Bien sûr!* se souvint Ned. *Le dernier habitant de Hemmings était un fou furieux.* Toutefois, Ned avait distinctement entendu Fitz exiger qu'on les descellât, alors que signifiait ce manquement? Il ferma les yeux, cherchant à faire le meilleur usage de la situation. *Impossible que les barreaux demeurent en place, car Mrs Darcy et Bingley rendront assurément visite à leur sœur, toutefois... oui, cela pouvait marcher!*

Il connaissait très bien miss Mirabelle Maplethorpe ; elle se montrerait à la hauteur de sa tâche. Il avait dû manœuvrer pour qu'elle obtienne le poste de compagne de Lydia, mais il y était parvenu sans que quiconque, pas même Fitz, se doutât de quoi que ce fût.

Miss Maplethorpe ouvrit elle-même la porte.

— Ah, Ned!

— Je t'apporte ton fardeau, Mirry.

— Nous sommes prêts. Fais-la entrer, l'accueillit la grande femme d'une quarantaine d'années dont le visage ingrat exposait les raisons de son célibat.

— Elle est inconsciente. La seule manière de l'amener sans lui lier les mains et les pieds consistait à la laisser téter une bouteille de cognac.

— Je vois, déclara froidement la maritorne qui ajouta d'un ton railleur : tu peux cependant la porter, non?

— Vrai, mais je n'ai nulle envie de couvrir mon manteau de vomissures, or ce qu'elle a ingurgité ne manquera pas de remonter.

— Alors, attends un instant.

L'abandonnant sur le seuil, elle repartit dans les profondeurs de la maison, dont elle émergea peu après en compagnie de deux serviteurs dont les mines rappelaient davantage des boxeurs que des domestiques.

— Venez, leur ordonna Ned, qui les mena devant la voiture et déclara : vous êtes arrivée, Mrs Wickham. Allons, levez-vous !

Elle obéit avec difficulté et retomba aussitôt sur le siège avec un ricanement. Comme Ned l'avait prévu, elle fut prise d'un haut-le-cœur. Les deux hommes reculèrent en hâte.

— Une main sous chaque bras, les gars – allez !

Quand Ned Skinner donnait un ordre, celui-ci était aussitôt exécuté. Lydia, encore nauséeuse et prise d'un étrange fou rire, se retrouva à demi portée et à demi tirée par les serviteurs de Hemmings, sous les yeux sombres et attentifs de miss Maplethorpe.

— Bon courage, Mirry, la salua Ned qui ordonna ensuite : renvoie la voiture et les hommes demain. Ordre de Mr Darcy.

Il se dirigea vers Jupiter et monta en selle.

— Allons, mon grand, encore un effort, dit-il à sa monture alors qu'il s'éloignait au trot. Encore quatre lieues jusqu'à Leek où nous passerons la nuit.

À l'aube, il se remit en route, sans toutefois prendre la direction de Pemberley. Attentif à ne pas emprunter la voie principale, il se dirigea vers les abords de Derby, à huit lieues de Leek.

Peu pressé, il laissa Jupiter aller à l'allure qui lui convenait, un plaisir dont profita le grand étalon noir.

À l'endroit convenu, devant une borne, il retrouva son informateur, un palefrenier qui œuvrait dans une lugubre hôtellerie de Sheffield et dont l'allure chevaline prédisposait à son emploi. Il lui arrivait d'effectuer ce genre de travail pour le compte de Mr Skinner qu'il connaissait depuis un certain temps, craignait et respectait.

— Alors, Tom? demanda Ned en tirant bride devant celui-ci.

— Aucun problème, Mr Skinner. Votre homme se nomme Ezekiel Carmody – on le surnomme Zeke. Il travaille six jours par semaine au relais et dort dans les écuries, puis rentre chez lui le dimanche. Son père possède une ferme à Nether Heage – un endroit important où il élève des chevaux de poste.

— Le nom de la ferme?

— Carmody.

— Merci, Tom. Tu peux rentrer chez toi.

Cinq guinées changèrent de mains et Tom s'éloigna, satisfait.

La nouvelle réjouit Ned. Avec un nom comme Ezekiel, nul doute que le palefrenier ne fût un méthodiste, obligé de passer ses dimanches entre la ferme familiale et l'église. *Je parie*, songea le géant noir, *que sa famille ne soupçonne rien de ses liens avec un bandit de grands chemins. Et qui blâmerait le gamin? Avec un père pareil, il ne possédera rien en propre: ni chevaux ni argent. Sa paie au relais alimente les caisses familiales ou les quêtes, sans l'espoir qu'elle lui procure une pinte ou une fille légère. Une histoire qu'on entend sans cesse.*

Ned parvint à son but à l'heure du déjeuner. Il trouva la grille principale au bout du quatrième chemin qu'il explora. Sur une pancarte avait été fièrement écrit: *Ferme Carmody*. Oui, cette entrée menait au bâtiment principal; Zeke Carmody l'emprunterait pour rentrer chez lui. Restait à savoir en quel équipage. Quêterait-il une place dans le chariot d'un voyageur parti de Nottingham pour la région? Ned paria avec lui-même que le garçon franchissait toujours à pied les derniers pas qui le séparaient de la ferme paternelle.

Le samedi, alors que Jupiter se prélassait dans sa stalle, une provision d'avoine devant lui, Ned fabriqua en secret un étrange instrument : il cloua sur un poteau de bois un fer à cheval dont la taille évoquait les puissants animaux qui tiraient de très lourdes voitures.

La nuit venue, il enfourcha Jupiter et se dirigea vers Carmody. À cette heure, la route principale était déserte. Il devait parcourir vingt lieues, mais il arrivait à nombre de cavaliers de couvrir le double dans une journée – les courriers, les prêtres dont les ouailles étaient éparpillées, les voyageurs de commerce, les personnes pressées de se rendre auprès d'un parent sur le point de mourir. Bien que dépourvu de lune, le ciel piqueté d'étoiles suffisait à éclairer son chemin. En outre, Jupiter avançait d'un pied sûr.

Il atteignit sa destination avant le lever du jour et s'installa sous un arbre. Masqué par les branches qui retombaient au sol, il attendit à quelques pas de l'entrée de la ferme, après avoir déposé près de lui le poteau muni du fer à cheval et quelques outils. Rongé par le remords, il se reprochait d'avoir perdu Mary Bennet et se jura qu'il ne laisserait aucune trace qui permît à quelque policier fureteur de remonter jusqu'à lui.

Zeke Carmody connaissait le repaire du Capitaine Tonnerre et il jaserait, cela ne faisait aucun doute. Quoiqu'une partie de Ned s'émût du destin qui attendait le gamin, il n'hésiterait pas l'ombre d'un instant. À cause de lui, un danger menaçait Fitz ; rien d'autre n'importait que cela.

Un sifflotement joyeux venu de la route l'alerta. Il se leva, étira ses membres endoloris et, caché derrière les branches, attendit que sa proie se présentât devant lui. Lorsque le garçon arriva à sa hauteur, Ned le frappa à la tête avec son poteau de bois. Le garçon s'écroula sans un cri. Ned porta aussitôt le corps sous l'abri que formait l'arbre et le déposa sur une toile qu'il avait étendue sur le sol. Il appuya ensuite le fer à cheval sur la blessure et, d'un geste vigoureux, abattit une pierre qu'il avait ramassée dans le champ des Carmody sur l'autre extrémité du poteau. Parfait ; à en juger par l'aspect de la blessure, on l'eût jurée assénée par un cheval. Il enroula le corps dans la toile, puis le transporta à quelques pas de là, dans un pré où broutaient quatre chevaux de trait, leurs pattes maculées de boue, signe d'une pluie récente.

Personne n'était sorti de la ferme, nul aboiement de chien ne s'était élevé dans l'air tranquille. La respiration plutôt calme, Ned démonta l'instrument de son crime. Il lança le fer au milieu du pré, puis enveloppa le poteau de bois dans la toile souillée de taches de sang qu'il plia avec soin. Il marcha dans l'obscurité jusqu'à la petite route qui menait à Nether Heage ; là, il se redressa et avança d'un bon pas jusqu'à Jupiter, occupé à paître dans un champ avoisinant. Il sella l'étalon qui accueillit son maître avec un plaisir évident, puis enfourcha sa monture et s'éloigna. Au loin, la cloche d'une église sonna l'heure, mais nul n'aperçut Ned Skinner qui s'éloignait au trot en direction de Chesterfield.

À l'évidence, le Capitaine Tonnerre employait d'autres palefreniers à travers la région – les relais de poste se révélaient d'une inestimable utilité –, mais aucun autre n'intéressait Ned. Seul Ezekiel Carmody avait aperçu l'immense étranger qui chevauchait sur sa puissante monture, lui avait transmis des indications concernant le repaire du bandit. À présent que Zeke avait succombé à un tragique accident, personne ne ferait le lien entre Ned Skinner et le voleur de grands chemins. Mieux valait ne rien laisser derrière soi. Les policiers du comté ne brillaient pas par leur zèle, mais on ne savait jamais...

*

La nouvelle de l'enlèvement de Mary bouleversa Elizabeth, en particulier parce que son époux choisit de la lui communiquer dans le salon Rubens, après le dîner, peu avant le retour de Charlie, d'Angus et d'Owen et en la présence de leurs invitées : Caroline Bingley, Louisa Hurst et la fille de celle-ci, Letitia-Posy, l'une des créatures les plus mièvres et insipides qu'Elizabeth avait jamais rencontrées. Quoique informée du départ et de la subséquente disparition de sa sœur, elle n'avait pas soupçonné le terrible lot qui s'était abattu sur celle-ci. Fitz ne se souciant pas d'adoucir le choc de cette information en la lui apprenant dans l'intimité, elle n'eut d'autre choix que de se mordre les lèvres et de réprimer sa colère jusqu'à ce que se présentât l'occasion de décharger son courroux sur son époux si dénué de délicatesse. Face aux exclamations d'effroi poussées par Caroline, à la pâmoison de Louisa et aux couinements de Posy, Elizabeth demeura droite sur sa chaise. Seules deux taches rouge sombre envahirent progressivement ses joues ; rien, hormis ce signe infime, n'altéra son calme, et l'on eût juré en la voyant qu'elle connaissait déjà les faits. *La fierté, Elizabeth !* grogna-t-elle en son for intérieur. *Montre donc combien tu en possèdes, toi aussi !*

Fitz présenta les mesures qu'il souhaitait prendre : l'avis de recherche, la récompense, le portrait esquissé par Susie. Il leur apprit le rôle joué par le Capitaine Tonnerre et les informa de l'incroyable disparition de Mary alors qu'elle se trouvait entre les mains de Ned Skinner. Sans mentionner la mort du bandit, il les assura que ce dernier ne pouvait être responsable de l'enlèvement.

— Désirez-vous que je me charge de Susie pour le portrait ? s'enquit Elizabeth.

— Je m'en occupe ; je sais précisément ce que je veux.

— Quand ne le savez-vous point? Fort bien, je me rendrai à Bingley Hall à la première heure, demain matin, pour informer Jane.

— Oh, permettez-moi de vous accompagner! s'écria Caroline. Vous aurez grand besoin d'une main amie pour vous soutenir lors de ce long trajet!

Soudainement, un accès de rage s'empara de la maîtresse de Pemberley et elle vit rouge.

— Je vous remercie de votre offre, madame, déclara-t-elle d'un ton mordant, mais je préférerais tenir la main du diable que la vôtre. Il fait preuve d'une malignité plus honnête.

Un concert de hoquets scandalisés lui répondit. Caroline bondit sur ses pieds, Louisa vacilla sur sa chaise et Posy s'écroula au sol, inanimée. Elizabeth demeura à sa place, un sourire railleur accroché aux lèvres, se délectant de chaque instant. La souris se transformait en rat! Après lui avoir lancé un regard stupéfait, Fitz fixa du regard un nu de Rubens accroché au-dessus de la cheminée.

— Je vous prie de m'excuser, je suis fort lasse, prononça Caroline en jetant un regard venimeux à Elizabeth, qui le lui rendit au centuple.

— Je vous accompagne, ma chère, pépia Louisa, si vous m'aidez à ranimer cette pauvre Letitia. Belle démonstration de manières déplorables!

— Excellente idée, sortez donc! ordonna farouchement Elizabeth.

— Une seule chose me réjouit encore, Elizabeth, grinça Fitz un peu plus tard, lorsqu'ils eurent atteint la porte de sa chambre: je remercie la fortune que Charlie, Angus et Owen ne vous aient point entendue insulter si grossièrement miss Bingley, ce soir.

— Oh, qui se soucie de cette mégère! s'écria Mrs Darcy en pénétrant dans la pièce.

— Je ne vous autorise pas à injurier l'un de nos hôtes avec ce… ce mépris ! s'exclama Fitz en la suivant.

— Je m'adresserai à cette femme de la manière qui me plaira ! C'est une menteuse éprise de brouillerie, ce qui constitue un compliment en regard de quelques autres de ses défauts : elle est malicieuse, fourbe, abominable, clinquante ! Je la supporte depuis vingt ans, Fitz, j'en ai assez ! La prochaine fois que vous l'inviterez à Pemberley, à Londres ou en tout autre lieu où nous résiderons, je vous prierai de m'en informer afin que je me soustraie à sa présence abjecte !

— Vous dépassez toutes les convenances, madame ! Vous demeurez mon épouse et, comme telle, me devez obéissance. Je vous ordonne de traiter Caroline avec civilité, m'entendez-vous ? Je vous le commande !

— Rangez donc vos ordres à l'endroit où le soleil ne brille jamais, Fitz !

— Elizabeth ! Avez-vous perdu l'esprit, à l'image de votre jeune sœur ? Comment osez-vous vous adresser à moi en ces termes ?

— Quel cuistre moralisateur vous faites ! Au moins, la nature profonde de Caroline Bingley se conforme en tout point à l'image qu'elle présente : c'est une éponge suintante de vitriol. Mais vous, Fitz, vous êtes l'homme le plus sournois et le plus faux qu'il me fut donné de rencontrer. Comment osez-vous m'annoncer l'enlèvement de Mary devant ces harpies ? N'avez-vous donc aucun sentiment ? Aucune compassion ? Aucune notion de ce que l'on doit à une épouse autant qu'à une sœur ? Qu'est-ce qui vous retenait de me communiquer cette horrible nouvelle en privé ? De quelle excuse stupide enroberez-vous ce froid dédain à mon endroit ? Seigneur, vous ne me laissâtes pas même la possibilité de réagir ! Eussé-je répondu comme j'y inclinais à l'annonce de cette terrible nouvelle, Caroline eût colporté ma réaction dans les meilleures maisons de Londres dès son retour, l'agrémentant d'un ricanement par-ci, d'un regard entendu par-là et d'une collection de sous-entendus ! Quelle abominable cruauté de votre part, Fitz !

Le corps parcouru de tremblements, Elizabeth s'interrompit enfin, à court de mots.

Darcy s'engouffra dans la brèche :

— Je connais les critiques que vous proférez à mon encontre, elles n'ont rien de nouveau. Il y a vingt et un ans, vous m'accusâtes d'être dissimulé, arrogant, fier, dénué des qualités qui font un gentleman. Je vous félicite de ce nouveau chapelet d'épithètes. Toutefois, il me laisse froid. Vous me tancez de ne point vous avoir appris l'enlèvement de Mary en privé ? Prenez-vous-en à vous-même. J'abhorre les larmes, les vapeurs des femmes. Notre union, madame, loin d'être bâtie sur de solides fondations, s'élève sur des sables mouvants. Vous portez la responsabilité de cette instabilité. Vous refusez de m'obéir alors même que les vœux que vous prononçâtes vous y obligent, votre comportement trahit de mauvaises inclinations et votre langage ne fait pas honneur aux convenances. Qui plus est, votre conduite semble empirer de jour en jour et j'en suis venu à craindre qu'elle n'égale en indécence celle de votre sœur Lydia.

— Tandis qu'il vous paraît tout à fait bienséant de claironner vos regrets de m'avoir épousée, remarqua-t-elle.

— J'énonçai seulement la vérité, répondit-il en levant les sourcils.

— Dès lors, mettons fin à cette farce qu'est devenu notre mariage, monsieur.

— Seule la mort s'en chargera, madame.

Il se dirigea vers la porte et ajouta :

— Je vous invite à cesser de provoquer mon hostilité, Elizabeth. J'apaiserai Caroline ; je lui expliquerai que, terrassée par le souci que vous causent vos sœurs, vous perdîtes momentanément l'esprit. Elle connaît les faiblesses qui caractérisent les membres de votre famille, des explications avancées avec tact suffiront.

— Je ne vous demande nullement de vous transformer en hypocrite ni d'afficher douceur et sentiments à l'endroit de Caroline Bingley ! À l'inverse, je vous convie à n'en rien faire ! Vous stigmatisez les Bennet ! cria-t-elle alors qu'il parvenait au seuil de la pièce. D'abord Lydia, puis Mary et, à présent : moi !

La porte se referma sur lui avec un claquement sec. Les jambes d'Elizabeth se dérobèrent sous elle, elle se laissa tomber sur le siège le plus proche et serra sa tête entre ses mains. *Oh, Fitz, Fitz ! Que nous est-il arrivé ? Qui est votre maîtresse ? Qui ?*

Les battements de son cœur ralentirent enfin, la brume qui avait envahi son esprit se dissipa. Elle ôta sa robe de soie gris perle, ses bijoux, sa lingerie, puis enfila une robe de nuit diaphane. *Pourquoi me soucié-je encore de dormir dans de si belles tenues alors que Fitz ne visite plus mon lit ? Parce que j'aime leur contact délicat sur ma peau. La flanelle de ma jeunesse m'irritait et me causait des démangeaisons.*

Quelque part, au-dehors, un renard glapit et une chouette ulula. *Oh, Mary, où es-tu ? Qui osa braver Ned Skinner ? Et que me cache Fitz ? Lydia accepta-t-elle de bonne grâce de s'installer à Hemmings ?*

*

Après avoir déjeuné d'un petit pain à peine sorti du four et d'une tasse de chocolat chaud, Elizabeth partit pour Bingley Hall. Jane se remettait à peine d'une autre fausse couche – une bénédiction. Charles avait écrit qu'il demeurerait absent au moins pendant douze mois, ce qui permettrait peut-être à Jane de recouvrer la santé. De quels termes

Mary avait-elle usé? Elle avait émis l'espoir que Charles « le scellât avec un bouchon ». Fitz serait véritablement mortifié d'entendre une femme bien née s'exprimer de la sorte!

Le vaste domaine de Bingley Hall, jadis propriété d'un riche bourgeois avide d'appartenir à l'aristocratie, se dressait aux abords du village de Wildboarclough, au sud de Macclesfield. Charles l'avait acquis pour un bon prix grâce à Fitzwilliam Darcy qui s'était porté garant, non de sa richesse (celle-ci ne laissait aucun doute), mais de sa respectabilité. Charles Bingley n'utiliserait pas la mauvaise fourchette et ne laisserait jamais la carafe de porto sur la table! Quoique le maître de Bingley Hall veillât au bon entretien de ses terres, la gloire du domaine provenait de la demeure qui s'y dressait, un bâtiment central flanqué de deux ailes d'une blancheur éclatante et à l'imposante façade, dont la construction remontait au XVIIe siècle.

Les garçons jouaient quelque part – le plus jeune comptait déjà huit ans –, ce qui signifiait qu'ils savaient leur mère en grand besoin de calme. La seule fille, Priscilla, que chacun surnommait Prissy, était née après William, Percival, Robert, James et Marcus, aussi avait-on abandonné l'espoir qu'elle semblât jamais sortie d'un moule féminin. Plus âgée que deux autres de ses frères, Hugh et Arthur, elle exerçait sur ces derniers une farouche domination tandis qu'elle cabriolait avec autant de vigueur que les garçons, provoquant d'innombrables dégâts sur son passage et fournissant bon nombre d'accrocs à raccommoder à la gouvernante.

— Elle se montre toujours plus difficile en l'absence de son père; celui-ci parvient à modérer les excès de son comportement, expliqua Jane qui s'était lancée dans sa litanie de nouvelles des petits Bingley, à la plus grande joie d'Elizabeth qui craignait d'aborder le délicat sujet de Mary.

Alors que les deux sœurs partageaient une collation, William pénétra dans la pièce pour saluer sa tante favorite – Elizabeth suscitait une affection unanime parmi ses neveux et nièce, à l'inverse de tante Louisa que les enfants toléraient et de tante Caroline qu'ils craignaient. D'une année plus âgé que Charlie, le beau jeune homme ressemblait à son père et montrait des dispositions à suivre les pas de ce dernier dans le labyrinthe de la ploutocratie. Comme il étudiait à Cambridge, il ne voyait guère son cousin hormis à Noël, ce dont se réjouissait Elizabeth. Charlie se révélait un élève brillant tandis que William peinait sur ses livres, jouissait d'un physique exceptionnel comparé à celui du fils de Jane qui possédait une beauté plus ordinaire et ne prêtait aucune attention aux filles – ni aux garçons, que cette garce de Caroline rôtisse en enfer ! – alors que William aimait briser les cœurs et se glorifiait du nombre de ses conquêtes.

Il ne s'attarda pas en leur compagnie, et aucun des autres enfants n'apparut à sa suite, pas même Prissy.

— Tu ne manges rien, Lizzie, la morigéna Jane. Tu demeures aussi mince que lors de ton union, ton tour de taille ne peut donc te servir d'excuse. Sers-toi donc de brioche.

— Une simple tasse de café fera l'affaire, merci, j'ai déjà pris une collation à Pemberley.

— C'était il y a des heures, objecta Jane en versant le liquide brûlant dans deux tasses. Qu'ai-je entendu au sujet de Lydia ? s'enquit-elle, passant du coq à l'âne.

— Lydia ? répéta stupidement Elizabeth.

Oh, trop de choses avaient eu lieu ces derniers jours ! Comment pouvait-elle avoir oublié Lydia ?

Elle plongea aussitôt dans le récit des frasques de leur jeune sœur tandis que Jane écoutait avec une horreur grandissante.

— Dieu du ciel ! T'est-il véritablement impossible de me répéter les termes dont elle usa à l'adresse de Fitz ?

— Oui, crois-moi. Le plus grossier des soldats se garderait de prononcer ce mot sous peine de se voir fouetté jusqu'au sang. Les pires adjectifs de notre langue, Jane. Qui plus est, elle était ivre! L'offre d'une bouteille fut le seul moyen de l'amener à nous offrir son entière coopération.

— Dès lors, l'enfermer représente la seule solution, soupira Jane.

— Fitz s'y est résolu, ce qui fait office de loi, tu le sais. Quoique je condamne l'arrogance de mon époux, j'avoue partager son opinion: nulle autre solution ne s'offre à nous que de la séquestrer. Elle loge à présent à Hemmings, situé à trois lieues de Leek et environ six de Bingley Hall. Je me rendrai auprès d'elle dès que l'occasion se présentera.

— Voyageons ensemble, veux-tu? Nous sommes mercredi, que dirais-tu de partir vendredi? offrit Jane.

— Impossible, refusa Elizabeth d'un air misérable. Je dois t'annoncer une triste nouvelle, sans rapport avec Lydia et véritable objet de ma venue.

— De quoi s'agit-il?

— Mary a disparu. Nous craignons qu'elle n'ait été enlevée.

Encore affaiblie à cause de sa fausse couche, Jane s'évanouit. Lorsqu'elle eut repris connaissance, elle se mit à sangloter et une demi-heure s'écoula avant qu'elle ne fût en mesure d'entendre les détails que lui fournit Elizabeth.

— Je ne voulais pas que tu l'apprennes d'un journal, conclut celle-ci. Fitz décida même d'insérer un portrait de moi sous l'avis de recherche parce que je ressemble à Mary. Il promet également une récompense de cent livres, ce qui ne manquera pas d'éveiller l'intérêt.

— Quelle horreur! Pauvre Mary! Après toutes ces années passées à soigner maman, voici ce qui lui échoit! Quelle mouche la piqua de voyager en diligence?

— Personne ne le sait, pas même Angus Sinclair. Sans lui et une missive confuse qu'elle adressa l'année passée à Charlie, nous en saurions encore moins. Elle décida, semble-t-il, de mener une sorte d'investigation parmi les pauvres afin d'écrire un livre. Cette forme de voyage procédait peut-être de cette enquête.

— Cela se révélerait logique, approuva Jane avec un hochement de tête. Malgré sa piété et sa bonté, Mary ne posséda jamais une once de bon sens. Quoiqu'elle me fît une bonne impression aux funérailles de maman, nul doute que le changement ne se révélât superficiel et ne touchât que son apparence physique. Les caractères ne se modifient jamais.

— Je crois au contraire que les changements qui s'opérèrent en elle se révélèrent profonds. Ned Skinner, que peu de choses impressionnent, déclara admirer sa combativité. Elle lutta farouchement contre le vilain qui l'attaqua et parvint à sortir d'une forêt impénétrable. Son enlèvement eut lieu au bord d'un petit sentier cavalier et non d'une route, loin de tout ; cela pousse Fitz à éliminer la thèse d'un second bandit de grands chemins. Pour ma part, je commence à craindre l'œuvre d'un fou, Jane.

— Un dément ? Mais le plus proche asile d'aliénés se trouve pour le moins à Manchester !

— Oui. Fitz y envoya quelqu'un pour apprendre si l'un de leurs pensionnaires ne s'était pas échappé. Il fit poser la même question à celui de Birmingham.

Elles poursuivirent dans cette veine jusqu'à ce que toutes les possibilités fussent épuisées – adjectif qui, lorsque prirent fin leurs spéculations, s'appliqua également à Jane.

— J'avoue que je me réjouis de l'absence de Charles pendant une année, confia Elizabeth en prenant la main de sa sœur. Cela te permettra de te reposer.

— Il entretient une maîtresse en Jamaïque qui lui donna également des enfants, déclara Jane, le regard presque vague.

— Non! s'exclama Elizabeth, horrifiée. Qui te l'a appris?

— Caroline. La fille est une mulâtresse, ce qui fâche et offense ma belle-sœur au-delà des mots. J'imagine que les petits possèdent aussi une peau brune.

— Sang du Christ, jura Elizabeth en serrant les poings, comme je n'errais pas en qualifiant cette femme d'infâme saleté! Jane, je t'en conjure, ne te perds pas en vaines lamentations: Charles t'aime de toute son âme, j'y gagerais ma vie!

Le sourire qui naquit sur les lèvres de Jane creusa ses joues de deux fossettes.

— Je connais ses sentiments à mon endroit et ne les mets pas en doute. Simplement, les gentlemen se révèlent parfois... étranges. Les affaires de Charles en Amérique requièrent sa présence tous les huit ou neuf ans et il doit demeurer sur place plusieurs mois d'affilée, parfois même une année. Je préfère infiniment que son choix se porte sur une personne convenable plutôt qu'il papillonne d'une conquête à l'autre. Je refuse de l'accompagner lors de ses voyages, aussi de quel droit me plaindrais-je? J'espère simplement qu'il subvient aux besoins de cette femme et de ses enfants. À son retour, cette fois, je lui parlerai.

Elizabeth la regarda fixement, stupéfaite.

— Jane, tu es une sainte. Aucune maîtresse au monde ne saperait les fondations de votre union. Que répliquas-tu à Caroline lorsqu'elle t'apprit l'infidélité de ton époux?

— Ce que je viens de te dire, à quelques détails près. Tu te montres trop dure envers cette pauvre Caroline, Lizzie. Certains caractères, pervertis par un trop-plein de malice, laissent échapper celle-ci par jets successifs, telle une fontaine. Caroline appartient à cette catégorie. Jadis, je crus qu'elle ne réservait son poison qu'aux Bennet, mais je me trompais. Ses foudres s'abattent sans distinction sur quiconque l'offense : la maîtresse de Charles, Charlie, Prissy et bon nombre de ladies londoniennes.

Elizabeth saisit la balle au bond.

— Connais-tu l'identité de la maîtresse de Fitz, Jane ?

— Oh, Lizzie ! Pas Fitz ! Il est bien trop fier. Qui diable t'a mis cette idée en tête ? Elle n'a aucun lieu d'être !

— Hélas, j'en suis persuadée. Mes bonnes résolutions menacent de s'effondrer. Je ne sais combien de temps encore je supporterai cette comédie, coassa Elizabeth, la gorge nouée. Il y a peu, il m'avoua ses regrets de m'avoir épousée.

— Je ne puis le croire ! Il te vouait une passion dévorante, Lizzie. Son amour, à l'inverse de celui qui nous unissait, Charles et moi, calme, confiant, dénué de tout sentiment extrême, trahissait un feu ardent, exalté, tumultueux. Seule une intense déception aurait motivé de si terribles paroles. De quelle façon l'as-tu déçu, Lizzie ?

Elizabeth ferma les yeux un court instant. Puis elle se leva avec raideur et, d'un geste d'une lenteur délibérée, enfila ses gants. Lorsqu'elle posa de nouveau les yeux sur sa sœur, celle-ci se rencogna devant la sourde fureur qu'elle y décela.

— Je te considérai toujours comme la seule personne au monde qui m'eût apporté son soutien, quelles que fussent les circonstances. J'emploie volontairement le passé car je comprends à présent mon erreur. Je ne mérite nullement le traitement honteux que me réserve mon époux ! À l'inverse de ce que tu insinues, la déception provient de lui seul. La nuit passée, j'offris de le quitter, mais il refusa. Pourquoi ? Pour ne point avoir à répondre aux questions qui ne manqueraient de survenir ! Quelle épouse rampante et asservie tu fais, Jane ! Je ne m'étonne plus que tu excuses toutes les peccadilles de ton époux, même ses maîtresses !

Elle se pencha par la fenêtre, ignorant les larmes qui s'étaient remises à couler sur le visage de sa sœur.

— Ma voiture est avancée. Ne te lève pas et continue tes vagissements en paix. Je trouverai mon chemin.

Tremblante, outragée, elle quitta la pièce et pleura tout le temps que dura le trajet qui la ramenait chez elle. Aussitôt rentrée, elle s'alita et demanda à Hoskins de tirer les rideaux.

— Informez Mr Darcy que je souffre d'une épouvantable migraine qui m'empêche d'offrir mes adieux à Mrs Hurst, miss Bingley et miss Hurst.

*

— Pardonnez mon indiscrétion, Elizabeth, mais êtes-vous souffrante? s'enquit Angus Sinclair le matin suivant lorsqu'il trouva son hôtesse flânant à travers les bois qui bordaient la rivière de Pemberley.

Elle indiqua d'un geste la nature qui les entourait.

— Il est difficile de se trouver d'humeur fâcheuse en présence d'une telle beauté, Angus, répondit-elle, cherchant à détourner la conversation. La saison est trop avancée pour les fleurs, mais cet endroit demeure magnifique d'un bout à l'autre de l'année. J'apprécie infiniment cette eau, ces libellules, ces plantes gracieuses. Notre jardinier affirme que cette variété de fougères aux feuilles délicates comme une dentelle ne poussent qu'en ces lieux. Je connais des gens qui s'extasient devant les plumes de paon, mais rien, à mes yeux, ne se compare à cette exquise finesse.

Angus refusa toutefois de mordre à l'hameçon.

— L'époque à laquelle nous vivons impose aux affaires privées de ne jamais sortir de l'intimité; en outre, nul n'entend mieux que moi qu'une lady ne puisse se confier à un autre gentleman que son époux. Cependant, j'ose réclamer les privilèges dus à un homme sur le point d'entrer dans votre famille. Je suis épris de Mary et espère l'épouser.

— Quelle merveilleuse nouvelle! s'exclama Elizabeth qui lui adressa un sourire ravi. Fîtes-vous part de vos sentiments à Mary?

— Non. Lors de mon séjour à Hertford, il m'apparut évident qu'elle n'accueillerait aucune proposition de mariage favorablement. L'avoué local, qui s'y était essayé, s'était attiré une fin de non-recevoir des plus abruptes quoiqu'il fût jeune, bien mis de sa personne et influent, expliqua-t-il avec une lueur dans l'œil. Prenant exemple sur lui, je me présentai à Mary sous les traits d'un ami dévoué. Mes efforts se virent récompensés car elle ne me cacha rien de ses ambitions ni de l'ardente dévotion dont elle entourait Argus, l'auteur des lettres publiées par le *Westminster Chronicle*. Je découvris des rêves de jeune fille auxquels se mêlaient des aspirations saines, raisonnables. Je lui prêtai une oreille attentive, offrant quelques conseils lorsqu'elle me semblait disposée à les entendre, et tins ma langue la plupart du temps.

Elizabeth aperçut un rocher couvert de mousse et s'y assit.

— J'apprécierai infiniment de vous accueillir dans ma famille, Angus. Si vous jugeâtes inutile de déclarer votre flamme, je vous donne raison; Mary ne tint jamais les hommes en haute opinion. Comment pourrait-elle toutefois résister à un personnage aussi intelligent et sensible que vous?

— À dire le vrai, j'espère gagner son amour après avoir remporté sa confiance.

Il n'ajouta rien; l'identité d'Argus devait demeurer secrète.

— Pourquoi choisîtes-vous Mary pour l'objet de votre amour?

— Choisir d'aimer? Quelle étrange idée que d'associer ces termes! Je ne soupçonne guère – sinon nullement – que le choix intervienne jamais dans ce domaine. Riche, d'apparence plutôt avenante, ma personne semble attirer l'attention de ces dames. Je vous énumère ces qualités à la seule fin de répéter ce que l'on dit de moi en société: un large éventail de femmes s'offre à moi. Pourquoi, dès lors, jeter mon dévolu sur Mary? Un début d'explication se trouve dans sa beauté que rien, pas même ses horribles vêtements, ne parvient à masquer. Lorsque nous eûmes fait plus ample connaissance, je découvris par ailleurs un esprit acéré, insoumis et farouchement indépendant qui brûlait d'imprimer de sa marque la pensée anglaise. Sans devenir à proprement parler une philosophe, n'en ayant jamais étudié ni les doctrines ni les théories, elle mit à profit les dix-sept années passées auprès de sa mère pour lire un grand nombre de livres habituellement inaccessibles aux femmes. Il en résulta un désir que je qualifierais d'éperdu de se libérer des contraintes liées à sa condition féminine. L'ignorance demeure l'alliée inégalée des traditions, en particulier quand celles-ci sont imposées à des êtres que l'on considère de moindre valeur comme les femmes ou les gens de couleur. Eh bien, Mary s'est débarrassée de son ignorance, elle s'est éduquée, tandis que son intelligence lui permettait d'entendre que, pour se parfaire, la théorie doit inévitablement s'accompagner de l'expérience. Ce fut cet ensemble de choses, selon moi, qui la poussa à entreprendre ce projet. Quand elle l'aura mené à bien, je pense qu'elle n'épousera plus la cause unique de l'élimination de la pauvreté, mais celle de l'éducation universelle.

— Mais pourquoi voyager en voiture publique et loger dans des hôtelleries de piètre qualité?

— Peut-être pour se présenter comme une simple gouvernante. Les petites gens ne se confient qu'à leurs pairs, voyez-vous. Cela poussa sans doute Mary à vouloir apparaître comme l'une d'entre eux.

— J'errai lorsque j'affirmai mieux connaître ma sœur que vous ; il me semble tout ignorer d'elle lorsque je vous écoute, soupira Elizabeth.

— Hélas, je faillis à percevoir un facteur éminemment important : la propension naturelle avec laquelle elle attire le désastre, gémit-il. Bon nombre de pauvres gouvernantes voyagent en diligence et logent dans de misérables tavernes sans être attaquées ou enlevées. Le peu d'informations dont nous disposons au sujet de son périple entre Grantham et Nottingham confirment cette tendance : elle fut harcelée par cinq manants qui la jetèrent dans la boue, au relais de poste, et s'esclaffèrent de sa détresse. Sa beauté se trouve-t-elle à l'origine de si terribles aventures ? Ou les guinées qu'elle transportait dans sa bourse ? Ou encore son humeur belliqueuse ? À moins qu'il ne s'agisse d'une combinaison de tous ces éléments ?

Elizabeth fronça les sourcils.

— Jeune fille, elle ne s'attira jamais d'ennuis, bien que mon père ne cessât de la mépriser. Il s'obstinait à la qualifier, au même titre que Lydia et Kitty, de « plus sotte fille de toute l'Angleterre ». Il faisait preuve d'injustice. Oui, elle persistait à chanter lorsque nous avions de la compagnie, mais si chacun – dont papa – se plaignait derrière son dos qu'elle nous écorchât les oreilles, jamais personne ne lui avoua qu'elle manquait de talent. Comment, dès lors, se fût-elle imaginé ses notes autrement que correctes ? Mary ne suscitait guère l'admiration, mais elle n'avait rien d'une sotte. Elle possédait un caractère droit, laborieux et studieux, qualités qui la rendaient monotone – quoique Lydia eût dit : ennuyeuse.

Elle se leva et se mit soudain à marcher, comme prise d'une gêne subite.

— En réalité, poursuivit-elle, le pire dont on eût pu accuser Mary se résumerait à l'intérêt qu'elle accorda au révérend Collins, notre cousin : un homme épouvantable en la présence de qui ma sœur se morfondait et se languissait. Je crus qu'il demeurait sourd à cette admiration parce qu'il désirait arrêter son choix sur une jolie épouse. Voyez-vous, à cette époque, Mary avait un visage couperosé et des dents irrégulières. Toutefois, continua-t-elle dans un rire, il n'en fut rien ! Le révérend épousa Charlotte Lucas, une créature des plus ordinaires, mais à la sensibilité exacerbée. Peu après, Mary s'affranchit de son inclination.

— J'imagine que ce qui l'attira particulièrement dans la personne de votre cousin naquit de la vocation de celui-ci : Mary m'avoua le profond sentiment religieux qu'elle nourrissait alors.

Peu désireux de se tourmenter jusqu'aux larmes, Angus revint à Elizabeth :

— Nous ne pouvons rien faire pour Mary en cet instant, hormis attendre que les mesures prises par Fitz aboutissent à un résultat. Un plus pressant souci me point, ma chère Elizabeth. J'estime à grand prix votre amitié, ainsi que celle de Fitz, et seul un indifférent faillirait à remarquer la mélancolie qui vous habite.

— Celle-ci me vient du sort échu à Lydia et à Mary, répliqua-t-elle aussitôt.

— Balivernes ! Vous avez offensé Fitz.

— Je ne cesse de l'offenser, remarqua-t-elle avec amertume.

— Cela serait-il lié aux paroles que vous prononçâtes à l'encontre de Caroline Bingley ? On me les rapporta.

— Caroline détient une importance secondaire.

— Vous l'agonîtes cependant d'injures impardonnables.

— Je les réitérerais avec joie. Je goûte votre amitié depuis dix ans, Angus, mais supporte cette vipère depuis vingt et une années. La sympathie qui lie Charles Bingley à mon époux pousse ce dernier à accepter Caroline, quoi qu'elle affirme ou insinue. Je subis ses innombrables attaques sans riposter, mais je suppose qu'une ultime goutte d'eau fit déborder le vase. Je cédai à la violence. Notre société se montre si pétrie d'hypocrisie que l'on tolère les insultes voilées mais jamais la franchise. Je me montrai seulement franche.

— Quelle place Charlie occupa-t-il dans votre esprit lors de cette algarade? demanda Angus, désireux d'offrir à Elizabeth un exutoire.

— Une place immense. Caroline planta les graines de la discorde entre le père et le fils lorsqu'elle insinua que les affections de Charlie le portaient vers les hommes. Elle propagea ces mensonges dans tout Londres! Au lieu de s'en prendre à Caroline, Fitz blâma Charlie, dont la seule beauté, ainsi que l'effet que celle-ci produit sur ceux qui nourrissent ce penchant, confirma à ses yeux les dires de cette harpie. Mais les traits de Charlie finiront par perdre cette grâce juvénile – du reste, cela semble déjà se produire. Un seul aspect positif semble se dégager du triste lot échu à ma sœur: une sorte d'entente est en train de naître entre Charlie et Fitz, laquelle force enfin mon époux à ouvrir les yeux sur le caractère mensonger des allégations forgées par Caroline.

— Votre existence gagnerait certainement en quiétude sans la présence de Caroline, acquiesça Angus. Elle demeure cependant la belle-sœur de Jane.

Elizabeth redressa les épaules et accéléra le pas, aveugle à la beauté du paysage qui l'entourait.

— Peut-être ai-je offensé mon époux d'une façon qu'il ne me pardonne pas, mais au moins, ma sortie rend impossible pour Caroline de se trouver dans la même pièce que moi. Voilà la véritable source du courroux de Fitz.

— Vous savez, Lizzie, un grand nombre de personnes à Londres supportent Caroline Bingley pour l'unique raison que vous-même et Fitz l'acceptez en votre société – votre influence sur les cercles londoniens s'étend bien au-delà de Westminster. Lorsque l'on s'apercevra de son absence répétée aux réceptions des Darcy, je vous prédis que les invitations dans les meilleures maisons cesseront de lui parvenir. Avant un an, Caroline et la pauvre Louisa se retireront à Kensington avec les autres pipelettes cancanières.

Elizabeth éclata de rire.

— Je vous remercie du fond du cœur de m'égayer de la sorte ! La pensée de ces deux-là reléguées à Kensington me réjouit infiniment !

— Malgré tout, Caroline ne se trouve pas au cœur du problème qui vous oppose à Fitz, n'est-ce pas ?

— On ne peut ignorer votre profession de journaliste : vous fouillez, grattez, sondez, disséquez, martelez et ciselez.

— Vous ne m'offrez pas de réponse, Elizabeth.

— Je crois que Fitz entretient une maîtresse, lâcha-t-elle.

Jane avait eu une réponse instinctive et horrifiée ; celle d'Angus fut calme, réfléchie.

— Non, en aucun cas.

— Pourquoi ?

— La fierté des Darcy l'en empêcherait. En outre, Fitz aime représenter l'avant-garde de ce qu'il nomme « la moralité retrouvée » – votre époux est un homme effroyablement prude, madame ! Lui en laissât-on la possibilité, il légiférerait de façon à interdire à tout homme le droit de prendre une maîtresse. Mis dans l'impossibilité de mener ce rêve à bien (les archevêques eux-mêmes déplorant cette mauvaise habitude), il œuvrera de façon à imposer une répression plus sévère de la prostitution. Son premier ordre du jour consistera sans nul doute à s'assurer une existence au-dessus de tout soupçon ; pas d'écuries d'Augias pour Fitzwilliam Darcy ! Il nourrit l'intention de sévir contre les maîtresses autant que les prostituées ordinaires.

Angus lui prit le bras, le passa sous le sien et conclut :

— En tant que propriétaire du journal le plus politique du royaume, ma chère, j'occupe une position qui me permet de connaître tout ce qui touche aux hommes d'influence. Les soucis qui vous poignent, Fitz et vous, ne regardent que vous, mais je vous assure qu'aucun troisième couteau ne s'y trouve mêlé.

Alors qu'ils parvenaient sous les fenêtres de la petite bibliothèque, Fitz les rejoignit.

— Je constate que vous vous portez mieux, déclara-t-il à Elizabeth.

— Oui, je vous remercie. Ma visite à Jane se révéla éprouvante. Le sort de Lydia l'affecta, mais celui de Mary la bouleversa littéralement. Je revins de Bingley Hall avec une effroyable migraine.

Angus relâcha le bras d'Elizabeth, s'inclina devant elle, puis s'éloigna en direction des écuries. Le cri de joie poussé par Charlie s'éleva dans l'air. Les deux parents affichèrent un sourire similaire.

— Vous manquâtes le départ de Caroline, remarqua Fitz.

— Je souffrais d'un mal de tête bien réel, si vous insinuez qu'il s'agissait d'une ruse.

— Non, je ne pensais rien de tel, répliqua-t-il d'un ton surpris. Considérant votre destination et ce dont vous alliez vous entretenir, je m'y attendais quelque peu – et ces dames aussi, qui connaissent Jane.

— J'espère que vous ne me soupçonnez pas de regretter mes paroles à l'encontre de Caroline, énonça Elizabeth avec fermeté. La haine que j'éprouve pour cette… pour cette lamentable imitation d'une lady a atteint son apogée, je ne supporterai pas sa seule présence un instant de plus. En vérité, je me demande pourquoi je ne la retranchai pas de ma vue il y a longtemps.

— Parce que cela vous eût contrainte à proférer une insulte impardonnable.

— Son arrogance s'en trouve responsable! Sa suffisance est telle qu'elle s'imagine incarner la perfection.

— J'appréhende d'informer Charles Bingley de cet incident; sachez que je ne vous épargnerai pas.

— Agissez comme bon vous semble, rétorqua-t-elle avec calme. Charles n'a rien d'un idiot. La nature le dota d'une sœur pétrie de malignité, il ne l'ignore pas. Lorsque le hasard, par notre mariage, vous imposa une parentèle intolérable, vous la proscrivîtes de votre existence. Mon évincement de Caroline Bingley ne diffère point de votre attitude. À bon chat, bon rat, Fitz.

Elle lui adressa un regard menaçant et demanda:

— Pourquoi survîntes-vous si pauvrement aux besoins de Mary? Votre immense richesse vous eût permis de la récompenser dignement de ces dix-sept années de paix qu'elle vous accorda. Au lieu de cela, Charles et vous-même avez arrêté une somme dérisoire.

— J'ai cru qu'elle déciderait de vivre à Pemberley ou à Bingley Hall, répondit-il avec raideur. Ses neuf mille cinq cents livres lui eussent fourni une rente confortable.

— Je comprends votre raisonnement. Cependant, lorsqu'elle refusa ces propositions, vous eussiez aussitôt dû la pourvoir d'une somme plus importante.

— De quelle manière l'eussé-je fait? s'écria-t-il d'un ton indigné. Je lui demandai de réfléchir pendant un mois avant de me transmettre sa décision, mais au lieu de m'informer de ses desseins, elle loua un pitoyable logis à Hertford où elle s'installa sans chaperon! Que diable devais-je penser de cela?

— Le pire, puisque Mary est une Bennet.

Sur une sèche inclination de tête qui le priva du plaisir de clore la discussion, Elizabeth entra dans la demeure, l'abandonnant sur le perron.

*

Dépités après les piètres résultats de leurs investigations, Angus, Charlie et Owen s'éparpillèrent comme des boules de billard sur un tapis. Angus retrouva la compagnie de personnes de sa génération, Charlie succomba aux appels coupables de sa conscience et retourna se plonger dans ses livres, tandis qu'Owen décida d'explorer Pemberley.

Charlie comprenait le désir qu'éprouvait tout nouveau venu d'admirer les rocs, rochers, gorges, falaises, grottes et paysages tourmentés du domaine, mais il avait grandi à Pemberley, aussi ne partageait-il guère la curiosité de son tuteur.

Accoutumé à une campagne galloise plus sauvage que celle du Derbyshire (à tout le moins celle qui s'étendait au nord), le tuteur de Charlie s'émerveilla de parcourir la forêt luxuriante qui s'étendait entre le palais – il ne parvenait pas à considérer l'énorme bâtisse comme un simple manoir – et les terres affermées aux abords de Pemberley.

Le grand âge des magnifiques chênes anglais le fascinait. Ses lectures lui avaient laissé l'impression qu'aucun d'entre eux n'avait survécu à la frénésie de Henri VIII pour la construction navale ou, plus récemment, à la demande grandissante de maisons et de meubles, mais à l'évidence, les chênes qui peuplaient la forêt de Pemberley n'avaient jamais vu les haches, les scies ou les coins des bûcherons. *En regard des ordres d'un Darcy, les commandements d'un roi – en particulier d'un monarque allemand insignifiant – ne pèsent guère dans l'enceinte de ce puissant état*, songea Owen.

La tension qui régnait entre les époux Darcy le captivait également. Son éducation autant que sa sensibilité lui permettaient de sentir ces dissensions qui sapaient les civilités, telle une vague puissante se jetant contre une jetée branlante. Il va sans dire qu'il adorait Mrs Darcy, quoiqu'un contact prolongé avec Mr Darcy eût atténué son animosité initiale. *Un grand homme ne peut ignorer sa propre valeur et se comporte en conséquence*, avait-il réfléchi. *Angus affirme que Mr Darcy deviendra sous peu Premier ministre, cela fait de lui une sorte de demi-dieu. En revanche, il semble difficile à vivre.*

Il se réjouissait toutefois que Charlie et son père aient entrepris de tisser des liens – inexistants lors de l'arrivée de Charlie à Oxford. Le fils mûrissait, certes, mais ces changements provenaient aussi de la tendance naturelle que montrait le jeune homme à envisager tous les aspects d'un problème, une qualité qui faisait de lui un étudiant exceptionnel. Cette année passée à l'université l'avait également éloigné de sa mère, ce qui ne lui avait pas non plus porté préjudice. Elle lui rappelait une enfance difficile dont il s'affranchissait rapidement.

— Ohé ! s'éleva une voix jeune et impérieuse.

Surpris, il tourna la tête dans toutes les directions sans distinguer quiconque.

— Là-haut, abruti !

Obéissant à l'injonction, il leva les yeux et découvrit un visage ovale encadré par un désordre de boucles châtain et percé de deux iris dont il ne parvint pas à définir la couleur.

— Et maintenant ? s'enquit-il comme s'il s'adressait à l'une de ses trois sœurs – car sans nul doute, à en juger par cette chevelure, il se trouvait en présence de l'une de celles de Charlie.

— Vous m'aidez à descendre, abruti.

— La souillon s'est-elle coincée?

— Si je n'étais pas coincée, idiot, vous n'auriez pas soupçonné ma présence!

— Je vois. Vous voulez dire que vous m'eussiez lancé des cailloux ou des noix depuis votre cachette.

— Des noix, à cette époque de l'année? Vous êtes un abruti!

— Comment vous êtes-vous coincée? s'enquit-il en grimpant à l'arbre.

— Ma cheville s'est prise dans une fourche.

— C'est la première phrase correcte que vous prononcez.

— Je me fiche royalement des phrases élégantes! grogna-t-elle.

— Hum, voilà qui en manque totalement.

Il parvint au niveau de ses pieds et distingua la cheville immobilisée.

— Agrippez une branche robuste des deux mains, ordonna-t-il, suspendez-vous-y de tout votre poids pour que celui-ci ne repose plus sur vos jambes, puis pliez les genoux. Seigneur, vous êtes bien bloquée!

Levant les yeux, il s'aperçut qu'il se trouvait à l'aplomb de ses jupons. Rougissant, il toussota.

— Lorsque vous serez libérée, je vous prie de rassembler vos jupes afin que je puisse vous aider à descendre tout en préservant votre modestie.

— La peste soit de la modestie! s'écria-t-elle, les genoux engourdis.

— Faites ce que l'on vous dit, miss Malpropre.

Il passa le bras sous sa jambe, puis tira délicatement sur le pied de façon à le dégager.

Au lieu de rassembler ses jupes, elle se laissa glisser sur les épaules d'Owen, puis contre lui jusqu'à ce qu'elle atteignît le sol où elle attendit qu'il l'eût rejointe.

— J'avoue, Mr l'Abruti, que vous agîtes avec efficacité.

— Tandis que vous, miss Souillon, vous comportâtes avec un manque total de bienséance.

Il l'observa plus attentivement et ajouta :

— Vous n'êtes pas une simple écolière dépenaillée, quoique vous en ayez adopté l'attitude. Quel âge avez-vous, seize ans ?

— Dix-sept, abruti !

Elle lui tendit une main aux ongles rongés jusqu'au sang.

— Je m'appelle Georgie Darcy, mais j'apprécie le surnom de « souillon », prononça-t-elle avec un sourire.

— Je me nomme Owen Griffiths et n'aime pas celui d'« abruti », rétorqua-t-il en serrant la main tendue.

Elle avait les yeux d'un vert clair, de la couleur des feuilles au printemps. Elle était magnifique, bien entendu ; aucun enfant né de tels parents n'eût manqué de beauté.

— Le tuteur de Charlie à Oxford ! Je suis ravie de vous rencontrer, Owen.

— « Mr Griffiths » serait plus approprié, la corrigea-t-il gravement.

— Je n'en doute pas, mais cela m'est égal.

— Pourquoi les invités ne vous rencontrent-ils jamais ?

— Parce que notre introduction dans le monde n'a pas encore eu lieu. Les filles de Mr Darcy, écolières encore, demeurent séquestrées. Voulez-vous les rencontrer ? s'enquit-elle avec un air malicieux.

— Avec grand plaisir.

— Quelle heure est-il ? J'ai l'impression d'être restée coincée dans cet arbre pendant un temps infini !

— L'heure du thé dans une salle de classe.

— Ah ! Alors, venez partager notre thé.

— Je devrais d'abord demander la permission à Mr Darcy.

— Oh, foin de ces sornettes ! Je prendrai à mon compte tout reproche !

— J'imagine que vous vous en attirez fréquemment.

— Eh bien, je ne brille guère par ma bienséance, admit-elle, ses boucles bondissant tandis qu'elle exécutait un petit pas de danse sur le chemin. J'effectuerai mon entrée dans la société l'année prochaine, mais maman se désespère que l'on me remarque.

— Oh, je suis certain que l'on vous remarquera, l'assura-t-il avec un sourire.

— Peu me chaut ! On me lacera avec des baleines qui me redresseront la poitrine, on me coiffera, me couvrira le visage de lotion, m'obligera à utiliser une ombrelle à peine me rendrai-je au soleil, m'interdira de chevaucher à califourchon, en bref, on s'appliquera à rendre mon existence insupportable, dans le seul dessein de me trouver un époux ! Je n'ai aucun besoin d'une saison à Londres pour cela, mon père me dote de quatre-vingt-dix mille livres. A-t-on jamais entendu qu'un homme désirât examiner les dents d'une pouliche quand elle vaut la moitié de cela ?

— Hum, non, mais à en juger par l'âge de la pouliche, il n'irait probablement pas l'ausculter.

— Oh, vous êtes de ces hommes qui aiment arroser d'une douche froide !

— Oui, je le crains.

— On me forcera à minauder et l'on m'interdira de parler avec franchise, ce qui se révélera un gâchis, Owen, car je n'ai nullement l'intention de me marier. Ma majorité atteinte, j'achèterai une ferme pour y vivre, peut-être avec Mary. Il paraît que je lui ressemble, ajouta-t-elle dans un chuchotement de conspirateur.

— Je n'ai jamais rencontré Mary, Georgie, mais vous possédez en effet des points communs. Quelle existence mèneriez-vous si le choix vous en était offert ?

— Celle d'une fermière, répondit-elle sans hésitation. J'aime la terre, les semis qui croissent, l'odeur de l'étable, le doux mugissement des vaches. Hélas, jamais l'on ne m'y autorisera !

— Quel que soit votre époux, peut-être serez-vous en mesure d'imiter Marie-Antoinette en possédant une petite ferme dans laquelle jouer ?

— Jouer ? Bah ! De surcroît, je préfère garder la tête sur les épaules. Quelle sotte créature que cette princesse !

— Mon père est fermier au pays de Galles, mais je confesse que j'éprouvais un intense désir d'abandonner derrière moi l'étable et les vaches. Voyez-vous, il faut les traire aux petites heures du matin.

— Je sais cela, abruti ! Ah, comme j'aime ces bêtes ! Et comme j'aime garder les mains sales !

— Il faut à l'inverse les laver pour la traite, exposa Owen, prosaïque. Elles doivent en outre être chaudes car les vaches ne supportent pas le froid sur leurs pis.

Les deux jeunes gens pénétrèrent dans la maison par une porte dérobée dont le tuteur n'avait pas soupçonné l'existence, puis grimpèrent les marches d'un escalier en mauvais état.

— Que diable pourriez-vous préférer à la ferme, Owen ?

— L'académie. Je me voue à l'étude et espère un jour occuper une place à la tête d'un collège. J'ai choisi les classiques pour discipline.

Elle simula un haut-le-cœur et s'exclama :

— Berk ! Quel épouvantable ennui !

Ils avaient traversé un certain nombre de salles aussi vastes que vétustes et s'arrêtèrent devant une porte qui eût mérité une nouvelle couche de peinture. Incroyable ! Les parties de Pemberley accessibles aux invités étaient maintenues dans un parfait état tandis que l'on négligeait celles que l'on gardait cachées.

— La salle de classe, annonça Georgie qui entra et déclama avec emphase : les filles, voici Owen, le tuteur de Charlie. Owen, je vous présente mes sœurs : Susannah – Susie – a presque seize ans, Anne, qui en compte treize, et Catherine – Cathy –, la benjamine avec ses dix ans. Enfin, voici notre gouvernante, miss Fortescue, qui possède un caractère enjoué et que nous aimons beaucoup.

— Georgiana, vous ne pouvez inviter un gentleman en ces lieux, protesta miss Fortescue, non par bienséance, soupçonna Owen, mais par crainte des ennuis qui ne manqueraient d'échoir à Georgie si sa mère l'apprenait.

— Mais si, au contraire. Prenez place, Owen. Du thé ?

— Je vous remercie, accepta-t-il, peu désireux de manquer cette chance unique de rencontrer les sœurs de Charlie.

De surcroît, il découvrit une collation qui correspondait à ses goûts : trois sortes de pâtisseries et des petites brioches sucrées.

L'heure qu'il passa en compagnie des filles Darcy l'enchanta.

Georgie n'avait pas sa pareille ; si on parvenait à la convaincre de se vêtir d'une robe élégante et de s'entretenir de sujets socialement acceptables, elle tournerait toutes les têtes, même sans ses quatre-vingt-dix mille livres de dot. Avec cette somme, les célibataires se presseraient autour d'elle, certains si bien faits de leur personne et de si noble sang qu'elle ne résisterait assurément pas à leurs flatteuses assiduités. Plus tard, cependant, Owen révisa son opinion : Georgie était faite d'un plus solide métal.

Susie, quoique plus blonde que les autres, avait échappé aux cils et sourcils incolores ; elle possédait des yeux bleu clair et une chevelure soyeuse, ainsi qu'une nature tranquille, posée, presque timide. Tirant une immense fierté des talents que montrait sa jeune élève, miss Fortescue exhiba ses aquarelles et ses dessins, lesquels, admit Owen, se révélaient supérieurs aux habituels crayonnages des écolières.

Anne, la plus brune, était également la seule avec des yeux marron. Une certaine hauteur qui la proclamait la fille de son père se voyait tempérée par un charme qu'elle tenait indubitablement d'Elizabeth. Lectrice accomplie, elle affirma sans détour son intention d'écrire des livres à l'égal de ceux de Mr Scott. L'aventure l'attirait davantage que la littérature romanesque et elle trouvait stupides ces histoires de demoiselles enfermées dans des donjons.

Cathy, à la chevelure châtain, posait sur le monde des yeux d'un bleu profond où brillait un éclat espiègle mais dénué de toute malice. Elle informa Owen que son père l'avait frappée pour avoir tartiné les draps paternels de mélasse. Elle n'afficha aucune contrition malgré la claque reçue, qu'elle considérait par ailleurs comme une distinction. Elle ne semblait nourrir d'autre ambition que de s'attirer des gifles supplémentaires. Owen déduisit de son attitude que la petite aimait son père et ne le craignait nullement.

À l'évidence, la compagnie d'adultes manquait cruellement aux quatre filles. Leur position s'apparentait en quelque sorte à celle de princesses et, comme telles, elles vivaient enfermées dans une tour d'ivoire. Aucune d'entre elles n'inclinait à badiner, et nulle ne considérait sa propre existence suffisamment importante pour que celle-ci dominât la conversation : rien ne les intéressait comme les opinions d'Owen ainsi que le récit de ses expériences au sein de ce vaste monde dont elles vivaient retranchées.

La consternation s'abattit sur le petit groupe lorsque Elizabeth surgit inopinément. Alors qu'elle levait les sourcils en apercevant Mr Griffiths, Georgie se leva d'un bond et déclara sans la moindre trace de peur :

— Ne blâmez pas Owen ! Je l'ai mandé de venir.

— Je lui ai mandé de venir, la corrigea sa mère automatiquement.

— Oui, oui ! Il ne voulait pas, mais je l'ai forcé.

— Tu l'as forcé ou tu l'y as forcé ?

— Maman ! En vérité, vous reprenez notre grammaire avec une telle assiduité que vous omettez de nous réprimander !

— Owen, considérez-vous comme libre de prendre le thé dans la salle d'étude, déclara placidement Elizabeth.

— Merci, maman ! merci ! s'écria Georgie.

— Merci, maman ! renchérirent les trois autres.

Le jeune tuteur de Charlie tint la porte ouverte à la maîtresse de maison et s'effaça pour la laisser passer. Ils traversèrent un couloir interminable jusqu'à un double battant. De l'autre côté les accueillit ce que les Darcy nommaient « la partie publique de la maison », qui demeurait ouverte à la visite inopinée d'étrangers quand la famille n'y logeait pas.

— Vous vous demandez pourquoi une si grande partie de Pemberley n'est pas entretenue, affirma-t-elle alors qu'ils traversaient le salon hollandais blanc et bleu décoré d'œuvres de Vermeer et de Breughel, ainsi que de deux Rembrandt accrochés aux places d'honneur et d'un Bosch dans une alcôve.

— Heu... hum, balbutia-t-il, embarrassé.

— La réfection de ces pièces s'effectuera lorsque Cathy aura fait son entrée dans le monde – dans huit ans. Bien que déplorant un pitoyable aspect, la structure demeure bonne. Il ne manque qu'une couche de peinture et le remplacement de quelques marches ou de balustres. L'un des aïeux Darcy décréta que la restauration des parties non publiques de la maison n'aurait lieu que tous les trente ans, décision qui, depuis, fait office de loi. Lorsque Cathy quittera ces appartements, vingt-sept ans se seront écoulés depuis les derniers travaux, mais Fitz se refuse d'ores et déjà à attendre davantage. J'avoue que j'espère cette réfection avec impatience. Je compte en outre m'employer à empêcher que l'on ne revête de nouveau ces murs de brun : quelle triste couleur !

— Cela inclura-t-il la rénovation des quartiers des domestiques ? s'enquit Owen.

— Grands dieux, non ! Les serviteurs officiant en permanence à Pemberley logent deux étages plus haut. Leurs chambres sont rafraîchies tous les dix ans, en même temps que les parties publiques de la maison. Je veille à les faire meubler avec confort – je trouve important que les domestiques ne manquent de rien. Les couples mariés vivent dans leur propre cottage, dans un village à proximité. Quant à ma chambrière, Hoskins, elle possède l'usage d'un appartement de plusieurs pièces, à l'image du valet de Mr Darcy, Meade.

— J'imagine qu'une grande quantité d'eau est nécessaire ?

— En effet, mais par chance, nous jouissons d'une source merveilleusement pure qui coule sur le domaine. En outre, un immense réservoir, sur le toit, fournit une pression suffisante pour alimenter les tuyaux qui parcourent la bâtisse. À présent qu'il est aisé d'installer des chasses d'eau, j'ai persuadé Fitz de faire construire des lieux d'aisances contigus à chaque chambre à coucher ainsi que dans les quartiers des domestiques. De plus, avec ce nouveau système de puissantes pompes, je veux établir une réserve d'eau chaude dans la cuisine ainsi que dans de nouvelles salles destinées au bain. Nous vivons une période exaltante, Owen.

— J'en conviens, madame, répondit le jeune homme qui se garda de demander où se déversaient tous les déchets, car il connaissait la réponse : dans la rivière, en aval de Pemberley, où l'eau cessait d'être pure. Vos filles sont délicieuses, la complimenta-t-il en s'asseyant.

— Oui, en effet.

— Ne côtoient-elles personne d'extérieur?

— Non. Pourquoi?

— Parce qu'elles y aspirent désespérément, ainsi qu'à connaître ce qui se passe au-dehors. Pourquoi ne sont-elles pas autorisées à lire un journal? Elles en savent davantage sur Alexandre le Grand que sur Bonaparte. En outre, il est dommage qu'elles ne soient pas en mesure de rencontrer un homme comme Angus Sinclair qui, j'en suis assuré, ne leur causerait aucun mal.

Il s'interrompit, horrifié, puis se reprit :

— Oh, je vous prie de m'excuser! Je semble critiquer vos arrangements, telle n'était pas mon intention.

— Vous avez absolument raison, monsieur, et je partage votre opinion, quoique, hélas, ce ne soit pas le cas de Mr Darcy. Il me faut en faire le reproche à mes sœurs. Mes parents nous laissèrent jouir d'une grande liberté dès notre plus jeune âge. Jane et moi n'en souffrîmes pas, à l'inverse de Kitty et de Lydia dont on eût dû brider les excès. Par-delà une propension à agir en garçons manqués, elles révélèrent un effroyable penchant pour le badinage. Dans le cas de Lydia, des relations sans chaperon avec des officiers d'un régiment menèrent à de très pénibles ennuis. Aussi, lorsque nous engendrâmes nos propres filles, Mr Darcy décida-t-il qu'aucune d'entre elles ne rencontrerait quiconque avant leur introduction, à dix-huit ans.

— Je vois.

— J'espère que votre cœur possède la cuirasse nécessaire pour se défendre des charmes de… Georgie, par exemple? demanda Elizabeth avec une lueur espiègle dans l'œil.

Il éclata de rire.

— Eh bien, aucun homme n'inspecterait les dents d'une pouliche à la tête de quatre-vingt-dix mille livres.

— Je vous demande pardon?

— Georgie employa ces termes précis pour me décrire sa situation.

— Seigneur, cette enfant me désespère ! Jamais je ne viendrai à bout de son manque de délicatesse !

— Ne vous y évertuez pas. Le monde s'en chargera. Sous cette apparence bravache se cache une grande sensibilité. Elle croit ressembler à sa tante Mary, mais en réalité, elle me rappelle Charlie.

— Et son trousseau n'apaise en rien mes inquiétudes. Elles possèdent toutes une dot importante, quoique celle de Georgie dépasse de quarante mille livres celles de ses sœurs. Nous ne sommes pas à l'origine de cet état de fait ; le père de mon époux décréta que cet argent irait aux filles que pourrait engendrer Fitz. Nous craignons les chasseurs de dot ; certains se révèlent si pleins de charme, si irrésistibles !

— Je me représente difficilement Georgie éprise de l'un de ces chasseurs de fortune – ou Anne, en l'occurrence. La plus vulnérable me semble Susie. Quant à Cathy, elle duperait son prétendant plus certainement qu'elle ne s'enfuirait avec lui !

— Quelle plaisante compagnie vous offrez, Owen ! s'exclama Elizabeth, dont les yeux furent traversés d'un éclat espiègle qui ne fut pas sans rappeler sa plus jeune fille. Il est l'heure de prendre le thé. Parviendrez-vous à avaler une seconde collation ?

— Sans aucune difficulté.

— Vous avez vingt-cinq ans, si je ne m'abuse ?

— En effet. Vingt-six en octobre.

— Alors, vous voici en sécurité pour cinq à six années supplémentaires avant que votre silhouette ne pâtisse de ce genre d'abus. Les gentlemen, une fois trentenaires, cessent d'être des veaux pour devenir des taureaux.

9

Les jours s'écoulaient avec une lenteur effrayante. À présent que son existence se déroulait à un rythme défini, Mary inscrivait un trait chaque fois que l'on apportait un nouveau plateau de nourriture, quoiqu'elle ne fût pas certaine de la justesse de son estimation. Malgré cela, lorsqu'elle parvint à trente marques sur son mur (lesquelles incluaient les sept gravées au début de sa captivité), elle fut prise de désespoir. Elle ne doutait pas que l'on se fût lancé à sa recherche, mais à l'évidence, personne n'avait trouvé sa prison.

Une boule de terreur se forma dans son sein ; combien de temps le père Dominus la garderait-il en vie ? Malgré ses discours, Mary n'avait aperçu aucun Enfant de Jésus hormis frère Jérôme, frère Ignatius et sœur Thérèse, eux-mêmes aux frontières de la puberté. Ces deux derniers s'entretenaient aisément de leurs jeunes compagnons, mais quelque chose d'irréel ressortait de leurs récits. Pourquoi, par exemple, aucun enfant ne cherchait-il à s'enfuir s'ils entraient et sortaient des grottes en toute liberté ? La nature humaine des jeunes poussait ceux-ci à l'aventure – il n'était que de se souvenir des folles expéditions dans lesquelles Charlie l'avait entraînée ! Elle se rappelait toutefois une remarque prêtée à Martin Luther qui avait affirmé que, lui confiât-on un enfant jusqu'à l'âge de sept ans, il façonnerait l'homme. Quel âge avaient ces enfants lorsque le père Dominus les avait enlevés ? Ni Ignatius ni Thérèse ne s'étaient confiés à elle, aussi le plus gros de ce qu'elle était parvenue à déduire provenait de ce qu'ils se refusaient à admettre. Pourtant, le vieil homme nourrissait ses disciples avec soin, les vêtait, les soignait, leur octroyait une liberté considérable. En revanche, il exigeait d'eux un travail qu'il ne rémunérait pas et négligeait de leur donner une éducation.

Les premiers temps, elle avait espéré puiser des réponses dans ce livre qu'il lui dictait. Mais le religieux s'enfermait dans l'énigme que posaient Dieu et la lumière du diable. Treize longues sessions avaient rappelé à Mary ces pauvres bougres dénués de points de repère qui tournaient en rond et revenaient invariablement à leur point de départ. Le père Dominus empruntait une voie similaire ; il errait, mais semblait incapable de s'écarter de son chemin pour prendre une trajectoire plus directe.

Il avait également réduit les contacts de la prisonnière avec Thérèse et Ignatius. Le jeune garçon n'accompagnait plus la captive jusqu'à la rivière ; il montait la garde à l'entrée du tunnel, puis la raccompagnait à sa cellule lorsqu'elle revenait de sa promenade. Leurs conversations se bornaient aux salutations d'usage. À l'évidence, Ignatius avait reçu l'ordre de ne rien ajouter à ces civilités. Le fait que Thérèse n'apparût plus étonna davantage Mary. Lors des quelques conversations que la prisonnière avait entretenues avec le père Dominus, elle avait perçu le mépris dans lequel le religieux tenait les créatures de sexe féminin. À l'inverse de l'affection qui transparaissait sur son visage lorsqu'il évoquait les garçons, il se raidissait, se fermait et écartait le sujet d'un geste dédaigneux dès l'instant qu'étaient mentionnées les filles.

Lorsque Mary s'était mise à saigner, elle avait demandé à Thérèse de lui fournir un linge où tailler des serviettes ainsi qu'un moyen de faire tremper puis bouillir celles-ci après usage. La jeune fille avait transmis la requête de Mary au père Dominus qui avait fait pleuvoir une volée de coups de bâton sur elle en la traitant d'impure. Mary l'avait appris de la bouche même de Thérèse qui, en pleurs, lui avait apporté ses linges intimes. Depuis, elles n'avaient plus été en contact. Camille apportait à présent son plateau de nourriture à la prisonnière sans donner suite aux ouvertures de celle-ci, quoique le petit visage aux yeux apeurés semblât y aspirer.

L'épisode influença l'attitude de Mary à l'endroit de son geôlier. Jusqu'alors, son instinct de survie lui avait conseillé de ne pas s'opposer à lui et de choisir ses mots avec soin, ce qui mettait par ailleurs sa nature franche à rude épreuve. Mais, aussitôt que le père Dominus apparut de nouveau devant elle, elle se précipita vers les barreaux pour lui exprimer le fond de sa pensée.

— Comment osez-vous traiter cette enfant innocente d'impure, espèce d'horrible vieil homme? cracha-t-elle. Doutez-vous tellement de votre pouvoir sur une simple petite fille qu'il vous faille la fouetter? Quelle honte! Cette jeune fille accomplit la tâche d'une cuisinière et produit une chère d'excellente qualité qui nourrit cinquante personnes. Est-ce ainsi que vous l'en remerciez? Non seulement vous ne lui octroyez aucun émolument pour son travail, pingrerie que vous étendez à tous les Enfants de Jésus, mais vous lui donnez le fouet! Et pourquoi? Parce qu'elle demanda en mon nom des serviettes féminines pour mon cycle! Et vous osez l'appeler impure! Monsieur, vous n'êtes qu'un bigot dont l'infamie jette l'opprobre sur votre vocation!

Pris au dépourvu, il se redressa dès les premières paroles de la prisonnière. Toutefois, à la première mention de ses saignements, il se couvrit les oreilles de ses mains, puis se balança d'avant en arrière sur son siège.

Tremblante de colère, elle l'observa en silence une bonne minute avant de se laisser tomber sur sa propre chaise avec un soupir.

— Mon père, vous êtes un imposteur, déclara-t-elle. Vous croyez être le fils de Dieu et gardez ces enfants auprès de vous pour vous vénérer. Je vous absous de votre avarice et de ces profits que vous tirez de vos potions car, à l'évidence, vous les dépensez de façon à nourrir vos disciples et à leur apporter un certain confort. Vos dépenses doivent se révéler considérables, depuis le fourrage pour vos ânes jusqu'au charbon pour les feux qu'il vous faut entretenir dans votre laboratoire ainsi que dans les cuisines. Rien de ce que vous me dictâtes jusqu'à présent ne m'expliqua d'une quelconque façon les raisons de votre présence en ces lieux, ni depuis combien de temps, ni le but que vous poursuivez. Mais votre attitude envers cette petite fille innocente me déçoit cruellement. Vous la corrigeâtes pour sa seule appartenance au sexe féminin. Les femmes sont les créatures de Dieu, au même titre que les hommes. Lui seul est responsable des fonctions auxquelles Il destina les différentes parties de notre corps ; pas vous, parce que vous n'êtes pas Dieu. Vous m'entendez ? Vous n'êtes pas Dieu !

Il l'écouta jusqu'au bout, sans plus se couvrir les oreilles, mais son expression indiquait clairement qu'il ne goûtait guère ce qu'il entendait. Il se leva et lui fit face, les dents découvertes en un rictus.

— Je suis Dieu, rétorqua-t-il avec calme avant d'ajouter avec un sourire : tous les mâles sont Dieu, tandis que les femelles, création de Lucifer, se trouvent sur Terre dans le but de tenter, de séduire, de corrompre.

— Balivernes ! renifla-t-elle avec dédain. Les hommes autant que les femmes sont des créatures du Seigneur. Par ailleurs, n'avez-vous jamais envisagé que les hommes, à l'inverse de leurs compagnes à qui vous prêtez ces défauts, se révèlent indignes et faibles ? Le diable, s'il hante l'humanité, ne peut qu'avoir élu domicile dans l'esprit de ces mâles qui s'efforcent de corrompre les femmes avant de les blâmer pour leurs maux. J'eus l'occasion de faire face au Malin qui sommeille en l'homme, monsieur, et je puis vous assurer qu'il ne nécessita aucune invitation féminine pour s'exprimer.

— Cette conversation n'offre aucun intérêt, jappa-t-il. Prenez votre plume, madame.

— Je m'exécuterai, mon père, si vous me proposez un autre sujet. Je vous ai fourni deux cents pages de texte dont seules cinquante, tout au plus, contiennent des pensées originales. Le reste consiste à les répéter. Avancez, père Dominus ! La naissance de votre Genèse du Cosmos m'intéresse au plus haut point ; narrez à vos lecteurs ce qu'il advint lorsque vous pénétrâtes pour la première fois dans l'Antre de Dieu ! Expliquez ce qui vous y mena !

Elle avait gagné. Il posa sur elle un regard émerveillé, stupéfait, comme en proie à une autre révélation. Mary exhala intérieurement un soupir de soulagement. Il pouvait la tuer si l'envie l'en prenait. Alors qu'elle le couvrait d'amères invectives, peut-être avait-il caressé l'idée de demander à frère Jérôme de la précipiter au fond de son trou d'aisances. Bien qu'incertaine de ses chances de succès, elle avait sauvé sa propre vie en lui parlant de son ouvrage et en lui démontrant qu'il se fourvoyait. Le cerveau du religieux, sans doute formidable en ses jeunes années, s'empâtait, perdait de son acuité, un processus dont il s'apercevait peut-être, mais auquel il ne savait comment remédier. Eût-il jadis fouetté la pauvre Thérèse ou considéré le sexe faible comme impur ? Si la chance lui souriait, Mary obtiendrait aujourd'hui une réponse à ces questions car il accueillait sa suggestion critique avec ce qu'il fallait de gratitude pour désirer poursuivre leur collaboration. Il désirait ardemment écrire son livre, mais ne savait comment. Cet esprit capable d'inventer des lampes et des remèdes à toutes les maladies semblait dans l'impossibilité d'établir un plan d'écriture. Tant qu'elle le guiderait dans son travail littéraire, il la garderait en vie.

— Écrivez, ordonna-t-il : « Le plus puissant stratagème que concocta Lucifer pour dominer le destin des hommes consista à inventer l'or. Quand on en considère les qualités, on ne peut que se consumer d'admiration pour la subtilité du Malin ! Jaune et brillant comme le soleil, l'or ne ternit jamais. Malléable, il peut se transformer en un grand nombre d'objets. Il est lourd, inaltérable, dénué d'imperfections. Depuis la nuit des temps, les hommes vénèrent l'or et, partant, vénèrent Lucifer. Ils tuent pour en obtenir, le thésaurisent, fondent sur lui la prospérité de leur société. Ils s'en couvrent le corps et celui de leurs femmes qui aspirent à s'en parer avec une soif insatiable. Les chefs et les empereurs l'emportent dans leur tombe pour que les générations futures témoignent de leur puissance.

Lorsque j'atteignis ma trente-cinquième année, mon maître, un homme qui avait voué sa vie à Lucifer (ce que je ne soupçonnais pas), me confia l'or qu'il avait amassé. Cet or avait pris la forme variée de pièces, d'ornements, d'objets et de bijoux dont mon maître avait ôté les gemmes avant de m'abandonner les attaches, chaînes et autres parties constituées de ce métal. Je devais les fondre, les débarrasser de toute impureté, puis les couler en lingots que je lui apporterais. Il fallait cependant que la confection de ces lingots se déroulât dans le plus grand secret, à tel point que mon maître refusa de connaître l'endroit où je comptais accomplir ma tâche. »

Son visage prit une expression pensive ; Mary termina d'écrire sa phrase, puis attendit, muette.

— « Il savait que je ne le trahirais pas : mon âme lui appartenait. Je me souvins des landes et des grottes du Peak District. En les explorant, je découvris l'immense caverne qui me sert à présent de laboratoire. Elle répondait parfaitement à mes besoins, flanquée en outre d'une autre grotte un peu en retrait où je pouvais cacher les ânes qui, à la nuit tombée, apportaient l'équipement nécessaire à mon travail. Lorsque je me fus installé, je versai à ceux qui m'avaient aidé une coupe de rhum empoisonné, puis les jetai dans une fosse. Pendant six mois d'un dur labeur, je fondis l'or en lingots de petite taille et d'un poids limité à dix livres, de façon à pouvoir les porter. J'étais jeune encore, et je possédais un corps mince et vigoureux.

Quand j'eus achevé mon ouvrage, je fouillai les grottes avoisinantes et pénétrai dans l'Antre de Dieu. La révélation qu'engendra cette découverte ne se limita pas à établir le fondement de la Genèse du Cosmos ; observant ces lingots que j'avais façonnés, je perçus enfin ce qu'ils représentaient : l'œuvre de Lucifer. Je compris alors que mon maître servait le Malin. Je cachai son or loin de mon laboratoire et ne me présentai plus jamais devant lui.

Pendant plusieurs lunes, je demeurai avec Dieu dans les ténèbres. Lorsque j'émergeai enfin, j'avais changé : l'or ne détenait plus de pouvoir sur moi ni aucun des autres stratagèmes que prise Lucifer. Des araignées d'une blancheur absolue tissèrent leur toile diaphane, enfermèrent les lingots dans un voile d'indifférence, d'inexistence. Leur éclat à jamais terni, ils reposent dans les ténèbres de Dieu. »

Mary posa sa plume, puis leva vers le religieux un visage où se lisaient le respect et l'admiration.

— Quel singulier personnage vous faites, mon père. Quoique un bigot et un tyran, vous eûtes la force de vaincre l'attrait de l'or.

Il s'extirpa de sa chaise avec difficulté, le corps comme endolori, et ordonna dans un murmure :

— Copiez cela, je vous prie.

— Avec joie. Je mettrais cependant davantage de cœur à mon ouvrage si vous m'envoyiez Thérèse.

Mais, comme à l'habitude, il avait disparu en l'espace d'un instant, sans qu'elle sût avec certitude s'il l'avait entendue.

Quel récit ! Contenait-il une once de vérité ? Le religieux mentait avec aisance, toutefois son histoire possédait un indéfinissable accent de sincérité. Quel était ce maître mystérieux à la tête d'une fortune si vaste que le père Dominus avait eu besoin de six mois entiers pour la transformer en lingots ? Par ailleurs, le vieil homme permettrait-il la publication d'un livre où il décrivait sans la moindre émotion le meurtre de complices ?

Elle dîna d'un steak accompagné de champignons et de pommes de terre à la crème, suivi d'un flan au caramel. La récompensait-on pour avoir remis le biographe sur la voie ? *À cheval donné, on ne regarde pas les dents,* songea-t-elle en s'attaquant à son repas avec appétit. Elle sentit un regain de force s'infiltrer dans ses veines à chaque bouchée. Lorsqu'elle eut terminé, elle s'adossa à sa chaise avec un soupir d'aise. *Peut-être n'est-il pas aussi fou que je le pensais,* se dit-elle, l'estomac plein, en proie à une mansuétude inhabituelle.

Ce sentiment ne dura pas. Le lendemain, le père Dominus apparut, échevelé, les traits tirés après une nuit sans sommeil. Une fois assis, il se lança aussitôt dans l'élaboration d'un traité portant sur la chimie de l'or et les différentes façons de le fondre. Son discours, lardé de termes techniques inconnus de Mary, obligea celle-ci à lui demander des précisions orthographiques à plusieurs reprises, ce qui déclencha sa colère.

— Apprenez donc à écrire, madame ! cria-t-il. Je refuse de vous servir de lexique !

— Je maîtrise toutes les règles de notre langue, mon père, mais je ne suis ni apothicaire ni chimiste ! Je vous demande simplement d'épeler des mots touchant à des domaines qui me sont étrangers ! Votre sujet se rapportât-il à la musique, j'écrirais *glissando* ou *toccata* sans aucune aide ! Le sens de ce que vous me dictez ce jour est impénétrable !

— Bah ! cracha-t-il avant de disparaître.

Le menu de la prisonnière retrouva sa frugalité : du pain, du beurre, du fromage. Au moins, il s'accompagnait d'eau et non plus de petite bière, ce qu'elle avait obtenu malgré les objections de son geôlier. Aux yeux du père Dominus, l'eau véhiculait la typhoïde et le typhus tandis que le processus de brassage auquel s'ajoutaient les trois pour cent d'alcool de la petite bière rendaient celle-ci salubre. Bon nombre d'Anglais partageaient cette croyance et la plupart des enfants, aussitôt sevrés, ne buvaient plus que cette boisson. Mary en abhorrait le goût, mais n'avait obtenu de l'eau qu'après avoir mis en évidence la pureté du torrent qui traversait les cavernes.

Ignatius se présenta comme à l'accoutumée pour lui ouvrir la porte de sa cage afin de la laisser accomplir sa promenade jusqu'à la rivière souterraine. À son expression, Mary comprit que tout n'était pas rose chez les Enfants de Jésus.

Lanterne à la main, bottes aux pieds, elle l'agrippa par la manche et l'obligea à lui faire face.

— Cher Ignatius, de quoi s'agit-il ?

— Il m'est interdit de vous parler, sœur Mary, chuchota-t-il.

— Billevesées ! Personne ne nous entend. Que se passe-t-il ?

— Père Dominus nous donna l'ordre de quitter les Cavernes du sud au plus vite, et il y a tant à faire ! Jérôme use et abuse du fouet et les petits ne parviennent pas à suivre.

— Quel âge ont les « petits » ?

— Quatre, peut-être cinq ans.

— Où se trouve Thérèse ?

— Elle est partie ce jour pour les Cavernes du nord, où l'on installa de nouvelles cuisines.

— Et moi ? Quitterai-je ma cellule ?

Il afficha un air malheureux et apeuré.

— Je ne sais pas, sœur Mary. Partez, maintenant !

Lorsqu'elle fut de retour, il la pressa de rentrer dans sa cellule, ramassa ses bottines, puis disparut derrière l'écran. Le cœur de Mary se serra. Il avait pris l'habitude de laisser ses souliers devant l'entrée du tunnel, le fait qu'il les emportât l'inquiétait.

Le père Dominus surgit sur ces entrefaites, agité comme un cancre forcé de s'asseoir au premier rang. Le bonnet d'âne lui eût convenu car il tint un discours décousu, incohérent, rebattu, qui n'avait aucun lien avec l'or, Dieu ou Lucifer. Lorsqu'il se tut, elle le pria, d'une voix aussi humble que possible, de lui épeler une liste de termes abscons pour qu'à l'avenir elle n'eût pas à briser le fil de sa concentration. Après trente-deux de ces mots, il se leva d'un bond et disparut.

Mary tenta de se rassurer : l'attitude fébrile du religieux procédait de leur déménagement. Le vieil homme devait s'épuiser à surveiller une cinquantaine d'enfants déplaçant toutes leurs possessions sur plusieurs lieues, nerveux à la perspective de quitter des cavernes qu'ils considéraient comme leur foyer pour celles que, peut-être, ils honnissaient car elles abritaient le laboratoire et l'entrepôt. Et l'or ?

Difficile de conclure. Elle suspectait que les lingots demeuraient dans ce mystérieux Antre de Dieu, mais le père lui avait offert trop peu d'informations pour qu'elle le localisât.

*

Le jour suivant, frère Jérôme apparut avec du pain et de l'eau, sans la moindre trace de beurre, de confiture ni de fromage. Les yeux brillant d'un éclat mauvais, il tendit la main.

— Donnez-moi votre travail.

En silence, elle passa à travers les barreaux une liasse chétive en comparaison de celles que leurs sessions précédentes avaient produites et qui avaient fourni à la prisonnière assez de travail pour l'empêcher de réfléchir.

Les jours se suivent et ne se ressemblent pas, songea-t-elle. *Hier un steak, des champignons et un flan, aujourd'hui du pain sec et de l'eau. Que se passe-t-il? Son esprit dérangé s'est-il irrémédiablement égaré ou mon nouveau régime s'explique-t-il simplement par le fait que je me trouve à plusieurs lieues de la nouvelle cuisine?*

Alors qu'elle subissait ce régime draconien pour le deuxième jour consécutif, père Dominus fit irruption derrière l'écran, serrant la liasse de feuilles qu'elle avait confiée à frère Jérôme.

— Qu'est-ce cela? Qu'est-ce cela? hurla-t-il, la bouche écumante.

— Il s'agit de ce que vous m'avez dicté avant-hier, répondit Mary d'une voix calme.

— Je vous ai parlé pendant deux heures, madame!

— Non, mon père. Vous demeurâtes assis sur votre chaise tout ce temps sans énoncer davantage d'informations exploitables que celles écrites sur ces pages. Vous radotez, monsieur.

— Vile menteuse!

— Pourquoi mentirais-je ? objecta-t-elle d'un ton raisonnable. Ma survie dépend de votre satisfaction, mon intérêt me commande de ne point vous contrarier. En réalité, ajouta-t-elle, prise d'une inspiration soudaine, vous me semblâtes souffrir d'une cruelle déficience de sommeil qui causa un affaiblissement de votre concentration. Me suis-je trompée ?

Deux billes bleu pâle, froides comme l'acier et recouvertes d'un fin voile translucide, fouillèrent son visage, mais elle lui rendit son regard sans ciller.

— Vous dites peut-être vrai, lâcha-t-il enfin, puis il s'éclipsa sans plus se soucier, sembla-t-il, de poursuivre sa dictée ce jour-là.

Il perdait la raison, cela ne laissait aucun doute.

Si seulement je pouvais établir un rapport avec lui qui me permît de discuter du sort des enfants, réfléchit-elle, perchée sur son lit. *Dans quel dessein les enlève-t-il ? Que deviennent-ils après avoir atteint la puberté ? Je dois trouver un moyen d'adoucir son humeur.*

Personne ne se présenta pour renouveler ses réserves de nourriture. L'instinct avait soufflé à Mary d'économiser son eau ; elle ne s'en était pas aspergé le visage ni le corps, la réservant pour étancher sa soif. Sans copie à transcrire, sans promenade, les livres lus à satiété, le jour s'étira de façon interminable et quand, enfin, le sommeil s'empara d'elle, il fut peuplé de rêves étranges.

Lorsque le père Dominus apparut, il portait une miche de pain frais et une cruche d'eau.

— Oh, comme je suis heureuse de vous voir, mon père ! s'exclama Mary avec un sourire qu'elle espéra dénué de toute séduction. L'inaction me pèse de façon insupportable ; en outre, je brûle de prendre connaissance du second chapitre de votre Genèse du Cosmos.

Il s'assit, mais au lieu de déposer le pain et l'eau sur l'étagère, il les garda au sol, à côté de lui. Le message était clair : l'octroi de ces largesses dépendrait entièrement de sa conduite durant leur entretien.

— Avant de commencer notre session, mon père, déclara-t-elle de sa voix la plus enjôleuse – une gageure ! –, j'aspire à percer certains mystères qui s'attachent aux ténèbres de Dieu. Je partage sans réserve votre philosophie concernant Lucifer, mais nous n'avons pas encore évoqué Jésus, Lequel ne manque pas d'importance à vos yeux puisque vous Lui affiliâtes vos Enfants. Le nombre de ceux-ci s'élève à cinquante, trente garçons et vingt filles, ce qui détient assurément une signification précise car vous ne semblez prendre aucune résolution de façon anodine.

— Votre intelligence ne laisse aucun doute, répondit-il, flatté. Tous les chiffres de valeur doivent se terminer par un non-chiffre – ce que les Grecs appelaient le zéro, celui que nous écrivons en écriture arabe. Le zéro représente l'éternité. Cinq plus trois plus deux font dix : la ligne dont les extrémités ne se rencontrent jamais, qui n'a ni début ni fin.

Quel ramassis de balivernes ! Mais Mary battit des cils et s'écria avec une crainte respectueuse :

— Stupéfiant ! Extraordinaire !

Elle hésita aussi longtemps qu'elle l'osa, puis s'enquit :

— Et Jésus ?

— Jésus est le produit d'une trêve entre Dieu et Lucifer.

— Quoi ?

— C'est évident, sœur Mary : les hommes n'acceptaient pas un Dieu dénué de formes, de sexe, de visage, mais ils refusaient également de se laisser totalement séduire par les artifices de Lucifer. Dieu, comme Lucifer, n'accomplissait rien parmi les humains. Aussi se rencontrèrent-ils sur un nuage du ciel qui se transforma en étoile et forgèrent-ils Jésus : un homme surhumain, un mortel immortel, une incarnation du Bien autant que du Mal.

Mary sentit monter en elle une vague d'indignation qui balaya toute prudence. Elle se leva d'un bond et laissa échapper sa fureur.

— Blasphémateur ! Anathème ! Apostat ! Oh, vous avez cependant répondu à toutes mes questions, même à celles que je n'ai pas posées. Quel que soit le sort que vous réserviez à ces enfants, je sais que vous nourrissez à leur encontre un dessein maléfique. Ils ne grandiront jamais, n'est-ce pas ? Les petites filles parlent d'une école à Manchester que dirige une mère Beata et où elles recevront une formation de dame de compagnie, mais ce lieu n'existe pas ! Que faites-vous des garçons ? Nul ne le laissa entendre, frère Ignatius par ignorance apeurée, frère Jérôme par fourberie. Vous êtes un être malfaisant ! Je vous maudis, Dominus ! Vous volâtes ces enfants à un âge trop tendre pour qu'ils eussent alors souffert de la cruauté d'un maître, ce qui signifie que vous les achetâtes pour quelques verres de rhum à des parents sans foi ni loi ou à un curé de paroisse incompétent. Vous exploitez leur innocence et estimez accomplir votre devoir parce que vous les vêtez, les nourrissez et les soignez ! Comme des veaux que l'on engraisse à l'abattoir ! Vous les assassinez, Dominus ! Vous massacrez les innocents !

Il avait écouté sa diatribe avec stupéfaction, trop surpris pour réagir. La dernière accusation, toutefois, le tira de sa torpeur. Eût-elle désiré la preuve de ce qu'elle venait d'avancer, que l'horrible accès de rage qui le secoua la lui apporta. Le corps parcouru de spasmes sous le coup d'une fureur incontrôlable, il hurla, cracha, la traita de chienne, de catin, d'infidèle, de séductrice, de Lilith, de Jézabel, et des noms d'une demi-douzaine d'autres tentatrices bibliques, tandis que Mary, non moins bouleversée, répétait :

— Vous tuez les innocents ! Vous tuez les innocents !

À court d'insultes, il ramassa la cruche d'eau qu'il lança contre les barreaux, arrosant Mary d'une pluie de brisures et du précieux liquide. Puis il se retourna et s'éloigna en poursuivant ses anathèmes, mais, aveuglé par son courroux, trébucha contre l'écran.

Celui-ci oscilla puis s'effondra avec une lenteur qui parut infinie, accrochant dans sa chute quelque chose qui se déchira. Une lumière éclatante envahit la grotte. Mary leva aussitôt le bras pour protéger ses yeux et ne le baissa que lorsqu'elle fut certaine de pouvoir résister à l'intensité. La vision qui s'offrit à elle l'eût, en d'autres circonstances, confondue par sa beauté. Sa prison, où qu'elle se trouvât, se dressait à plus de mille pieds au-dessus d'une vaste étendue de landes, de rochers étranges, de pics de pierre. Le Derbyshire ! À des lieues de Mansfield !

Elle entendit le sifflement du vent qu'avait dû bloquer la lourde étoffe vert foncé gisant au sol. Voilà pourquoi sa prison avait résonné d'un perpétuel chuintement !

Seigneur, songea-t-elle en frissonnant, *je périrai de froid bien avant de mourir de soif !*

Il lui était bien sûr impossible d'atteindre l'entrée de la grotte située à une bonne vingtaine de pieds d'elle. De toute façon, derrière les barreaux qui la retenaient encore prisonnière, elle aperçut le pain, hors d'atteinte, tandis que l'eau séchait rapidement sous l'action de cette terrible brise. Par où ses geôliers entraient-ils et sortaient-ils ? À l'inverse de la paroi de droite, parfaitement lisse, celle de gauche comportait les bouches de trois tunnels. L'un d'eux était celui qu'elle empruntait pour ses promenades. Devant la plus éloignée des entrées, elle distingua un empilement de chandelles de suif ainsi qu'une boîte d'amadou – ce tunnel devait mener aux Cavernes du nord. Par conséquent, déduisit-elle, celui au centre communiquait avec les anciennes cuisines. Par le Christ, qu'était-il advenu de Thérèse et d'Ignatius ? Ces enfants atteindraient sous peu l'âge de la puberté, et l'instinct de Mary lui soufflait que le père Dominus s'était fixé cette limite pour se débarrasser d'eux. Tout ce qu'elle pouvait espérer était que cet apothicaire à l'indéniable talent leur donnât une mort rapide et indolore, sans estimer nécessaire de recourir à la violence. Une petite part d'elle-même, toutefois, s'appuyait sur ses élucubrations au sujet de Dieu et du diable pour se demander si ces enfants représentaient réellement des agneaux sacrificiels. Non, impossible !

Mais comment anticiper les divagations imprévisibles d'un esprit aussi malade ? Tous les fous n'étaient pas furieux et, même s'il arrivait au père Dominus de laisser libre cours à la violence qui l'habitait, il semblait à d'autres moments aussi sain d'esprit qu'elle-même, capable de logique jusqu'à la convaincre à une ou deux reprises du bien-fondé de sa Genèse du Cosmos, à la lumière de ses expériences.

Je dois *voir ces enfants !* se dit-elle sans guère nourrir l'espoir d'y parvenir. *Je veux leur parler, non pas l'oreille aux aguets, craignant la venue du père Dominus ou de Jérôme, mais devant une bonne tasse de chocolat chaud ou une autre de ces gâteries qui entraînent les enfants à se confier. Il me faut vérifier que, nonobstant ces noms dont on les affubla afin de louer ce dieu hybride d'ombre et de lumière, ils ont gardé, quelque part, leur innocence. Ma seule crainte consiste à ce qu'il ait inculqué à ses tendres disciples sa philosophie, théologie, ou tout autre nom qu'il accorde au produit de ses réflexions. Si le vieil homme les utilise comme bête de somme sans se soucier de les éduquer, leur esprit aura survécu. À l'évidence, aucun cerveau sain n'engendrerait pareilles fadaises, mais quelle sorte d'esprit, en présence des ténèbres, vénérerait celles-ci et vouerait la lumière aux gémonies ?*

Un peu plus tard, elle examina sa prison une nouvelle fois. Oui, le pichet sur sa table contenait encore suffisamment d'eau pour tenir quelques jours, si elle en usait avec parcimonie. Il lui restait également un morceau de pain rassis. Toutefois, l'eau, davantage que de la nourriture, importait pour sa survie. Poussée par le désespoir, elle secoua chacun des barreaux, en vain. Ils étaient scellés dans les murs de la grotte et, sans le moindre outil, elle ne pouvait espérer creuser autour de leur base.

Des larmes coulèrent sur son visage. Bientôt, les sanglots secouèrent son corps et elle se laissa tomber sur son lit. À en croire les marques sur le mur, elle se trouvait enfermée depuis six semaines et il lui semblait qu'elle allait y mourir. Aucun Enfant de Jésus ne viendrait à son aide à présent qu'ils s'installaient dans les Cavernes du nord.

Le désespoir finit toujours par faiblir, en particulier pour les Mary de ce monde. Elle se leva et redressa les épaules. *Je n'accepterai pas mon sort sans lutter!* se jura-t-elle farouchement. *Je vais boire deux gorgées d'eau, puis j'essayerai de dormir. Lorsque j'aurai recouvré mes forces, je tenterai de nouveau de desceller les barreaux. Cette fois, je m'attaquerai à ceux, peut-être plus usés, de la porte qu'ils franchissent pour entrer et sortir de ma cellule.*

Elle mit son plan à exécution, mais la lourde porte ne céda pas tandis que son cadenas demeurait hors de portée. Si seulement elle disposait de son nécessaire de couture! Le petit instrument qui défaisait les points fût peut-être parvenu à crocheter l'une ou l'autre serrure.

Me voici parvenue au bout de mon chemin, songea-t-elle, *mais je ne capitulerai pas. Dieu tient mon sort entre Ses mains, certes, mais moi aussi. Tant que je posséderai de l'eau, je ne céderai pas au désespoir.*

10

Lydia comprit qu'elle était captive peu après que Ned Skinner l'eut abandonnée à Hemmings entre les griffes de miss Mirabelle Maplethorpe. Plus avertie que ses sœurs, elle décela dans l'attitude de sa gardienne des façons qui appartenaient aux maisons closes – non point celles d'une prostituée, mais plutôt d'une matrone s'assurant que ses catins assouvissaient tous les désirs de leurs clients. À quoi jouait Fitz pour employer une telle créature ? Il avait confié feu Mrs Bennet aux bons soins de Mary tandis qu'elle, Lydia, recevait les soins d'une maquerelle ! Sa situation en disait long sur les sentiments que nourrissait son beau-frère : les barreaux aux fenêtres traduisaient sa crainte qu'elle contrariât ses projets, la présence de miss Maplethorpe exprimait le mépris dans lequel il la tenait.

Non que sa gardienne manquât d'usage et de civilité, loin de là. Seule sa liberté lui était confisquée. Elle comptait en revanche des réserves inépuisables de vin, de cognac et de porto : à l'évidence, Fitz espérait la voir s'abîmer dans un état permanent d'ébriété. Lydia appartenait cependant à cette rare catégorie d'ivrognes qui cessaient de boire à volonté. Le moment était venu, songeait-elle. Elle devait comprendre de quoi il en retournait !

Elle décida toutefois de garder sa sobriété secrète. Les premiers temps, elle vida les bouteilles par la fenêtre de sa chambre, mais le liquide maculait les briques du mur. Elle s'aperçut alors qu'au rez-de-chaussée, à travers les barreaux, le contenu des bouteilles se déversait dans la terre du jardin. Elle jouissait de longues heures de solitude pour agir en toute discrétion. Personne, semblait-il, ne désirait la compagnie d'une alcoolique.

Elle s'étiolait dans sa geôle depuis une semaine lorsque survint Ned Skinner – enfin l'occasion d'en apprendre davantage sur sa situation ! Elle aspergea sa robe d'un peu de brandy, s'écroula sur une chaise et attendit. Bientôt se présentèrent sa gardienne et le visiteur. Ce dernier se pencha sur elle et sentit l'odeur qui imprégnait ses vêtements.

— Avinée, lâcha-t-il, laconique.

— Comme toujours. Viens à côté, nous pourrons nous entretenir.

Aussitôt qu'ils se furent installés dans le salon de dessin adjacent, Lydia se redressa, avança sans bruit vers la porte qu'elle entrouvrit avec précaution. Les yeux fixés sur le dossier des chaises où ils avaient pris place, elle écouta en toute tranquillité.

— Comment cela se passe-t-il ? s'enquit Ned.

— Oh, elle ne pose aucun souci. Elle commence à boire au petit déjeuner et continue jusqu'à en perdre connaissance. Cela ne l'empêche pas d'apprécier la venue d'hommes entre ses draps. Quelle bonne idée de m'avoir adjoint ces gaillards, Ned. Ces derniers ne chôment guère !

— Mr Darcy demande que l'on modère sa consommation d'alcool.

— Pourquoi diable ?

— Ses sœurs lui rendront visite dans dix jours.

— Je vois. Toutefois, la limiter risque de la plonger dans une rage incontrôlable. Ne vaudrait-il pas mieux la laisser en abuser tout son soûl afin que ses sœurs découvrent dans quel véritable état elle se trouve ?

— Mr Darcy ne le souhaite pas.

— Lequel demeure ton idole.

— Absolument.

— A-t-on retrouvé la trace de l'autre sœur, Mary ?

— Non, elle semble s'être volatilisée.

— Je puis t'assurer qu'elle n'apparut dans aucun bordel, à moins que celui-ci ne se trouve au sud de Canterbury ou au nord de la Tweed, mais cela me surprendrait, vu son âge. La beauté ne peut pallier les imperfections d'un corps de femme de trente-huit ans – il devient trop gras ou trop maigre selon les cas, et tu m'affirmas qu'elle affichait une apparence maigrichonne.

— En effet ; elle possède un corps sec, dépourvu de poitrine.

— Alors, elle ne fera jamais l'affaire dans une maison close.

— Combien de temps peux-tu rester ici, Mirry ?

— Deux mois encore. Ensuite, il me faudra retourner à Sheffield. Aggie, quoique stricte, répugne à user du fouet.

— Pourrait-elle te remplacer ?

— Non ! Aggie est bien trop vulgaire ! Mrs Darcy et Mrs Bingley la perceraient aussitôt à jour. Je te conseille plutôt de chercher dans une maison d'aliénés.

— Ces femmes se montreraient-elles moins communes ? douta Ned. Enfin, je demanderai à Mr Darcy de passer une annonce.

— Parfait. Je suis certaine que vous trouverez quelqu'un, le temps ne vous presse pas.

— Je dois partir, Mirry.

— Assure ton idole de la bonne santé de notre pensionnaire – qui possède sans nul doute une constitution de taureau pour survivre à autant d'alcool, véritable poison quand on l'ingurgite en si grande quantité. Je parie qu'elle perdra l'esprit avant de succomber physiquement. Veux-tu que je remplace son porto par une boisson du même goût fabriquée par le père Dominus ?

— Par qui ?

— Un vieil apothicaire qui se prend pour un religieux. Il me fournit une excellente potion abortive. L'ancien maître, semble-t-il, possédait un grand nombre de poisons de sa fabrication qui conduisaient à la folie ou à la paralysie. Je m'étonne que tu n'en aies jamais entendu parler. Le vieux maître en avait fait son homme de confiance.

— J'étais trop jeune, Mirry. En outre, souviens-toi, il me fallait me cacher quand survenait l'ancien maître. Ceci étant, tu ne fais pas ton âge, en vérité.

— Grâce au père Dominus !

— Mr Darcy n'approuverait pas l'usage de potion, donc la réponse est non, Mirry.

— Ma parole, tu voues à cet homme le sentiment que les idiots consacrent à Dieu !

— Ne blasphème pas.

Il se leva et ajouta :

— Au sujet de ces barreaux…

Malgré son vif désir d'entendre la suite, Lydia referma la porte et se précipita vers sa chaise, où elle reprit sa position avachie avec un grand réalisme. Mais personne ne survint. Peu après s'éleva le bruit de sabots qui galopaient et elle se redressa, indignée.

Oh, les fieffés coquins ! Quant à Fitzwilliam Darcy, les scrupules semblaient certes le freiner, mais il demeurait froid et sans cœur. Eh bien, elle l'avait toujours suspecté, non ? N'avait-il pas envoyé George d'une guerre à l'autre ? *Oh, mon aimé ! Comment vivre sans vous ? Sobre !* se jura-t-elle farouchement, *voilà comment : sobre !*

*

Je ne manque pas de talent comme comédienne, songea-t-elle après dix jours. *Je les mène par le bout du nez et les rends tous chèvre, à commencer par cette peau de vache de Mirry! Crises de larmes, accès de fureur, hurlements ininterrompus: quel courage il me fallut rassembler pour poursuivre dans cette veine alors que ce rustre de Rob menaçait de m'étrangler si je ne me taisais pas. Eh bien, je ne me suis point tue, et Mirry la Mégère dut l'envoyer au loin de crainte qu'il ne mît sa menace à exécution. J'ai laissé libre cours à mon langage le plus imagé – étrange comme les gens détestent cela. Je trouve bien pires les égratignures et les morsures que, par ailleurs, je ne me suis pas retenue de distribuer.*

Lorsque le splendide équipage de Pemberley s'arrêta devant les portes peu après le déjeuner, la fébrilité de Lydia était à son comble. Enfin! Ses geôliers recevraient bientôt la correction qu'ils méritaient!

En dame de compagnie de qualité, miss Maplethorpe demeura le temps nécessaire pour veiller au confort des invitées, puis laissa ces dernières seules avec leur sœur. Dès l'instant que la porte se referma, la prisonnière se redressa sur sa chaise et arrêta de jouer la comédie.

— Voilà qui va mieux! s'exclama-t-elle.

Jane et Elizabeth s'étaient étonnées des changements survenus dans l'apparence de leur jeune sœur. Outre un visage et une silhouette exempts d'empâtement, elle respirait la propreté et arborait une robe en linon bleu glacé à la pointe de la mode. Elle avait relevé ses cheveux sur le sommet de son crâne en un chignon serré tandis que de délicates anglaises cascadaient autour de son visage. Pour la première fois depuis des années, elle ressemblait à une lady.

Les deux visiteuses échangèrent un regard ; ces progrès les surprenaient autant qu'ils les réjouissaient.

— Voilà qui va mieux ? répéta Elizabeth, perplexe.

— Je suis sobre, leur apprit Lydia. Il le fallait pour que je puisse vous apprendre ce qui se passe ici.

— De quoi parles-tu ?

— L'impitoyable snob que tu as épousé me séquestre, Lizzie. Je suis prisonnière de cet horrible endroit.

— Prisonnière ?

— Oh, Jane, par pitié, regarde donc autour de toi ! Les barreaux aux fenêtres ne parlent-ils pas d'eux-mêmes ?

— Quels barreaux ? glapit Jane, son calme ébranlé.

Lydia plissa les yeux, incapable de distinguer quoi que ce fût à cause du soleil qui scintillait à travers les rideaux diaphanes. Elle se leva avec une telle précipitation qu'elle renversa sa chaise et courut à la fenêtre la plus proche.

— Là, venez voir par vous-mêmes !

Jane et Elizabeth la suivirent, une expression anxieuse sur le visage. Mais Lydia, parvenue à la fenêtre, ne distingua rien. Par tous les diables, où étaient ces maudits barreaux ?

— Oh, l'ignoble perfidie ! s'écria-t-elle. Ces fourbes me font passer pour une menteuse ! Lizzie, Jane, je vous jure que jusqu'à ce jour, toutes les fenêtres du rez-de-chaussée avaient des barreaux. Je vous le jure sur ce que j'ai de plus sacré, sur la tête de mon défunt époux ! Il y avait des barreaux aux fenêtres ! répéta-t-elle dans un cri, les yeux lançant des éclairs, les poings serrés.

Elizabeth ouvrit la fenêtre à guillotine et examina les briques intactes qui en formaient le cadre.

— Je ne distingue rien, ma chérie, déclara-t-elle avec douceur. Allons, reviens t'asseoir.

— Ils étaient pourtant là ! Je le jure sur la tombe de George !

— Ton imagination te joua des tours, la raisonna Elizabeth. Comment, dans ton état, eusses-tu appréhendé ce qui t'entourait avec clarté? À présent que te voilà sobre, aperçois-tu des barreaux?

— Lizzie, jamais je ne m'enivrai au point d'imaginer des choses! Ces fenêtres étaient condamnées. Chacune d'entre elles!

Un accent de désespoir s'insinua dans sa voix et elle ajouta :

— Tu dois me croire! Je suis ta sœur!

— Si tu te libéras véritablement de cette servitude, pourquoi ton haleine exhale-t-elle encore le parfum de l'alcool? s'enquit Elizabeth.

— J'ai avalé un verre ou deux avec mon petit déjeuner, avoua Lydia, morose. Ils étaient nécessaires pour me donner du courage.

— Très chère Lydia, intervint Jane avec douceur, ces barreaux n'existent pas. J'admets que ton apparence s'est améliorée, mais je crains qu'un long moment ne te soit nécessaire pour te libérer de la boisson.

— Je te dis que je suis prisonnière! Mirry la Mégère m'interdit de mettre le pied dehors sans elle.

— Qui? demanda Elizabeth.

— Mirry la Mégère! J'appelle ainsi cette grosse vache.

— C'est faire insulte à une fort charmante lady.

— Elle n'est en rien une lady, mais la propriétaire d'une maison close à Sheffield!

— Lydia! la réprimanda Jane dans un hoquet horrifié.

— Parfaitement! Je l'ai entendue s'entretenir avec Ned Skinner il y a dix jours; elle ne s'en cachait nullement. Pis encore, Ned ne l'ignorait pas non plus. Ils parlaient de me faire avaler quelque poison destiné à me paralyser ou à me rendre folle. Tout cela, sans doute, avec l'approbation de Fitz.

— Je crois qu'il est temps que tu produises la preuve de ces délirantes accusations, déclara Elizabeth avec froideur.

— Sans ces maudits barreaux, mes preuves disparaissent ! gémit Lydia qui se mit à pleurer. Si tu ne me donnes pas raison, qui le fera ? Lizzie, tu es une femme raisonnable, ne t'aperçois-tu pas que je représente une menace pour ton précieux Fitz ?

— Seulement par ton comportement débridé, Lydia. Comment ajouter foi à tes paroles ? Tu accusas Fitz de meurtre et usas d'insultes que la plus dépravée des femmes n'oserait proférer. Je n'accorde aucun crédit aux propos que tu profères contre miss Maplethorpe – ou contre Mr Skinner – parce que ton apparence démontre le soin extrême que l'on prend de toi, et ce, à l'évidence, depuis plusieurs jours. Non, Lydia, je ne te crois pas.

À mesure qu'Elizabeth s'exprimait, les sanglots de Lydia redoublaient.

— Allons, ma chérie, cesse de pleurer, lui enjoignit Jane en la serrant contre elle. Sonnons plutôt et faisons monter une collation. Une tasse de thé te rasséréneraít plus que tout le vin de la Création. La disparition de George t'affecte profondément, nous le savons.

Lorsqu'elle pénétra dans la pièce, miss Maplethorpe lança à Lydia un regard révélateur.

— Allons bon ! Cette pauvre Mrs Wickham vous entretint-elle de barreaux scellés à ses fenêtres ?

— Oui, répondit Elizabeth.

— Cette sorte particulière d'illusion naît de son état, Mrs Darcy.

— Elle prétend que vous tenez une maison close à Sheffield, intervint Jane.

Miss Maplethorpe éclata de rire.

— Comment diable cette idée se logea-t-elle dans sa tête ?

— Elle déclare avoir surpris une conversation entre Mr Edward Skinner et vous-même, expliqua Jane, d'un ton si empreint d'agressivité qu'Elizabeth sursauta.

— Comme c'est étrange! Je ne rencontrai Mr Skinner qu'en une occasion : lorsqu'il amena Mrs Wickham à Hemmings.

— Où viviez-vous avant de venir ici et quel emploi occupiez-vous? persista Jane.

— J'administrai l'asile d'aliénés pour femmes de Broadmoor, puis pris soin d'une parente de la marquise de Ripon, répondit miss Maplethorpe. Je dispose d'excellentes recommandations, Mrs Bingley.

— Un asile pour femmes? Je croyais que les déments recevaient leur traitement dans une même institution, sans distinction de sexe, objecta Jane, à l'évidence peu impressionnée par les « excellentes recommandations » de son interlocutrice.

— En effet, acquiesça celle-ci, troublée malgré elle, mais il demeure nécessaire de superviser les femmes.

— Je ne connaissais pas l'existence d'un asile à Broadmoor, continua Jane.

— Il existe pourtant, tout comme la marquise de Ripon, rétorqua miss Maplethorpe avec aigreur.

— Les lettres d'Argus m'apprirent que les personnes internées dans les asiles reçoivent un traitement semblable à celui que l'on accorde aux animaux dans les ménageries, sinon pire. Pour un penny, on autorise les curieux à les tourmenter, tandis qu'il n'est pas rare que le personnel ait recours à la torture.

— Pour cette raison, je quittai Broadmoor et pris mon service auprès de la marquise. Lorsque sa parente s'éteignit, j'acceptai cet emploi à Hemmings.

Le visage de pierre, miss Maplethorpe conclut :

— Je n'ai rien à ajouter, Mrs Bingley. Je vous invite à adresser vos plaintes à mon employeur, Mr Darcy.

— Merci, mademoiselle, intervint Elizabeth en hâte. Est-il possible de boire une tasse de thé ?

Elle attira la femme sur le côté et demanda :

— J'aimerais également vous poser une question, miss Maplethorpe : Lydia déplorera-t-elle un dérèglement perpétuel ?

— Il est encore trop tôt pour l'affirmer, toutefois je ne le crois pas.

— Si cela devait être néanmoins le cas, de quels soins faudrait-il l'entourer ?

— De ceux qu'elle reçoit ici, à Hemmings, mais accompagnés, hélas, de ces barreaux dont elle imagina l'existence. Il semble qu'elle… apprécie la compagnie des gentlemen. Il me fallut déjà la persuader de rentrer en quelques occasions. Vous me voyez navrée d'avoir à dénoncer cette attitude, peut-être nouvelle pour vous, Mrs Darcy.

— Il ne s'agit guère d'une surprise, je le crains, repartit Elizabeth.

— Je vois.

— Elle affirme qu'elle ne boit plus guère.

— C'est la vérité.

— Je vous remercie.

Sur un ultime regard à miss Maplethorpe qui en disait long, Elizabeth revint auprès de Jane et de Lydia, dont les larmes s'étaient taries.

Quoique d'une nature superficielle, sauvage et égoïste – hormis dans sa dévotion pour feu le capitaine George Wickham –, Lydia était suffisamment intelligente pour comprendre qu'elle s'était elle-même acculée dans un coin. On avait enlevé les barreaux de ses fenêtres, ce qu'elle n'avait pas prévu ; elle entendait parfaitement que sans eux, sa conduite n'incitait guère Jane et Elizabeth à croire son récit. Sa sobriété avait amélioré son apparence et sa santé à un tel point qu'il était impensable de la croire victime de maltraitances, bien au contraire. Quant à ses larmes, réalisa-t-elle, elles ne lui étaient d'aucun secours. Si elle voulait se libérer, elle ne devait compter que sur elle-même ; ni Jane ni Lizzie ne lui apporteraient leur soutien dans un complot visant à la faire évader de Hemmings. Très bien. Plus de larmes, plus de référence à un quelconque emprisonnement et plus aucune mention de Ned Skinner !

En dépit de l'heure, miss Maplethorpe envoya un plateau fort généreusement garni auquel les trois sœurs firent honneur. Lydia bavarda sans retenue, apaisant les craintes qu'eussent encore ressenties Jane et Elizabeth. Dire que Jane s'était attaquée à Mirry la Mégère ! Oh, pas longtemps, bien sûr. Jane ne distinguait que le bon côté des individus – eût-elle été mise en présence d'un galérien.

Avide d'en apprendre plus sur la disparition de Mary, Lydia concentra ses questions et ses remarques sur le sujet.

— De prime abord, j'ai cru qu'elle reparaîtrait après avoir cédé à un égarement passager, déclara Jane.

— Dieu sait si tout l'y prédestinait ! renchérit Lydia. La tête toujours plongée dans un livre, elle rêvait d'accéder à de plus grandes bibliothèques.

— Sa disparition date cependant de quatre semaines déjà et ne peut être considérée plus longtemps comme volontaire, objecta Elizabeth. Fitz partage mon opinion. Il s'arrangea pour que les deux tiers des policiers de chaque comté se consacrent à sa recherche, tandis que l'annonce mentionnant la prime de cent livres circule d'un bout à l'autre de l'Angleterre. Un grand nombre de gens réagirent et communiquèrent des informations, mais aucune ne mena à Mary.

Les traits soudain tirés, elle conclut :

— Nous commençons à craindre qu'elle ne soit morte. Fitz s'en montre convaincu.

— Lizzie, non ! s'écria Lydia, un instant distraite de son propre tourment.

Elizabeth poussa un soupir.

— Je nourris encore quelque espoir.

— Moi aussi ! affirma Lydia avec ardeur. Mary donnerait des leçons d'obstination à une mule. Je m'inquiète davantage que l'on abandonne aux policiers le soin d'effectuer ces recherches. On ne trouve plus grands empotés !

— Elizabeth et moi en convenons, acquiesça Jane, aussi harcelons-nous Fitz à ce sujet. Charlie et Angus partent toutefois presque chaque jour à la recherche d'indices.

— Angus ?

— Angus Sinclair, l'éditeur du *Westminster Chronicle*. Lizzie affirme qu'il est épris de Mary.

— Vraiment ?

Les deux visiteuses restèrent une heure de plus avant de prendre congé, ce qui leur laissait amplement le temps d'arriver à Bingley Hall avant le crépuscule. Elizabeth, qui y passait la nuit, se réjouissait de revoir ses neveux.

— Quelles sont tes impressions à propos de Lydia ? s'enquit Jane alors que la voiture franchissait un passage particulièrement cahoteux.

— Je suis perplexe. Son apparence et sa santé semblent bénéficier de son séjour à Hemmings. En outre, je ne lui crois pas l'esprit dérangé.

— Malgré ces barreaux dont elle nous parla ?

— En effet. L'assaut que tu livras contre miss Maplethorpe me déconcerta davantage. Cela ne te ressemble guère !

— J'ai surpris le regard qu'elle lança à Lydia lorsqu'elle pénétra dans la pièce, expliqua Jane. Ton siège était disposé différemment que le mien, aussi ton interprétation différera-t-elle peut-être de la mienne. J'y décelai de la dérision, du mépris.

— En vérité? Ses manières, pourtant, me parurent en tout point conformes à celles que l'on eût attendues d'une lady.

— Je demeure convaincue qu'elle joue la comédie, Lizzie. De surcroît, je gagerais que jamais elle ne pénétra dans un asile d'aliénés.

Elle éclata soudain de rire et ajouta :

— Mirry la Mégère! Comme cela correspond bien à notre Lydia de jadis!

— Je ne doute cependant point que Matthew Spottiswoode et son agence à York n'aient examiné avec soin les lettres de recommandation de miss Maplethorpe.

— Alors, il nous faut nous rendre à Hemmings de façon régulière, Lizzie.

Elizabeth, de retour à Pemberley, fit mander Edward Skinner – ce qu'elle n'avait jamais fait auparavant.

Leur entretien, toutefois, débuta sous de mauvais auspices. L'homme de Fitz se présenta avec un retard d'une heure, ce dont Elizabeth se plaignit avec hauteur.

— Je vous prie de m'excuser, Mrs Darcy. Votre commandement me parvint alors que j'étais occupé à un travail manuel qui requérait au préalable que je me rende présentable, expliqua-t-il sans la moindre trace de contrition.

— Je vois. Que savez-vous de miss Mirabelle Maplethorpe?

— Qui?

— La compagne de Mrs Wickham, à Hemmings.

— Ah, oui! Je ne la rencontrai qu'en une seule occasion et ne me souviens pas que l'on m'ait appris son nom.

— J'en déduis que vous ne possédez guère d'informations la concernant?

— Aucune, madame. Mr Spottiswoode vous renseignerait mieux.

— Fort bien, je m'adresserai à lui. Une chose encore : vous vivez à Pemberley depuis plus longtemps que moi et n'ignorez pas qu'il s'agit d'une véritable ruche où bourdonnent bon nombre de rumeurs. En entendîtes-vous qui concernaient miss Maplethorpe ?

— Seulement que la chance avait souri à Mr Spottiswoode lorsqu'il la trouva.

— Je vous remercie, Mr Skinner. Vous pouvez disposer.

Voilà qui ne débouchera pas sur une indéfectible amitié, songea Elizabeth. *Pourquoi Fitz l'estime-t-il tant ?*

Elle partit à la recherche de Matthew Spottiswoode, une tâche aisée car l'homme ne quittait jamais son bureau. Elizabeth nourrissait autant d'affection à son endroit qu'elle se méfiait de Ned Skinner, et jamais elle ne l'aurait cru capable de la moindre transgression. À dire vrai, seule la surprenante attitude de Jane – la moins soupçonneuse des créatures – à l'égard de la compagne de Lydia l'incitait à mener cette investigation. Bien entendu, elle eût pu s'adresser à Fitz, mais ne désirait s'y résoudre qu'en dernier ressort. Il leur semblait impossible de se rencontrer sans se quereller, ces derniers temps. Après avoir été insulté par Lydia – qui lui coûtait en outre une somme rondelette –, il accueillerait sans aménité des questions posées par une autre sœur Bennet.

— Matthew, commença-t-elle en pénétrant dans le bureau de l'intendant, de quels renseignements disposez-vous sur miss Maplethorpe ?

Âgé d'une cinquantaine d'années, l'homme avait passé sa vie entière au service d'un Darcy de Pemberley. Il avait commencé comme assistant de l'administrateur auprès du père de Fitz, puis s'était élevé au rang d'intendant. Quoiqu'il déplorât une éducation plutôt sommaire, il jouissait de facultés éminemment utiles à sa situation : il maîtrisait l'arithmétique, écrivait d'une écriture soignée, tenait ses livres avec un ordre méticuleux et possédait cette sorte de cerveau où s'engrangeaient quantité d'informations qu'il faisait ressurgir à la première demande. Il vivait sur le domaine en compagnie de son épouse et se réjouissait de surcroît que tous ses enfants fussent employés à Pemberley.

— La personne qui prend soin de Mrs Wickham?

— En effet. Mr Skinner m'enjoignit de m'adresser à vous.

— Je l'engageai par l'intermédiaire d'une agence située à York avec laquelle j'ai pour habitude de travailler et qui appartient à miss Scrimpton.

Il lança un regard à sa maîtresse et précisa :

— En réalité, il s'agit d'une occasion des plus heureuses, Mrs Darcy. L'agence venait d'accepter la candidature de miss Maplethorpe. Comme Mr Darcy désirait au plus vite l'installation de Mrs Wickham à Hemmings, j'examinai les références de miss Maplethorpe et les trouvai si conformes à nos besoins que je ne cherchai pas plus avant, d'autant que miss Scrimpton ne disposait d'aucune autre personne qui eût convenu.

— Pouvez-vous me parler de ses références, Matthew?

— Eh bien, elles provenaient de sir Peter Œrsted, du vicomte de Hansbury, de Mrs Bassington-Smyth et de lord Summerton. Pendant de nombreuses années, son premier employeur fut l'asile de Broadmoor, où elle supervisait les infirmières ainsi que les femmes internées. La recommandation faite par cet établissement est éminemment élogieuse! Elle occupa son second poste dans l'est du Yorkshire, au service d'une parente de la marquise de Ripon, décédée il y a peu. De nombreuses lettres avaient été écrites par des personnes dont un proche avait été interné à l'asile de Broadmoor.

Il émit un toussotement embarrassé.

— Vous comprenez, Mrs Darcy, que ceux qui déplorent un parent pris de folie se montrent fort sensibles. Je ne voulus faire preuve d'indélicatesse en les dérangeant après avoir pris connaissance de leurs missives – dont l'authenticité ne laissait aucun doute, je vous l'assure.

— Je vous remercie, Matthew.

Eh bien, voilà qui lavait miss Maplethorpe de tout soupçon. Jane avait sans doute imaginé ce regard – à moins que Lydia ne se fût montrée grossière à l'égard de sa dame de compagnie, qui l'eût à son tour dévisagée avec ressentiment.

L'allégresse qui provenait de la salle d'étude fit naître un sourire sur les lèvres d'Elizabeth. Ouvrant la porte, elle découvrit Owen qui partageait le thé avec ses filles. Avait-il succombé aux charmes de Georgie? Si tel était le cas, il cachait bien ses sentiments, ce qui eût révélé une sorte de rouerie dans son caractère qu'Elizabeth se refusait à envisager. Non, comprit-elle soudain, la pitié seule motivait ses visites. Elle devait agir, quoi qu'en pensât Fitz! Owen n'éprouvait peut-être point de sentiments amoureux, mais elle ne pouvait en dire autant des filles, à qui l'expérience faisait cruellement défaut. Susie semblait littéralement fondre sous le regard du tuteur de Charlie, et Anne ne valait guère mieux.

Ned Skinner revint chez lui, l'angoisse au cœur. Pourquoi diable Elizabeth Darcy enquêtait-elle sur Mirry? Aucune parole de Lydia n'eût dû être en mesure d'éveiller ses soupçons; quant aux barreaux, les hommes les avaient supprimés et avaient soigneusement remplacé les briques trouées.

Il faudrait garder les fenêtres libres – une pitié. Mais Mrs Darcy et Mrs Bingley rendraient visite à Lydia de façon régulière tandis que cette dernière, qui lui avait appris une note ulcérée de Mirry, prétendait s'enivrer! Cela indiquait que cette petite garce intrigante n'entretenait aucune dépendance à la bouteille!

Comment pouvait-il neutraliser Lydia? Elle représentait une menace pour la carrière politique de Fitz. Elle s'en était même vantée. Il devait l'empêcher de nuire, coûte que coûte.

Bien entendu, ni Fitz ni Spottiswoode ne connaissaient la véritable identité de Mirry. Comme beaucoup d'hommes, le maître de Pemberley possédait un caractère trop exalté pour entendre comment fonctionnaient certains aspects de ce monde. Le travail de Ned consistait à protéger Fitz de ces travers qu'il ne soupçonnait pas. Quand ce dernier avait décidé qu'une compagne veillerait sur Lydia, Ned avait aussitôt su à qui confier cette tâche. À l'inverse de ce qu'affirmait Fitz, une véritable dame de compagnie n'eût jamais fait l'affaire; elle eût échoué à maîtriser une vipère comme Lydia.

La femme à qui Ned avait alors songé se nommait Miriam Matcham. Elle dirigeait un bordel à Sheffield qu'il connaissait depuis sa naissance. Elle l'avait averti qu'elle ne pourrait lui accorder que quelques mois, mais les émoluments qu'elle percevait étaient supérieurs à ceux que lui rapportait une année entière dans la maison close. Elle l'avait mis en relation avec un faussaire capable de contrefaire tout type de document; ensemble, ils avaient concocté l'histoire de Mirry. Broadmoor, aussi éloigné qu'isolé, possédait certainement un asile. De toute façon, qui diable, dans le Derbyshire, eût soupçonné l'inverse?

Et voilà que Mrs Darcy, pas moins, posait des questions et mettait son nez en des lieux où il n'avait que faire! Comme si le problème que représentait Lydia, rusée comme un renard, dénuée de scrupules ou de morale, n'était pas suffisant!

Il se rendit à Hemmings pour découvrir de quoi il en retournait exactement. Son instinct lui souffla de ne pas interrompre son long voyage par une nuit dans une hôtellerie. Il dormit quelques heures dans un champ où Jupiter pouvait brouter, puis poursuivit sa route. Comment résoudre le terrible problème que posait Lydia? Si elle arrêtait de boire à volonté, elle représentait un grand danger car on ne l'écarterait pas de la même manière que Mrs Bennet dans la brume délicieuse qu'offraient une maison confortable et des amies. Ses pensées papillonnèrent autour de l'ultime solution et, lorsqu'il atteignit Hemmings, il avait enfin assemblé tous les éléments. L'horrible conclusion ne laissait aucun doute. Restait à décider quand et comment.

— Oh, Ned, comme je suis heureuse de te voir! s'écria miss Maplethorpe alors qu'il se glissait dans la maison par la porte de derrière, après qu'il eut laissé Jupiter dans une clairière, à l'abri des arbres, avec une bride lâche et une couverture pour le protéger.

— Se montre-t-elle ou non ivre en permanence? s'enquit-il dans la cuisine, hors de portée de toute oreille indiscrète.

— Selon moi, elle reste le plus souvent sobre, mais comment savoir? Avec ses talents d'actrice, elle ferait fortune sur scène! En cet instant précis, elle est lucide et se pavane comme la maîtresse de maison. Que dois-je faire si elle décide de sortir?

— Accompagne-la, Mirry.

— Et si elle veut se rendre à Leek ou à Stoke-on-Trent?

— Même chose. En réalité, ta question est tout autre, n'est-ce pas? Tu désires savoir si tu peux recourir à la force.

— Oui.

Lorsqu'elle estima que le silence s'éternisait un peu trop, elle le poussa du coude et le pressa :

— Alors ?

— Non. Je ne sais comment, mais tu as mis la puce à l'oreille de ses deux sœurs. Lydia ne ressemble pas à ces traînées sorties du caniveau que tu emploies à Sheffield, Mirry. Fais attention, tu marches sur des œufs.

— Oh, flûte ! Je savais que tout cela était trop beau !

— Tu veux dire : autant d'or pour si peu de travail ?

— C'est ça. Donne-moi des instructions précises, Ned. Ou alors, fais donc venir une dame de compagnie pour ta lady, tu verras ce qu'il adviendra ! Ta jolie dame bien née se précipitera dans le lit du premier venu ! Tu sais parfaitement de quels soins je l'entoure, ici. Mes… hum… mes aides s'exténuent à satisfaire cette chienne en chaleur.

— Bah, tu les as fait venir à cet effet, après tout. Voyons, des instructions… Si cette garce prend la voiture, tu y montes avec elle, si elle marche, tu lui emboîtes le pas. Quant à tes gaillards, fais-leur manger du lion pour qu'ils la culbutent tout son soûl.

Dans un silence affecté, il retira ses immenses gants, taillés à ses mesures, puis il l'avertit :

— Souviens-toi seulement que, pour t'abattre, une simple enquête auprès de la marquise de Ripon suffirait.

— Je me contrefiche de la marquise de Ripon ! De toute façon, mon nom n'est pas Mirabelle Maplethorpe.

— Peut-être que l'informateur détiendrait des informations au sujet d'une Miriam Matcham.

— Tu devrais trouver quelqu'un d'autre pour faire ton sale boulot, Ned.

Il marqua une pause, la main sur la poignée de la porte, et éclata de rire.

— Réjouis-toi, Mirry. Il existe des maisons closes jusque dans la Nouvelle-Galles du Sud, en Australie ! Non, non, je plaisante ! Ta sécurité est assurée avec Ned Skinner.

Lorsqu'il rejoignit Jupiter, il lui ôta sa selle, puis changea ses rênes pour une longe avec laquelle il l'attacha, de façon que le cheval pût brouter sans émerger du bosquet. Rassuré sur le confort dont jouissait sa monture, il s'allongea dans l'herbe et s'abandonna au sommeil. Quelque temps plus tard, il s'éveilla en sursaut. Une intense activité régnait dans et autour de la maison.

La nuit s'installa, mais Ned Skinner guettait encore. Pas de doute, ils abandonnaient les lieux ! Un chariot arriva devant la porte. Deux des cinq domestiques masculins de Hemmings le chargèrent de meubles et de tapis avant de s'y installer. Le chariot s'éloigna dans un grincement. À minuit, Mirry sortit à son tour, une cage à oiseaux dans une main et une ombrelle dans l'autre. Suivie de sa propre chambrière, elle grimpa dans la voiture conduite par un troisième serviteur tandis qu'un quatrième s'installait sur le toit. L'équipage s'ébranla. Ils laissaient Lydia avec un seul homme. Non, ce dernier fit son apparition, prit place sur un autre chariot et fouetta le gros poney pour le mettre au trot. *C'est lui qui emporte l'argenterie*, songea Ned avec cynisme.

Par le diable, que faisait Lydia et pourquoi ne sonnait-elle pas l'alarme ? La lumière éclairait le petit salon et l'une des chambres, à l'étage : elle se trouvait donc là. Mais dans quel état ? Elle devait être ivre. Sobre, elle eût réveillé la bourgade voisine de ses cris.

Que faire ? Il lui fallait prendre une décision à l'instant même, avant l'aube, avant, surtout, que Lydia ne s'élance sur la route à destination de… Bingley Hall ? Oui, sans l'ombre d'un doute. Elle rencontrerait une âme charitable en route qui l'y conduirait ou la mènerait à Leek dans le bureau du policier. Ah, mais celui-ci, à l'égal de ses collègues des autres comtés, était à la recherche de Mary. Peu importait. Dès l'instant qu'elle entrerait en contact avec quelqu'un, Lydia échapperait à tout contrôle.

La plus puissante force d'action de Ned était motivée par son amour pour Fitz, par cette passion exclusive qu'il lui vouait. Que la moitié de ses actions demeurassent ignorées de Fitz se révélait sans conséquence. Dans l'esprit de Ned, la dévotion ne s'entourait pas de conditions; un sentiment si pur, si puissant ne nécessitait pas absolument reconnaissance. Lydia Wickham détruirait la carrière publique de Fitz. Un grand homme serait abattu par une garce sans cervelle indigne de lui lécher les bottes.

Ce soir. S'il voulait agir, il lui fallait s'y résoudre cette nuit même, alors qu'elle demeurait seule dans une maison désertée par ses domestiques et sa dame de compagnie. Possédait-elle de l'argent, quelques bijoux? Sans doute. Ses sœurs, des femmes fortunées, lui avaient peut-être fait cadeau de belles pièces. Non que ce fût d'une importance capitale, mais cela ajouterait à la logique. On avait dérobé les meubles, les tapis, l'argenterie, ses bijoux…

Il sortit sa montre de sa poche; 1 heure passée. Il lui restait peu de temps pour se décider.

— Qu'en penses-tu, mon brave Jupiter? demanda-t-il à sa monture.

Le cheval releva la tête en entendant son nom, puis la hocha doucement avant de se remettre à paître. *Ce bon vieux Jupiter est d'accord*, songea Ned.

Les idiots n'avaient même pas verrouillé la porte de la maison! Ned la poussa et entra sans bruit. Une faible lueur provenant du petit salon lui permit de distinguer un chandelier. Il alluma une bougie, puis se dirigea vers l'escalier. Pas une marche ne grinça sous ses pas.

Des ronflements sonores le guidèrent vers la chambre de Lydia. Peut-être avait-elle cessé de boire ces derniers temps, mais ce soir, elle était ivre. Il la découvrit étalée sur son lit dans une robe de mousseline rose pâle. *Une jolie fille*, observa-t-il sans la moindre étincelle de désir.

Un grand nombre de coussins de plume garnissaient le lit. Il en saisit un, grimpa sur le lit et se mit à califourchon sur elle. Tuer quelqu'un de cette façon se révélait malaisé car l'épais matelas s'enfonçait sous la pression : il fallait une grande force. Mais la puissance physique de Ned était peu commune. Il posa l'oreiller sur le visage de Lydia, puis l'y pressa, ignorant sans effort la faible lutte qu'elle entama pour se dégager. Il demeura dans cette position un bon quart d'heure. La mort par suffocation survenait lentement.

Il découvrit le visage de sa victime et aperçut des yeux révulsés et striés de veines rouges ainsi qu'une bouche ouverte sur des dents d'un blanc terni. Il pesa de tout son poids sur sa poitrine ; Lydia Wickham avait cessé de respirer. Fitz se trouvait hors d'atteinte de ce danger.

Au matin, le boucher ou l'épicier surviendrait et se demanderait pourquoi personne ne répondait à ses appels. On ne manquerait pas alors de la découvrir. Il examina la chambre ; sa petite bourse reposait, vide, sur sa coiffeuse, à côté d'une petite boîte d'étain dont le contenu avait également été dérobé. Parfait ! Ils avaient tout emporté.

2 h 30. L'aube se lèverait dans deux heures. Ned sella Jupiter, puis s'éloigna au galop. Il n'emprunta pas la route habituelle pour rentrer à Pemberley, mais s'arrangea pour, après un détour, arriver par le nord. Il eût fallu le suivre pour deviner d'où il venait, mais nul ne lui avait emboîté le pas. Comme toujours à la suite d'un acte de cette nature, il fixa son esprit sur le souvenir de la joue imberbe de Fitz pressée contre son crâne d'enfant : le premier moment de félicité dans une existence effroyable.

Curieusement, ce fut Ned qui, à l'instigation d'Elizabeth, apprit la mort de Lydia aux occupants de Pemberley.

Le sud du Peak District était devenu le théâtre principal des recherches entreprises pour retrouver Mary, car l'endroit foisonnait de grottes et chacun était parvenu à la conclusion que la sœur d'Elizabeth y était retenue prisonnière. Les cavernes les plus spectaculaires accueillaient des visiteurs qui s'y pressaient en masse et dont les chandelles teintaient de noir leurs beautés naturelles. Il restait cependant beaucoup d'avens qui n'avaient jamais vu la lumière d'une torche et dont personne ne soupçonnait l'existence.

Alors que Ned arrivait dans la cour, monté sur Jupiter, il aperçut Mrs Darcy qu'il salua civilement de son chapeau. À sa grande surprise, elle l'invita à la rejoindre lorsqu'il eut démonté.

— Mr Skinner, vous serait-il loisible d'interrompre vos recherches quelques heures, le temps de vous rendre à Hemmings afin de juger de l'état de santé de Mrs Wickham?

Il sentit ses cheveux se hérisser sur sa nuque. Heureusement qu'il avait les yeux sombres! Des iris clairs l'eussent trahi en se dilatant. La requête l'avait frappé d'étonnement. Un court instant, il demeura immobile, muet, puis il se reprit et posa sur elle un regard perplexe.

— Un pressentiment vous habite-t-il, Mrs Darcy?

— Un pressentiment? De quelle sorte?

— Oh, je ne sais exactement, éluda-t-il avant d'ajouter, contrit : l'expression de votre visage, je suppose, me poussa à poser cette question. À cause de toute cette agitation autour de miss Mary, je confesse avoir totalement oublié Mrs Wickham.

Adoucie à son endroit, elle posa une main sur son bras.

— Cher Mr Skinner, votre déduction se révèle peut-être exacte : il se peut que je nourrisse un sentiment prémonitoire. Vous possédez un sens aigu de l'observation. Je suis au désespoir de vous faire cette demande, mais Angus et Charlie demeurent absents tandis que Mrs Bingley et moi-même nous sommes déjà rendues à Hemmings voilà une semaine. Miss Maplethorpe nous avait promis d'écrire, mais elle n'en a rien fait et je commence à m'inquiéter.

— N'ayez crainte, Mrs Darcy : Jupiter et moi nous mettons en route à l'instant. C'est une brave bête que mon cheval. Le seul à pouvoir me porter.

— En êtes-vous certain? Jupiter ne devrait-il pas se reposer?

— Non, madame. Lui et moi sommes fin prêts à cavaler.

Il parvint à s'éclipser avant qu'elle ne remarquât la sueur qui perlait à son front. Oh, l'affreuse, affreuse femme ! Une véritable épine dans le flanc de Fitz depuis vingt et un ans, et voici qu'elle asticotait Ned Skinner, à présent ! Enfin, raisonna-t-il en s'assurant que Jupiter disposait d'eau fraîche, il fallait bien découvrir Lydia à un moment ou à un autre, autant qu'il s'en chargeât. Malgré cela, il parcourut la distance qui le séparait de Hemmings avec un poids sur l'estomac et un voile gris devant les yeux. *Dieu tout-puissant, faites qu'on l'ait déjà découverte !*

La chance l'accompagnait. L'après-midi touchait à sa fin lorsqu'il arriva à destination et découvrit l'allée qui menait à la maison encombrée de véhicules. Un groupe de gentlemen respectables s'étaient réunis devant la porte principale. Il démonta et les rejoignit.

— Que se passe-t-il? questionna-t-il.

— Qui êtes-vous pour vous enquérir de ce qui se déroule en ces lieux? rétorqua l'un des hommes avec une hauteur officielle.

— Mon nom est Edward Skinner ; je suis l'assistant personnel de Mr Darcy de Pemberley. Que se passe-t-il?

Bien entendu, la mention de Fitz lui ouvrit toutes les portes. Toute arrogance disparue, l'homme s'empressa de lui répondre :

— Je suis l'agent Thomas Barnes, de Leek. Une tragédie, Mr Skinner ! Vol, meurtre ! s'exclama-t-il.

— Mrs Wickham ? demanda Ned avec inquiétude. Une femme plutôt jeune, assez jolie ?

— La dame qui logeait en ces lieux ? Elle est morte, monsieur, assassinée.

— Doux Jésus ! Il s'agit de la belle-sœur de Mr Darcy !

Ses paroles plongèrent l'assemblée dans la consternation. Il fallut plusieurs minutes à Ned pour obtenir de l'un d'eux un récit cohérent qu'il émailla de ses propres explications quant à la présence d'une parente de Mr Darcy si loin de Pemberley. La plupart des hommes présents ne désiraient que fouiner et fureter. Ned Skinner les engagea à déguerpir avec une douceur qui ne trompa personne. Peu après, l'assistance se trouva réduite à l'agent Barnes, au docteur Lanham et à deux volontaires du comté qui tiendraient leur langue.

Leur reconstitution des faits s'étoffa considérablement lorsque Ned leur fournit la liste des personnes qui eussent dû se trouver à Hemmings et en avaient disparu. Quelques remarques judicieuses du gentleman de Pemberley les menèrent à la conclusion que miss Maplethorpe et son personnel avaient tué la pauvre Mrs Wickham avant de s'enfuir avec tous les objets de valeur. En outre, ajouta Ned après une courte visite aux écuries, ils avaient fait main basse sur un barouche, deux chevaux de pure race, deux chariots et un poney. Pis que tout, ces vilains avaient été les employés de Mr Darcy !

— Je dois aviser Mr Darcy aussi tôt que possible, déclara Ned après une demi-heure. Docteur Lanham, puis-je m'en remettre à vous pour faire conduire le corps de Mrs Wickham demain à Pemberley? demanda-t-il en donnant à l'homme de science quelques guinées. Agent Barnes, voulez-vous bien écrire un rapport circonstancié à l'intention de Mr Darcy?

Après avoir distribué quelques guinées supplémentaires, Ned conclut :

— Je vous remercie, messieurs, de votre tact et de votre discrétion.

Je n'aurais pu espérer meilleur dénouement, jubila Ned alors qu'il s'éloignait. *Le récit des méfaits de ces employés se propagera comme une traînée de poudre. Voilà pour toi, Mirry! Ta couardise prouvera ta culpabilité, malgré ces parlottes d'avocats au sujet d'accusés qui demeurent innocents jusqu'à preuve du contraire.*

Il était heureux, très heureux. Aucune menace ne guettait plus Fitz, et nul n'eût seulement songé à l'associer, lui, à la mort de Lydia.

Il se baissa et flatta l'encolure de son étalon.

— Tu avais raison, mon vieux. Il s'agissait de l'heure propice pour l'éliminer et nous disposions du coupable idéal. Allons, encore un petit effort! Tu te reposeras à Leek, mon brave ami. Je louerai les services d'une chaise au relais de poste et terminerai le trajet comme un lord. Tu en as fait assez.

Lorsqu'il atteignit Pemberley, peu avant minuit, Parmenter l'attendait avec un message de Mr Darcy.

— Le maître désire vous voir à l'instant, déclara le vieil homme qui exsudait la curiosité par tous les pores. Je vous servirai à dîner dans le petit salon aussitôt que votre entretien avec Mr Darcy se terminera. A-t-on retrouvé miss Mary?

— Pas à ma connaissance. Je vous remercie de votre attention ; je pourrais avaler un cheval!

Fitz se trouvait dans sa petite bibliothèque, seul, ce qui réjouit Ned. Cela signifiait sans doute que Mary demeurait introuvable, mais alors, pourquoi Fitz désirait-il lui parler? Qui plus est, un Fitz blanc comme neige et arborant des traits tirés? Son apparence frappa Ned au cœur. *Par le Christ, qui le torture de la sorte? S'agit-il de sa misérable épouse?*

— Ned, il me faut t'informer d'une triste nouvelle, commença Fitz.

Ned se dirigea vers la table où était posée la carafe de porto et s'en versa une bonne rasade. La journée avait été aussi longue qu'agitée; en outre, il s'inquiétait pour Jupiter qui passait la nuit dans l'écurie d'une hôtellerie – même si les palefreniers s'étaient vus menacés d'une mort atroce s'ils s'aventuraient à adresser ne serait-ce qu'un seul regard de travers à l'étalon.

— Parlez, Fitz, mais il me faut moi aussi vous transmettre une information des plus pénibles.

— Matthew Spottiswoode reçut une missive de miss Scrimpton – la personne qui dirige cette agence de dames de compagnie, à York. Au détour d'une rencontre fortuite avec la marquise de Ripon, miss Scrimpton s'est réjouie devant cette dernière que miss Mirabelle Maplethorpe se révélât une aussi agréable compagne pour sa cliente qu'elle l'avait été pour feu la parente de sa noble interlocutrice. La marquise nia l'existence d'une quelconque cousine frappée de folie ainsi que d'avoir jamais entendu parler d'une miss Maplethorpe. Miss Scrimpton découvrit alors que l'asile de Broadmoor, loin d'abriter des pensionnaires féminines, n'accueillait que les éléments masculins les plus violents.

Fitz se leva et écarta les mains.

— Qu'est-ce que cela signifie, Ned? Quelqu'un essaie-t-il de m'atteindre à travers Lydia? Tout cela survint si vite, cependant – ça n'a pas de sens!

— Hélas, je comprends, moi, rétorqua Ned, le visage sombre: l'imposture de miss Maplethorpe s'accorde à la perfection avec les activités qu'elle mena à Hemmings.

Il s'interrompit, vida son verre d'un trait, puis le remplit de nouveau.

— Je ne me suis point présenté à vous dans le but d'écluser grossièrement votre meilleur porto, Fitz... J'ai le devoir de vous annoncer une terrible nouvelle : Mrs Wickham a été assassinée.

— Seigneur !

Fitz se laissa tomber dans son fauteuil, ses jambes se dérobant soudain sous lui. Une mèche grise, apparue depuis peu dans sa chevelure d'ébène, tomba sur ses sourcils. Quoique agrandis par l'horreur, les yeux qu'il leva vers Ned reflétèrent l'effervescence de ses pensées.

— Suggères-tu que miss Maplethorpe est responsable de cet assassinat ? demanda-t-il.

— Oui, assistée des cinq hommes qu'elle avait engagés. Lorsque je la rencontrai, je trouvai étrange qu'elle fût la seule femme, hormis sa chambrière. L'autorité avec laquelle elle s'exprimait étouffa cependant mes questions. Après tout, elle bénéficiait de chaudes recommandations auprès de patients... hum... indociles. Il apparaît que tous les domestiques relevaient du complot.

— Qu'est-ce qui te pousse à croire à un acte prémédité ?

— Mrs Darcy semble avoir nourri quelques craintes impénétrables, Fitz. Ce matin, elle me demanda de me rendre à Hemmings et de juger par moi-même. Lorsque j'arrivai à destination, l'agent de police et le médecin se trouvaient déjà sur place. Mes explications remplirent certains blancs. Sans savoir avec certitude ce qu'il était advenu, nous avons pensé qu'à l'origine, leur intention devait se limiter au vol. Il manque les plus beaux meubles, les tapis, l'argenterie, le barouche, ses chevaux, les chariots ainsi que les poneys et, selon nous, quelques bijoux. Quant à son exécution, le docteur affirme qu'un homme l'étouffa avec un coussin tandis qu'un autre, assis sur sa poitrine, l'empêchait de bouger.

Fitz émit un hoquet d'épouvante. Ned se hâta de lui verser un verre de porto. Il s'en versa une troisième rasade et prit place sur une chaise.

— Je vous en prie, Fitz, buvez. Sinon, il vous faudra avaler un cognac.

Le maître de Pemberley s'exécuta et ses joues reprirent un peu de couleur. Rassuré, Ned s'installa plus confortablement.

— Mrs Wickham possédait-elle des bijoux? s'enquit-il.

— Je crois. Une parure de diamants et de saphirs appartenant à Elizabeth dont celle-ci lui fit cadeau lorsqu'elle s'installa à Hemmings. Oh, pauvre, pauvre femme! Il me semble également que Jane lui offrit un rang de perles. Lydia n'aurait guère eu l'occasion de les mettre en gage; s'ils demeurent introuvables, nul doute que miss Maplethorpe ne les ait emportés.

Il se leva et se mit à arpenter la pièce.

— Quelle année effroyable! Deux belles-sœurs disparues; l'une est morte tandis que je crains le pire pour l'autre.

— Ne perdez pas espoir, Fitz. Elles ne sauraient être plus dissemblables: alors que Mrs Wickham demeurait prisonnière de la bouteille, miss Mary jouit d'un esprit propre à résister à l'adversité.

Il marqua une pause et ajouta avec un sourire:

— Jamais je ne la connus consciente, mais son évanouissement ne l'empêcha pas de lutter!

Il s'étira et eut une grimace de lassitude.

— Quelle brute égoïste je fais, Ned, pardonne-moi! Va dîner, puis rentre te coucher.

— Le médecin de Leek s'est engagé à ramener Mrs Wickham à Pemberley, demain.

— Merci. Tes poches doivent être vides.

— Peu importe.

— Au contraire. Je te prie de me présenter ton compte.

Ned parti, Fitz se leva et se dirigea vers les appartements de son épouse. Il gratta doucement à la porte. Elle lui ouvrit en personne et s'écarta pour le laisser entrer en lui lançant un regard perçant.

— Je me doutais de votre venue. Ned vous rapporta de mauvaises nouvelles, n'est-ce pas?

— Oui.

Pris de lassitude, il se laissa tomber dans un fauteuil et posa la main sur celui qui lui faisait face.

— Asseyez-vous, Elizabeth.

— Est-ce grave?

— Terriblement. Lydia est morte.

Étonnant! Alors que la nouvelle l'avait frappé comme la foudre, son épouse l'accueillit avec une sorte d'indifférence; seuls ses yeux s'écarquillèrent.

— Oh! Je suppose que j'en nourrissais l'idée dans un coin de mon esprit. J'attendais cette information comme on attend un vieil ami dont on a perdu la trace, mais dont on pressent l'inévitable venue. J'ai... senti des difficultés. Ned m'en fit la remarque ce matin.

— Vous n'êtes pourtant guère sujette à la prémonition.

— Je vous l'accorde. Chaque fois que faiblissait la santé de Charlie, je nourrissais des craintes infondées!

Avec un sourire qu'elle accrocha à ses lèvres comme elle l'eût sculpté dans la pierre, elle ajouta:

— Je l'enterrais sans cesse en pensée, mais il se rétablissait invariablement. Je m'imaginais qu'il n'accordait aucune importance à la vie, mais savais en revanche que sa mort eût entraîné la mienne et, d'une certaine manière, cette certitude seule entraînait sa guérison.

— Vous m'offrez là des explications plutôt nébuleuses, ma chère.

— Je crains qu'elles ne le soient, en effet. Dans mon esprit, Charlie demeurait inextricablement lié à un sentiment de désespoir. Mais il suffit de le regarder à présent pour s'apercevoir qu'il se débarrassa de son enfance comme d'une mue. Je m'en réjouis pour lui – et pour vous, Fitz.

La lueur des chandelles illuminait sa chevelure, mais laissait son visage dans l'ombre. Il plissa les yeux pour tenter de distinguer ses traits et songea : *Ma vision faiblit*.

— Je me suis montré impitoyable à l'endroit de Charlie, avoua-t-il d'une voix qu'il eût voulue plus ferme, ainsi qu'à votre encontre, Elizabeth.

— C'est surtout contre vous-même que votre sévérité se manifesta, Fitz. À présent, racontez-moi ce qu'il advint – sans chercher à m'épargner, je vous en supplie. Depuis la mort de George Wickham, celle de Lydia semblait inévitable. Seigneur, comme elle l'aimait ! De nous toutes, elle seule s'abandonna sans réserve à sa passion.

— Elle ne se suicida pas, mais fut la victime d'une horde de voleurs. Certains aspects de leur crime me laissent encore perplexe, mais une chose demeure certaine : miss Maplethorpe usurpa son identité et, accompagnée de subalternes dévoués, ourdit le plan de piller Hemmings. Ils ont tout emporté : les meubles, l'argenterie, les attelages, les chevaux, les bijoux, tous ces objets que vous-même et Jane aviez offerts à Lydia lorsqu'elle emménagea. Votre sœur les surprit la main dans le sac et ils l'assassinèrent. Il semble qu'elle était ivre car le docteur affirme qu'elle empestait l'alcool. Ils l'étouffèrent avec un coussin, peut-être dans l'espoir de prétendre à une mort naturelle – ce dont il ne saurait être question.

— Jane se prit d'aversion pour miss Maplethorpe, remarqua Elizabeth. Elle qui ne s'irrite jamais contre quiconque! Lorsque nous lui rendîmes visite, Lydia n'avait rien bu, quoiqu'elle feignît l'ivresse devant sa dame de compagnie. Elle nous fit un récit abracadabrant au sujet de barreaux scellant ses fenêtres, mais nous n'en découvrîmes aucune trace. J'ai entendu parler de la difficulté qu'éprouvait un alcoolique à rester sobre ; échouer à nous convaincre, Jane et moi, de l'existence de ces barreaux poussa peut-être Lydia à basculer de nouveau dans son ancien vice. Comme vous, je flaire quelque irrégularité.

— Elizabeth, il y avait en effet des barreaux aux fenêtres ! s'écria Fitz, horrifié. Hemmings avait auparavant abrité une personne à l'esprit dérangé. J'avais cependant ordonné qu'on les ôtât avant l'arrivée de Lydia. Pourquoi miss Maplethorpe omit-elle de le mentionner ?

Il se pencha, s'empara des mains de son épouse et poursuivit :

— Une question ne cesse de me tourmenter : pourquoi Hemmings ? Comment des voleurs eussent-ils préparé leur méfait alors que Lydia y emménagea si vite ? Moins d'une semaine s'écoula entre l'horrible scène survenue dans le salon et son installation dans cette maison, mais ils avaient arrêté leur plan et disposaient déjà d'une dame de compagnie – comment est-ce possible ?

— En outre, pourquoi exécuter Lydia ? Fitz, cela n'a pas de sens !

— Miss Maplethorpe nourrissait peut-être le dessein de profiter de la première occasion qui se présenterait après son inscription à l'agence de miss Scrimpton ? Aucune autre explication ne me semble logique. Les bijoux avaient une valeur d'environ trois mille livres – si le rang de perles offert par Jane est celui auquel je pense. Les meubles et l'argenterie ne sauraient excéder mille livres, mais j'avais acquis les tapis pour deux mille livres voici peu. Le barouche et son attelage de pur-sang, d'une valeur d'environ quatre mille livres, constituent le butin le plus précieux – celle des chariots reste négligeable.

— Une somme totale de dix mille livres, calcula Elizabeth.

— Oui. Une belle prise, j'imagine, pour des voleurs professionnels sans doute en mesure d'écouler leur butin au meilleur prix. Même en abandonnant un tiers de la somme obtenue aux mains du gaillard qui leur rachètera le fruit de leur rapine, ils effectuent un joli bénéfice. Miss Maplethorpe paiera ses hommes deux cents livres chacun et s'enrichira de quelques milliers de livres. Peut-être se figura-t-elle un rendement plus somptueux encore lorsqu'elle entendit mon nom associé au poste offert. Quoi qu'il en soit, elle ne perdit guère de temps : moins d'un jour après que l'agence l'eut reçue, elle partait pour Hemmings !

Il caressa la main qu'il tenait entre les siennes ; sa douceur le calma, apaisa son esprit, et il se demanda ce qui les poussait à se quereller aussitôt qu'ils se trouvaient ensemble. L'une des raisons était la froideur qu'il opposait aux taquineries de sa femme. Jadis, alors que la passion le consumait, il les avait supportées. Mais, alors que s'écoulaient les années, il avait enduré avec une difficulté croissante ses piques acérées et pleines d'esprit jusqu'à ce que, excédé, il adoptât invariablement cette attitude glaciale. Dieu merci, elle n'inclinait pas à la raillerie en cet instant !

— Je connais l'extraordinaire vivacité de votre esprit, Fitz, lui dit-elle. Si vous examinez cette affaire avec attention, vous résoudrez l'énigme qu'elle nous pose, et nous trouverons enfin la paix.

Elle remua la tête. Le halo de lumière se dissipa et il découvrit les yeux magnifiques auxquels les larmes octroyaient un éclat lumineux.

— Pauvre Lydia ! souffla-t-elle. Quel triste destin fut le sien. Qui croit à la sincérité d'un amour éprouvé à quinze ans ? Jane et moi refusâmes d'y ajouter foi. Papa aussi, alors même qu'il accomplissait son devoir de parent avec trop d'indifférence pour amener Lydia à la raison. Nous jugeâmes son escapade immorale, mais j'entends à présent qu'elle ne disposait pas d'autre moyen de s'attacher son George. Elle l'aimait de toute son âme ! Pourtant, quel vil menteur que cet homme ! Votre père ne lui rendit guère service en l'élevant à vos côtés comme deux égaux, sans nourrir aucune espérance à son endroit tandis que vous étiez destiné à hériter de l'une des plus grandes fortunes d'Angleterre. Je me souviens de lui : grossier, dépourvu d'éducation – oui, je sais qu'il fréquenta Cambridge, mais il n'y apprit rien. Nul doute qu'il n'ait nourri l'ambition d'épouser quelque riche héritière en usant de son charme et de son apparence, mais ses plans se virent déjoués. Je suppose, dès lors, que l'arrivée de Lydia représenta une forme de sécurité en raison des liens que notre famille entretenait avec vous.

— Vous ne m'imputez donc pas sa mort ? s'enquit-il.

— Certainement pas ! Il s'agissait d'un soldat professionnel qui périt au combat, comme l'affirma Lydia.

— Trois natures de soldats succombent à la guerre, Elizabeth : le brave que rien n'effraie et qui ose tout ; le malheureux qui récolte les balles perdues et enfin le couard qui attend la fin de la bataille dans quelque endroit tranquille mais a omis de s'assurer auparavant que son abri se dressait loin de la ligne de feu de l'ennemi.

— Ce troisième sort fut-il réservé à George Wickham ?

— Ses supérieurs m'en firent le récit. Lydia n'en saura jamais rien, toutefois.

Il se leva et lui baisa les mains.

— Je vous remercie de votre compréhension, Elizabeth. Son corps arrivera demain à Pemberley pour y être enseveli.

— Non, Jane et moi devrions la mettre en terre à Meryton.

— Vraiment? Entreprendriez-vous ce trajet alors que nous n'avons pas encore retrouvé Mary?

— Vous avez raison. Oh, comme elle abhorrerait l'idée de reposer ici!

— Il lui sera toujours loisible de hanter les couloirs de Pemberley pour tromper son dépit. Elle ne manquera pas de compagnie.

*

Un serviteur localisa Charlie, Angus et Owen à Chapel-en-le-Frith, un village dont le nom normand indiquait l'ancienneté et sur lequel Charlie avait jeté son dévolu parce qu'il se dressait à peu de distance de la région des grottes. Le domestique les ayant rejoints avant que n'eût débuté leur exploration souterraine, les trois hommes la remirent à plus tard et retournèrent à Pemberley.

Charlie et Angus, par-delà une amitié réciproque qui grandissait à mesure qu'ils se côtoyaient, s'étaient découvert une passion commune pour les cavernes. Owen se refusait obstinément à la partager, aussi les deux autres lui avaient-ils avoué avec franchise que sa présence, en particulier lorsqu'ils rampaient dans de longs boyaux, nuisait à l'efficacité de leurs recherches. De ce fait, le Gallois les accompagnait rarement, préférant demeurer à Pemberley en compagnie des filles Darcy. Avec elles, il se sentait utile; il accompagnait Georgie dans ses promenades à cheval, critiquait avec bienveillance l'art de Susie, aidait Anne à comprendre ses classiques ou tentait de dissuader Cathy de commettre quelque frasque assurée de l'envoyer au lit sans souper. Le jour où on les fit mander, une visite souterraine avait échu à Owen, qui avait quitté Pemberley aux aurores afin de rejoindre ses deux amis pour la première collation. Et voilà qu'on leur enjoignait de rentrer: quel soulagement!

L'ordre de Fitz les surprit. Le serviteur, incapable de leur apporter la moindre explication, avait pour instruction de ne pas rentrer en leur compagnie. Les trois hommes se mirent en route, satisfaits de leur solitude qui leur permettait de spéculer à voix haute en toute tranquillité. Loin de s'élancer sur le chemin du retour avec angoisse, ils cheminèrent paisiblement et l'œil aux aguets, cherchant des ouvertures au détour d'une gorge ou sur la pente d'une colline. Ces ouvertures existaient en grand nombre, mais pouvaient souvent n'être qu'une simple anfractuosité dans la roche. Angus avait mis au point un système qui leur évitait d'explorer deux fois la même cavité : ils avaient fixé un chiffon rouge vif à l'entrée de celles qu'ils avaient visitées.

— Là ! En voici une sans étoffe ! s'écria soudain Angus. Oh, comme j'aimerais posséder des plans plus détaillés ! J'ai demandé au général Mowbray de me faire parvenir des cartes d'état-major, mais jusqu'à ce jour, l'homme n'a pas réagi – sans doute parce que celles-ci n'existent pas.

Il inscrivit l'emplacement de la caverne sur sa propre carte et l'accompagna d'une description du terrain avoisinant.

— Celle-ci se trouve un peu en dehors du périmètre habituel des cavernes, Charlie, remarqua-t-il d'un ton anxieux.

— Ne vous tracassez pas, Angus, nous la sonderons aussitôt que nous reprendrons nos explorations, le rassura le jeune homme.

Angus ne ressemblait plus guère à un lutin, ces jours derniers. Sa chevelure avait perdu cet aspect mordoré tandis que les traits de son visage s'étaient accusés. Les doutes que Charlie eût encore nourris s'étaient évanouis ; le propriétaire du *Westminster Chronicle* vouait à Mary un amour passionné et son inquiétude croissante le rongeait comme une incurable maladie. Cinq semaines sans un signe d'elle. Vivait-elle encore? Si oui, elle devait se trouver dans l'une de ces cavernes. Certes, on eût pu l'acheminer à plusieurs centaines de lieues, mais pourquoi?

Un peu plus loin, au pied d'une falaise protégée du vent, une étrange procession cheminait dans leur direction et ils s'écartèrent courtoisement du sentier cavalier afin de les laisser passer. Une trentaine de petites silhouettes vêtues de brun, capuche rabattue sur le front, avançaient deux par deux derrière un petit vieillard habillé de la même manière, hormis pour sa propre capuche qu'il portait sur le dos et le large crucifix qui ornait sa poitrine. L'homme n'était pas sans rappeler un moine franciscain. En queue de procession, deux enfants plus âgés poussaient une charrette à bras remplie de caisses d'où s'élevait un cliquetis de bouteilles que les cahots jetaient les unes contre les autres.

— Bonjour, mon père, lança Charlie alors que le religieux arrivait à sa hauteur. Où vous rendez-vous?

— À Hazel Grove et à Stockport, monsieur.

— Pour quelle raison? s'enquit Charlie, que sa propre curiosité étonna.

— Les Enfants de Jésus accomplissent l'œuvre du Seigneur, monsieur.

— Et de quelle œuvre s'agit-il?

— Suivez-moi.

Le moine s'écarta d'un pas et lança:

— Poursuivez, les enfants.

Ces derniers obéirent docilement.

Seigneur! Comme ils semblent misérables! songea Angus. Épaules rentrées, visages dans l'ombre, yeux fixés au sol, ils tressaillaient et tremblaient, comme en proie à quelque désespoir, émettant parfois un imperceptible gémissement. Le moine se dirigea vers la charrette à bras et Angus lui emboîta le pas.

— Halte! ordonna le vieil homme et la procession s'exécuta.

Indiquant les caisses d'une main noueuse, il ajouta:

— Ouvrez celle qui vous plaira, monsieur. Toutes apportent la preuve de la pureté de nos intentions.

L'une d'elles contenait des fioles bleues et portait une étiquette sur laquelle on pouvait lire: SIROP CONTRE LA TOUX DES ENFANTS DE JÉSUS. Dans une autre, des bouteilles vertes renfermaient un remède destiné à soigner la grippe et les refroidissements. Un liquide brun pâteux se proclamait un élixir permettant d'enrayer la diarrhée. Une caisse de bouteilles transparentes remplies d'un liquide rouge était étiquetée: ONGUENT DES ENFANTS DE JÉSUS CONTRE LES BRÛLURES, FURONCLES ET PLAIES tandis que dans une autre, le trio découvrit des baumes destinés aux chevaux.

— Formidable, complimenta Charlie en réprimant un sourire. Cela signifie-t-il que vous fabriquez des panacées et des potions pour soigner les maux et les maladies, mon père?

— Oui. Nous nous apprêtons à livrer les officines.

Charlie s'empara d'un pot d'onguent à l'usage des chevaux.

— Est-il efficace?

— Gardez-le, je vous en prie, et donnez-le à votre palefrenier, mon jeune seigneur, l'invita le moine.

— Quel prix en demandez-vous?

— Un shilling, mais l'apothicaire le vendra pour davantage: c'est un produit fort populaire.

Charlie plongea la main dans une poche de son manteau et en sortit une guinée.

— Pour votre peine, mon père.

Affichant un air enjoué qui ne laissait rien paraître de la réserve qu'il nourrissait intérieurement – une astuce qu'il tenait de son père –, il poursuivit :

— Quelle magnifique journée ! Pourquoi vos garçons ont-ils rabattu leurs capuches ? Qu'ils profitent du soleil !

Une lueur de colère traversa les iris bleus du vieil homme, mais la réponse s'éleva, douce et raisonnable.

— Ils ont souffert des cruels traitements de mauvais maîtres, monsieur ; je les soigne à l'aide d'une lotion, mais celle-ci, sous l'action du soleil, leur brûlerait la peau.

— Mon père, avez-vous rencontré une lady qui se serait perdue ? intervint Angus.

Le courroux disparut, les yeux s'écarquillèrent avec innocence.

— À quoi ressemble cette lady, monsieur ?

— Grande, mince, jolie, âgée d'une quarantaine d'années, dotée d'une chevelure dorée aux reflets roux.

— Non, monsieur, absolument pas. Nous n'aperçûmes que cette pauvre Moggie Mag qui rapportait des lapins pour ses chats et s'était égarée, mais nous l'aidâmes à retrouver son chemin.

— Merci, mon père, répondit Angus. Où résidez-vous avec vos enfants ?

— À l'Orphelinat des Enfants de Jésus, près de York, monsieur.

— Un bien long trajet à effectuer à pied, remarqua Charlie. La région ne compte aucun monastère ; où dormez-vous ?

— Nous mendions notre pitance, puis établissons un campement. Dieu nous assiste.

— Vous faut-il cheminer aussi loin que Stockport pour colporter votre marchandise ?

— Nous ne colportons pas, monsieur. Les apothicaires de cette région apprécient plus nos remèdes que les autres ; ils nous achètent tout ce que nous leur apportons.

Alors que le trio s'apprêtait à repartir, le religieux arrêta Charlie.

— Lorsque je remercierai Dieu de cette guinée, monsieur, j'aimerais mentionner le nom de son donateur.

— Charles Darcy de Pemberley.

Charlie leva la main à son chapeau, puis s'éloigna au trot, suivi de ses compagnons.

— Les Enfants de Jésus, répéta Angus. En avez-vous déjà entendu parler, Charlie? Ce n'est pas mon cas, mais cette région m'est inconnue.

— Je n'ai jamais entendu le moindre mot à leur sujet, répondit le jeune homme. Toutefois, s'ils viennent bien de York, mon ignorance s'explique.

— Cependant, intervint Owen d'un ton pensif, que fabriquent-ils sur un sentier cavalier qui traverse une région sauvage et déserte, loin de la route principale reliant York à Stockport? Ils ressemblent à des catholiques romains; peut-être cherchent-ils ainsi à se préserver de potentielles persécutions ou vexations, à l'égal de celles que l'on inflige aux bohémiens. Le vieil homme affirme qu'ils mendient et établissent des campements: en cela, ils ressemblent aux romanichels.

— Personne ne les confondrait avec des gitans, Owen, objecta Charlie. En outre, leur troupe est constituée de jeunes enfants – des garçons, selon moi. Le petit gaillard tonsuré avec une araignée au plafond a dû leur rebattre les oreilles jusqu'à ce qu'ils adoptent la petite bête. Les gens se montrent bénins à la campagne, à l'inverse de ceux des villes où la pitié n'est plus guère monnaie courante. Je demanderai à mon père d'enquêter à leur sujet. Un membre du Parlement, j'imagine, connaît l'emplacement de tous les orphelinats.

— Il ne s'agit pas de catholiques romains, Charlie, ergota Angus. Les ordres monastiques ne vendent pas de remèdes destinés à soigner l'impuissance, or la plupart des caisses en foisonnaient. Cela explique également pourquoi le vieil homme parvient à écouler ses marchandises à Stockport, à des lieues de York; elles doivent accomplir des miracles, sinon il n'en produirait pas autant.

Il grogna :

— Les Enfants de Jésus! Pensez-vous qu'ils forment l'une de ces nombreuses sectes qui pullulent dans le nord de l'Angleterre, Charlie?

— Oui, toutefois, le prix de la meilleure question revient à Owen : que font-ils sur un sentier cavalier?

Lorsque les trois gentlemen se furent éloignés, père Dominus appela :

— Frère Jérôme!

Soulevant sa robe, celui-ci accourut, abandonnant la charrette à bras aux mains d'Ignatius.

— Oui, mon père?

— Tu avais raison. Jamais je n'eusse dû mener les garçons au-dehors, même sur une route déserte.

— Il ne s'agit point d'un tort, mais d'une simple erreur, mon père, riposta le seul Enfant de Jésus instruit qui prenait soin de ne jamais omettre l'obséquiosité dans ses rapports avec le vieil homme. Il fallait les punir de leur désobéissance, et quelle punition égalerait une journée passée dans la lumière de Lucifer? En outre, il s'agit du plus court chemin pour parvenir aux boutiques.

— Faut-il les châtier davantage?

— À en juger par notre rencontre avec Charles Darcy, j'inclinerais à répondre par la négative, mon père. Ignatius et moi-même conduirons aisément la charrette à bras une fois les garçons de retour dans les Cavernes du nord. Peut-être qu'ils n'aimeront pas y vivre autant que dans celles du sud, mais après l'épreuve de ce jour, ils s'y résigneront, conclut Jérôme avec onction.

— Frère Ignatius ! appela le vieil homme.

— Oui, mon père ?

— Jérôme et moi ramènerons les garçons vers les Cavernes du nord. Tu garderas la charrette à bras à la sortie du tunnel jusqu'au retour de frère Jérôme. Tu y trouveras de la bière et de la nourriture en suffisance.

— Qu'advient-il de sœur Mary ? s'enquit Ignatius.

— Que t'importe ? lâcha Jérôme.

— On s'occupera d'elle, frère Ignatius, n'aie aucune crainte, répondit le père Dominus.

Frère Jérôme, qui aspirait à remplacer le vieil homme après sa mort, perçut le sens caché de ses paroles, à l'inverse de son jeune coreligionnaire.

— À présent, mes frères, retournez à votre charrette. Les enfants : avancez !

Ils reprirent leur marche pendant un court moment. Parvenus dans la gorge qui s'étendait au pied de la colline où s'ouvrait la cavité repérée par Angus, ils sortirent des petites chandelles de suif des poches de leurs bures. Après les avoir allumées grâce à l'amadou que contenait le pot d'étain du père Dominus, ils pénétrèrent en file indienne dans un étroit goulot. Frère Jérôme, qui fermait la marche, effaça soigneusement toutes les traces de leur passage et empila un amas de branches devant l'ouverture. Depuis l'extérieur, nul n'eût pu deviner l'existence de la grotte. À l'intérieur, un rai de lumière balayait le tunnel d'une lueur diffuse. Celle-ci agrémenterait l'attente de frère Ignatius, qui possédait de toute manière une lanterne pour s'éclairer pendant la nuit. Il appréciait de demeurer en arrière dans la paix et la solitude, quoique pas un instant son esprit limité ne lui soufflât d'en profiter pour libérer sœur Mary, enfermée à quelques pas de là. La marche sous le soleil l'avait vidé de ses forces, comme elle avait anéanti les autres petits garçons. Seuls frère Jérôme et le père Dominus toléraient l'éclat de Lucifer, parce que Dieu les avait doués d'armes particulières pour lutter contre le Mal.

Les Enfants de Jésus devaient parcourir une dizaine de lieues dans les ténèbres, mais le père Dominus avait jalonné leur trajet à intervalles réguliers de nourriture et de chandelles, tandis que l'eau ne manquait jamais grâce aux nombreux ruisseaux souterrains qui creusaient leur lit dans le calcaire.

À huit cents toises[1] de l'entrée s'ouvrait un tunnel qui menait aux anciennes cuisines et à la cellule de Mary, mais ils l'ignorèrent et poursuivirent leur chemin. Parfois, même le plus petit des garçons devait se courber tandis que les plus grands avançaient en rampant. Mais le chemin, quoique tortueux, demeurait clairement tracé. Ils marchèrent le jour entier sans autres pauses que celles, fort courtes, qu'ils firent pour se restaurer et remplacer leurs chandelles.

La procession émergea enfin dans une série de grottes balayées par un léger courant d'air. Celui-ci y pénétrait par d'étroites ouvertures, dont un grand nombre avaient été creusées sur l'ordre du père Dominus dans les parois calcaires épaisses d'un pied seulement. Pour les masquer, on avait planté à l'extérieur des buissons résistants au vent. De toute façon, nul n'eût soupçonné que les grottes du Peak District s'étendissent aussi loin au nord.

L'entrée empruntée habituellement par les Enfants était dissimulée derrière une chute d'eau sur un affluent de la Derwent. Au-dehors, la roche épaisse et solide ne trahissait aucune empreinte laissée par des pas ou les roues d'une charrette à bras.

1. Environ 1,5 kilomètre. *(N.d.T.)*

Les travaux qui avaient permis de relier le laboratoire et l'entrepôt à la dizaine de pièces qui s'étendaient derrière avaient pris plusieurs années. Le père Dominus s'y était d'abord attelé seul, puis il avait recruté frère Jérôme à Sheffield avant d'utiliser les services des garçons après qu'ils eurent pris des forces. L'avancement des travaux s'était alors considérablement accéléré. Creuser les trous de ventilation s'était révélé le plus long ; il leur avait fallu procéder du bas vers le haut, de prime avec un piolet, puis, la couche d'argile une fois atteinte, avec une pique acérée. La partie mystique de l'esprit du père Dominus eût voulu garder les grottes dans une obscurité totale ; l'autre, plus prosaïque, préférait que les enfants vécussent à proximité de l'endroit où ils préparaient les remèdes.

Il n'avait toutefois jamais envisagé la possibilité d'une rébellion : les enfants avaient refusé de déménager. À la fin, il avait fallu les mener au plus noir de la nuit comme des agneaux, à travers les landes, en larmes et poussant des gémissements. Ils haïssaient le laboratoire et l'entrepôt, où le travail qu'ils effectuaient empestait et était parfois dangereux. Quoiqu'ils fussent incapables de lire ou d'écrire, ils avaient compris que ce déménagement les entraînerait à travailler plus longuement. Même après que Thérèse se fut installée dans sa nouvelle cuisine – bien mieux équipée que la première ! –, ils avaient essayé, nuit après nuit, de rejoindre leurs chères Cavernes du sud. Père Dominus avait alors eu une révélation : il emmènerait les garçons à la lumière du jour et les forcerait à cheminer pendant des lieues. Jérôme s'y était opposé, arguant qu'ils risquaient de croiser des inconnus, même sur un sentier désert ; le vieil autocrate avait écarté ses craintes avisées avec dédain. Mais, tonnerre : Charles Darcy ! Cette rencontre pouvait entraîner leur ruine, à en juger par les informations que lui avait communiquées Jérôme : tous les journaux mentionnaient sœur Mary, la propre belle-sœur de Fitzwilliam Darcy! Et cette femme l'avait maudit et traité d'apostat!

Blotti dans sa cellule située au-dessus des grottes, le père Dominus se balançait d'avant en arrière, terrassé par le chagrin. Dans les ténèbres de son cerveau se détachait un message en lettres de feu: Dieu l'avait abandonné. Lucifer triomphait en la personne de Mary Bennet. Le monde qu'il avait bâti s'écroulait. Au moins, il savait qui était responsable de ce chaos: sa prisonnière. Soit! Jérôme et lui survivraient; ils retourneraient à Sheffield, attendraient que le scandale se calme, puis s'attacheraient à tout reconstruire.

Les ténèbres de Dieu émaillaient le Peak District, il retrouverait le Tout-Puissant. Sans les enfants, cette fois. Ils rendaient sa tâche trop malaisée.

Un léger tremblement agita sa main gauche, comme en écho à celui de sa tête. Un phénomène nouveau. *Donnez-moi du temps, donnez-moi du temps!*

Frère Jérôme apparut sur le seuil, hésita.

— Père Dominus? Vous sentez-vous bien?

— Oui, Jérôme, très bien, répliqua le vieil homme d'un ton vif. Les garçons se sont-ils installés?

— Ils sont doux comme des agneaux, mon père. Vous prîtes la bonne décision.

— Et les filles?

— Obéissantes. Les garçons leur ont raconté.

— Sœur Thérèse... Camille peut-elle prendre la cuisine en charge?

— Oui, mon père.

— Rends-toi auprès d'Ignatius, Jérôme. Livrez les potions. À votre retour, lorsque vous atteindrez la chute d'eau, il sera toutefois temps qu'il succombe à un accident. Ensuite, tu enverras sœur Thérèse à mère Beata.

— Je comprends. Tout sera fait selon vos désirs, mon père.

*

En dépit des quelques personnes venues pleurer sa disparition, les funérailles de Lydia se révélèrent plus tristes que celles de sa mère. Elizabeth, Jane, Kitty, Fitz, Angus, Charlie et Owen assistèrent à la cérémonie dans la vieille église normande du domaine, puis se rassemblèrent au cimetière. Pour une fois, le corps de Jane ne tressautait pas sous le coup d'irrépressibles sanglots ; la maîtresse de Bingley Hall ne parvenait à se débarrasser de la fureur dans laquelle la plongeait la perfidie de miss Mirabelle Maplethorpe.

Une récompense de cinq cents livres était promise à qui permettrait de capturer la voleuse. Malheureusement, ceux qui l'avaient approchée n'étaient parvenus à la décrire avec exactitude, aussi les annonces placardées dans les maisons communales, hôtels de ville ou agences postales étaient-elles exemptes de portrait.

Le mois de juin était déjà bien avancé, Mary avait disparu depuis près de six semaines. Bien que nul ne professât un quelconque pessimisme, chacun, dans le secret de son cœur, ne nourrissait guère l'espoir qu'elle fût encore en vie. En ce jour lumineux, alors que Lydia s'installait dans sa dernière demeure, l'identité de celle qui prendrait sans doute place à ses côtés occupait toutes les pensées.

La plus jeune d'entre nous s'en est allée la première, songea Elizabeth au bras de Fitz. Charlie, qui avait eu l'intention d'apporter à sa mère le réconfort de sa présence après l'inhumation, s'était écarté en hâte devant son père. Celui-ci avait glissé la main de son épouse sous son bras et ils remontaient ensemble le chemin vers la maison. Les frictions entre ses parents chagrinaient le jeune homme depuis toujours, mais l'habitude de prendre le parti de sa mère l'avait systématiquement empêché de déceler la moindre qualité chez son père. Avec surprise, il sentait poindre une émotion nouvelle chez ce dernier, une sorte de douceur, de bonté, fort différente de cette froideur hargneuse qu'il avait montrée, en particulier cette année, quand sa mère s'était mise à répondre à ses attaques. Dieu merci, elle avait abandonné ces piques qu'elle qualifiait d'inoffensives ! Pourquoi diable s'imaginait-elle qu'il lui fallait assouplir son caractère et, par-dessus tout, que cette tâche lui revenait ? Elle n'y parviendrait jamais. Son père demeurait un être hautain, fier, terriblement susceptible.

Dépossédé de sa mère, Charlie offrit son bras à Kitty, laissant Jane à Angus qui ne la connaissait pas. *Assassinée !* Son esprit ne cessait de revenir sur ce fait inconcevable.

Une ombre le recouvrit un court instant, masquant le soleil : Ned Skinner, aussi effacé que jamais mais cependant prêt à apporter son assistance à son père, si cela se révélait nécessaire. Quelque chose dans la relation qui liait les deux hommes tracassait Charlie. Ils agissaient comme s'ils se connaissaient depuis toujours, ce qui, manifestement, était impossible. Son père comptait une douzaine d'années à la naissance de Ned. Charlie en savait plus que beaucoup sur les origines du géant ; la mère de Ned avait officié comme putain dans un bordel fréquenté par les Maures, le père s'était trouvé à la tête d'une organisation criminelle qui avait établi dans ce même établissement son quartier général. Charlie avait découvert ces informations dans un journal tenu par son grand-père. Toutefois, il n'avait rien appris de plus : quelqu'un avait arraché les pages suivantes. Il s'en était plaint à son père. La faute incombait à l'auteur de ces notes, lui avait-il répondu. Son grand-père avait lui-même détruit ces documents peu avant sa mort, dans un accès de démence. Tout cela ne répondait toutefois pas à sa question première : quelle étrange relation liait son père et Ned ? Qu'est-ce qui eût entraîné un Darcy de Pemberley, au rigorisme connu de tous, à cultiver l'amitié d'un tel homme ?

Charlie n'avait guère connu Lydia. Il ne la pleurait pas, mais percevait le chagrin qu'éprouvaient sa mère et la sœur aînée de celle-ci. Tante Kitty, plus superficielle, semblait considérer la disparition de sa sœur comme une bénédiction, lui permettant en définitive de passer une partie de l'été à Pemberley. La société avec laquelle elle s'affichait n'avait pas fait partie de la liste des invités cette année, car Fitz espérait de grandes choses de la part des lords et des Commons.

— Je me réjouis de la présence de Kitty, déclara quelques instants plus tard Elizabeth à son fils et à Jane. Elle polira les manières de Georgie d'un lustre bien nécessaire. Celle-ci l'adore, quoique je n'entende guère pourquoi.

Charlie éclata de rire.

— C'est un oiseau de Junon au somptueux plumage, maman ! Georgie aime quiconque sort de l'ordinaire et tante Kitty affiche une élégance inimitable.

— J'espère qu'elle persuadera ta fille de ne plus se ronger les ongles, ajouta Jane. Elle détruit ses mains qui sont pourtant fort belles.

— Je vous quitte ; je dois retrouver une grotte qu'Angus a repérée, les informa Charlie qui leur baisa la main, puis s'éloigna d'un pas vif.

— Je suis heureuse que Lydia soit ensevelie ici, déclara Jane. Demeurant à proximité, nous pourrons fleurir sa tombe.

— La pauvre ne reçut guère de fleurs au cours de sa vie. Tu as raison, Jane, il est heureux qu'elle repose en ces lieux.

— Ne regrette pas à sa place d'avoir manqué de choses auxquelles nous seules attachons de l'importance, la reprit Jane avec douceur. Lydia prisait la vie passée dans les villes de garnison, les réjouissances dénuées de toute mesure et la compagnie des hommes – la compagnie intime des hommes. Elle nous plaignait de mener des existences guindées, vertueuses.

— Je me souviens seulement de l'amour qu'elle vouait à George Wickham.

— Oui, mais quoi qu'elle en dît, elle mettait les absences de son époux à profit pour s'octroyer du bon temps.

Le visage de Jane se ferma soudain et elle demanda :

— A-t-on retrouvé la trace de ses assassins ?

— Pas la moindre.

*

Lorsque le corps d'un garçon d'une quinzaine d'années fut repêché dans la Derwent, il attira l'attention pour la seule raison que miss Mary Bennet, proche de Pemberley, avait disparu. À un policier échut la tâche d'examiner le cadavre horriblement boursouflé qui, selon le docteur dépêché sur place, avait peut-être dérivé sur plusieurs lieues car le gamin était mort depuis trois jours. Selon l'homme de science, la noyade avait causé le décès car le corps n'affichait aucune trace de lutte. Deux éléments, toutefois, laissaient perplexe : en premier lieu, le crâne portait la marque d'une tonsure semblable à celle d'un moine ; ensuite, l'enfant était circoncis. En dehors de cela, il semblait bien nourri et ne présentait aucun signe de mauvais traitements, ce qui excluait toute activité dans une usine, un moulin, une fonderie, ou encore qu'il eût été soldat. Comme le corps avait été retrouvé nu et que son identité restait inconnue, le policier l'appela : « Jeune mâle juif ». Il envoya son rapport au superintendant, puis fit ensevelir la dépouille dans la fosse commune située au-delà des terres consacrées, réservées aux chrétiens.

Toutefois, lorsqu'un second corps d'adolescent fut découvert au pied d'une falaise à peu de distance de l'endroit où l'on avait trouvé le premier, la nouvelle parvint à Mr Darcy qui prit alors connaissance du rapport concernant le premier. Fitz appela Charlie et Angus auprès de lui, mais non Owen qui, rongé par la culpabilité, s'était enfin résolu à retourner au pays de Galles, laissant un certain nombre de cœurs inconsolables derrière lui dans la salle de classe, et allumant une lueur combative dans le regard de Georgie.

Fitz les accueillit, l'air sombre, puis exposa les raisons de sa convocation.

— Les jeunes et les enfants périssent avec une effroyable régularité, conclut-il, en particulier à notre époque où les abus perpétrés sur les pauvres sont monnaie courante. Cependant, ces deux morts diffèrent de celles qui surviennent d'ordinaire. Ces enfants avaient sensiblement le même âge – quatorze ou quinze ans –, ils étaient donc à peine pubères. L'un était un garçon, l'autre une fille.

Il s'agita dans son fauteuil, mal à l'aise, et poursuivit :

— Aucun ne portait les stigmates du labeur des enfants, ces hématomes et ces plaies causés par les coups de fouet ou de cravache. Le gamin est déjà enterré dans la fosse commune, mais j'ai demandé que l'on pratique une autopsie du corps de la petite : elle ne révéla aucun os brisé ni une quelconque cicatrice. Tous deux, semble-t-il, étaient bien nourris. La fille possédait un corps absolument sain ; aucune crise d'apoplexie ne la terrassa sans prévenir.

— Elle ne tomba donc pas de cette falaise, compléta Angus, les oreilles d'Argus grandes ouvertes.

— Exactement. On la déposa à cet endroit de façon à le faire croire. Si Mary n'avait pas disparu, nul n'eût même songé à avertir les autorités et on l'eût aussitôt enterrée dans la fosse commune.

— Père, lorsque vous nous fîtes mander après la mort de tante Lydia, nous rencontrâmes un étrange groupe de gens, remarqua Charlie.

Il ajouta, avec un regard à l'adresse d'Angus :

— Je pense toutefois qu'Angus devrait vous narrer cet épisode ; si je m'y applique, vous croirez que j'exagère les faits.

— Pas du tout, répondit Fitz, sincèrement surpris. Tu racontes avec talent, Charlie. Angus peut cependant s'en charger, si tu le désires.

— Nous croisâmes le chemin d'une sorte de… procession d'enfants mâles menée par un vieil homme, exposa Angus. Il les désigna du nom d'Enfants de Jésus et déclara qu'ils venaient d'un orphelinat éponyme situé aux environs de York.

Fitz fronça les sourcils.

— Un orphelinat dirigé par des religieux?

— Des catholiques romains, peut-être. Ils paraissaient franciscains, malgré la différence de ton du brun de leurs bures.

— L'orphelinat des Enfants de Jésus, dirigé par des franciscains ou assimilés, situé près de York, résuma Fitz qui ajouta après un court instant de réflexion : une telle institution n'existe pas, ni à York ni en aucun endroit au nord de la Tamise, selon moi. En outre, ce nom me paraît incorrect ; je m'attendrais davantage à « Sacré-Cœur de Jésus » ou à « Marie Immaculée » s'ils se rattachaient aux catholiques romains. Ces derniers révèrent moins Jésus comme entité sacrée que certaines sectes protestantes, celles qui en viennent à ne mentionner Dieu que rarement. Le nom d'Enfants de Jésus semble imaginé par une personne qui n'aurait pas reçu d'éducation théologique.

— Nous avions donc raison de les trouver douteux ! s'écria Charlie. Je me souviens de ce vieil homme, en particulier ; un personnage fort louche qui se refusait à croiser votre regard.

— Nous cheminions sur un sentier cavalier, ajouta Angus. Charlie le connaissait, mais nous n'y croisâmes personne hormis ces Enfants de Jésus. Comment un moine de York en eût-il connu l'existence ? Il nous confia qu'il exerçait l'emploi d'apothicaire et se montra empressé – trop empressé ! – d'exhiber la marchandise de sa charrette. Nous découvrîmes une cinquantaine de caisses contenant divers élixirs et potions de toutes sortes. Il nous invita à regarder où bon nous semblait et offrit à Charlie un pot d'onguent destiné aux chevaux. Toutes les étiquettes mentionnaient ceci ou cela « des Enfants de Jésus », comme si le vieil homme s'était persuadé que cette mention accordait une valeur particulière à ses remèdes.

Il se racla la gorge et lança à Charlie un regard d'excuse avant d'ajouter :

— Je n'ai pas eu l'occasion de vous l'avouer, mais j'ai rendu visite à l'apothicaire de Buxton. Celui-ci, à ma grande surprise, connaissait les potions des Enfants de Jésus et m'en vanta les mérites à l'infini. Ses clients, qui ne jurent que par ces remèdes, paient des sommes presque astronomiques pour leur élixir contre les humeurs biliaires.

Un éclair malicieux traversa ses yeux.

— Il soigne également l'impuissance. Si le vieil homme ouvrait une boutique à Westminster pour n'y vendre que celui-ci, sa fortune serait assurée.

Lorsque les rires retombèrent, Charlie reprit la parole :

— Je crois que ce religieux déplorait un esprit dérangé. Une sorte d'aura étrange se dégageait de sa personne ; en outre, jamais je n'ai vu un groupe d'une trentaine de petits garçons aussi sages et réservés que ceux qu'il menait. Lorsque je leur suggérai d'ôter leurs capuches, ils tressaillirent, comme épouvantés à la perspective de montrer leurs visages. Je suis persuadé qu'il les terrorise. Leur attitude me rappela la frayeur que j'éprouvais jadis devant certains de mes professeurs. Je crois en outre ce vieillard frappé de démence, ce qui ajouterait à leur peur. Les deux seules choses qui me pétrifiaient en mes jeunes années étaient vous-même, mon père – pardonnez-moi ! –, et ces déments qui croisaient occasionnellement ma route. Les esprits sains craignent les fous car il est impossible de prévoir leur conduite ou de les raisonner. Je ne m'étonnerais pas qu'aux yeux de ces petits garçons, cet homme incarne Satan.

— Selon l'apothicaire de Buxton, le religieux répond au nom de père Dominus, intervint Angus qui n'avait pas terminé son récit. Il vient pendant les heures du jour empocher son argent, mais les marchandises sont invariablement livrées au plus noir de la nuit par des enfants en soutane. Ces derniers, affirme l'apothicaire, ont trouvé refuge auprès du père Dominus après avoir échappé à de mauvais maîtres.

— Curieux, remarqua Fitz qui croisa les doigts et les posa contre ses lèvres. D'où viennent-ils si ce n'est de York ? S'ils préfèrent cheminer la nuit, cela expliquerait leur étrange comportement lorsque vous les rencontrâtes dans la journée. Toutefois, il faut bien que leur communauté soit établie en quelque endroit.

— Je suis désolé de vous avoir mentionné dans un même souffle que les déments, père.

Fitz se tourna vers son fils, un sourire dans les yeux.

— Je possède de l'imagination en suffisance pour comprendre pourquoi un petit garçon me placerait dans le même panier que les fous, Charlie. Je dus me montrer fort rébarbatif.

— À l'inverse des temps derniers, père.

— Unissons nos forces pour aborder ces événements, déclara Fitz à ses interlocuteurs, toute trace d'amusement disparue. Concentrez vos recherches sur les grottes ; ce père Dominus en utilise peut-être une lors de ses pérégrinations. En outre, si Mary demeure en vie, il nous faut supposer qu'elle est retenue dans une caverne. Rien ne prouve un quelconque lien entre elle et les Enfants de Jésus, mais si l'on cherche assidûment, peut-être en trouverons-nous un ? Angus, combien de temps pouvez-vous encore demeurer à Pemberley ?

— Autant qu'il le faudra. Je m'appuie sur des partenaires efficaces pour mes affaires à Londres tandis que mes journalistes, sans nul doute, dansent sans retenue depuis que le chat est parti pour le Derbyshire. Ils doivent produire une prose à l'état brut !

— Bien. Prions que les circonstances s'éclaircissent avant que de plus pressantes obligations nous rappellent. Si Mary n'est pas retrouvée quand se profilera la rentrée d'Oxford et du Parlement, il nous faudra, je le crains, cesser de nourrir quelque espoir.

— Et les orphelinats ? s'enquit Charlie.

— Je confierai cette enquête à Ned. Il s'agit précisément du genre de travail qu'il affectionne, lui permettant de s'élancer d'un endroit à un autre sur cet énorme cheval noir, répondit Fitz d'une voix atone.

— À propos, tandis qu'Angus chevauchait en direction de Buxton, j'ai enquêté de mon côté, intervint Charlie. Je me suis rendu dans un certain nombre de fermes, de hameaux et de petits villages, où j'ai demandé si l'on avait aperçu une procession de jeunes garçons vêtus ou non d'habits religieux. Les enfants, semble-t-il, n'émergèrent jamais de notre sentier cavalier. Celui-ci commence à Pemberley, d'où nous savons qu'ils ne venaient pas, et se termine à Chapel-en-le-Frith. Ils ont pu le rejoindre après être partis de Stanage Edge, quoique nul ne les eût vus à Bamford.

— Suggères-tu qu'ils ont trouvé refuge dans une caverne? s'enquit Fitz.

— Oui, à moins qu'ils n'aient traversé les landes pour rejoindre le nord du Peak District.

— Transportaient-ils de la nourriture, de l'eau?

— L'eau coule en abondance dans la région. Pour la nourriture, peut-être en cachaient-ils sous leurs robes, qui sait? Toutefois, jamais je n'ai entendu parler d'un groupe qui camperait sans aucun équipement – ni tente ni caravane – dans ces landes rudes et parfois cruelles.

— En effet. Je demanderai à Ned s'il a eu vent d'une rumeur quelconque.

Celui-ci répondit toutefois par la négative lorsque Fitz l'interrogea:

— Combien populaires se révèlent les remèdes de ce père Dominus, Fitz, je gagerais mon petit doigt qu'il s'adonne à quelque louche trafic. La situation manque pourtant de logique: voilà un gaillard qui possède dans sa manche de quoi guérir les maux des uns et des autres, s'attire de confortables profits, vend sa marchandise à des apothicaires qui se l'arrachent, mais qui chemine sur un sentier désert ne menant à aucun endroit hormis Pemberley, à la tête d'un groupe d'enfants qui ne semblent nullement maltraités. Quel dessein nourrit-il? se demanda Ned, le front plissé.

— Charlie le croit frappé de démence, là se trouve peut-être l'explication. Rien ne paraît logique dans cette affaire – en comparaison, les circonstances qui entourent la mort de Lydia semblent claires comme de l'eau de roche.

— Plus important, où fabrique-t-il ses potions? Où les entrepose-t-il? Un orphelinat constituerait une excellente couverture, n'est-ce pas?

Le visage de Fitz s'éclaira.

— Absolument ! Les orphelinats dépendent généralement des paroisses, mais il arrive à des philanthropes d'en édifier. Je pense que nous devrions éliminer les ateliers et les foyers d'indigents qui comptent des locataires de tout âge. J'ai envoyé des courriers aux diverses autorités centrales religieuses ; j'attends leur réponse. Peut-être existe-t-il des institutions sans lien avec aucune religion...

— N'ayez crainte, Jupiter et moi-même les visiterons toutes, même si cela nous mène jusqu'à York ! On ne saurait compter autant d'institutions charitables que de pommes dans un pommier.

— À moins que les pommes ne se dissimulent dans un poirier.

— Plaisanter vous épuise, Fitz, rétorqua Ned avec un sourire. Seigneur, cette mèche de cheveux gris ! On jurerait qu'elle s'étoffe chaque jour davantage.

— Elizabeth trouve que cela me donne un air distingué.

— Ce qui convient à un Premier ministre.

— Tu auras besoin d'or, déclara Fitz qui lança une bourse remplie que Ned attrapa avec adresse. Trouve-les, Ned ! L'accablement d'Elizabeth me chagrine.

— Étrange, n'est-ce pas ?

— Pardon ?

— Eh bien, toute cette affaire débuta avec la lettre que Mary adressa à Charlie – que je copiai à votre intention. Quelle colère elle suscita en vous ! Toutefois, à la lumière des événements survenus depuis, son importance devient dérisoire.

— Ne remue pas le couteau dans la plaie, Ned ! Obsédé par l'avenir, je craignais les complications que cette missive eût pu entraîner. J'eusse dû attendre et agir selon les circonstances. Tu avais raison lorsque tu affirmais que je faisais une montagne d'un monticule.

— Je ne me souviens pas d'avoir prononcé ces paroles, répondit Ned, les sourcils arqués.

— Pas en ces termes précis, mais le sens était le même. Je devrais suivre tes conseils ; tu fais souvent preuve de clairvoyance, Ned.

Celui à qui s'adressait ce compliment éclata d'un rire sonore.

— C'est que vous êtes raide et rigide comme un macchabée, Fitz ! Courber la tête vous coûte trop d'efforts !

Le maître de Pemberley eût puni de mort un autre que Ned pour cette insulte, mais il s'agissait là d'une vérité affectueuse.

— Rigoureux au point d'en devenir sourcilleux, hein ? Que veux-tu, ma fierté pour mes ancêtres représenta toujours ma route de perdition.

— Ainsi que l'ambition.

— Non, je découvris celle-ci plus tard. Quoi qu'il en soit, si j'avais attendu la suite des événements, je ne t'aurais pas demandé de surveiller Mary et nous l'aurions perdue à Mansfield.

— Je l'ai quand même perdue.

— Objection refusée, Ned ! Toutefois, si nous la retrouvons, elle peut écrire son satané livre avec ma bénédiction. J'en paierai même les frais de publication.

— Que vous les payiez ou non ne changera rien : nul ne le lira.

— Voilà ce que tu avais dit !

11

Il ne restait qu'une gorgée d'eau dans l'aiguière, mais la soif s'était révélée moins terrible que Mary l'avait imaginé. La grotte était glaciale, en particulier la nuit ; l'écran avait peut-être été placé là pour dissimuler ce qui s'étendait au-delà des barreaux de sa cellule, mais cette étoffe l'avait protégée du vent qui soufflait perpétuellement et produisait ce gémissement. Pour se défendre du froid, elle s'enveloppait dans le rideau de velours, sans guère parvenir toutefois à se réchauffer. En hiver, elle n'eût pas survécu une semaine. Au moins, la température la gardait d'éprouver une soif inextinguible. En arpentant sa cellule, elle parvenait à se réchauffer – mais, hélas, cela intensifiait également son envie de boire.

Elle portait tous les vêtements qu'ils lui avaient laissés, sales comme propres : quatre paires de chaussettes de laine, quatre chemises de nuit de flanelle et une robe de la même étoffe. Sans gants, ses mains lui semblaient engourdies en permanence. Elle avait avalé le dernier morceau de pain avant qu'il ne devînt trop dur et impossible à mâcher. Elle mesurait plus aisément la fuite du temps, à présent qu'elle distinguait la lumière du jour. Son estomac devait s'être resserré, car elle ne ressentait pas la faim.

À sa profonde horreur, des rats surgirent pour se repaître de la miche de pain que père Dominus avait jetée à terre lors de son ultime visite. Après l'avoir dévorée jusqu'à la dernière miette, ils s'attardèrent sur les lieux, guettant un festin plus consistant – ce corps humain qui succomberait bientôt. Ils ne ressemblaient pas à ceux qu'elle avait déjà vus, noirs et gras. Ceux-ci, de petite taille et au pelage gris, vivaient à l'évidence dans les landes avoisinantes.

Le temps s'écoulait avec une lenteur effroyable ; elle en souffrait et regrettait l'activité qui avait trompé son ennui. La production d'une page soigneusement calligraphiée s'était révélée une tâche fort différente de l'écriture d'une missive ordinaire que l'on raturait ou biffait, dont on reprenait un mot, à laquelle on ajoutait un renvoi. Quoiqu'elle condamnât les idées du père Dominus, les transcrire avec un soin particulier sur un parchemin, telle l'apprentie d'un scribe professionnel dont le métier était de rendre lisible la prose d'un auteur pour un éditeur, l'avait distraite.

Il lui semblait désormais que ses souffrances s'accumulaient. À ses yeux, le pire de ses tourments était cette inaction qui lui rappelait les années passées en la seule compagnie de sa mère, quand elle vivait dans les limbes d'une pesante oisiveté. Alors, au moins, la musique ou la lecture lui avaient apporté un agrément – en particulier ces livres qu'elle n'avait pas déjà lus une dizaine de fois comme ceux de sa cellule ! À cela s'ajoutaient le manque de nourriture et d'exercice, la soif…

Depuis longtemps déjà, la prière ne lui apportait plus aucune consolation. Sans rien d'autre à faire, toutefois, elle se remit à prier, plutôt pour tromper l'ennui que par véritable ferveur ou dans l'espoir que Dieu l'exaucerait. Sa mère avait puisé du réconfort dans le sommeil ; hélas, elle ne parvenait à s'y astreindre.

Pour occuper son esprit et se distraire du froid, elle examina sa conduite des derniers mois. Que de vains efforts ! Pas un seul de ses projets n'avait abouti. Soit Satan conspirait pour la faire échouer, soit elle avait nourri d'improbables aspirations et agi sans discernement. Comme elle se jugeait trop insignifiante pour s'être attiré l'attention du prince des ténèbres, la seconde explication semblait la plus logique.

Obsédée par Argus, songea-t-elle, *je crus qu'en rédigeant un livre qui étayerait ses observations, je susciterais son admiration et le pousserais à vouloir me rencontrer. Aurais-je atteint mon but ? Je ne le saurai jamais. Certes, je brûle de défendre la cause des laissés-pour-compte, mais qui suis-je pour croire que je puisse leur apporter une aide quelconque ? Je mis mon projet à exécution sans y être suffisamment préparée, tout comme je décidai de consacrer mes ressources financières à la publication de mon livre sans même avoir correspondu avec un éditeur. Par ailleurs, puisque je m'étais résolue à vivre en compagnie de Lizzie à Pemberley une fois mes fonds épuisés, que ne me suis-je accordé le voyage confortable auquel peut prétendre toute femme bien née ? À l'évidence, je désirais paraître aussi mal lotie que ceux qui me fourniraient des informations pour mon ouvrage – quoique cheminer d'une façon moins rudimentaire ne m'eût nullement empêchée de me présenter comme une gouvernante démunie une fois mon trajet terminé. En outre, je pense que ma soudaine liberté me plongea dans une exaltation fougueuse à l'idée d'être enfin en mesure d'agir à ma guise. Mais, à la vérité, il me faut blâmer mon ignorance abyssale du monde qui m'entoure. Rien ne justifiait que je transportasse une somme aussi importante dans mon réticule car ma lettre de crédit m'eût permis de retirer ce qui m'était nécessaire à tout instant.*

Belle sagesse rétrospective, Mary Bennet ! L'expérience te rend sage, mais les caprices de la fortune mirent ton existence en grand péril. Il semble qu'il te soit impossible d'emprunter une diligence sans provoquer un désastre, et ce n'est rien en comparaison de ta présente situation !

Une femme sensée eût accepté l'honnête proposition de mariage de Mr Robert Wilde ; tu le dévisageas comme si une seconde tête lui avait poussé du corps, puis t'empressas de la lui trancher ! Oh, bien sûr, cette union avec un époux plus jeune, plus riche, plus séduisant se fût révélée des plus déplacées. Allons, tu eus raison de refuser ! Il trouvera une femme plus convenable dont il pourra s'éprendre sans se montrer ridicule, ce qui eût été son lot s'il t'avait épousée.

De Robert Wilde, son esprit passa à Angus Sinclair qui n'avait jamais prononcé une parole d'amour. Il lui avait offert son amitié, qu'elle avait acceptée. Comme il lui avait manqué pendant son voyage ! Ce sentiment d'être en présence d'une âme sœur, cette oreille attentive qu'il prêtait à tout ce qu'elle déclarait. Oui, avec lui, son aventure eût assurément pris une autre dimension. Elle se remémorait le visage de Mr Wilde avec difficulté, mais celui d'Angus Sinclair s'imposa à son esprit avec la puissance d'un tableau de maître.

Elle regrettait également la présence de Lizzie, plus que celle de Jane. Cette dernière pleurait pour un oui ou pour un non, or les larmes n'accomplissaient ni ne changeaient jamais rien. Les seules que Mary respectât provenaient de ces chagrins immenses, insondables, déchirants ; on ne pouvait les comparer à celles que versait Jane. Non, Lizzie possédait une personnalité avisée, sensible – pourquoi était-elle malheureuse ? *Lorsque je sortirai d'ici,* se jura Mary, *je découvrirai les raisons de son affliction.*

La nuit, recroquevillée sur sa paillasse, elle chercha à comprendre l'origine de sa cellule. Un jour que le père Dominus s'était trouvé d'humeur plus pliable qu'à l'accoutumée, elle lui avait demandé pourquoi il avait éprouvé le besoin de construire une telle geôle. Elle avait alors essuyé une rebuffade. Loin de refuser de lui répondre – ce qui eût été compréhensible –, il avait nié l'avoir jamais bâtie. Elle l'avait pressé de questions, mais il lui avait rétorqué ne posséder aucune théorie avant de changer de sujet. Qui avait construit cette cage à l'intérieur d'une grotte qui, à en croire Thérèse et Ignatius, se situait loin de toute caverne de plus vastes dimensions ? Des voleurs, des hommes persécutés, des ravisseurs ? Elle n'obtiendrait jamais de réponse, selon toute vraisemblance, mais ses spéculations la libéraient quelque peu de son angoisse et lui permettaient de s'endormir. Quand elle serait libre, elle résoudrait cette énigme.

Quand je sortirai, ne cessait-elle de se répéter – jamais : *si je sors d'ici*. Alors même qu'il ne lui restait qu'une petite gorgée d'eau, elle ne cédait pas au désespoir.

L'aube se leva, lumineuse, découvrit-elle en écartant le rideau qu'elle remit aussitôt en place pour se protéger du vent. Seigneur, quel froid ! Elle avait les lèvres sèches, crevassées. *Fléchirai-je ou résisterai-je… ?*

— Je ne m'appuie point sur Toi, ô mon Dieu, pour subvenir à mes besoins, hormis pour m'accorder force et ingéniosité, déclama-t-elle, puis elle avala son ultime gorgée d'eau.

À peine eut-elle reposé la cruche qu'un grondement retentit des profondeurs de la montagne. Une violente secousse la projeta au sol. Abasourdie, elle se releva lentement et découvrit que la planche de bois de ses lieux d'aisances s'était brisée. Le trou qu'elle recouvrait quelques instants plus tôt, au lieu de résonner du bruit du torrent, souffla une colonne de poussière qui tourbillonna autour de la prisonnière.

Un autre fracas s'éleva, sec, métallique, venu de sa cellule. Elle s'élança vers le rideau et le tira pour découvrir les barreaux. Ils étaient déformés ! La lourde porte s'ouvrit sans effort sur ses gonds, dans un grincement aigu, sa serrure tordue. Mary franchit le seuil d'un bond – si d'autres secousses avaient lieu, elle préférait se trouver hors de sa cellule ! Elle se souvint soudain du froid qui régnait et se força à retourner chercher ses deux couvertures.

— Merci, Seigneur ! s'exclama-t-elle alors.

Deux ouvertures perçaient la paroi de gauche en sus de celle qu'elle avait empruntée pour ses promenades. En vain chercha-t-elle à en percer les ténèbres. Bon nombre de chandelles de suif étaient empilées devant l'entrée du tunnel le plus éloigné, à côté d'un petit pot d'étain rempli de mousses sèches aussi délicates que des fils de laine. Mary ne leur prêta aucune attention. Elle n'était pas une Ariane déroulant son fil dans le labyrinthe du Minotaure ; de surcroît, qui sait ce que ces commotions survenues dans les profondeurs avaient infligé aux tunnels ?

Non, elle prendrait le chemin le plus direct pour renouer avec le monde : l'ouverture sur l'extérieur, et elle ne renoncerait pas même si un à-pic se présentait. Elle s'avança d'un pas précautionneux à la limite de la caverne. Dieu merci, elle ne surplombait pas un abîme ! Sa caverne se dressait à trois cents pieds du sol et non à mille, comme elle l'avait cru de prime abord. Des rochers s'amoncelaient en contrebas, surmontés d'une énorme pierre qui avait dû en masquer l'entrée. Le vent mordit sa chair et la déséquilibra, mais elle entoura ses épaules de ses couvertures qui lui offrirent une protection sur la pente raide. La position du soleil lui indiqua qu'elle faisait face au nord. Devant elle s'étalait une terre désolée formée de landes, de pics rocheux et d'étranges formations géologiques, sans aucune trace d'une quelconque ferme ni de la moindre habitation. Son instinct lui dicta de suivre la direction du sud et de l'ouest plutôt que celle de l'est si elle voulait trouver des humains. Oh, que n'eût-elle donné pour disposer de ses bottines !

Elle éprouva de grandes difficultés à franchir les rochers qui lui cisaillèrent les mains tandis qu'elle tâtonnait à la recherche de points d'appui. Dix minutes de ces efforts la réchauffèrent cependant ; elle se débarrassa de l'une de ses couvertures qu'elle utilisa pour se protéger les pieds. Ses forces s'amenuisaient de façon alarmante, mais miss Mary Bennet n'était aucunement disposée à laisser ces défaillances physiques avoir raison d'elle. Elle continua de descendre en trébuchant et tomba à plusieurs reprises, ses chutes à chaque fois arrêtées par de gros rochers qui l'empêchèrent de dégringoler plus avant et de se blesser.

Sa progression lui sembla durer une éternité. Après une heure, elle parvint sur une herbe rêche que seuls les plus affamés moutons eussent trouvée à leur goût. Ses chaussettes avaient survécu au mauvais traitement infligé par la descente, mais une marche de quelques lieues les réduirait en charpie. *Je dois me trouver dans le Peak District du Derbyshire*, songea-t-elle. Regrettant de ne savoir où se dressait Pemberley, elle contourna le pied de la colline qui avait abrité sa caverne dans l'espoir de trouver une quelconque forme de civilisation.

Les premiers temps, les auspices lui semblèrent mauvais ; le paysage paraissait aussi désolé qu'au nord et Mary sentit une boule se former dans sa gorge. Aucune route, ni chemin, ni même un sentier… Après avoir parcouru environ deux lieues, les pieds tailladés par les pierres coupantes, elle huma toutefois les odeurs mêlées de cochons, de vaches, d'oies et de chevaux, caractéristiques des fermes. Oui, oui ! Elle se dirigeait vers des habitations, vers des gens !

Le fermier William Hawkins aperçut un épouvantail qui remontait le chemin en titubant : grand, maigre, vêtu de haillons, la chevelure rousse et hirsute évoquait un amuseur de foire tandis que le visage décharné rappelait un squelette. Hypnotisé, le laboureur demeura les yeux fixés sur l'apparition jusqu'à ce que celle-ci s'approchât suffisamment pour qu'il distinguât une femme. Lorsqu'il comprit de qui il devait s'agir, il poussa un tel cri que le jeune Will, son fils, surgit de l'étable.

— C'est mam'zelle Mary Bennet ! s'écria le fermier. Regarde ses pieds ! Oh, pauvre femme ! Aide-moi, Will, nous allons la porter à l'intérieur. Puis tu prendras le poney et iras trouver Mr Charlie – il explore les grottes des environs à sa recherche.

Ils firent asseoir Mary sur un siège de bois, dans la cuisine, près de l'âtre, et lui offrirent de l'eau, puis un bol de bouillon. Quand le jeune Will fut parvenu à retrouver Charlie et Angus, Mary avait recouvré quelques forces et se sentait envahie par une chaleur bienfaisante. Le bouillon, puisé dans la marmite de soupe qui cuisait tout le jour et où l'on jetait tout ce qui tombait sous la main, était délicieux. Quelques cuillerées seulement l'avaient rassasiée, mais elle savait que cela passerait ; dans un jour ou deux, elle avalerait des repas gargantuesques pour réparer les torts infligés à son corps.

Angus fit soudain irruption, le visage couvert de larmes, les bras tendus pour la serrer contre lui. À sa profonde surprise, Mary découvrit que son étreinte était très exactement ce à quoi elle aspirait.

— Oh, Mary ! Si vous saviez quel fut notre désespoir, ces semaines écoulées ! s'exclama-t-il, le visage enfoui dans sa chevelure qui sentait le suif et la poussière.

— Laissez-moi me rasseoir, Angus, demanda-t-elle. Vous retrouver me réjouit, mais les forces me manquent et je ne puis demeurer debout, même soutenue par un gentleman.

Il obéit aussitôt et l'aida à reprendre place sur son siège.

— Nul doute que notre souffrance ne soit dérisoire en comparaison des vôtres, reprit-il, entendant qu'elle ne se trouvait pas en état d'accueillir une déclaration d'amour. Où vous trouviez-vous ?

— Enfermée dans une grotte, prisonnière d'un vieil homme dérangé répondant au nom de père Dominus.

— Ainsi, il menait bien des activités douteuses! Charlie, Owen et moi-même le rencontrâmes à la tête d'une trentaine de petits garçons qui portaient ses marchandises.

— Les Enfants de Jésus, acquiesça-t-elle avec un hochement de tête. Où se trouve Charlie?

— Il est rentré à Pemberley afin d'y atteler une voiture qui vous ramènera.

Se souvenant de ses manières, Angus se tourna vers la famille Hawkins et les remercia de la gentillesse qu'ils avaient montrée à l'adresse de miss Bennet, promettant qu'ils recevraient sous peu la récompense de cent livres.

— Mais si, j'insiste, Mr Hawkins!

Mary dodelinait du chef. Angus se plaça derrière sa chaise et elle appuya sa tête contre son torse. Elle dormait encore lorsque Charlie arriva avec la voiture; Angus l'y porta, puis l'emmitoufla dans des fourrures. Un grand froid s'était emparé d'elle. Quoique Mrs Hawkins lui eût ôté ses chaussettes pour lui nettoyer les pieds, Angus et Charlie avaient hâte de la ramener à Pemberley où l'attendait le docteur Marshall.

*

— Vous sentez-vous suffisamment remise pour nous narrer votre aventure, Mary? s'enquit Fitz, le lendemain, tandis que la maisonnée s'était rassemblée dans le salon Rubens avant le dîner.

Bien qu'elle eût perdu du poids, il était évident que ses épreuves ne lui avaient occasionné aucun traumatisme définitif. Une fois plongée dans un bain chaud, la chevelure lavée avec soin par Hoskins en personne et vêtue d'une robe d'Elizabeth, elle se montrait d'une beauté stupéfiante, constata Angus. Sa maigreur accentuait la perfection de son ossature. Seuls ses pieds bandés témoignaient de ses tourments.

Outre sa réticence à se plaindre, l'un des traits de caractère de Mary consistait à détester se trouver au centre de l'attention. Elle s'exécuta, dès lors, sans se laisser aller au moindre apitoiement sur son sort ni ajouter la plus petite fioriture. Elle ne s'était pas doutée un seul instant que Ned Skinner l'emmenait à Pemberley lorsque le père Dominus l'avait enlevée; à dire vrai, elle ne se souvenait de rien depuis son expulsion de l'Auberge du Frère Tuck jusqu'à son réveil, quelques jours plus tard, dans les profondeurs de la montagne. L'assemblée trouva peu crédible l'idée qu'elle eût été enlevée à la seule fin de servir de scribe pour transcrire d'étranges croyances.

— À l'origine, il désirait expérimenter un remède sur ma personne, précisa-t-elle, certaine que rien de ce qu'elle déclarerait ne le dépeindrait plus fou qu'il ne l'était – par ailleurs, en quoi consistait précisément la folie? Je me trouvais sur le point de mourir d'un œdème du cerveau – ses connaissances en médecine lui permirent d'effectuer ce diagnostic en se basant sur mon apparence alors que je gisais à terre. Il avait concocté une potion destinée à réduire les inflammations des organes, mais ne disposait d'aucun malade sur qui la tester. Il m'enleva, m'administra son remède et me guérit. Ensuite seulement devins-je son scribe. De prime, sa Genèse du Cosmos me fascina – un concept original qui décrit les ténèbres comme divines et la lumière comme une émanation du diable qu'il ne nomme jamais autrement que « Lucifer ». Je ne sais dans quelle mesure sa quasi-cécité se trouva à l'origine de sa théorie, mais elle y contribua largement. Quoiqu'il ne l'avouât jamais, je gage que la lumière lui est douloureuse. Selon Ignatius, lorsqu'il partait collecter son argent auprès des apothicaires, il portait des lunettes aux verres noircis par la fumée.

— Ainsi, la lumière, et non la peur, explique l'attitude des garçons que nous rencontrâmes, conclut pensivement Charlie.

— Cette frayeur exercée sur les enfants se révèle un élément nouveau, en particulier pour les filles qu'il désigna sous le nom d'impures en raison de certains événements.

— Qu'advint-il de vous, Mary? la pressa Fitz.

Une expression sarcastique se peignit sur son visage et elle répondit :

— Ma langue indisciplinée me causa des ennuis, bien sûr... Pendant quelque temps, j'en domptai strictement les écarts, entendant sans peine que m'opposer au vieil homme pouvait me valoir une sentence de mort. Mais lorsqu'il m'annonça que Jésus résultait d'une collaboration cynique entre Dieu et Lucifer, je l'abreuvai d'injures, le qualifiant de diabolique et de malfaisant. Il s'enfuit en proférant des malédictions et je ne le revis plus. Il m'abandonna à la mort, laquelle n'eût manqué de survenir sans cet effondrement.

— Je pense qu'il décida de vous abandonner après nous avoir rencontrés, prononça Charlie d'un ton horrifié. Je lui donnai mon nom, puis m'enquis s'il vous avait aperçue, ce qui dut le paniquer.

L'interrogatoire mené par Fitz se poursuivit pendant plusieurs heures sans que ni Angus ni lui en retirassent d'informations pertinentes hormis sur le sujet de la Genèse du Cosmos. N'avait-elle donc entretenu aucun contact avec les enfants? Elle affirmait que non.

— Cessez, messieurs, exigea-t-elle enfin, lasse et en proie à un début de colère. Je ne puis changer les faits ni vous éclairer davantage. Vous aperçûtes trente petits garçons, je n'ai connu que les deux qui poussaient la charrette à bras. Croyez vos yeux; mon témoignage ne procède que de ouï-dire, de rumeurs. On me garda captive dans une cellule dont je ne sortais que pour longer un tunnel menant à une rivière souterraine. Où qu'on les retînt, ces enfants ne posèrent jamais les yeux sur la prisonnière dont leur parlaient Thérèse et Ignatius. Lorsque je m'enquis auprès du religieux des origines de ma cellule, il nia l'avoir jamais bâtie et affirma qu'elle fut construite avant que lui-même ne l'eût découverte. Je ne puis vous apprendre que ceci : ces pauvres enfants devaient déménager vers un nouvel habitat où ils répugnaient à se rendre. Quoique le père Dominus ne me confiât pas les raisons de ce déménagement, je le soupçonne de s'y être résolu depuis longtemps déjà.

— La séance est levée, prononça Fitz, les yeux rivés sur les traits tirés de Mary. Vous avez besoin de repos. Vous aviez raison en supposant une secousse sismique. Le tremblement se révéla tel qu'on le perçut en de nombreux endroits et, quoique les grottes accessibles au public n'en aient été affectées, les visites restent suspendues pour le moment. Un grand nombre de cavernes restent encore à découvrir dans les environs, il nous faut espérer que les Enfants de Jésus se trouvent dans l'une d'elles. La question demeure : l'effondrement a-t-il détruit leur habitat ou bien s'est-il produit à quelque distance ? Il semble que la démence du vieil homme s'accroisse, prenne une certaine ampleur ; impossible de deviner s'il les a enfermés ou s'il les laisse errer à leur guise – en admettant, bien entendu, qu'ils soient toujours en vie.

Mentir à Mary n'eût rien changé, aussi Fitz lui parla-t-il – ainsi qu'à Elizabeth, Jane et Kitty – des deux adolescents retrouvés morts. Cette nouvelle, qui suivait de peu celle de la disparition de Lydia, bouleversa la rescapée. Instinctivement, elle tendit la main à Angus qui s'en empara aussitôt. Seigneur, quel réconfort !

— La petite doit être sœur Thérèse, supposa-t-elle en ravalant ses larmes. Jamais je n'ai cru à l'existence de cette mère Beata. Oui, je suis certaine qu'il s'agit de sœur Thérèse et j'insiste pour qu'elle soit ensevelie avec les honneurs : en terre consacrée, sous une pierre tombale et en présence de pleureuses.

— J'y veillerai, lui promit Angus. Fitz a d'autres chats à fouetter, Mary. Il nous faut retrouver ces pauvres enfants. Si la folie du père Dominus s'est emparée de lui au point de lui faire perdre toute mesure, il ne se souciera pas de leur survie.

— Te confia-t-il pourquoi il rassembla ces enfants autour de lui, Mary? intervint Elizabeth. Puisqu'il les nourrissait et les vêtait, cela indiquerait qu'il les aimait, du moins dans les premiers temps? Je sais qu'ils te semblèrent terrorisés, Charlie, mais si cela avait été le cas, ils ne l'eussent pas suivi, n'est-ce pas? En outre, à t'entendre, Mary, frère Ignatius lui était attaché.

— Ce gamin possédait un esprit des plus simples. J'ai l'impression que père Dominus maintenait les enfants dans une sorte de naïveté ignorante – il est certain que jamais il ne leur enseigna ni l'écriture ni la lecture. Selon ses dires, il les déroba à de méchants maîtres, mais comme ni frère Ignatius ni sœur Thérèse n'arboraient les stigmates de mauvais traitements, il les vola peut-être à un très jeune âge. Il se peut également qu'il les ait achetés à des parents trop pauvres, ou encore aux responsables d'une paroisse. Ces derniers ne se montrent pas toujours très regardants dès lors qu'une certaine somme est en jeu, et les orphelins qu'ils ont le devoir de prendre en charge souffrent parfois de bien cruels traitements. Quant à spéculer sur ses intentions de les faire tous disparaître aussitôt qu'ils atteindraient la puberté, je crains que nous ne l'apprenions jamais, car Ignatius et Thérèse étaient respectivement les plus âgés des garçons et des filles.

Mary poussa un soupir, serra la main d'Angus et poursuivit :

— S'il est fou – ce dont je ne doute pas un instant –, alors l'adoration que lui vouaient ces enfants contribua à faire naître en lui un sentiment de toute-puissance. N'oubliez pas qu'ils travaillaient pour lui à titre gracieux. L'Évangile selon saint Marc dit : « Laissez venir à moi les petits enfants. » Si le père Dominus s'imagine l'Élu de Dieu, une certaine logique se cache derrière tout cela.

— Bon nombre de réponses nous seront fournies si nous les retrouvons, déclara Fitz.

— Puis-je vous offrir un conseil à ce sujet ? demanda Mary.

Son beau-frère la fixa du regard, un léger sourire aux lèvres.

— Je vous en prie.

— Cherchez-les au nord des cavernes dont on connaît déjà l'existence. Si le premier corps est celui de frère Ignatius, il flotta en aval de la rivière Derwent, mais se trouvait encore au septentrion des grottes ouvertes au public. Sous ma prison coulait un torrent ; j'en entendais le grondement régulier et pus le contempler lors de mes promenades. Avant de m'entretenir avec Angus et Charlie, il ne m'était pas apparu que ces rivières souterraines puissent n'être que cela : des rivières qui coulaient sous terre. J'en déduis que « mon » torrent creusait son lit plus profondément que je ne l'imaginais. Marchez au nord, où règne un univers désolé. Ces enfants, à l'égal des taupes, ne supportent pas la lumière du jour. Cherchez-les à la nuit tombée.

Les hommes dévisagèrent Mary avec admiration.

— Que d'esprit sous ce front ! s'exclama Angus, que la fierté étouffait presque.

— Si j'en possédais, pourquoi m'attirerais-je toujours ces effroyables ennuis ?

Fitz reprit la conversation en main pour pallier toute digression :

— La lune atteindra bientôt son second quartier ; cela nous apportera une aide précieuse lors de nos recherches nocturnes. Je ne possède qu'une seule longue-vue, mais essaierai de m'en procurer d'autres. Grâce à Dieu, l'été se révèle sec, ce qui nous garantit un ciel exempt de nuages.

— Je ferai réciter des prières pour ces enfants dans toutes les églises des environs, ajouta Elizabeth. Le destin de ces petits hantera mon sommeil jusqu'à ce que nous les retrouvions ; et si, par mauvaise fortune, ils périssaient, je ne connaîtrais plus une nuit de paix. Fitz, puis-je disposer de nos fonds ?

— Bien entendu, répondit-il aussitôt. Tout comme vous, Elizabeth, leur sort me tourmente. Je demanderai à Ned de se joindre aux recherches. Il jouit de bons yeux et travaille mieux dans l'obscurité. Dans l'intervalle, ceux de Pemberley qui effectueront leurs recherches emporteront de quoi monter des campements dans les landes. Les allées et venues au domaine prendraient trop de temps, même si nous gardions des chevaux avec nous. Je vous demanderai, mesdames, de limiter votre usage des voitures car je désire que les palefreniers se joignent aux recherches. Huckstep nous accompagnera, laissant ici deux garçons d'écurie sous l'autorité d'un assistant. Je souhaite également l'aide des valets et des jardiniers, si vous m'indiquez de combien je puis disposer sans vous priver.

— Prenez tous ceux que vous estimerez nécessaires, répliqua Elizabeth.

Elle ajouta, cette nuit-là, à l'adresse de son mari :

— Toutefois, je ne pense pas que l'organisation et la méthode dénouent à elles seules cette triste situation. Une convulsion naturelle de la terre libéra Mary ; mes prières agiront avec autant d'efficacité que vos hommes.

— Je crois en Dieu, renchérit Fitz d'un ton ironique, mais en un dieu d'une certaine catégorie. Le mien s'attend à ce que nous nous aidions nous-mêmes sans exiger de Lui qu'Il exécute tout le travail. La foi aveugle ne me satisfait pas, je préfère me fier aux hommes.

— Et à Ned Skinner, en particulier.

— Mon instinct me le dicte.

— Pourquoi vous opposâtes-vous avec tant de virulence aux projets de Mary ?

Il se raidit.

— Je ne suis point libre de le divulguer.

— Point libre ?

— Surtout à présent que notre fils prospère.

— Secret jusqu'au dernier instant.

Il se pencha sur sa main et y déposa un baiser.

— Je vous souhaite une bonne nuit, Elizabeth.

*

— Eh bien, Lizzie, annonça Jane au petit déjeuner le matin suivant, quoique nous ne soyons pas en mesure d'aider les hommes dans leurs recherches, nous disposons d'autres ressources.

Les yeux couleur d'ambre, calmes et décidés d'Elizabeth se posèrent sur sa sœur, et celle-ci poursuivit :

— Je pars du principe que nous retrouverons ces enfants sains et saufs.

— Voilà qui est merveilleusement dit, Jane ! s'écria Kitty. Je demeure quant à moi mêmement persuadée qu'ils seront sauvés.

— Où veux-tu en venir ? s'enquit Elizabeth, méfiante.

— La mort de Lydia laissa dans mon cœur un gouffre béant que seuls le temps et l'arrestation de ses meurtriers parviendront à combler. Mais je te prie de considérer ceci,

Lizzie : une cinquantaine d'enfants âgés de quatre à douze ans ne se souviendront d'aucune existence hormis de celle qu'ils ont vécue aux côtés de père Dominus. Qu'adviendra-t-il d'eux lorsque nous les aurons retrouvés ?

— Ils seront confiés aux paroisses si l'on ne parvient pas à localiser leur famille, ou encore aux orphelinats quand des places s'y libéreront, énonça Kitty avec calme en étalant délicatement une fine couche de beurre sur sa tranche de pain.

— Exactement ! s'emporta Jane. Seigneur, les événements des derniers temps mettent mon humeur à rude épreuve ! D'abord Lydia, ignoblement assassinée, puis ces petits qui ne connurent jamais les joies de l'enfance !

— Les orphelins des institutions et ceux dont prend soin la paroisse ou qui errent sur les routes d'Angleterre ne sauraient guère connaître « les joies de l'enfance », énonça Mary sans passion. Seuls les nantis et les privilégiés ont la possibilité d'offrir quelque félicité à leur progéniture – si, bien entendu, ils ne les gâtent pas d'un côté ou ne les battent impitoyablement de l'autre.

Elle se leva et se servit une seconde assiette de saucisse, de foie, de rognons, d'œufs brouillés, de bacon et de pommes de terre.

— Bien trop souvent, reprit-elle, on considère les enfants comme une simple nuisance. On les entend, mais on ne les écoute pas. Argus affirme qu'il est plus économique pour une pauvresse de nourrir son petit de gin que de lait. Les plus miséreux des enfants que j'aperçus durant mon court périple avaient le corps infesté de vermine, les dents gâtées, le dos tordu, les jambes déformées ; le corps couvert de plaies, ils souffraient de la faim et allaient pieds nus, vêtus de haillons. Le bonheur, Jane, ne s'applique pas aux enfants pauvres. En revanche, ceux de notre classe en jouissent tellement qu'ils l'exigent, ce qui fait naître en eux une sorte de déception qui les habite leur vie entière. C'est de confort que les enfants ne devraient jamais manquer ; les instants de félicité s'y ajouteraient de temps à autre, comme autant de moments d'exception. Hormis, bien entendu, pour cette véritable source de bonheur que représente la compagnie des frères, des sœurs et des parents.

Comment avons-nous fait pour oublier Mary? se demanda Elizabeth. *Voilà une harangue digne de celles dont elle nous accablait en nos jeunes années, à Longbourn. Celle-là dénote toutefois plus de sagesse. À quel moment de sa triste vie en acquit-elle? Lors de son voyage et de ses épreuves, j'imagine, ce qui n'honore guère l'existence protégée que mènent les femmes respectables. Jane s'émeut de ce discours car elle n'ignore pas la fanatique complaisance qu'elle montre envers ses fils, qui, en particulier en l'absence de leur père, ne connaissent plus aucune discipline. Leur sort les destine à Eton où on les tourmentera et rossera jusqu'à ce qu'ils atteignent l'âge de tourmenter et de rosser à leur tour. Quel pitoyable cercle vicieux!*

— Nous nous éloignons du sujet qui nous préoccupe, prononça Jane avec une dureté inhabituelle dans la voix.

— Que veux-tu dire? demanda Elizabeth.

— Lorsque les hommes auront retrouvé les Enfants de Jésus, ils considéreront leur devoir accompli et perdront aussitôt tout intérêt à leur endroit. Fitz demandera à l'un de ses nombreux secrétaires de démêler ceux qui retourneront auprès de leurs parents de ceux qui seront envoyés dans une paroisse ou dans un orphelinat. Aux dires de Mary, il est à craindre que la plupart ne possèdent ni parents ni paroisse pour prendre soin d'eux ; on les confiera donc à l'une ou l'autre des institutions de ce pays, déjà saturées par le nombre grandissant de leurs pensionnaires. Ils se retrouveront dans une situation plus misérable encore que celle qui était la leur sous l'autorité du père Dominus car celui-ci, au moins, les vêtait, les nourrissait et prenait soin de leur santé.

— Tu veux bâtir un orphelinat, conclut Kitty avec une surprenante puissance de déduction.

Elizabeth et Mary dévisagèrent la délicate oie blanche qu'elles avaient pour sœur, stupéfaites et ravies de se découvrir une alliée.

— Absolument ! s'écria Jane. Pourquoi séparer ces pauvres créatures qui vécurent ensemble pendant des années ? Mary, selon Angus, tu possèdes une tête fermement plantée sur les épaules, aussi devrais-tu te charger de l'aspect pratique : quelle somme est nécessaire pour établir un orphelinat, par exemple ? Kitty, tu fréquentes la meilleure société londonienne, tu pourrais t'occuper de récolter des dons pour l'orphelinat des Enfants de Jésus. Je m'engage à m'entretenir avec Angus Sinclair afin qu'il rende publique leur effroyable destinée, dans son journal. Je prendrai également contact avec l'évêque de Londres, à qui j'apprendrai notre désir d'éradiquer chez ces enfants toute croyance papiste, méthodiste ou baptiste qu'ils auraient puisée dans l'enseignement du père Dominus, un apostat, selon Mary. Quoique fort peu prosélyte, Monseigneur ne saura manquer une excellente occasion pour l'Église d'Angleterre.

Jane montrait un visage transfiguré, les yeux agrandis et brillants comme ceux d'un chat.

— Nous établirons de nouvelles règles dans le soin à apporter aux enfants indigents ! Je choisirai moi-même le personnel et superviserai les progrès de l'orphelinat dans le futur. Tu m'assisteras, Lizzie, c'est pourquoi je suggère que le bâtiment s'élève à mi-chemin de Pemberley et de Bingley Hall. Je pense que Fitz et Charles devraient acquérir les terres et financer la construction d'une institution digne de ce nom, car je refuse catégoriquement d'utiliser un bâtiment déjà existant. Le nôtre sera construit spécialement à cet usage. L'argent rapporté par Kitty, placé dans un fonds, paiera les salaires, la nourriture, les vêtements, et servira à l'établissement d'une école religieuse ainsi que d'une bibliothèque.

Elizabeth émit un hoquet de surprise. Qui eût cru Jane aussi zélée? Au moins, ce projet endiguerait les larmes de chagrin dues à l'absence de Charles. Elizabeth prévoyait la réticence qu'afficheraient les gentlemen. En revanche, l'idée enthousiasmait Mary, qui n'en déplorait que l'échelle réduite – elle eût disséminé plusieurs orphelinats aux quatre coins du royaume. Kitty se creusait la cervelle pour trouver le moyen d'obtenir les dons des puissants qui serraient farouchement les cordons de leur bourse. Quant à Jane, le succès de l'entreprise ne lui laissait aucun doute.

*

— Dire que tout naquit de l'étrange obsession de Mary pour les pauvres, déclara Elizabeth à Angus, un peu plus tard.

Celui-ci avait momentanément abandonné Fitz et Charlie et chevauché jusqu'à Pemberley pour, avait-il prétendu, écrire une lettre urgente. En réalité, il désirait s'assurer que sa chère Mary n'avait pas détalé.

— Cela m'évoque une pierre lancée sur une pente enneigée, poursuivit-elle. Au lieu de s'immobiliser sans dommage, elle prend de la vitesse et s'étoffe d'une épaisse couche de neige qui menace de nous engloutir tous. Je me réjouis que Jane ait cessé de verser des larmes jusqu'à sa complète dissolution, mais au moins, quand elle demeurait inconsolable, nous savions sur quel pied danser.

Angus éclata de rire et ne s'interrompit que lorsque le regard désapprobateur d'Elizabeth lui apprit qu'elle ne distinguait rien de drôle dans ses paroles.

— Jane a probablement raison, répondit-il. Nous eussions sans hésitation confié les enfants aux responsables paroissiaux pour les oublier aussitôt. En toute logique, leur enlèvement se produisit à un trop jeune âge pour qu'ils se souviennent de leur paroisse. S'ils ont été vendus, il se peut même qu'ils n'aient aucun souvenir de leurs parents. Un orphelinat des Enfants de Jésus est une excellente idée. J'imagine que Mary partage cette opinion ?

— Voilà tout ce qui intéresse l'Écossais transi d'amour que vous êtes ! Cette perspective la passionne, bien entendu, quoiqu'elle ambitionne d'ouvrir des établissements similaires à travers toute l'Angleterre, déclara Elizabeth avec un large sourire. Quant à moi, je ne parviens pas à envisager Fitz acceptant des projets qui le mettraient sur la paille en une année.

— Une autre possibilité s'offre peut-être à lui. Les chemins gouvernementaux, en particulier ceux de Westminster, se révèlent plus longs et plus ardus que les voies du Seigneur. La tâche première de Fitz devrait consister à contraindre ses pairs du Parlement d'établir un programme radical de réformes destinées aux plus basses couches de la société. Pour y parvenir, qu'il mentionne à l'envi les événements advenus en France – les lords ne manqueront d'être sensibles à cet argument. Le changement effraie, Lizzie, mais il demeure nécessaire. Il reste que tout n'est pas bénéfique aux miséreux, prenez l'exemple des subsides qui leur sont accordés dans de nombreuses paroisses. Certaines ne possèdent presque pas d'hommes ou de femmes inscrits sur leurs listes pour travailler, ces derniers étant plus attirés par cette allocation qui leur est accordée seulement s'ils chôment.

— Allez chercher Mary, proposa Elizabeth, lassée par le sujet des pauvres.

L'élue de son cœur reçut Angus avec une joie sincère qui ne sembla pas pour autant provenir d'un sentiment amoureux. Pas encore. Elle avait réagi à plusieurs reprises d'une manière qui avait fait naître en lui quelque espoir, mais son instinct lui soufflait de ne pas y attacher trop d'importance. Il imaginait les tourments qu'elle avait vécus lors de son emprisonnement, mais ne s'était pas suffisamment entretenu avec elle pour déterminer à quelle profondeur s'enracinait son inextinguible détermination. Il attribuait ses réactions à la réalisation de ses faiblesses féminines. À tort. Mary savait qu'elle n'avait rien d'une faible femme ; Angus entretenait à ce sujet une illusion bien masculine.

— Nous avons trouvé l'éboulement, lui expliqua-t-il. Il semble que le réseau de cavernes s'étendait sur une vaste superficie dont la taille exacte demeurera à jamais inconnue : l'accès en est barré par un immense éboulis dont nul, jusqu'à présent, n'est parvenu à expliquer l'origine.

— Et la rivière souterraine ?

— Nous l'entendons couler, mais son lit a été dévié.

— Quand commenceront vos recherches nocturnes ?

— Ce soir. Le ciel plutôt clair d'aujourd'hui nous porte à espérer que la lune brillera. Nous avons rassemblé un grand nombre de longues-vues, grâce à Fitz qui demanda également aux bergers d'emmener paître leurs troupeaux de moutons plus au sud, de façon à supprimer les formes mouvantes qui pourraient nous induire en erreur.

— Dieu tout-puissant ! s'exclama Mary, impressionnée. Vos manœuvres rappellent celles d'une armée. Jamais je n'aurais songé aux moutons. Ne dorment-ils pas la nuit ?

— Oui, mais le moindre bruit soudain les plonge dans la panique.

— Trouve-t-on aussi des cerfs ?

— Sans doute.

— Les enfants seront difficiles à distinguer dans leurs robes brunes.

— Nous le savons, répondit-il doucement.

Il avait été décidé que les groupes (au nombre de trois, dirigés par Fitz, Charlie et Angus) concentreraient leurs recherches au pied des pitons, des collines et des entassements rocheux, mais inspecteraient aussi avec un soin particulier les rives de la Derwent et de ses affluents. Il s'agissait de la plus importante rivière de la région, qui coulait en outre été comme hiver. Puisque le corps de frère Ignatius (si c'était bien lui) avait été repêché dans ses eaux, cela signifiait qu'elle – ou l'un de ses affluents souterrains – se trouvait à proximité.

La première nuit fut une expérience étrange car peu d'hommes, qu'ils fussent laboureurs ou gentlemen, se déplaçaient après le coucher du soleil, en particulier de cette façon furtive. Une lumière incolore irradiait de la lune, qui imbibait le paysage sans l'animer ; lorsqu'elle eut disparu, un ciel parsemé de milliers d'étoiles continua à produire une clarté diffuse. Une fois accoutumés aux ténèbres, les hommes continuèrent à distinguer ce qui les environnait avec une aisance qu'Angus n'eût pas imaginée. Il aperçut des cerfs et, plus étonnant, des chiens qui erraient à la recherche d'une proie – lapin, musaraigne, rat. Jadis domestiqués, expliqua Fitz, ils avaient vécu parmi les hommes comme animaux de compagnie ou de travail. Abandonnés ou enfuis à la recherche d'une pitance plus conséquente, ils étaient redevenus sauvages.

Charlie avait eu l'excellente idée de vêtir l'enfant de l'un des palefreniers de Pemberley d'une robe de bure marron, puis de lui enjoindre de longer la rivière pendant quelque temps avant d'obliquer de façon à s'engager dans la lande. Le petit garçon de sept ans, loin d'éprouver de la peur, avait tiré une joie immense de ces pérégrinations nocturnes, en particulier parce qu'elles lui permettaient de se coucher plus tard que ce que l'on exigeait habituellement de lui. Suivre ses traces permit aux traqueurs d'acquérir une idée de ce qui se présenterait à eux s'ils découvraient un Enfant de Jésus.

Une semaine s'écoula ; la lune atteignit son apogée sans que le ciel se couvrît d'un seul nuage. Le magnifique astre argenté brillait d'un tel éclat qu'il eût été possible de lire comme en plein jour. Par chance, le vent soufflait vers l'est l'épaisse fumée produite par les nombreuses cheminées de Manchester.

Mais la lune, qui se levait un peu plus tard chaque soir, se mit bientôt à décroître sans que nul n'eût aperçu un seul enfant. Le désespoir remplaça peu à peu l'enthousiasme des chercheurs qui se mirent à craindre que les petits ne fussent emprisonnés quelque part.

Ned Skinner avait refusé de prendre la tête d'une équipe de recherche ; il préférait travailler seul et désirait mettre en pratique quelques théories qu'il nourrissait en propre. Tandis que les autres cherchaient trop au sud, selon lui, il s'était élancé sur Jupiter et s'était rendu en amont de la Derwent, en un endroit où un confluent rejoignait ses eaux. Fitz avait argué que sa haute silhouette montée sur son étalon se détacherait trop sur le paysage désolé et donnerait l'alarme, mais Ned avait ignoré ses objections. Selon lui, le fait que ces équipes évoluaient à pied, leur cheval tenu par la bride, les ralentissait effroyablement.

Il possédait sa propre longue-vue, bien plus puissante que celles qu'avait rassemblées Fitz pour les recherches ; elle avait appartenu à un capitaine attiré par ces contrées où un marin se devait toujours de vérifier si les indigènes sur la plage exhibaient des têtes humaines en guise de trophées. Perché sur son cheval, Ned jouissait d'une vision qui couvrait une distance considérable tandis que, de plus près, l'instrument lui permettait de distinguer le moindre détail avec une extraordinaire netteté. Ned ne comptait plus les occasions au cours desquelles l'instrument avait prouvé son utilité.

La lune décroissante se levait plus tard. Cependant, la lumière du crépuscule s'étirait presque jusqu'au lever de l'astre, or Ned ne voulait quitter son abri qu'au plus noir de la nuit. Jupiter et lui avaient trouvé refuge dans une caverne, ou plutôt une sorte de cavité déclive dans une roche friable érodée par le vent. En quelques voyages, Ned y avait entreposé de la nourriture pour lui et son étalon. Aucune herbe tendre ne poussait dans la lande !

Lorsqu'il se résolut à sortir, le paysage était plongé dans les ténèbres tandis qu'à l'est, le ciel se teintait d'une lumière argentée, annonçant le proche lever de la lune. Peut-être que seule cette obscurité lui permit de distinguer l'éclat blanchâtre de l'eau qui s'écoulait à quelque distance, à l'ouest. Il se raidit sur sa selle, et Jupiter, percevant un changement soudain chez son cavalier, s'ébroua. L'homme se pencha en avant et flatta l'encolure du cheval.

— Doucement, mon grand, murmura-t-il.

Ils avancèrent au trot jusqu'à l'immense cascade de plus de cinquante pieds de haut qui plongeait dans une sorte de large bassin. Elle devait être alimentée par une source située à peu de distance de cette falaise d'où elle basculait, réfléchit Ned. Se fût-elle trouvée à proximité d'une autre attraction spectaculaire, la chute d'eau eût certainement attiré bon nombre de visiteurs, mais elle se dressait au centre d'un morne paysage de collines, de gorges et de landes désertiques. Le Peak, plus au sud, représentait la limite des endroits fréquentés par les visiteurs, à l'exception des poètes, des écrivains, des peintres ou de ces autres étranges créatures éprises de désolation. La nuit venue, ces braves gens couraient se glisser sous les couvertures dans une auberge ou dans une ferme. Aucun d'entre eux n'eût flâné par une nuit pareille. Ned disposait de la région pour lui seul.

Il découvrit une flaque d'ombre, glissa au bas de sa selle et prépara son étalon pour l'une de ces attentes qu'il lui infligeait à l'occasion. Puis, plus discret qu'un chat, il s'avança vers le bassin.

Le rebord était en calcaire. Un ruban luisant d'un léger éclat, de trois pieds de large sur environ trois cents de long, allait de la piscine jusqu'à l'herbe où il disparaissait : un sentier que le passage de petits pieds avait façonné ! Il s'arrêta à quelques pas de l'endroit où le calcaire se perdait dans l'étendue herbeuse et écouta, mais il n'entendit rien hormis le bruit de la chute de l'eau. Il vérifia dans les poches de son manteau que ses pistolets ainsi que ses couteaux étaient en place, puis suivit le sentier qui le mena aux abords de la cascade. Le chemin s'enfonçait derrière le rideau d'eau et demeurait sec en raison du vent qui soufflait les gouttes vers l'est.

Une énorme entrée menait à une vaste caverne qu'éclairaient d'étranges lampes et des chandelles de suif. Sur un sol à première vue égal étaient disposées des tables de bois. Des petites silhouettes vêtues de robes identiques s'activaient au-dessus de bols, de bassines, de pilons et de mortiers, s'appliquant à mélanger des substances ou à les réduire en poudre. Dans une alcôve située près de l'entrée brûlait un feu intense au-dessus duquel des crémaillères maintenaient divers chaudrons et marmites. Une étrange coupole surplombait l'âtre, juste au-dessous de l'alcôve ; il en sortait une sorte de tube métallique qui, de crochet en crochet, menait à l'extérieur, derrière la cascade. Quel que fût ce principe, il ne manquait pas d'efficacité car nulle fumée n'envahissait la caverne. À quelques pas se trouvaient des alambics ainsi qu'une table sur laquelle on pouvait filtrer des liquides au travers d'étamines ou d'autres fines étoffes. Le laboratoire des Enfants de Jésus, où le père Dominus fabriquait ses remèdes !

Dans la faible lumière, les petites créatures travaillaient sans capuche. *Des garçons*, pensa Ned en apercevant les minuscules couronnes de cheveux – jamais il n'avait vu de filles tonsurées. Il en compta une trentaine, auxquels s'ajoutait un grand gaillard qui circulait de table en table – les traits grossiers, le regard d'une froideur implacable. Les petits avaient peur de lui, ils reculaient ou tremblaient à son approche. Un être dénué de pitié, décida Ned ; certainement pas ce frère Ignatius qu'avait mentionné Mary.

Ned parvint à se faufiler derrière frère Jérôme (nom par lequel l'un des enfants l'avait appelé) lorsque ce dernier se dirigea vers l'âtre et rugit qu'on apportât davantage de charbon – traîner ces sacs devait représenter un sacré exercice ! De l'autre côté de la caverne s'ouvrait un tunnel aussi large que haut qui menait, après quelques pas, à une autre grotte de la même taille que la première et illuminée d'une même manière, où se dressaient des tables supplémentaires. Sur celles-ci s'alignaient des bouteilles remplies de liquides puisés à l'aide de louches dans des sortes de buires. L'entrepôt des filles ! Celles-ci portaient des cheveux plus longs, dépourvus de tonsure. Elles travaillaient avec fébrilité, mais sans personne pour les superviser. Cela signifiait que frère Jérôme avait pour tâche de surveiller tous les enfants. Mais où donc se trouvait le père Dominus ?

L'air était chargé d'odeurs variées qui allaient de l'écœurant au douceâtre ; le religieux fabriquait-il des parfums féminins en même temps que ces potions traditionnellement infectes qui guérissaient des indispositions ? Parmi les fragrances inconnues, Ned en identifia une qu'il avait reniflée en maintes occasions : *la poudre* ! Sacrebleu ! Que concoctait le vieux fou? Il comprit aussitôt pourquoi les Cavernes du sud s'étaient effondrées : père Dominus, à l'instar de Guy Fawkes, les avait fait exploser! Cela signifiait qu'il les avait occupées jusqu'à sa rencontre avec Charlie. Paniqué par cet épisode, il les avait abandonnées. Et quel meilleur moyen d'effacer ses traces que de les détruire? Un apothicaire saurait fabriquer de la poudre explosive. *Même moi*, songea Ned, *j'y parviendrais si l'on m'indiquait les proportions des ingrédients – un simple mélange de sulfure, de salpêtre et de charbon. Si simple, si destructeur...*

Où entassait-il sa poudre? Il s'aperçut alors que le passage qui reliait le laboratoire à l'entrepôt était plus large qu'il ne l'avait cru de prime abord. De part et d'autre, le long des murs, s'empilaient des petites barriques de bois. Mais où se trouvait la mèche de mise à feu, cette mince traînée de poudre qui menait aux fûts? Mêlée à la poussière noire qui recouvrait le sol? Non, elle eût fait long feu. Quoique l'air y pénétrât, l'atmosphère de l'entrepôt était plus suffocante que celle du laboratoire, plus proche de l'extérieur par nécessité, pour éliminer les fumées et émanations toxiques.

La première chose à faire consistait à éliminer frère Jérôme. Tôt ou tard, l'adolescent irait inspecter le travail des filles. Ned se glissa dans l'un des recoins les plus sombres du corridor et sortit son couteau. Il lui faudrait faire preuve de vivacité et d'efficacité ; que le gamin pousse un seul cri et le père Dominus surgirait. Sa démence n'entravait nullement son intelligence et tant que Ned n'avait pas retrouvé la ligne de mise à feu, il voulait que le vieil homme ignore sa présence. Il lui fallait avant tout sauver les filles ; voilà ce que Fitz lui aurait enjoint de faire. Les garçons, plus éloignés des barils d'explosifs, en réchapperaient plus aisément ; mais les petites, coincées par un éboulement – si celui-ci ne les terrassait pas –, périraient dans les ténèbres, peut-être blessées et dans d'atroces souffrances. Cette idée lui était insupportable.

Comme il l'avait deviné, frère Jérôme survint peu après. Le jeune homme n'eut pas le temps de réaliser ce qui lui arrivait; la lame acérée du couteau pénétra sous ses côtes, remonta vers la gauche dans une torsion et perça son cœur. Il s'écroula sans un cri.

Ned surgit alors de l'ombre et s'avança vers la plus proche des tables où six petites filles rangeaient des pilules dans de minuscules boîtes rondes. Les comprimés de couleur lavande indiquaient que ce remède soignait les problèmes de reins. Tout le monde savait cela.

— N'ayez pas peur, dit-il d'une voix calme, et ne criez pas. Je suis ici pour vous sauver. Voyez-vous ces barriques entassées dans le passage? Elles contiennent de la poudre. Si vous demeurez ici lorsqu'elles exploseront, vous mourrez. Allez dire aux autres filles de se rendre aussi vite que possible dans la grotte derrière la chute d'eau. Je vous promets que je ne vous veux aucun mal!

Elles le dévisagèrent avec des yeux ronds, abasourdies par sa robuste stature. Quelque chose dans sa taille impressionnante les rassura peut-être car aucune ne cria ni ne chercha à s'enfuir. Peu d'hommes sur terre possédaient un caractère plus impitoyable que Ned Skinner, mais en cet instant, il irradiait la vérité autant que la force. Il n'eût pu deviner, en revanche, qu'elles connaissaient la terrifiante existence de ces barriques de poudre et le danger que ces dernières représentaient car elles les avaient elles-mêmes fabriquées, avaient assisté à la mort de deux de leurs compagnons et suspectaient qu'elles compteraient parmi les prochaines victimes. Les fillettes avaient remarqué des changements chez le père Dominus et elles le craignaient à présent de toute leur âme. Le religieux s'était mis à les qualifier de pernicieuses, d'impures, de souillées. Il vitupérait sans relâche que les femmes étaient des créations de Lucifer. Sœur Thérèse avait disparu ; ses compagnes avaient d'abord cru qu'elle avait rejoint mère Beata, mais frère Jérôme s'était vanté de lui avoir brisé le cou et elles l'avaient cru.

Les petites filles convergèrent vers le passage où s'alignaient les barils de poudre et firent irruption dans la caverne où s'activaient les garçons. Ceux-ci les regardèrent surgir dans leur antre avec un air stupéfait et, pour certains, mécontent. Lorsque le géant apparut à leur suite, une débandade s'ensuivit, quelques-uns des garçonnets cherchant à se faufiler derrière lui vers le passage. Mais Ned avait toujours su s'imposer aux hommes, jeunes ou vieux.

Les pistolets jaillirent de ses poches ; il les brandit et ordonna :

— Sortez tous à l'air libre ! Cet endroit va s'écrouler sous peu ! Si vous restez ici, vous mourrez dans l'explosion ! Ouste ! Dehors !

Le seul chemin encore libre menait à l'extérieur. Les enfants s'y précipitèrent, puis franchirent le rideau d'eau et s'égaillèrent dans la nuit, tandis que Ned revenait sur ses pas pour repérer la traînée de poudre qui servirait à la mise à feu.

Il arma les chiens de ses pistolets, garda le doigt sur la détente et avança en maintenant ses armes à l'horizontale ; lorsque la petite charge de poudre était exposée, il ne fallait plus pencher l'arme afin de ne pas obstruer la chambre où l'étincelle devait communiquer avec la charge.

Devant le passage, il découvrit père Dominus, le visage tordu par la fureur et la frustration, une torche dans la main gauche.

— Bandit ! Vaurien ! hurla le vieil homme. Comment osez-vous me voler mes enfants ?

Ned visa la poitrine du religieux et tira, jugeant qu'il s'agissait du meilleur moyen de se sortir d'une situation funeste. Mais le religieux, animé par la force du fanatisme, lança sa torche derrière lui malgré sa blessure mortelle.

— Je meurs, mais tu mourras avec moi!

Non, songea Ned alors qu'il s'élançait vers la sortie, *car je me tiens à quelque distance des barriques et suis sur le point d'atteindre la chute d'eau*. Malheureusement, l'onde de choc de l'énorme explosion fut transmise au laboratoire qui s'écroula en même temps que s'effondrait la plus grande partie de la colline, fragilisée par le réseau d'alvéoles que constituaient les grottes. Ned sentit un énorme rocher lui broyer les jambes et le bassin, lui causant une épouvantable douleur. *Le sort a finalement eu raison de moi*, pensa-t-il encore. *Je meurs heureux cependant; cette ultime action ne manquera de satisfaire mon cher Fitz.*

Le bruit de l'explosion résonna à travers la lande et parvint aux oreilles des équipes de recherche qui exploraient le Peak avec méthode.

Les trois chefs s'étaient réunis pour conférer lorsqu'ils entendirent la déflagration.

— Il ne s'agit pas d'un effondrement, s'exclama Fitz, mais d'une explosion!

Charlie et Angus coururent rejoindre leurs hommes et s'élancèrent sur les chevaux qu'ils gardaient à proximité tandis que Fitz, le visage sombre, bondissait sur sa monture et galopait vers le nord. Ned s'était mis en tête de commencer de ce côté, pensait le maître de Pemberley, éperdu. *Seigneur, je Vous en supplie, faites que rien ne lui soit arrivé, ni aux enfants!*

Sans personne pour les guider, indécis, ces derniers étaient demeurés sur place, fuyant seulement les rochers qui s'abattaient autour d'eux. Fitz et son groupe les découvrirent en larmes, serrés les uns contre les autres. Ils se laissèrent emmitoufler dans des couvertures et emporter par les nouveaux venus qui leur offrirent de l'eau coupée de rhum.

Fitz parcourut le groupe d'enfants à la recherche d'un visage aux traits plus éveillés, plus vifs. Son choix se porta sur une fillette d'une dizaine d'années qui avait adopté une attitude maternelle à l'égard des plus petits.

— Je m'appelle Fitz, se présenta l'homme qui n'avait jamais autorisé quiconque hormis les plus proches membres de sa famille à l'appeler par son prénom. Comment te nommes-tu ?

— Sœur Camille.

— As-tu aperçu un très grand homme qui s'appelait Ned ?

— Oh, oui ! Il nous a sauvés, Fitz.

— De quelle manière ?

— Il nous a appris que le passage était rempli de poudre et qu'il nous fallait nous élancer au-dehors pour ne pas mourir. Quelques garçons ont essayé de nous arrêter, mais Ned leur montra ses pistolets et nous avons continué à courir. La poudre éclata exactement comme elle le fit lorsque nous l'avons fabriquée, tuant sœur Anne et frère James, et brûlant mes sourcils. Lorsque Ned nous prévint que tout allait exploser, nous l'avons cru aussitôt. Je crois que cela l'étonna beaucoup.

Le cœur de Fitz se serra.

— Ned se trouve-t-il encore à l'intérieur, Camille ?

— Oui.

Charlie et Angus arrivèrent sur ces entrefaites et leurs visages s'éclairèrent à la vue des petites silhouettes en robe brune.

— Mauvaises nouvelles, annonça Fitz aux deux autres. Ned sauva les enfants de cette caverne juste à temps – ce vil coquin de père Dominus l'avait remplie de poudre après avoir forcé les enfants à la fabriquer ! Un garçon et une fille périrent durant la fabrication. Croyez-vous la profondeur d'une telle vilenie ? Ned n'est toujours pas sorti.

Il inspira profondément et serra les poings.

— Je dois retourner à l'intérieur pour le trouver, poursuivit-il. Charlie, dis à Tom Madderbury de galoper vers Pemberley. Qu'il ramène le barouche – je doute que l'on parvienne à faire monter Ned dans une voiture fermée. Nous aurons également besoin de chariots et de fourgons pour ramener les enfants, ainsi que de nourriture et de paille. L'eau coupée de rhum les aidera à dormir, mais ils ne peuvent demeurer ici. La salle de bal fera parfaitement l'affaire. Que Parmenter y allume des feux pour s'assurer qu'elle ne soit point humide. Ces enfants qui ont vécu dans un environnement peu lumineux seront en partie aveugles, que chacun à Pemberley le prenne en compte. Ils recouvreront la vue, mais cela prendra du temps. Le brancard de bois nous sera nécessaire si Ned souffre d'un dos brisé, de même que des attelles, des bandages, de la ouate, des compresses et un puissant sirop d'opium. Assure-toi que Marshall nous attend ; il pourra également ausculter les enfants.

Charlie s'élança aussitôt pour transmettre les instructions de son père. Fitz se tourna alors vers Angus.

— Éloigner Charlie se révéla aisé ; il me faut à présent vous demander de vous écarter, Angus. Je dois entrer seul.

— Certainement pas ! Je vous accompagne.

— Non, Angus. D'autres éboulements pourraient survenir et il est inutile de risquer la vie de plusieurs hommes. Il ne s'agit pas d'un effondrement naturel, mais du résultat d'une explosion dans un espace fermé, or nous n'en savons pas assez pour déterminer quelles conséquences supplémentaires pourraient en découler. Si j'estime que le risque a disparu, je vous le ferai savoir. Je compte sur vous pour empêcher Charlie de me suivre.

Convaincu par le bon sens de ces arguments, Angus attendit à l'extérieur et persuada Charlie, lorsque ce dernier voulut se précipiter à la suite de son père, qu'un unique décès – celui-ci dût-il survenir – restait préférable à deux. Seule la mention de sa mère parvint à brider le jeune homme dans son élan.

La cascade avait disparu, mais le grand bassin demeurait devant l'entrée béante de la caverne. Torche à la main, Fitz pénétra dans un univers de rochers et de décombres. À l'égal de la plupart des grottes disséminées dans le Peak District, celle-ci était sèche, balayée par le vent, et ne présentait guère d'intérêt. Ne sachant pas qu'elle avait été masquée par un rideau d'eau, Fitz se demanda pourquoi personne ne l'avait remarquée auparavant.

— Ned! appela-t-il. Ned!

Selon ses estimations, il ne risquait rien à cet endroit. Toutefois, ce qui avait dû constituer une vaste caverne se réduisait à un amas de rochers plus ou moins gros auxquels s'ajoutaient un grand nombre de blocs aux bords tranchants. Il s'immobilisa, l'oreille aux aguets, mais ne perçut aucun grondement sourd ni aucun bruit qui suggérât d'autres chutes de pierres. D'un pas prudent, il s'enfonça plus avant.

— Ned! Ned! Ned!

— Par ici, répondit une voix affaiblie.

Fitz découvrit celui qu'il cherchait, coincé sous un énorme rocher qui dérobait ses jambes et une partie de son torse à la vue.

— Seigneur, murmura-t-il en tombant à genoux.

— Les enfants sont-ils sortis à temps?

— Oui, ils sont tous sains et saufs. Ne parle pas, Ned; il nous faut d'abord te dégager.

— Je ne pense pas que cela change quoi que ce soit à ce qui m'attend, Fitz. Mon compte est bon.

— Balivernes !

— Non, c'est la vérité. Le poids de ce rocher m'a réduit le milieu du corps en purée. Mais vous pouvez essayer. Vous ne vous pardonneriez jamais de n'avoir rien tenté, n'est-ce pas ?

En pleurs, Fitz, répondit :

— En effet, Ned. Ma nature me pousse à agir. Nous te soulagerons d'abord avec de l'opium.

À cet instant, Charlie posa une main sur l'épaule de Fitz.

— Père – non, je refuse d'user plus avant de ce terme ridiculement prétentieux, même s'il répond à la tradition des Darcy ! La plupart des hommes se satisfont de « papa », et ce terme me convient. Quels sont vos ordres, *papa* ?

— Papa me convient également, Charlie, lui répondit Fitz qui, ignorant les larmes qui coulaient sur son visage, se releva et demanda : l'opium nous est-il parvenu ? Nous réussirons sans doute à soulever ce rocher avec l'aide de deux ou trois hommes robustes qui feront levier avec de solides barres d'acier – en avons-nous emporté ?

— Oui, nous les prîmes pour le cas où se présenterait la nécessité de soulever des rocs, répondit le jeune homme, qui ajouta après un instant d'hésitation : nous y avons ajouté un baril de poudre.

Il s'agenouilla auprès de Ned tandis que son père reprenait sa position de l'autre côté du blessé.

— Qu'advint-il du père Dominus, Ned ? s'enquit Fitz.

— J'ai tiré sur ce vieux salaud, je l'ai atteint en plein cœur. Il aurait dû s'écrouler. Au lieu de cela, il jeta sa torche dans le passage. Il a dû m'entendre et répandre une traînée de poudre devant l'un des tonnelets. Il n'y avait rien quand j'ai franchi le couloir, je le jure !

Ned émit un grognement de douleur, chercha la main de Fitz et la serra.

— Je suis heureux d'avoir survécu pour vous voir une dernière fois.

— Ne perds pas espoir, tu me verras encore pendant de nombreuses années.

Ils décidèrent de ne pas le déplacer jusqu'à l'arrivée du barouche. Celui-ci parvint à l'aube, alors qu'une lumière diffuse pénétrait dans la caverne. Tandis que Fitz était demeuré auprès de Ned la nuit entière, Charlie avait effectué des va-et-vient et Angus s'était occupé des enfants.

Madderbury, le domestique qui avait chevauché jusqu'à Pemberley, revint sur les lieux du drame avec la voiture demandée et les informa de la proche arrivée des chariots et des wagons destinés aux enfants. Le docteur Marshall, appelé d'urgence, avait fait répondre qu'il se rendait aussitôt à Pemberley accompagné d'une infirmière.

Trois hommes aux solides carrures, s'aidant de leviers, soulevèrent le rocher d'un seul élan. Horrifiés, ils contemplèrent les blessures de Ned. *Impossible qu'il y survive*, songea Fitz. Ils glissèrent cependant le brancard de bois sous le blessé, le soulevèrent avec un soin infini et le portèrent jusqu'au cabriolet. Levant la civière par-dessus les portes, ils la déposèrent sur deux sièges, en diagonale, la seule manière de loger le brancard et la formidable stature de son occupant. Fitz prit place à son côté, muni de l'opium qui serait sans doute nécessaire pour apaiser les tourments du blessé, tandis que Charlie s'asseyait à la droite du cocher et lui rendait la tâche plus délicate encore en lui enjoignant sans relâche de prendre garde à ceci ou d'éviter cela.

Le trajet leur prit de longues heures, mais ils parvinrent à Pemberley avant que la lumineuse journée d'été ne fût achevée. Le médecin les attendait. Lorsqu'il découvrit l'état de Ned, il loua la présence d'esprit des voyageurs qui l'avaient maintenu en position allongée.

La nature des blessures, infligées par une charge qui avait broyé plutôt que déchiqueté, avait préservé Ned d'une hémorragie trop importante. Toutefois, il n'y avait « aucun espoir », apprit le docteur à Fitz aussitôt qu'il eut terminé son examen.

— J'ai servi aux Indes aux côtés de sir Arthur Wellesley, où il me fut donné d'observer de semblables cas. Le patient pâtit d'une infection causée par l'éclatement des entrailles. Il est inutile de le saigner car il a perdu du sang. Il refuse toutefois de se voir administrer davantage d'opium avant de s'entretenir avec vous ainsi qu'avec Mr Charlie. Il vous demande d'accéder en hâte à sa requête. Il sait qu'il se meurt.

Pourquoi papa le pleure-t-il avec autant d'intensité? se demanda Charlie alors que son père et lui, encore vêtus de leurs habits poussiéreux, se rendaient au chevet de Ned.

L'imposante silhouette semblait petite et fragile dans l'immense lit. Fitz tira une chaise à lui et y prit place en s'emparant de la main de Ned qui reposait sur la couverture. Charlie s'assit juste derrière son père, car Ned avait tourné son visage vers celui-ci et le jeune homme désirait observer ses traits. Ned sourit, ce qui lui donna une expression étonnamment plus jeune que ses trente-huit ans.

— Charlie doit savoir, déclara le blessé d'une voix basse mais claire.

— Oui, Ned, le moment est venu. Veux-tu le lui apprendre ou préfères-tu que je m'en charge?

— C'est à vous que revient ce devoir, Fitz.

Fitz se tourna vers son fils et, sans préambule, prononça:

— Ned est mon demi-frère.

— Cela ne me surprend guère, papa.

— Parce que tu es un Darcy. Un homme ne pourrait souhaiter meilleur frère que Ned, Charlie. Cependant, il me fut impossible de le reconnaître. La faute en incomba à mon père. Il me fit jurer – un effroyable serment ! – que jamais je ne révélerais le lien qui nous unissait. Quant à Ned, incapable en raison de son tout jeune âge de donner sa parole, mon père le convainquit de son indignité, de son infériorité.

— Grand-père ? Harold Hunsford Darcy ?

— Oui, Harold Darcy. Remercie Dieu de ne l'avoir jamais connu, Charlie… Un homme véritablement maléfique. Il commandait une bande de vilains et dirigeait des bordels à Sheffield, à Manchester, à Liverpool et dans d'autres grandes cités du Nord. Et pourquoi ? Pour s'amuser ! La vie d'un gentleman l'ennuyait à un tel point qu'il puisait de l'agrément dans les forfaits. Il se flattait d'être un éminent criminel. Il dirigeait la plus grande partie de ses activités depuis une maison close de Sheffield. Il nourrissait une véritable passion pour la mère de Ned, une Jamaïcaine qu'il força néanmoins à travailler pour lui comme prostituée. La syphilis la terrassa alors que Ned avait trois ans. Père mourut également de cette maladie – ce que ne soupçonna jamais mère. La vérole s'attaqua à lui avec une malignité fulgurante, l'abattant en six mois après l'avoir rendu enragé. Mère, qui ne recouvra jamais totalement la santé après sa délivrance de Georgiana, s'éteignit peu après. Il m'adressa une lettre depuis son lit de mort et m'arracha mon serment alors même que, par cet affreux document, j'apprenais ses actes ainsi que l'existence de Ned. Aussitôt que je l'eus enseveli, je me rendis à Sheffield d'où je retirai Ned pour le confier à des gens respectables. J'avais dix-sept ans, Ned en comptait quatre. Je m'arrangeai pour passer le plus de temps possible avec lui. Quel étrange sentiment m'habitait, Charlie ! J'aimais de toute mon âme ce petit bonhomme noiraud à la chevelure bouclée, d'une affection supérieure à celle que j'accordai jamais à Georgiana. Après la mort de mes parents, je recollai de mon mieux les morceaux éparpillés de mon univers, utilisant l'orgueil en guise de ciment. Grâce à l'amour que je vouai à Ned, toutefois, jamais je ne me sentis seul.

Charlie demeura un instant immobile, pantois, l'esprit engourdi. Tant de mystères se voyaient éclaircis !

— Oncle Ned, prononça-t-il enfin en posant délicatement la main sur l'épaule du blessé, vous vous êtes conduit de façon admirable. Vous avez sauvé la vie de près de cinquante enfants. Ces derniers se verront offrir une belle existence, je m'y engage, conclut-il avec un faible sourire.

— Bien.

Ned ferma les yeux et garda une expression tendue pendant un long moment. Il fixa soudain Fitz d'un regard clair et lâcha par bribes :

— Je dois... vider mon sac. Je le dois.

— Alors, vide-le, Ned, l'invita Fitz.

— J'ai assassiné Lydia Wickham. Étouffée. Soûle. Inconsciente. N'a rien senti ; trop ivre.

— Mais pourquoi, au nom du ciel ? Pas pour moi ?

— Oui, pour vous. Jamais vous... ne vous seriez débarrassé d'elle. Pourquoi ? Ces deux-là ne cessèrent de... vous demander... de l'argent. En guise de remerciement, elle... avait décidé de vous ruiner. Vous, le meilleur... des hommes. À la mort de notre père, vous avez pris le soin de... me sauver, de me donner un foyer... de m'envoyer à l'école. Vous m'avez toujours... traité comme... un égal, alors que je ne... valais rien. Je ne regrette pas de l'avoir tuée !

Il fixa sur Charlie un regard brûlant et déclara :

— Veillez sur votre père. Je ne serai plus là... pour le faire.

— Je vous le promets, oncle Ned.

Fitz était agité de sanglots convulsifs.

— Lydia devait disparaître, le pressa Ned d'une voix soudain plus ferme. Une garce uniquement intéressée par l'argent, l'alcool et le sexe. J'ai usé de ruse et je l'ai tuée. Mirry et ses gaillards m'ont bien aidé en se carapatant. Je voulais qu'on accuse Mirry… Miriam Matcham. Elle est responsable de la mort de dizaines de prostituées ; elle aime regarder quand quelque pervers les étrangle. Comme notre père… Mirry mérite cent fois la corde… Qu'elle périsse pour le meurtre de Lydia. Cela apaisera Mrs Bingley. Seigneur ! soupira-t-il en fermant les yeux. Comme je suis las !

— Tu seras enterré à Pemberley sous le nom de Darcy, déclara Fitz.

— Non, pas question, refusa le blessé en ouvrant de nouveau les yeux.

— Si fait ! appuya Charlie.

— Tu vois, Ned ? Ton neveu le désire également.

— Déplacé.

— À l'inverse ! Sur ta pierre tombale, on lira : « Edward Skinner Darcy. Frère aimé de Fitzwilliam, oncle de Charles, Georgie, Susannah, Anne et Catherine. » Je le veux.

— Je refuse. Charlie, aidez-moi…

— Non. Il s'agit d'un acte aussi juste que digne.

— Jupiter ! s'écria soudain Ned en essayant de relever la tête. Je l'ai laissé dans une caverne… elle se trouve…

— Il est rentré au foyer avant toi, Ned.

— Prenez soin de lui… Le meilleur des chevaux.

— Nous veillerons sur Jupiter.

La douleur, qu'il semblait avoir réprimée au prix d'un effort surhumain, reflua soudain et irradia ses membres. Il se mit à gémir et ne cessa que lorsqu'on lui administra une importante dose d'opium. Peu après, il s'éteignit durant un sommeil apparemment exempt de souffrances.

Charlie détacha la main de son père qui serrait encore celle de Ned et ils sortirent de la pièce.

— Accompagne-moi dans ma bibliothèque, ordonna Fitz à son fils. Nous devons nous entretenir avant que l'un de nous ne parle à ta mère.

— Êtes-vous véritablement décidé à reconnaître Ned à la face du monde? s'enquit Charlie. Je ne désapprouve pas, je désire simplement m'assurer qu'il ne s'agissait pas d'une promesse effectuée dans l'ardeur du moment pour procurer à ce pauvre Ned un ultime moment de joie.

— Je dois le reconnaître! Il commit un meurtre pour moi, quoique je te jure sur ce qui m'est le plus sacré que jamais je ne le requis de lui ni ne le suggérai d'une quelconque manière. À dire le vrai – la lutte qu'il mena en ses derniers instants lui ôta sans doute la force de tout avouer –, je crois qu'il tua à plus d'une reprise pour me venir en aide... afin de me permettre de devenir le Premier ministre d'une puissante Grande-Bretagne.

Il posa un bras sur les épaules de Charlie, par affection et en proie à une soudaine lassitude.

— Eh bien, cela n'aura pas lieu, poursuivit-il dans un soupir. Je garderai ma place au Parlement, mais me contenterai des bancs arrière, où autant d'occasions s'offriront à moi d'influer sur les événements. Ta mère avait qualifié mon ambition de « fierté »; je la nommerais plutôt « hubris » – une arrogance démesurée. Rien d'autre que ce désir de devenir Premier ministre n'occupait mon esprit, peut-être rempliras-tu cette fonction un jour. Je comprendrais toutefois que tu ne choisisses pas une carrière dans les affaires publiques. Il arrive que la politique se montre sordide et glauque par certains aspects. Je te dois des excuses, cher Charlie ; je rendis ton existence misérable lorsque tu étais enfant. Par certains côtés, je fis preuve d'un esprit aussi tyrannique que père Dominus. Mais tout cela est fini. Ned Skinner ne sera pas mort en vain.

— Que voulez-vous dévoiler à maman? demanda Charlie qui sentait le poids du bras de son père sur ses épaules avec une joie indicible et se disait: *J'ai franchi sans encombre ce fossé hérissé d'épieux qui sépare l'enfance de l'âge adulte; dès cet instant, je suis le fils de mon père.*

— Nous exaucerons le souhait de Ned. Miriam Matcham et ses hommes porteront la responsabilité du meurtre de Lydia. Nous prouverons qu'elle pilla Hemmings et s'enfuit la nuit de l'assassinat de sa maîtresse; miss Scrimpton révélera en outre qu'elle produisit de fausses lettres de recommandation. Même sans cela, tu le sais, le seul témoignage d'un Darcy de Pemberley suffirait à envoyer Miriam Matcham et ses sbires aux galères.

— Comme vous voudrez, papa. Tenez, asseyez-vous.

— Nous ensevelirons Ned ainsi qu'il sied à mon frère. Je n'en possède pas d'autre, Charlie, et j'eusse aimé t'en offrir un, même moins bien né. Mais les catins me répugnent, tandis que les actes abominables de mon père n'ont cessé de me montrer jusqu'où l'ennui pouvait entraîner un homme de haut rang. Je m'immergeai dans la politique parlementaire, toi dans les classiques: nous n'avons aucune raison de suivre les traces de Harold Darcy.

Il éclata de rire et ajouta:

— Qui plus est, j'ai épousé une fille de la famille Bennet – de quoi préserver tout homme de l'ennui!

— Je commence à comprendre les raisons qui vous poussèrent à vous opposer à la croisade de Mary, déclara Charlie. Vous craigniez qu'elle ne découvrît des informations au sujet de Harold Darcy en fouillant les bas-fonds de Sheffield, à peu de distance de Manchester. Qu'advint-il de la missive de votre père?

— Je la brûlai sans jamais regretter mon geste. Enfant, je le haïssais, ce qui explique peut-être pourquoi il s'attacha autant à George Wickham, qui le flagornait sans vergogne. George se pensait en droit d'espérer un legs important, mais nul doute que mon père ne s'amusât à entretenir ses espoirs pour mieux les détruire, surtout en décidant pour lui d'une existence d'homme d'Église ! Nul n'eût entendu mieux que mon père à quel point un tel destin rebuterait George, mais il se délectait de cette sorte de cruauté. Pas un instant George ne soupçonna toutefois ses activités de malfaiteur – mon père ne se fût jamais débarrassé de lui. Lorsque George échoua à s'attacher ta tante Georgiana, son œil de lynx pénétra rapidement l'attachement que je nourrissais à l'endroit de ta mère – pourquoi, sinon, eussé-je payé ses dettes avant de lui enjoindre d'épouser Lydia ? Cette union lui convenait ; elle le maintenait dans l'étroit cercle de mes proches et lui garantissait, ainsi qu'à Lydia, mon soutien financier.

— Maman devrait prendre connaissance de ces éléments dont vous me faites l'aveu, papa, en particulier de ceux qui concernent Lydia, hormis le nom de son meurtrier.

— Tu as raison. Cela restera notre secret.

— Et l'histoire de Harold Darcy ?

— Une version expurgée de quelques détails… ?

— Oui, papa. Apprenez-lui la véritable identité de Ned ainsi que les perfidies de votre père, mais gardez le pire pour vous. Je vous suggère vivement de lui révéler ce serment qui vous empêchait de dévoiler quelle relation vous liait à Ned. Maman n'appréciait guère votre frère, elle lui prêtait quelque sombre machination fomentée à votre endroit qui vous eût enchaîné à lui contre votre gré. Il faut qu'elle entende que vous l'aimiez d'un amour fraternel ; elle respecte l'importance des liens du sang.

Fitz se remit à pleurer ; Charlie serra contre lui la silhouette abattue de son père. Quelle différence cela faisait de découvrir une humanité chez un demi-dieu !

— Je parlerai à maman. Vous compléterez des détails les plus personnels lorsque vous vous en sentirez capable.

Encouragé par ce père soudain plus bénin, plus accessible, Charlie se jeta à l'eau :

— Vos enfants souffrent grandement des querelles qui vous opposent, maman et vous, mais plus encore de cette froideur que vous vous montrez et qui nous glace jusqu'aux os. Cet état de choses pourrait-il changer ?

— Ne tire pas sur la corde, Charlie. Bonne nuit.

12

Exténué, Fitz ne s'éveilla qu'au milieu de la matinée, le lendemain. En ouvrant les yeux, il trouva Elizabeth assise près de son lit, derrière une petite table, occupée à écrire une lettre. Le premier visage qui lui vint à l'esprit, toutefois, fut celui de Ned, et il poussa un cri déchirant :

— Ned ! Ned !

Elle posa aussitôt sa plume, se leva, s'assit au bord du lit et lui prit la main.

— Chut, Fitz. Je suis là. Ned repose en paix, vous en souvenez-vous ?

La mémoire lui revint, bannissant toute trace de sommeil pour le remplacer par une douleur insupportable. Fitz éclata en sanglots :

— Oh, Ned, Ned ! Comment puis-je continuer à vivre sans lui, Elizabeth ?

— De la manière dont je survivrai à la disparition de Lydia, je suppose. Seul le temps parvient à panser certaines plaies, sans jamais les refermer complètement. Je me souviens des larmes que je versai à la mort de mon père et de votre bonté à mon égard. Charlie était encore un enfant – comme il a grandi, je ne cesse de m'en étonner. Hier, lorsqu'il se présenta à moi, j'en demeurai confondue ! J'eus l'impression qu'un adolescent était parti à la recherche des petits orphelins et qu'un homme en était revenu. Le changement s'est opéré jusque sur son visage. Cette beauté éclatante qui lui corrompait la vie en a disparu, comme par magie ! Il demeure plein de charme, sans aucun doute, mais exempt de cette beauté efféminée qui le caractérisait.

Il comprit qu'elle s'exprimait ainsi de façon à lui donner le temps de se reprendre, mais la douleur qu'il éprouvait résistait aux règles de bienséance édictées par la société. Plusieurs jours s'écouleraient avant qu'il ne fût en mesure de reprendre le contrôle de lui-même.

— Caroline Bingley se délecterait de m'observer en cet instant, dit-il en s'emparant d'un mouchoir que lui tendait son épouse.

— Je me réjouis, dès lors, d'avoir hâté son départ.

Il parvint à émettre un faible rire.

— En effet.

— Ned a accompli un incroyable travail, reprit Elizabeth. Jane a retrouvé un peu de paix à présent qu'elle sait qui a assassiné Lydia. Charlie a averti les autorités de Sheffield ; cette Matcham et ses sbires se trouveront bientôt sous les verrous. Sans Ned, rien de cela n'eût été accompli. Comme je regrette de n'avoir pu le remercier. Je l'eusse embrassé comme un frère, Jane également.

— Qu'écriviez-vous ? s'enquit-il pour changer de sujet car l'évocation de Ned l'affectait trop douloureusement.

— Oh, je m'appliquais seulement à dresser quelques listes pour Mary. Elle est animée d'une furieuse passion à l'endroit de l'orphelinat.

Il émit un grognement.

— Celui-ci calmerait-il davantage ses ardeurs qu'un ouvrage sur les miséreux d'Angleterre ?

— Probablement pas, mais il n'existerait pire Mary à supporter qu'une Mary désœuvrée ! Pauvre Angus ! Il lui voue une passion dévorante qu'elle ne remarque pas.

Il se mit sur son séant, s'essuya le visage et se moucha.

— Je me suis couché dans mes vêtements sales, j'ai grand besoin d'un bain. Pouvez-vous demander à Meade de m'en préparer un ?

Il la regarda avec un sourire :

— Nous devons nous entretenir, vous et moi, mais pas encore. Attendons que Ned soit enseveli, que l'agitation se calme quelque peu. Notre fils me fit l'impudente remarque que la froideur de notre relation glace nos enfants jusqu'aux os. Il est nécessaire que nous apportions quelque chaleur à nos rapports. Dans quelques jours. Cela vous convient-il ?

— Oui, acquiesça-t-elle en se levant. Je vous laisse à vos ablutions.

— Je vous aime, Elizabeth.

— Je vous aime également.

— Lorsque je vous déclarai regretter mon union, je ne fis cette remarque que dans le dessein de vous blesser, de vous provoquer. Je déplore profondément mes paroles.

— Plus tard, Fitz. Profitez de votre bain, d'abord.

Elle lui adressa son merveilleux sourire, puis quitta la chambre.

Jane et Mary se trouvaient dans le petit salon rose, une pièce charmante réservée à l'usage des femmes.

— Fitz est réveillé, annonça Elizabeth en ouvrant la porte. J'ai grand besoin d'un café, poursuivit-elle en tirant le cordon. L'une de vous désire-t-elle m'accompagner ?

Après avoir commandé une collation pour trois, elle rejoignit ses sœurs derrière la table jonchée de documents.

— Où se trouve Kitty ?

— En compagnie de Georgie, répondit Jane. Je crois qu'aujourd'hui est dédié à l'allure princière, à moins que ce ne soit au charme.

— Un apprentissage dans ces deux domaines ne serait guère un mal, grogna Mary.

Bien entendu, elles avaient évoqué Ned Skinner jusqu'à épuisement, mais le sujet fut de nouveau au centre de la conversation à présent qu'Elizabeth les avait rejointes.

— Dire que je nourrissais de l'aversion pour lui ! répéta Jane pour la énième fois. Alors qu'au même moment, il menait une enquête en notre nom. Lydia peut reposer en paix, ses meurtriers n'échapperont pas à leur sort. William affirme que l'Angleterre exécute davantage de criminels que l'Europe réunie, mais ces vilains doivent être pendus s'ils assassinent des innocents. Je regrette que le père Dominus n'ait pas survécu ; on l'eût pendu pour ce qu'il infligea au pauvre Ned.

— Voici qui me revient à la mémoire, intervint Mary, lassée par la longue litanie de sa sœur sur les pendaisons, que tu as huit enfants qui t'attendent à Bingley Hall cependant que tu sembles passer tes jours et tes nuits à Pemberley. Je crains que ces rejetons, qui déplorent déjà un comportement de petits sauvages à peine sortis de la jungle, n'échappent à tout contrôle lorsque tu retourneras enfin chez toi.

Avec une exaspérante fatuité, Jane répliqua :

— Oh, j'ai résolu les difficultés attachées aux enfants, ma chère Mary. À la mort de Lydia, j'ai fait mander Caroline Bingley. Les insultes proférées par Lizzie l'empêchaient de hanter les couloirs de Pemberley sans lui ôter le goût qu'elle nourrissait pour ses étés dans le Nord. Elle s'est installée à Bingley Hall peu après les funérailles de Lydia. Elle pétrifie littéralement les enfants d'effroi, même Hugh et Arthur. Elle leur donne des fessées ! Je l'avoue, quand ils me dévisagent avec de grands yeux contrits, je me montre incapable de lever un sourcil, mais rien n'émeut Caroline. Les culottes tombent et elle leur claque le postérieur ! Bien sûr, ils poussent des cris d'orfraie avant que ne s'abatte le premier coup – sans doute épouvantés par la vision de cette énorme main. Enfin, depuis qu'elle veille sur eux, leur comportement s'est considérablement amélioré.

— Fesse-t-elle aussi les aînés ? demanda Mary, fascinée.

— Non, elle les fustige avec une badine.

— Et Prissy ?

— Elle lui impose, des heures durant, de marcher avec un livre en équilibre sur la tête, de s'entraîner à faire la révérence ou bien de conjuguer ses verbes en latin.

— Cela te permettra-t-il de demeurer ici ? intervint Elizabeth.

— Non, juste d'aller et venir à ma guise. Caroline prend un plaisir certain à discipliner les enfants.

— Pourquoi cela ne me surprend-il pas ? railla Mary.

*

Pour les domestiques de Pemberley, entourer de soins une cinquantaine d'enfants se révéla tellement au-dessus de leurs forces qu'après une semaine, ils se rebellèrent.

— Je suis navré, Mrs Darcy, se plaignit un Parmenter enfiévré, mais ces marmots ne méritent nullement leur appellation d'« Enfants de Jésus ». « Engeance du diable » leur conviendrait davantage.

Elizabeth, qui entendit parfaitement ce que le maître d'hôtel gardait sous silence, répondit cependant avec flegme :

— En vérité ? Allons bon. Qu'est-il advenu, Parmenter ?

— Tout ! lâcha le serviteur dans un gémissement. Nous avons exécuté vos ordres à la lettre, madame, jusqu'à clore les volets de la salle de bal et limiter l'usage de chandelles. J'ai fait sortir les paillasses destinées aux domestiques d'été pour les remplir de paille fraîche et les couvrir de draps propres auxquels j'ai fait adjoindre des couvertures et des courtepointes de coton. Je fis placer les anciennes chaises d'aisances de la nursery derrière un paravent que les enfants abattirent aussitôt. Tous les jouets remisés au grenier furent descendus et gisent à présent au sol après avoir été mis en pièces. Nous ne négligeâmes rien, madame, je vous en fais le serment ! Nous dressâmes des tables à l'aide de tréteaux sur lesquelles nous disposâmes de la nourriture avec des couteaux, des fourchettes, des cuillers et des verres de limonade. Et de quelle manière fûmes-nous remerciés ? Avec un pandémonium ! Ne goûtant guère les aliments que nous leur servons, ils les jettent au sol. Quant aux chaises percées, ils refusent de les utiliser ! Ils s'accroupissent comme des vagabonds pour leurs besoins qu'ils *étalent ensuite sur les murs* ! Ils ont éventré les paillasses et dorment à présent à même le sol, dans de véritables flaques de… de… je vous laisse imaginer. Oh, madame, la crasse qui règne en ces lieux ! Notre pauvre salle de bal est dévastée !

— Je suppose qu'ils refusent de se laver ?

— Avec la dernière énergie ! Ils n'ôteront pas même leurs soutanes, lesquelles empestent jusqu'à Londres !

— Je vois. Bien, vous allez verrouiller chaque porte et fenêtre de la salle de bal et ne les rouvrirez qu'en ma présence, sur mon ordre spécifique, ordonna-t-elle avant de s'éloigner à la recherche de ses sœurs.

Avant cela, toutefois, elle se rendit auprès de Matthew Spottiswoode.

— Matthew, interrompez à l'instant même ce qui vous occupe afin de m'apporter votre assistance, je vous prie, commanda-t-elle en faisant irruption dans son bureau.

La rumeur des méfaits survenus dans la salle de bal s'étant répandue, Mr Spottiswoode n'émit aucune protestation, mais croisa simplement les mains sur son bureau et s'enquit avec une déférence attentive.

— Oui, Mrs Darcy ?

— Je veux que vous trouviez puis engagiez les plus robustes, membrues et vigoureuses gouvernantes du Yorkshire. Je mentionne ce comté uniquement parce que je n'imagine pas que le Derbyshire ait engendré de créatures suffisamment solides et résistantes. Offrez-leur une rançon de roi pour, toutes affaires cessantes, se rendre à Pemberley – je désire leur présence à l'instant même, voire hier !

— Certainement, Mrs Darcy. Je crains toutefois que, même pour une « rançon de roi », mes recherches ne prennent quelques jours, déclara l'intendant d'une voix mesurée, le regard limpide masquant soigneusement tout amusement. Dois-je déduire que vous souhaitez me voir m'occuper de cela en personne ?

— Oui ! Commencez à Manchester et, si vous n'obtenez aucun succès, poursuivez à Liverpool !

En chemin pour retrouver ses sœurs, Elizabeth réfléchit aux causes de cet invraisemblable comportement dans la salle de bal. Elle ne doutait pas qu'avant leur arrivée à Pemberley, les enfants n'eussent affiché une conduite angélique, au-delà de ce que l'on eût espéré d'un large groupe de chérubins de cet âge. Sans surprise, chacun s'était attendu à ce que ladite conduite se poursuivît au manoir. Elizabeth entrevoyait la terreur nouvelle qui s'était emparée des derniers arrivants durant la semaine. Après tout, que savaient-ils de la vie, hormis ce que leur en avait enseigné père Dominus ? De nombreuses années d'amour seraient nécessaires pour les affranchir de cette peur que le religieux et frère Jérôme avaient suscitée et qui n'avait pris fin que depuis peu de temps. *Si j'étais une Enfant de Jésus âgée de huit ans soudain propulsée dans les corridors lambrissés et dorés de Pemberley, arrachée au seul foyer que j'eusse jamais connu par des étrangers, comment réagirais-je?* médita-t-elle. *J'afficherais ma contrariété de toutes les manières mises à ma disposition! Kitty, Mary, et moi-même, nous sommes-nous rendues auprès d'eux depuis leur arrivée? Non, nous agîmes en tout point comme la société le permet aux femmes de notre condition: nous laissâmes aux domestiques le soin de décrotter et de récurer derrière nous. Les serviteurs possèdent toutefois leurs propres lois! S'il leur est ordonné d'accomplir une tâche qui les rebute, ils se vengeront sur plus faibles qu'eux – dans le cas présent, sur les Enfants de Jésus. Ils n'auront pas levé la main sur eux, mais les auront agressés verbalement: je suis assurée que ces enfants reçurent leur lot de disputes, de cris et de rugissements!*

Il est grand temps de remédier à cela! se jura-t-elle alors qu'elle parvenait au salon où se trouvaient ses sœurs. *Non pas avec douceur et tendresse – ces pauvres orphelins n'y sont pas encore sensibles –, mais à l'inverse avec une certaine autorité qui leur rappellera celle du père Dominus. Je pense qu'il est nécessaire de leur donner une instruction qui leur conférera plus tard une certaine indépendance. Nous ne les avons pas sauvés pour les exposer à la cruauté de ce monde, appauvris et perdus. La responsabilité nous incombe de leur fournir une éducation, et celle-ci doit débuter sans plus tarder.*

Dans le salon rose, Jane, Mary et Kitty étaient plongées dans une aimable discussion qui s'interrompit brutalement lorsque Elizabeth fit irruption.

— Jane, attaqua la maîtresse de maison avec une fureur vengeresse, toute cette idée te revient, dès lors je ne veux rien entendre d'une quelconque sensibilité ou de sentiments délicats qui t'empêcheraient de participer! Kitty, retire cette robe qui empeste la frivolité et endosse donc quelque habit de coutil! À l'instant, tu m'entends? Mary, puisque c'est à toi que Pemberley doit d'avoir reçu ces Enfants de Jésus en son sein, emploie donc tes redoutables qualités pour accomplir quelque authentique bonne action !

Les trois sœurs la dévisagèrent sans mot dire, bouche bée, yeux écarquillés. Enfin, Mary répondit :

— Je suis flattée que tu me qualifies de redoutable, Lizzie, mais je demeure ignorante de cette bonne action à laquelle tu fais allusion. Que se passe-t-il ?

— Les Enfants de Jésus – ou, pour reprendre les termes de Parmenter, de Satan ! – se comportent plus mal que des sauvages. Mes serviteurs arrivent à bout de patience et à court d'idées ; si nous n'intervenons pas pour donner l'exemple, il me faudra chercher de nouveaux domestiques sous peu, à commencer par un maître d'hôtel, expliqua Elizabeth en grinçant des dents.

— Mon Dieu ! gémit Kitty. Je ne possède aucune robe de coutil, Lizzie.

— Jane, si tu te mets à pleurer, je te donnerai une fessée en comparaison de laquelle celles que Caroline Bingley assène à ton cher Arthur sembleront des caresses ! Retrouvez-moi devant l'entrée principale de la salle de bal dans une demi-heure, en tenue de combat !

— Lizzie semble s'être évaporée dans un nuage de fumée, remarqua Mary après le départ de sa sœur, aiguillonnée à la perspective de relever un défi. Allons, les filles, cessez de tergiverser ! Kitty, si tu ne possèdes aucune robe que tu payas moins de deux cents guinées, je te suggère d'en emprunter une aux filles de salle. Je t'offrirais bien l'une des miennes, mais tu risquerais de trébucher.

Jane, qui s'était levée, arborait une expression terrifiée.

— J'ai envie de pleurer, mais je ne l'ose, chuchota-t-elle.

— Bien ! approuva Mary avec satisfaction. Ne t'endors pas, Kitty !

Elizabeth attendait, les bras chargés de tabliers d'un blanc éclatant et de quatre badines. Impassible, elle tendit une baguette à chacune de ses sœurs et garda la quatrième.

— J'espère que nous n'aurons pas à nous en servir, déclara-t-elle en sortant une clé de la grande poche du tablier que Kitty avait déjà vu attaché sur le ventre de Mrs Thorpe, l'assistante de la femme de charge. Enfilez un tablier, je vous prie. Des valets nous rejoindront sous peu armés de balais, de brosses, de pelles, de chiffons et de seaux remplis d'eau chaude savonneuse – et s'ils ne se montrent pas, il leur en cuira ! D'après les informations que me communiqua Parmenter, vous trouverez les murs ornés de toutes les substances possibles et imaginables, depuis la nourriture jusqu'aux matières fécales. Mary, je détiens le commandement absolu sur notre petite troupe, c'est compris ?

— Oui, Lizzie, acquiesça celle-ci, domptée.

— Allons-y.

Elizabeth inséra la clé dans la serrure et lui donna un tour. La porte s'ouvrit.

Une odeur d'excréments assaillit leurs narines. Heureusement, la nourriture n'avait point eu le temps d'atteindre un stade avancé de décomposition. Elles aperçurent un grand nombre de petites silhouettes vêtues de soutanes brunes glissant sur le sol de bois poli que l'on entretenait avec soin pour les plaisirs de la danse. Nul ne remarqua l'entrée des quatre femmes, ce qui permit à Elizabeth de refermer la porte, puis de ranger la clé dans sa poche.

Pour une raison qu'elle ignorait, Parmenter avait installé dans la pièce l'énorme gong aux exquises ciselures rapporté de Chine par Fitz qui l'avait destiné à sonner le coup annonçant le dîner. Le maître de Pemberley s'était cependant heurté à la réticence de son maître d'hôtel qui avait refusé de se séparer de son ancien gong et avait « perdu » le nouveau. Les yeux d'Elizabeth se posèrent sur le disque de cuivre avec une lueur malicieuse et elle frappa avec sa badine la surface brillante.

BONG ! L'écho du gong s'atténua progressivement dans un silence de mort, tandis que les petites formes brunes s'étaient immobilisées comme des statues disséminées sur le bois poli.

Elizabeth fouetta l'air de sa baguette dans un sifflement menaçant, puis elle s'avança au milieu de la salle en prenant garde d'éviter tout amoncellement suspect.

— Ôtez vos robes ! tonna-t-elle.

Ils se hâtèrent d'obtempérer, révélant le peu d'intérêt porté par leur ancien maître à la lingerie, aux bains ou aux linges destinés à s'essuyer les parties intimes. Leur peau, qui eût dû afficher une teinte d'un blanc laiteux, accusait un gris crasseux sillonné de traînées à l'aine et aux aisselles.

Le bruit d'une clé tournant dans la serrure se fit entendre ; une dizaine d'hommes firent leur apparition, bardés de l'équipement nécessaire pour un nettoyage approfondi du sol et des murs.

— Merci, les accueillit Elizabeth. Déposez tout ici, je me charge de prendre le nettoyage en main. Herbert, veuillez, je vous prie, rassembler tous les bains et baquets d'étain de Pemberley ; si vous n'en trouvez pas en suffisance, empruntez-en au village. Assurez-vous que la citerne de la buanderie fournisse suffisamment d'eau chaude quand le moment viendra de les remplir. À côté de ceux-ci, je veux que soient déposés des savons, des éponges et des brosses à récurer.

Quittant des yeux un Herbert impassible, elle se tourna vers un autre domestique aux traits tout aussi dénués d'expression et poursuivit :

— Thomas, je désire que l'on envoie quelqu'un immédiatement à Macclesfield pour acquérir trente caleçons, pantalons, chemises et vestes destinés à vêtir un garçon de dix ans. Que l'on rapporte aussi trente culottes, jupons, robes et vestes qui puissent habiller une fillette du même âge. Je les veux devant moi dans la seconde.

Comme il est vrai, songea Elizabeth sans que son visage trahisse ses pensées, *qu'un être humain dépouillé de ses vêtements devient effroyablement vulnérable. Les horribles petits sauvages ressemblent à présent à des poussins prêts à emboîter le pas de la première poule venue.*

Elle fit siffler sa badine une fois de plus.

— Miss Mary, Kitty et Jane vous montreront à présent comment nettoyer un sol. Miss Mary prendra quinze garçons, miss Kitty quinze filles, miss Jane le reste. Il vous faudra compter, mesdemoiselles, car ces enfants ne maîtrisent pas le calcul. Je superviserai les groupes, mais pour cela, j'ai besoin d'assistance. Camille, viens ici, s'il te plaît. Vite !

Mary, exécutant les ordres de sa sœur avec célérité, compta ses quinze garçons. Kitty, soulagée d'avoir hérité des filles, l'imita aussitôt. Seule Jane sembla marquer une hésitation, que vainquit Lizzie en lui adressant un regard comminatoire.

— Comment appelez-vous le liquide jaune qui sort du corps, Camille ?

— Le pipi, mademoiselle… Mademoiselle…

— Miss Lizzie. Et de quel nom désignez-vous ces choses brunes que produit également le corps ?

— Le caca, miss Lizzie.

— Merci.

Elizabeth se redressa.

— Votre attention, je vous prie ! rugit-elle d'une voix tellement semblable à celle de miss Sackbutt, la préceptrice de leurs jeunes années, que ses sœurs sursautèrent. Camille, pousse cette petite chaise dotée d'un trou devant moi, je te prie. Je sais, continua Elizabeth, que le père Dominus ne vous autorisa jamais à badigeonner ses cavernes de pipi et de caca ; pourquoi, dès lors, traitez-vous cette magnifique pièce avec moins de respect ? Ceci se nomme une chaise percée. Sous le siège se trouve un pot. À l'avenir, je veux que vous utilisiez mes chaises percées – et les gardiez propres ! Si vous y faillez, je vous plongerai le nez dans votre propre caca après vous avoir rossé de cette badine que voilà ! Est-ce bien compris ?

Les enfants hochèrent la tête avec un parfait ensemble.

— Très bien ! À partir de ce jour, ces chaises seront placées dehors, sur la terrasse, sous un abri en cas de pluie. À présent, vous allez nettoyer cette pièce. Miss Mary, Kitty et Jane montreront à leur groupe la façon de procéder. En premier lieu, nous ramasserons avec les pelles les matières solides, puis nous frotterons, récurerons, laverons. Allons !

Tandis que les trois groupes vaquaient au nettoyage, Elizabeth emporta les robes de bure sur la terrasse et les confia à Herbert avec l'ordre de les brûler. Elle fit ensuite placer les chaises d'aisances sous un auvent. Puis elle eut un entretien avec Camille au sujet de la nourriture.

Le cuisinier de Pemberley avait lui-même supervisé les menus destinés aux enfants : grave erreur. Thérèse avait cuisiné pour plus de cinquante personnes, mais d'après les seules instructions de père Dominus. Le tyran des cuisines de Pemberley, en revanche, perdait tout sens commun aussitôt que l'une de ses sauces contenait trop – ou, pire, trop peu – de beurre. Elizabeth manda Mrs Parmenter.

— Demandez à l'un des aides-cuisiniers de confectionner des repas simples, l'instruisit-elle. Qu'il ne s'avise pas d'user de la moindre goutte de vin, de la plus petite épice exotique ou d'une quelconque herbe aromatique. Des rôtis, des ragoûts, des soupes et un peu de poulet pour apprendre à ces enfants le goût d'une chair qui ne soit pas de la viande rouge. Pour les desserts : des tartes, des puddings, des flans. Prévoyez du pain en grande quantité. Réservez les œufs et le bacon pour le petit déjeuner. Assurez-vous également de morceler leur nourriture, ces pauvres petits sont accoutumés à se nourrir à la cuiller et ne connaissent pas l'usage des fourchettes et des couteaux. Fournissez-leur de la bière coupée d'eau, c'est la boisson à laquelle ils sont habitués.

Le ménage de la salle de bal se révéla une partie de plaisir en comparaison de l'épreuve que constitua le bain. Le choix d'Elizabeth, pour le premier à se laver, se porta délibérément sur l'un des plus petits garçons, prénommé William, qui semblait avoir quatre ans.

— Oh, quel adorable petit bonhomme ! murmura Jane, les yeux débordants d'émotion.

— Je suis ravie de tes sentiments à son endroit et t'accorde l'honneur de donner à William son premier bain, répliqua Elizabeth.

L'eau, arrivée dans la salle de bal, était à la température idéale : juste au-dessus de tiède. Les pains de savon en provenance de Paris exhalaient une fragrance délicate de jasmin ; les éponges importées de la mer Rouge laissaient délicieusement cascader l'eau le long de la colonne vertébrale. Sanglée dans son tablier, assurée du plaisir qu'allait retirer William de cette expérience, Jane s'avança, le souleva et le déposa dans la baignoire à demi remplie.

La paix dans la pièce vola en éclats. Le jeune garçon poussa un hurlement outragé et planta ses petites dents dans la main de Jane avant de tenter de sortir du baquet.

— Mary, je pense que Jane a besoin d'aide, remarqua Elizabeth.

— Non, pas du tout ! gronda Jane, dents serrées. Je materai ce petit monstre ! affirma-t-elle avant d'abattre sa main sur le flanc de l'enfant avec un claquement sonore. Assez ! Assieds-toi et reste calme, engeance du diable !

Quelques instants plus tard, Mary luttait à son tour avec Timmy tandis que Kitty découvrait, horrifiée, que les filles s'opposaient avec autant de véhémence que les garçons à faire connaissance avec l'eau et le savon. Impassible, Elizabeth agrippa Camille par un bras et la jeta dans l'un des baquets vacants, brosse à la main, déterminée à récurer onze années de saleté accumulée.

Mrs Thorpe, demeurée dans la salle de bal pour observer le triomphe de Mrs Darcy, rassembla alors une dizaine de servantes et, après d'âpres luttes mêlées d'imprécations et de cris perçants, les quarante-sept Enfants de Jésus terminèrent leur premier bain, emmitouflés dans de larges serviettes. Quant aux femmes, elles finirent trempées jusqu'aux os.

Une autre épreuve attendait les adultes : il fallut apprendre aux enfants à enfiler leurs sous-vêtements ainsi que les autres vêtements qu'exigeait la vie en société. Ils réclamaient leurs soutanes dans des gémissements désespérés, mais celles-ci, comme leur existence dans les cavernes, appartenaient au passé.

Prenant les devants, Elizabeth empoigna William et lui montra comment baisser son caleçon et son pantalon pour s'asseoir sur la chaise percée, puis elle autorisa l'enfant à sortir dans le jardin pour y uriner. Cette permission exacerba un sentiment de discrimination chez les filles, sentiment qui obligea la maîtresse de Pemberley à les informer qu'à l'inverse des garçons, elles devaient s'asseoir pour leurs petits besoins.

— Oh, grogna une Elizabeth mouillée de la tête aux pieds tandis qu'elle se laissait tomber dans un fauteuil du salon rose pour y boire un thé, jamais je n'avais apprécié à sa juste valeur notre situation privilégiée avant ce jour. Certes, nous enfantons ainsi que Dieu nous l'ordonne, mais pour confier nos petits à des nourrices ou à des gouvernantes qui nous dispensent de leurs mauvais côtés, sans parler de leurs pipis ou cacas.

— Oui, une journée comme celle-ci nous enseigne combien il se révèle difficile d'élever une progéniture sans domestiques, renchérit Mary en mordant dans un gâteau.

— Toutefois, remarqua Kitty, ces Enfants de Jésus constituent une exception, n'est-ce pas? Personne ne se chargea de leur inculquer quoi que ce fût, mais j'imagine que la plus miséreuse des mères s'arrangera toujours pour résoudre les complications de façon à moins souffrir de ce que nous subîmes aujourd'hui. J'espère qu'elle demanderait aux plus grands de l'aider à veiller sur les plus petits.

— Bien dit, Kitty! approuva Mary en se versant une seconde tasse de thé.

— Et bravo à vous, ajouta Elizabeth avec chaleur. Notre labeur est loin d'être terminé, mais nous avons accompli le plus difficile. Lorsque les gouvernantes que je demandai à Matthew de nous trouver arriveront à Pemberley, j'espère que nous serons parvenues à instaurer une routine.

Elle se leva et conclut :

— Le thé, certes, me semblait de première nécessité. Je vais toutefois me retirer dans ma chambre, m'allonger, dormir un moment, puis me vêtir pour le dîner – mais tout cela après un bain chaud!

— Je t'interdis de prononcer ce mot devant moi! s'écria Jane avec un tremblement. Dire que j'ai frappé un enfant!

— Je t'assure que la douleur persistera plus longtemps dans ton esprit que sur sa cuisse, rétorqua Mary avec malice.

Un verre de sherry ou de madère dans le salon Rubens acheva de rétablir ces dames ; Kitty narra les événements survenus dans la salle de bal avec une verve qui révéla un véritable talent de conteuse et amena les gentlemen à éclater de rire à plus d'une reprise.

— Seule Lizzie semblait posséder une idée de ce qui allait suivre, conclut Kitty qui contempla d'un œil attendri sa robe de soie rose. Elle m'ordonna de me vêtir d'une jupe de coutil ! Après dix minutes dans la salle de bal, je rêvais littéralement d'en posséder une ! J'avais passé une vieille chose de batiste beige ; elle doit brûler à l'heure qu'il est !

— Il me semble évident, intervint Mary, que ces enfants ne pourront demeurer bien longtemps à Pemberley. Je me réjouis que leur esprit n'ait pas été corrompu plus avant par la Genèse du Cosmos ; ils psalmodient « Lumière de Lucifer » et « Ténèbres de Dieu » sans y accorder le moindre sens. Là ne se trouve pas mon propos, toutefois. Jusqu'à ce qu'un orphelinat soit bâti, il leur faudra vivre en un autre lieu, or je ne suis pas sotte au point de croire que de tels édifices sortent de terre comme des champignons. Angus, vous qui jouissez d'un éminent sens commun, que préconisez-vous ?

— Je ne sais, répondit celui-ci, pris de court.

— Fitz, votre position de membre du Parlement doit vous permettre quelque chose. Que suggérez-vous ?

— Que l'on utilise Hemmings, puisque je loue encore cet endroit pour les mois à venir. J'ai demandé à Matthew d'engager des charpentiers afin de construire des lits superposés dans trois des chambres à coucher – l'une sera destinée aux filles, les deux autres aux garçons. Cela laisse trois pièces pour les gouvernantes, si vous m'autorisez à en engager neuf au lieu de la vingtaine que vous souhaitiez. La vaste salle de dessin se transformera aisément en salle d'étude tandis que l'autre pièce attenante, plus petite, accueillera le personnel. La salle à manger, équipée de bancs, fera office de réfectoire. Les deux précepteurs pourront loger dans le cottage, les serviteurs dans le grenier.

— Merveilleux, papa! s'exclama Charlie, les yeux brillants.

— Cela signifie-t-il que vous bâtirez l'orphelinat, Fitz? s'enquit Angus avec un regard entendu tandis que les femmes attendaient la réponse en retenant leur respiration.

— Ai-je le choix? Je soutirerai toutefois sa contribution à Charles Bingley, soyez sans crainte! J'ai trouvé neuf arpents de terre impropre à la culture à la sortie de Buxton, à mi-chemin de Pemberley et de Bingley Hall. Nous construirons large, cependant, de façon à pouvoir accueillir une cinquantaine d'enfants supplémentaires.

Il toussota et lança aux femmes un regard d'excuse où se mêlait de l'amusement.

— En des circonstances ordinaires, j'exprimerais un scepticisme bien naturel devant un aussi vaste projet. Je craindrais, par exemple, que le personnel ne maltraite les enfants, mais avec ces dames déterminées à sonder l'origine du moindre éternuement, je doute que quiconque parvienne à justifier une quelconque action équivoque.

— Quelle excellente nouvelle, Fitz! s'exclama Mary d'un ton joyeux.

— Comme vous l'avez dit, Mary: un membre du Parlement doit être bon à quelque chose.

*

Les trois jours qui suivirent, Angus n'entrevit pas Mary un seul instant; elle accordait tout son temps aux enfants, d'autant que trouver neuf gouvernantes en si peu de temps se révélait une difficulté insurmontable.

Vraiment, quelle injustice! se lamentait-il dans le secret de son cœur. *Lorsqu'elle vivait à Hertford, je la côtoyais davantage. À Pemberley, une tâche l'appelle sans cesse auprès de ces satanés gamins alors qu'elle ne possède pas une once d'instinct maternel! Jane accomplit sa besogne avec l'émotion inhérente à sa sensibilité exacerbée, Kitty se plie aux ordres d'Elizabeth et cette dernière agit parce qu'elle seule possède le cœur d'une véritable mère. Mary n'obéit qu'à son devoir. L'amour intervient-il jamais dans son existence? Je ne le pense pas. Elle manifeste une bonté dénuée de passion.*

En proie à ces idées noires, dangereusement proche de l'autoapitoiement, il fut sauvé par sa dulcinée qui, décrochant son tablier, exigea qu'il l'emmenât faire quelques pas à l'extérieur.

— Je suis lasse de ces pipis et de ces cacas, déclara-t-elle alors qu'ils quittaient la maison pour se diriger vers sa clairière favorite – ainsi que d'Elizabeth.

— Les paroles d'enfants sont déprimantes.

— Il en va de même pour les excréments, rétorqua-t-elle avec aigreur avant de poursuivre, entre ses dents : autant la perspective de les alphabétiser et de leur enseigner le calcul m'enchante, autant la tâche de leur apprendre à uriner et à se laver me rebute. Comment peuvent-ils rejeter l'indéniable plaisir d'un bain?

— Vous l'appréciez parce que votre nourrice vous donna votre premier bain avant même que vous ne soyez en mesure de vous le rappeler, avança-t-il, ravi de se trouver quelques instants en sa compagnie.

— Ils doivent commencer leur éducation le plus vite possible. Il me semble qu'il existe à Manchester un entrepôt où l'on peut acheter des bureaux, des ardoises, des craies, des tableaux noirs, des cahiers et autres fournitures d'école.

Elle leva soudain le menton et poursuivit avec un air guerrier :

— Maintenant que je n'ai plus à payer la publication de mon livre, je dispose d'une vaste somme d'argent. Oui, j'ai abandonné toute idée d'écrire cet ouvrage. Il faut apprendre à marcher avant de courir, et quel meilleur endroit qu'une salle de classe pour faire ses premiers pas ? L'un des aspects les plus désagréables de notre enfance à Longbourn était la réticence affichée par papa à l'endroit de notre éducation. Nous apprîmes à lire, à écrire et à compter à l'école de Meryton sans qu'aucune gouvernante approfondît par la suite nos connaissances. Cela eût-il été le cas, Lydia et Kitty n'eussent peut-être pas adopté un comportement si inconvenant ; quant à moi, j'aurais montré un esprit moins étroit. Les filles d'un gentleman devraient toujours étudier avec une gouvernante. Au lieu de cela, papa investit son argent dans sa bibliothèque ou les vêtements de maman.

En proie à un étourdissement, Angus concentra son attention sur le seul fait pertinent émergeant de ce flot de confidences.

— Puis-je vous poser une question, Mary ?

— Bien entendu.

— Nourrissiez-vous véritablement l'intention de payer pour la parution de votre livre ?

— Oui. Je savais que plusieurs milliers de livres – en réalité, tout ce que je possédais – seraient nécessaires.

— Folle que vous êtes ! Avant tout, sachez que si un éditeur vous sait déterminée à régler les frais de publication de votre ouvrage, il vous dépouillera jusqu'à votre dernier penny. En outre, vous ne devriez jamais débourser une seule guinée pour éditer un livre ! Si celui-ci présente un intérêt, il revient à l'éditeur d'effectuer ces dépenses. De fait, son métier consiste à parier sur l'auteur, à gager que l'ouvrage rencontrera un certain succès auprès du public pour générer des profits ; il paie alors à l'écrivain des droits sur chaque exemplaire vendu. En vérité, quelle insensée !

s'exclama-t-il après un court silence. Épargnâtes-vous chacun de vos précieux petits sous lors de votre voyage à cause de votre livre ?

Mary, les joues colorées d'un rose délicieux, baissa la tête sans s'offusquer de ce terme d'insensée dont il venait de l'affubler.

— Je voulais qu'il fût publié, répéta-t-elle d'un ton bourru.

— Ce qui vous valut presque de périr assassinée ! Vous méritez le fouet !

— Je vous en prie, ne vous mettez pas en colère !

— Oh, il ne s'agit pas de colère ! protesta-t-il en agitant les mains. Enfin… pas totalement. Seigneur, Mary ! Vous conduiriez un homme sain à la folie !

L'agitation d'Angus la fascinait tout en lui causant une sorte de vertige paniqué : pourvu qu'elle ne l'irrite pas un jour au point qu'il refuse plus avant de la fréquenter ! Elle déglutit et écarta cette terrible pensée de son esprit.

— Acceptez-vous de me conduire à Manchester pour acheter le matériel destiné à la salle de classe ? demanda-t-elle.

— Bien entendu, quoique cela ne puisse se faire demain ; nous ensevelissons ce pauvre Ned Skinner, peut-être l'avez-vous oublié.

— Non, je m'en souvenais, acquiesça-t-elle à voix basse. Seigneur, dire que mes sœurs et moi provoquâmes le rire de Charlie et de Fitz !

— Vous leur rendîtes là un fier service. Tout ce qui soulage le chagrin, même pendant un court instant, est une bénédiction. Alors que Ned attendait la légitimation qu'il n'obtint jamais de son vivant, vous et vos sœurs preniez soin de ceux qu'il avait sauvés. Je suis sûr qu'il applaudirait ce rude labeur que vous accomplîtes avec tant de bonté. D'une certaine manière, ces enfants sont les siens.

— Oui, vous avez raison.

Ils continuèrent en silence jusqu'à la petite clairière que le soleil, à son zénith, baignait d'une lumière dorée tandis que la rivière qui la traversait lui donnait l'éclat d'une multitude de diamants scintillants. Mary émit soudain un hoquet de surprise.

— Angus, une pensée me vient!

— Quelle est-elle?

— Le père Dominus m'avoua être entré en possession d'un trésor constitué de barres d'or. Je sais que les cavernes se sont effondrées, mais pensez-vous qu'il soit néanmoins possible d'entreprendre des recherches? Imaginez le nombre d'orphelinats dont cet or financerait la construction!

— Pas autant que vous l'espérez, objecta-t-il, prosaïque. Au demeurant, le vieux bandit déroba sans doute ces lingots au gouvernement. La loi exige qu'ils portent une marque désignant leur propriétaire. Or celui-ci, presque invariablement, se trouve être le gouvernement.

— Non, il m'expliqua qu'il avait fait fondre des pièces et des bijoux appartenant jadis à un vilain au service de qui il œuvrait. Il fabriqua lui-même ces lingots. Je n'en sais pas davantage, hormis que cet or, sans l'ombre d'un doute, appartenait à des malfaiteurs.

— Je crains qu'il n'ait abusé de votre crédulité.

— Chaque lingot pesait dix livres, selon lui.

— Ce qui, s'agissant d'un métal aussi lourd que l'or, représente une toute petite briquette, Mary.

— Je vous en prie, Angus! Promettez-moi que vous les chercherez!

Comment eût-il pu refuser?

— Très bien, mais ne vous laissez pas trop envahir par l'espoir. Charlie, Fitz et moi retournerons sous peu à la colline pour déterminer si d'autres éboulements ont eu lieu. Si nous dénichons un trésor quelconque, nous le réclamerons au nom des Enfants de Jésus à qui, d'après moi, devrait revenir la plus grande partie des richesses accumulées dans ces grottes – en admettant, bien entendu, que celles-ci n'appartiennent pas déjà au gouvernement.

Sur le visage de Mary s'afficha une expression combative.

— Oh, non, pas aux enfants! Ils le dilapideraient en futilités, à l'instar de ces miséreux soudain à la tête d'une fortune inattendue. Il servira à bâtir des orphelinats.

Elle inspira profondément, émerveillée par cette idée, et s'écria :

— Imaginez, Angus! Ma captivité répondait peut-être à un dessein de Dieu : exhumer un trésor mal acquis pour le destiner aux pauvres afin qu'ils jouissent enfin de ce qui leur fait le plus défaut – la santé et l'éducation.

*

— Sa détermination ne laisse aucun doute, exposa Angus à Fitz après que Ned Skinner eut été mis en terre.

— Si un tel trésor existe, Angus, le père Dominus ne l'amassa pas en vendant ses remèdes contre l'impuissance, quel que fût le succès que remporta sa potion. De l'or mal acquis? Où et par qui? Quoique le gouvernement expédie des chargements de pièces d'or par tout le pays, aucun ne fut l'objet d'un larcin, raison pour laquelle ce récit ne me convainc pas. J'ai toutefois souvenir d'un homme qui aurait pu amasser d'énormes richesses de façon malfaisante, un personnage mort depuis longtemps, mais qui, à ma connaissance, n'entretint aucune relation avec père Dominus. Il demeure que lorsqu'il s'éteignit, nul ne mit jamais la main sur un quelconque trésor hormis un certain nombre de pierres précieuses ôtées de leurs montures.

Le visage de Fitz affichait une expression qui interdisait toute question. Dommage. Qui pouvait-il avoir rencontré qui accusât une mentalité tournée vers le vice? Il semblait évoquer cet homme comme s'il l'avait connu en personne. Décidément, la nature de Fitz recélait des profondeurs insoupçonnables, que des changements plutôt radicaux semblaient en outre bouleverser ces temps derniers – et pour le mieux.

Lorsque le maître de Pemberley informa son compagnon qu'il abandonnait son ambition de devenir Premier ministre, Angus afficha sa stupéfaction.

— Fitz, vous vous êtes consacré à cette tâche corps et âme!

— C'était avant les événements qui viennent de survenir. Quoique je sois déterminé à emporter certains secrets dans ma tombe, j'en suis venu à nourrir à votre endroit une estime mêlée d'affection qui me pousse à espérer que nous devenions beaux-frères. Les Darcy jouirent de tout temps d'une réputation immaculée, cela ne saurait changer aujourd'hui. Si je devenais Premier ministre, j'éprouverais peut-être la tentation d'user de mon pouvoir sans plus de scrupules. Je refuse de m'aventurer sur cette voie, de lutter pied à pied pour cette position. J'ai écrit aux hommes qui soutenaient ma candidature. Je suis navré de vous avoir induit en erreur, mon cher Angus, mais sachez que je n'ai trompé personne davantage que moi-même.

— Je comprends, Fitz.

*

La scène s'était déroulée quelques jours plus tôt. Depuis, Mary allait et venait entre Pemberley et Macclesfield, à la recherche de précepteurs et de gouvernantes.

À présent qu'ils connaissaient l'existence de la chute d'eau, que Fitz avait aperçue un jour qu'il chassait le cerf, il devenait plus aisé de comprendre comment le père Dominus avait caché les Enfants de Jésus aux yeux du monde. Peu d'Anglais savaient nager, aussi les bassins et cascades demeuraient-ils des phénomènes que l'on admirait à distance et dont nul ne s'approchait, même les poètes, écrivains, peintres ou autres personnages singuliers. Comme Charlie était trop léger pour monter Jupiter, son père avait adopté l'animal qui acceptait ce nouveau maître avec un plaisir évident. *Ned et papa exhalent peut-être une odeur similaire*, se dit Charlie, *à moins que leur assiette soit comparable malgré leur différence de poids*.

Ils découvrirent des traces de vie parmi le désordre de pierres et de rochers éboulés : bouteilles, boîtes d'étain et étiquettes flottaient placidement à la surface du bassin. Ils s'aventurèrent à l'intérieur, mais, à la demande de Fitz, évitèrent l'endroit où Ned était demeuré allongé pendant des heures.

La plus triste des découvertes se fit dans l'une des cavités derrière le laboratoire. Les trois hommes, à présent familiarisés avec l'énorme masse de pierre qui s'était écroulée, se déplaçaient avec confiance ; une semaine ou presque après l'explosion, il leur semblait fort peu probable qu'un autre éboulement eût lieu, surtout par ce temps sec.

Une odeur de décomposition avait envahi l'air du laboratoire. Elle guida Angus en direction des murs qui se dressaient au-delà de l'alcôve où avait brûlé le feu. Derrière un rocher, il découvrit un tunnel qui ne s'était pas effondré ; ignorant les avertissements que lui crièrent Fitz et Charlie, il s'y aventura. À dix pas se trouvait une autre caverne, elle aussi gigantesque, mais anéantie. La puanteur qui devenait presque intolérable provenait des carcasses d'ânes.

Fitz et Charlie, chez qui la curiosité avait pris le pas sur la prudence, rejoignirent Angus ; aucun d'entre eux ne désira toutefois s'attarder.

— Ces pauvres bêtes ont succombé aux blessures que leur occasionnèrent les chutes de pierres, déclara Angus. Nul doute que d'autres ne soient ensevelies.

— Cela, au moins, nous apprend comment père Dominus acheminait ses réserves, intervint Fitz alors qu'ils rebroussaient chemin vers le laboratoire. Un convoi de mules ! Si l'on considère qu'un certain nombre de ces animaux devaient porter la nourriture qui leur était destinée, je me demande combien le religieux en possédait ?

— Cinquante, à tout le moins, avança Angus. Un par personne plus quelques autres en comptant large. Il serait intéressant d'apprendre où il s'approvisionnait. Je lancerai une enquête à ce sujet, ne serait-ce que pour satisfaire ma curiosité. Je penche pour Manchester.

— Les enfants menaient-ils les bêtes, selon vous ? s'enquit Charlie.

— À l'occasion, peut-être, s'ils participaient à la livraison des remèdes. Aux dires de Mary, je déduirais toutefois que frère Jérôme s'en chargeait seul en attachant les animaux les uns derrière les autres.

— Mary ne s'attarde guère sur son expérience, remarqua Fitz, les sourcils froncés.

— En effet.

Angus éteignit sa torche et sortit à l'air libre.

— J'avoue que je ne saisis pas comment fonctionne son esprit, poursuivit-il. La plupart des femmes se montreraient impatientes de conter leurs aventures jusqu'au plus infime détail, mais elle semble craindre que nos réactions s'opposent à son propre point de vue. Je pense que cela provient d'années passées dans une atmosphère répressive.

— Je vous félicite, Angus ! s'écria Charlie avec un large sourire. Vous devez l'aimer de grand amour pour que vos observations aboutissent à cette juste déduction. Mr Bennet représenta l'unique élément masculin dans la vie de Mary à Longbourn, et il la méprisait. Je pense que de là naquit la méfiance qu'elle nourrit envers les hommes. Voyez-vous, elle fait preuve d'une intelligence si vive qu'elle renâcle – et même répugne – à juger supérieur le sexe fort.

Fitz, que cette vaine philosophie lassait, émit un grognement dédaigneux, puis déclara :

— Si le vieil homme a caché son or en ces lieux, son trésor demeurera enseveli pendant des temps immémoriaux. Je suggère que nous grimpions au sommet de la colline pour voir où cela nous mènera.

Des crevasses et des dépressions criblaient le sol aux endroits où les réseaux souterrains s'étaient effondrés. À mesure qu'ils gravirent la pente, ils découvrirent des buissons touffus à des endroits où ils n'eussent jamais poussé si la nature s'était chargée d'effectuer les semis.

— Regardez, papa, montra Charlie en arrachant une touffe d'arbrisseaux, ils recouvrent un trou plus ou moins circulaire qui s'amenuise à proportion qu'il s'enfonce dans le sol.

— Des puits de ventilation, déduisit Fitz. Ils ne diffusent qu'une quantité négligeable de lumière.

Peu à peu, les traces de l'effondrement se firent plus rares jusqu'à ce que, à quelques pas du sommet, plus rien ne déformât la surface du sol, bien que bon nombre de taillis artificiels continuassent de masquer les bouches d'aération. Coincée dans l'une d'elles, ils trouvèrent la carcasse d'un mouton et en conclurent que le père Dominus s'était astreint à des rondes régulières pour faire disparaître les cadavres des animaux avant que les bergers ne les retrouvent. Peut-être même cela avait-il contribué à octroyer à l'endroit une mauvaise réputation parmi les pâtres qui eussent dès lors évité d'y mener leurs troupeaux.

— Je ne comprends pas, déclara Angus alors qu'ils s'étaient arrêtés à quelques pas d'un taillis. Il régnait sur un groupe d'une cinquantaine d'enfants seulement alors que, si l'on compte le nombre de puits d'aération, il disposait d'une surface qui lui eût permis de loger un millier de personnes. Pourquoi ventiler autant de cavernes? À moins qu'il s'agisse de tunnels?

— Nous ne saurons jamais ce qui le motivait ni s'il souffrait déjà d'un esprit dérangé avant son illumination, à l'âge de trente-cinq ans, soupira Fitz. À l'évidence, ses qualités d'apothicaire n'en furent pas altérées, bien au contraire, puisque ses potions agissaient avec une indéniable efficacité. Je crois que Mary ne nous dévoila pas tout ce qu'elle apprit sur père Dominus – que l'on en juge par ces jours qu'elle laissa s'écouler avant de mentionner son trésor. À un moment donné de sa vie, il travailla quelque part, peut-être dans une boutique, tandis qu'à un autre, il amassa cette fameuse fortune, aux dires de Mary.

— Non, aux dires de père Dominus! rétorqua Angus d'un ton sec.

— Je vous demande pardon.

— Il reste que je trouve fort plaisant de spéculer sur l'existence de ce vieux fou, intervint Charlie pour apaiser les esprits. Par exemple, posséda-t-il jadis une femme, des enfants et une officine? Dans ce cas, qu'advint-il d'eux? Succombèrent-ils à quelque mal épidémique, le laissant seul et l'esprit dérangé? Quel thème pour un roman-feuilleton! conclut-il avec un gloussement.

— Peut-être vivent-ils encore et se demandent-ils ce qu'est devenu leur cher papa, ajouta Angus avec un sourire.

Charlie écarta le dernier buisson de la colline et examina le puits qui s'ouvrait dessous.

— Celui-ci semble plus large que les autres. Je vais descendre l'inspecter.

— Pas sans torche ni corde, ordonna Fitz.

— Pas du tout ! renchérit Angus.

Mais Charlie s'était déjà élancé au bas de la colline.

— Arrêtez-le, Fitz !

Un éclair amusé traversa les yeux sombres.

— Vous savez, Angus, engendrer quelques enfants vous sera bénéfique. Je suis certain que Mary y prendra également plaisir, aussi je vous conseille de ne pas la laisser se flétrir sur pied. Lady Catherine de Bourgh enfanta Anne à l'âge de quarante-cinq ans. Je vous accorde qu'Anne n'incarne guère le parangon de l'enfant tardif, mais elle prouva au moins la chose… heu… possible. Mary n'a que trente-neuf ans.

Le visage cramoisi, Angus balbutia une réponse incohérente qui plongea Fitz dans l'hilarité.

— Je dis simplement, mon ami, qu'il est parfois nécessaire de lâcher la bride quand bien même tout votre être s'y oppose à grands cris. Je laisserai Charlie explorer ce conduit, malgré les dangers, et prierai tous les dieux que je connais.

— Eh bien, je prierai avec vous.

Charlie revint sur ces entrefaites, tenant par la bride Jupiter qu'il avait chargé de cordes, de torches et de sacs.

— Papa, ce magnifique animal montre d'excellentes dispositions pour tout ce qu'on lui demande ! Je regrette de ne pas peser plus lourd pour le monter ! Quelle nature placide !

— Il ne t'appartiendra jamais, Charlie. Il représente mon dernier lien avec Ned.

Fitz attacha l'extrémité d'une longue corde autour de sa taille, Angus à trois pieds de lui. Les deux hommes supportèrent le poids de Charlie qui se laissa glisser dans le conduit, une torche dans une main et une petite boîte d'amadou dans l'autre. Après trente pieds, la tension de la corde relâcha soudain : Charlie avait touché le sol.

— Pas très profond! leur parvint la voix du jeune homme, affaiblie mais audible. C'est l'avant-dernière caverne ; elle est plutôt petite. Je pense qu'il s'agit de la chambre de père Dominus – elle possède une table, deux chaises, un bureau et un lit. Pas même un tapis au sol. Elle rappelle une cellule de moine. Deux ouvertures se font face de part et d'autre de la pièce. Difficile de s'orienter, en ces lieux ; j'examinerai d'abord celle qui n'est pas masquée.

— Charlie, fais attention! cria Fitz malgré lui.

Les deux hommes attendirent ce qui leur sembla une éternité.

— Il ne s'agit que d'un tunnel qui s'éloigne, reprit enfin la voix du jeune homme. L'autre ouverture est masquée par un rideau de velours noir qui traîne jusqu'au sol, comme si l'on avait voulu empêcher toute lumière de pénétrer. J'y vais.

— Les affres de la parentalité, grinça Fitz. Souvenez-vous de cela, Angus : nul n'y échappe.

Ils attendirent en silence, l'oreille tendue pour entendre l'intrépide explorateur, craignant un grondement qui indiquât un éboulis.

— Papa, c'est extraordinaire! Je crois que j'ai trouvé le temple de père Dominus. Un noir absolu. Remontez-moi!

Le Charlie qui émergea du conduit, couvert de poussière et de toiles d'araignée, mais sans sa torche et sa boîte d'amadou qu'il avait laissées en bas, affichait un large sourire.

— Papa, Angus, j'ai trouvé l'or de Mary! Le temple souterrain est petit et circulaire. Je suis heureux d'avoir étudié les classiques : cela me permet d'imaginer l'intention de père Dominus. Nul doute que ce dernier n'y perçût un symbole mystique, à l'image des Grecs. Tel un omphalos, un autel se dresse au centre, rond lui aussi. Recouvert d'une pièce de velours noir, il est constitué d'une multitude de petites barres d'or – une offrande au dieu de sa Genèse du Cosmos, j'imagine.

Plongeant la main dans sa chemise, il en sortit une petite briquette qui scintilla avec l'éclat magique propre à l'or pur.

— Regardez. Il pèse bien ses dix livres, leur assura-t-il, excité par sa découverte. Et il ne montre aucune marque !

Les deux autres hommes s'assirent au sol, à la fois pour se remettre de leur effort et du choc que leur procurait cette découverte : le père Dominus avait dit la vérité à Mary !

— Combien de ces lingots se trouvent en bas ? s'enquit Angus.

— Impossible de répondre pour le moment ; je ne sais si l'autel est creux ou plein, il faudrait le démonter. À en juger par la disposition en cercle des barres, je gagerais qu'il est plein, répondit Charlie, les yeux brillants. Il s'étend sur un diamètre et une hauteur de trois pieds. Quelle offrande !

— Je la préfère au sacrifice d'un enfant, remarqua sombrement Angus.

— Réfléchissons, intervint Fitz qui traça un cercle sur le sol poussiéreux avec un bâtonnet. En premier lieu, nous ne pouvons rendre cette trouvaille publique – ni maintenant ni jamais. Je prendrai contact avec le gouvernement, dont je demeure un membre jusqu'à ce que le Parlement entre en session. Cela signifie, grogna-t-il après une courte pause, qu'il nous faudra transporter nous-mêmes l'or à Pemberley. Heureusement que l'on a creusé des mines de plomb par tout le Peak District pendant des siècles ! Si nous parvenons à charger tous les lingots du temple sur un traîneau, nous prétendrons qu'il s'agit d'un chargement de ce métal que le père Dominus utilisa sans succès lors d'expériences d'alchimie pour le transformer en or. Le plomb possède quelque valeur, il semblera normal que nous l'emportions au nom des Enfants de Jésus. Nous affirmerons que le père Dominus l'avait déjà emballé et qu'il nous sembla préférable de le sortir de la caverne par peur d'autres éboulements.

— Ce qui fera de nous des citoyens honorables, remarqua Angus avec un sourire.

— Absolument. Je demanderai aux charpentiers de Pemberley de fabriquer deux traîneaux – cela devrait suffire. Quel dommage que les ânes aient péri, ils nous eussent été d'un grand secours, déplora Fitz qui se tourna ensuite vers son fils : je crains qu'il ne te faille redescendre, Charlie. Penses-tu que ma corpulence me permettrait de t'accompagner ?

— Oui. En revanche, Angus n'y parviendrait pas.

— De toute façon, quelqu'un doit rester ici pour nous remonter. Jupiter peut s'en charger, mais pas sans une main pour le guider. Toi et moi nous rendrons en bas afin de compter ces lingots ; le nombre final déterminera leur mode de transport.

La tâche se révéla exténuante pour deux hommes peu accoutumés au travail manuel. La compagnie l'un de l'autre se révéla toutefois stimulante et leur permit de s'encourager lorsque les forces de l'un faiblissaient ou de railler les défaillances d'un bras pris de tremblements ou d'yeux brûlés par la sueur.

— Mille vingt-trois lingots, exhala Fitz, allongé sur le dos à même le sol, les yeux fixés sur le ciel nocturne où brillait Vénus, froide, pure, détachée. Par le Christ, je suis rompu ! Ce labeur ne convient point à un homme de cinquante ans qui, de surcroît, manque d'exercice. Mon corps me fera souffrir des semaines durant !

— Et moi, des mois ! renchérit Charlie avec un grognement.

— Nous utilisâmes une balance découverte dans la cellule du vieil homme pour peser les lingots ; chacun pèse dix livres exactes d'avoirdupoids[1]. Pour une raison que j'ignore, le père Dominus n'utilisa pas la livre de troy – douze onces par livre. Si l'on compte deux mille deux cent quarante livres d'avoirdupoids par tonne, cela fait un total d'environ quatre tonnes et demie.

Charlie se redressa d'un bond.

— Seigneur ! Cela signifie que nous avons soulevé deux tonnes chacun, papa !

— Sans toucher à la première couche, répondit Fitz avec un air austère, avant de poursuivre à l'attention d'Angus : s'il nous avait fallu travailler à la lueur des torches, le labeur eût été intolérable, mais nous trouvâmes deux lampes extraordinaires dans la cellule de Dominus ainsi qu'un tonneau rempli d'une sorte d'huile pour les alimenter. Mary disait vrai quand elle affirmait qu'il possédait une intelligence de tout premier ordre. Jamais je n'ai contemplé de tels objets. Votre compagnie pourrait peut-être en acquérir le brevet et les manufacturer, qu'en pensez-vous, Angus ?

— Celui-ci devrait plutôt revenir aux Enfants de Jésus, objecta l'intéressé.

— Non pas ; ils recevront la totalité des lingots d'or – hormis la récompense qui revient à Mary. Acceptez, Angus ! Sinon, je briserai ces lampes et nul n'en bénéficiera.

— Pourquoi ne pas le proposer à Charles Bingley ?

— Il s'agit d'un cadeau que je désire vous offrir, déclara pompeusement Fitz.

Il ne changera pas d'avis, songea Angus. *Personne ne l'y amènerait !*

— Très bien, j'accepte et vous en remercie.

---

1. Nom donné par les Anglais à la livre de seize onces. L'once avoirdupoids pesait 28,35 g, tandis que l'once troy pesait 31,1 g. *(N.d.T.)*

— Il faudra quatre traîneaux ! les interrompit impétueusement Charlie. Faisons également venir des ânes, non pour les tirer mais pour les freiner.

— Comment connaissez-vous l'usage de traîneaux, Fitz ? s'enquit Angus.

— On les utilise à Bristol, où les entrepôts sont creusés en dessous des quais. Le poids se distribue plus équitablement sur les patins d'un traîneau que sur les quatre roues d'une charrette. Ces patins se révéleront également fort pratiques sur la pente de la colline, en particulier sur les lieux des éboulis.

— J'imagine que vous ne désirez souffler mot de cette entreprise à ces dames ? demanda Angus.

— Pas même la première syllabe, confirma Fitz.

— Nous nous ferons toutefois aider pour le transport de ce chargement ? voulut savoir Charlie, inquiet.

— Assurément, mais nous ne recourrons qu'aux domestiques les plus fiables de Pemberley. Nous aurons besoin d'un treuil afin de remonter les lingots enveloppés dans un linge et ficelés par paquets. Nous utiliserons également un panier qui, parfaitement équilibré et muni de roues, possédera une taille lui permettant de passer dans le conduit de ventilation. Nous y placerons les lingots, puis le pousserons jusqu'à la cellule de Dominus. Charlie, assure-toi que nous emportions des gants en suffisance ; ils nous seront fort utiles pour empaqueter les lingots, mais surtout pour serrer les cordelettes qui les lieront.

— Vous ne laissez rien au hasard, papa ! admira Charlie.

Un sourire recourba les lèvres de Fitz.

— Pourquoi, selon toi, permit-on à un obscur membre du Parlement du Derbyshire de briguer le poste de Premier ministre ? Peu d'hommes accordent leur attention aux détails, trait de caractère considéré comme un défaut.

— Quand nous attellerons-nous à cette tâche herculéenne ? demanda Angus, pris de honte à la pensée que sa corpulence lui interdise d'en effectuer sa part.

— Nous sommes mercredi... Disons, lundi prochain, si la construction des traîneaux est achevée et que nous avons trouvé des ânes en nombre suffisant.

Alors qu'ils descendaient la colline, Charlie abandonna la longe de Jupiter à Angus et s'attarda de façon à disposer de quelques instants en particulier avec son père.

— Papa, cet or représente-t-il le butin de grand-père ?

— Je le pense.

— Comment père Dominus s'en empara-t-il ?

— Mary pourrait apporter une réponse partielle à cette question, toutefois elle choisit de n'en rien faire. Le témoignage de Miriam Matcham devant les autorités de Sheffield mentionna un père Dominus qui lui fournissait des poisons et un remède abortif – il eût fait une excellente abbesse. Puisque la mère de Matcham reçut la maison close en héritage de Harold Darcy, il semble probable que ce dernier eût employé notre homme, à l'origine, comme intendant. Nul doute que Harold, au cours de sa vie, n'accumulât d'immenses quantités de bijoux et de pièces d'or, cependant on n'en retrouva rien, hormis une cassette remplie de pierres précieuses facettées – diamants, rubis, émeraudes et saphirs. À en juger par les talents de Dominus, peut-être lui confia-t-on la mission de fondre le métal précieux. Tout cela, bien entendu, demeure conjectural.

— Ces conjectures me semblent fort vraisemblables, papa, appuya Charlie. Je me demande pourquoi Mary garde son secret ?

— Peut-être se confierait-elle à toi si tu l'en pressais. Jamais elle ne s'y laisserait aller avec moi ; elle me reproche de l'avoir traitée avec mépris, ce qui est vrai.

— Naguère, elle se fût livrée à moi ; aujourd'hui, un trop grand attachement me lie à vous, avoua Charlie avec une certaine tristesse. Une sorte de barrière invisible sépare les hommes des femmes, n'est-ce pas ?

— Oui, hélas.

Le tour que prenait la conversation rendait Fitz mal à l'aise, aussi en changea-t-il :

— À l'inverse de nos suppositions, nous pouvons affirmer avec certitude que non seulement le vieil homme ne chercha jamais à monnayer son or, mais qu'il ne dévoila pas à Harold Darcy l'endroit où il l'avait caché.

— Quel choc ce dut être pour grand-père !

— Le choc ne laisse aucun doute en effet : alors que je célébrais mon douzième anniversaire, un grand changement s'opéra chez mon père, qui se montra soudain plus sauvage et furieux que jamais, faisant même preuve de cruauté envers maman ou le personnel. Une attitude impardonnable !

— Papa ! Quelle terrible enfance fut la vôtre ! lâcha Charlie.

— Celle-ci ne justifiait pas que je me montrasse aussi impitoyable à ton endroit, mon fils. J'ai encore beaucoup à me faire pardonner.

— Non, papa. Faisons table rase du passé afin de bâtir sur de nouvelles fondations.

— Très bien, Charlie, accepta Fitz d'une voix enrouée. Il me reste seulement à combler le gouffre qui me sépare de ta mère.

L'or sortit de sa cache en cinq jours sans susciter de commentaires particuliers. Il ne vint jamais à l'idée des fidèles domestiques de Pemberley de mettre en doute l'histoire de leur maître qui prétendait transporter quatre tonnes et demie de plomb. Nul ne s'étonna non plus de voir Fitzwilliam Darcy et son fils unique se charger en personne de ce dur labeur qui consistait à soulever, empaqueter et ficeler un grand nombre de ballots de cent livres chacun. Aucun éclat doré ne transparut à travers l'étoffe, aucun paquet ne se rompit pendant le transport. Après quelques descentes hasardeuses de la colline, les hommes transbordèrent la cargaison des traîneaux dans des chariots qui prirent la route de Pemberley. Là, Fitz fit aussitôt déposer le chargement dans son « coffre-fort », une étable de pierre où il entreposait ses biens de valeur. Lorsque l'heure se révéla propice, les lourds ballots quittèrent la demeure des Darcy pour une curieuse destination : la forteresse de la Tour de Londres.

Les cavernes furent de nouveau ouvertes aux visiteurs ; une fois de plus, ceux-ci s'émerveillèrent devant les entrées béantes et s'aventurèrent à l'intérieur sur des chemins balisés par des cordes jusque dans les abris qui avaient jadis protégé les habitants de Castleton des impitoyables sautes d'humeur de Dame Nature ou des non moins cruelles incursions, en des périodes moins civilisées, de bandes de maraudeurs.

*

Au grand plaisir d'Elizabeth, Fitz avait décidé que ses filles, à l'avenir, participeraient aux dîners de famille ; en outre, il s'était mis à passer du temps en leur compagnie. La tendance de Cathy à faire des frasques s'estompa, Susie apprit à soutenir une conversation dans son entier sans prendre la couleur d'une betterave et Anne afficha un intérêt prononcé pour la politique et les affaires de l'Europe.

Quant à Georgie, enfin décidée à se conduire en lady, elle accepta que ses ongles fussent recouverts d'aloès et s'appliqua avec un héroïsme consommé à ne pas les débarrasser de cette substance au goût effroyable.

— Que s'est-il passé entre Susie, Anne et le tuteur de Charlie ? demanda Fitz à son épouse avec un froncement de sourcils.

— Absolument rien, hormis que les petites s'imaginèrent éprises de lui, ce qui prouve leur bon goût, répliqua Elizabeth d'un ton tranquille. Quoi qu'il en soit, je vous assure qu'il ne leur donna aucun encouragement.

— Et Georgie ?

— Elle se réjouit de faire son entrée après avoir écouté Kitty lui dresser un tableau fort attrayant d'une saison londonienne. Son indéniable beauté lui assurera un vif succès si elle parvient à se débarrasser de certaines attitudes qui ne sont pas sans rappeler sa tante Mary. Kitty se montre confiante à ce sujet et en prend pour exemple le combat que mène notre fille pour préserver ses ongles.

— Quel terrible été nous avons vécu ! soupira Fitz.

— Oui, mais le plus dur est derrière nous, à présent. J'aurais tant aimé connaître les liens fraternels qui vous unissaient à Ned.

— Je vous les eusse avoués si j'y avais été autorisé, Elizabeth.

— Il m'évoquait toujours un gros chien noir vous protégeant de toute intrusion.

— Il remplissait assurément ce rôle... ainsi qu'un grand nombre d'autres. Je l'aimais, déclara-t-il simplement.

Il plongea son regard dans celui de sa femme et ajouta :

— Mais pas autant que je vous aime.

— Pas davantage, en effet, seulement d'une autre manière. Pourquoi cessâtes-vous de m'assurer de votre affection après la naissance de Cathy ? Vous me retranchâtes de votre vie. Déçu de ne compter qu'un seul fils, qui en outre ne satisfaisait pas vos attentes, vous fîtes peser sur mes épaules le poids de votre amertume. Votre opinion sur Charlie s'est toutefois modifiée, n'est-ce pas?

— Nul père ne pourrait espérer meilleur fils. Il incarne la parfaite fusion de ses parents. Il est vrai, toutefois, que je vous exclus de mon existence, mais seulement parce que vous me bannîtes de la vôtre.

— Je le reconnais, mais quelles raisons vous y poussèrent?

— Oh, je me lassai de vos infinies moqueries à mon endroit! Ces remarques vives, acérées, pleines de dérision – vous ne pardonniez pas ses flèches à Caroline Bingley et cependant m'en adressiez de semblables. Il semblait que je n'avais qu'à ouvrir la bouche pour susciter vos railleries à propos de ma hauteur ou de mon orgueil – défauts inhérents à ma personne et dont je ne puis me défaire. Cela, toutefois, n'importait guère en regard de votre manque d'enthousiasme envers notre vie maritale; lors de nos ébats, je faisais l'amour à une statue de marbre! Vous ne me rendiez ni mes caresses ni mes baisers, vous transformant en cette figure inerte et rigide dès l'instant que je me glissais dans votre couche. Vous me donniez l'impression de haïr tout contact physique. J'eusse avec joie engendré un autre fils, mais après la naissance de Cathy, je ne supportai plus cette relation.

Consciente d'un léger tremblement qui agitait son corps, discret comme le ronronnement d'un chat, Elizabeth déglutit avec difficulté et regarda par la fenêtre de son petit salon, malgré la nuit qui l'empêchait de distinguer quoi que ce fût hormis le reflet des bougies. Seigneur! Comme elle s'était persuadée qu'elle parviendrait à changer la nature de Fitz en l'amenant à distinguer le ridicule de son orgueil, de son comportement hautain. Par dégoût, par colère, elle avait abandonné l'année précédente cette habitude de le provoquer avec ses piques. Elle comprenait à présent : jamais Fitz ne rirait de lui-même ! La dignité d'un Darcy l'obsédait trop pour cela. Charlie parviendrait peut-être à briser la glace, mais pas elle. Quant à l'autre accusation qu'il lui avait lancée, comment s'en fût-elle défendue ?

— Je n'ai rien à répondre. Je vous concède la victoire.

— Non, Elizabeth ! Jamais nous ne comblerons le fossé qui nous sépare si vous n'exprimez pas vos sentiments ! Il y a longtemps, Jane, sous l'emprise de la fièvre après la naissance de Robert, me confia que vous n'aviez accepté de m'épouser qu'après avoir découvert la magnificence de Pemberley.

— Oh, la peste soit de cette simple remarque ! s'exclama Elizabeth, les mains sur ses joues cramoisies. Ma propre sœur n'entend donc pas non plus quand je me gausse ! Jamais je n'eusse imaginé que Jane interpréterait mes paroles avec ce sérieux que moi-même ne leur accordai pas.

Elle tomba à genoux, s'avança vers lui. Les yeux brillants plongés dans ceux de son époux, elle s'écria :

— Fitz, je m'épris de vous sans que Pemberley motivât jamais mes sentiments ! Je vous aimai pour votre générosité, votre bonté, votre patience !

Le regard baissé vers elle, il se perdit une fois de plus dans ces yeux lumineux, dans cette bouche merveilleusement sensuelle.

— J'aimerais vous croire, Elizabeth, mais la statue ne saurait mentir.

— Au contraire – *Seigneur, comment lui avouer ?* –, j'essayerai de vous expliquer, Fitz. Toutefois, je vous supplie de ne pas me forcer à croiser votre regard avant que je n'en aie terminé !

Avec douceur, il posa une main sur la chevelure brillante et acquiesça :

— Je vous le promets.

— L'acte d'amour me révoltait – il me dégoûte encore! Je l'ai toujours trouvé cruel, bestial, dénué de tout sentiment, me laissant brisée, de corps comme d'esprit. Je ne parvenais à concilier le Fitz que j'aimais à la brute qui visitait mon lit. Oh, l'humiliation et l'impression de dégradation où m'entraînaient nos ébats! Je me transformai en statue, ce fut ma seule défense. Puis j'en vins à prier en secret que cessassent vos visites, ce qui finit par survenir, sans rien résoudre cependant.

Fitz observa les flammes de l'âtre à travers le voile de ses larmes. Jamais, jamais, il n'eût soupçonné cela! Elle avait vécu sa propre passion comme un viol! Les femmes se présentent au mariage avec une innocence qui entoure l'aspect charnel de mystère. Supposant que la mère d'Elizabeth avait ressemblé à une sorte de Lydia en ses jeunes années, il s'était imaginé Elizabeth instruite des choses de la chair et lui avait nié cette ingénuité. Refoulant ses larmes, il répondit:

— Tous les hommes pensent que leur épouse, après le choc que leur procure invariablement la première nuit, en viennent à apprécier ces plaisirs que Dieu destine à maris et femmes. Certaines femmes toutefois, trop intelligentes et sensibles, échouent à se ressaisir – comme vous, Elizabeth. Je suis désolé. Pourquoi ne me confiâtes-vous point vos sentiments?

— Je ne pensais pas que l'homme brutal de ces nuits pût comprendre.

— Vous le séparâtes de ma personne.

— Vous incarnez plusieurs hommes, Fitz, et chacun compte de nombreux secrets.

— Je l'admets. Je vous en révélerai certains. Je vous supplie cependant de croire que ceux que je ne vous dévoilerai pas ne concernent point votre personne. Je les transmettrai à Charlie; mon fils, mon héritier.

Il lui caressa les cheveux avec une régularité presque automatique, comme inconscient de son geste, et poursuivit :

— Cet homme brutal, comme vous le qualifiez, représente cependant une partie de moi-même qu'il est impossible de séparer du tout ! Je me comportai comme un butor insensible, je l'entends à présent, mais je péchai par ignorance et non de façon délibérée, Elizabeth. Je vous aime avec plus de passion que j'en vouais à Ned, à mon fils, à mes filles et, à présent que je reprends ma place sur les bancs arrière, vous ne souffrirez plus d'un rival en Westminster.

— Oh, Fitz ! souffla-t-elle en relevant la tête, puis en attirant son visage à elle pour lui donner un baiser passionné. Je vous aime aussi.

— Cela nous ramène à notre problème, énonça-t-il en s'écartant pour lui faire de la place à son côté, sur le fauteuil. Est-il possible d'insuffler quelque vie à la statue ? Deviendrai-je le Pygmalion de cette Galatée ?

— Nous devons essayer, répondit-elle.

— D'une certaine manière, il est heureux que cet état de fait ait duré si longtemps. À cinquante ans, un homme contrôle mieux ses instincts primaires qu'à trente. C'est à moi que revient la tâche de vous animer d'un souffle de vie.

Il l'embrassa comme aux premiers jours de leurs fiançailles et ajouta :

— Vous avez besoin d'une chose que la brute qui sommeille en moi n'incline guère à donner : de la tendresse.

— Je nourris de l'espoir pour cet homme comme pour vous, Fitz. Nous changeâmes tous au cours de l'année, depuis Charlie jusqu'à Mary.

— Dès lors, me recevrez-vous dans votre couche ?

— Avec joie.

Elle posa la tête contre l'épaule de son mari et soupira :

— Mon bonheur à venir ne me laisse guère de doute, à l'inverse de celui de Mary. Si elle épouse Angus, l'existence maritale se révélera un choc pour elle. Cependant, ajouta-t-elle avec un gloussement, elle se montrera bien moins ignorante que moi. Savez-vous, Fitz, que lorsque nous nous réunîmes à Shelby Manor pour les funérailles de maman et nous entretînmes des grossesses successives de Jane, elle émit devant moi le souhait que Charles Bingley « le scellât d'un bouchon » ? J'en fus consternée ! Quel pragmatisme !

— Elle dominera Angus et n'en fera qu'une bouchée.

— Je le crains. Quoique métamorphosée en de nombreux aspects, elle demeure une créature opiniâtre, obstinée et déterminée.

— Au moins, elle sait qu'elle possède une voix stridente. Rendons grâces à Charlie de cette bénédiction ! Songez aux heures de tourment qu'il nous épargna !

13

Fitz organisa une table ronde pour discuter de l'or, mais refusa pour l'occasion d'agir en président. Autour de lui prirent place Elizabeth, Jane, Kitty, Mary, Angus, Charlie et Matthew Spottiswoode. Il expliqua aux quatre femmes présentes qu'elles possédaient chacune une voix d'une valeur égale à celle d'un gentleman. Comme Mr Spottiswoode ne votait pas, ces dames faisaient la majorité ; unies, elles battraient les hommes. Cette notion plongea Jane et Kitty dans la confusion, mais excita Elizabeth et Mary au plus haut point. Bien vite, il apparut que Fitz, quoiqu'il eût refusé de présider formellement la séance, conduirait la réunion. Il frappa le plateau de la table d'un presse-papier et déclara :

— Chaque orphelinat portera le nom d'Orphelinat des Enfants de Jésus, tandis que nous désignerons nos personnes par le terme de Fondateurs. Puisque nous comptons un nombre impair de voix – sept –, il est inutile que nous élisions un président.

Des sifflements et des murmures firent écho à ses paroles.

Fitz frappa de nouveau le presse-papier.

Le silence se fit.

— Il existe mille vingt-trois lingots d'or de dix livres chacun, énonça Fitz à la manière d'un maître d'école.

Matthew et moi découvrîmes, à notre grande surprise, que le père Dominus avait choisi l'avoirdupoids et non la livre de troy pour fabriquer ses lingots. Chacun pèse seize onces à la livre au lieu des douze imposées par la livre de troy, ce qui augmente leur valeur d'un quart. Un apothicaire aussi expérimenté que père Dominus doit avoir agi en connaissance de cause. Selon moi, il fabriqua intentionnellement des lingots qu'aucun gouvernement n'eût produits – ni réclamés – et qui, de surcroît, ne pesaient pas trop lourd. Un enfant porterait aisément dix livres d'avoirdupoids.

— Insinuez-vous qu'il obligea les enfants à les transporter ?

— À l'intérieur des cavernes, très certainement.

Il attendit que s'élèvent d'autres remarques, puis continua :

— Grâce à ses nombreuses colonies et routes de commerce, la Grande-Bretagne compte de l'or en suffisance pour qu'un certain nombre de pays européens désireux d'établir une économie monétaire basée sur ce métal nous en achètent.

— Comment acquiert-on de l'or ? intervint Charlie.

— Eh bien, on l'échange par exemple contre des matières premières. L'Angleterre produit du charbon en suffisance, mais nos mines de fer s'épuisent ainsi que nos réserves d'acier et de cuivre ; en outre, nous ne produisons plus assez de blé pour nourrir la population. La liste est longue. L'or, cependant, se fait également rare, quoiqu'il parvienne encore de l'Inde ou d'autres pays jadis attachés à la Compagnie des Indes orientales. Cette situation place les Fondateurs que nous sommes dans une excellente position, car jamais personne ne pourra prouver que cet or appartient, d'une manière ou d'une autre, au gouvernement.

Suspendus à ses lèvres, les autres membres se gardèrent d'intervenir lorsqu'il marqua une pause.

— Je pense que nous pourrons vendre notre or au ministère des Finances pour six cent mille livres sans que l'on nous pose de questions. Ces lingots possèdent une valeur bien supérieure.

Un concert d'exclamations accueillit ses paroles.

— Très bien, supposons que nous établissions un fonds avec cette somme au nom des orphelinats des Enfants de Jésus, déclara Fitz qui poursuivit avec un regard d'avertissement à l'adresse de sa belle-sœur : et avant que vous ne vous exaltiez, Mary, laissez-moi terminer. Fournir l'argent nécessaire à la construction d'une institution est une chose, mais le coût d'un bâtiment et de sa terre n'implique pas que l'on puisse renouveler cent fois l'opération, ni même cinquante. Avant d'envisager la construction d'un second orphelinat, nous devons impérativement assurer le fonctionnement du premier. Si nous voulons vêtir et nourrir cent enfants, les loger avec quelque confort, les surveiller de façon adéquate et leur offrir une éducation satisfaisante, il nous faudra employer trois professeurs et une directrice d'école, dix nurses sous l'autorité d'une gouvernante, quatre cuisinières et au moins une vingtaine de serviteurs. Sinon, notre orphelinat ressemblera à ceux que tiennent les paroisses, où un personnel trop peu nombreux et mal payé n'incline guère à entourer les orphelins d'affection et d'équité, où l'on ne dispense aucune éducation et que les pensionnaires quittent pour mener une existence de domestique. Si j'ai bien compris, vous désirez établir une institution qui serve de modèle aux autres orphelinats, où les enfants acquièrent des connaissances qui leur permettront de mener de belles et lucratives carrières, n'est-ce pas ?

— C'est cela même, acquiesça Mary.

— Par conséquent, votre premier orphelinat coûtera deux mille livres annuelles pour les seuls salaires, auxquelles il faudra ajouter deux mille cinq cents livres – vingt-cinq livres par enfant et par an pour les vêtements et la nourriture. Un grand nombre de choses, comme les draps ou les serviettes, s'useront au point de devoir être remplacées pour le moins une fois par an, etc., etc. Je ne mentionne ces sommes qu'afin de vous donner une idée des dépenses liées au fonctionnement d'une institution, et vous conseille de les garder à l'esprit.

Il parcourut l'assistance du regard, évitant de croiser celui d'Angus de peur d'éclater de rire.

— Si nous plaçons nos six cent mille livres à quatre pour cent, nous en retirerons une rente de vingt-quatre mille livres par an. Je suggère que nous en réinvestissions aussitôt quatre mille de façon à faire face à la hausse des prix qui ne manquera de survenir avec les années. Il en résulte que vous disposerez d'un revenu de vingt mille livres par an pour le fonctionnement de l'orphelinat. Je ne saurais assez vous conseiller d'avancer avec précaution, chers confrères Fondateurs. Construisez un second orphelinat si tel est votre souhait, mais pas davantage, de façon à disposer de revenus suffisants pour en assurer l'activité. Aussitôt que vous vous adresserez à d'autres, vous perdrez votre autonomie. Aidé de Matthew et de mes avoués, j'établirai des contrats fiduciaires qui empêcheront tout administrateur de piller le fonds. Angus se chargera de trouver des commissaires aux comptes extérieurs.

Comme je suis heureuse! songeait Elizabeth, distraite. *Mes craintes étaient véritablement infondées. Quel bonheur que de se blottir entre ses bras, sans la moindre retenue. Il s'est montré si tendre, si doux, si attentionné. Il m'éduqua, comme une enfant, m'expliquant ce qu'il faisait, décrivant le plaisir qu'il en retirait, m'encourageant à ignorer mes craintes et à me laisser à mon tour envahir par la volupté. Il me qualifia de sensuelle et, à présent que je connais la signification de ce mot, il ne m'offense plus. Oh, avec quelle douceur ses mains me caressèrent ! Comment le décrivit-il ? Il plongea cette* partie *de lui dans le sommeil pendant dix ans, affirmant qu'avec le temps, les choses devinrent plus faciles. Dire que je m'abandonnai également au sommeil ! En réalité, jamais je ne m'étais éveillée. Mais à présent, le monde a changé.*

— Lizzie !

Écarlate, Elizabeth revint sur terre et dévisagea ses compagnons, évitant soigneusement de regarder Fitz qui arborait un large sourire, comme s'il avait deviné ses pensées.

— Oh ! Oui ?

— Tu n'as pas écouté un mot de ce que je viens de dire ! jeta Mary.

— Pardonne-moi, chérie. Peux-tu répéter ?

— Je pense que nous devrions construire au moins quatre orphelinats, mais nul ne partage cette opinion – pas même Angus ! ajouta-t-elle en retournant sa colère contre le malheureux Écossais. J'espérais à tout le moins pouvoir compter sur votre soutien !

— Vous ne l'obtiendrez jamais pour vos folies, Mary, lui rétorqua Angus. Fitz a raison. Si vous créez quatre orphelinats, vous ne vous couperez pas pour autant en quatre morceaux et échouerez dès lors à en surveiller les activités avec efficacité. On vous mentirait, on abuserait de vous. Ce que nous qualifions de charité serait considéré par d'autres comme autant d'occasions de s'enrichir. Un ancien dicton préconise que « charité bien ordonnée commence par soi-même ». Bon nombre d'employés d'institutions ont adopté cette devise, mais, je le crains, d'une manière qui n'a rien d'admirable.

L'héroïque sortie d'Angus fut couronnée de succès : Mary parut déconcertée.

— Piquée par une mouche écossaise, Mary ? s'enquit Charlie avec malice.

— Je constate qu'aucun homme ne se rallie à mon opinion, déclara celle-ci, boudeuse.

— Je ne m'y rends pas non plus, déclara Elizabeth. Je suggère que nous bâtissions deux orphelinats des Enfants de Jésus, l'un près de Buxton, l'autre aux abords de Sheffield. Manchester demeure trop vaste.

La question fut réglée.

*

Les quarante-sept Enfants de Jésus déjà présents s'installèrent à Hemmings où ils découvrirent bientôt l'horreur de la lecture, de l'écriture et du calcul. Dans ce domaine, Mary recouvra son bon sens ; le professeur et la directrice se devaient de jouer de la badine avec modération, sans pour autant la faire disparaître totalement de la vie des enfants.

— Après avoir vécu dans un tel isolement enrégimenté, il est normal qu'ils se livrent à des excès, expliqua-t-elle. C'est maintenant qu'ils doivent acquérir de solides principes. Un environnement équitable et affectueux les aidera à développer leur véritable caractère, mais nous ne devons espérer quarante-sept petits anges. Quelques diablotins se glisseront parmi eux – William en est un exemple – ainsi que deux ou trois véritables démons – comme Johnny et Percy. Établissez des règles claires, de façon à ce qu'ils distinguent aisément les actions qui leur apporteront vos louanges de celles qui leur attireront le fouet. Les enfants que la badine ne parviendra pas à discipliner feront face à une menace d'expulsion ou à de plus terribles conséquences. Je vois que la maison dispose d'un pianoforte, remarqua-t-elle après avoir jeté un coup d'œil à l'instrument. J'aimerais que nous proposions des leçons de musique aux enfants qui en manifestent le désir. Je chercherai un professeur adéquat. Les Orphelinats des Enfants de Jésus proposeront des leçons de pianoforte et de violon, mais pas de harpe ! ajouta-t-elle d'un ton sévère. C'est un instrument idiot !

Elle prit congé, puis s'éloigna à grands pas vers sa voiture attelée qui l'attendait devant la porte. Le trajet qui reliait Pemberley à Hemmings était long, et elle s'adossa à la paroi capitonnée avec un soupir de plaisir.

Qui eût jamais imaginé pareil résultat à sa brève odyssée ? Ces jours qui l'avaient vue rêver d'Argus lui semblaient enfouis dans les profondeurs impénétrables du passé. *Je souffrais d'une passion enfantine*, songea-t-elle. *Ses idées m'enflammaient et je prenais cet enthousiasme pour la preuve de mon amour. Eh bien, je ne sais toujours pas ce qu'est l'amour, mais il ne s'agit pas de ce sentiment que je ressentais à l'endroit d'Argus – qui, par ailleurs, a cessé sa correspondance avec le* Westminster Chronicle *depuis mon départ. Sa femme ou l'un de ses enfants souffrirent-ils d'un mal incurable qui les garda au lit ? Ce genre d'événement terrible détruit tout autre intérêt, toute passion annexe. Je me pose des questions sur le sort qui le frappa, mais, curieusement, ne ressens rien – au-delà du chagrin naturel qu'entraînerait un si funeste événement. Argus parvint à accomplir un magnifique travail, mais comment le compléter quand Fitz affirme que le Parlement n'agira pas ? Les lords dirigent l'Angleterre parce qu'ils ont rempli la Chambre des communes de leurs rejetons. Rien n'adviendra dans ce pays tant que cette partie du Parlement ne sera pas constituée de véritables membres du peuple.*

Elle avait dû s'endormir car la berline avait traversé Leek et cheminait à présent sur la route de Buxton. Elle s'éveilla sans se souvenir des pensées qui avaient occupé son esprit.

Eh bien, il était temps de songer à son avenir. Fitz l'avait reçue la veille et lui avait présenté des excuses sincères, dénuées d'orgueil ou de morgue – comme il avait changé ! Bien sûr, le premier venu eût remarqué que sa relation avec Lizzie s'était considérablement améliorée. Tels deux jeunes mariés, ils avançaient main dans la main et échangeaient des regards langoureux, des clins d'œil complices. Dans le même temps, ils avaient développé une habitude irritante propre aux couples unis de longue date : ils déclaraient la même chose au même moment, puis s'interrompaient pour s'adresser un petit sourire satisfait.

Fitz lui avait promis une récompense pour avoir trouvé l'or – cinquante mille livres. Investies, elles lui assureraient une rente annuelle de deux mille livres – une somme plus que suffisante, lui avait-il assuré, pour vivre à sa guise en quelque endroit qu'elle choisirait. Si elle désirait vivre sans chaperon, il ne s'élèverait pas contre sa décision, hormis pour la prévenir des dangers qui régnaient dans les grandes villes. Combien lui restait-il des neuf mille livres qu'elle avait reçues à l'origine ? « Presque tout », avait-elle répondu non sans fierté. « Utilisez-les pour acheter une bonne maison », lui avait-il alors conseillé, et elle avait pris congé en lui promettant de réfléchir, déconcertée par ce Fitz plein de sollicitude. Elle avait alors compris qu'elle s'épanouissait dans la confrontation. À présent, personne ne s'opposait jamais à ses paroles ou à ses actes, si ce n'est sur le nombre d'orphelinats, mais elle-même en était venue à partager leurs conclusions : deux, et seulement deux.

En vérité, quel dommage ! Face à une opposition universelle, Mary avait tenu l'indépendance pour irrésistible, mais celle-ci perdait de son attrait à présent que nul ne la lui refusait. Enfin, la dépendance, comme celle qu'éprouvaient Lizzie et Fitz de la présence l'un de l'autre, par exemple, se révélait pire. Enfant, elle n'avait jamais joui de cette intimité que partageaient Lizzie et Jane, ou Kitty et Lydia. Elle était restée seule, ignorée de toutes. Aujourd'hui, elle se trouvait au centre des attentions. Lizzie, Jane et Kitty l'admiraient autant qu'elles l'aimaient et l'appréciaient davantage qu'auparavant. En créature rationnelle, elle estimait leur affection méritée car elle y avait œuvré en arrondissant les angles de sa petite personne, en développant une personnalité plus complexe. Tout cela ne répondait toutefois pas à sa question : qu'allait-elle faire de sa vie ? La remplirait-elle d'orphelinats et d'activités charitables ? Cela comblerait sans doute ses aspirations, mais est-ce que cela la comblerait, elle ?

Elle avait atteint puis dépassé Buxton lorsqu'elle parvint à cette conclusion : elle assumerait seule la responsabilité de l'orphelinat de Sheffield et laisserait la direction de celui de Buxton à Lizzie et à Jane, ce qui l'exempterait de faire trop souvent ce long trajet en voiture. Avec le temps, supposait-elle, le souvenir des jeunes visages se dissoudrait et elle cesserait d'évoquer avec certitude quelle institution abritait tel ou tel enfant. Occupées par leur famille respective, Lizzie et Jane pourraient se partager les tâches liées à leurs fonctions. L'orphelinat de Sheffield s'élèverait à Stannington, aussi se chercherait-elle une maison à Bradfield ou à High Bradfield, à la limite des landes. Elle s'attarda sur cette pensée, charmée par cette perspective. Elle ne vivrait pas dans un manoir, un simple cottage lui conviendrait, avec une cuisinière, une femme de charge, trois servantes et un jardinier. Son expérience de locataire à Hertford lui avait appris que les domestiques à qui l'on imposait une trop lourde charge de travail trouvaient diverses façons d'y échapper. Pour s'assurer une chance de succès, décida-t-elle, il fallait des gages honnêtes et exiger en échange un labeur de qualité.

Il était temps, par ailleurs, qu'elle s'assît de nouveau derrière un pianoforte ; elle ne s'y était pas entraînée depuis des semaines. La musique ne manquerait pas de combler certains vides de son existence. Ah, et une bibliothèque! Sa nouvelle demeure en posséderait une magnifique. Elle passerait une journée par semaine à l'orphelinat de Sheffield, cela suffirait. S'y rendît-elle plus souvent, le personnel en prendrait ombrage et s'estimerait surveillé, dépouillé de son indépendance. *Encore ce mot! Décidément, chacun y aspire d'une manière ou d'une autre. Sans elle, nous dépérissons. Je m'efforcerai de ne pas me présenter comme une directrice, mais comme ce que je suis, en réalité: une bienfaitrice. Toutefois, je ne les avertirai jamais du jour de ma venue!*

Elle s'étonnait de ressentir une véritable nostalgie lorsqu'elle songeait à la vie qu'elle avait menée à Hertford, après que Shelby Manor avait été vendu. Oui, elle regrettait les réceptions, les dîners, les gens – miss Botolph, lady Appleby, Mrs Markham, Mrs McLeod, Mr Wilde... Et Mr Angus Sinclair, en compagnie de qui elle avait passé neuf jours merveilleux. Elle avait alors davantage profité de sa présence qu'au cours des dernières semaines à Pemberley, où tant de personnes participaient aux repas, aux conversations, aux réunions relatives aux orphelinats, à tout! À Hertford, il lui avait en quelque sorte appartenu. Comme elle avait apprécié leurs conversations, alors, et comme il lui avait manqué lorsque avait sonné l'heure du départ! Quel plaisir elle avait en outre ressenti en découvrant son visage quand s'était enfin achevée l'épreuve de sa captivité! Hélas, il avait reculé dans l'ombre après cela, estimant sans doute sa présence superflue à présent qu'elle avait retrouvé sa famille.

Oh, il se trompe! J'ai grand besoin de mon ami. Lorsque je m'installerai à Sheffield, je cesserai totalement de le voir, hormis si mes visites à Pemberley coïncident avec les siennes au cours des mois d'été, quand Fitz et Lizzie recevront pour la saison. Il s'y attarda cette année à cause de moi, animé par le désir d'apporter son aide à ses amis, mais il parle maintenant de rentrer à Londres – ce qui n'a rien de surprenant, son propre foyer s'y trouvant. À Hertford, je vivais à une courte distance, mais se rendre dans le Nord depuis la capitale représente un voyage aussi ardu qu'interminable, même en voiture privée. Je ne le verrai plus jamais *! Seigneur, cette perspective fait naître en moi une sensation de vide qui n'est pas sans rappeler la douleur que me causa la perte de Lydia, quoique plus intense. Ma sœur importait à mes yeux* par devoir, *car je n'appréciais pas particulièrement sa personnalité. La mort de maman représenta une véritable bouffée d'air après un long confinement. Quant à papa, cet homme qui ne m'accorda que son dédain, je ne le pleurai pas un seul instant. Angus, certes, ne meurt pas, mais il disparaît cependant de mon existence d'une même irrémédiable manière. Oh, combien je le regretterai !*

Elle versa des larmes tout le reste du trajet.

*

En effet, le groupe s'apprêtait à se dissoudre. Fitz et Elizabeth avaient décidé d'accompagner Charlie à Oxford, puis de se rendre à Londres, Fitz pour assister aux sessions du Parlement, Lizzie pour ouvrir et préparer Darcy House en vue de la présentation de Georgie qui aurait lieu au début du printemps. Angus avait choisi de se joindre à eux, mais nul ne l'avait proposé à Mary. Avec Georgie et Kitty dans sa voiture, Elizabeth ne souffrirait pas de la solitude. *Comme il sera étrange de ne pas distinguer la silhouette sombre de Ned Skinner rôdant aux alentours !* songea Elizabeth. *Il me protégeait sans que je m'en rendisse jamais compte.*

La construction des orphelinats avait débuté, mais aucun des bâtiments n'accueillerait de pensionnaires avant la fin de l'hiver. Mary admettait qu'un grand nombre de décisions nécessiteraient la présence de l'un des Fondateurs. Ses journées à Pemberley, loin de se dérouler dans l'oisiveté, seraient bien remplies !

Aux premiers jours de septembre, elle salua de la main le départ de ses compagnons. Honnissant l'inaction, elle écrivit aussitôt à miss Eustacia Scrimpton pour lui demander de s'octroyer quelques jours de vacances à Pemberley afin de discuter de la nomination du futur personnel des institutions. La directrice de l'agence de placement s'empressa de répondre à l'invitation, et les deux ladies entreprirent d'établir une liste des qualifications dont les candidats désireux d'obtenir un poste devraient se prévaloir.

— Vous aurez l'embarras du choix, chère miss Bennet, remarqua miss Scrimpton, car les émoluments que vous offrez sont des plus généreux. Je suggère que nous utilisions le terme de « salaire » pour les employés de grade supérieur – cela confère de l'importance à ces derniers – réservant celui de « gages » au petit personnel.

Une semaine plus tard, miss Scrimpton quittait Pemberley pour York et faisait paraître aussitôt des annonces dans les meilleurs journaux.

Mary prit également Matthew Spottiswoode d'assaut. L'intendant de Pemberley se révéla détenteur d'excellentes suggestions, certaines avancées par les constructeurs.

— Je veux des feux de charbon, des cheminées dans les dortoirs, de l'eau chaude pour les ablutions, ordonna Mary d'un ton qui n'admettait aucune objection.

— Cela rendra les orphelinats des Enfants de Jésus plus confortables que les universités d'Eton ou de Harrow, remarqua Matthew avec un sourire.

— Je ne doute pas que les fils des grands de ce monde apprécient de trembler de froid, ironisa Mary, mais nos enfants auront eu leur part de frissons lorsqu'ils arriveront chez nous.

— Assurément, s'empressa de renchérir Matthew – *Seigneur, quelle véhémence!*

Choisir les enfants représenterait une tâche difficile, mais les deux orphelinats comptaient seulement quarante-sept de leurs futurs deux cents pensionnaires. Les cent cinquante-trois restants constitueraient une goutte d'eau dans l'océan de pauvreté et de négligences dont étaient victimes les enfants. À l'évidence, ceux qui ne possédaient plus de parents seraient pris en charge. L'évêque de Londres lui-même avait écrit à Mary pour lui transmettre le nom de deux gentlemen qui jouissaient de quelque expérience dans ce domaine.

Et maintenant? se demanda Mary alors que s'ouvrait décembre et que se précisait la perspective d'un Noël solitaire. Lizzie lui avait envoyé un chariot entier de malles remplies de vêtements. *Des vêtements! Quel dispendieux gaspillage*, s'insurgea Mary alors que, dans chacun des cartons, elle découvrait des robes de fine batiste, de mousseline, de laine soyeuse, de taffetas, de satin ou de soie, agrémentées de délicates dentelles. Ah, voilà donc où avaient disparu ses souliers favoris! Lizzie les lui avait volés pour les confier à un maître bottier qui les avait utilisés comme patron. Seigneur, quelles ruineuses futilités! Certes, Lizzie avait décrété qu'ils ne porteraient ni le deuil de Lydia ni celui de Ned, mais en quoi le noir ne convenait-il pas?

Elle découvrit toutefois une fort jolie robe lilas brodée de boutons de fleurs multicolores, ainsi qu'une paire de souliers assortis. Des bas et des culottes de soie! Enfin… si elle-même ne portait pas ces magnifiques vêtements, Lizzie ne pourrait les enfiler à sa place: sa sœur, plus petite d'une tête, possédait une poitrine plus ronde. En outre, elle avait des pieds menus. Très bien! *Qui ne gaspille rien ne manquera de rien*, raisonna Mary le matin suivant alors qu'elle enfilait la robe lilas et glissait ses pieds gainés de soie dans les fins souliers. Lizzie lui avait attribué une chambrière, une charmante jeune fille du nom de Bertha qui apprêtait les cheveux avec un rare talent. Mary refusant d'adopter la coupe alors en vogue qui consistait à encadrer le visage de boucles serrées, Bertha assembla la lourde chevelure d'un roux doré en un chignon lâche sur le sommet du crâne.

— Je dois t'avouer cela, petite, déclara Mary d'un ton bourru en évitant d'observer son reflet dans le miroir : quand tu me coiffes, je ne sens ni les épingles ni les coups de peigne.

Elle rassembla tout son courage et s'aventura hors de sa chambre pour prendre sa première collation, mais ceux qu'elle croisa lui adressèrent des sourires éblouis dans lesquels elle ne lut ni condescendance ni amusement.

Elle possédait encore un solide appétit, mais il semblait qu'elle avait cessé de grossir depuis qu'elle avait recouvré son poids initial. Bien sûr, elle le devait aux nombreuses activités qui occupaient ses journées ainsi qu'aux distances, parfois longues, qu'elle parcourait à pied. Elle n'aimait pas monter à cheval, n'ayant jamais appris à le faire à Longbourn. Leur seule monture d'alors, une jument de trait nommée Nellie, avait un large dos dont il s'était révélé impossible de tomber, et avançait à une allure trop paisible pour plonger quiconque dans la panique. Ces derniers temps, chaque fois que Mary observait Lizzie ou Charlie qui s'élançaient en selle sur l'une des bêtes de Fitz, une boule d'angoisse se formait dans sa gorge.

L'hiver ne s'était pas encore installé. Quand l'heure viendrait, supposait Mary, Pemberley se couperait du monde, tel un escargot confiné dans sa coquille. Mieux valait marcher tant que le temps le lui permettait.

Les bas soyeux lui caressaient merveilleusement la peau tandis que les souliers, quoique d'une incroyable douceur, semblaient solides. Ils ne meurtrissaient pas la cheville ou les orteils. Ceux qu'elle acquérait dans les boutiques lui faisaient invariablement des ampoules. *Oui, la richesse possède ses avantages*, décida-t-elle en serrant autour de ses épaules un magnifique châle de soie parme. Elle quitta la maison et se dirigea vers les bois, traversant le petit pont de pierre dont la délicate élégance rappelait un édifice romain.

Ses pieds ne souffrant d'aucune cloque en formation, elle quitta le sentier pour se rendre à sa clairière favorite, celle qui, selon Lizzie, se couvrait de jonquilles au printemps et se transformait en un océan jaune vif. Elle s'arrêta pour se reposer un instant, s'assit sur un rocher couvert de mousse à la lisière de la trouée illuminée par le soleil d'hiver. Des écureuils se hâtaient de rassembler les dernières noisettes sous l'œil attentif d'un renard tandis que les derniers oiseaux de la saison paressaient sur les branches.

Le chagrin l'envahit de nouveau, né de cet unique regret que la multitude d'activités de son existence ne parvenait pas à effacer : Angus. Il lui manquait. Elle désirait sa présence exclusive à ses côtés, dont elle profiterait davantage du fait de sa solitude. Elle avait tant à lui dire… et tant de conseils à lui demander ! Car non seulement il faisait preuve d'une grande sagesse, mais il possédait la force de s'opposer à elle quand elle se fourvoyait.

— Oh, Angus, comme votre présence me manque ! soupira-t-elle à voix haute.

— J'en suis ravi, répondit-il.

Surprise, elle se leva brusquement et fit volte-face.

— Angus !

— C'est bien mon nom.

— Que faites-vous ici ?

— Je me rends à Glasgow où se trouvent les affaires familiales. Celles-ci ne se mènent pas toutes seules, bien que j'aie un jeune frère grâce à qui les moteurs soufflent leur vapeur et les cheminées des forges crachent leur fumée. Nous passons toujours Noël ensemble avant que, cédant à ma folie coutumière, je ne revienne à Londres par bateau, ballotté par les vagues hivernales. Comme tous les Écossais, j'aime la mer. Nous le devons sans doute au Viking qui sommeille en nous. Asseyez-vous, ma chère, l'invita-t-il alors que lui-même prenait place sur un rocher qui faisait face au sien.

— Je regrettais votre absence, avoua-t-elle.

— Oui, j'ai entendu. Vous sentez-vous seule à présent que tout le monde est parti ?

— Assurément, mais plus que Lizzie, Fitz, Charlie ou Jane (qui, quoique à quelques lieues, ne me rend pas visite), c'est vous qui me manquez.

Au lieu de répondre, il changea mystérieusement de sujet :

— Vous êtes fort belle. Qu'est-ce qui provoqua cette transformation ?

— Lizzie me fit parvenir une montagne de vêtements dont je n'avais nul besoin. Toutefois, si je ne les porte pas, ils seront perdus car ils sont taillés à mes mesures.

— Qui ne gaspille rien ne manquera de rien, n'est-ce pas ?

— Précisément.

— Pourquoi vous ai-je manqué, Mary ?

— Parce que vous êtes un ami, sans qu'aucun lien de sang ou de mariage m'unisse à vous. Je me suis remémoré ces moments que nous partageâmes à Hertford, lorsque nous nous entretenions d'un nombre infini de sujets. Rien de particulier ne s'impose, hormis cette impatience que j'éprouvais à apercevoir votre visage lorsque vous me rejoigniez dans la grand-rue et le fait que vous ne me déçûtes jamais. Jamais vous ne vous permîtes de doucher l'enthousiasme que faisait naître en moi la perspective d'entreprendre mon expédition, quoiqu'elle se révélât des plus imprudentes, je m'en aperçois aujourd'hui. Et de quelle naïveté je faisais preuve à l'endroit d'Argus, pauvre homme – qui qu'il soit ! En vérité, je vous suis infiniment reconnaissante de votre compréhension ! Personne d'autre ne m'en montra la moindre. Peu importait mon erreur, je devais effectuer ce voyage ! Après dix-sept années enfermée à Shelby Manor, je me sentais comme un oiseau enfin libre de s'envoler ; les miséreux me fournirent un prétexte pour explorer le vaste monde. Argus aussi, que j'aimerai toujours pour cette raison – mais point d'amour, je le sais à présent.

— Dans ce cas, il est temps que je vous fasse une confession, déclara-t-il, le visage grave. J'espère que vous trouverez dans votre cœur la force de me pardonner, mais cela ne fût-il pas le cas, il me faudrait cependant vous avouer la vérité.

— La vérité ?

— Je suis Argus.

Elle répéta, les yeux écarquillés :

— Vous êtes Argus ?

— Oui. Je m'ennuyais, Mary, et menais une vie de paresse. Alastair menait les affaires familiales tandis que le *Chronicle* avançait presque sans mon aide. J'inventai alors Argus, avec à l'esprit deux objectifs : l'un consistait à tromper mon ennui, l'autre à attirer l'attention des nantis sur le sort des indigents. Le second n'importa jamais autant que le premier, je le confesse. L'espiègle en moi goûtait infiniment de dîner dans les meilleures maisons et d'écouter les hôtes se plaindre avec véhémence des perfidies d'Argus. Cette satisfaction ne surpassait toutefois pas celle d'arpenter les couloirs de Westminster où je rencontrais les membres de la Chambre des lords ou des communes. Puisant l'inspiration auprès de ces gens, ces diableries me procuraient infiniment plus de plaisir que la conscience sociale que j'aidais à développer.

— Mais ces lettres semblaient si réelles! s'écria-t-elle.

— Elles l'étaient, en quelque sorte. Il s'agit là du pouvoir des mots, Mary; ils séduisent et inspirent. Qu'on les prononce ou les écrive, ils poussent parfois un peuple à la révolte, comme il advint en France et en Amérique. Ce sont les mots qui reflètent l'existence de l'âme humaine.

Nulle colère ne paraissait surgir. L'esprit engourdi par le choc que lui procurait cette révélation, Mary essayait de se souvenir de ce qu'elle avait déclaré à Angus au sujet d'Argus. Seigneur, comme elle avait dû sembler sotte! Une vieille fille au cœur tendre, amoureuse comme une gamine. L'espiègle en lui avait-il raillé sa naïveté?

— Vous vous êtes amusé à mes dépens, murmura-t-elle.

Il l'entendit et poussa un profond soupir.

— Jamais de façon délibérée, Mary, je vous en fais le serment. Les transports que vous affichiez lorsque vous évoquiez Argus me remplissaient de honte et d'humilité. Je brûlais de tout vous avouer, sans toutefois l'oser. Vous m'eussiez repoussé, et j'eusse perdu ma plus chère amie. Tout ce qu'il me restait à faire était d'attendre, d'espérer qu'en me connaissant mieux, vous me pardonneriez. Je vous en supplie, Mary, pardonnez-moi!

Il se jeta à ses pieds et leva ses mains jointes dans un geste de supplication.

— Oh, relevez-vous! jeta-t-elle. Vous êtes ridicule dans cette position. On pourrait croire que vous m'offrez le mariage.

— Mais il s'agit de cela! cria-t-il, hors de ses sens. Épousez-moi! Je vous aime plus que la vie, mon adorable folle, ma délicieuse et pragmatique obstinée!

— Levez-vous, levez-vous! répéta-t-elle seulement.

Vaincu, il reprit place sur le rocher et posa sur elle un regard confondu. Elle n'avait pas perdu une once de son flegme et n'avait point réagi à ces adjectifs dont il l'avait affublée. Comme elle était belle dans cette robe, avec cette coiffure ! Elle s'adressa à lui :

— Vous êtes Argus, m'avouez-vous – premier choc. Vous m'aimez – de quoi me choquer davantage. Et voici que vous désirez m'épouser – troisième cause de stupeur. Je dois avouer, Angus, que lorsque vous commencez à vous entretenir de sujets sérieux, vous ne semblez savoir à quel moment vous arrêter !

Elle sentait brûler en elle un feu merveilleusement ardent dont elle n'avait nullement l'intention de révéler l'existence avant que son compagnon n'eût souffert plus avant. *Oh, mon si cher ami ! Si nous nous unissons, je vous trouverai toujours à mes côtés. Est-ce cela, l'amour ? Peu me chaut, je l'accepte comme substitut.*

Son visage, cependant, avait dû trahir ses sentiments, car il se détendit soudain et ses joues se creusèrent de fossettes.

— Le « moment de s'arrêter », déclara-t-il, surviendra lorsque nous aurons tout avoué, tout résolu. Je vous ai aimée dès l'instant où j'ai posé les yeux sur vous à Hertford. Oh, comme je souffrais de mon identité secrète alors que vous exaltiez les vertus de cette maudite créature imaginaire ! J'en perdis tout amour-propre, toute estime de moi-même. Imaginez cela : moi, le riche et puissant Angus Sinclair, réduit à vos yeux à la seule importance que me conférait mon lien avec votre héros, Argus.

— Cela ne dura guère. Dès notre première promenade, je vous considérai comme un ami qui ne me forcerait pas à le repousser en proférant de vaines déclarations d'amour ou une proposition de mariage et, quand vint notre ultime excursion, après les dîners et les réceptions, je me demandai comment j'allais poursuivre mon existence sans vous. Même maintenant, alors que vous venez de m'avouer votre affection et votre volonté de m'épouser, je ne me sens pas la force de vous renvoyer de ma vue.

— Si vous me pardonnez, c'est que vous me rendez mes sentiments, affirma-t-il en se penchant en avant. Me pardonnez-vous ?

— Je ne vous en ai jamais voulu. S'agit-il d'amour? Je m'en remets à vous à ce sujet. Je sais néanmoins que seule votre amitié constante, perpétuelle, garantira mon bonheur. Je vous épouserai afin de garder mon meilleur ami à mon côté. Lorsque je vous rendrai fou, je vous conjure de m'en faire part. Il semble que j'excelle à égarer les esprits des gens qui m'entourent. La pauvre miss Scrimpton radotait effroyablement lorsqu'elle me quitta pour retourner à York ; quant à Matthew Spottiswoode, il semble qu'il se cache aussitôt qu'il pressent ma venue. Charlie me qualifie d'excentrique. Autant ne point se voiler la face, Angus : je demeure une personne difficile et plutôt exaspérante, déplora Mary sans toutefois la moindre trace d'amertume ou de chagrin – elle énonçait une vérité, à quoi cela eût-il servi de geindre ?

— C'est pour cela que je vous aime, lâcha-t-il, le cœur gonflé de bonheur. Par certains côtés, nous nous ressemblons : par exemple dans ce plaisir que nous tirons à fouiner et à fouiller ce qui nous entoure, ou encore dans notre refus de renoncer à ce que nous entreprenons. De surcroît, je suis moi-même un peu fou. Sinon, pourquoi naviguerais-je en mer du Nord en plein hiver? Ma plus grande joie, cependant, ma chère Mary, me vient de la certitude qu'en votre compagnie, la vie ne se révélera jamais monotone.

— Je suis animée des mêmes sentiments, lui assura-t-elle en lui tendant la main. Venez, il est temps de rentrer, et je veux tout apprendre d'Argus.

Oui, il ressentait un bonheur infini, mais elle? *Peut-être n'en saurai-je jamais rien*, songea-t-il. *Son détachement m'évoque une muraille de pierre. Parviendrai-je à l'abattre?*

*

Ce soir-là, ils profitèrent d'un dîner *à deux*, ce qui plongea dans la confusion Parmenter, toujours inconsolable lorsque les occupants de la maison s'absentaient – Darcy House possédait des serviteurs à demeure. Les liens de camaraderie qui unissaient miss Mary et Mr Sinclair ne correspondaient pas aux idées que le maître d'hôtel se faisait de la décence, mais il savait que Mr Fitz et Mrs Darcy n'eussent émis aucune objection à ce que deux personnes âgées d'une quarantaine d'années dînassent en tête à tête. Aussi, lorsqu'ils se retirèrent dans le petit salon italien qui devait son nom à la présence d'un Fra Angelico, d'un Giotto, d'un Botticelli et de trois Canaletto, le brave homme, après avoir apporté le porto, le cognac et les cigares, les laissa-t-il à leur intimité.

— Je me demande lequel des Darcy s'appliqua à rassembler cette glorieuse collection d'art? déclara Mary en acceptant, contre toute convenance, un verre de porto.

— Je n'en ai aucune idée. En revanche, je soupçonne qu'elle fut cédée pour un centième de sa valeur par quelque pauvre Italien sans fortune.

Angus n'accorda pas un regard aux tableaux, trop absorbé dans sa contemplation de Mary, qui portait une robe de taffetas orangé piqueté de vermillon. *Ce cou gracile ne nécessite aucune gemme pour le mettre en valeur*, songeait-il, *mais des diamants l'orneraient merveilleusement. Quelle courbe parfaite!*

— Je considérais Elizabeth comme la plus belle femme qu'il m'avait été donné de rencontrer, déclara-t-il, mais elle ne vous arrive pas à la cheville.

— Billevesées! Votre affection à mon endroit vous aveugle, Angus, et pervertit votre goût autant que votre jugement. Je suis trop mince.

— Pour la mode, peut-être. Toutefois, cette minceur vous convient, alors qu'elle réduirait la plupart des femmes à de vieilles poules efflanquées – Caroline Bingley s'impose aussitôt à l'esprit.

— Vous pouvez fumer si vous le désirez. La décence s'oppose à ce que je boive du porto, mais je le préfère au vin, dont je n'apprécie guère l'âpreté.

Il quitta son fauteuil pour le sofa et leva un sourcil dans sa direction.

— Merci, je n'éprouve nul besoin de nous noyer dans un nuage de fumée. Venez vous asseoir à mon côté. Je ne vous ai pas encore embrassée.

Elle lui obéit, mais, une fois sur le sofa, s'écarta légèrement et se plaça hors d'atteinte.

— Nous devons discuter de cela.

Il soupira.

— Mary, le jour du Jugement dernier, devant Dieu, vous discuterez encore ! Vous avez toujours quelque chose à dire. Tôt ou tard, mon aimée, mon exaspérant amour, les baisers se révéleront inévitables, de même qu'une intimité plus grande, plus complète. J'imagine que vous déplorez l'ingénuité d'une demoiselle ?

— Non, je ne le crois pas, répondit-elle après avoir réfléchi. De nombreux livres ornaient les étagères de Shelby Manor et je les parcourus tous, me familiarisant ainsi avec le corps humain et la copulation – le devoir conjugal, n'est-ce point la façon appropriée de désigner cela ?

— Quels sont vos sentiments à l'endroit de cet aspect du mariage ?

— J'imagine que vous ne vous contenteriez pas d'une amitié platonique ? s'enquit-elle avec espoir.

Il éclata de rire.

— Non ! J'insiste pour que vous vous pliiez au devoir conjugal.

Il tendit le bras, s'empara de sa main et ajouta, plus sérieux :

— Je nourris le sincère espoir que ce devoir devienne un plaisir. Puis-je vous embrasser? Cela est tout à fait permis, pour un couple de fiancés.

— Assurément. Mieux vaut commencer puisque nous nous sommes engagés sur cette voie, accepta-t-elle avec le même détachement. Je vous y autorise.

— En premier lieu, déclara-t-il en l'attirant plus près de lui, il est nécessaire que nos corps se… rapprochent. Vous permettez?

— J'apprécierais davantage si vous retiriez votre veste. Je n'étreins rien que de l'étoffe.

Il retira son habit, ce qui se révéla une âpre lutte car il avait été confectionné par Weston et lui collait au corps comme un gant de cuir.

— Autre chose?

— Votre cravate. Elle me râpe la peau. Pourquoi est-elle autant amidonnée?

— Pour qu'elle garde sa forme. Est-ce mieux ainsi?

— Beaucoup mieux.

Elle déboutonna le col de sa chemise, glissa une main à l'intérieur et s'exclama:

— Comme votre peau est douce! Autant que de la soie.

Il ferma les yeux, non de plaisir mais de désespoir.

— Mary, je vous conjure de ne pas agir comme une tentatrice! Si vous continuez à me provoquer de cette manière, je ne parviendrai peut-être pas à me contrôler!

— J'aime votre chevelure, poursuivit-elle sans lui prêter attention, y glissant ses doigts en toute liberté. Elle dégage une merveilleuse odeur. Je constate que vous ne deviendrez jamais chauve.

Son autre main descendit sur son torse et elle s'exclama:

— Angus, vous possédez un corps fort musclé!

— Taisez-vous! grogna-t-il, puis il l'embrassa.

Il avait voulu que leur premier baiser fût empreint de tendresse et de douceur, mais le feu qu'elle avait allumé en lui le rendit exigeant, intense, passionné. À sa grande surprise, elle le lui rendit avec une ardeur égale, ses deux mains à l'intérieur de sa chemise caressant sa peau. Oubliant toute mesure, il délaça sa robe avec fébrilité. La délicieuse poitrine s'échappa de son carcan de taffetas et il se pencha pour l'embrasser avec une avidité brûlante, extatique.

Il la repoussa soudain.

— Non, quelqu'un pourrait entrer ! haleta-t-il.

— Laissez-moi verrouiller la porte, le rassura-t-elle.

Elle se leva, laissa tomber sa robe et sa jupe, les enjamba, puis se dirigea vers la porte. Clic !

— Là. Le verrou est poussé.

Ses cheveux défaits auréolaient son visage de lourdes boucles. Elle se débarrassa de son dernier jupon qu'elle jeta dans un coin de la pièce et revint vers lui, abandonnant dans son sillage sa chemise et son caleçon comme autant de papillons qui atterrirent au sol avec délicatesse.

Il avait lui-même profité de cet instant pour se déshabiller. Alors qu'il lui ôtait ses bas de soie, Mary avait abandonné depuis longtemps toute indifférence et, dans la pièce, ne résonnèrent bientôt que des soupirs et des gémissements de plaisir.

— Il vous faut m'épouser au plus vite, à présent, déclara-t-elle bien plus tard, alors qu'il se levait pour alimenter le feu.

— Accompagnez-moi en Écosse, suggéra-t-il avec un sourire, agenouillé devant la cheminée. Nous pourrions nous unir à la forge de Gretna Green[1].

---

1. Au XIXe siècle, les lois écossaises étant plus souples que celles d'Angleterre, bon nombre de couples se rendaient au village de Gretna Green, à la frontière, pour s'unir devant un prêtre forgeron, qui, la cérémonie terminée, frappait de son marteau l'enclume de sa forge. *(N.d.T.)*

— Quelle merveilleuse idée ! Je craignais un grand mariage familial auquel se fussent mêlés trop de ces gens venus nous observer. Cela me convient davantage. Gretna Green ne se trouve-t-il toutefois pas loin à l'est ? Je pensais que la route qui menait à Glasgow passait plus à l'ouest.

— Je voyage en voiture privée, mon cher et inquisitif amour ; qui plus est, une large étendue d'eau du nom de Solway Firth coupe la route de Glasgow. Le chemin pour Glasgow et Édimbourg passe par Gretna.

— Oh ! J'estime tout à fait approprié qu'une fille Bennet s'unisse à la sauvette à Gretna Green.

— Je ne vous crois pas, souffla-t-il, éperdu d'amour.

— Je dois posséder davantage de Lydia en moi que je ne le suspectais, très cher Angus. Jamais je n'avais éprouvé plus agréables sensations ! Recommençons, je vous en prie !

— Une seule fois alors, insatiable femme !

Il l'attira au sol et lui offrit son épaule pour poser sa tête.

— Après cela, l'avertit-il, il nous faudra nous rendre présentables et rejoindre nos chambres respectives – Parmenter a déjà manqué d'être frappé d'apoplexie ! Notre nuit, hélas, sera courte ; nous partirons pour Gretna Green à l'aube. Autant nous presser, car si je vous ai fécondée, il ne manquera pas de vieilles chouettes pour compter sur leurs doigts.

*

Fitz pénétra dans la chambre d'Elizabeth, le visage grave.

— Ma chérie, je crains que vous n'ayez reçu de mauvaises nouvelles de Pemberley, annonça-t-il en s'asseyant sur le bord de son lit, une lettre à la main. Un courrier vient d'apporter ceci pour vous.

— Oh, Fitz ! Il doit s'agir de Mary !

D'une main tremblante, Elizabeth décacheta la missive et, dépliant la feuille, déchiffra avec avidité les quelques lignes qu'elle contenait.

Elle émit un bruit de gorge, entre un grognement et un cri.

— De quoi s'agit-il? la pressa Fitz.

— Mary et Angus sont en route pour Gretna Green! répondit-elle avant de lui tendre la note. Tenez, lisez vous-même!

— Voilà qui dépasse l'imaginable! souffla-t-il. Personne ne les accompagne. Ils ont pris tout le monde de vitesse!

— Parviendront-ils à s'entendre? réfléchit Elizabeth, en proie à des sentiments contradictoires.

— Fort bien, selon moi. Elle se montre excentrique, il prise l'étrangeté. Il lui laissera la bride lâche jusqu'à ce qu'elle s'emballe, puis il la calmera d'une main ferme mais affectueuse. En vérité, je me réjouis de cette union!

— Moi aussi… je crois. Elle déclare avoir écrit à Charlie pour lui apprendre la nouvelle. Oh, que faisons-nous à Londres? Je veux rentrer!

— Impossible, vous le savez, il nous faut attendre la fin de la saison. Il semble que Georgie se soit résignée à se comporter de façon irréprochable, mais si nous nous absentons… !

— Bien sûr, vous avez raison. Croyez-vous qu'elle acceptera le duc, ou bien lord Wilderney?

— Non, bon sang ne saurait mentir, et une Darcy ne se soucie guère de la noblesse. Je pense plutôt qu'elle choisira Mr John Parker, de la Virginie.

— Fitz! Un Américain?

— Pourquoi pas? Il possède ses lettres d'entrée grâce à sa mère, lady de Main. À la tête d'une immense fortune, en outre, il ne cherchera pas à mettre la main sur la dot de

Georgie. Enfin, il est encore tôt ; la saison n'a pas encore véritablement commencé.

— Notre première petite oiselle quittera bientôt le nid familial, observa Elizabeth avec tristesse.

— Il nous en reste quatre.

— Non, le contredit-elle en rougissant. Cinq.

— Elizabeth ! Vraiment ?

— Vraiment. En juin, je pense.

— Alors nous rentrerons en avril, saison ou non. Vous souffririez trop de vous trouver à Londres au printemps pendant les derniers mois de votre grossesse, quand la ville est plongée dans une fumée moite.

— Votre suggestion me comble d'aise, acquiesça-t-elle avec un soupir de satisfaction. L'année à venir sera calme. La suivante, nous procéderons à la présentation de Susie.

*

Jane se rendit à Londres peu après avoir reçu la sensationnelle nouvelle du mariage hâtif de Mary. Elle voyageait en toute liberté à présent que Caroline Bingley avait enfin trouvé une occupation utile : transformer les garçons Bingley, ces diables irresponsables, en gentlemen bien éduqués. Quoiqu'elle se plaignît souvent à grands cris, Caroline tirait en secret un plaisir infini de son nouvel emploi, car rien ne lui semblait aussi gratifiant que d'exercer un quelconque pouvoir. Non qu'elle obtînt toujours gain de cause, cependant ; les fils Bingley représentaient des adversaires dignes de sa volonté de fer.

— Louisa et Posy ont enfin réalisé le souhait qu'elles nourrissaient depuis des années, annonça Jane à Elizabeth le lendemain de son installation à Bingley House.

— Quel était-il ? la relança consciencieusement Elizabeth.

— Elles ont vendu la propriété des Hurst, sur Brook Street, pour s'installer à Kensington.

— Non ! Elles ont élu domicile parmi ces « vieilles chouettes cancanières », comme les décrirait Fitz ?

— Mieux vaut être l'oiseau au plus beau plumage dans une volière de chouettes que de se pendre à la manche de Charles pour la moindre guinée, railla Jane avec un sourire. Mr Hurst leur laissa fort peu hormis cette maison, laquelle eût été aussitôt mise en gage si Charles ne s'y était opposé. Sa vente a pourvu ces dames d'un revenu confortable qui n'obligera pas Louisa, en particulier, à économiser sur sa vêture ou à se défaire de ses bijoux.

— Caroline le sait-elle ?

— Oh, oui !

— Comment réagit-elle ?

— Elle n'eut guère l'occasion de s'attarder sur cet événement. Hugh avait ôté les draps de son lit la nuit qui précéda l'arrivée de la lettre de Louisa tandis que Perceval avait cassé des œufs gâtés dans ses bottes favorites. Lorsqu'elle eut démasqué les coupables et en eut exigé réparation, la nouvelle de Louisa avait pris l'aspect d'une bagatelle sans importance.

— Comment parviens-tu à la supporter jour après jour à Bingley Hall, Jane ?

— Avec plus de sérénité que je ne l'avais envisagé, en réalité.

— Dès lors, qu'est-ce qui t'amène à Londres ?

— Je désire faire mes adieux à Louisa et à Posy car je doute de jamais disposer de temps pour visiter Kensington.

— Et Charles rentre bientôt, l'accusa Elizabeth.

— Oui, en effet ! Oh, quel bonheur que de le revoir !

— Nul doute que les bébés ne reviennent également, lança Elizabeth à Fitz cette nuit-là, blottie dans ses bras.

— Cela les regarde, ma chérie.

— Je ne m'en soucierais pas si je ne craignais pour sa santé.

— À quarante-six ans, combien d'enfants pourrait-elle encore engendrer?

— Oh, je ne songeais pas à cela! s'écria-t-elle en se redressant soudain.

Elle ramena ses genoux vers sa poitrine et les entoura de ses bras.

— Vous avez raison, Fitz, comme toujours. Nous vieillissons tous. Seigneur, où passent donc les années?

— Tant que vous survivrez à la naissance à venir, Elizabeth, cela ne m'intéresse pas. Quand prévoyez-vous d'apprendre à nos enfants que la famille s'agrandira sous peu?

— Pas avant février; juste avant le bal d'introduction de Georgie.

— Pourquoi pas maintenant?

— L'annoncer à ce moment-là détournera bon nombre de regards de Georgie, ce qui lui apaisera un peu les nerfs. Après l'évincement d'un duc et d'un comte, j'aimerais qu'elle traverse cette épreuve sans le sentiment que les débutantes ne la quittent pas des yeux.

— Ce seront les mères qui se montreront jalouses, mon amour.

*

Lorsque vint le temps d'annoncer l'heureux événement, Charlie manifesta sa joie. Il prit sa mère entre ses bras, félicita son père d'une chaude poignée de main et annonça que son âge lui procurait davantage l'impression de devenir un oncle qu'un grand frère. Susie et Anne, quoique également ravies, s'étonnèrent en secret que leurs parents décrépits fussent encore en mesure de concevoir. Cathy, en revanche, afficha sa colère ; la famille endura une série de frasques qui ne cessèrent que lorsque Charlie eut secoué sa jeune sœur comme un prunier et l'eut accusée de se comporter comme une vile créature pétrie d'égoïsme.

Georgie se déclara enchantée à un tel point qu'elle vécut son premier bal sur un véritable nuage et le rendit par ailleurs mémorable en refusant de devenir Mrs John Parker, de Virginie.

— Mais, pourquoi? s'enquit Elizabeth, exaspérée. Refuser autant d'offres avantageuses devient ridicule ! Tu t'attireras une réputation de capricieuse qui te coûtera de ne plus jamais recevoir aucune proposition !

— Avec une dot de quatre-vingt-dix mille livres? railla Georgie. Je n'ai nullement l'intention de m'unir si jeune, maman – si je me marie jamais. Je veux profiter pleinement de mon entrée dans le monde et de tant de cœurs à briser. Vous comptiez vingt et un ans lorsque vous épousâtes papa et aviez rejeté un certain nombre d'avances auparavant. Par ailleurs, je refuse de m'enchaîner à un fiancé alors que je nourris la ferme intention de suivre les progrès du nouveau et précieux petit être qui grandit en vous.

Eh bien, au moins, voilà qui répond à une question : Georgie ne s'est éprise d'aucun de ses prétendants, songea sa mère.

Cette dernière, toutefois, ignorait un fait que Georgie n'avait aucune intention de lui avouer : chaque semaine, la jeune fille adressait une missive à Owen Griffiths et, quoiqu'il n'eût encore succombé à ses charmes, elle ne doutait pas qu'il s'y rendrait sous peu. À l'inverse de Marie-Antoinette, elle avait trouvé le moyen de s'emparer du beurre et de l'argent du beurre. Lorsqu'elle aurait prouvé son désir immuable de demeurer célibataire, elle acquerrait une ferme aux abords d'Oxford; elle deviendrait enfin une paysanne et Owen un professeur d'Oxford.

*

De Glasgow leur parvint la nouvelle que Mr et Mrs Angus Sinclair s'apprêtaient à embarquer pour Liverpool. La construction des deux orphelinats touchait à sa fin, et Mary exigeait de se rendre sur place pour pousser les deux équipes au bord de la folie. Il était de notoriété publique que l'on pouvait se fier aux constructeurs pour accomplir quatre-vingt-dix pour cent du travail, tandis qu'ils perdaient invariablement leur intérêt pour effectuer les dix pour cent restants. Mary s'était juré que les deux projets seraient achevés jusqu'au dernier clou et à la dernière couche de peinture dans le plus sombre recoin.

Angus avait finalement cédé à la pression exercée sur tout homme fortuné de posséder des terres à la campagne. Le domaine écossais était occupé par Alastair et sa nichée que Mary avait terrorisés le temps qu'elle avait demeuré chez eux. La seule pensée de la nouvelle Mrs Angus Sinclair résidant en Écosse menait l'épouse d'Alastair au bord de la crise de nerfs et faisait naître chez ce dernier l'envie soudaine d'émigrer en Amérique. Aussi, lorsque Angus annonça son intention de résider à proximité de l'orphelinat de Sheffield, bon nombre de poitrines, au nord des frontières, se gonflèrent de soulagement. Ils les accompagnèrent, Mary et lui, jusqu'au navire en partance pour le sud, le cœur léger, sourire aux lèvres et prodigues de bons vœux pour un voyage sans embûches. Qu'Angus vive parmi les *Sassenachs*!

Celui-ci trouva sept mille acres à l'extérieur de Bradfield, à la limite des landes, qui comptaient une forêt, un vaste parc et un nombre satisfaisant de fermes de métayers. Parce que la maison se dresserait au sommet d'une haute colline, Mr et Mrs Sinclair tombèrent d'accord pour nommer la propriété « Ben Sinclair ».

Fitz accepterait-il le séjour de Mr et Mrs Sinclair à Pemberley jusqu'à ce que Ben Sinclair devînt une réalité? demanda Angus dans une lettre qu'il envoya à Londres.

*

À l'approche de l'été 1814, tout le monde se retrouva à Bingley Hall ou à Pemberley pour y attendre les deux naissances avec une impatience teintée d'inquiétude. Le seul absent demeurait Owen Griffiths. Peu confiant dans ses capacités de résister aux charmes de Georgie, il avait choisi la voie de la prudence et était rentré chez lui, au pays de Galles. Son essai sur la progression de César en Gaule se diffusait aux quatre coins du pays et son érudite perspicacité, entre autres au sujet de l'inexactitude montrée par l'empereur sur les distances, avait séduit les éminences grises du royaume qui lui offraient une voie pavée d'or et d'honneurs pour appartenir au corps professoral. Que le futur grand professeur en question gardât les missives de Georgie attachées avec un ruban de satin de la couleur des yeux de la jeune fille ne regardait nul autre que lui. Lorsqu'il écrivait à la fille aînée des Darcy, il commençait ses lettres par « ma chère Souillon ». Quant à elle, elle lui donnait du « cher Owen ».

La grossesse d'Elizabeth fut pesante ; la future mère avait avoué à Fitz qu'elle pensait engendrer un géant. Le travail, quoique sans complications, dura d'interminables heures. Le résultat fut un gros garçon à la chevelure noire et bouclée qui posa sur le monde un regard aussi sombre que celui de son père. Bien vite, il se révéla calme et placide à condition qu'il fût nourri par deux nourrices.

— Dieu s'est montré bon avec nous, déclara Elizabeth à son époux.

— En effet, ma douce. Ned nous a été rendu et, cette fois, il portera fièrement son nom: Edward Fitzwilliam Darcy. Qui sait? Peut-être deviendra-t-il Premier ministre...

La grossesse de Mary fut plus mouvementée; en particulier à cause du livre que Kitty avait offert à la future maman, écrit par un obstétricien allemand qui possédait des idées bien arrêtées sur la maternité, malgré (protestait Angus) l'évidente impossibilité qu'il expérimentât le processus en personne. Tout ce que la mère consommait se mesurait avec soin et s'intégrait à un régime strict tandis que son état physique se voyait surveillé de façon draconienne.

Au fil des mois, Angus acquit la certitude que la grossesse de Mary traduisait son aisance naturelle à se couler dans son rôle de femme mariée. Mary avait investi la couche maritale avec le même enthousiasme que Lydia avait montré à l'endroit des relations charnelles, aussi Angus était-il soulagé que ses années de fertilité touchassent à leur fin. Eût-elle été plus jeune, réfléchit-il, elle eût sans nul doute suivi la voie empruntée par Jane et conçu pendant vingt années aussitôt qu'il eût baissé ses pantalons. Force lui fut alors de reconnaître que sa récente épouse était prête à assumer les exigences physiques du mariage.

Quant aux devoirs intellectuels et spirituels, elle les accepta avec une égale sérénité. Qui d'autre eût adopté les idées d'un *accoucheur** allemand et inconnu comme une véritable bible de l'obstétrique? Qui d'autre eût considéré la grossesse comme un acte des plus ordinaires et n'eût fait aucun effort pour se retirer du monde? Alors que sa taille prenait de plus amples proportions, elle poussait son ventre au milieu des uns et des autres en s'imaginant aussi mince qu'avant. Peu accoutumés à côtoyer une femme enceinte, ceux qu'elle rencontrait, dont le personnel de « son » orphelinat à Sheffield, affectaient d'être en présence de la Mary svelte et élancée qu'ils avaient connue de prime. Lorsque « ses » enfants lui firent la remarque qu'elle grossissait, elle leur rétorqua qu'un bébé poussait dans son ventre et les informa du déroulement de sa grossesse. Sa franchise horrifia le personnel, mais... elle restait la directrice de leur établissement.

Comme si cela n'avait pas suffi, elle insista pour se rendre à Londres afin de découvrir l'endroit où avait vécu Angus. Elle s'octroya en outre le plaisir de choisir les meubles, tapis, rideaux, tentures et couleurs qui allaient décorer l'intérieur de Ben Sinclair. Au grand soulagement d'Angus, les goûts qu'elle afficha se révélèrent plus raffinés que ce qu'il avait craint ; de surcroît, lorsque les choix qu'elle faisait s'éloignaient trop de ses préférences à lui, elle cédait avec équanimité. Elle rencontra tous les amis londoniens de son époux lors de dîners où elle fit sensation en avançant fièrement un ventre proéminent.

— Le pire, apprit-elle un soir avec un rire perlé à Mrs Drummond-Burrel – une femme aussi odieusement compassée que soumise aux convenances –, demeure l'impossibilité dans laquelle je me trouve d'approcher ma chaise de la table. Cela m'amène invariablement à exhiber sur le devant de ma robe les traces du dernier repas, de la soupe jusqu'aux sauces.

Peut-être le temps des changements était-il venu ou bien cela tenait-il à la personnalité de Mary – Angus ne parvenait à le déterminer –, il était indéniable que même les plus puritains de ses compagnons appréciaient avec un plaisir grandissant la candeur rafraîchissante de son épouse, en particulier après qu'ils eurent constaté qu'elle possédait un jugement aussi sûr qu'éclairé dans le domaine de la politique, domaine qu'elle refusait de considérer comme inconvenant pour une lady. Soulagé de l'anxiété qu'il avait nourrie pour elle, Angus comprit qu'en l'espace d'un court été, la petite fleur des champs qu'avait été Mary s'était transformée en une orchidée des plus exotiques. Combien de cette dernière avait toujours sommeillé en elle ? Il l'ignorait et ne l'entendrait probablement jamais.

Au huitième mois de sa grossesse, elle revint à Pemberley, désirant que son enfant naquît entouré de sa famille. Aux premiers jours de septembre, alors que commençait le travail, Angus possédait une idée plutôt précise de la façon dont se déroulerait sa vie de couple : son épouse désirait que chacun d'eux participât activement aux entreprises de l'autre. Avec la même clarté, il apparaissait évident à Fitz et à Elizabeth que les Sinclair représenteraient sous peu l'avant-garde des changements dans la société, en particulier dans le domaine de l'éducation, dont Mary avait fait son cheval de bataille. Couronnant les grilles de fer forgé qui donnaient accès aux orphelinats des Enfants de Jésus à Buxton et à Stannington s'inscrivait en lettres dorées la devise choisie par Mary : L'éducation est mère de liberté.

*

À la grande surprise de chacun hormis d'Angus, Mary endura les douleurs de la délivrance avec patience, placidité, et une foule de notes qu'elle coucha dans un cahier entre deux contractions. Douze heures plus tard, elle enfantait un garçon au corps délié et doté de puissants poumons dont il fit aussitôt usage, faisant trembler la demeure sur ses fondations, jusqu'à ce que l'on présentât le nouveau-né à un sein bienfaiteur. Mary, obéissant scrupuleusement aux décrets énoncés dans sa bible allemande, le nourrissait elle-même. Par chance, elle regorgeait de lait, à l'inverse d'Elizabeth qui, malgré des formes plantureuses, en demeurait dépourvue.

— Dieu s'est montré bon à notre endroit, déclara Mary à un Angus qui ressemblait à l'ombre de lui-même après douze heures passées à arpenter la bibliothèque en la seule compagnie de Charlie et de Fitz. Quel prénom désirez-vous lui donner?

— N'en avez-vous point trouvé un qui vous convienne en particulier? s'étonna-t-il avec un sourire.

— Non, mon très cher ami. Nommez les garçons, je nommerai les filles.

— Fort bien. Avec cette chevelure étincelante qui enflammerait une botte de foin, un prénom écossais s'impose : Hamish Duncan.

— De quelle autre couleur que carotte ses cheveux eussent-ils pu être? demanda-t-elle en caressant l'épais duvet roux. Quel parfait petit homme! Je demanderai au docteur Marshall de le circoncire au plus vite.

— Plaît-il? Non, aucun de mes fils ne sera circoncis!

— Au contraire, l'assura-t-elle, imperturbable. Bon nombre d'infâmes substances s'amassent sous le prépuce, en particulier le smegma, sorte de matière blanchâtre de la consistance du fromage blanc. Tous les peuples sémitiques – les Juifs, les Arabes – pratiquent la circoncision comme un acte d'hygiène. J'imagine que si un grain de sable se glissait sous cette petite peau, la douleur se révélerait atroce. Le comte von Tielschaft-Hohendorner-Göterund-Schunck, qui observa sur les peintures murales des tombes égyptiennes que les Égyptiens la pratiquaient déjà, la recommande pour tous les enfants mâles. Ses conseils, que je suivis à la lettre, m'ont permis de vivre une grossesse et un enfantement sans complications, qui eussent pu se révéler délicats à cause de mes quarante et un ans. Je nourris dès lors l'intention de lui obéir également en cela.

— Mary ! Je vous l'interdis ! De quelle manière l'accueillera-t-on à l'école ?

— Non, vous ne me l'interdirez pas, répliqua-t-elle sans se départir de son flegme. Vous y consentirez parce qu'il s'agit d'un acte juste. Lorsqu'il sera temps pour lui d'entrer à l'école, je lui aurai enseigné le moyen d'argumenter avec plus de succès qu'une nichée de conseillers parlementaires.

— Le petit est maudit, soupira le père d'Hamish d'un ton lugubre. Notre fils se verra qualifié d'excentrique avant même son entrée à l'école.

— Il existe un certain nombre d'avantages à cela, répliqua pensivement la maman. Il ne se coulera qu'en son propre moule. En outre, nous ayant comme parents, il ne souffrira pas d'une éducation trop étroite, comme celle que je reçus.

— J'imagine en effet que cela renforcera son caractère, ne fera pas de lui un timide effarouché. Toutefois, Mary, j'interdis absolument la circoncision !

La nouvelle maman émit un petit cri extasié.

— Oh, Angus, regardez ! Il sourit ! Souris donc à ton papa, Hamish ! Montre-lui combien tu as hâte d'être circoncis !

DU MÊME AUTEUR

CHEZ LE MÊME ÉDITEUR

CORPS MANQUANTS

1965. Connecticut. Au HUG, centre de recherche neurolo-gique, deux employés découvrent, dans la chambre froide où l'on dépose les animaux de laboratoire avant incinéra-tion, un sac contenant un corps sans tête, coupé en deux…

Chargé de l'affaire, le lieutenant Carmine Delmonico établit rapidement le lien avec des meurtres sadiques récemment perpétrés. Toutes les victimes – des femmes – ont en com-mun leur jeune âge et leur couleur de peau.

L'enquête piétine. Une seule certitude, le coupable appar-tient au HUG. La tension monte en ville sous la pression des activistes noirs, convaincus qu'il s'agit de crimes racistes. Vite, un coupable, avant que d'autres corps ne manquent à l'appel…

« Pour certains, le polar est un genre “mineur”, un parent pauvre de la littérature. Colleen McCullough démontre qu'il n'en est rien. Son intrigue réserve au lecteur des surprises à répétition et un dernier rebondissement qui restera dans les annales. Des personnages truculents pour une symphonie noire. »

actualite-litteraire.com

ISBN 978-2-35287-081-4 / 416 pages / 7,50 €

ANTOINE ET CLÉOPÂTRE

* Le festin des fauves

44 avant J.-C. Jules César assassiné, Octavien et Marc Antoine se partagent l'empire romain. Mais l'affrontement semble inévitable entre ces deux fauves avides de pouvoir.

Pour fi nancer ses conquêtes, Antoine convoque à Tarse ses vassaux, dont la reine d'Égypte. Sa rencontre avec Cléo-pâtre fera naître l'une des plus grandes histoires d'amour de l'Antiquité.

Avec la verve qu'on lui connaît, l'auteur de *Les oiseaux se cachent pour mourir* fait revivre les intrigues d'une époque pleine de bruit et de fureur.

« Colleen McCullough est au sommet de son art avec ce roman passionnant qu'on ne lâche pas. »

Mail on Sunday

ISBN 978-2-35287-174-3 / 512 pages / 8,50 €

Cet ouvrage a été composé par
Atlant'Communication
au Bernard (Vendée)

Dépôt légal : octobre 2020

Imprimé en France par EPAC Technologies
N° d'impression : 4550414306721
Dépôt légal : juin 2011